齐鲁文化经典文库

聊斋志异

［清］蒲松龄　著

山东出版集团

齊魯書社

《齐鲁文化经典文库》

出版说明

齐鲁大地是中华民族主流文化的主要发祥地，数千年来，生长在这里的齐鲁人，用自己的聪明和智慧创造了璀璨的文明。首先是在中华文化的整体框架中地位突出、做出重大贡献的先秦诸子，其中影响尤著者大部分生长于斯；其后历朝历代，几乎都有引领潮流、成就卓著的思想家、文学家、科学家等，他们为中华文化的形成和发展谱写了辉煌的篇章，同时也留下了一大批千古流传、影响深远的文化典籍。将这些记录着他们的思想、积淀着丰富厚重的文化内涵、为一代代中国人所承继的典籍系统地予以整理出版，从而进一步扩大齐鲁文化的影响，提高其在当代人中的认知度，促进中华优秀传统文化的积累、传承和弘扬，无疑具有重要的意义。鉴于此，我们向读者推出了这套“齐鲁文化经典文库”。该书的出版系由山东出版集团组织，具体工作由齐鲁书社负责实施。

通过有关专家论证，确定本“文库”的收录范围是那些由齐鲁籍人士（或有一说为齐鲁籍人士）著述的、已经独立成册、在中华历史文化典籍中堪称经典的著作；对像荀子这样原籍虽非齐鲁，但其主要政治生活是在齐鲁地域、其形成影响的思想和主要著述也产生在这里的个别作家，其经典著作也酌情收录。

收录的作品均采用现代标点本，除小说、戏曲之外，其余作品尽可能加以注释，而对先秦典籍则多数予以今译，以便于读者的阅读和理解。所收部分校注本因问世较早，其中难免存有时代的痕迹，诸如高亨先生的《周易大传今注》，陆侃如、牟世金先生的《文心雕龙译注》等，但这些著作是世人公认的具有权威性的注本，仍需得到我们的尊重。

对经典著述的整理出版绝非一日之功，因此，本“文库”在最初集中推出一批后，未出品种将陆续整理出版，谨此说明。

齐鲁书社

2009 年 3 月

前言

《聊斋志异》是我国文学史上著名的短篇小说集。作者蒲松龄(公元1640—1715年),山东淄川(今淄博市淄川区)蒲家庄人,字留仙,号柳泉,世称聊斋先生。他的作品,除《聊斋志异》外,还有《聊斋诗集》、《聊斋文集》和《聊斋俚曲》等。

《聊斋志异》以谈狐说鬼为主,题材宽泛,承载着作者对社会阴暗面的批判和对忠孝节义的说教。既有满腔“孤愤”,又有男女情怀。但也有一些迷信色彩。作品多是运用浪漫主义创作方法,具有想象丰富、构思奇特、情节曲折、境界瑰异的特色。

《聊斋志异》在作者漫长的创作过程中就已经是“人竞传写,远迩借求”,但那些抄本后来均已失传。现存较重要的版本凡十余种,其中最重要的为半部手稿本、铸雪斋抄本、青柯亭刻本。这部于1962年在距蒲松龄家乡不远的淄博市周村区发现的二十四卷抄本,是世人未知的一部重要抄本。

二十四卷抄本,出自一人手迹,字体工整,文中有为改正笔误而挖补的痕迹,但无有关抄写、批校和收藏的印记和说明。从避讳和题诗等方面鉴定,这个抄本很可能抄于乾隆十五年至三十年间(1750—1765)。也可能是道光、同治年间,根据乾隆年间的抄本重抄的。

二十四卷抄本同铸雪斋抄本比较,实有篇数相等,篇目不同;二十四卷抄本缺少的篇章,基本上是所谓“单章只句”“意味平浅”者,而多出的篇章,则篇幅较长,多为思想内容较为深刻的作品。以二十四卷抄本、铸雪斋抄本、青柯亭刻本与蒲松龄手稿本异文对比,则二十四卷抄本似最接近手稿本。由此可见,二十四卷抄本具有较大的校勘价值,是研究《聊斋志异》的宝贵资料。

为满足读者需要,这部二十四卷抄本,我社除1979年出版影印本外,特加点校,改正明显笔误,于1981年出版了排印本。但此版本因时日久远,今于书肆中已难觅。现以本社影印抄本为基础,参照1981年排印本加以精校,重新出版。其中,影印抄本未收篇章,作为补遗;不能肯定蒲氏所作的,作为附录,均附书末,以供参考。

齐鲁书社

2008年12月

序

志而曰异，明其不同于常也。然而圣人曰：“君子以同而异。”何耶？其义广矣、大矣。夫圣人之言，虽多主于人事；而吾谓三才之理，六经之文，诸圣之义，可一以贯之。则谓异之为义，即易之冒道，无不可也。夫人但知居仁由义，克己复礼，足为善人君子矣；而陟降而在帝左右，祷祝而感召风雷，乃近于巫祝之说者，何耶？神禹创铸九鼎，而山海一经，复垂万世，岂上古圣人而喜语怪乎？抑争“子虚”“乌有”之赋，以预为分道扬镳者地乎？后世拘墟之士，双瞳如豆，一叶迷山，目所不见，率以仲尼“不语”为辞，不知鹢飞石陨，是何人载笔尔尔也？倘概以左氏之诬蔽之，无异掩耳者高语无雷矣。引而伸之，即“阊阖九天，衣冠万国”之句，深山穷谷中人，亦以为欺我无疑也。余谓：欲读天下之奇书，须明天下之大道。盖以人伦大道淑世者，圣人之所以为木铎也。然而天下有解人，则虽言孔子之所“不语”者，皆足补功令教化之所不及。而诺皋、夷坚，亦可与六经同功。苟非其人，则虽日述孔子之所常言，而皆足以佐慝。如读南子之见，则以为淫辟皆可周旋；泥佛肸之往，则以为叛逆不妨共事；不止诗书发冢，周官资篡已也。彼拘墟之士多疑者，其言则未尝不近于正也。一则疑曰：政教自堪治世，因果无乃渺茫乎？曰：是也。然而阴骘上帝，幽有鬼神，亦圣人之言否乎？彼彭生豕面，申生语巫，武塈宫中，田蚡枕畔，九幽斧钺，严于王章多矣。而世人往往多疑者，以报应之或爽，诚有可疑。即如圣门之士，贤隽无多，德行四人，二者夭亡；一厄继母，几乎同于伯奇。天道愦愦，一至此乎！是非远洞三世，不足消释群憾。释迦马麦，袁盎人疮，世亦安能知之？故非天道愦愦，人自愦愦故也。或再疑曰：报应示戒可矣，妖邪不宜黜乎？曰：是也。然而天地大矣，无所不有；古今变矣，未可舟胶。人世不皆君子，阴曹反皆正人乎？岂夏姬谢世，便侪共姜；荣公撤瑟，可参孤竹乎？有以知其必不然矣。且江河日下，人鬼颇同，不则幽冥之中，反是圣贤道场，日日唐虞三代，有是理乎？或又疑而且规之曰：异事，世固间有之矣，或亦不妨抵掌，而竟驰想天外，幻迹人区，无乃为齐谐滥觞乎？曰：是也。然子长列传，不厌滑稽；卮言寓意，蒙庄嚆矢。且二十一史，果皆实录乎？仙人之议李郭也，固有遗憾久矣。而况勃窣文心，笔补造化，不止生花，且同炼石。佳狐佳鬼之奇俊也，降福既以孔皆，敦伦更复无斁，人中大贤，犹有愧焉。是在解人不为法缚，不死句下可也。夫中郎帐底，应饶子家之异味；邺候架上，何须鬼册之常诠？余愿为婆娑艺林者，职调人之役焉。古人著书，其正也则以天常民彝为则，使天下之人，听一事如闻雷霆，奉一言如亲日月。外此而书或奇也，则新鬼故鬼，鲁庙依稀；内蛇外蛇，郑门踯躅，非尽矫诬也。倘尽以"不语"二字奉为金科，则萍实、商羊、羵羊、枯矢，但当摇首闭目而谢之足矣。然乎否耶？吾愿读书之士，览此奇文，须深慧业，眼光如电，墙壁皆通，能知作者之意，并能知圣人或雅言、或罕言、或不语之故，则六经之义，三才之统，诸圣之衡，一以贯之。异而同者，忘其异焉可矣。不然，痴人每苦情深，入耳便多濡首。一字魂飞，心月之精灵冉冉；三生梦渺，牡丹之亭下依依。檀板动而忽来，桃药遣而不去，君将为魍魉曹丘生，仆何辞齐谐鲁仲连乎？

康熙己未春日穀旦，紫霞道人高珩题。

序

谚有之云:“见橐驼谓马肿背。”此言虽小,可以喻大矣。夫人于目所见者为有,所不见者为无。曰,此其常也;倏有而倏无则怪之。至于草木之荣落,昆虫之变化,倏有倏无,又不之怪;而独于神龙则怪之。彼万窍之刁刁,百川之活活,无所持之而动,无所激之而鸣,岂非怪乎?又习而安焉。独至于鬼狐则怪之,至于人则又不怪。夫人则亦谁持之而动,谁激之而鸣者乎?莫不曰:“我实为之。”夫我之所以为我者,目能视而不能视其所以视,耳能闻而不能闻其所以闻,而况于见闻所不能及者乎?夫见闻所及以为有,所不及以为无,其为见闻也几何矣。人之言曰:“有形形者,有物物者。”而不知有以无形为形,无物为物者。夫无形无物,则耳目穷矣,而不可谓之无也。有见蚊睫者,有觅太山者;有闻蚁斗者,有不闻雷鸣者。闻见之不同者,聋瞽未可妄论也。自小儒为“人死如风火散”之说,而原始要终之道,不明于天下;于是所见者愈少,所怪者愈多,而“马肿背”之说昌行于天下。无可如何,辄以“孔子不语”之辞了之,而齐谐志怪,虞初记异之编,疑信之者参半矣。不知孔子所不语者,乃中人以下不可得而闻者耳,而谓春秋尽删神怪哉!留仙蒲子,幼而颖异,长而特达。下笔风起云涌,能为记载之言。于制艺举业之暇,凡所见闻辄为笔记,大约皆鬼狐怪异之事。向得其一卷,辄为同人取去;今再得其一卷,阅之,凡为余所习知者十之三四,最足以破小儒拘墟之见,而与夏虫语冰也。余谓事无论常怪,但以有害于人者为妖。故日蚀星陨,鹢飞鹆巢,石言龙斗,不可谓异;惟土木甲兵之不时,与乱臣贼子,乃为妖异耳。今观留仙所著,其论断大义,皆本于赏善罚淫与安义命之旨,足以开物而成务,正如杨云法言,桓谭谓其必传矣。

康熙壬戌仲秋既望,豹岩樵史唐梦赉题。

自序

披萝带荔，三闾氏感而为骚；牛鬼蛇神，长爪郎吟而成癖。自鸣天籁，不择好音，有由然矣。松落落秋萤之火，魑魅争光；逐逐野马之尘，魍魉见笑。才非干宝，雅爱搜神；情类黄州，喜人谈鬼。闻则命笔，遂以成编。久之，四方同人，又以邮筒相寄，因而物以好聚，所积益夥。甚者：人非化外，事或奇于断发之乡；睫在眼前，怪有过于飞头之国。遄飞逸兴，狂固难辞；永托旷怀，痴且不讳。展如之人，得勿向我胡卢耶？然五父衢头，或涉滥听；而三生石上，颇悟前因。放纵之言，有未可概以人废者。松悬弧时，先大人梦一病瘠瞿昙，偏袒入室，药膏如钱，圆粘乳际，寤而松生，果符墨志。且也少羸多病，长命不犹。门庭之栖寂，则冷淡如僧；笔墨之耕耘，则萧条似钵。每搔头自念：勿亦面壁人果吾前身耶？盖有漏根因，未结人天之果；而随风荡堕，竟成藩溷之花。茫茫六道，何可谓无其理哉！独是子夜荧荧，灯昏欲蕊；萧斋瑟瑟，案冷疑冰。集腋为裘，妄续幽冥之录；浮白载笔，仅成孤愤之书：寄托如此，亦足悲矣！嗟乎！惊霜寒雀，抱树无温；吊月秋虫，偎栏自热。知我者，其在青林黑塞间乎！

康熙己未春日柳泉氏题。

目录

卷 二

卷　三

卷 四

卷 五

卷 六

卷 七

卷 八

卷 九

卷 十

卷十一

卷十二

卷十三

卷十四

卷十五

卷十六

卷十七

卷十八

卷十九

卷二十

卷二十一

卷二十二

卷二十三

卷二十四

补 遗

附 录

卷一

考城隍

予姊丈之祖宋公，讳焘，邑廪生。一日，病卧，见吏人持牒，牵白颠马来，云："请赴试。"公言："文宗未临，何遽得考？"吏不言，但敦促之。公力病乘马从去。路甚生疏。至一城郭，如王者都。移时入府廨，宫室壮丽。上坐十余官，都不知何人，惟关壮缪可识。檐下设几、墩各二，先有一秀才坐其末，公便与连肩。几上各有笔札。俄题纸飞下。视之，有八字云："一人二人，有心无心。"二公文成，呈殿上。公文中有云："有心为善，虽善不赏；无心为恶，虽恶不罚。"诸神传赞不已。召公上，谕曰："河南缺一城隍，君称其职。"公方悟，顿首泣曰："辱膺宠命，何敢多辞？但老母七旬，奉养无人，请得终其天年，惟听录用。"上一帝王者像，即命稽母寿籍。有长须吏捧册翻阅一过，白："有阳算九年。"共踌躇间，关帝曰："不妨，令张生摄篆九年，瓜代可也。"乃谓公："应即赴任；今推仁孝之心，给假九年，及期当复相召。"又勉励秀才数语。二公稽首并下。秀才握手送诸郊野，自言长山张某，以诗赠别，都忘其词，中有"有花有酒春常在，无烛无灯夜自明"之句。公既骑，乃别而去。及抵里，豁然梦寤。时卒已三日。母闻棺中呻吟，扶出，半日始能语。问之长山，果有张生于是日死矣。后九年，母果卒。营葬既毕，浣濯入室而没。其岳家居城中西门里，忽见公镂膺朱幩，舆马甚众，登其堂，一拜而行。相共惊疑，不知其为神。奔询乡中，则已殁矣。公有自记小传，惜乱后无存，此其略耳。

耳中人

谭晋玄，邑诸生也。笃信导引之术，寒暑不辍，行之数月，若有所得。一日，方趺坐，闻耳中小语如蝇，曰："可以见矣。"开目即不复闻；合眸定息，又闻如故。谓是丹将成，窃喜。自是每坐辄闻。因俟其再言，当应以觇之。一日，又言，乃微应曰："可以见矣。"俄觉耳中习习然似有物出。微睨之，小人长三寸许，貌狞恶如夜叉状，旋转地下。心窃异之，姑凝神以观其变。忽有邻人假物，扣门而呼。小人闻之，意甚张皇，绕屋而转，如鼠失窟。谭觉神魂俱失，复不知小人何所之矣。遂得颠疾，号叫不休，医药半年始渐愈。

尸　变

阳信某翁者，邑之蔡店人。村去城五六里，父子设临路店，宿行商。有车夫数人，往来负贩，辄寓其家。一日昏暮，四人偕来，望门投止。则翁家客宿邸满。四人计无复之，坚请容纳。翁沉吟思得一所，似恐不当客意。客言："但求一席厦宇，更不敢有所择。"时翁有子妇新死，停尸室中，子出购材木未归。翁以灵所室寂，遂穿衢导客往。入其庐，灯昏案上，案后有搭帐，衣纸衾覆逝者。又观寝所，则复室中有连榻。四客奔波颇困，甫就枕，鼻息渐粗。惟一客尚朦胧。忽闻床上察察有声，急开目，则灵前灯火照视甚了：女尸已揭衾起。俄而下，渐入卧室。面淡金色，生绢抹额。俯近榻前，遍吹卧客者三。客大惧，恐将及己，潜引被覆首，闭息忍咽以听之。未几，女果来吹之如诸客。觉出房去，即闻纸衾声。出首微窥，见僵卧犹初矣。客惧甚，不敢作声，阴以足踏诸客，而诸客绝无少动。顾念无计，不如着衣以窜。才起振衣，而察察之声又作。客惧，复伏，缩首衾中。觉女复来，连续吹数数始去。少间，闻灵床作响，知其复卧。乃从被底渐渐出手，得裤遽就着之，白足奔出。尸亦起，似将逐客。比其离帏，而客已拔关出矣。尸驰从之。客且奔且号，村中人无有警者。欲叩主人之门，又恐迟为所及，遂望邑城路极力窜去。至东郊，瞥见兰若，闻木鱼声，乃急挝山门。道人讶其非常，又不即纳。旋踵尸已至，去身盈尺。客窘益甚。门外有白杨，围四五尺许，因以树自障，彼右则左之，彼左则右之。尸益怒。然各寝倦矣。尸顿立。客汗促气逆，庇树间。尸暴起，伸两臂隔树探扑之，客惊仆。尸捉之不得，抱树而僵。道人窃听良久，无声，始渐出，见客卧地上。烛之，死，然心下丝丝有动气。负入，终夜始苏。饮以汤水而问之，客具以状对。时晨钟已尽，晓色迷濛，道人觇树上，果见僵女。大骇，报邑宰。宰亲诣质验。使人拔女手，牢不可开。审谛之，则左右四指并卷如钩，入木没甲。又数人力拔乃得下。视指穴如凿孔然。遣役探翁家，则以尸亡客毙，纷纷正哗。役告之故。翁乃从往，舁尸归。客泣告宰曰："身四人出，今一人归，此情何以信乡里？"宰与之牒，赍送以归。

瞳人语

长安士方栋，颇有才名，而佻脱不持仪节。每陌上见游女，辄轻薄尾缀之。清明前一日，偶步郊郭，见一小车，朱茀绣幰，青衣数辈款段以从，内一婢，乘小驷，容光绝美。稍稍近觇之，见车幔洞开，内坐二八女郎，红妆艳丽，尤生平所未睹。目炫神夺，瞻恋弗舍，或先或后驰数里。忽闻女郎呼婢近车侧，曰："为我垂帘下。何处风狂儿郎，频来窥瞻！"婢乃下帘，怒顾生曰："此芙蓉城七郎子新妇归宁，非同田舍娘子，放教秀才胡觑！"言已，掬辙土飏生。生眯目不可开。才一拭视，而车马已渺。惊疑而返，觉目终不快。请人启睑拨视，则睛上生小翳；经宿益剧，泪簌簌不得止；翳渐大，数日厚如钱；右睛起旋螺，百药无效。懊闷欲绝，颇思自忏悔。闻《光明经》能解厄，持一卷浼人教诵。初犹烦躁，久渐自安。旦晚无事，惟趺坐捻珠。持之一年，万缘俱净。忽闻左目中小语如蝇，曰："黑漆似，叵耐杀人！"右目中应曰："可同小遨游，出此闷气。"渐觉两鼻蠕蠕作痒，似有物出，离孔而去。久之乃返，复自鼻入眶中。又言曰："许时不窥园亭，珍珠兰遽枯瘠死！"生素喜香兰，园中多种植，日常自灌溉；自失明，久置不问。忽闻此言，遽问妻："兰花何使憔悴死？"妻诘其所自知，因告之故。妻趋验之，花果槁矣。大异之。静匿房中以俟之，见有小人自生鼻内出，大不及豆，营营然竟出门去。渐远，遂迷所在。俄，连背归飞上面，如蜂蚁之投穴者。如此二三日，又闻左言曰："隧道迂，还往甚非所便，不如自启门。"右应云："我壁子厚，大不易。"左曰："我试辟，得与尔俱。"遂觉左眶内隐似抓裂。少顷，开视，豁见几物。喜告妻。妻审之，则脂膜破小窍，黑睛荧荧，才如劈椒。越一宿，障尽消。细视，竟重瞳也，但右目旋螺如故，乃知两瞳人合居一眶矣。生虽一目眇，而较之双目者殊更了了。由是益自检束，乡中称盛德焉。

异史氏曰："乡有士人偕二友于途，遥见少妇控驴出其前，戏而吟曰：'有美人兮！'顾二友曰：'驱之！'相与笑骋。俄追及，乃其子妇。心赧气丧，默不复语。友伪为不知也者，评骘殊亵。士人忸怩，吃吃而言曰：'此长男妇也。'各隐笑而罢。轻薄者往往自侮，良可笑也。至于眯目失明，又鬼神之惨报矣。芙蓉城主，不知何神，岂菩萨现身耶？然小郎君生辟门户，鬼神虽恶，亦何尝不许人自新哉！"

画　壁

江西孟龙潭，与朱孝廉客都中。偶涉一兰若，殿宇禅舍，俱不甚弘敞，惟一老僧挂搭其中。见客入，肃衣出迓，导与随喜。殿中塑志公像。两壁图绘精妙，人物如生。东壁画散花天女，内一垂髫者，拈花微笑，樱唇欲动，眼波将流。朱注目久，不觉神摇意夺，恍然凝想。身忽飘飘如驾云雾，已到壁上。见殿阁重重，非复人世。一老僧说法座上，偏袒绕视者甚众。朱亦杂立其中。少间，似有人暗牵其裾。回顾，则垂髫儿辗然竟去，履迹从之。过曲栏，入一小舍，朱趑趄不敢前。女回首摇手中花，遥遥作招状，乃趋之。舍内寂无人，遽拥之，亦不甚拒，遂与狎好。既而闭户去，嘱勿咳，夜乃复至，如此二日。女伴共觉之,共搜得生,戏谓女曰:“腹内小郎已许大,尚发蓬蓬学处子耶?”共捧簪珥促令上鬟,女含羞不语。一女曰:“妹妹姊姊,吾等勿久住,恐人不欢。”群笑而去。生视女,髻云高簇,鬟凤低垂,比垂髫时尤艳绝也。四顾无人,渐入猥亵,兰麝薰心,乐方未艾。忽闻吉莫靴铿铿甚厉,缧锁锵然;旋有纷嚣腾辨之声。女惊起,与朱窃窥,则见一金甲使者,黑面如漆,绾锁挈槌,众女环绕之。使者曰:“全未?”答言:“已全。”使者曰:“如有藏匿下界人,即共出首,勿贻伊戚。”又同声言:“无。”使者反身鹗顾,似将搜匿。女大惧,面如死灰,张皇谓朱曰:“可急匿榻下。”乃启壁上小扉,猝遁去。朱伏,不敢少息。俄闻靴声至房内,复出。未几,烦喧渐远,心稍安;然户外辄有往来语论者。朱跼蹐既久,觉耳际蝉鸣,目中火出,景状殆不可忍,惟静听以待女归,竟不复忆身之何自来也。时孟龙潭在殿中,转瞬不见朱,疑以问僧。僧笑曰:“往听说法去矣。”问:“何处?”曰:“不远。”少时,以指弹壁而呼曰:“朱檀越何久游不归?”旋见壁间画有朱像,倾耳伫立,若有听察。僧又呼曰:“游侣久待矣。”遂飘忽自壁而下,灰心木立,目瞪足耎。孟大骇,从容问之,盖方伏榻下,闻扣声如雷,故出房窥听也。共视拈花人,螺髻翘然,不复垂髫矣。朱惊拜老僧而问其故。僧笑曰:“幻由人生,贫道何能解?”朱气结而不扬,孟心骇叹而无主。即起,历阶而出。

异史氏曰:“幻由人作,此言类有道者。人有淫心,是生亵境。人有亵心,是生怖境。菩萨点化愚蒙,千幻并作,皆人心所自动耳。老婆心切,惜不闻其言下大悟,披发入山也。”

山 魈

孙太白尝言:其曾祖肄业于南山柳沟寺。麦秋旋里,经旬始返。启斋门,则案上尘生,窗间丝满。命仆粪除至晚,始觉清爽可坐。乃拂榻陈卧具,扃扉就枕,月色已满窗矣。辗转移时,万籁俱寂。忽闻风声隆隆，山门豁然作响。窃谓寺僧失扃，注念间，风声渐近居庐，俄而房门闭矣。大疑之，思未定，声已入屋；又有靴声铿铿然渐傍寝门。心始怖。俄而寝门闭矣。急视之，一大鬼鞠躬塞入，突立榻前，殆与梁齐。面似老鸦皮色；目光睒闪，绕室四顾；张巨口如盆，齿疏疏长三寸许；舌动喉鸣，呵喇之声，响连四壁。公惧极，又念咫尺之地，势无所逃，不如因而刺之。乃阴抽枕下佩刀，遽拔而斫之，中腹，作石缶声。鬼大怒，伸巨爪攫公。公少缩。鬼攫得衾，捽之，忿忿而去。公随衾堕，伏地号呼。家人持火奔集，则门闭如故，排窗入，见公状，大骇。扶曳登床，始言其故。共验之，则衾夹于寝门之隙，启扉检照，见有爪痕如箕，五指着处皆穿。既明，不敢复留，负笈而归。后问僧人，无复他异。

咬　鬼

沈麟生云：其友某翁者，夏月昼寝，朦胧间，见一女子搴帘入，以白布裹首，缞服麻裙，向内室去。疑邻妇访内人者；又转念，何遽以凶服入人家？正自皇惑，女子已出。细审之，年可三十余，颜色黄肿，眉目蹙蹙然，神情可畏。又逡巡不去，渐逼近榻。遂伪睡以观其变。无何，女子摄衣登床压腹上，觉如百钧重。心虽了了，而举其手，手如缚；举其足，足如痿也。急欲号救，而苦不能声。女子以喙嗅翁面，颧鼻眉额殆遍。觉喙冷如冰，气寒透骨。翁窘急中，思得计：待嗅至颐颊，当即因而啮之。未几，果及颐。翁乘势力龁其颧，齿没于肉。女负痛身离，且挣且啼。翁龁益力。但觉血液交颐，湿流枕畔。相持正苦，庭外忽闻夫人声，急呼有鬼，一缓颊而女子已飘忽遁去。夫人奔入，无所见，笑其魇梦之诬。翁述其异，且言有血证焉。相与检视，如屋漏之水，流枕浃席。伏而嗅之，腥臭异常。翁乃大吐。过数日，口中尚有余臭云。

捉　狐

孙翁者,余姻家清服之伯父也,素有胆。一日,昼卧,仿佛有物登床,遂觉身摇摇如驾云雾。窃意无乃压狐耶?微窥之,物如猫,黄毛而碧嘴,自足边来。蠕蠕伏行,如恐翁寤。逡巡附体,着足足痿,着股股耎。甫及腹,翁骤起,按而捉之,握其项。物鸣急莫能脱。翁亟呼夫人,以带系其腰。乃执带之两端,笑曰:“闻汝善化,今注目在此,看作如何化法。”言次,物忽缩其腹,细如管,几脱去。翁大愕,急力缚之,则又鼓其腹,粗于碗,坚不可下;力稍懈,又缩之。翁恐其脱,命夫人急杀之。夫人张皇四顾,不知刀之所在。翁左顾示以处。比回首,则带在手如环然,物已渺矣。

荞中怪

长山安翁者,性喜操农功。秋间荞熟,刈堆陇畔。时近村有盗稼者,因命佃人乘月辇运登场。俟其装载归,而自留逻守,遂枕戈露卧。目稍瞑,忽闻有人践荞根咋咋作响。心疑暴客。急举首,则一大鬼,高丈余,赤发髯须,去身已近,大怖,不遑他计,踊身暴起,狠刺之。鬼鸣如雷而逝。恐其复来,荷戈而归。迎佃人于途,告以所见,且戒无往。众未深信。越日,曝麦于场,忽闻空际有声。翁骇曰:“鬼物来矣!”乃奔,众亦奔。移时复聚,翁命多设弓弩以俟之。异日,果复来。数矢齐发,物惧而遁。二三日竟不复来。麦既登仓,禾秸杂遝,翁命收积为垛,而亲登践实之,高至数尺。忽遥望骇曰:“鬼物至矣!”众急觅弓矢,物已奔公。公仆,龁其额而去。共登视,则去额骨如掌,昏不知人。负至家中,遂卒。后不复见。不知其为何怪也。

宅 妖

长山李公，大司寇之侄也。宅多妖异。尝见厦有春凳，肉红色，甚修润。李以故无此物，近抚按之，随手而曲，殆如肉耎。骇而却走。旋回视，则四足移动，渐入壁中。又见壁间倚白梃，洁泽修长。近扶之，腻然而倒，委蛇入壁，移时始没。康熙十七年，王生浚升设帐其家。日暮，灯火初张，生着履卧榻上。忽见小人长三寸许，自外入，略一盘旋，即复去。少顷，荷二小凳来，设堂中，宛如小儿辈用粱秸心所制者。又顷之，二小人舁一棺入，长四寸许，停置凳上。安厝未已，一女子率厮婢数人来，率细小如前状。女子衰衣，麻绠束腰际，布裹首；以袖掩口，嘤嘤而哭，声类巨蝇。生睥睨良久，毛发森立，如霜被于体。因大呼，遽走，颠床下，摇战莫能起。馆中人闻声异，集堂中，人物杳然矣。

王六郎

许姓，家淄之北郭，业渔。每夜携酒河上，饮且渔。饮则酹酒于地，祝云："河中溺鬼得饮。"以为常。他人渔，迄无所获，而许独满筐。一夕，方独酌，有少年来，徘徊其侧。让之饮，慨与同酌。既而终夜不获一鱼，意颇失。少年起曰："请于下流为君驱之。"遂飘然去。少间复返，曰："鱼大至矣。"果闻唼呷有声。举网而得数头，皆盈尺。喜极，申谢。欲归，赠以鱼，不受，曰："屡叨佳酝，区区何足云报。如不弃，要当以为常耳。"许曰："方共一夕，何言屡也？如肯永顾，诚所甚愿，但愧无以为情。"询其姓字，曰："姓王，无字，相见可呼王六郎。"遂别。明日，许货鱼益利。沽酒，晚至河干，少年已先在，遂与欢饮。饮数杯，辄为许驱鱼。如是半载。忽告许曰："拜识清扬，情逾骨肉。然相别有日矣。"语甚凄楚。惊问之。欲言而止者再，乃曰："情好如吾两人，言之或勿讶耶？今将别，无妨明告：我实鬼也。素嗜酒，沉醉溺死，数年于此矣。前君之获鱼独胜于他人者，皆仆之暗驱，以报酹奠耳。明日业满，当有代者，将往投生。相聚只今夕，故不能无感。"许初闻甚骇；然亲狎既久，不复恐怖。因亦欷歔，酌而言曰："六郎饮此，勿戚也。相见遽违，良足悲恻；然业满劫脱，正宜相贺，悲乃不伦。"遂与畅饮。因问："代者何人？"曰："兄于河畔视之，亭午，有女子渡河而溺者，是也。"听村鸡既唱，洒涕而别。明日，敬伺河边，以觇其异。果有妇人抱婴儿来，及河而堕。儿抛岸上，扬手掷足而啼。妇沉浮者屡矣，忽淋淋攀岸以出，藉地少息，抱儿径去。当妇溺时，意良不忍，思欲奔救；转念是所以代六郎者，故止不救。及妇自出，疑其言不验。抵暮，渔旧处。少年复至，曰："今又聚首，且不言别矣。"问其故。曰："女子已相代矣；仆怜其抱中儿，代弟一人，遂残二命，故舍之。更代不知何期。或吾两人之缘未尽耳！"许感叹曰："此仁人之心，可以通上帝矣。"由此相聚如初。数日，又来告别。许疑其复有代者。曰："非也。前一念恻隐，果达帝天。今授为招远县邬镇土地，来日赴任。倘不忘故交，当一往探，勿惮修阻。"许贺曰："君正直为神，甚慰人心。但人神路隔，即不惮修阻，将复如何？"少年曰："但往，勿虑。"再三叮咛而去。许归，即欲制装东下，妻笑曰："此去数百里，即有其地，恐土偶不可以共语。"许不听，竟抵招远。问之居人，果有邬镇。寻至其处，息肩逆旅，问祠所在。主人惊曰："得无客姓为许？"许曰："然。何见知？"又曰："得无客邑为淄？"曰："然。何见知？"主人不答，遽出。俄而丈夫抱子，媳女窥门，杂沓而来，环如墙堵。许亦惊。众乃告曰："数夜前，梦神言：淄川许友当即来，可助一资斧。祗候已久。"许亦异之，乃往祭于祠而祝曰："别君后，寤寐不去心，远践曩约。又蒙梦示居人，感篆中怀。愧无腆物，仅有卮酒；如不弃，当如河上之饮。"祝毕，焚钱纸。俄见风起座后，旋转移时始散。至夜，梦少年来，衣冠楚楚，大异平时。谢曰："远劳顾问，喜泪交并。但任微职，不便会面，咫尺河山，甚怆于怀。居人薄有所赠，聊酬夙好。归如有期，尚当走送。”居数日，许欲归。众留殷恳，朝请暮邀，日更数主。许坚辞欲行。众乃折柬抱襆，争来致赆，不终朝，馈遗盈橐。苍头稚子毕集，祖送出村，欻有羊角风起，随行十余里。许再拜曰：“六郎珍重！勿劳远涉。君心仁爱，自能造福一方，无庸故人嘱也。”风盘旋久之，乃去，村人亦嗟讶而返。许归，家稍裕，遂不复渔。后见招远人问之，其灵应如响云。或言：即章丘石坑庄。未知孰是。

异史氏曰：“置身青云，无忘贫贱，此其所以神也。今日车中贵介，宁复识戴笠人哉？余乡有林下者，家綦贫。有童稚交，任肥秩。计投之必相周顾。竭力办装，奔涉千里，殊失所望；泻囊货骑，始得归。其族弟甚谐，作月令嘲之云：‘是月也，哥哥至，貂帽解，华盖不张，马化为驴，靴始收声。’念此可为一笑。”

偷 桃

童时赴郡试，值春节。旧例，先一日，各行商贾，彩楼鼓吹赴藩司，名曰“演春”。余从友人戏瞩。是日游人如堵。堂上四官皆赤衣，东西相向坐。时方稚，亦不解其何官。但闻人语哜嘈，鼓吹聒耳。忽有一人，率披发童荷担而上，似有所白；万声汹涌，亦不闻为何语。但视堂上作笑声。即有青衣人大声命作剧。其人应命方兴，问：“作何剧？”堂上相顾数语。吏下宣问所长。答言：“能颠倒生物。”吏以白官。少顷复下，命取桃子。术人应诺，解衣覆笥上，故作怨状，曰：“官长殊不了了！坚冰未解，安所得桃？不取，又恐为南面者怒。奈何！”其子曰：“父已诺之，又焉辞？”术人惆怅良久，乃曰：“我筹之烂熟。春初雪积，人间何处可觅？惟王母园中，四时常不凋谢，或有之。必窃之天上乃可。”子曰：“嘻！天可阶而升乎？”曰：“有术在。”乃启笥，出绳一团，约数十丈，理其端，望空中掷去，绳即悬立空际,若有物以挂之。未几,愈掷愈高,渺入云中,手中绳亦尽。乃呼子曰:“儿来!余老惫,体重拙,不能行,得汝一往。”遂以绳授子,曰:“持此可登。”子受绳有难色,怨曰:“阿翁亦大愦愦!如此一线之绳,欲我附之以登万仞之高天。倘中道断绝,骸骨何存矣!”父又强呜拍之,曰:“我已失口,追悔无及。烦儿一行。倘窃得来,必有百金赏,当为儿娶一美妇。”子乃持索盘旋而上,手移足随,如蛛趁丝,渐入云霄,不可复见。久之,坠一桃如碗大。术人喜,持献公堂。堂上传示良久,亦不知其真伪。忽而绳落地上,术人惊曰:“殆矣!上有人断吾绳,儿将焉托!”移时,一物坠。视之,其子首也。捧而泣曰:“是必偷桃为监者所觉。吾儿休矣!”又移时,一足落;无何,肢体纷坠,无复存者。术人大悲,一一拾置笥中而阖之,曰:“老夫止此儿,日从我南北游。今承严命,不意罹此奇惨!当负去瘗之。”乃升堂而跪,曰:“为桃故,杀吾子矣!如怜小人而助之葬,当结草以图报耳。”坐官骇诧,各有赐金。术人受而缠诸腰,乃扣笥而呼曰:“八八儿,不出谢赏,将何待?”忽一蓬首童,头抵笥盖而出,望北稽首,则其子也。以其术奇,故至今犹记之。后闻白莲教能为此术,意此其苗裔耶?

种　梨

有乡人货梨于市,颇甘芳,价腾贵。有道士破巾絮衣,丐于车前。乡人咄之亦不去。乡人怒,加以叱骂。道士曰:“一车数百颗,老衲止丐其一,于居士亦无大损,何怒为?”观者劝置劣者一枚令去,乡人执不肯。肆中佣保者见喋聒不堪,遂出钱市一枚付道士。道士拜谢,谓众曰:“出家人不解吝惜。我有佳梨,请出供客。”或曰:“既有之,何不自食?”曰:“我特需此核作种。”于是掬梨啖且尽,把核于手,解肩上镵,坎地深数寸纳之,而覆以土。向市人索汤沃灌。好事者于临路店索得沸渖,道士接浸坎上。万目攒视,见有勾萌出，渐大；俄成树，枝叶扶苏；倏而花，倏而实，硕大芳馥，累累满树。道士乃即树头摘赐观者，顷刻向尽。已，乃以镵伐树，丁丁良久方断；带叶荷肩头，从容徐步而去。初，道士作法时，乡人亦杂立众中，引领注目，竟忘其业。道士既去，始顾车中，则梨已空矣。方悟适所俵散皆己物也。又细视车上一靶亡，是新凿断者。心大愤恨。急迹之，转墙隅，则断靶弃垣下，始知所伐梨本即是物也。道士不知所在。一市粲然。

异史氏曰："乡人愦愦，憨状可掬，其见笑于市人有以哉。每见乡中称素封者，良朋乞米，则怫然，且计曰：'是数日之资也。'或劝济一危难，饭一茕独，则又忿然，又计曰：'此十人、五人之食也。'甚而父子兄弟，较尽锱铢。及至淫博迷心，则倾囊不吝；刀锯临颈，则赎命不遑。诸如此类，正不胜道，蠢尔乡人，又何足怪。"

丐　仙

高玉成，故家子。居金城之广里。善针灸，不择贫富辄医之。里中来一丐者，胫有废疮，卧于道。脓血狼籍，臭不可近。居人恐其死，日一饴之。高见而怜焉。遣人扶归，置于耳舍。家人恶其臭，掩鼻遥立。高出艾亲为之灸，日饷以蔬食。数日，丐者索汤饼，仆人怒诃之。高闻，即命仆赐以汤饼。未几又乞酒肉，仆走告曰："乞人可笑之甚。方其卧于道也，日求一餐不可得；今三饭犹嫌粗粝，既与汤饼，又乞酒肉。此等贪饕，只宜仍弃之道上耳。"高问其疮。曰："痂渐脱落，似能步履，故假咿嗄作呻楚状。"高曰："所费几何，即以酒肉馈之，待其健，或不吾仇也。"仆伪诺之，而竟不与。且与诸曹偶语，共笑主人痴。次日，高亲诣视丐，丐跛而起，谢曰："蒙君高义，生死人而肉白骨，惠深覆载。但新瘥未健，妄思馋嚼耳。"高知前命不行，呼仆痛笞之，立命持酒炙饵丐者。仆衔之，夜分纵火焚耳舍，乃故呼号。高起视，舍已烬。叹曰："丐者休矣！"督众救灭。见丐者酣卧火中,齁声雷动。唤之起,故惊曰:“屋何往?”群始惊其异,高弥重之。卧以客舍,衣以新衣,日与同坐处。问其姓名,自言:“陈九。”居数日,容益光泽。言论多风格,又善手谈。高与对局辄败。乃日从之学,颇得其奥秘。如此半年,丐者不言去,高亦一时少之不乐也。即有贵客来,亦必偕之同饮。或掷骰为令,陈每代高呼采,雉卢无不如意。高大奇之。每求作剧,辄辞不知。一日,语高曰:“我欲告别,向受君惠且深,今薄设相邀,勿以人从也。”高曰:“相得甚欢,何遽决绝?且君杖头空虚,亦不敢烦作东道主。”陈固邀之曰:“杯酒耳,亦无所费。”高曰:“何处?”答云:“园中。”时方严冬,高虑园亭苦寒,陈固言:“不妨。”乃从至园中,觉气候顿暖,似三月初旬。又至亭中,见异鸟成群,乱弄清咮,仿佛暮春景象。亭中几案,皆镶以瑙玉。有一水晶屏,莹澈可鉴,中有花树,摇曳开落不一,又有白禽似雪,往来勾辀于其上,以手抚之,殊无一物。高愕然良久。坐见鸜鹆栖架上,呼曰:“茶来!”俄见朝阳丹凤,衔一赤玉盘,上有玻璃盏二,盛香茗,伸颈屹立。饮已,置盏其中,凤衔之,振翼而去。鸜鹆又呼曰:“酒来!”即有青鸾黄鹤,翩翩自日中来,衔壶衔杯,纷置案上。顷之,则诸鸟进馔,往来无停翅,珍错杂陈,瞬息满案,肴香酒洌,都非常品。陈见高饮甚豪,乃曰:“君宏量,是得大爵。”鸜鹆又呼曰:“取大爵来!”忽见日边闪闪有巨蝶,攫鹦鹉杯受斗许,翔集案间。高视蝶大于雁,两翼绰约,文采灿丽,亟加赞叹。陈唤曰:“蝶子劝酒!”蝶展然一飞,化为丽人。绣衣蹁跹,前席进酒。陈曰:“不可无以佐觞。”女乃仙仙而舞,舞到酣际,足离于地者尺余,辄仰折其首,直与足齐,倒翻身而起立,身未尝着于尘埃。且歌曰:“连翩笑语踏芳丛,低亚花枝拂面红,曲折不知金钿落,更随蝴蝶过篱东。”余音袅袅,不啻绕梁。高大喜,拉与同饮,陈命之坐,亦饮之酒。高酒后心摇意动,遽起狎抱,视之则变为夜叉,睛突于眦,牙出于喙,黑肉凹凸,怪恶不可言状。高惊释手,伏几战栗。陈以箸击其喙,诃曰:“速去!”随击而化,又为蝴蝶,飘然飏去。高惊定辞出。见月色如洗，漫语陈曰："君旨酒佳肴，来自空中。君家当在天上，盍携故人一游。"陈曰："可。"即与携手跃起，遂觉身在空冥。渐与天近，见有高门口圆如井，入则光明似昼，阶路皆苍石砌成，滑洁无纤翳。有大树一株，高数丈，上开赤花，大如莲，纷纭满树。下一女子，捣绛红之衣于砧上，艳丽无双。高木立睛停，竟忘行步。女子见之，怒曰："何处狂郎，妄来此处？"辄以杵投之，中其背。陈急曳于虚所，切责之。高被杵，酒亦顿醒，殊觉汗愧，乃从陈出。有白云接于足下。陈曰："从此别矣，有所嘱，慎志勿忘：君寿不永，明日速避西山中，当可免。"高欲挽之，返身竟去。高觉云渐低，身落园中，则景物大非。归与妻子言，共相骇异。视衣上着杵处，异红如锦，有奇香。早起，从陈言，裹粮入山，大雾障天，茫茫然不辨径路。蹑荒急奔，忽失足堕云窟中，觉深不可测，而身幸不损。定醒良久，仰见云气如笼。乃自叹曰："仙人令我逃避，大数终不能免。何时出此窟耶？"又坐移时，见深处隐隐有光，遂起而渐入，则别有天地。有三老方对奕，见高至，亦不顾问，奕不辍。高蹲而观焉。局终，敛子入盒，方问："客何得至此？"高言："迷堕失路。"老者曰："此非人间，不宜久淹，我送君归。"乃导至窟下。觉云气拥之以升，遂履平地。见山中树色深黄，萧萧木落，似是秋杪。大惊曰："我以冬来，何变暮秋？"奔赴家中，妻、子尽惊，相聚而泣。高讶问之。妻曰："君去三年不返，皆以为异物矣。"高曰："异哉，才顷刻耳。"于腰中出其糗粮，已若灰烬，相与诧异。妻曰："君行后，我梦二人，皂衣闪带，似谇赋者，汹汹然入室张顾曰：'彼何往？'我诃之曰：'彼已外出。尔即官差，何得入人闺闼？'二人乃出。且行且语曰'怪事怪事'而去。"高乃悟己所遇者仙也，妻所遇者鬼也。高每对客，衷杵衣于内，满座皆香，非麝非兰，着汗弥盛云。

僧　孽

张姓暴卒，随鬼使去见冥王。王稽簿，怒鬼使误捉，责令送归。

张下，私浼鬼使，求观冥狱。鬼导历九幽，刀山、剑树，一一指点。末至一处，有一僧孔股穿绳，而倒悬之，号痛欲绝。近视，则其兄也。张见之惊哀，问："何罪至此？"鬼曰："是为僧，广募金钱，悉供淫赌，故罚之。欲脱此厄，须其自忏。"张既苏，疑兄已死。时其兄居兴福寺，因往探之。入门，便闻其号痛声。入室，见创生股间，脓血崩溃，挂足壁上，宛如冥司倒悬状。骇问其故。曰："挂之稍可，不则痛彻心腑。"张因告以所见。僧大骇，乃戒荤酒，虔诵经咒，半月寻愈，遂为戒僧。

鬼　哭

谢迁之变，宦第皆为贼窟。王学使七襄之宅，盗聚尤众。城破兵入，扫荡群丑，尸填阶墀，血至盈门而流。公入城，扛尸涤血而居。往往白昼见鬼；夜则床下磷飞，墙角鬼哭。一日，王生皞迪寄宿公家，闻床底小声连呼："皞迪！皞迪！"已而声渐大，曰："我死得苦！"因哭，满庭皆哭。公闻，杖而入，大言曰："汝不识我王学院耶？"但闻百声嗤嗤，笑之以鼻。公于是设水陆道场，命释道忏度之。夜抛鬼饭，则见磷火荧荧，随地皆出。先是，阍人王姓者疾笃，昏不知人者数日矣。是日，忽欠伸若醒。妇以食进。王曰："适主人不知何事施饭于庭，我亦随众啖啖，食已方归，故不饥耳。"由此鬼怪遂绝。岂铙钹钟鼓，焰口瑜珈，果有益耶？

异史氏曰："邪怪之物，惟德可以已之。当陷城之时，王公势正烜赫，闻声者皆股栗；而鬼且揶揄之，想鬼物逆知其不令终耶？普告天下大人先生：出人面犹不可以吓鬼，愿勿出鬼面以吓人也。"

蛇　癖

予乡王蒲令仆吕奉宁，性嗜蛇。每得小蛇，则全吞之，如啖葱状;大者以刀寸寸断之,始掬以食。嚼之铮铮,血水沾颐。且善嗅,尝隔墙闻蛇香,急奔墙外,果得蛇盈尺。时无佩刀,先噬其头,尾尚蜿蜒于口际。

庙 鬼

新城诸生王启后者,方伯中宇公象坤曾孙。见一妇人入室,貌肥黑不扬。笑近坐榻,意甚亵。王拒之,不去。由此坐卧辄见之。而王意坚定,终不摇。妇怒,批其颊有声,而亦不甚痛。妇以带悬梁上,捽与并缢。王不觉自投梁下,引颈作缢状。人见其足不履地,挺然立空中,即亦不能死。自是病颠,忽曰:“彼将与我投河矣。”望河狂奔,曳之乃止。如此百端,日常数作,术药罔效。一日,忽见有武士绾锁而入,怒叱曰:“朴诚者,汝何敢扰!”即縶妇项自棂中出。才至窗外,妇不复人形,目光电闪,口血赤如盆。忆城隍庙门中有泥鬼四,绝类其一焉。于是病若失。

义 鼠

杨天一见二鼠出,其一为蛇所吞,其一瞪目如椒,似甚恨怒,然遥望不敢前。蛇果腹,蜿蜒入穴。方将过半,鼠奔来,力啮其尾。蛇怒,退身出。鼠故便捷,欻然遁去。蛇追不及而返。及入穴,鼠又来啮如前状。蛇入则来,蛇出则往,如是者久。蛇出,吐死鼠于地上。鼠来嗅之,啾啾如悼惜,衔之而去。友人张历友为作“义鼠行”。

地 震

康熙七年六月十七日戌刻,地大震。余适客稷下,方与表兄李笃之对烛饮。忽闻有声如雷,自东南来,向西北去。众骇异,不解其故。俄而几案摆簸，酒杯倾覆；屋梁椽柱，错折有声。相顾失色。久之方知地震，各疾趋出。见楼阁房舍，仆而复起；墙倾屋塌之声，与儿啼女号，喧如鼎沸。人眩晕不能立，坐地上随地转侧。河水倾丈余，鸭鸣犬吠满城中。逾一时许，始稍定。视街上，则男女裸聚，竞相告语，并忘其未衣也。后闻某处井倾侧不可汲；某家楼台南北易向；栖霞山裂，沂水陷穴广数亩。此真非常之奇变也。

有邑人妇夜起溲溺，回则狼衔其子。妇急与狼争。狼一缓颊，妇夺儿出，携抱中。狼蹲不去。妇大号。邻人奔集，狼乃去。妇惊定作喜，指天画地，述狼衔儿状，与己夺儿状。良久，忽悟一身未着寸缕，乃奔。此与地震时男妇两忘者同一状也。人之惶急无谋，一何可笑！

猪婆龙

猪婆龙，产于西江。形似龙而短，能横飞，常出沿江岸扑食鹅鸭。或猎得之，则货其肉于陈、柯。此二姓皆友谅之裔，世食婆龙肉，他族不敢食也。一客自江右来，得一头，絷舟中。一日，泊舟钱塘，缚稍懈，忽跃入江。俄顷，波涛大作，估舟倾沉。

陕右某公

陕右某公，辛丑进士。能记前身。尝言前生为士人，中年而死。死后见冥王判事，鼎铛油镬，一如世传。殿东隅设数架，上搭犬羊牛马诸皮。簿吏呼名，或罚作马，或罚作猪。皆裸之，于架上取皮被之。俄至公，闻冥王曰：“是宜作羊。”鬼取一白羊皮来，捺覆公体。吏白：“是曾拯一人死。”王检籍覆视，曰：“免之。恶虽多，此善可赎。”鬼又褫其毛革。革已粘体，不可复动。两鬼捉臂按胸力脱之，痛苦不可名状。皮片片断裂，不得尽净。既脱，近肩处犹粘羊皮大如掌。公既生,背上有羊毛丛生,剪去复出。

好快刀

明末,济属多盗。邑各置兵,捕得辄杀之。章丘盗尤多。有一兵佩刀甚利,杀辄导窾。一日,捕盗十余名,押赴市曹。内一盗识兵,逡巡告曰:"闻君刀甚快,斩首无二割。求杀我!"兵曰:"诺。其谨依我,勿离也。"盗从至刑所,出刀挥之,豁然头落。数步外,犹圆转而大赞曰:"好快刀!"

江中鬼

王圣俞南游,泊舟江心。既寝,视月明如练,未能寐,使童仆为之按摩。忽闻舟顶如小儿行,踏芦席作响,远自舟尾来,渐近舱户。虑为盗,急起问童,童亦闻之。问答间,见一人伏舟顶上,垂首窥舱内。王大愕,按剑呼诸仆,一舟俱醒,告以所见,或疑错误。俄响声又作。群出四顾,渺然无人,惟疏星皓月,漫漫江波而已。众危坐舟上,旋见青火如萤灯状,突出水面,随水浮游;渐近船,则火顿灭。即有黑人骤起,屹立水面,以手攀舟而行。众噪曰:"必此物也!"欲射之。方开弓,则遽伏水中,不可见矣。问舟人,舟人曰:"此古战场,鬼时出没,其无足怪。"

戏　术

有桶戏者,桶可容升,无底,中空,亦如俗戏。戏人以二席置地上,持一升入桶中;旋出,即有白米满升,倾注席上;又取又倾,顷刻两席皆满。然后一一量入,毕而举之,犹是空桶。奇在多也。

利津李见田,在颜镇闲游陶场,欲市巨瓮,与陶人争直,不成而去。至夜，窑中未出者六十余瓮，启视一空。陶人大惊，疑李，踵门求之。李谢不知。固哀之，乃曰："我代汝出陶，一瓮不损，在魁星楼下非与？"如言往视，果一一俱在。楼在镇之南山，去场三里余。佣工运之，三日乃尽焉。

蛰 龙

於陵曲银台公，读书楼上。值阴雨晦冥，见一小物，有光如萤，蠕蠕登几。过处，辄黑如蛐迹。渐盘卷上，卷亦焦。意为龙，乃捧卷送之。至门外，持立良久，蠖屈不少动。公曰："将毋谓我不恭耶？"执卷返，仍置案上，冠带长揖而后送之。方至檐下，但见昂首乍伸，离卷横飞，其声嗤然，光一道如缕；数步外回首向公，则头大于瓮，身数十围矣；又一折反，霹雳震惊，腾霄而去。回视所行处，盖曲曲自书笥中出焉。

小 髻

长山居民某，暇居，辄有短客来，久与扳谈。素不识其生平，颇注疑念。客曰："三数日，即便徙居，与君比邻矣。"过四五日，又曰："今已同里，旦晚可以承教。"问："乔居何所？"亦不详告，但以手北指。自是，日辄一来，时向人假器具；或吝不与，则自失之。群疑其狐。村北有古冢，陷不可测，意必居此。共操兵仗往。伏听之，久无少异。一更向尽，闻穴中戢戢然，似数十百人作耳语。众寂不动。俄而，尺许小人连缕而出，至不可数。众起大噪，并击之。杖杖皆火，瞬息四散。惟遗一小髻，如胡桃壳然，纱饰而金线。嗅之，骚臭不可言。

金永年

利津金永年，八十二岁无子，媪亦七十八岁，自分绝望。忽梦神告曰："本应绝嗣，念汝贸贩平准，赐予一子。"醒以告媪。媪曰："此真妄想。两人皆将就木，何由生子？"无何，媪腹震动；十月，竟举一男。

夏　雪

丁亥年七月初六日，苏州大雪。百姓皇骇，共祷诸大王之庙。大王忽附人而言曰："如今称老爷者，皆增一大字；其以我神为小，消不得一大字耶？"众悚然，齐呼"大老爷"，雪立止。由此观之，神亦喜谄，宜乎治下部者之得车多矣。

异史氏曰："世风之变也，下者益谄，上者益骄。即康熙四十余年中，称谓之不古，甚可笑也。举人称爷，二十年始；进士称老爷，三十年始；司、院称大老爷，二十五年始。昔者大令谒中丞，亦不过老大人而止；今则此称久废矣。即有君子，亦素谄媚行乎谄媚，莫敢有异词也。若缙绅之妻呼太太，裁数年耳。昔惟缙绅之母，始有此称；以妻而得此称者，惟淫史中有乔林耳，他未之见也。唐时，上欲加张说大学士。说辞曰：'学士从无大名，臣不敢称。'今之大，谁大之？初由于小人之谄，而因得贵倨者之悦，居之不疑，而纷纷者遂遍天下矣。窃意数年以后，称爷者必进而老，称老爷者必进而大，但不知大上造何尊称？匪夷所思已！"

丁亥年六月初三日，河南归德府大雪尺余，禾皆冻死，惜乎其未知媚大王之术也。悲夫！

美人首

诸商寓居京舍。舍与邻屋相连，中隔板壁，板有杉节脱处，穴如盏。忽女子探首入，挽凤髻，绝美；旋伸一臂，洁白如玉。众骇其妖，欲捉，已缩去。少顷，又至，但隔壁不见其身。奔之，则又去之。一商操刀伏壁下。俄首出,暴决之,应手而落,血溅尘土。众惊告主人。主人惧,以其首首焉。逮诸商鞫之,殊荒唐。淹系半年,迄无情词,亦未有以人命讼者,乃释商,瘗女首。

车 夫

有车夫载重登坡,方极力时,一狼来啮其臀。欲释手,则货敝身压,忍痛推之。既上,则狼已龁片肉而去。乘其不能为力之际,而窃尝一脔,亦黠而可笑也。

杨疤眼

一猎人夜伏山中,见有小人长二尺已来,踽踽行涧底。少间,又一人来,高亦如之。适相值,交问何之。前者曰:“我将往望杨疤眼。前见其气色晦暗,多罹不吉。”后人曰:“我亦为此,汝言不谬。”猎者知其非人,厉声大叱,二人并无有矣。夜获一狐,左目上有疤痕,大如钱。

鼠 戏

长安市上有卖鼠戏者,背负一囊,中蓄小鼠十余头。每于稠人中,出小木架置肩上,俨如戏楼状。乃拍鼓板,唱古杂剧。歌声甫动,则有鼠自囊中出,蒙假面,被小装服,自背登楼,人立而舞。男女悲欢,悉合剧中关目。

卷二

劳山道士

邑有王生，行七，故家子。少慕道，闻劳山多仙人，负笈往游。登一顶，有观宇甚幽；一道士坐蒲团上，素发垂领，而神光爽迈。叩而与语，理甚玄妙。请师之。道士曰："恐娇惰不能作苦。"答言："能之。"其门人甚众，薄暮毕集。王俱与稽首，遂留观中。凌晨，道士呼王去，授一斧，使随众采樵。王谨受教。过月余，手足重茧，不堪其苦，阴有归志。一夕归，见二人与师共酌，日已暮，尚无灯烛；师乃剪纸如镜，粘壁间。俄顷，月明辉室，光鉴毫芒。诸门人环听奔走。一客曰："良宵胜乐，不可不同。"乃于案上取酒壶，分赉诸徒，且嘱尽醉。王自思：七八人，壶酒何能遍给？遂各觅盎盂，竞饮先釂，惟恐樽尽；而往复挹注，竟不少减。心奇之。俄一客曰："蒙赐月明之照，乃尔寂饮。何不呼嫦娥来？"乃以箸掷月中。见一美人自光中出。初不盈尺；至地，遂与人等。纤腰秀项，翩翩作"霓裳舞"。已而歌曰："仙仙乎，而还乎，而幽我于广寒乎！"其声清越，烈如箫管。歌毕，盘旋而起，跃登几上。惊顾之间，已复为箸。三人大笑。又一客曰："今宵最乐，然不胜酒力矣。其饯我于月宫可乎？"三人移席，渐入月中。众视三人坐月中饮，须眉毕见，如影之在镜中。移时，月渐暗；门人燃烛来，则道士独坐，而客杳矣。几上肴核尚故；壁上月，纸圆如镜而已。道士问众："饮足乎？"曰："足矣！""足，宜早寝，勿误樵苏。"众诺而退。王窃欣慕，归念遂息。又一月，苦不可忍，而道士并不传教一术。心不能待，辞曰："弟子数百里受业仙师，纵不能得长生术，或小有传习，亦可慰求教之心；今阅两三月，不过早樵而暮归。弟子在家，未谙此苦。"道士笑曰："吾固谓不能作苦，今果然。明早当遣汝行。"王曰："弟子操作多日，师略授小技，此来为不负也。"道士问："何术之求？"王曰："每见师行处，墙壁所不能隔，但得此法足矣。”道士笑而允之。乃传一诀，令自咒毕，呼曰：“入之！”王面墙不敢入。又曰：“试入之。”王果从容入，及墙而阻。道士曰：“俯首骤入，勿逡巡。”王果去墙数步，奔而入。及墙，虚若无物；回视，果在墙外矣。大喜，入谢。道士曰：“归宜洁持，否则不验。”遂助资斧遣之归。抵家，自诩“遇仙，坚壁所不能阻”。妻不信。王效其作为，去墙数尺，奔而入；头触硬壁，蓦然而踣。妻扶视之，额上坟起，如巨卵焉。妻揶揄之。王惭忿，骂老道士之无良而已。

异史氏曰：“闻此事未有不大笑者，而不知世之为王生者正复不少。今有伧父，喜疢毒而畏药石，遂有舐痈吮痔者，进宣威逞暴之术以迎其旨，绐之曰：‘执此术也以往，可以横行而无碍。’初试，未尝不小效，遂谓天下之大，举可以如是行矣，势不至触硬壁而颠蹶不止也。”

长清僧

长清僧，其道行高洁，年七十余犹健。一日，颠仆不起；寺僧奔救，已圆寂矣。僧不自知死，魂飘去至河南界。河南有故绅子，率十余骑，按鹰猎兔；马逸，坠毙。魂适相值，翕然而合，遂渐苏。厮仆环问之。张目曰：“胡至此？”众扶归。入门，则粉白黛绿者纷集顾问。大骇曰：“我僧也，胡至此？”家人以为妄，共提耳悟之。僧亦不自申解，但闭目不复有言。饷以脱粟则食，酒肉则拒。夜独宿，不受妻妾奉。数日后，忽思少步。众皆喜。既出，少定，即有诸仆纷来，钱簿谷籍，杂请会计。公子托以病倦，悉谢绝之，惟问：“山东长清县，知之否？”共答：“知之。”曰：“我郁无聊赖，欲往游瞩，宜即治任。”众谓：“新瘳，未应远涉。”不听。翼日遂发。抵长清，视风物如故。无烦问途，竟至兰若。弟子数人见贵客至，伏谒甚恭。乃问：“老僧焉往？”答云：“吾师曩已物化。”问墓所。群导引以往，则三尺孤坟，荒草犹未合也。众僧不知何意。既而戒马欲归,嘱曰:“汝师戒行之僧,所遗手泽,宜恪守,勿俾损坏。”众唯唯。乃行。既归,灰心木坐,了不勾当家务。居数月,出门自遁,直抵旧寺。谓弟子曰:“我即汝师。”众疑其谬,相视而笑。乃述返魂之由,又言生平所为,悉符。众乃信,居以故榻,事之如平日。后,公子家屡以舆马来,哀请之,略不顾瞻。又年余,夫人遣纪纲至,多所馈遗。金帛皆却之,唯受布袍一袭而已。友人或至其乡,敬造之。见其人默然诚笃,年仅而立,而辄道其八十余年事。

异史氏曰:“人死则魂散。其千里而不散者,性定故耳。余于僧,不异之乎其再生,而异之乎其入纷华靡丽之乡,而能绝人以逃世也。眼睛一闪,而兰麝薰心,有求死不得者矣,况僧乎哉!”

蛇　人

东郡某甲,以弄蛇为业。尝蓄驯蛇二,皆青色;其大者,呼之大青,小曰二青。二青额有赤点,尤灵驯,盘旋无不如意。蛇人爱之,异于他蛇。期年,大青死;思补其缺,未暇遑也。一夜,寄宿山寺。既明,启笥,二青亦渺。蛇人怅恨欲死,冥搜亟呼,迄无影兆。然每至丰林茂草,辄纵之去,俾得自适,寻复还,以此故,冀其自至。坐伺之,日既高,亦已绝望,怏怏遂行。出门数武,闻丛薪错楚中窸窣作响。停趾愕顾,则二青来也。大喜,如获拱璧。息肩路隅,蛇亦顿止。视其后,小蛇从焉。抚之曰:“我以汝为逝矣,小侣而所荐也?”出饵饲之,兼饲小蛇。小蛇虽不去,然瑟缩不敢食。二青含哺之,宛似主人之让客者。蛇人又饲之,乃食。食已,随二青俱入笥中。荷去,教之旋折,辄中规矩,与二青无少异,因名之小青。衒技四方,获利无算。大抵蛇人之弄蛇也,止以二尺为率;大则过重,辄更易之。缘二青驯,故未遽弃。又二三年,长三尺余,卧则笥为之满,遂决去之。一日,至淄邑东山间,饲以美饵,祝而纵之。既去,顷之复来,蜿蜒笥外。蛇人挥曰："去之。世无百年不散之筵；从此隐身大谷，必且为神龙。笥中何可以久居也！"蛇乃去，蛇人目送之。已而复返，挥之不去，以首触笥。小青在中，亦震震而动。蛇人悟曰："得勿欲别小青耶？"乃发笥，小青径出，因与交首吐舌，似相告语，已而委蛇并去。方意小青不返，俄而踽踽独来，竟入笥卧。由此随在物色，迄无佳者。而小青亦渐大不可弄。后得一头，亦颇驯，然终不如小青良。而小青粗于儿臂矣。先是，二青在山中，樵人多见之；又数年，长数尺，围如碗，渐出逐人。因而行旅相戒，罔敢出其途。一日，蛇人经其处。蛇暴出如风。蛇者大怖而奔。蛇逐益急。回顾，已将及矣；而视其首，朱点俨然，始悟为二青。下担呼曰："二青！二青！"蛇顿止；昂首久之，纵身绕蛇人，如昔弄状。觉其意殊不恶，但躯巨重，不胜其绕，仆地呼祷。乃释之；又以首触笥。蛇人悟其意，开笥出小青。二蛇相见，交缠如饴糖状，久之始开。蛇人乃祝小青："我久欲与汝别，今有伴矣。"谓二青曰："原君引之来，可还引之去。更嘱一言：深山不乏食饮，勿扰行人，以犯天谴。"二蛇垂头，似相领受。遽起，大者前，小者后，过处，林木为之中分。蛇人伫立望之，不见乃去。此后，行人如常，不知二蛇何往也。

异史氏曰："蛇蠢然物耳，乃恋恋有故人之意，且其从谏也如转圜。独怪俨然而人也者，以十年把臂之交，数世蒙恩之主，辄思下井复投石焉；又不然，则药石相投，悍然不顾，且怒而仇焉者，不且出斯蛇下哉！"

斫　蟒

胡田村胡姓者，兄弟采樵；深入幽谷，遇巨蟒。兄在前，为所吞。弟初骇欲奔，见兄被噬，遂忿怒；出樵斧斫蟒首。首伤，而吞不已。然头虽已没，幸肩际不能下。弟急极无计，乃两手持兄足，力与蟒争，竟曳兄出。蟒亦负痛去。视兄，则鼻耳俱化，奄将气尽。肩负以行，途中凡十余息，始至家。医养半年方愈。至今面目皆瘢痕，鼻耳处，惟孔存焉。噫！农人中乃有悌弟如此哉！或言："蟒不为害，乃德义所感。"信然。

犬　奸

青州贾某，客于外，恒经岁不归。家蓄一白犬，妻引与交，习为常。一日，夫至，与妻共卧。犬突入，登榻啮贾人竟死。后里舍稍闻之，共为不平，鸣于官。官械妇，妇不肯伏。收之。命缚犬来，始取妇出。犬忽见妇，直前碎衣作交状，妇始无词。使两役解部院。一解人，而一解犬。有欲观其合者，共敛钱赂役，役乃牵聚令交。所止处，观者常百人。役以此网利焉。后，人、犬俱寸磔以死。呜呼！天地之大，真无所不有矣！然人面而兽交者，独一妇也乎哉！

异史氏为之判曰："会于濮上，古所交讥；约于桑中，人且不齿。乃某者，不堪雌守之苦，浪思苟合之欢。夜叉伏床，竟是家中牝兽；捷卿入窦，遂为被底情郎。云雨台前，乱摇续貂之尾；温柔乡里，频款曳象之腰。锐锥处于皮囊，一纵股而脱颖；留情结于镞项，复饮羽而生根。忽思异类之交，真属匪夷之想。龙吠奸而为奸，妒残凶杀，律难治以萧曹；人非兽而实兽，奸秽淫腥，肉不食于豺虎。呜呼！人奸杀，则女拟以剐；至于犬奸杀，阳世遂无其刑。人不良，则罚人作犬；至于犬不良，阴曹应穷于法。宜肢解以追魂魄，请押赴以问阎罗。"

雹　神

王公筠苍，莅任楚中，拟登龙虎山谒天师。及湖，甫登舟，即有一人驾小艇来，使舟中人为通。公见之，貌修伟，怀中出天师刺曰："闻驺从将临，先遣负弩。"公讶其预知，益神之，诚意而往。天师治具相款。其服役者，衣冠须鬣，多不类常人。前使者亦侍其侧；少间，向天师细语。天师谓公曰："此先生同乡，不之识耶?"公问之。曰："此即世所传雹神李左车也。"公愕然改容。天师曰："适言奉旨雨雹，故告辞耳。"公问："何处?"曰："章丘。"公以接壤关切，离席乞免。天师曰："此上帝玉敕。雹有额数，何能相徇?"公哀不已。天师垂思良久，乃顾而嘱曰："其多降山谷，勿伤禾稼可也。"又嘱："贵客在座，文去勿武。"神出，至庭中，忽足下生烟，氤氲匝地。俄延逾刻，极力腾起，才高于庭树；又起，高于楼阁。霹雳一声，向北飞去，屋宇震动，筵器摆簸。公骇曰："去乃作雷霆耶?"天师曰："适戒之，所以迟迟；不然，平地一声，便逝去矣。"公别归，志其月日，遣人问章丘，是日果大雨雹，沟渠皆满，而田中仅数枚焉。

狐嫁女

历城殷天官，少贫，有胆略。邑有故家之第，广数十亩，楼宇连亘，常见怪异，以故废无居人；久之，蓬蒿渐满，白昼亦无敢入者。会公与诸生饮，或戏云："有能寄此一宿者，共醵为筵。"公跃起曰："是亦何难!"携一席往，众送诸门，戏曰："吾等暂候之。如有所见，当急号。"公笑云："有鬼狐，当捉证耳。"遂入。见长莎蔽径，蒿艾如麻。时值上弦，幸月色晕黄，门户可辨。摩挲数进，始抵后楼。登月台，光洁可爱，遂止焉。西望月明，惟衔山一线耳。坐良久，更无少异，窃笑传言之讹。席地枕石，卧看牛女。一更向尽，恍惚欲寐，楼下有履声，籍籍而上。假寐睨之，见一青衣人，挑莲灯，猝见公，惊而却退，语后人曰："有生人在。"下问："谁也?"答云："不识。"俄一老翁上，就公谛视曰："此殷尚书，其睡已酣。但办吾事。相公倜傥，或不叱怪。"乃相率入楼，楼门尽闭。移时，往来者益众，楼上灯辉如昼。公稍稍转侧，作嚏咳。翁闻公醒，乃出，跪而言曰："小人有箕帚女，今值于归。不意有触贵人，望勿深罪。"公起，曳之曰："不知今夕嘉礼，惭无以贺。”翁曰：“贵人光临，压除凶煞，幸矣。即烦陪坐，倍益光宠。”公喜应之。入视楼中，陈设芳丽。遂有妇人出拜，年可四十余。翁曰：“此拙荆。”公揖之。俄闻笙乐聒耳，有奔而上者曰：“至矣。”翁趋迎。公亦立俟。少间，笼纱一簇，导新郎入。年可十七八，丰采韶秀。翁命先与贵客为礼。少年目公。公若为傧，执半主礼。次，翁婿交拜，已，乃即席。少间，粉黛云从，酒胾雾霈，玉碗金瓯，光映几案。酒数行，翁唤女奴请小姐来。女奴诺而入，良久不出。翁自起，搴帏促之。俄，婢媪辈拥新人出。环珮璆然，麝兰散馥。翁命向上拜。起，即坐母侧。微目之，翠凤明珰，容华绝世。既而酌以金爵，大容数斗。公思此物可以持验同人，阴内袖中；伪醉隐几，颓然而寝。皆曰：“相公醉矣。”居无何，闻新郎告行，笙乐暴作，纷纷下楼而去。已而主人敛酒具，少一爵，冥搜不得。或窃议卧客，翁急戒“勿语”，惟恐公闻。移时，内外俱寂，公始起。暗无灯火，惟脂香酒气，充溢四堵。视东方既白，乃从容出。探袖中，金爵犹在。及门，则诸生先俟，疑其夜出而早入者。公出爵示之。众骇问，因以状告。共思此物非寒士所有，乃信之。后，举进士，任于肥丘。有世家朱姓宴公，命取巨觥；久之不至。有细奴掩口与主人语。主人有怒色。俄奉金爵劝客饮。谛视之，款式雕文，与狐物更无殊别。大疑，问所从制。答云：“爵凡八只，大人为京卿时，觅良工监制。此世传物，什袭已久。缘明府辱临，适取诸箱簏，仅存其七。疑家人所窃取；而十年尘封如故，殊不可解。”公笑曰：“金杯羽化矣。然世守之珍不可失。仆有一具，颇近似之，当以奉赠。”终筵归署，拣爵驰送之。主人审视，骇绝；亲诣谢公，诘所自来。公乃历陈颠末。始知千里之物，狐能摄致，而不敢终留也。

娇　娜

孔生雪笠，圣裔也。为人蕴藉，工诗。有执友令天台，寄函招之。生往，令适卒。落拓不得归，寓菩陀寺，佣为寺僧抄录。寺西百余步，有单先生第。先生故，公子以大讼萧条，眷口寡，移而乡居，宅遂旷焉。一日，大雪崩腾，寂无行旅。偶过其门，一少年出，丰采甚都；见生，趋与为礼，略致慰问，即屈降临。生爱悦之，慨然从入。屋宇都不甚广，处处悉悬锦幕，壁上多古人书画。案头书一册，签云《琅环琐记》。翻阅一过，俱目所未睹。生以居单第，意为第主，即亦不审官阀。少年细诘行踪，意怜之，劝设帐授徒。生叹曰："羁旅之人，谁作曹邱者？"少年曰："倘不以驽骀见斥，愿拜门墙。"生喜，不敢当师，请为友。便问："宅何久锢？"答曰："此为单府，曩以公子乡居，是宅久旷。仆皇甫氏，祖居陕，以家宅焚于野火，暂借安顿。"生始知非单。当晚，谈笑甚欢，即留共榻。昧爽，即有僮子炽炭火于室。少年先起，入内，生尚拥被坐。僮入白："太翁来。"生惊起。一叟入，鬓发皤然，向生殷谢曰："先生不弃顽儿，遂肯赐教。小子初学涂鸦，勿以友故，行辈视之也。"已，乃进锦衣一袭，貂帽、袜履各一事。视生盥栉已，乃呼酒荐馔。几榻、裙衣，不知何名，光彩射目。酒数行，叟兴辞，曳杖而去。餐讫，公子呈课业，类皆古文词，并无时艺。问之，笑云："仆不求进取也。"抵暮，更酌曰："今夕尽欢，明日便不许矣。"呼僮曰："视太翁寝未。已寝，可暗唤香奴来。"僮去，先以绣囊将琵琶至。少顷，一婢入，红妆艳绝。公子命弹"湘妃"曲。婢以牙拨勾动，激扬哀烈，节拍不类夙闻。又命以巨觞行酒，三更始罢。次日，早起共读。公子最慧，过目成咏；二三月后，命笔警绝。相约五日一饮，每饮必招香奴。一夕，酒酣气热，目注之。公子已会其意，曰："此婢为老父所豢养。兄旷邈无家，我夙夜代筹久矣。行当为君谋一佳偶。"生曰："如果惠好，必如香奴者。"公子笑曰："君诚'少所见而多所怪'者矣。以此为佳，君愿亦易足也。"居半载，生欲翱翔郊郭；至门，则双扉外扃。问之，公子曰："家君恐交游纷意念，故谢客耳。"生亦安之。时盛暑溽热，移斋园亭。生胸间肿起如桃，一夜如碗，痛楚呻吟。公子朝夕省视，眠食俱废。又数日，创剧，益绝食饮。太翁亦至，相对太息。公子曰："儿前夜思先生清恙，娇娜妹子能疗之。遣人于外祖母处，呼令归，何久不至？"俄，僮入白："娜姑至。姨与松姑同来。"父子疾趋入内。少间，引妹来视生。年约十三四，娇波流慧，细柳生姿。生望见艳色，嚬呻都忘，精神为之一爽。公子便言："此兄良友，不啻同胞也，妹子好医之。"女乃敛羞容，揄长袖，就榻诊视。把握之间，觉芳气胜兰。女笑曰："宜有是疾，心脉动矣。然症虽危，可治。但肤块已凝，非伐皮削肉不可。"乃脱臂上金钏安患处。徐徐按下之，创突起寸许，高出钏外，而根际余肿，尽束在内，不似前如碗阔矣。乃一手启罗衿，解佩刀，刃薄于纸，把钏握刃，轻轻附根而割。紫血流溢，沾染床席。生贪近娇姿，不惟不觉其苦，且恐速竣割事，偎傍不久。未几，割断；腐肉团团然，如树上削下之瘿。又呼水来，为洗割处。口吐红丸如弹大，着肉上按令旋转：才一周，觉热火蒸腾；再一周，习习作痒；三周，已遍体清凉，沁入骨髓。女收丸入咽曰："愈矣。"趋步出。生跃起走谢，沉痼若失。而悬想容辉，苦不自已。自是废卷痴坐，无复聊赖。公子已窥之，曰："弟为兄物色得一佳耦。"问："何人？"曰："亦弟眷属。"生凝思良久，但云："勿须。"面壁吟曰："曾经沧海难为水，除却巫山不是云。"公子会其旨，曰："家君仰慕鸿才，常欲附为婚姻。但止一少妹，齿太稚。有姨女阿松，年十八矣，颇不粗陋。如不见信，松姊日涉园亭，伺前厢可望见之。"生如其教，果见娇娜偕丽人来，画黛弯蛾，莲钩蹴凤，与娇娜相伯仲也。生大悦，请公子作伐。公子异日自内出，贺曰："谐矣。"乃除别院，为生成礼。是夕，鼓吹阗咽，尘落漫飞；以望中仙人，忽同衾幄，遂疑广寒宫殿未必在云霄矣。合卺之后，甚惬心怀。一夕，公子谓生曰："切磋之惠，无日可以忘之。近单公子解讼归，索宅甚急。意将弃此而西。势难复聚，因而离绪萦怀。"生愿从之而去，公子劝还乡闾。生难之。公子曰："勿虑，可即送君行。"无何，太翁引松娘至，以黄金百两赠生。公子以左右手与生夫妇相把握，嘱闭目勿视。飘然履空，但觉耳际风鸣。久之，曰：

“至矣。”启目，果见故里；始知公子非人。喜扣家门。母出非望，又睹美妇，方共欣慰。及回顾，则公子逝矣。松娘事姑孝，艳色贤名，声闻遐迩。后，生举进士，授延安司李。携家之任，母以道远不行。松娘举一男，名小宦。生以忤直指罢官，罣碍不得归。偶猎郊野，逢一美少年，跨骊驹，频频瞻视。细看，则皇甫公子也。揽辔停骖，悲喜交至。邀生去，至一村，树木浓昏，荫翳天日。入其家，则金沤浮钉，宛然世家。问妹子已嫁，岳母已亡，深相感悼。经宿别去，偕妻同返。娇娜亦至，抱生子掇提而弄曰：“姊姊乱吾种矣。”生拜谢曩德。笑曰：“姊夫贵矣。创口已合，未忘痛耶？”妹夫吴郎亦来拜谒，信宿乃去。一日，公子有忧色，谓生曰：“天降凶殃，能相救否？”生不知何事，但锐自任。公子趋出，招一家入，罗拜堂上。生大骇，亟问。公子曰：“余非人类，狐也。今有雷霆之劫。君肯一身赴难，一门可望生全。不然，请抱子而行，无相累。”生矢共生死。乃使仗剑于门，嘱曰：“雷霆轰击，勿动也。”生如所教。果见阴云昼暝，昏黑如磐。回视旧居，无复闬闳，惟见高冢岿然，巨穴无底。方错愕间，霹雳一声，摆簸山岳；急雨狂风，老树为拔。生目眩耳聋，屹不少动。忽于繁烟黑絮之中，见一鬼物，利喙长爪，自穴攫一人出，随烟直上。瞥睹衣履，念似娇娜。乃急跃离地，以剑击之，随手坠落。忽而崩雷暴裂，生仆遂毙。少间，晴霁，娇娜已能自苏；见生死于旁，大哭曰：“孔郎为我而死，我何生矣！”松娘亦出，共舁生归。娇娜使松娘捧其首，先以金簪拨其齿；自乃撮其颐，以舌度红丸入，又接吻而呵之。红丸随气入喉，格格作响。移时，醒然而苏；见眷口，恍如梦寤。于是一门团圞，惊定而喜，生以幽圹不可久居，议同旋里；满堂交赞，惟娇娜不乐。生请与吴郎俱，又虑翁媪不肯离幼子。终日议不果。忽吴家一小奴，汗流气促而至。惊致研诘，则吴郎家亦同日遭劫，一门俱没。娇娜顿足悲伤，涕不可止。共慰劝之，而同归之计遂决。生入城勾当数日，连夜趋装。既归，以闲园寓公子，恒返关之；生及松娘至，始发扃。生与公子兄妹棋酒谈宴若一家然。小宦长成，貌韶秀,有狐意。出游都市,共知其为狐儿也。

异史氏曰:“余于孔生,不羡其得艳妻,而羡其得腻友也。观其容,可以忘饥;听其声,可以解颐。得此良友,时一谈宴,则‘色授魂与’,尤胜于‘颠倒衣裳’矣。”

妖 术

于公者,少任侠,喜拳勇,力能持高壶作旋风舞。崇祯间,殿试在都,仆疫不起,患之。会市上有善卜者,能决人生死,将代问之。既至,未言。卜者曰:“君莫欲问仆病乎?”公骇,应之。曰:“病者无害,君可危。”公乃自卜。卜者起卦,愕然曰:“君三日当死。”公惊诧良久。卜者从容曰:“鄙人有小术,报我十金,当代禳之。”公自念:生死已定,术岂能解。不应而起,欲出。卜者曰:“惜此小费,勿悔勿悔!”爱公者皆为公惧,劝罄橐以哀之。公不听。倏忽至三日,公端坐旅舍,静以觇之,终日无恙。至夜,阖户挑灯,倚剑危坐。一漏向尽,更无死法。意欲就枕,忽闻窗隙窸窣有声。急视之,一小人荷戈入;及地,则高如人。公捉剑起,急击之,飘忽未中。遂遽小,复寻窗隙,意欲遁去。公疾斫之,应手而倒。烛之,则纸人已腰断矣。公不敢卧,又坐待之。逾时,一物穿窗入,怪狞如鬼。才及地,急击之,断而为两,皆蠕动。恐其复起,又连击之,剑剑皆中,其声不耎。审视,则土偶,片片已碎。于是移坐窗下,目注隙中。久之,闻窗外如牛喘,有物推窗棂,房壁震摇,其势欲倾。公惧覆压,计不如出而斗,遂划然脱扃,奔而出。见一巨鬼,高与檐齐;昏月中,见其面黑如煤,眼闪烁有黄光;上无衣,下无履,手弓而腰矢。公方骇,鬼则关矣。公以剑拨矢,矢堕;欲击之,则又关矣。公急跃避,矢贯于壁,战战有声。鬼怒甚,拔佩刀,挥如风,望公力劈。公猱进。刀中庭石,石立断。公出其股间,削鬼中踝,铿然有声。鬼益怒,吼如雷,转身复剁。公又伏身入。刀落,断公裙。公已及胁下,猛斫之,亦铿然有声,鬼仆而僵。公乱击之,声硬如柝。烛之,则一木偶,高大如人,弓矢尚缠腰际;刻画狰狞,剑击处皆有血出。公因秉烛待旦。方悟鬼物皆卜人遣之,欲致人于死,以神其术也。次日,遍告知交,与共诣卜所。卜人遥见公,瞥不可见。或曰:“皆翳形术也,犬血可破。”公如其言,戒备而往。卜人又匿如前。急以犬血沃立处,但见卜人头面皆为犬血模糊,目灼灼如鬼立。乃执付有司而杀之。

异史氏曰:“尝谓买卜为一痴,世之讲此道而不爽于生死者几人?卜之而爽,犹不卜也。且即明明告我以死期之至,将复如何?况有借人命以神其术者,其可畏尤甚耶!”

野　狗

于七之乱,杀人如麻。乡民李化龙,自山中窜归;值大兵宵进,恐罹炎崐之祸,急无所匿,僵卧于死人之丛,诈作尸。兵过既尽,未敢遽出。忽见阙头断臂之尸,起立如林。内一尸,断首犹连肩上,口中作语曰:“野狗子来奈何!”群尸参差而言曰:“奈何!”俄顷,蹶然尽倒,遂寂无声。李方惊颤欲起,有一物来,兽首人身,伏啮人首,遍吸其脑。李惧,匿首尸下。物来,拨李肩,欲得李首。李力伏,俾不可得。物乃推覆尸而移之。首见,李大惧,手索腰下,得巨石如碗,握之。物俯身欲龁。李骤起,大呼,击其首,中嘴。物嗥如鸱,掩口负痛而奔,吐血道上。就视之,于血中得二齿,中曲而端锐,长四寸余。怀归以示人,皆不知其何物也。

三　生

刘孝廉,能记前身事,与先文贲兄为同年,尝历历言之。一世为搢绅,行多玷,六十二岁而没。初见冥王,待以乡先生礼,赐坐,饮以茶。觑冥王盏中茶色清澈,己盏中浊如膠;暗疑迷魂汤得毋此耶?

乘冥王他顾，以盏就案角泻之，伪为尽者。俄顷，稽前生恶录；怒命群鬼捽下，罚作马。即有厉鬼縶去。行至一家，门限甚高，不可逾。方趑趄间，鬼力楚下，痛甚而蹶。自顾，则身已在枥下矣。但闻人曰："骊马生驹矣！牡也。"心甚明了，但不能言。觉大馁，不得已，就牝马求乳。逾四五年，体修伟，甚畏挞楚，见鞭则惧而逸。主人骑，必覆障泥，缓辔徐徐，犹不甚苦；惟奴仆圉人，不加鞯装以行，两踝夹击，痛彻心腑。于是愤甚，三日不食，遂死。至冥司，冥王查其罚限未满，责其规避，剥其皮革，罚为犬。意懊丧，不欲行。群鬼乱挞之。痛极而窜于野，自念不如死，愤投绝壁，颠莫能起。自顾，则身伏窦中，牝犬舐而腓字之，乃知身已复生于人世矣。稍长，见便液，亦知秽；然嗅之而香，但立念不食耳。为犬经年，常忿欲死，又恐罪其规避。而主人又豢养不肯戮。乃故啮主人，脱股肉。主人怒，杖杀之。冥王鞫状，怒其狂猘，笞数百，俾作蛇。囚于幽室，暗不见天。闷甚，缘壁而上，穴屋而出。自视，则身伏茂草，居然蛇矣。遂矢志不残生类，饥吞木实。积年余，每思自尽不可，害人而死又不可。欲求一善死之策而未得也。一日，卧草中，闻车过，遽出当路。车驰压之，断为两。冥王讶其速至。因匍伏自剖。冥王以其无罪见杀，原之，准其满限，复为人，是为刘公。公生而能言，文章书史，过辄成诵。辛酉，举孝廉。每劝人：乘马必厚其障泥；股夹之刑，胜于鞭楚也。

异史氏曰："毛角之俦，乃有王公大人在其中。所以然者，王公大人之内，原未必无毛角者在其中也。故贱者为善，如求花而种其树；贵者为善，如已花而培其本。种者可大，培者可久。不然，且将负盐车，受羁馽，与之为马；不然，且将啖便液，受烹割，与之为犬；又不然，且将披鳞介，葬鹤鹳，与之为蛇。"

狐入瓶

万村石氏之妇祟于狐，患之，而不能遣。扉后有瓶，每闻妇翁来，狐辄遁匿其中。妇窥之熟，暗计而不言。一日，窜入，妇急以絮塞其口，置釜中，燀汤而沸之。瓶热，狐呼曰："热甚！勿恶作剧！"妇不语，号益急；久之，无声。拔塞而验之，毛一堆，血数点而已。

真定女

真定界有孤女，方六七岁，收养于夫家。相居二三年，夫诱与交而孕。腹膨膨而以为病也，告之母。母曰："动否？"曰："动。"又益异之。然以其齿太稚，不敢决。未几，生男。母叹曰："不图拳母，竟生锥儿！"

焦　螟

董侍读默庵家，为狐所扰。瓦砾砖石，忽如雹落，家人相率奔匿，待其间歇，乃敢出操作。公患之，假祚庭孙司马第移避之，而狐扰犹故。一日，朝中待漏，适言其异。大臣或言："关东道士焦螟，居内城，总持敕勒之术，颇有效。"公造庐而请之。道士朱书符，使归粘壁上。狐竟不惧，抛掷有加焉。公复告道士。道士怒，亲诣公家，筑坛作法。俄见一巨狐，伏坛下。家人受虐已久，衔恨綦深，一婢近击之。婢忽仆地气绝。道士曰："此物猖獗，我尚不能遽服之，女子何轻犯尔尔！"既而曰："可借鞫狐词亦得。"戟指咒移时，婢忽起，长跪。道士诘其里居。婢作狐言："我西域产，入都者十八辈。"道士曰："辇毂之下，何容尔辈久居！可速去！"狐不答。道士击案怒曰："汝欲梗吾令耶？再若迁延，法不汝宥！"狐乃蹙怖作色，愿谨奉教。道士又速之，婢又仆绝，良久始苏。俄见白块四五团，滚滚如毬，附檐际而行；次第追逐，顷刻俱去。由是遂安。

叶 生

淮阳叶生者，失其名字。文章词赋，冠绝当时；而所遇不偶，困于名场。会关东丁乘鹤来令是邑，见其文，奇之；召与语，大悦。使即官署，受灯火；时赐钱谷恤其家。值科试，公游扬于学使，遂领冠军。公期望綦切，闱后，索文读之，击节称叹。不意时数限人，文章憎命，榜既放，依然铩羽。生嗒丧而归，愧负知己，形销骨立，痴若木偶。公闻，召之来而慰之。生零涕不已。公怜之，相期考满入都，携与俱北。生甚感佩，辞而归，杜门不出。无何，寝疾。公遗问不绝。而服药百裹，殊罔所效。公适以忤上官免，将解任去，函致之，其略云："仆东归有日，所以迟迟者，待足下耳。足下朝至，则仆夕发矣。"传之卧榻，生持书啜泣，寄语来使："疾革难遽瘥，请先发。"使人返白。公不忍去，徐待之。逾数日，门者忽通叶生至。公喜，迎而问之。生曰："以犬马病，劳夫子久待，万虑不宁。今幸可从杖履。"公乃束装戒旦。抵里，命子师事生，夙夜与俱。公子名再昌，时年十六，尚不能文；然绝慧，凡文艺三两过，辄无遗忘。居之期岁，便能落笔成文。益之公力，遂入邑庠。生以生平所拟举业，悉录授读。闱中七题，并无脱漏，中亚魁。公一日谓生曰："君出余绪，遂使孺子成名。然黄钟长弃若何！"生曰："是殆有命。借福泽为文章吐气，使天下人知半生沦落，非战之罪也，愿亦足矣。且士得一人知己，可无憾。何必抛却白纻，乃谓之利市哉！"公以其久客，恐误岁试，劝令归省。惨然不乐。公不忍强，嘱公子至都为之纳粟。公子又捷南宫，授部中主政。携生赴监，与共晨夕。逾岁，生入北闱，竟领乡荐。会公子差南河典务，因谓生曰："此去离贵乡不远，先生奋迹云霄，锦还为快。"生亦喜。择吉就道，抵淮阳界，命仆马送生归。见门户萧条，意甚悲恻。逡巡至庭中。妻携簸具以出，见生，掷具骇走。生凄然曰："我今贵矣，三四年不觌，何遂顿不相识？"妻遥谓曰；"君死已久，何复言贵？所以久淹君柩者，以家贫子幼耳。今阿大亦已成立，将卜窀穸，勿作怪异吓生人。”生闻之，怃然惆怅。逡巡入室，见灵柩俨然，扑地而灭。妻惊视之，衣冠履舄如脱委焉；大恸，抱衣悲哭。子自塾中归，见结驷于门，审所自来，骇奔告母。母挥涕告诉。又细询从者，始得颠末。从者返，公子闻之，涕坠垂膺。即命驾哭诸其室；出橐营葬，葬以孝廉礼。又厚遗其子，为延师教读。言于学使，逾年游泮。

异史氏曰：“魂从知己，竟忘死耶？闻者疑之，余深信焉。同心倩女，至离枕上之魂；千里良朋，犹识梦中之路。而况茧丝蝇迹，吐学士之心肝；流水高山，通我曹之性命者哉！嗟乎！遇合难期，遭逢不偶。行踪落落，对影长愁；傲骨嶙嶙，搔头自爱。叹面目之酸涩，来鬼物之揶揄。频居康了之中，则须发之条条可丑；一落孙山之外，则文章之处处皆疵。古今痛哭之人，卞和惟尔；颠倒逸群之物，伯乐伊谁？抱刺于怀，三年灭字；侧身以望，四海无家。人生世上，只须合眼放步，以听造物之低昂而已。天下之肮脏沦落，如叶生其人者，亦复不少，顾安得令威复来，而生死从之也哉？噫！”

四十千

新城王大司马有主计仆，家称素封。忽梦一人奔入曰：“汝欠四十千，今宜还矣。”问之，不答，径入内去。既醒，妻产男。知为夙孽，遂以四十千捆置一室，凡儿衣食病药，皆取给焉。过三四岁，视室中钱，仅存七百。适乳媪抱儿至，调笑于侧，呼之曰：“四十千将尽，汝宜行矣。”言已，儿忽颜色蹙变，项折目张。再抚之，气已绝矣。乃以余资置葬具而瘗之。此可为负欠者戒也。昔有老而无子者，问诸高僧。僧云：“汝不欠人者，人又不欠汝者，乌得子？”盖生佳儿，所以报我之缘；生顽儿，所以取我之债。生者勿喜，死者勿悲也。

成 仙

文登周生，与成生少共笔砚，遂订为杵臼交。而成贫，故终岁依周。以齿，则周为长，呼周妻以嫂。节序登堂，如一家焉。周妻生子，产后暴卒。继聘王氏。成以少故，未尝请见之。一日，王氏弟来省姊，宴于内寝。成适至。家人通白，周坐命邀之。成不入，辞去。周移席外舍，追之而还。甫坐，即有人白"别业之仆，为邑宰重笞者"。先是，黄吏部家牧佣，牛蹊周田，以是相诟。牧佣奔告主，捉仆送官，遂被笞责。周诘得其故，大怒曰："黄家牧猪奴，何敢尔！其先世为大父服役；促得志，乃无人耶！"气填吭臆，忿而起，欲往寻黄。成捺而止之曰："强梁世界，原无皂白。况今日官宰，半强寇不操矛弧者耶！"周不听。成谏止再三，至泣下。周乃止。怒终不释，转侧达旦。谓家人曰："黄家欺我，我仇也，姑置之。邑令朝廷官，非势家官，纵有互争，亦须两造，何至如狗之随嗾者！我亦呈治其佣，视彼将何处分。"家人悉怂恿之，计遂决。以状赴宰，宰裂而掷之。周怒，语侵宰。宰惭恚，因逮系之。辰后，成往访周，始知入城讼理。急奔劝止，则已在囹圄矣。顿足无所为计。时获海寇三名，宰与黄赂嘱之，使捏周党。据词申黜衣顶，搒掠酷惨。成入狱，相顾凄酸，谋叩阙。周曰："身系重犴，如鸟在笼；虽有弱弟，止足供囚饭耳。"成锐身自任曰："是予责也。难而不急，乌用友也！"乃行。周弟赆之，则去已久矣。至都，无门入控。相传驾将出猎，成预隐木市中。俄驾过，伏舞哀号，遂得准。驿送而下，着部院审奏。时阅十月余，周已诬服论辟。院接御批，大骇，复提躬谳。黄亦骇，谋杀周，因赂监者绝其食饮；弟来馈问，苦禁拒之。成又为赴院声屈，始蒙提问，业已饥饿不起。院台怒，杖毙监者。黄大怖，纳数千金，嘱为营脱，以是得朦胧题免。宰以枉法拟流。周放归，益肝胆成。成自经讼系，世情尽灰，招周偕隐。周溺少妇，辄迂笑之。成虽不言，而意甚决。别后，数日不至。周使探诸其家，家人方疑其在周所。两无所见，始疑。周心知其异，遣人踪迹之，寺观壑谷，物色殆遍。时以金帛恤其子。又八九年，成忽自至，黄巾氅服，岸然道貌。周喜，把臂曰：“君何往？使我寻欲遍。”笑曰：“孤云野鹤，栖无定所。别后幸复顽健。”周命置酒，略通间阔，欲为变易道装。成笑，不语。周曰：“愚哉！何弃妻孥犹敝屣也？”成笑曰：“不然。人将弃予，其何人之能弃！”问所栖止。答在劳山之上清宫。既而抵足寝，梦成裸伏身上，气不得息。讶问何为，殊不答。忽惊而寤，呼成，不应；坐而索之，杳然不知所往。定移时，始觉在成榻，骇曰：“昨不醉，何颠倒至此耶？”乃呼家人。家人火之，俨然成也。周固多髭，以手自捋，则疏无几茎。取镜自照，讶曰：“成生在此，我何往？”已而大悟，知成以幻术招隐。意欲归内，弟以其貌异，禁不听前。周亦无以自明。即命仆马往寻成。数日，入劳山；马行疾，仆不能及。休止树下，见羽客往来甚众。内一道人目周，周因以成问。道士笑曰：“耳其名矣。似在上清。”言已径去。周目送之，见一矢之外，又与一人语，亦不数言而去。与言者渐至，乃同社生。见周，愕曰：“数年不晤，人以君学道名山。今尚游戏人间耶？”周数其异。生惊曰：“我适遇之，而以为君也。去无几时，或亦不远。”周大异曰：“怪哉！何自己面目，觌面而不之识？”仆寻至，急驰之，竟无踪兆。一望寥阔，进退难以自主。自念无家可归，遂决意穷追。而怪险不复可骑，遂以马付仆归，迤逦自往。遥见一童独坐，趋近问程，且告以故。童自言为成弟子，代荷衣粮，导与俱行。星饭露宿，逴行殊远。三日始至，又非世之所谓上清。时十月中，山花满路，不类初冬。童入报，成即遽出，始认己形。执手而入，置酒宴语。见异彩之禽，驯人不惊；声如笙簧，时来鸣于坐上。心甚异之。然尘俗念切，无意留连。地下有蒲团二，曳与并坐。至二更后，万虑俱寂。忽似瞥然一盹，身觉与成易位。疑之，自捋颔下，则于思者如故矣。既曙，浩然思返。成固留之。越三日，乃曰：“乞少寐息，早送君行。”甫交睫，闻成呼曰：“行装已俱矣。"遂起从之。所行殊非旧途,觉无几时,里居已在望中。成坐候路侧,俾自归。周强之不得,因踽踽至家门。叩不能应,思欲越墙,觉身飘似叶,一跃已过。凡逾数重垣,始抵卧室:灯烛荧然,内人未寝,哝哝与人语。舐窗以窥,则妻与一厮仆同杯饮,状甚狎亵。于是怒火如焚。计将掩执,又恐孤力难胜,遂潜身脱扃而出。奔告成,且乞为助。成慨然从之,直抵内寝。周举石挝门,内张皇甚。擂愈急,内闭益坚。成拨以剑,划然顿闭。周奔入,仆冲户而走。成在门外,以剑击之,断其肩臂。周执妻拷讯,乃知被收时即与仆私。周借剑决其首,罥肠庭树间。乃从成出,寻途而返。蓦然忽醒,则身在卧榻,惊而言曰:"怪梦参差,使人骇惧!"成笑曰:"梦者,兄以为真;真者,乃以为梦。"周愕而问之。成出剑示之,溅血犹存。周惊怛欲绝,窃疑成诪张为幻。成知其意,乃促装送之归。荏苒至里门,乃曰:"畴昔之夜,倚剑而相待者,非此处耶?吾厌见恶浊,请还待君于此。如过晡不来,予自去。"周至家,门户萧索,似无居人;还入弟家。弟见兄,双泪交坠,曰:"兄去后,盗夜杀嫂,刳肠去,酷惨可悼。于今官捕未获。"周如梦醒,因以情告,戒勿究。弟错愕良久。周问其子。乃命老妪抱至。周曰:"此襁褓物,宗绪所关,弟好视之。兄欲辞人世矣。"遂起,径去。弟涕泗追挽。笑行不顾。至野外,见成,与俱行;遥回顾曰:"忍事最乐。"弟欲有言,成阔袖一举,即不可见。怅立移时,痛哭而返。周弟朴拙,不善治家人生产,居数年,家益贫。周子渐长,不能延师,因自教读。一日早至斋,见案头有函书,缄封甚固,签题"仲氏启"。审之,为兄迹;开视,则虚无所有,只见爪甲一枚,长二指许,心怪之。以甲置砚上,出问家人所自来,并无知者。回视,则砚石粲粲,化为黄金。大惊。以试铜铁,皆然。由此大富。以千金赐成氏子。因相传两家有点金术云。

新　郎

江南梅孝廉耦长,言其乡孙公为德州宰,鞫一奇案。初,村人有为子取妇者。新人入门,戚里毕贺。饮至更余,新郎出。见新妇炫妆,趋转舍后,疑而尾之。宅后有长溪,小桥通之。见新妇渡桥径去,益疑。呼之不应。遥以手招婿。婿急趁之。相去盈尺,而卒不可及。行数里,入一村落。妇止,谓婿曰:"君家寂寞,我不惯住。请与暂居妾家,数日便同归省。"言已,抽簪扣扉,轧然有女童应门。妇先入。不得已,从之。既入,则岳父母俱在堂上。谓婿曰:"我女少娇惯,未尝一刻离膝下;一旦去故里,心辄戚戚。今同郎来,甚慰系念。居数日,当送两人归。"乃为除室,床褥备具,遂居之。家中客见新郎久不至,共索之。室中惟新妇在,不知婿之何往。由此遐迩访问,并无耗息。翁媪零涕,谓其必死。将半载,妇家悼女无偶,遂请于村人父,欲别醮女。村人父益悲,曰:"骸骨衣裳,无所验证。何知吾儿遂为异物?纵其奄丧,周岁而嫁,当亦未晚。胡为如是急耶?"妇父益衔之,讼于庭。孙公怪疑,无所措力,断令待以三年。存案,遣去。村人子居女家,家人亦大相欣待。每与妇议归,妇亦诺之,而因循不即行。积半年余,中心徘徊,万虑不安。欲独归,而妇固留之。一日,合家遑遽,似有急难。仓卒谓婿曰:"本拟三二日遣夫妇偕归,不意仪装未备,忽遘闵凶。不得已,先送郎还。"于是送出门,旋踵即返,周旋言动,颇甚草草。方欲觅途,回视,院宇无存,但见高冢。大惊,寻路急归。至家,历述端末,因与投官陈诉。孙公拘妇父谕之,送女于归,使合卺焉。

灵　官

朝天观道士某,喜吐纳之术。有翁假寓观中,适同所好,遂为玄友。居数年,每至郊祭时,辄先旬日而去,郊后乃返。道士疑而问之。翁曰:"我两人莫逆,可以实告。我狐也。郊期至,则诸神清秽,我无所容,故行遁耳。"又一年,及期而去,久不复返。疑之。一日忽至,因问其故,答曰:"我几不复见子矣。曩欲远避,心颇怠,视阴沟甚隐，遂潜伏卷瓮下。不意灵官粪除至此，瞥为所睹，愤欲加鞭。余惧而逃。灵官追逐甚急。至黄河上，濒将及矣。大窘无计，窜伏溷中。神恶其秽，始返身去。既出，臭恶沾染，不可复游人世。乃投水自濯讫，又蛰穴中凡百日，垢浊始净。今来相别，兼亦致嘱：'君亦宜隐身他去，大劫将来，此非福地也。'”言已，辞去。道士依言别徙。未几而有甲申之变。

王　兰

利津王兰暴病死。阎王覆勘，乃鬼卒之误勾也。责送还生，则尸已败。鬼惧罪，谓王曰：“人而鬼也则苦，鬼而仙也则乐。苟乐矣，何必生？”王以为然。鬼曰：“此处一狐，金丹成矣。窃其丹吞之，则魂不散，可以长存，但凭所之，罔不如意。子愿之否？”王从之。鬼导去，入一高第。见楼阁渠然，而悄无一人。有狐在月下，仰首望空际，气一呼，有丸自口中出，直上入月中；一吸，复落，以口承之，则又呼之，如是不已。鬼潜伺其侧，俟其出，急掇于手，付王吞之。狐惊，盛气相向；见二人在，恐不敌，愤恨而去。王与鬼别。至其家，妻子见之，咸惧却走。王告以故，乃渐集。由此在家，寝处如平时。其友张姓者，闻而省之。相见话温凉，因谓张曰：“我与君家夙贫，今有术可以致富，子能从我游乎？”张唯唯。曰：“我能不药而医，不卜而断。我欲现身，恐识我者相惊怪。附子而行，可乎？”张又唯唯。于是即日趋装。至山西界，富室有女得暴疾，眩然瞀瞑，前后药禳既穷。张造其庐，以术自炫。富翁止此女，常珍惜之，能医者，愿以千金为报。张请视之，从翁入室，见女瞑卧；启其衾，抚其体，女昏不觉。王私告张曰：“此魂亡也，当为觅之。”张乃告翁：“病虽危，可救。”问：“需何药？”俱言不须：“女公子魂离他所，业遣神觅之矣。”约一时许，王忽来，具言已得。张乃请翁再入，又抚之。少顷，女欠伸，目遽张。翁大喜，抚问。女言：“向戏园中，见一少年郎携弹弹雀,数人牵骏马从诸其后。急欲奔避,横被阻止。少年以弓授儿,教儿弹。方羞诃之,便携儿马上,累骑而行,笑曰:‘我乐与子戏,勿羞也。’数里,入山中。我马上号且骂。少年怒,推堕路旁。欲归无路。适有一人捉儿臂,疾若驰,瞬息至家,忽若梦醒。”翁神之,果贻千金。王宿与张谋,留二百金作路费,余俱摄去,款门而付其子。又命以三百馈张氏,乃复还。次日,与翁别,不见金藏何所,益奇之,厚礼而送之。逾数日,张于郊外遇同乡人贺才。才饮赌,不事生业,其贫如丐;闻张得异术,获金无算,因奔寻之。王劝薄赠令归。才不改故行,旬日荡尽,将复寻张。王已知之,曰:“才狂悖,不可与处。只宜赂之使去,纵祸犹浅。”逾日,才果至,强从与俱。张曰:“我固知汝复来,然日事酗赌,千金何能满无底窦!诚改若所为,我百金相赠。”才诺之。张泻囊与之。才去,以百金在橐,赌益豪;益之狭邪游,挥金如土。邑中捕役疑而执之,质于官,拷掠酷惨。才实告金所自来。乃遣隶押才捉张。创剧,毙于途。魂不忘张,复往依之,因与王会。一日,聚饮于烟墩,才大醉,狂呼。王止之,不听。适巡方御史过,闻呼搜之,获张。张惧,以实告。御史怒,笞而牒于神。夜梦金甲人告曰:“查王兰无辜而死,今为鬼仙,医亦仁术,不可律以妖魅。今奉帝命,授为清道使。贺才邪荡,已罚窜铁围山。张某无罪,当宥之。”御史醒而异之,乃释张。张制装旋里,囊中存数百金,敬以半送王家。王氏子孙以此致富焉。

王　成

王成,平原故家子。性最懒,生涯日落,惟剩破屋数间,与妻卧牛衣中,交谪不堪。时盛夏燠热,村外故有周氏园,墙宇尽倾,惟存一亭;村人多寄宿其中,王亦在焉。既晓,睡者尽去。红日三竿,王始起,逡巡欲归。见草际金钗一股,拾视之,镌有细字云:仪宾府造。王祖为衡府仪宾,家中故物,多此款式。因把钗筹蹰。欻一妪来寻钗。王虽故贫，然性介，遽出授之。妪喜，极赞盛德，曰："钗值几何！先夫之遗泽也。"问："夫君伊谁？"答云："故仪宾王柬之也。"王惊曰："吾祖也。何以相遇？"妪亦惊曰："汝即王柬之之孙耶？我乃狐仙，百年前与君祖缱绻。君祖没，老身遂隐。过此遗钗，适入子手，非天数耶！"王亦曾闻祖有狐妻，信其言，便邀临顾。妪从之。王呼妻出见，负败絮，菜色黯焉。妪叹曰："嘻！王柬之之孙，乃一贫至此哉！"顾败灶无烟，曰："家计若此，何以聊生？"妻因细述贫状，呜咽饮泣。妪以钗授妇，使姑质钱市米，三日外请复相见。王挽留之。妪曰："汝妻犹不能存活；我在，仰屋而居，复何裨益？"遂径去。王为妻言其故，妻大怖。王诵其义，使姑事之。妻诺。逾三日，果至。出数金，籴粟麦各一石。夜与妇宿短榻。妇初惧之，然察其意殊拳拳，遂不之疑。翌日，谓王曰："孙勿惰，宜操小生业；坐食，乌可长也？"王告以无资。曰："汝祖在时，金帛凭所取；我以世外人无需是物，故未尝多取。积花粉之金四十两，至今犹存。贮亦无所用，可将去，悉以市葛，刻日赴都，可得微息。"王从之，购五十余端以归。妪命趋装，计六七日可达燕都。嘱曰："宜勤勿懒，宜急勿缓，迟之一日，悔之已晚。"王敬诺，囊货就路。中途遇雨如绳，过宿，泞益甚。见往来行人践淖没胫，心畏苦之。待至停午，始渐燥，而阴云复合，雨又大作。信宿乃行。将近京，传闻葛价翔贵，心窃喜。入都解装，客店主人深惜其晚。先是，南道初通，葛至绝少。贝勒府购致甚急，价顿昂，较常可三倍。前一日方购足，后来者并皆失望。主人以故告王，王郁郁不乐。越日，葛至愈多，价亦下。王以无利，不肯售。迟十余日，计食耗烦多，倍益忧闷。主人劝令贱卖，改而他图。从之。亏资十余两，悉脱去。早起，将作归计，启视囊中，则金亡矣。惊告主人。主人无所为计。或劝鸣官，责主人偿。王叹曰："此我数也，于主人何干？"主人闻而德之，赠金五两，慰之使归。自念无以见祖母，蹀踱内外，进退维谷。适见斗鹑者，一赌数千；每市一鹑，恒百钱不止。意忽动，计囊中资，仅足贩鹑；乃归市贩鹑而返。主人喜，贺其速售。至夜，大雨彻曙。天明，衢水如河，淋零犹未休也。居以待晴；连绵数日，更无休止。起视笼中，鹑渐死。王大惧，不知计之所出。越日，死愈多，仅余数头，并一笼饲之；经宿往窥，则一鹑仅存。因告主人，不觉涕堕。主人亦为扼腕。王自度金尽罔归，但欲觅死。主人劝慰之。共往视鹑，审谛之曰："此似英物，诸鹑之死，未必非此之斗杀之也。君暇亦无所事，请把之；如其良也，赌亦可以谋生。"王如其教。既驯，主人令持向街头赌酒食。鹑健甚，辄赢。主人喜，以金授王，使复与子弟决赌，三战三胜。半年，蓄积二十金，心益慰，视鹑如命。先是，大亲王好鹑，每值"上元"，辄放民间把鹑者入邸相角。主人谓王曰："今大富宜可立致；所不可知者，在子之命矣。"因告以故，导与俱往。嘱曰："脱败则丧气出耳；倘有万分一，鹑斗胜，王必欲市之，君勿应；如固强之，惟予首是瞻，待首肯而后应之。"王曰："诺。"至邸，则鹑人肩摩于墀下。顷之，王出御殿。左右宣言："有愿斗者上！"即有一人把鹑，趋而进。王命放鹑，客亦放。略一腾踔，客鹑已败。王大笑。王命把鹑者再进。俄而败者数人。主人曰："可矣。"相将俱登。王相之曰："睛有怒脉，此健羽也，不可轻敌。"命取铁喙者当之。一再腾跃，而王鹑铩羽。更选其良，再易再败。王急命取宫中玉鹑。片时把出，素羽如鹭，神骏不凡。王成意馁，跪而求罢。王笑曰："总之，脱斗而死，当厚尔赏。"成乃纵之。王鹑直奔之。而玉鹑方来，则伏如怒鸡以待之；玉鹑健喙，则起如翔鹤以击之。进退颉颃，相持约一伏时，玉鹑渐懈；而其怒益烈，其斗益急。未几，雪毛摧落，垂羽而逃。观者千人，罔不叹羡。王乃索取而亲把之。自喙至爪，审周一过，问成曰："鹑可货否？"答曰："小人无恒产，与相依为命，不愿售也。"王曰："赐尔重直，中人之产可致，颇愿之乎？"成俯思良久曰："本不乐置，顾大王既爱好之，苟使小人得衣食业，又何求？"王问直，答以千金。王笑曰："痴男子，此何珍宝而千金直也？"成曰："大王不以为宝，臣以为连城之璧不过也。"王曰："如何？"曰："小人把向市中，日得数金，易升斗粟，一家十余口食指无冻馁忧，是何宝如之？”王言：“余不相亏，便与二百金。”成摇首。又增百数。成目视主人色不动，乃曰：“承大王命，请减百价。”王曰：“休矣！谁肯以九百金易一鹑者？”成囊鹑欲行。王呼曰：“鹑人来！实给六百。肯则售，否则已耳！”成又目主人，主人仍自若。成心愿盈溢，惟恐失时，曰：“以此数售，心实怏怏。但交而不成，则获戾滋大。无已，即如命。”王喜，即称付之。成囊金，拜赐而出。主人怼曰：“我言如何？子乃急自鬻也。再少勒之，八百金在掌中矣。”成归，掷金案上，请主人自取之，主人不受。又固让之，乃盘计饭直而受之。王治装归。至家，历述所为，出金相庆。妪命置良田三百亩，起屋作器，居然世家。早起，使成督耕，妇督织，稍惰，辄呵之。夫妇相安，不敢有怨辞。过三年，家益富。妪辞欲去，夫妇共挽之，至泣下。妪亦随止。旭旦候之，已杳矣。

异史氏曰：“富皆得于勤，此独得于惰，亦创闻也。不知一贫彻骨，而至性不移，此天所以始弃之而终怜之也。懒中岂果有富贵乎哉！”

梦　别

王春李先生之祖，与先叔祖玉田公交最善。一夜，梦公至其家，黯然相语。问：“何来？”曰：“仆将长往，故与君别耳。”问：“何之？”曰：“远矣。”遂出。送至谷中，见石壁有裂罅，便拱手作别。以背向罅，逡巡倒行而入。呼之，不应，因而惊悟。及明，以告太公敬一，且使备吊具，曰：“玉田公捐舍矣。”太公请先探之，信而后吊之。不听，竟以素服往。至门，则提幡挂矣。呜呼！古人于友，其死生相信如此；丧舆待巨卿而行，岂妄哉！

李　公

李公著明，睢宁令襟卓先生公子也。为人豪爽无馁怯。为新城王季良先生内弟。季良家多楼阁，往往睹怪异。公常暑月寄宿，爱阁上晚凉。或告之异，公笑，不听，固命设榻。主人如请，嘱仆辈伴公寝。公辞，言："喜独宿，生平不解怖。"主人乃使炷息香于炉，始息烛覆扉而去。公即枕移时，于月色中，见几上茗瓯倾侧，旋转不休，亦不堕。公咄之，铿然立止，即若有人拔香炷，炫摇空际，纵横作花缕。公起叱曰："何物鬼魅敢尔！"裸裼下榻，欲就捉之。以足觅床下，仅得一履，不暇冥搜，赤足挝摇处，炷顿插炉，竟寂无兆。公俯身遍摸暗陬，忽一物腾击颊际，觉似履状。索之，亦殊不得。乃启覆下楼，呼从人爇火以烛，空无一物，乃复就枕。既明，使数人搜履。翻席倒榻，不知所在。主人为公易屦。越日，偶一仰首，见一屦夹塞椽间。挑拨而下，则公履也。公益都人，侨居于淄之孙氏第。第綦阔，皆置闲旷，公仅居其半。南院临高阁，止隔一堵，时见阁扉自启闭，公亦不置念。偶与家人语于庭，阁门忽开。见一小人，面北而坐，身不盈三尺，绿袍白袜。众指顾之，亦不动。公曰："此狐也。"急取弓矢，对关欲射。小人见之，嗤嗤作揶揄声。遂不复见。公捉刀登阁，且骂且搜，竟无所睹，乃返。异遂绝。公居数年，安妥无恙。公长公友三，为余姻家，其所目睹。

异史氏曰："予生也晚，未得奉公杖履。然闻之父老，大约慷慨刚毅丈夫也。观此二事，大概可睹。浩然中存，鬼狐何为乎哉！"

鄱阳神

翟湛持，司理饶州，道经鄱阳湖。湖上有神祠，停盖游瞻。内雕木普郎死节臣像。翟姓一神，最居末座。翟曰："吾家宗人，何得在下?”遂于上易一座。既而登舟,大风断帆,桅檣倾侧,一家哀号。俄一小舟,破浪而来,既近官舟,急挽翟登小舟。于是家人尽登。审视其人,与翟姓神无少异。无何,浪息,寻之已杳。

骂 鸭

邑西白家庄居民某,盗邻鸭烹之。至夜,觉肤痒;天明视之,鸭毛茸生,触之则痛。大惧,无术可医。夜梦一人告之曰:“汝病乃天罚,须得失者骂,毛乃可落。”而邻翁素雅量,生平失物,未尝征于声色。某诡告翁曰:“鸭乃某甲所盗,彼甚畏骂焉。骂之亦可儆将来。”翁笑曰:“谁有闲气骂恶人!”卒不骂。某益窘,因实告邻翁。翁乃骂,其病良已。

异史氏曰:“甚矣,攘者之可惧也:一攘而鸭毛生!甚矣,骂者之宜戒也:一骂而盗罪减!然为善有术,彼邻翁者,是以骂行其术者也。”

柳氏子

胶州柳西川,法内史之主计仆也。年四十,生一子,溺爱甚至;纵任之,惟恐拂。既长,荡侈逾检,翁囊积为空。无何,子病。翁故畜善骡。子曰:“骡肥可啖。杀啖我,我病可愈。”柳谋杀蹇劣者。子闻之,即大怒骂,病益剧。柳惧,杀骡以进,乃喜。然尝一脔便弃去,病卒不减,寻毙。柳悼叹欲死。后三四年,村人以香社登岱。至山半,见一人乘骡行,驶而来,怪似柳子。比至,果是。下骡遍揖,各道寒暄。村人共骇,亦不敢诘其死;但问:“在此何作?”答云:“亦无甚事,东西奔驰而已。”便问逆旅主人姓名。众具告之。柳子拱手曰:“适有小故,不暇叙间阔,明日当相谒。”上骡遂去。众既归寓,亦谓其未必即来。晏旦俟之,子果至。系骡厩柱,趋进笑言。众谓:

"尊大人日切思慕,何不一归省视?"子讶问:"言者何人?"众以柳对。子神色俱变,久之曰:"彼既见思,请归传语:我于四月七日,在此相候。"言讫别去。众归,以情致翁。翁大哭,如期而往,自以故告主人。主人止之曰:"曩见公子神情冷落,似未必有嘉意。以我卜之,殆不可见。"柳涕泣不信。主人曰:"我非阻君,神鬼无常,恐遭不吉。如必欲见,请伏椟中。待其来,察其词色,可见则出。"柳如其言。既而,子果至。问:"柳某来否?"主人答云:"无。"子盛气骂曰:"老畜产那便不来!"主人惊曰:"何骂父?"答曰:"彼是我何父?初与伊为客侣,不图包藏祸心,隐我血赀悍不还。今愿得而甘心焉,何父之有!"言已,出门曰:"便宜他!"柳在椟历历闻之,汗流接踵,不敢出气。主人呼之,乃出,狼狈而归。

异史氏曰:"暴得多金,何如其乐!所难堪者偿耳!荡费殆尽,尚不忘于夜台,怨毒之于人,甚矣哉!"

卷三

青 凤

太原耿氏，故大家，第宅宏阔。后凌夷，楼舍连亘，半旷废之。因生怪异，堂门辄自关掩，家人恒中夜骇哗。耿患之，移居别墅，留老翁门焉。由此荒落益甚，或闻笑语歌吹声。耿有从子去病，狂放不羁，嘱翁有所闻见，奔告之。至夜，见楼上灯光明灭，走报生。生欲入觇其异。止之，不听。门户素所习识，竟拨蒿蓬，曲折而入。登楼，初无少异；穿楼而过，闻人语切切。潜窥之，见巨烛双烧，其明如昼。一叟儒冠南面坐，一媪相对，俱年四十余。东向一少年，可二十许；右一女郎，才及笄耳。酒胾满案，团坐笑语。生突入，笑呼曰："有不速之客一人来！"群惊奔匿。独叟诧问："谁何入人闺闼？"生曰："此我家也，君占之。旨酒自饮，不邀主人，毋乃太吝？"叟审睇之，曰："非主人也。"生曰："我狂生耿去病，主人之从子耳。"叟致敬曰："久仰山斗！"乃揖生入，便呼家人易馔。生止之。叟乃酌客。生曰："吾辈通家，坐客无容见避，还祈招饮。"叟呼："孝儿！"俄少年自外入。叟曰："此豚儿也。"揖而坐，略审门阀。叟自言："义君姓胡。"生素豪，谈议风生，孝儿亦倜傥；倾吐间，雅相爱悦。生二十一，长孝儿二岁，因弟之。叟曰："闻君祖纂《涂山外传》，知之乎？"答："知之。"叟曰："我涂山氏之苗裔也。唐以后，谱系犹能忆之，五代而上无传焉。幸公子一垂教也。"生略述涂山女佐禹之功，粉饰多词，妙绪泉涌。叟大喜，谓子曰："今幸得闻所未闻。公子亦非他人，可请阿母及青凤来共听之，亦令知我祖德也。"孝儿入帏中。少时，媪偕女郎出。审顾之，弱态生娇，秋波流慧，人间无其丽也。叟指妇云："此为老荆。"又指女郎："此名青凤，鄙人之犹女也。颇慧，所闻见辄记不忘，故唤令听之。"生谈竟而饮，瞻顾女郎，停睇不转。女觉之，俯其首。生隐蹑莲钩，女急敛足，亦无愠怒。生神志飞扬，不能自主，拍案曰：“得妇如此，南面王不易也！”媪见生渐醉益狂，与女俱去。生失望，乃辞叟出，而心萦萦，不能忘情于青凤也。至夜，复往，则兰麝犹芳，凝待终宵，寂无声咳。归与妻谋，欲携家而居之，冀得一遇。妻不从，生乃自往，读于楼下。夜凭几，一鬼披发入，面黑如漆，张目视生。生笑，捻指研墨自涂，灼灼然相与对视，鬼惭而去。次夜更深，灭烛欲寝，闻楼后发扃，闭之砰然。急起窥觇，则扉半启。俄闻履声细碎，有烛光自房中出。视之，则青凤也。骤见生，骇而却退，遽阖双扉。生长跪致词曰：“小生不避险恶，实以卿故。幸无他人，得一握手为笑，死不憾耳。”女遥语曰：“惓惓深情，妾岂不知？但吾叔闺训严谨，不敢奉命。”生固哀之，云：“亦不敢望肌肤之亲，但一见颜色足矣。”女似肯可，启关出，捉其臂而曳之。生狂喜，相将入楼下，拥而加诸膝。女曰：“幸有夙分；过此一夕，即相思无益矣。”问：“何故？”曰：“阿叔畏君狂，故化厉鬼以相吓，而君不动也。今已卜居他所，一家皆移，什物赴新居，而妾留守，明日即发矣。”言已，欲去，云：“恐叔归。”生强止之，欲与为欢。方持论间，叟掩入。女羞惧无以自容，挽手依床，拈带不语。叟怒曰：“贱婢辱我门户！不速去，鞭挞且从其后！”女低头急去，叟亦出。生尾而听之，诃诟万端，闻青凤嘤嘤啜泣。生心意如割，大声曰：“罪在小生，于青凤何与？倘宥青凤，刀锯铁钺，愿身受之！”良久寂然，乃归寝。自此第内，绝不复声息矣。生叔闻而奇之，愿售以居，不较值。生喜，携家口而迁焉。居逾年，甚适，而未尝须臾忘青凤也。会清明上墓归，见小狐二，为犬逼逐。其一投荒窜去，一则皇急道上。望见生，依依哀啼，葛耳辑首，似乞其援。生怜之，启裳衿，提抱以归。闭门，置床上，则青凤也。大喜，慰问。女曰：“适与婢子戏，遘此大厄。脱非郎君，必葬犬腹。望无以非类见憎。”生曰：“日切怀思，系于魂梦。见卿如获异宝，何憎之云！”女曰：“此天数也。不因颠覆，何得相从？然幸矣，婢子必言妾已死，可与君坚永约耳。”生喜，另舍舍之。积二年余，生方夜读，孝儿忽入。生辍读，讶诘所来。孝儿伏地，怆然曰："家君有横难，非君莫救。将自诣恳，恐不见纳，故以某来。"问："何事？"曰："公子识莫三郎否？"曰："此吾年家子也。"孝儿曰："明日将过，倘携有猎狐，望君留之也。"生曰："楼下之羞，耿耿在念，他事不敢预闻。必欲仆效绵薄，非青凤来不可。"孝儿零涕曰："凤妹已野死三年矣。"生拂衣曰："既尔，则恨滋深耳！"执卷高吟，殊不顾瞻。孝儿起，哭失声，掩面而去。生如青凤所，告以故。女失色曰："果救之否？"曰："救则救之。适不之诺者，亦聊以报前横耳。"女乃喜曰："妾少孤，依叔成立。昔虽获罪，乃家范应尔。"生曰："诚然，但使人不能无介介耳。卿果死，定不相援。"女笑曰："忍哉！"次日，莫三郎果至，镂膺虎韔，仆从甚赫。生门逆之。见获禽甚多，中一黑狐，血殷毛革；抚之，皮肉犹温。便托裘敝，乞得缀补。莫慨然解赠。生即付青凤，乃与客饮。客既去，女抱狐于怀，三日而苏，展转复化为叟。举目见凤，疑非人间。女历言其情。叟乃下拜，惭谢前愆。喜顾女曰："我固谓汝不死，今果然矣。"女谓生曰："君如念妾，还祈以楼宅相假，使妾得以申返哺之私。"生诺之。叟赧然谢别而去。入夜，果举家来。由此如家人父子，无复猜忌矣。生斋居，孝儿时共谈宴。生嫡出子渐长，遂使傅之；盖循循善教，有师范焉。

画　皮

太原王生，早行，遇一女郎，抱襆独行，甚艰于步。急走趁之，乃二八姝丽。心相爱乐，问："何夙夜踽踽而独？"女曰："行道之人，不能解愁忧，何劳相问？"生曰："卿何愁忧？或可效力，不辞也。"女黯然曰："父母贪赂，鬻妾朱门。嫡妒甚，朝詈而夕楚辱之，所弗堪也，将远遁耳。"问："何之？"曰："在亡之人，乌有定所。"生言："敝庐不远，即烦枉顾。"女喜从之。生代携襆物，导与同归。女顾室无人，问："君何无家口？"答云："斋耳。"女曰："此所良佳。如怜妾而活之，须秘密勿泄。”生诺之，乃与寝合。使匿密室，过数日而人不知也。生微告妻。妻陈，疑为大姓媵妾，劝遣之。生不听。偶适市，遇一道士，顾生而愕。问：“何所遇？”答言：“无之。”道士曰：“君身邪气萦绕，何言无？”生又力白。道士乃去，曰：“惑哉！世固有死将临而不悟者。”生以其言异，颇疑女；转思明明丽人，何至为妖，意道士借魇禳以猎食者。无何，至斋门，门内杜，不得入。心疑所作，乃逾垝垣，则室门已闭。蹑足而窗窥之，见一狞鬼，面翠色，齿巉然如锯。铺人皮于榻上，执彩笔而画之；已而掷笔，举皮如振衣状，披于身，遂化为女子。睹此状，大惧，兽伏而出。急追道士，不知所往。遍迹之，遇于野，长跪乞救，请遣除之。道士曰：“此物亦良苦，甫能觅代者，予亦不忍伤其生。”乃以蝇拂授生，令挂寝门。临别，约会于青帝庙。生归，不敢入斋，乃寝内室，悬拂焉。一更许，闻门外戢戢有声，自不敢窥，使妻窥之。但见女子来，望拂子不敢进；立而切齿，良久乃去。少时复来，骂曰：“道士吓我。终不然，宁入口而吐之耶！”取拂碎之，坏寝门而入。径登生床，裂生腹，掬生心而去。妻号，婢入烛之，生已死，腔血狼藉。陈骇涕不敢声。明日，使弟二郎奔告道士。道士怒曰：“我固怜之，鬼子乃敢尔！”即从生弟来。女子已失所在。既而仰首四望，曰：“幸遁未远。”问：“南院谁家？”二郎曰：“小生所舍也。”道士曰：“现在君家。”二郎愕然，以为未有。道士问曰：“曾否有不识者一人来？”答曰：“仆早赴青帝庙，良不知，当归问之。”去，少顷而返，曰：“果有之。晨间一妪来，欲佣为仆家操作，室人止之，尚在也。”道士曰：“即是物矣。”遂与俱往。仗木剑，立庭心，呼曰：“孽鬼！偿我拂子来！”妪在室，惶遽无色，出门欲遁。道士逐击之。妪仆，人皮划然而脱，化为厉鬼，卧嗥如猪。道士以木剑枭其首；身变作浓烟，匝地作堆。道士出一葫芦，拔其塞，置烟中，飗飗然如口吸气，瞬息烟尽。道士塞口入囊。共视人皮，眉目手足，无不备具。道士卷之，如卷画轴声，亦囊之，乃别欲去。陈氏拜迎于门，哭求回生之法。道士谢不能。陈益悲，伏地不起。道士沉思曰：

"我术浅，诚不能起死。我指一人，或能之。"问："何人？"曰："市上有疯者，时卧粪土中。试叩而哀之。倘狂辱夫人，夫人勿怒也。"二郎亦习知之。乃别道士，与嫂俱往。见乞人颠歌道上，鼻涕三尺，秽不可近。陈膝行而前。乞人笑曰："佳人爱我乎？"陈告以故。又大笑曰："人尽夫也，活之何为？"陈固哀之。乃曰："异哉！人死而乞活于我，我阎摩耶？"怒以杖击陈。陈忍痛受之。市人渐集如堵。乞人咯痰唾盈把，举向陈吻曰："食之！"陈红涨于面，有难色；既思道士之嘱，遂强啖焉。觉入喉中，硬如团絮，格格而下，停结胸间。乞人大笑曰："佳人爱我哉！"遂起，行已不顾。尾之，入于庙中。迫而求之，不知所在；前后冥搜，殊无端兆，惭恨而归。既悼夫亡之惨，又悔食唾之羞，俯仰哀啼，但愿即死。方欲展血敛尸，家人伫望，无敢近者。陈抱尸收肠，且理且哭。哭极声嘶，顿欲呕。觉鬲中结物，突奔而出，不及回首，已落腔中。惊而视之，乃人心也。在腔中突突犹跃，热气腾蒸如烟然。大异之。急以两手合腔，极力抱挤。少懈，则气氤氲自缝中出，乃裂缯帛急束之。以手抚尸，渐温，覆以衾裯。中夜起视，有鼻息矣。天明，竟活。为言："恍惚若梦，但觉腹隐痛耳。"视破处，痂结如钱，寻愈。

异史氏曰："愚哉世人！明明妖也，而以为美。迷哉愚人！明明忠也，而以为妄。然爱人之色而渔之，妻亦将食人之唾而甘之矣。天道好还，无往不复，但愚而迷者不悟耳。可哀也夫！"

贾　儿

楚某翁贾于外。妇独居，梦与人交，醒而扪之，小丈夫也。察其情，与人异，知为狐。未几，下床去，门未开而已逝矣。入暮，邀庖媪伴焉。有子十岁，素别榻卧，亦招与俱。夜既深，媪儿皆寐，狐复来。妇喃喃如梦语。媪觉，呼之，狐遂去。自是，身忽忽若有亡。至夜，不敢息烛，戒子睡勿熟。夜阑，儿及媪倚壁少寐。既醒，失妇，意其出遗；久待不至，始疑。媪惧，不敢往觅；儿执火遍烛之，至他室，则母裸卧其中，近扶之，亦不羞缩。自是遂狂，歌哭叫詈，日万状。夜厌与人居，另榻寝，儿媪亦遣去。儿每闻母笑语，辄起火之。母反怒诃儿，儿亦不为意，因共壮儿胆。然嬉戏无节，日效朽者以砖石叠窗上，止之不听。或去其一石，则滚地作娇啼，人无敢气触之。过数日，两窗尽塞无少明。已乃和泥涂壁孔，终日营营，不惮其劳。涂已，无所作，遂把厨刀霍霍磨之。见者皆憎其顽，不以人齿。儿宵分隐刀于怀，以瓢覆灯。伺母呓语，急启灯，杜门声喊。久之无异，乃离门，扬言诈作欲搜状。欻有一物如狸，突奔门隙。急击之，仅断其尾，约二寸许，湿血犹滴。初，挑灯起，母便诟骂，儿若弗闻。击之不中，懊恨而寝。自念虽不即戮，可以幸其不来。及明，视血迹，逾垣而去。迹之，入何氏园中。至夜果绝，儿窃喜。但母痴卧如死。未几，贾人归，就榻问讯。妇谩骂，视若仇。儿以状对。翁惊，延医药之。妇泻药诟骂。潜以药入汤水杂饮之，数日渐安。父子俱喜。一夜睡醒，失妇所在，父子又觅得于别室。由是复颠，不欲与夫同室处。向夕，竟奔他室。挽之，骂益甚。翁无策，尽扃他扉。妇奔去，则门自闭。翁患之，驱禳备至，殊无少验。儿薄暮潜入何氏园，伏莽中，将以探狐所在。月初升，乍闻人语。暗拨蓬科，见二人来饮，一长鬣奴捧壶，衣老棕色。俱细隐，不甚可辨。移时，闻一人曰："明日可取白酒一瓶来。"顷之，俱去，惟长鬣独留，脱衣卧石上。审顾之，四肢皆如人，但尾垂后部。儿欲归，恐狐觉，遂终夜伏。未明，又闻二人以次复来，哝哝入竹丛中。儿乃归。翁问所往，答："宿阿伯家。"适从父入市，见帽肆挂狐尾，乞翁市之。翁不顾。儿牵父衣，娇聒之。翁不忍过拂，市焉。父贸易廛中，儿戏弄其侧，乘父他顾，盗钱去，沽白酒，寄肆廊。有舅氏城居，素业猎。儿奔其家，舅他出。妗诘母疾，答云："连日少可。又以耗子啮衣，怒涕不解，故遣我乞猎药耳。"妗检柜中，出钱许，裹付儿，儿少之。妗欲作汤饼啖儿，儿觑室无人，自发药裹，窃盈掬而怀之。乃趋告妗，俾勿举火，"父待市中，不遑食也。”遂去，隐以药置酒中。遨游市上，抵暮方归。父问所在，托在舅家。儿自是日游廛肆间。一日，见长鬣杂在人中。儿审之确，阴缀系之。渐与语，诘其里居。答言：“北村。”亦询儿，儿伪云：“山洞。”长鬣怪其洞居。儿笑曰：“我世居洞府，君固否耶？”其人益惊，便诘姓氏。儿曰：“我胡氏子。曾在何处见君从两郎，颐忘之耶？”其人熟视之，若信若疑。儿微启下裳，少少露其假尾，曰：“我辈混迹人中，但此物犹存，为可恨耳。”其人问：“在市欲何为？”儿曰：“父遣我沽。”其人亦以沽告。儿问：“沽未？”曰：“吾侪多贫，故常窃时多。”儿曰：“此役亦良苦，耽惊忧。”其人曰：“受主人遣，不得不尔。”因问：“主人伊谁？”曰：“即曩所见两郎兄弟也。一私北郭王氏妇，一宿东村某翁家。翁家儿大恶，被断尾，十日始瘥，今复往矣。”言已欲别，曰：“勿误我事。”儿曰：“窃之难，不若沽之易。我先沽寄廊下，敬以相赠。我囊中尚有余钱，不愁沽也。”其人愧无以报。儿曰：“我本同类，何靳些须？暇时，尚当与君痛饮耳。”遂与俱去，取酒授之，乃归。至夜，母竟安寝，不复奔。心知有异，告父同往验之，则两狐毙于亭上，一狐死于草中，喙津津尚有血出。酒瓶犹在，持而摇之，未尽也。父惊问：“何不早告？”曰：“此物最灵，一泄，则彼知之。”翁喜曰：“我儿，讨狐之陈平也。”于是父子荷狐归。见一狐秃尾，刀痕宛然。自是遂安。而妇瘠殊甚，心渐明了，但益之嗽，呕痰数升，寻愈。北郭王氏妇，向祟于狐，至是问之，则狐绝而病亦愈。翁由此奇儿，教之骑射。后贵至总戎焉。

董　生

董生，字遐思，青州之西鄙人。冬月薄暮，展被于榻而炽炭焉。方将篝灯，适友人招饮，遂扃户去。至友人所，座有医人，善太素脉，遍诊诸客。末顾王生九思及董曰：“余阅人多矣，脉之奇无如两君者：贵脉而有贱兆，寿脉而有促征。此非鄙人所敢知也。然而董君实甚。”共惊问之。曰:“某至此亦穷于术,未敢臆决。愿两君自慎之。”二人初闻甚骇,既以为模棱语,置不为意。半夜,董归,见斋门虚掩,大疑。醺中自忆,必去时忙促,故忘扃键。入室,未遑爇火,先以手入衾中探其温否。才一探入,则腻有卧人。大惊,敛手。急火之,竟为姝丽,韶颜稚齿,神仙不殊。狂喜,戏探下体,则毛尾修然。大惧,欲遁。女已醒,出手捉生臂,问:“君何往?”董益惧,战栗哀求:“愿仙人怜恕。”女笑曰:“何所见而仙我?”董曰:“我不畏首而畏尾。”女又笑曰:“君误矣。尾于何有?”引董手,强使覆探,则髀肉如脂,尻骨童童。笑曰:“何如? 醉态朦胧,不知所见伊何,遂诬人若此。”董固喜其丽,至此益惑,反自咎适然之错。然疑其所来无因。女曰:“君不忆东邻之黄发女乎? 屈指移居者已十年矣。尔时我未笄,君垂髫也。”董恍然曰:“卿周氏之阿琐耶?”女曰:“是矣。”董曰:“卿言之,我仿佛忆之。十年不见,遂窈窕如此。然何遽能来?”女曰:“妾适痴郎四五年,翁姑相继逝,又不幸为文君。剩妾一身,茕无所依。忆孩时相识者惟君,故来相见就。入门已暮,邀饮者始至,遂潜隐以待君归。待之既久,足冰肌粟,故借被以自温耳。幸勿见疑。”董喜,解衣共寝,意殊自得。月余,渐羸瘦,家人怪问,辄言不自知。久之,面目益支离,乃惧,复造善脉者诊之。医曰:“此妖脉也。前日之死征验矣,疾不可为也。”董大哭,不去。医不得已,为之针手灸脐,而赠以药。嘱曰:“如有所遇,力绝之。”董亦自危。既归,女笑要之。怫然曰:“勿复相纠缠,我行且死!”走不顾。女大惭,亦怒曰:“汝尚欲生耶!”至夜,董服药独寝,甫交睫,梦与女交,醒已遗矣。益恐,移寝于内,妻子火守之。梦如故。窥女子已失所在。积数日,董吐血斗余而死。王九思在斋中,见一女子来,悦其美而私之。诘所自,曰:“妾遐思之邻也。渠旧与妾善,不意为狐惑而死。此地妖气可畏,读书人宜慎相防。”王益佩之,遂相欢待。居数日,迷惘病瘠。忽梦董曰:“与君好者狐也。杀我矣,又欲杀我友。我已诉之冥府,泄此幽愤。七日之夜,当炷香室外,勿忘却。”省而异之。谓女曰："我病甚，恐将委沟壑，或劝勿室也。"女曰："命当寿，室亦生；不寿，勿室亦死也。"坐与调笑。王心不能自持，又乱之。已而悔之，而不能绝。及暮，插香户上。女来，拔弃之。夜又梦董来，让其违嘱。次夜，暗嘱家人，俟寝后潜炷之。女在榻上忽惊曰："又置香耶？"王言："不知。"女急起得香，又折灭之。入曰："谁教君为此者？"王曰："或室人忧病，听巫家厌禳耳。"女彷徨不乐。家人潜窥香灭，又炷之。女忽叹曰："君福泽良厚。我误害遐思而奔子，诚我之过。我将与彼就质于冥曹。君如不忘夙好，勿坏我皮囊也。"逡巡下榻，仆地而死。烛之，狐也。犹恐其活，遽呼家人，剥其革而悬焉。王病甚，见狐来曰："我诉诸法曹。法曹谓董君见色而动，死当其罪；但咎我不当惑人，追金丹去，复令还生。皮囊何在？"曰："家人不知，已脱之矣。"狐惨然曰："余杀人多矣，今死已晚；然忍哉君乎！"恨恨而去。王病几危，半年乃瘥。

龁　石

新城王钦文家，有圉人王姓，幼入劳山学道。久之，不火食，唯啖松子及白石。遍体生毛。既数年，念母老归里，渐复火食，犹啖石如故。向日视之，即知石之甘苦酸咸，如啖芋然。母死，复入劳山，今又十七八年矣。

陆　判

陵阳朱尔旦，字小明。性豪放，然素钝，学虽笃，尚未知名。一日，文社众饮。或戏之云："君有豪名，能深夜负十王殿左廊下判官来，众当醵作筵以相款。"盖陵阳有十王殿，神鬼皆木雕，妆饰如生。东庑有立判，绿面红须，貌尤狞恶。或夜闻两廊拷讯声。入者，毛皆森竖。故众以此难朱。朱笑起，径去。居无何，门外大呼曰："我请髯宗师至矣!”众皆起。俄负判入,置几上,奉觞酹之三。众睹之,瑟缩不安于座。仍请负去。朱又把酒灌地,祝曰:“门生狂率不文,大宗师谅不为怪。荒舍非遥,合乘兴来觅饮,幸勿畛畦。”乃负之去。次日,众果招朱饮。抵暮,半醉而归,兴未阑,挑灯独酌。忽有人搴帘入,视之,乃判官也。起曰:“噫,吾殆将死矣!前夕冒渎,今来加斧锧耶?”判启浓髯微笑曰:“非也。昨蒙高义相订,夜偶暇,敬践达人之约。”朱大悦,牵衣促坐,自起涤器爇火。判曰:“天道温和,可以冷饮。”朱如命,置瓶案上,奔告家人治肴果。妻闻大骇,戒勿出。朱不听,立俟治具以出。易盏交酬,始询姓氏。判曰:“我陆姓,无名字。”与谈古典,应答如响。问:“知制艺否?”曰:“妍媸亦颇辨之。阴司诵读,与阳世略同。”陆豪饮,一举十觥。朱因竟日饮,遂不觉玉山倾颓,伏几醺睡。比醒,则残烛昏黄,鬼客已去。自是三两日辄一来,情益洽,时抵足眠。朱献窗稿,陆辄红勒之,都言不佳。一夜,朱醉先寝,陆犹自酌。忽醉梦中觉脏腹微痛;醒而视之,则陆危坐床前,破腔出肠胃,条条整理。愕曰:“夙无仇怨,何以见杀?”陆笑曰:“勿惧,我为君易慧心耳。”从容纳肠已,复合之,末以裹足布束朱腰。作用毕,视榻上亦无血迹。腹间觉少麻木。见陆置肉块几上,问之。曰:“此君心也。作文不快,知君之毛窍塞耳。适在冥间,于千万心中,拣得佳者一枚,为君易之,留此以补缺数。”乃起,掩扉去。天明解视,则创缝已合,有綖而赤者存焉。自是文思大进,过眼不忘。数日,又出稿示陆。陆曰:“可矣。但君福薄,不能大显贵,乡、科而已。”问:“何时?”曰:“今岁必魁。”未几,科试冠军,果中经元。同社生素揶揄之。及见闱墨,相视而惊,细询始知其异。共求朱先容,愿纳交陆。陆诺之。众大设以待之。更初,陆至,赤髯生动,目炯炯如电。众茫乎无色,齿欲相击,渐引去。朱乃携陆归饮。既醺,朱曰:“湔肠伐胃,受赐已多。尚有一事相烦,不知可否?”陆便请命。朱曰:“余结发人,下体颇亦不恶,但面目不甚佳丽。欲烦君刀斧,何如?”陆笑曰:“诺,容徐图之。”过数日,半夜来叩关。朱急起延入，烛之，见襟裹一物。诘之。曰："君曩所嘱，向艰物色。适得一美人首，敬报君命。"朱拨视，颈血犹湿。陆立促急入，勿惊鸡犬。朱虑门户夜扃。陆至，以手推扉，扉自开。引至卧室，见夫人侧身眠。陆以头授朱抱之，自于靴中出白刃如匕首，按夫人项，着力如切腐状，迎刃而解，首落枕畔。急于朱怀取美人首合项上，详审端正，而后按捺。已而移枕塞肩际，命朱瘗首静所，乃去。朱妻醒，觉颈间微麻，搓之，得血片。甚骇，呼婢汲盥。婢见面血狼藉，惊绝。濯之，盆水尽赤。举首则面目全非，又骇极。夫人引镜自照，错愕不能自解。朱入告之。因反覆细视，则长眉掩鬓，笑靥承颧，画中人也。解领验之，有红线一周。上下肉色判然而异。先是，吴侍御有女甚美，未嫁而丧二夫，故年十九犹未醮也。上元游十王殿时，游人甚杂，内有无赖贼窥而艳之，遂阴访里居，乘夜梯入，穴寝门，杀一婢于床下，逼女与淫。女力拒声喊，贼怒杀之。吴夫人微闻闹声，呼婢往视，见尸骇绝。举家尽起，停尸庭上，置首项侧，一门涕号，纷腾终夜。诘旦启衾，则身在而失其首。遍挞诸婢，谓所守不恪，致葬犬腹。侍御告郡，郡严限捕贼，三月而贼人弗得。渐有以朱家换头之异闻吴公者。吴公疑之，遣婢探诸其家，入见夫人，骇走以告吴公。公视女尸故存，惊疑无以自决。猜朱以左道杀女，往诘朱。朱曰："室人梦易其首，实不解其何故。谓仆杀之则冤也。"吴不信，讼之。收家人鞫之，一如朱言，郡守不能决。朱归，求计于陆。陆曰："不难，当使伊女自言之。"吴夜梦女曰："儿为苏溪杨大年所杀，无与于朱孝廉也。彼不艳于其妻，陆判官取儿首为易之，是儿身死而头生也。愿勿相仇。"醒告夫人，而夫人所梦亦然。乃言于官。问之，果有杨大年，执而械之，遂伏其辜。吴乃诣朱，请见夫人，由此为翁婿。乃以朱妻首合女尸而葬焉。朱三入礼闱，皆以场规被放。于是灰心仕进。积三十年，一夕，陆告曰："君寿不永矣。"问其期，对以五日。问："能救否？"曰："惟天所命，人何能私？且自达人观之，生死一耳，又何必生之为乐，而死之为悲乎？"朱以为然，即制衣衾棺椁。

既竟，盛服而没。翌日，夫人方扶柩哭，朱忽冉冉自外至。夫人惧。朱曰："我诚鬼，无异生时。虑尔寡妇孤儿，殊恳恳耳。"夫人大恸，涕泪垂膺。朱依依慰解之。夫人曰："古有还魂之说，君既有灵，何不再生？"朱曰："天数不可违也。"问："在阴司作何务？"曰："陆判官荐我督案务，受有官爵，亦无所苦。"夫人欲再语，朱曰："陆公与我同来，可设酒馔。"趋而出。夫人依言营办。但闻室中笑饮，亮气高声，宛若生前。半夜窥之，窅然已逝。自是三数日辄一来，时而留宿缱绻，家中事就便经纪。子玮方五岁，来辄提抱之；至七八岁，则灯下教读。子亦慧，九岁能文，十五入邑庠，竟不知无父也。从此来渐疏，日月至焉而已矣。又一夕来，谓夫人曰："今与卿永诀矣。"问："何往？"曰："承帝命为太华卿，行将远赴，事烦途隔，故不能来。"子母持之哭，曰："勿尔！儿已成立，家计尚可存活，世岂有百岁不拆之鸾凤耶！"顾子曰："好为人，勿坠父业。十年后一相见耳。"径出门去，于是遂绝。后玮二十五举进士，官行人。奉命祭西岳，道经华阴，忽有舆从羽葆，驰冲卤簿。讶之，审视车中人，则其父也。下马哭伏道左。父停舆曰："官声好，我瞑目矣。"玮伏不起。朱促舆行，驰不顾。去数步，回望，解佩刀遣人持赠，遥语曰："佩之当贵。"玮欲追从，则舆马人从飘忽若风，瞬息不见。痛恨良久。抽刀视之，制极精工，镌字一行，曰："胆欲大而心欲小，智欲圆而行欲方。"玮后官至司马。生五子，曰沉，曰潜，曰沕，曰浑，曰深。一夕，梦父曰："佩刀宜赠浑也。"从之。后浑仕为总宪，有政声。

异史氏曰："断鹤续凫，矫作者妄；移花接木，创始者奇；而况加斲削于肠胃，施刀锥于颈项者哉？陆公者，可谓媸皮裹妍骨矣。明季至今，为岁不远，陵阳陆公犹存乎？尚有灵焉否耶？虽为之执鞭，所忻慕焉。"

婴　宁

王子服，莒之罗店人。早孤，绝慧，十四入泮。母最爱之，寻常不令游郊野。聘萧氏,未嫁而夭,故求凰未就也。会上元,有舅氏子吴生,邀同眺瞩。方至村外,舅家有仆来招吴去。生见游女如云,乘兴独遨。有女郎携婢,拈梅花一枝,容华绝代,笑容可掬。生注目不移,竟忘顾忌。女过行数武,顾婢子笑曰:“个儿郎目灼灼似贼!”遗花地上,笑语自去。生拾花怅然,神魂丧失,怏怏遂返。至家,藏花枕底,垂头而睡,不语亦不食。母忧之。醮禳益剧,肌革锐减。医师诊视,投剂发表,忽忽若迷。母抚问所由,默然不答。适吴生来,嘱秘诘之。吴至榻前,生见之泪下。吴就榻慰解,渐致研诘。生具吐其实,且求谋画。吴笑曰:“君意亦痴!此愿有何难遂?当代访之。徒步于野,必非世家。如其未字,事固谐矣;不然,拚以重赂,计必允遂。但得痊瘳,成事在我。”生闻之,不觉解颐。吴出告母,物色女子居里。而探访既穷,并无踪绩。母大忧,无所为计。然自吴去后,颜顿开,食亦略进。数日,吴复来。生问所谋。吴绐之曰:“已得之矣。我以为谁何人,乃我姑之女,即君姨妹,今尚待聘。虽内戚有婚姻之嫌,实告之,无不谐者。”生喜溢眉宇,问:“居何里?”吴诡曰:“西南山中,去此可三十余里。”生又嘱再四,吴锐身自任而去。生由是饮食渐加,日就平复。探视枕底,花虽枯,未便雕落。凝思把玩,如见其人。怪吴不至,折柬招之。吴支托不肯赴招。生恚怒,悒悒不欢。母虑其复病,急为议姻,略与商榷,辄摇首不愿,惟日盼吴。吴迄无耗,益怨恨之。转思三十里非遥,何必仰息他人?怀梅袖中,负气自往,而家人不知也。伶仃独步,无可问程,但望南山行去。约三十余里,乱山合沓,空翠爽肌,寂无人行,止有鸟道。遥望谷底,丛花乱树中,隐隐有小里落。下山入村,见舍宇无多,皆茅屋,而意甚修雅。北向一家,门前皆细柳,墙内桃杏尤繁,间以修竹,野鸟格磔其中。意其园亭,不敢遽入。回顾对户,有巨石滑洁,因坐少憩。俄闻墙内有女子,长呼“小荣”,其声娇细。方伫听间,一女郎由东而西,执杏花一朵,俯首自簪。举头见生,遂不复簪,含笑拈花而入。审视之,即上元途中所遇也。心骤喜。但念无以阶进,欲呼姨氏,顾从无还往，惧有讹误。门内无人可问。坐卧徘徊，自朝至于日昃，盈盈望断，并忘饥渴。时见女子露半面来窥，似讶其不去者。忽一老媪扶杖出，顾生曰："何处郎君，闻自辰刻来，以至于今。意将何为？得毋饥耶？"生急起揖之，答云："将以探亲。"媪聋聩不闻。又大言之。乃问："贵戚何姓？"生不能答。媪笑曰："奇哉！姓名尚自不知，何亲可探？我视郎君亦书痴耳。不如从我来，啖以粗粝，家有短榻可卧。待明朝归，询知姓氏，再来探访。"生方腹馁思啖，又从此渐近丽人，大喜。从媪入，见门内白石砌路，夹道红花，片片坠阶上；曲折而西，又启一关，豆棚花架满庭中。肃客入舍，粉壁光明如镜；窗外海棠枝朵，探入室中；裀籍几榻，罔不洁泽。甫坐，即有人自窗外隐约相窥。媪唤："小荣！可速作黍。"外有婢子嗷声而应。坐次，具展宗阀。媪曰："郎君外祖，莫姓吴否？"曰："然。"媪惊曰："是吾甥也！尊堂，我妹子。年来以家屡贫，又无三尺男，遂至音问梗塞。甥长成如许，尚不相识。"生曰："此来即为姨也，匆遽遂忘姓氏。"媪曰："老身秦姓，并无诞育；弱息亦为庶产。渠母改醮，遗我鞠养。颇亦不钝，但少教训，嬉不知愁。少顷使来拜识。"未几，婢子具饭，雏尾盈握。媪劝餐已，婢来敛具。媪曰："唤宁姑来！"婢应去。良久，闻户外隐有笑声。媪又唤曰："婴宁，汝姨兄在此。"户外嗤嗤笑不已。婢推之以入，犹掩其口，笑不可遏。媪嗔目曰："有客在，咤咤叱叱，景象何堪？"女忍笑而立，生揖之。媪曰："此王郎，汝姨子。一家尚不相识，可笑人也。"问："妹子年几何矣？"媪未能解。生又言之。女复笑，不可仰视。媪谓生曰："我言少教诲，此可见矣，年已十六，呆痴如婴儿。"生曰："小生一岁。"曰："阿甥已十七矣，得非庚午属马者耶？"生首应之。又问："甥妇阿谁？"答云："无之。"曰："如甥才貌，何十七岁犹未聘？婴宁亦无姑家，极相匹敌。惜有内亲之嫌。"生无语，目注婴宁，不遑他瞬。婢向女小语云："目灼灼贼腔未改！"女又大笑，顾婢曰："视碧桃开未？"遽起，以袖掩口，细碎莲步而出。至门外，笑声始纵。媪亦起，唤婢襆被，为生安置。曰:“阿甥来不易,宜留三五日,迟迟送汝归。如嫌幽闷,舍后有小园,可供消遣;有书可读。”次日,至舍后,果有园半亩,细草铺毡,杨花糁径;有草舍三楹,花木四合其所。穿花小步,闻树头苏苏有声,仰视,则婴宁在上。见生来,狂笑欲堕。生曰:“勿尔,堕矣!”女且下且笑,不能自止。方将及地,失手而堕,笑乃止。生扶之,阴捘其腕。女笑又作,倚树不能行,良久乃罢。生俟其笑歇,乃出袖中花示之。女接之,曰:“枯矣。何留之?”曰:“此上元妹子所遗,故存之。”问:“存之何益?”曰:“以示相爱不忘。自上元相遇,凝思成疾,自分化为异物;不图得见颜色,幸垂怜悯。”女曰:“此大细事。至戚何所靳惜?待郎行时,园中花,当唤老奴来,折一巨捆负送之。”生曰:“妹子痴耶?”女曰:“何便是痴?”生曰:“我非爱花,爱拈花之人耳。”女曰:“葭莩之情,爱何待言。”生曰:“我所谓爱,非瓜葛之爱,乃夫妇之爱。”女曰:“有以异乎?”曰:“夜共枕席耳。”女俯首思良久,曰:“我不惯与生人睡。”语未已,婢潜至,生惶恐遁去。少时,会母所。母问:“何往?”女答以园中共话。媪曰:“饭熟已久,有何长言,周遮乃尔。”女曰:“大哥欲我共寝。”言未已,生大窘,急目瞪之。女微笑而止。幸媪不闻,犹絮絮究诘。生急以他词掩之,因小语责女。女曰:“适此语不应说耶?”生曰:“此背人语。”女曰:“背他人,岂得背老母。且寝处亦常事,何讳之?”生恨其痴,无术可以悟之。食方竟,家人捉双卫来寻生。先是,母待生久不归,始疑;村中搜觅几遍,竟无踪兆。因往询吴。吴忆曩言,因教于西南山村行觅。凡历数村,始至于此。生出门,适相值,便入告媪,且请偕女同归。媪喜曰:“我有志,匪伊朝夕。但残躯不能远涉,得甥携妹子去,识认阿姨,大好!”呼婴宁。宁笑至。媪曰:“大哥欲同汝去,可便装束。”又饷家人酒食,始送之出曰:“姨家田产丰裕,能养冗人。到彼且勿归,少学诗礼,亦好事翁姑。即烦阿姨,择一良匹与汝。”二人遂发。至山坳,回顾,犹依稀见媪倚门北望也。抵家,母睹姝丽,惊问为谁。生以姨女对。母曰:“前吴郎与儿言者,诈也。我未有姊,何以得甥?”问女,女曰:“我非母出。父为秦氏,没时,儿在褓中,不能记忆。”母曰:“我一姊适秦氏,良确;然殂谢已久,那得复存?”因审诘面庞、志赘,一一符合。又疑曰:“是矣。然亡已多年。”疑虑间,吴生至,女避入室。吴询得故,惘然久之。忽曰:“此女名婴宁耶?”生然之。吴极称怪事。问所自知,吴曰:“秦家姑去后,姑夫鳏居,祟于狐,病瘠死。狐生女名婴宁,绷卧床上,家人皆见之。姑夫没,狐犹时来;后求天师符粘壁上,狐遂携女去。将毋此耶?”彼此疑参。但闻室中嗤嗤皆婴宁笑声。母曰:“此女亦太憨。”吴生请面之。母入室,女犹浓笑不顾。母促令出,始极力忍笑,又面壁移时,方出。才一展拜,翻然遽入,放声大笑。满室妇女,为之粲然。吴请往觇其异,就便执柯。寻至村所,庐舍全无,山花零落而已。吴忆姑葬处,仿佛不远,然坟垄湮没,莫可辨识,诧叹而返。母疑其为鬼。入告吴言,女略无骇异;又吊其无家,亦殊无悲意,孜孜憨笑而已。众莫之测。母令与少女同寝止。昧爽即来省问,操女红精巧绝伦。但善笑,禁之亦不可止;然笑处嫣然,狂而不损其媚,人皆乐之。邻女少妇,争承迎之。母择吉为之合卺。而终恐为鬼物,窃于日中窥之,形影殊无少异。至日,使华妆行新妇礼;女笑极,不能俯仰,遂罢。生以憨痴,恐漏泄房中隐事;而女殊密秘,不肯道一语。每值母忧怒,女至,一笑即解。奴婢小过,恐遭鞭楚,辄求诣母共话;罪婢投见,恒得免。而爱花成癖,物色遍戚党;窃典金钗购佳种,数月,阶砌藩溷,无非花者。庭后有木香一架,故邻西家。女每攀登其上,摘供簪玩。母时遇见,辄诃之。女卒不改。一日,西人子见之,凝注倾倒。女不避而笑。西人子谓女意已属,心益荡。女指墙底笑而下,西人子谓示约处,大悦。及昏而往,女果在焉。就而淫之,则阴如锥刺,痛彻于心,大号而踣。细视非女,则一枯木卧墙边,所接乃水淋窍也。邻父闻声,急奔研问,呻而不言。妻来,始以实告。爇火烛窥,见中有巨蝎如小蟹然。翁碎木捉杀之。负子至家,半夜寻卒。邻人讼生,讦发婴宁妖异。邑宰素仰生才,稔知其笃行士,谓邻翁讼诬,将杖责之。生为乞免，遂释而出。母谓女曰："憨狂尔尔，早知过喜而伏忧也。邑令神明，幸不牵累；设鹘突官宰，必逮妇女质公堂，我儿何颜见戚里？"女正色，矢不复笑。母曰："人罔不笑，但须有时。"而女由是竟不复笑，虽故逗之，亦终不笑；然竟日未尝有戚容。一夕，对生零涕。异之。女哽咽曰："曩以相从日浅，言之恐致骇怪。今日察姑及郎，皆过爱无有异心，直告或无妨乎？妾本狐产。临去以妾托鬼母，相依十余年，始有今日。妾又无兄弟，所恃者惟君。老母岑寂山阿，无人怜而合厝之，九泉辄为悼恨。君倘不惜烦费，使地下人消此怨恫，庶养女者不忍溺弃。"生诺之，然虑坟冢迷于荒草。女言无虑。刻日，夫妻舆榇而往。女于荒烟错楚中，指示墓处，果得媪尸，肤革犹存。女抚哭哀痛。舁归，寻秦氏墓合葬焉。是夜，生梦媪来称谢，寤而述之。女曰："妾夜见之，嘱勿惊郎君耳。"生恨不邀留。女曰："彼鬼也，生人多，阳气胜，何能久居？"生问小荣，曰："是亦狐，最黠。狐母留以视妾，每摄饵相哺，故德之常不去心。昨问母，云已嫁之。"由是岁值寒食，夫妻登秦墓拜扫无缺。女逾年生一子。在怀抱中，不畏生人，见人辄笑，亦大有母风云。

异史氏曰："观其孜孜憨笑，似全无心肝者；而墙下恶作剧，其黠孰甚焉。至凄恋鬼母，反笑为哭，我婴宁何尝憨耶？窃闻山中有草，名'笑矣乎'，嗅之则笑不可止。房中值此一种，则合欢、忘忧，并无颜色矣。若解语花，正嫌其作态耳。"

聂小倩

宁采臣，浙人。性慷爽，廉隅自重。每对人言："生平无二色。"适赴金华，至北郭，解装兰若。寺中殿塔壮丽，然蓬蒿没人，似绝行踪。东西僧舍，双扉虚掩，惟南一小舍，扃键如新。又顾殿东隅，修竹拱把，阶下有巨池，野藕已花。意甚乐其幽杳。会学使案临，城舍价昂，思便留止，遂散步以待僧归。日暮，有士人来，启南扉。宁趋为礼，且告以意。士人曰："此间无房主，仆亦侨居。能甘荒落，旦暮惠教，幸甚。"宁喜，籍藁代床，支板作几，为久客计。是夜，月明高洁，清光似水，二人促膝殿廊，各展姓字。士人自言："燕姓，字赤霞。"宁疑为赴试者，而听其音声，殊不类浙。诘之，自言："秦人。"语甚朴诚。既而相对词竭，遂拱别归寝。宁以新居，久不成寐。闻舍北喁喁，如有家口。起伏北壁石窗下，微窥之。见短墙外一小院落，有妇可四十余；又一媪衣黦绯，插蓬沓，鲐背龙钟，偶语月下。妇曰："小倩何久不来？"媪云："殆好至矣。"妇曰："将无向姥姥有怨言否？"曰："不闻，但意似蹙蹙。"妇曰："婢子不宜好相识。"言未已，有一十七八女子来，仿佛艳绝。媪笑曰："齐地不言人，我两个正谈道，小妖婢悄来无迹响。幸不訾着短处。"又曰："小娘子端好是画中人，遮莫老身是男子，也被摄魂去。"女曰："姥姥不相誉，更阿谁道好？"妇人、女子又不知何言。宁意其邻人眷口，寝不复听。又许时，始寂无声。方将睡去，觉有人至寝所。急起审顾，则北院女子也。惊问之。女笑曰："月夜不寐，愿修燕好。"宁正容曰："卿防物议，我畏人言。略一失足，廉耻道丧。"女云："夜无知者。"宁又咄之。女逡巡若复有词。宁叱："速去！不然，当呼南舍生知。"女惧，乃退。至户外忽返，以黄金一锭置褥上。宁掇掷庭墀，曰："非义之物，污我囊橐！"女惭，出，拾金自言曰："此汉当是铁石。"诘旦，有兰溪生携一仆来候试，寓于东厢，至夜暴亡。足心有小孔如锥刺者，细细有血出。俱莫知故。经宿，一仆死，症亦如之。向晚，燕生归，宁质之，燕以为魅。宁素抗直，颇不在意。宵分，女子复至，谓宁曰："妾阅人多矣，未有刚肠如君者。君诚圣贤，妾不敢欺。妾小倩，姓聂氏，十八夭殂，葬于寺侧，被妖物威胁，历役贱务；觍颜向人，实非所乐。今寺中无可杀者，恐当以夜叉来。"宁骇求计。女曰："与燕生同室可免。"问："何不惑？"曰："彼奇人也，不敢近。"又问："何以迷人？"曰："狎昵我者，隐以锥刺其足，彼即茫若迷，因摄血以供妖饮；又惑以金，非金也，乃罗刹鬼骨，留之能截取人心肝：二者，凡以投时好耳。"宁感谢。问戒备之期,答以明宵。临别泣曰:"妾堕玄海,求岸不得。郎君义气干云,必能拔生救苦。倘肯囊妾朽骨,归葬安宅,不啻再造。"宁毅然诺之。因问葬处,曰:"但记取白杨之上,有乌巢者是也。"言已出门,纷然而灭。明日,恐燕他出,早诣邀致。辰后具酒馔,留意察燕。既邀同宿,辞以性癖耽寂。宁不听,强携卧具来。燕不得已,移榻从之,嘱曰:"仆知足下丈夫,倾风良切。要有微衷,难以遽白。幸无翻窥箧襆,违之两俱不利。"宁谨受教。既而各寝,燕以箱箧置窗上,就枕移时,齁如雷吼。宁不能寐。近一更许,窗外隐隐有人影。俄而近窗来窥,目光睒闪。宁惧,方欲呼燕,忽有物裂箧而出,耀若匹练,触折窗上石棂,飚然一射,即遽敛入,宛如电灭。燕觉而起,宁伪睡以觇之。燕捧箧检征,取一物,对月嗅视,白光晶莹,长可二寸,径韭叶许。已而数重包固,仍置破箧中。自语曰:"何物老魅,直尔大胆,致坏箧子。"遂复卧。宁大奇之,因起问之,且告以所见。燕曰:"既相知爱,何敢深隐。我,剑客也。若非石棂,妖当立毙;虽然,亦伤。"问:"所缄何物?"曰:"剑也。适嗅之,有妖气。"宁欲观之。慨出相示,荧荧然一小剑也。于是益厚重燕。明日,视窗外,有血迹。遂出寺北,见荒坟累累,果有白杨,乌巢其颠。迨营谋既就,趋装欲归。燕生设祖帐,情义殷渥。以破革囊赠宁,曰:"此剑袋也。宝藏可远魑魅。"宁欲从授其术。曰:"如君信义刚直,可以为此。然君犹富贵中人,非此道中人也。"宁乃托有妹葬此,发掘女骨,敛以衣衾,赁舟而归。宁斋临野,因营坟葬诸斋外。祭而祝曰:"怜卿孤魂,葬近蜗居,歌哭相闻,庶不见凌于雄鬼。一瓯浆水饮,殊不清旨,幸不为嫌!"祝毕而返。后有人呼曰:"缓待同行!"回顾,则小倩也。欢喜谢曰:"君信义,十死不足以报。请从归,拜识姑嫜,媵御无悔。"审谛之,肌映流霞,足翘细笋,白昼端相,娇艳尤绝。遂与俱至斋中。嘱坐少待,先入白母。母愕然。时宁妻久病,母戒勿言,恐致惊骇。言次,女已翩然入,拜伏地下。宁曰:"此小倩也。"母惊顾不遑。女谓母曰:"儿飘然一身,远父母兄弟。蒙公子露覆，泽被发肤，愿执箕帚，以报高义。”母见其绰约可爱，始敢与语，曰：“小娘子惠顾吾儿，老身喜不可已。但生平止此儿，用承祧绪，不敢令有鬼偶。”女曰：“儿实无二心，泉下人既不见信于老母，请以兄事，依高堂，奉晨昏，如何？”母怜其诚，允之。即欲拜嫂。母辞以疾，乃止。女即入厨下，代母尸饔。入房穿榻，似熟居者。日暮，母畏惧之，辞使归寝，不为设床褥。女窥知母意，即竟去。过斋欲入，却退，徘徊户外，似有所惧。生呼之。女曰：“室有剑气畏人。向道途之不奉见者，良以此故。”宁悟为革囊，取悬他室。女乃入，就烛下坐。移时，殊不一语。久之，问：“夜读否？妾少诵《楞严经》，今强半遗忘。浼求一卷，夜暇，就兄正之。”宁诺。又坐，默然。二更向尽，不言去。宁促之，愀然曰：“异域孤魂，殊怯荒墓。”宁曰：“斋中别无床寝，且兄妹亦宜远嫌。”女起，眉颦蹙而欲啼，足恇儴而懒步，从容出门，涉阶而没。宁窃怜之，欲留宿别榻，又惧母嗔。女朝旦朝母，捧匜沃盥，下堂操作，无不曲承母志。黄昏告退，辄过斋头，就烛诵经。觉宁将寝，始惨然去。先是，宁妻病废，母劬不堪；自得女，逸甚，心德之。日渐稔，亲爱如己出，竟忘其为鬼；不忍晚令去，留与同卧起。女初来未尝饮食，半年渐啜稀饨，母子皆溺爱之，讳言其鬼，人亦不之辨也。无何，宁妻亡。母阴有纳女意，然恐于子不利。女微窥之，乘间告母，曰：“居年余，当知儿肝膈。为不欲祸行人，故从郎君来。区区无他意，正以公子光明磊落，为天人所钦瞩，实欲依赞三数年，借博封诰，以光泉壤。”母亦知无恶意，但惧不能延宗嗣。女曰：“子女惟天所授。郎君注福籍，有亢宗子三，不以鬼妻而遂夺也。”母信之，与子议。宁喜，因列筵告戚党。或请觌新妇，女慨然华妆出，一堂尽怡，反不疑其鬼，疑为仙。由是五党诸内眷，咸执贽以贺，争拜识之。女善画兰梅，辄以尺幅酬答。得者恒什袭以为荣。一日，俯首窗前，惆怅若失。忽问：“革囊何在？”曰：“以卿畏之，故缄置他所。”曰：“妾受生气已久，当不复畏，宜取挂床头。”宁诘其意，曰：“三日来，心怔忡无停息，意金华妖物，恨妾远遁,恐旦晚寻及也。”宁果携革囊来。女反覆审视,曰:“此剑仙将盛人头者也。敝败至此,不知杀人几何许!妾今日视之,肌犹粟栗。”乃悬之。次日,又命移悬户上。夜对烛坐,约宁勿寝。忽有一物如飞鸟至。女惊匿夹幕间。宁视之,物如夜叉状,电目血舌,睒闪攫拏而前。至门却步,逡巡久之,渐近革囊,以爪摘取,似将抓裂。囊忽格然一响,大可合篑,恍惚有鬼物突出半身,揪夜叉入,声遂寂然,囊亦顿缩如故。宁骇诧。女亦出,大喜曰:“无恙矣!”共视囊中,清水数斗而已。后数年,宁果登进士。举一男。纳妾后,又各生一男,皆仕进有声。

海公子

东海古迹岛,有五色耐冬花,四时不凋。而岛中古无居人,人亦罕到之。登州张生,好奇,喜游猎。闻其佳胜,备酒食,自掉扁舟而往。至则花正繁,香闻数里,树有大至十余围者。反复留连,甚慊所好。开尊自酌,恨无同游。忽花中一丽人来,红裳炫目,略无伦比。见张,笑曰:“妾自谓兴致不凡,不图先有同调。”张惊问:“何人?”曰:“我胶娼也。适从海公子来。彼寻胜翱翔,妾以艰于步履,故留此耳。”张方苦寂,得美人,大悦,招坐共饮。女言词温婉,荡人心志。张爱好之。恐海公子来,不得尽欢,因挽与乱。女忻从之。相狎未已,忽闻风声肃肃,草木偃折有声。女急推张起,曰:“海公子至矣。”张束衣愕顾,女已失去。旋见一大蛇,自丛树中出,粗于巨桶。张惧,障身大树后,冀蛇不睹。蛇近前,以身绕人并树,纠缠数匝,两臂直束胯间,不可少屈。昂其首,以舌刺张鼻,鼻血下注,流地上成洼,乃俯就饮之。张自分必死,忽忆腰中佩荷,内有毒狐药,因以二指夹出,破裹,堆掌中;又侧颈自顾其掌,令血滴药上,顷刻盈把。蛇果就掌吸饮。饮未及尽,遽伸其体,摆尾若霹雳声,触树,树半体崩落,蛇卧地如梁而毙矣。张亦眩莫能起,移时方苏,载蛇而归。大病月余方瘥。疑女子亦蛇精也。

丁前溪

丁前溪,诸城人。富有钱谷。游侠好义,慕郭解之为人。御史行台按访之。丁亡去,至安丘,遇雨,避身旅舍。雨日中不止。有少年来,馆谷丰隆。既而昏暮,止宿其家,莝豆饲畜,给食周至。问其姓字,少年云:"主人杨姓,我其内侄也。主人好交游,适他出,家惟娘子在。贫不能厚客给,幸为垂谅。"问:"主人何业?"则家无资产,惟日设博场,以营升斗。次日,雨仍不止,供给弗懈。至暮,锉刍,刍束湿,颇极参差。丁怪之。少年曰:"实告客:家贫无以饲畜,适娘子撤屋上茅耳。"丁益异之,谓其意在得直。天明,付之金,不受;强付少年持入。俄出,仍以返客,云:"娘子言:我非业此猎食者。主人在外,尝数日不携一钱;客至吾家,何遂索偿乎?"丁赞叹而别。嘱曰:"我诸城丁某,主人归,宜告之。暇幸见顾。"数年无耗。值岁大饥,杨困甚,无所为计。妻漫劝诣丁,从之。至诸城,通姓名于门者。丁茫不忆,申言始忆之。踩履而出,揖客入。见其衣敝踵决,居之温室,设筵相款,宠礼异常。明日,为制冠服,表里温暖。杨义之;而内顾增忧,褊心不能无少望。居数日,殊不言赠别。杨意甚急,告丁曰:"顾不敢隐,仆来时,米不满升。今过蒙推解,固乐;妻子如何矣!"丁曰:"是无烦虑,已代经纪矣。幸舒意少留,当助资斧。"走伻招诸博徒,使杨坐而抽头,终夜得百金,乃送之还。归见室人,衣履新整,小婢侍焉。惊问之。妻言:"自汝去后,次日即有车徒,赍送布帛菽粟,堆积满屋,云是丁客所赠。又给一婢,为妾驱使。"杨感不自已。由此小康,不屑旧业云。

异史氏曰:"贫而好客,饮博浮荡者优为之;可异者惟其妻耳。受之施而不报,岂人也哉?然一饭之德不忘,丁其有焉。"

张老相公

张老相公，晋人。适将嫁女，携眷至江南，躬市奁妆。舟抵金山，张先渡江，嘱家人在舟，勿爆羶腥。盖江中有鼋怪，闻香辄出，坏舟吞行人，为害已久。张去，家人忘之，炙肉舟中。忽巨浪覆舟，妻女皆没。张回棹，悼恨欲死。因登金山谒寺僧，询鼋之异，将以仇鼋。僧闻之骇，言："吾侪日与习近，惧为祸殃，惟神明奉之，祈勿怒；时斩牲牢，投以半体，则跃吞而去。谁复能相仇哉！"张闻，顿思得计。便招铁工，起炉山半，冶赤铁重百余斤。审知所常伏处，使二三健男子，以大箝举投之。鼋跃出，疾吞而下。少时，波涌如山。顷之浪息，则鼋死已浮水上矣。行旅寺僧并快之，建张老相公祠，肖像其中，以为水神，祷之辄应。

水莽草

水莽，毒草也。蔓生似葛，花紫类扁豆。误食之，立死，即为水莽鬼。俗传此鬼不得轮回，必再有毒死者，始代之。以故楚中桃花江一带，此鬼尤多云。楚人以同岁生者为同年，投刺相谒，呼庚兄庚弟，子侄呼庚伯，习俗然也。有祝生造其同年某，中途燥渴思饮。俄见道旁一媪，张棚施饮，趋之。媪承迎入棚，给奉甚殷。嗅之有异味，不类茶茗。置不饮，起而出。媪止客，急唤："三娘，可将好茶一杯来。"俄有少女，捧茶自棚后出，约十四五，姿容艳绝，指环臂钏，晶莹鉴影。生受盏神驰。嗅其茶，芳烈无伦。吸尽再索。觑媪出，戏捉纤腕，脱指环一枚。女赪颊微笑，生益惑。略诘门户。女云："郎暮来，妾犹在此也。"生求茶叶一撮，并藏指环而去。至同年家，觉心头作恶，疑茶为患，以情告某。某骇曰："殆矣，此水莽鬼也！先君死于是。是不可救，奈何？"生大惧，出茶叶验之，真水莽草也。

又出指环，兼述女子情状。某悬想曰："此必寇三娘也！"生以其名确符，问何故知。曰："南村富室寇氏女，夙有艳名。数年前，误食水莽而死，必此为魅。"或言受魅者，若知鬼姓氏，求其故裆煮服可痊。某急诣寇所，实告以故，长跪哀恳。寇以其将代女死故，靳不与。某忿而返，以告生。生亦切齿恨之，曰："我死，必不令彼女脱生！"某舁之归，将至家门而卒。母号啼，葬之。遗一子，甫周岁。妻不能守，半年改醮去。母留孤自哺，劬瘁不堪，朝夕悲啼。一日，方抱儿哭室中，生悄然忽入。母大骇，挥涕问之。答曰："儿地下闻母哭，甚怆于怀，故来奉晨昏耳。儿虽死，已有家室，即同来分母劳，母其勿悲。"母问："儿妇何人？"曰："寇氏坐听儿死，儿深恨之。死后欲寻三娘，而不知其处；近遇庚伯，始相指示。儿往，则三娘已投生任侍郎家；儿驰去，强捉之来。今为儿妇，亦相得，颇无苦。"移时，门外一女子入，华妆艳丽，伏地拜母。生曰："此寇三娘也。"虽非生人，母视之，情怀差慰。生便遣三娘操作。三娘雅不习惯，然承顺殊怜人。由此居故室，遂留不去。女请母告诸其家。生意勿告，而母承女意，卒告之。寇家翁媪闻而大骇。命车疾至，视之，果三娘也，相向哭失声。女劝止之。媪视生家良贫，意甚悼惜。女曰："人已鬼，又何厌贫？祝郎母子，情义拳拳，儿固已安之矣。"因问："茶媪谁也？"曰："彼倪姓。自惭不能惑行人，故求儿助之耳。今已生于郡城卖浆者之家。"因顾生曰："既婿矣，而不拜岳，妾复何心？"生乃投拜。女便入厨下，代母执炊供客。翁媪视之凄心。既归，即遣两婢来，为之服役；金百斤、布帛数十匹，酒胾不时馈送，小阜祝母矣。寇亦时招归宁。居数日，辄曰："家中无人，宜早送儿还。"或故稽之，则飘然自归。翁乃代生起夏屋，营备臻至。然生终未尝至翁家。一日，村中有中水莽毒者，死而复苏，传为异。生曰："是我活之也。彼为李九所害，我为之驰其鬼而去之。"母曰："汝何不取人以自代？"曰："儿深恨此等辈，方将尽驰除之，何屑为此？且儿事母最乐，不愿生也。"由是中毒者，往往具丰筵，祷祝其庭，辄有效。积十余年,母死。生夫妇亦哀毁,但不对客,惟命儿缞麻擗踊,教以礼仪而已。葬母后,又二年余,为儿娶妇。妇,任侍郎之孙女也。先是,任公妾生女,数月而殇。后闻祝生之异,遂命驾其家,订翁婿焉。至是,遂以孙女妻其子,往来不绝矣。一日谓子曰:“上帝以我有功人世,策为‘四渎牧龙君’。今行矣。”俄见庭下有四马,驾黄幨车,马四股皆鳞甲。夫妻盛装出,同登一舆。子及妇皆泣拜,瞬息而渺。是日,寇家见女来,拜别翁媪,亦如生言。媪泣挽留。女曰:“祝郎先去矣。”出门遂不复见。其子名鹗,字离尘,请诸寇翁,以三娘骸骨与生合葬焉。

造 畜

魇昧之术,不一其道,或投美饵,绐之食之,则人迷罔,相从而去,俗名曰“打絮巴”,江南谓之“扯絮”。小儿无知,辄受其害。又有变人为畜者,名曰“造畜”。此术江北犹少,河以南辄有之。杨州旅店中,有一人牵驴五头,暂絷枥下,云:“我少旋即返。”兼嘱:“勿令饮啖。”遂去。驴暴日中,蹄啮殊喧。主人牵着凉处。驴见水奔之,遂纵饮之。一滚尘,皆化为妇人。怪之,诘其所由,舌强而不能答。乃匿诸室中。既而驴主至,系五羊于院中,惊问驴之所在。主人曳客坐,便进餐饮,且云:“客姑饭,驴即至矣。”主人出,悉饮五羊,辗转皆为童子。阴报郡,遣役捕获,遂械杀之。

头 滚

苏孝廉贞下封公昼卧,见一人头从地中出,其大如斛,在床下旋转不已。惊而中疾,遂以不起。后其次公就荡妇宿,罹杀身之祸,其兆于此耶?

侯静山

高少宰念东先生云："崇祯间，有猴仙，号静山。托神于河间之叟，与人谈诗文，决休咎，娓娓不倦。以肴置案上，啖饮狼藉，但不能见之耳。"时先生祖寝疾。或致书云："侯静山，百年人也，不可不晤。"遂以仆马往招叟。叟至经日，仙犹未来。焚香俟之，忽闻屋上大声赞叹曰："好人家！"众惊顾。俄檐间又言之。叟起曰："大仙至矣。"群从叟岸帻出迎。又闻作拱致声。既入室，遂大笑纵谈。时少宰兄弟尚诸生，方入闱归。仙言："二公闱卷亦佳；但经不熟，再须勤勉，云路亦不远矣。"二公敬问祖病，曰："生死大事，其理难明。"因共知其不祥。无何，太先生谢世。

旧有猴人弄猴于村。猴断锁而逸，不可追，入山中数十年，人犹见之。其走飘忽，见人则窜。后渐入村中，窃食果饼，人皆莫之见。一日为村人所睹，逐诸野，射而杀之。而猴之鬼竟不自知其死也，但觉身轻如叶，一息百里。遂往依河间叟，曰："汝能奉我，我为汝致富。"因自号静山云。

钱　流

沂水刘宗玉云："其仆杜和，偶在园中，见钱流如水，深广二三尺许。杜惊喜，以两手满掬，复偃卧其上。既而起视，则钱已尽去，惟握于手者尚存。"

龙　肉

姜太史玉璇言："龙堆之下，掘地数尺，有龙肉充牣其中，任人割取，但勿言'龙'字。或言'此龙肉也'，则霹雳震作，击人而死。"

太史曾食其肉,实不谬也。

魁　星

郓城张济宇,卧而未寝,忽见光明满室。惊视之,一鬼执笔立,若魁星状。急起拜叩,光亦寻灭。由此自负,以为元魁之先兆也。后竟落拓无成,家亦凋落,骨肉相继死,惟生一人存焉。彼魁星者,何以不为福而为祸也? 异已!

潞　令

宋国英,东平人,以教习授潞城令。贪暴不仁,催科尤酷,毙杖下者狼藉于庭。余乡徐白山适过之,见其横,讽曰:“为民父母,威焰固至此乎?”宋扬扬作得意之词曰:“诺! 不敢! 官虽小,莅任百日,诛五十八人矣。”后半年,方据案视事,忽瞪目而起,手足挠乱,似与人撑拒状。自言曰:“我罪当死! 我罪当死!”扶入署中,逾刻寻卒。呜呼! 幸有阴曹兼摄阳政;不然,颠越货多,则“卓异”声起矣,流毒安穷哉!

山　神

益都李会斗,偶山行,值数人籍地饮。见李至,欢然并起,曳入坐,竞觞之。视其柈馔,杂陈珍错。移时,饮甚欢,但酒味薄涩。忽遥有一人来,面狭长可二三尺许;冠之高细称是。众惊曰:“山神至矣!”即纷纷四去。李亦伏匿坎窞中。既而起视,则肴酒一无所有,惟有破陶器贮溲渤,瓦片上盛蜥蜴数枚而已。

卷四

凤阳士人

凤阳一士人，负笈远游。谓其妻曰："半年当归。"十余月竟无耗问。妻翘盼綦切。一夜，才就枕，纱月摇影，离思萦怀。方反侧间，有一丽人，珠环绛帔，搴帷而入，笑问："姊姊，得无欲见郎君乎？"妻急起应之。丽人邀与俱往。妻惮修阻，丽人但请无虑。即挽女手出，并踏月色。约行一矢之远，觉丽人行迅速，女步履艰涩。呼丽人少待，将归着复履。丽人牵坐路侧，自乃捉足脱履相假。女喜着之，幸不凿枘。复起从行，健步如飞。移时，见士人跨白骡来。见妻大惊，急下骑问："何往？"女曰："将以探君。"又顾问丽人伊谁。女未及答，丽人掩口笑曰："且勿问讯。娘子奔波非易，郎君星驰夜半，人畜想当俱殆。妾家不远，且请息驾，早旦而行不晚也。"顾数武之外即有村落，遂同行，入一庭院。丽人促睡婢起供客，曰："今夜月色皎然，不必命烛，小台石榻可坐。"士人絷蹇檐梧，乃即坐。丽人曰："履大不适于体，途中颇累赘否？归有代步，乞赐还也。"女称谢付之。俄顷，设酒果，丽人酌曰："鸾凤久乖，圆在今夕，浊醪一觞，敬以为贺。"士人亦执盏酬报。主客笑言，履舄交错。士人注视丽者，屡以游词相挑。夫妻乍聚，并不寒暄一语。丽人亦眉目流情，妖言隐谜。女惟默然，伪为愚者。久之渐醺，二人语益狎，又以巨觥劝客。士人以醉辞，劝之益苦。士人笑曰："卿为我度一曲即当饮。"丽人不拒，即以牙板抚提琴而歌曰："黄昏卸得残妆罢，窗外西风冷透纱。听蕉声，一阵一阵细雨下。何处与人闲嗑牙？望穿秋水，不见还家，潸潸泪似麻。又是想他，又是恨他，手拿着红绣鞋儿占鬼卦。"歌竟，笑曰："此市井里巷之谣，不足污君听。然因流俗所尚，故效颦耳。"音声靡靡，风度狎亵。士人摇惑，若不自禁。少间，丽人伪醉离席；士人亦起，从之而去。久之不至。婢子疲乏，伏睡廊下。女独坐无侣，颇难自堪。思欲遁归，而夜色微茫，不忆道路。辗转无以自主，因起而觇之。甫近窗，则断云零雨之声，隐约可闻。又听之，闻良人与己素常猥亵之状，尽情倾吐。女至此手颤心摇，殆不可遏，念不如出门窜沟壑以死。愤然方行，忽见弟三郎乘马而至。遽便下问，女具以告。三郎大怒，立与姊回，直入其家，则室门扃闭，枕上之语犹喁喁也。三郎举巨石，抛击窗棂，三五碎断。内大呼曰："郎君脑破矣，奈何！"女闻之大哭，谓弟曰："我不谋与汝杀郎君，今且若何？"三郎撑目曰："汝呜呜促我来，甫能消此胸中恶，又护男儿、怨弟兄，我不惯于婢子供指使！"返身欲去。女牵衣曰："汝不携我去，将何之？"三郎挥姊仆地，脱体而去。女顿惊悟，始知其梦。越日，士人果归，乘白骡，女异之而未言。士人是夜亦梦，所见所遭，述之悉符，互相骇怪。既而三郎闻姊夫远归，亦来省问。语次谓士人曰："昨宵梦君，今果然，亦大异。"士人笑曰："幸不为巨石所毙。"三郎愕然问故，士人以梦告。三郎大异之，盖是夜三郎亦梦与姊泣诉，愤激投石也。三梦相符，但不知丽人何许耳。

耿十八

新城耿十八，病危笃，自知不起。谓妻曰："永诀在旦晚耳！我死后嫁守由汝，请言所志。"妻默不语。耿固问之，且云："守固佳，嫁亦恒情。明言之，庸何伤？行与子诀，子守，我心慰；子嫁，我意断也。"妻乃惨然曰："家无儋石，君在犹不给，何以能守？"耿闻之，遽捉妻臂作恨声曰："忍哉！"言已而殁，手握不可开。妻号，家人至，两人搬指力擘之始开。耿不自知其死，出门见小车十余辆，辆各十人，即以方幅书名字贴车上。御人见耿，促登车。耿视车中已有九人，并己而十，又视贴车上己名最后。车行咋咋，响震耳际，亦不知何往。俄至一处，闻人言曰："此思乡地也。"闻其名疑之。又闻御人偶语云："今日剿三人。"耿又骇。及细听其言，悉阴间事，乃自悟曰:“我岂不作鬼物耶!”顿念家中无复可悬念,惟老母臈高,妻嫁后,缺于奉养,念之不觉涕涟。又移时,见有台高可数仞,游人甚夥;囊头械足之辈,呜咽而上下,闻人言为“望乡台”。诸人至此,俱踏辕下,纷然竞登。御人或挞之,或止之,独至耿则促令登。登数十级,始至颠顶。翘首一望,则门闾庭院,宛在目中。但内室隐隐,如笼烟雾,凄恻不自胜。回顾,一短衣人立肩下,即以姓氏问耿。耿具以告。其人亦自言为东海匠人。见耿零涕,问:“何事不了于心?”耿又告之。匠人谋与越台而遁。耿惧冥追,匠人固言无妨。耿又虑台高倾跌,匠人但令从己。遂先跃,耿果从之。及地竟无恙。喜无觉者。视所乘车犹在台下。二人急奔数武,忽自念名字贴车上,恐不免执名之追。遂反身近车,以手指涂去己名,始复奔,哆口坌息,不敢少停。少间入里门,匠人送诸其室,蓦睹己尸,醒然而苏。觉乏疲燥渴,骤呼水。家人大骇。与之水,饮至石余。乃骤起作揖拜状,既而出门拱谢,方归。归则僵卧不转。家人以其行异,疑非真活;然渐觇之,殊无他异。稍稍近问,始历历言其本末。问:“出门何故?”曰:“别匠人也。”“饮水何多?”曰:“初为我饮,后乃匠人饮也。”投之汤羹,数日而瘥。由此厌薄其妻,不复共枕席云。

珠　儿

常州民李化,富有田产。年五十余无子。一女名小惠,容质秀美,夫妻最怜爱之。十四岁暴病夭殂,冷落庭帏,益少生趣。始纳婢。经年余,生一子,视如拱璧,名之珠儿。儿渐长,魁梧可爱。然性绝痴,五六岁尚不辨菽麦,言语蹇涩。李亦好而不知其恶。会有眇僧,募缘于市,辄知人闺闼,于是相惊以神,且云能生死祸福人。几十百千执名以索,无敢违者。诣李募百缗。李难之,给十金,不受;渐至三十金。僧厉色曰:“必百金,缺一文不可。”李亦怒,收金遽去。僧忿然起曰:“勿悔,勿悔!”无何,珠儿心暴痛,爬刮床席,色如土灰。李惧，将八十金诣僧乞救。僧笑曰：“多金大不易！然山僧何能为？”李归而儿已死。李痛甚，以状诉邑宰。宰拘僧讯鞫，亦辨给无情词。笞之，似击鞔革。令搜其身，得木人二，小棺一，小旗帜五。宰怒，以手叠诀举示之。僧乃惧，自投无数。宰不听，杖杀之。李叩谢而归。时已曛暮，与妻坐床上。忽一小儿伛偻入室曰：“阿翁行何疾？极力不能追得。”视其体貌，当得七八岁。李惊，方将诘问，则见其若隐若现，恍惚如烟雾。宛转间已登榻坐。李推下之，堕地无声。曰：“阿翁何乃尔？”瞥然复登。李惧，与妻俱奔。儿呼：“阿父，阿母！”呕哑不休。李入妾室，急阖其扉；还顾，儿已在膝下。李骇问：“何为？”答曰：“我苏州人，姓詹氏。六岁失怙恃，不为兄嫂所容，逐居外祖家。偶戏门外，为妖僧迷杀桑树下，驱使如伥鬼，冤闭穷泉，不得脱化。幸赖阿翁昭雪，愿得为子。”李曰：“人鬼殊途，何能相依？”儿曰：“但除斗室，为儿设床褥，日浇一杯冷浆粥，余都无事。”李从之。儿喜，遂独卧室中。晨来出入闺阁如家生。闻妾哭子声，问：“珠儿死几日矣？”答以七日。曰：“天严寒，尸当不腐。试发冢启视，如未损坏，儿当得活。”李喜，与儿去，开穴验之，躯壳如故。方此忉怛，回视已失儿所在。异之，舁尸归。方置榻上，目已瞥动。少顷呼汤，汤已而汗，汗已遂起。群喜珠儿复生，又加之慧黠便利，迥异平昔。但夜间僵卧，毫无气息，共转侧之，冥然若死。众大愕，谓其复死。天将明始若梦醒。群就问之。答云：“昔从妖僧时，有儿等二人，其一名呼哥子。昨追阿父不及，盖在后与哥子作别耳。今在冥司，与姜员外作义嗣，亦甚优游。夜分，固来邀儿戏，适以白鼻蜗送儿归。”母因问：“在阴司见珠儿否？”曰：“珠儿已转生矣。渠与阿翁无父子缘，不过金陵严子方来讨百十千债负耳。”初，李贩于金陵，欠严货价未偿，而严翁死，此事人无知者。李闻之大骇。母问：“儿见惠姊否？”儿曰：“不知。再去，当访之。”又二三日，谓母曰：“姊在冥中大好，嫁得楚江王小郎子，珠翠满头髻。一出门便十百作呵殿声。”母曰：“何不一归宁？”曰：“人既死，与骨肉无关切。倘有人细述前生，方豁然动念耳。昨托姜员外寅缘见姊，与言父母悬念，渠都如眠睡儿。儿云：‘姊在时喜绣并蒂花，剪刀刺手爪，血涴绫子上，姊就刺作赤水云。今母犹挂床头壁，顾念不去心。姊忘之乎？’姊始凄感，云：‘会须白郎君，归省阿母。’”母问其期，答言不知。一日谓母：“姊行且至，仆从太繁，当多备浆酒。”少间，奔入室曰：“姊来矣！”移榻中堂，曰：“姊且憩坐，少悲啼。”诸人悉无所见，儿率人焚纸酹饮于门外，反曰：“驺从暂令去矣。姊言：‘昔日所覆绿锦被，曾为烛花烧一点如豆大，尚在否？’”母曰：“在！”即启笥出之。儿曰：“姊命我陈旧闺中。乏疲，且小卧。翌日再与阿母言。”东邻赵氏女，故与惠为绣阁交。是夜，忽梦惠幞头紫帔来相望，言笑如平生。且言：“我今异物，父母觌面，不啻河山。将借妹与家人共语，勿须惊恐。”质明，方与母言，忽仆地闷绝。逾刻方醒，向母曰：“小惠与阿婶别几年矣，顿鬖鬖白发生！”母骇曰：“儿病狂耶！”女拜别即出。母知其异，从之。直达李所，抱母哀啼。母惊，不知所谓。女曰：“儿昨归颇委顿，未遑一言。儿不孝，中途弃高堂，劳父母哀爱，罪莫大焉。”母顿悟，乃哭。已而问曰：“闻儿今贵，甚慰母心。但汝栖身王家，何遂能来？”女曰：“郎君与儿极燕好，姑舅亦相抚爱，颇不谓妒丑。”惠生时好以手支颐，女言次辄作故态，神情宛似。未几，珠儿奔告曰：“接姊者至矣！”女乃起，拜别泣下，曰：“儿去矣！”言讫复踣，移时乃醒。后数月，李病剧，医药罔效。儿曰：“旦夕恐不救也！二鬼坐床头，一执铁杖子，一挽苎麻绳，长四五尺许。儿昼夜哀之不去。”母哭，乃备衣衾。既暮，儿趋入曰：“杂人妇且退去，姊夫来视阿翁。”俄顷，鼓掌大笑。母问之，曰：“我笑二鬼见姊夫来，俱匿床下如龟鳖。”又少时，望空道寒暄，问姊起居。既而拍手曰：“二鬼奴哀之不去，至此大快！”乃出，至门外，却回曰：“姊夫去矣！二鬼被锁马鞅上。阿父当即无恙。姊夫言：归白大王，为父母乞百年寿也。”一家俱喜。至夜，病良已，数日寻瘥。延师教儿读，儿甚慧。十八岁入邑庠，犹能言冥间事。见里中病者，辄指鬼祟所在，以火爇之，往往得瘳。后暴病，体肤青紫，自言鬼神责我绽露，由是不复言。

小官人

太史某翁，忘其姓氏。昼卧斋中，忽有小卤簿出自堂陬。马大如蛙，人细如指，小仪仗以数十队；一官冠皂纱，着绣襆，乘肩舆，纷纷出门而去。公心异之，窃疑睡眼之讹。顿见一小人返入舍，携一毡包，大如拳，竟造床下。白言："家主人有不腆之仪，敬献太史。"言已，对立，即又不陈其物。少间又自笑曰："戋戋微物，想太史亦无所用，不如即赐小人。"太史颔之，欣然携之而去。后不复见。惜太史中馁，不曾诘所自来。

胡四姐

尚生，太山人。独居清斋。会值秋夜，银河高耿，明月在天，徘徊花阴，颇存遐想。忽一女子逾垣来，笑曰："秀才何思之深？"生就视，容华若仙，惊喜拥入，穷极狎昵。自言："胡氏，名三姐。"问其居第，但笑不言。生亦不复致问，惟相期永好而已。自此临无虚夕。一夜与生促膝灯幕，生爱之，瞩盼不转。女笑曰："眈眈视妾何为？"曰："我视卿如红叶碧桃，虽竟夜视，不为厌也。"三姐曰："妾陋质，遂蒙青盼如此。若见吾家四妹，不知何如颠倒！"生益倾动，恨不一见颜色，长跪哀请。逾夕果偕四姐来。年方及笄，荷粉露垂，杏花烟润，嫣然含笑，媚丽欲绝。生狂喜引坐。三姐与生同笑语，四姐惟手引绣带，俯首而已。未几，三姐起别，妹欲从行。生曳之不释，顾三姐曰："卿卿烦一致声。"三姐乃笑曰："狂郎情急矣！妹子一为少留。"四姐无语，姊遂去。二人备极欢好。既而引臂替枕，倾吐生平，无复隐讳。四姐言已为狐，生依恋其美，亦不之怪。四姐因言：

“阿姊狠毒，业杀三人矣！惑之，罔不毙者。妾幸承溺爱，不忍见灭亡，当早绝之。”生惧，求所以处。四姐曰：“妾虽孤，得仙人正法，当书一符贴寝门，可以却之。”遂书之。既晓，三姐来，见符却退曰：“婢子负心，倾意新郎，不意引线人矣！汝两人合有夙分，余亦不相仇，但何必尔！”乃径去。数日，四姐他适，约以隔夜。是日，生偶出门眺望，山下故有胡林，苍莽中出一少妇，亦颇风韵。近谓生曰：“秀才何必日沾沾恋胡家姊妹？渠又不能以一钱相赠。”即以一贯授生曰：“先持归，贳良酝。我即携小肴馔来，与君为欢。”生怀钱归，果如所教。少间，妇果至，置几上燔鸡、咸彘肩各一，即抽刀子缕切为脔，酾酒调谑，欢洽异常。既而灭烛登床，狎情荡甚，既明始起。方坐床头捉足易舄，忽闻人声。倾听，已入帏幕，则胡姊妹也。妇乍睹，仓惶而遁，遗舄于床。二女逐叱曰：“骚狐何敢与人同寝处？”追去，移时始返。四姐怨生曰：“君不长进，与骚狐相匹偶，不可复近。”遂悻悻欲去。生惶恐自投，情词哀恳。三姐从旁解免。四姐怒稍释，由此相好如初。一日，有陕人骑驴造门曰：“吾寻妖物匪伊朝夕，乃今始得之。”生父以其言异，讯所由来，曰：“小人日泛烟波游四方，终岁十余月，常八九离桑梓，被妖物蛊杀吾弟。归甚悼恨，誓必寻而殄灭之。奔波数千里，殊无迹兆。今在君家，不翦当有继吾弟亡者。”时生与女密，父母微察之。闻客言大惧，延入令作法。出二瓶列地上，符咒良久，有黑雾四围，分投瓶中。客喜曰：“全家都到矣！”遂以猪脬裹瓶口，缄封甚固。生父亦喜，坚留客饭。生心恻然，近瓶窃听，闻四姐在瓶中言曰：“坐视不救，君何负心。”生意感动，急启所封而结不可解。四姐又曰：“勿须尔，但放倒坛上旗，以针刺脬作孔，余即出矣。”生如其言。果见白气一缕自孔中出，凌霄而去。客出，见旗横地，大惊曰：“遁矣！此必公子所为。”摇瓶俯听曰：“幸止亡其一。此物合不死，犹可赦。”乃携瓶别去。后生在野督佣刈麦，遥见四姐坐树下，生就近之，执手慰问。且曰：“别后十易春秋，今大丹已成，但思君之念未忘，故复一拜问。”生欲与偕归。女曰:“妾今非昔比,不可以尘情染,后当复见耳。”言已,不知所在。又二十年余,生适独居,见四姐自外至,生喜与语。女曰:“我今名列仙籍,不应再履尘世。但感君情,特报撤瑟之期。可早处分后事,亦勿悲忧,妾当度君为鬼仙,亦无苦也。”乃别而去。至日,生果卒。尚生乃友人李文玉之戚好,尝亲见之。

祝　翁

济阳有祝翁者,年五十余病卒。家人入室理缞绖,忽闻翁呼甚急。群奔集灵寝,则见翁已复活。群喜慰问。翁但谓媪曰:“我适去,拚不复还。行数里,转思抛汝一副老皮骨在儿辈手,寒热仰人,亦无生趣,不如从我去。故复归,欲偕尔同行也。”咸以其新苏妄语,殊未为异。翁又言之。媪云:“如此亦善。但方生,如何便得死?”翁挥之曰:“是不难。家中俗务,可速料理。”媪笑不去。翁又促之。乃出户外,延迟数刻而入,绐之曰:“处置安妥矣。”翁命速速理妆。媪不去,翁催益急。媪不忍拂其意,遂妆以至。媳女皆匿笑。翁移首那枕,手拍令卧。媪曰:“子女皆在,双双挺卧,是何景象?”翁搥床曰:“并死有何可笑!”子女辈见翁躁急,共劝媪姑从其意。媪如言,并枕僵卧,家人又共笑之。俄视媪笑容忽敛,又渐而双眸俱合,久之无声,俨如睡去。众乱近视,则肤已冰而鼻无息矣。视翁亦然,始共惊怛。时康熙二十一年。翁弟妇佣于毕刺史之家,言之甚悉。

异史氏曰:“翁其夙有畸行与?泉路茫茫,去来由尔,奇矣!且白头者欲其去则呼令去,抑何其暇也!人当属纩之时,所最不忍诀者,床头之昵人耳。苟广其术,则卖履分香,可以不事矣。”

侠　女

顾生,金陵人。博于材艺,而家綦贫。又以母老不忍离膝下,惟日为人书画,受贽以自给。行年二十有五,伉俪犹虚。对户旧有空第,一老妪及少女税居其中。以其家无男子,故未问其谁何。一日偶自外入,见女郎自母房中出,年约十八九,秀曼都雅,世罕其匹。见生不甚避,而意凛如也。生入问母,母曰:"是对户女郎,就吾祈刀尺。适言其家亦止一母。此女不似贫家产。问其何为不字,则以母老为辞。明日当往拜其母,便风以意。倘所望不奢,儿可代养其老。"明日造其室,其母一聋媪耳。视其室,并无隔宿粮。问所业,则仰女十指。徐以同食之谋试之,媪意似纳而转商其女。女默然,意殊不乐。母乃归。详其状而疑之曰:"女子得非嫌吾贫乎?为人不言亦不笑,艳如桃李而冷如霜雪,奇人也!"母子猜叹而罢。一日生坐斋头,有少年来求画,姿容甚美而意颇儇佻。诘所自,以邻村对。嗣后三两日辄一至。稍稍稔熟,渐以嘲谑,生狎抱之亦不甚拒,遂私焉。由是往来昵甚。会女郎过,少年目送之,问为谁?对以邻女。少年曰:"艳丽如此,神情一何可畏?"少间,生入内。母曰:"适女子来乞米,云不举火者经日矣。此女至孝,贫极可悯,宜少周恤之。"生从母言,负斗粟,款门而达母意。女受之,亦不申谢。日常至生家,见母作衣履,便代缝纫,出入堂中,操作如妇。生益德之。每获馈饵,必分给其母,女亦略不置齿颊。母适疽生隐处,宵旦号咷。女时就榻省视,为之洗创敷药。日三四作,母意甚不自安,而女不厌其秽。母曰:"唉!安得新妇如儿,而奉老身以死也。"言讫,悲哽。女慰之曰:"郎子大孝,胜我寡母孤女多矣!"母曰:"床头蹀躞之役,岂孝子所能为者?且身已向暮,旦夕犯雾露,深以祧续为忧耳。"言间,生入。母泣曰:"亏娘子良多,汝无忘报德。"生伏拜之。女曰:"君敬我母,我勿谢也。君何谢焉?"于是益敬爱之。然其举止生硬,毫不可干。一日,女出门,生目注之。女忽回首,嫣然而笑。生喜出意外,趋而从诸其家。挑之亦不拒,欣然交欢已,戒生曰:"事可一而不可再。"生不应而归。明日又约之,女厉色不顾而去。日频来,时相遇,并不假以词色。少游戏之,则冷语冰人。忽于空处问生："日来少年谁也？"生告之。女曰："彼举止态状，无礼于妾频矣！以君之狎昵，故置之。请便寄语：再复尔，是不欲生也已！"生至夕以告少年，且曰："子必慎之，是不可犯！"少年曰："既不可犯，君何犯之？"生白其无。曰："如其无，则猥亵之语，何以达君听哉？"生不能答。少年曰："亦烦寄告：假惺惺，勿作态。不然，我将遍播扬。"生甚怒之，情见于色，少年乃去。一夕方独坐，女忽至，笑曰："我与君情缘未断，宁非天数！"生狂喜而抱于怀。忽闻履声籍籍，两人惊起，则少年推扉入矣。生惊问："子胡为者？"笑曰："我来观贞洁之人耳。"顾女曰："今日不怪人耶？"女眉竖颊红，默不一语。急翻上衣，露一革囊，应手而出，则尺许晶莹匕首也。少年见之，骇而却走。追出户外，四顾渺然。女以匕首望空抛掷，戛然有声，灿若长虹。俄一物堕地作响，生急烛之，则一白狐，身首异处矣。大骇。女曰："此君之娈童也。我固恕之，奈渠定不欲生何！"收刃入囊，生曳令入。曰："适妖物败意，请俟来宵。"出门径去。次夕，女果至，遂共绸缪。诘其术，女曰："此非君所知。宜须慎密，泄恐不为君福。"又订以嫁娶，曰："枕席焉，提汲焉，非妇伊何也？业夫妇矣，何必复言嫁娶乎？"生曰："将毋憎吾贫耶？"曰："君固贫，妾富耶？今宵之聚，正以怜君贫耳。"临别嘱曰："苟且之行，不可以屡。当来我自来，不当来，相强无益。"后相值，每欲引与私语，女辄走避。然衣绽炊薪，悉为纪理，不啻妇也。积数月，其母死。生竭力营葬之。女由是独居。生意其孤寂可乱，逾垣入，隔窗频呼，迄不应。视其门，则空室扃焉。窃疑女有他约。夜复往，亦如之。遂留佩玉于窗间而去之。越日，相遇于母所。既出，而女尾其后，曰："君疑妾耶？人各有心，不可以告人。今欲使君无疑，而乌可得，然一事烦急为谋。"问之，曰："妾体孕已八月矣，恐旦晚临盆。'妾身未分明'，能为君生之，不能为君育之。可密告老母觅乳媪，伪为讨螟蛉者，勿言妾也。"生诺，以告母，母笑曰："异哉此女！聘之不可而顾私于我儿。"喜从其谋以待之。又月余，女数日不至。母疑之，往探其门，萧萧闭寂。叩良久，女始蓬头垢面自内出，启而入之，则复阖之。入其室，则呱呱者在床上矣。母惊问："诞几时矣？"答云："三日。"捉绷席而视之，则男也，且丰颐而广额。喜曰："儿已为老身育孙矣。伶仃一身，将焉所托？"女曰："区区隐衷，不敢掬示老母。俟夜无人，可即抱儿去。"母归与子言，窃共异之。夜往抱子归。更数夕，夜将半，女忽款门入，手提革囊，笑曰："大事已了，请从此别。"急询其故，曰："养母之德，刻刻不去于怀。向云'可一而不可再者'，以相报不在床笫也。为君贫不能婚，将为君延一线之续。本期一索而得，不意信水复来，遂至破戒而再。今君德既酬，妾志亦遂，无憾矣！"问："囊中何物？"曰："仇人头耳。"检而窥之，须发交而血模糊也。骇绝，复致研诘。曰："向不与君言者，以机事不密惧有宣泄。今事已成，不妨相告。妾浙人，父官司马。陷于仇，被籍吾家。妾负老母出，隐姓名，埋头项，已三年矣。所以不即报者，徒以有老母在。母去，又一块肉累腹中，因而迟之又久。曩夜出非他，道路门户未稔，恐有讹误耳。"言已出门。又嘱曰："所生儿，善视之。君福薄无寿，此儿可光门闾。夜深不得惊老母，我去矣。"方凄然欲询所之，女一闪如电，瞥尔间遂不复见。生叹惋木立，若丧魂魄。明以告母，相为叹异而已。后三年，生果卒。子十八举进士，犹奉祖母以终老云。

异史氏曰："人必室有侠女，而后可以畜娈童。不然，尔爱其艾豭，彼爱尔娄猪矣！"

王阮亭云："神龙见首不见尾，此侠女其犹龙乎！"

酒　友

车生者，家不中资而耽饮，夜非浮三白不能寐也，以故床头樽常不空。一夜睡醒，转侧间似有人共卧者，意是覆裳堕耳。摸之，则茸茸有物，似猫而巨。烛之，狐也，酣醉而犬卧。视其瓶则空矣。笑曰:“此我酒友也。”不忍惊,覆衣加臂,与之共寝。留烛以观其变。半夜,狐欠伸。生笑曰:“美哉睡乎!”启覆视之,儒冠之俊人也。起拜榻前,谢不杀之恩。生曰:“我癖于曲蘗而人以为痴。卿,我鲍叔也。如不见疑,当为糟丘之良友。”曳登榻,复共寝。且言:“卿可常临,无相猜。”狐诺之。生既醒,则狐已去。乃治旨酒一盛,专伺狐。抵夕,果至,促膝欣饮。狐量豪善谐,于是恨相得晚。狐曰:“屡叨良酝,何以报德?”生曰:“斗酒之饮,何置齿颊。”狐曰:“虽然,君贫士,杖头钱大不易。当为君少谋酒资。”明夕,来告曰:“去此东南七里,道侧有遗金,可早取之。”诘旦而往,果得二金,乃市佳肴,以佐夜饮。狐又告曰:“院后有窖藏,宜发之。”如其言,果得钱百余千。喜曰:“囊中已自有,莫漫愁沽矣。”狐曰:“不然。辙中水胡可久掬?合更谋之。”异日,谓生曰:“市上荞价廉,此奇货可居。”从之,收荞四十余石,人咸非笑之。未几,大旱,禾豆尽枯,惟荞可种,售种息十倍。由此益富,治沃田二百亩。但问狐,多种麦则麦收,多种黍则黍收。一切种植之早晚,皆取决于狐。日稔密,呼生妻以嫂,视生子犹子焉。后生卒,狐遂不复来。

王阮亭云:“车君洒脱可喜。”

莲　香

桑生明晓,字子明,沂州人。少孤,馆于红花埠。桑为人静穆自喜,日再出,就食东邻,余时坚坐而已。东邻生偶至,戏曰:“君独居不畏鬼狐耶?”笑答曰:“丈夫何畏鬼狐!雄来吾有利剑,雌者尚当开门内之。”邻生归与友谋,梯妓于垣而过之。弹指叩扉,生窥问为谁,妓自言为鬼。生大惧,齿震震有声,妓逡巡自去。邻生早至生斋。生述所见,且告将归。邻生鼓掌曰:“何不开门内之?”生顿悟其假,安居如初。积半年,一女子夜来叩斋。生意友人之复戏也,启门延入,则倾国之姝。惊问所来,曰:“妾莲香,西家妓女。”埠上青楼故多，信之。息烛登床，绸缪甚至。自此三五夕辄一至。一夕，独坐凝思，一女子翩然入。生意为莲，承逆与语。觌面殊非，年仅十五六，亸袖垂髫，风流秀曼，行步之间，若还若往。大愕，疑为狐。女曰："妾良家女，姓李氏。慕君高雅，幸能垂盼。"生喜，握其手冷如冰，问："何凉也？"曰："幼质单寒，夜蒙霜露，那得不尔。"既而罗襦襟解，俨然处子。女曰："妾为情缘，葳蕤之质，一朝失守。不嫌鄙陋，愿常侍枕席。房中得毋有人否？"生云："无他。止一邻娼，顾亦不常。"女曰："当谨避之。妾不与院中人等，君秘勿泄。彼来我往，彼往我来可耳。"鸡鸣始去，赠绣履一钩，曰："此妾下体所着，弄之足寄思慕，然有人慎勿弄也。"受而视之，翘翘如解结锥，心甚爱悦。越夕无人，便出审玩，女飘然忽至，遂相款昵。自此每出履，则女必应念而至。异而诘之，笑曰："适当其时耳。"一夜莲来，惊云："郎何神气萧索？"生言："不自觉。"莲便告别，相约十日。去后，李来恒无虚夕，问："君情人何久不至？"因以相约告。李笑曰："君视妾何如莲香美？"曰："可称两绝，但莲卿肌肤温和。"李变色曰："君谓双美，对妾云尔。渠必月殿仙人，妾定不及。"因而不欢。乃屈指计十日之期已满，嘱勿漏，将窃窥之。次夜，莲香果至，笑语甚洽。及寝，大骇曰："殆矣！十日不见，何遽惫损，保无有他遇否？"生询其故，曰："妾以神气验之，脉析析如乱丝，鬼症也。"次夜李来，生问："窥莲香何似？"曰："美矣！妾固疑世间无此佳人，果狐也。去，吾尾之，南山而穴居。"生疑其妒，漫应之。逾夕，戏莲香曰："余固不信，或谓卿狐者。"莲急问："是谁之云？"笑曰："我自戏卿。"莲曰："狐何异于人？"曰："惑之者病，甚则死，是以可惧。"莲曰："不然，如君之年，房后三日，精气可复，纵狐何害？设旦旦而伐之，人有甚于狐者矣！天下病尸瘵鬼，宁皆狐蛊死耶？虽然，必有议我者。"生力白其无。莲诘益力。生不得已，泄之。莲曰："我固怪君惫也，然何遽至此？得勿非人乎？君勿言，明宵当如渠之窥妾者。"是夜李至，才三数语，闻窗外嗽声，急亡去。莲入曰："君殆矣！是真鬼物，昵其美而不速绝，冥路近矣！”生意其妒，默不语。莲曰：“固知君不能忘情，然不忍视君死。明日当携药饵，为君一除阴毒。幸病蒂犹浅，十日恙当已。请同榻以俟痊可。”次夜，果出刀圭药啖生。顷刻，洞下两三行，觉脏腑清虚，精神顿爽。心德之，然终不信为鬼。莲香夜夜同衾偎生，生欲与合，辄拒之。数日后，肤革充盈。欲别，殷殷嘱绝李。生谬应之。及闭户挑灯，辄捉履倾想。李忽至，数日隔绝，颇有怨色。生曰：“彼连宵为我作巫医，请勿为怼，情好在我。”李稍怿。生枕上私语曰：“我爱卿甚，乃有谓卿鬼者。”李结舌良久，骂曰：“必淫狐之惑君听也。若不绝之，妾不来矣。”遂呜呜饮泣。生百词慰解乃罢。隔宿，莲香至，知李复来，怒曰：“君必欲死耶？”生笑曰：“卿何相妒之深？”莲益怒曰：“君种死根，妾为君除之。不妒者将复何如？”生托词以戏曰：“彼云前日之病，为狐祟耳。”莲乃叹曰：“诚如君言，君迷不悟，万一不虞，妾百口何以自解？请从此辞。百日后当视君于卧榻中。”留之不可，怫然径去。由是与李夙夜必偕，约两月余，觉大困顿。初犹自宽解。日渐羸瘠，惟饮饘粥一瓯。欲归就奉养，尚恋恋不忍遽去。因循数日，沉绵不可复起。邻生见其病惫，日遣馆僮馈给食饮。生至是始疑李，因谓李曰：“吾悔不听莲香之言，一至于此。”言讫而瞑。移时复苏，张目四顾，则李已去，自是遂绝。生羸卧空斋，思莲香如望岁。一日，方凝想间，忽有搴帘入者，则莲香也。向卧榻哂曰：“田舍郎，我岂妄哉！”生哽咽良久，自言知罪，但求拯救。莲曰：“病入膏肓，实无救法，姑来永诀，以明非妒。”生大悲曰：“枕底之物，烦代碎之。”莲搜得履，持就灯前，反覆展玩。李女欻入，卒见莲香，返身欲遁。莲以身蔽门，李窘急不知所出。生责数之，李不能答。莲笑曰：“妾今始得与阿姊面相质。曩谓郎君旧疾，未必非妾致，今竟何如？”李俯首谢过。莲曰：“佳丽如此，乃以爱结仇耶！”李投地陨泣，乞垂怜救。莲扶起，细诘生平。曰：“妾，李通判女。早夭，瘗于墙外。已死春蚕，遗丝未尽。与郎偕好，妾之愿也；致郎于死，良非素心。”莲曰：“闻鬼利人死，以死后可常聚，然否？”曰：“不然。两鬼相逢，并无乐趣。如乐也，泉下少年郎岂少哉！”莲曰：“痴哉！夜夜为之，人且不堪，而况于鬼！”李问：“狐能死人，何术独否？”莲曰：“是采补者流，妾非其类。故世有不害人之狐，断无不害人之鬼，以阴气盛也。”生闻其语，始知鬼狐皆真。幸习常见惯，颇不为骇。但念残息如丝，不觉失声大恸。莲顾问何以处郎君者，李赧然逊谢。莲笑曰：“恐郎强健，醋娘子要食杨梅也。”李敛衽曰：“如有医国手，使妾得无负郎君，便当埋首地下，敢复靦然人世耶！”莲解囊出药曰：“妾早知有今，别后采药三山，凡三阅月，物料始备。瘵蛊至死，投之无不苏者。然症何由得，仍以何引，不得不转求效力。”问：“何需？”曰：“樱口中一点香唾耳。我以丸进，烦接口而唾之。”李晕生颐颊，俯首转侧，而视其履。莲戏曰：“妹所得意惟履耶？”李益惭，俯仰若无所容。莲曰：“此平时熟技，今何吝焉？”遂以丸纳生吻，转促逼之。李不得已，唾之。莲曰：“再！”又唾之。凡三四唾，丸已下咽。少间，腹殷然如雷鸣。复纳一丸，乃自接唇而布以气。生觉丹田火热，精神焕发。莲曰：“愈矣！”李听鸡鸣，彷徨别去。莲以新瘥尚须调摄，就食非计；因将外户返关，伪示生归，以绝交往，日夜守护之。李亦每夕必至，给奉殷勤，事莲犹姊。莲亦深怜爱之。居三月，生健如初。李遂数夕不至；偶至，一望即去。相对时亦悒悒不乐。莲常留与共寝，必不肯。生追出，提抱以归，身轻若刍灵。女不得遁，遂着衣偃卧，蜷其体不盈二尺。莲益怜之，阴使生狎抱之，而撼摇亦不得醒。生睡去，觉而索之已杳。后十余日更不复至。生怀思殊切，恒出履共弄。莲叹曰：“窈娜如此，妾见犹怜，何况男子。”生曰：“昔日弄履则至，心固疑之，然终不料其鬼。今对履思容，实所怆恻。”因而泣下。先是富室章姓，有女字燕儿，年十五，不汗而死。终夜复苏，起顾欲奔。章扃户不得出。女言：“我通判女魂，感桑郎眷注，遗舄犹存彼处。我真鬼耳，扃我何益？”以其言有因，诘其至此之由。女低徊反顾，茫不自解。或有言桑生病归者，女执辨其诬。家人大疑。东邻生闻之，逾垣往窥，见生方与美人对语；掩入逼之，张皇间已失所在。邻生骇诘，生笑曰："向固与君言，雌者则纳之耳。"邻生述燕儿之言。生乃启关，将往侦探，苦无由。章母闻生果未归，益奇之。故使佣媪索履，生遽出以授。燕儿得之喜。试着之，鞋小于足者盈寸，大骇。揽镜自照，忽恍然悟己之借躯以生也。因陈所由，母始信之。女镜面大哭曰："当日形貌颇堪自信，每见莲姊犹增惭怍。今反若此，人也不如其鬼也！"把履号咷，劝之不解。蒙衾僵卧。食之亦不食，体肤尽肿。凡七日不食，卒不死，而肿渐消；觉饥不可忍，乃复食。数日遍体瘙痒，皮尽脱。晨起，睡舄遗堕，索着之则硕大无朋矣。用试前履，肥瘦吻合，乃喜。复自镜，则眉目颐颊，宛肖生平，益喜。盥栉见母，见者尽怡。莲香闻其异，劝生媒通之，而以贫富悬邈，不敢遽进。会媪初度，因从其子婿行，往为寿。媪睹生名，故使燕儿窥帘认客。生最后至，女骤出捉袂，欲从与俱归。母诃谯之，始惭而入。生审视宛然，不觉零涕，因拜伏不起。媪扶之，不以为侮。生出，浼女舅执柯。媪议择吉赘生。生归告莲香，且商所处。莲怅然良久，便欲别去。生大骇泣下。莲曰："君行花烛于人家，妾从而往，亦何形颜？"生谋先与旋里而后迎燕，莲乃从之。生以情白章，章闻其有室，怒加诮让。燕儿力白之，乃如所请。至日，生往亲迎，家中备具颇甚草草。及归，则自门达堂，悉以罽毡贴地，百千笼烛，灿列如锦。莲香扶新妇入青庐，搭面既揭，欢若生平。莲陪卺饮，因细诘还魂之异。燕曰："尔日抑郁无聊，徒以身为异物，自觉形秽。别后愤不归墓，随风漾泊，每见生人则羡之。昼凭草木，夜则信足浮沉。偶至章家，见少女卧床上，近附之，未知遂能活也。"莲闻之，默默若有所思。逾两月，莲举一子，产后暴病，日就沉绵。捉燕臂曰："敢以孽种相累，我儿即若儿。"燕泣下，姑慰藉之。为召巫医，辄却之。沉痼弥留，气如悬丝。生及燕儿皆哭。忽张目曰："勿尔！子乐生，我自乐死耳。如有缘，十年后可复相见。"言讫而卒。启衾将敛，尸化为狐。生不忍异视，厚葬之。子名狐儿，燕抚如己出。每清明，必抱儿哭诸其墓。后生举于乡,家渐裕而燕苦不育。狐儿颇慧,然单弱多疾。燕每欲生置媵。一日,婢忽白,门外一妪,携女求售。燕呼入,大惊曰:"莲姊复出耶!"生视之真似,亦骇。问:"年几何?"答云:"十四。""聘金几何?"曰:"老身止此一块肉,但俾得所,妾亦得啖饭处,后日老骨不委沟壑足矣。"生优价而留之。燕握女手入密室,撮其颔而笑曰:"汝识我否?"答言:"不识。"诘其姓氏,曰:"妾韦姓,父徐城卖浆者,死三年矣。"燕屈指停思,莲死恰十有四载。又审女仪容态度,无一不神肖者。乃拍其顶而呼曰:"莲姊,莲姊! 十年相见之约,当不欺吾。"女忽如梦醒,豁然曰:"咦!"因熟视燕儿。生笑曰:"此'似曾相识燕飞来'也。"女泫然曰:"是矣。闻母言,妾生时便能言,以为不祥,犬血饮之,遂昧夙因。今日始如梦寤。娘子其耻于为鬼之李妹耶?"共话前生,悲喜交至。一日寒食,燕曰:"此每岁妾与郎君哭姊日也。"遂与亲登其墓,荒草离离,木已拱矣。女亦太息。燕谓生曰:"妾与莲姊两世情好,不忍相离,宜令白骨同穴。"生从其言,启李冢得骸,舁归而合葬之。亲朋闻其异,吉服临穴,不期而会者数百人。余庚戌南游至沂,阻雨,休于旅舍。有刘生子敬,其中表亲,出同社王子章所撰桑生传,约万余言,得卒读。此其崖略耳。

异史氏曰:"嗟呼! 死者而求其生,生者又求其死,天下所难得者非人身哉? 奈何具此身者,往往而置之,遂至觍然而生不如狐,泯然而死不如鬼。"

王阮亭云:"贤哉莲娘! 巾帼中吾见亦罕,况狐耶!"

阿　宝

粤西孙子楚,名士也。生有枝指。性迂讷,人诳之,辄信为真。或值座有歌妓,则必遥望却走。或知其然,诱之来,使妓狎逼之,则赪颜彻颈,汗珠珠下滴。因共为笑。遂貌其呆状相邮传,作丑语而名之“孙痴”。邑大贾某翁与王侯埒富，姻戚皆贵胄。有女阿宝，绝色也。日择良匹，大家儿争委禽妆，皆不当翁意。生时失俪，有戏之者，劝其通媒。生殊不自揣，果从其教。翁素耳其名而贫之。媒媪将出，适遇宝。问之，以告。女戏曰：“渠去其枝指，余当归之。”媪告生，生曰：“不难。”媒去，生以斧自断其指，大痛彻心，血溢倾注，滨死。过数日始能起，往见媒而示之。媪惊，奔告女。女亦奇之，戏请再去其痴。生闻而哗辨，自谓不痴，然无由见而自剖。转念阿宝未必美如天人，何遂高自位置如此？由是曩念顿冷。会值清明，俗于是日妇女出游，轻薄少年亦结队随行，恣其月旦。有同社数人强邀生去。或嘲之曰：“莫欲一观可人否？”生亦知其戏己，然以受女揶揄，故亦思一见其人，忻然随众物色之。遥见有女子憩树下，恶少年环如墙堵。众曰：“此必阿宝也。”趋之，果宝也。审谛之，娟丽无双。少顷，人益稠，女起遽去。众情颠倒，品头品足，纷纷若狂。生独默然。及众他适，回顾生犹痴立故所，呼之不应。群曳之曰：“魂随阿宝去耶？”亦不答。众以其素讷，故不为怪。或推之，或挽之，以归。至家，直上床卧，终日不起，冥如醉，唤之不醒。家人疑其失魂，招于旷野，莫能效。强拍问之，则朦胧应云：“我在阿宝家。”及细诘之，又默不语，家人惶惑莫解。初，生见女去，意不忍舍，觉身已从之行，渐傍其襟带间，人无诃者。遂从女归，坐卧依之，夜辄与狎，甚相得。然觉腹中奇馁，思欲一返家门，而迷不知路。女每梦与人交，问其名，曰：“孙子楚也。”心异之，而不可以告人。生卧三日，气休休若将澌灭。家人大恐，托人婉告翁，欲一招魂其家。翁笑曰：“平昔不相往还，何由遗魂吾家？”家人固哀之，翁始允。巫执故服、草荐以往。女诘得其故，骇极，不听他往，直导入室，任招呼而去。巫归至门，生榻上已呻。既醒，女室之香奁器具，何色何名，历言不爽。女闻之益骇，阴感其情之深。生既离床寝，坐立凝思，忽忽若忘。每伺察阿宝，希幸一再遘之。浴佛节，闻将降香水月寺，遂早旦往候道左，目眩睛劳。日涉午，女始至，自车中窥见生，以掺手搴帘，凝睇不转。生益动，尾从入。女忽命青衣来诘姓字，生殷勤自展，魂益摇。车去始归。归复病，冥然绝食。梦中辄呼宝名。每自恨魂不复灵。家旧养一鹦鹉，忽毙，小儿持弄于床上。生自念：倘得身为鹦鹉，振翼可达女室。心方注想，身已翩然鹦鹉，遽飞而去，直达宝所。女喜而扑之，锁其肘，饲以麻子。大呼曰："姐姐勿锁，我孙子楚也。"女大骇，解其缚，亦不去。女祝曰："深情已篆中心，今已人禽异类，姻好何可复圆？"鸟云："得近芳泽，于愿已足。"他人饲之不食，女自饲之则食。女坐则集其膝，卧则依其床。如是三日，女甚怜之。阴使人瞷生，生则僵卧气绝已三日，但心头未冰耳。女又祝曰："君能复为人，当誓死相从。"鸟云："诳我！"女乃自矢。鸟侧目若有所思。少间，女束双弯，解履床上，鸟骤下，衔履飞去。女急呼之，飞已远矣。女使妪往探，则生已寤。家人见鹦鹉衔绣履来堕地死，方共异之。生既苏，即索履，众莫知故。适妪至，入视生，问履所自。生曰："是阿宝信誓物。借口相覆，小生不忘金诺也。"妪反命。女益奇之，故使婢泄其情于母。母审之确，乃曰："此子才名亦不恶，但有相如之贫。择数年得婿若此，恐将为显者笑。"女以履故，矢不他。翁媪乃从之。驰报生，生喜，疾顿瘳。翁议赘诸家，女曰："婿不可久处岳家，况郎又贫，久益为人贱。儿既诺之，处蓬茅而甘藜藿，不怨也。"生乃亲迎成礼，相逢如隔世欢。自是生家得奁妆小阜，颇增物产。而生痴于书，不知理家人生业。女善居积，亦不以他事累生。居三年，家益富。生忽病消渴，卒。女哭之恸，泪眼不晴，至绝眠食。劝之不纳，乘夜自经。婢觉之，急救而醒，终亦不食。三日，集亲党，将以敛生，闻棺中呻以息，启之复活。自言："见冥王，以生平朴诚，命作部曹。忽有人白：'孙部曹之妻将至。'王稽鬼录，言：'此未应便死。'又白：'不食三日矣。'王顾谓：'感汝妻节义，姑赐再生。'因使驭卒控马送余还。"由此体渐平。值岁大比，入闱之前，诸少年玩弄之，共拟隐僻之题七，引生僻处与语，言："此某家关节，敬秘相授。"生信之，昼夜揣摩，制成七艺。众隐笑之。时典试者虑熟题有蹈袭弊，力反常径，题纸下，七艺皆符。生以是抡魁。明年，举进士，授词林。上闻其异，召问之。生具启奏，上大嘉悦。后召见阿宝，赏赉有加焉。

异史氏曰："性痴则其志凝，故书痴者文必工，艺痴者技必良。世之落拓而无成者，皆自谓不痴者也。且如粉花荡产，卢雉倾家，顾痴人事哉！以是知慧黠而过，乃是真痴，彼孙子何痴乎！"

九山王

曹州李姓者，邑诸生。家素饶，而居宅故不甚广，舍后有园数亩，荒置之。一日，有叟来税屋，出直百金。李以无屋为辞。叟曰："请受之，但无烦虑。"李不喻其意，姑受之，以觇其异。越日，村人见舆马眷口入李家，纷纷甚夥，共疑李第无安顿所。问之李殊不自知。归而察之，并无迹响。过数日，叟忽来谒。且云："庇宇下已数晨夕。事事都草创，起炉作灶，未暇一修客子礼。今遣儿女辈作黍，幸一垂顾。"李从之。步入园中，欻见舍宇华好，崭然一新。入室，陈设芳丽，酒鼎沸于廊下，茶烟袅于厨中。俄而行酒荐馔，备极甘旨。时见庭下少年人往来甚众。又闻儿女喁喁，帘幕中作笑语声。家人婢仆，似有数十百口。李心知其狐。席终而归，阴怀杀心。每入市市硝硫，积数百斤，暗布园中殆满。骤火之，焰腾霄汉，如黑灵芝，燔臭灰眯不可近。但闻鸣啼嗥动之声，嘈杂聒耳。既熄，入视，则死狐满地，焦头烂额者不可胜计。方阅视间，叟自外来，颜色惨动，责李曰："夙无嫌怨，荒园岁报百金非少，何忍遂相族灭？此奇惨之仇无不报者！"忿然而去。疑其掷砾为殃，而年余无少怪异。时顺治初年，山中群盗窃发，啸聚万余人，官莫能捕。生以家口多，日忧离乱。适村中来一星者，自号"南山翁"，言人休咎，了若目睹，名大噪。李召至家，求推甲子。翁愕然起敬曰："此真主也！"李闻大骇，以为妄。翁正容固言之，李疑信半焉。乃曰："岂有白手受命而帝者乎?”翁谓:“不然。自古帝王,类多起于匹夫,谁是生而天子者?”生惑之,前席而请。翁毅然以“卧龙”自任。请先备甲胄数千具、弓弩数千事。李虑人莫之归。翁曰:“臣请为大王连诸山,深相结。使哗言者谓大王真天子,山中士卒,宜必响应。”李喜,遣翁行。发藏镪,造甲兵。翁数日始还,曰:“借大王威福,加臣三寸舌,诸山无不愿执鞭靮,从戟下。”浃旬之间,果归命者数千人。于是拜翁为军师,建大纛,设彩帜若林,据山立栅,声势震动。邑令率兵来讨,翁指挥群寇大破之。令惧,急告于兖。兖兵远涉而至,翁又伏寇进击,兵大溃,将士杀伤者甚众。势甚震,党以万计,因自立为“九山王”。翁患马少,会都中解马赴江南,遣一旅要路篡取之。由是“九山王”之名大噪。加翁为“护国大将军”。高卧山巢,公然自负,以为黄袍之加,指日可俟矣。东抚以夺马故,方将进剿;又得兖报,乃发精兵数千,与六道合围而进。军旅旌旗,弥满山谷。“九山王”大惧,召翁谋之,则不知所往。“九山王”窘急无术,登山而望曰:“今而知朝廷之势大也!”山破被擒,妻孥为戮。始悟翁即老狐,盖以族灭报李生云。

异史氏曰:“夫人拥妻子闭门科头,何处得杀?即杀,亦何由族哉?狐之谋亦巧矣。而壤无其种者,虽溉不生;彼其杀狐之残,方寸已有盗根,故狐得长其萌而施之报。今试执途人而告之曰:‘汝为天子!’未有不骇而走者。明明导以族灭之为,而犹乐听之,妻子为戮,又何足云?然人之听匪言也,始闻之而怒,继而疑,又既而信;迨至身名俱殒,而始知其误也,大率类此矣。”

遵化署狐

诸城丘公为遵化道。署中故多狐。最后一楼,绥绥者族而居之,以为家。时出殃人,遣之益炽。官此者惟设牲祷之,无敢迕。丘公莅任,闻而怒之。狐亦畏公刚烈,化一妪告家人曰:“幸白大人:

勿相仇。容我三日，将携细小避去。”公闻亦默不言。次日阅兵已，戒勿散，使尽扛诸营巨炮，骤入环楼，千座并发。数仞之楼，顷刻摧为平地，革肉毛血，自天雨而下。但见浓尘毒雾之中有白气一缕，冒烟冲空而去。众望之曰：“逃一狐矣！”而署中自此遂安。后二年，公遣干仆赍银如千数赴都，将谋迁擢。事未就，姑窖藏于班役之家。忽有一叟诣阙声屈，言妻子横被杀戮。又讦公尅削军粮，夤缘当路，现顿某家，可以验证。奉旨押验。至班役家，冥搜不得。叟惟以一足点地。悟其意，发之果得金，金上镌有“某郡解”字。已而觅叟，则失所在。执乡里乡名以求其人，竟亦无之。公由此罹难。乃知叟即逃狐也。

异史氏曰：“狐之祟人，可诛甚矣。然服而舍之，亦以全吾仁。公可云疾之已甚者矣。抑使关西为此，岂百狐所能仇哉！”

张诚

豫人张氏者，其先齐人。明末齐大乱，妻为北兵掠去。张常客豫，遂家焉。娶于豫，生子讷。无何，妻卒，又娶继室牛氏，生子诚。牛氏悍甚，每嫉讷，奴畜之，啖以恶食。且使之樵，日责柴一肩，无则挞楚诟谇不可堪。隐蓄甘脆饵诚，使从塾师读。诚渐长，性孝友，不忍兄劬。阴劝母，母弗听。一日，讷入山樵未终，值大风雨，避身岩下。雨止而日已暮，腹中大馁，遂负薪归。母验之少，怒不与食。饥火烧心，入室僵卧。诚自塾中归，见讷嗒然，问：“病乎？”曰：“饿耳。”问其故，以情告。诚愀然便去。移时，怀饼来饵兄。兄问其所自来，曰：“余窃面，倩邻妇为者，但食勿言也。”讷食之，嘱曰：“后勿复然，事发累弟。且日一啖，饥当不死。”诚曰：“兄故弱，乌能多樵！”次日食后，窃赴山，至兄樵处。兄见之，惊问：“将何往？”答曰：“将助樵采。”问：“谁之使？”曰：“我自来耳。”讷曰：“无论弟不能樵，纵或能之，且犹不可。”于是速之归。诚不听，以手足断柴助兄。

且曰："明日当以斧来。"兄近止之，见其指已破，履已穿，悲曰："汝不速归，我即以斧自刭死。"诚乃归。兄送之半途，方回复樵。既归，诣塾嘱其师曰："吾弟年幼，宜闲之。山中虎狼恶。"师言："午前不知何往，业夏楚之。"归谓诚曰："不听吾言，遭笞责矣！"诚笑曰："无之。"明日怀斧又去，兄骇曰："我固谓子勿来，何复尔？"诚弗应，刈薪且急，汗交颐不少休。约足一束，不辞而还。师又责之，乃实告焉。师叹其贤，遂不之禁。兄屡止之，终不听。一日与数人樵山中，欻有虎至，众惧而伏。虎竟衔诚去。虎负人行缓，为讷追及，力斧之，中胯。虎负痛狂奔，莫可寻逐，恸哭而返。众慰解之，哭益悲。曰："吾弟，非犹夫人之弟。况为我死，我何生焉！"遂以斧自刭其项。众急救之，入肉者已寸许，血溢如涌，眩瞀殒绝。众骇，裂其衣而束之，群扶以归。母哭骂曰："汝杀吾儿，欲劙颈以塞责耶！"讷呻云："母勿烦恼，弟死我定不生。"置榻上，创痛不能眠，惟昼夜倚壁而哭。父恐其亦死，时就榻少哺之，牛辄诟责。讷遂不食，三日而毙。村中有巫走无常者，讷途遇之，缅诉曩苦，因询弟所。巫言未闻，遂返身导讷去。至一都会，见一皂衫人自城中出。巫要遮代问之。皂衫人于佩囊中检牒审顾，男妇百余，并无犯而张者。巫疑在他牒。皂衫人曰："此路属我，何得差逮！"讷不信，强巫入内城。城中新鬼故鬼，往来憧憧，亦有故识，就问，迄无知者，忽共哗言："菩萨至！"仰见云中有伟人，毫光彻上下，顿觉世界通明。巫贺曰："大郎有福哉！菩萨几十年一入冥司，拔诸苦恼，今适值之。"便捽讷跪。众鬼囚纷纷藉藉，合掌齐诵慈悲救苦之声，哄腾震地。菩萨以杨柳枝遍洒甘露，其细如尘。俄而雾收光敛，遂失所在。讷觉颈上沾露，斧处不复作痛。巫乃导与俱归。望见里门，始别而去。讷死二日，豁然竟苏，悉述所遇，谓诚不死。母以为撰造之诬，反诟骂之。讷负屈无以自伸，而摸创痛良瘥。自力起拜父曰："行将穿云入海往寻弟，如不得见，终此身勿望返也。愿父犹以儿为死。"翁引空处与泣，无敢留也。讷乃去。每于冲衢访问弟耗。途中资斧断绝，丐而行。逾年，达金陵，悬鹑百结，伛偻道上。偶见十余骑过，走避路侧。内一人如官长，年约四十，健卒骏马，腾踔前后。内一少年乘小驷，屡顾讷。讷以其贵公子，未敢仰视。少年停鞭少驻，忽下骑呼曰："非吾兄耶？"讷举首审视，诚也。握手大恸失声。诚亦哭曰："兄何漂落以至于此？"讷言其情，诚益悲。骑者并下问故，以白官长。命脱骖载讷，连辔归诸其家，始详诘之。初，虎衔诚去，不知何时置路侧，卧途中经宿。适张别驾自都中来，遇之，见其貌文，怜而抚之，渐苏。言其里居，则相去已远，因载与俱归。又以药敷伤处，数日始痊。别驾无长子，子之。盖适从游瞩也。诚具为兄告。言次，别驾入，讷拜谢不已。诚入内，捧帛衣出进兄，乃置酒燕叙。别驾问："贵族在豫，几何丁壮？"讷曰："无有。父少齐人，流寓于豫。"别驾曰："仆亦齐人。贵里何属？"曰："曾闻父言，属东昌辖。"惊曰："我同乡也。何故迁豫？"讷曰："明季清兵入境，掠前母去。父遭兵燹，荡无家室。先尝贾于西道，往来颇稔，故止焉。"又惊问："尊公何名？"讷告之。别驾瞠而视，俯首若疑，疾趋入内。无何，太夫人出。共罗拜已，问讷曰："汝是张炳之之子耶？"曰："然。"太夫人大哭，谓别驾曰："是汝弟也。"讷兄弟莫能解。太夫人曰："我适汝父三年，流离北去，身属黑固山。半年，生汝兄。又半年，固山死。汝兄补秩旗下，迁此官，今解任矣。每刻刻念乡井，遂出籍，复故谱。屡遣人至齐，殊无所觅耗，何知汝父西徙哉！"乃谓别驾曰："汝以弟为子，折福死矣！"别驾曰："曩问诚，诚未尝言齐人，想幼稚不知耳。"乃以齿序：别驾四十有一，为长；诚十六，最少；讷二十有二，则伯而仲矣。别驾得两弟甚欢，与同卧处，尽悉离散端由，将作归计。太夫人恐不见容。别驾曰："能容则共之，否则析之。天下岂有无父之人？"于是鬻宅办装，刻日西发。既抵里，讷与诚先驰报父。父自讷去后，妻亦寻卒；块然一老鳏，形影自吊。忽见讷入报，怳怳以惊。又睹诚，喜极不复作言，潸潸以涕。又告以别驾母子至，翁辍泣愕然，不能喜，亦不能悲，蚩蚩以立。未几，别驾入拜已，太夫人把翁相向哭。既见婢媪厮卒，内外盈塞，坐立不知所为。诚不见母，问之，方知已死，号嘶气绝，食顷始苏。别驾出资建楼阁，延师教两弟。马腾于厩，人喧于室，居然大家矣。

异史氏曰："余听此事至终，涕凡数堕：十余岁童子，斧薪助兄，慨然曰：'王览固再见乎！'于是一堕。至虎衔诚去，不禁狂呼曰：'天道聩聩如此！'于是一堕。及兄弟猝遇，则喜而亦堕。转增一兄，又益一弟，则为别驾堕。一门团圞，惊出不意，喜出不意，无从之涕，则为翁堕也。不知后世亦有善堕如某者否？"

王阮亭云："一本绝妙传奇，叙次处文笔亦工。"

跳 神

济俗：民间有病者，闺中以神卜。倩老巫击铁环单面鼓，婆娑作态，名曰"跳神"。而此俗都中尤甚。良家少妇时自为之。堂中肉于案，酒于盆，几上烧巨烛，明于昼。妇束短幅裙，屈一足作"商羊舞"。两人捉臂，左右扶掖之。妇口中剌剌琐絮，似歌似祝，字多寡参差，无律带腔。室数鼓乱挝如雷，蓬蓬聒人耳。妇吻辟翕，杂鼓声，不甚辨了。既而首垂，目斜睨，立全需人，失扶则仆。旋忽伸颈巨跃，离地尺有咫。室中诸女子凛然愕顾曰："祖宗来吃食矣。"便一嘘吹灯灭，内外冥黑。人慑息立，暗中无敢交一语；语亦不得闻，鼓声乱也。食顷，闻妇厉声呼翁姑及夫嫂小字，始共爇烛，伛偻问休咎。视尊中、盎中、案上，都复空空。望颜色，察嗔喜。肃肃罗问之，答若响。中有腹诽者，神已知，便指某姗笑我，大不敬，将褫汝裤。诽者自顾，莹然已裸，辄于门外树头觅得之。满洲妇女，奉事尤虔，小有疑，必以决。时严妆骑假虎、假马，执长兵舞榻上，名曰"跳虎神"。马、虎势作威怒，尸者声伧伫。或言关、张、元坛不一号。赫气惨凛，尤能畏怖人。有丈夫穴窗来窥，辄被长兵破窗刺帽，挑入去。一家媪媳姊若妹，森森缩缩雁行立，无岐念，无懈骨。

铁布衫法

沙狗子，得铁布衫大力法。骈其指，力斫之，可断牛项；横搠之，可洞牛腹。曾在仇公子彭三家，悬木于空，遣两健仆极力撑去，猛反之。沙裸腹受木，碎然一声，木去远矣。又出其势，即石上以木椎力击之，无少损。但畏刀耳。

吴门画工

吴门画工某，忘其名，喜画吕祖，每想像而神会之，希幸一遇。虔结在念，靡刻不存。一日，值群丐饮郊郭间，内一人敝衣露肘，而神采轩豁。心忽动，疑为吕祖。谛视，觉愈确，遽捉其臂曰："君吕祖也。"丐者大笑。某坚执为是，伏拜不起。丐者曰："我即吕祖，汝将奈何？"某叩头，但乞指教。丐者曰："汝能相识，可谓有缘。然此处非语所，夜间当相见也。"欲再遮问，转盼已杳，骇叹而归。至夜，果梦吕祖来曰："念子志虑专凝，特来一见。但汝骨气贪吝，不能为仙。我使子见一人可也。"即向空一招，遂有一丽人蹑空而下，服饰如贵嫔，容光袍仪，焕映一室。吕祖曰："此乃董娘娘，子审志之。"既而又问："记得否？"答："已记之。"又曰："勿忘却。"俄而丽者去，吕祖亦去。醒而异之，即梦中所见，肖像藏之，终亦不解所谓。后数年偶游于都，会董妃薨。上念其贤，将为肖像。诸工群集，口授心拟，终不能似。某忽触念，梦中人得毋是耶？以图呈进。宫中传览，皆谓神肖。由是授官中书，辞不受，赐万金。于是名大噪。贵戚家争遗重币，乞为先人传影。但悬空摹写，罔不曲似。浃晨之间，累数巨万。莱芜朱拱奎曾见其人。

豢 蛇

泗水山中旧有禅院，四无村落，人迹罕及，有道士栖止其中。或言内多大蛇，故游人益远之。一少年入山罗鹰。入既深，无所归宿。遥见兰若，趋投之。道士惊曰："居士何来？幸不为儿辈所见！"即命坐，具饘粥。食未已，一巨蛇入，粗十余围，昂首向客，怒目电瞓。客大惧。道士以掌击其额，呵曰："去！"蛇乃俯首入东室。蜿蜒移时，其躯始尽，盘伏其中，一室尽满。客大惧摇战。道士曰："此平时所豢养。有我在不妨，所患者客自遇之耳。"客甫坐，又一蛇入，较前略小，可约五六围。见客遽止，睒闪吐舌如前蛇状。道士又叱之，亦入室去。室无卧处，半绕梁间，壁上土摇落有声。客益惧，终夜不寝。早起欲归，道士送之。出屋门，见墙上阶下，大如盎盏者，行卧不一。见生人皆有吞噬状。客惧，依道士肘腋而行，使送出谷口，乃归。

余乡有客中州者，寄宿蛇佛寺。寺僧具晚餐，肉汤甚美，而段段皆圆，类鸡项。疑问寺僧："杀鸡几何，遂得多项？"僧曰："此蛇段耳。"客大惊，有出门而哇者。既寝，觉胸上蠕蠕，摸之则蛇也。顿起骇呼。僧起曰："此常事，乌足怪骇！"因以火照壁间，大小满墙，榻上下皆是也。次日，僧引入佛殿，佛座下有巨井，井中蛇粗如巨瓮，探首井边而不出。爇火下视，则蛇子蛇孙以数百万计，族居其中。僧云"昔蛇出为害，佛坐其上以镇之，其患始平"云。

化 男

苏州木渎镇，有女夜坐庭中，忽星殒中颅，仆地死。其父母老而无子，止此女。哀呼急救，移时始苏。笑曰："我今为男子矣！"验之果然。其家不以为妖，而窃喜其暴得子也。奇已！

卷五

汾州狐

汾州判朱公者，居廨多狐。公夜坐，有女子往来灯下。初谓是家人妇，未遑顾瞻；及举目，竟不相识，而容光艳绝。心知其狐，而爱好之。遽呼之来，女停履笑曰："厉声加人，谁是汝婢媪耶！"朱笑而起，曳坐谢过，遂与款密，久如夫妇之好。忽谓曰："君秩将迁，别有日矣。"问："何时？"曰："目前。但贺者在门，而吊者即在闾，不能官也。"三日，迁报果至。次日即得太夫人讣音。公解任，欲与偕旋。狐不可，送之河上。强之登舟，女曰："君自不知，狐不能过河也。"朱不忍别，恋恋河畔。女忽出，言将一谒故旧。移时归，即有客来答拜。女别室与语，客去乃来，曰："请便登舟，妾送君渡。"朱曰："向言不能渡，今何以云？"曰："曩所谒非他，河神也。妾以君故，特请之。彼限我十日往复，故可暂依耳。"遂同济。至十日，果别而去。

巧　娘

广东有缙绅傅氏，年六十余生一子，名廉，甚慧，而天阉，十七岁，阴才如蚕。遐迩闻知，无以女女者。自分宗绪已绝，昼夜忧怛，而无如何。廉从师读。师偶他出，适门外有猴戏者，廉视之，废学焉；度师将至而惧，遂亡去。离家数里，见一白衣女郎偕小婢出其前。女一回首，妖丽无比，莲步蹇缓。廉趋过之。女回顾婢曰："试问郎君，得毋欲如琼否？"婢果呼问。廉诘其所为，女曰："倘之琼也，有尺书一函，烦便道寄里门。老母在家，亦可为东道主。"廉出本无定向，念浮海亦得，因诺之。女出书付婢，婢转付生。问其姓名里居，云："华姓，居秦女村，去北郭三四里。"生附舟便去。至琼州北郭，日已曛暮。问秦女村，迄无知者。望北行四五里，星月已灿，芳草迷目，旷无逆旅。窘甚。见道侧一墓，思欲傍坟栖止，大惧虎狼；因攀树猱升，蹲踞其上。听松声谡谡，宵虫哀奏，中心忐忑，悔至如烧。忽闻人声在下，俯看之，庭院宛然；一丽人坐石上，双鬟挑画烛，分侍左右。丽人左顾曰："今夜月白星疏。华姑所赠团茶，可烹一盏，赏此良夜。"生意其鬼魅，毛发直竖，不敢少息。忽婢子仰视曰："树上有人！"女惊起曰："何处大胆儿，暗来窥人！"生大惧，无所逃隐，遂盘旋下，伏地乞宥。女近临一睇，反恚为喜，曳与并坐。睨之，年可十七八，姿态艳绝；听其言，亦非土音。问："郎何之？"答云："为人作寄书邮。"女曰："野多暴客，露宿可虞。不嫌蓬荜，愿就税驾。"邀生入。室惟一榻，命婢展两被其上。生自惭形秽，愿在下床。女笑云："佳客相逢，女元龙何敢高卧！"生不得已，遂与共榻，而惶恐不敢自舒。未几，女暗中以纤手探入，轻捻胫股。生伪寐，若不觉知。又未几，启衾入，摇生，迄不动。女便下探隐处……乃停手怅然，悄悄出衾去。俄闻哭声，生惶愧无以自容，恨天公之缺陷而已。女呼婢篝灯，婢见啼痕，惊问所苦。女摇首曰："我自叹吾命耳！"婢立榻前，眈望颜色。女曰："可唤郎醒，遣放去。"生闻之，倍益惭怍；且惧宵半茫茫，无所复之。筹念间，一妇人排闼入。婢白："华姑来。"微窥之，年约五十余，犹风格。见女未睡，便致诘问。女未答。又视榻上有卧者，遂问："共榻何人？"婢代答："夜一少年郎寄此宿。"妇笑曰："不知巧娘谐花烛。"见女啼泪未干，惊曰："合卺之夕，悲啼不伦。将毋郎君粗暴耶？"女不言，益悲。妇将捋衣视生，一振衣，书落榻上。妇取视，骇曰："我女笔意也！"拆读叹咤。女问之。妇云："是三儿家报。言吴郎已死，茕无所依，且为奈何？"女曰："彼固云为人寄书，幸未遣之去。"妇呼生起，究询书所自来。生备述之。妇曰："远烦寄书，当何以报？"又熟视生，笑问："何迕巧娘？"生言："不自知罪。"又诘女。女叹曰："自怜生适阉寺，没奔椓人。是以悲耳。"妇顾生曰："慧黠儿固雄而雌者耶？是我之客，不可久溷他人。"遂导生入东厢，探手于裤而验之。笑曰："无怪巧娘零涕。然幸有根蒂,犹可为力。"挑灯遍翻箱簏,得黑丸授生,令即吞下,秘嘱勿哗,乃出。生独卧筹思,不知药医何症。比五更初醒,觉脐下热气一缕,直冲隐处,蠕蠕然似有物垂股际。自探之,身已伟男。心惊喜,如乍膺九锡。棂色才分,妇即入室,以炊饼纳生,叮嘱耐坐,反关其户。出语巧娘曰:"郎有寄书劳,将留召三娘来,与订姊妹交。且复闭置,免人厌恼。"乃出门去。生回旋无聊,时近门隙,如鸟窥笼;望见巧娘,辄欲招呼自呈,惭讷而止。延及夜分,妇始携女归。发扉曰:"闷煞郎君矣!三娘可来拜谢途中人。"逡巡入,向生敛衽。妇命相呼以兄妹。巧娘笑曰:"姊妹亦可。"并坐堂中,团坐置饮。饮次,巧娘戏问:"寺人亦动心佳丽否?"生曰:"跛者不忘履,盲者不忘视。"相与粲然。巧娘以三娘劳顿,迫令安置。妇顾三娘,俾与生俱。三娘羞晕,不行。妇曰:"此丈夫而巾帼者,何畏之?"敦促偕去。私嘱生云:"阴为吾婿,阳为吾子可也。"生喜,捉臂登床,发硎新试,其快可知。既于枕上问女:"巧娘何人?"曰:"鬼也。才色无匹,而时命蹇落。适毛家小郎子,病阉,十八岁而不能人。因悒悒不畅,赍恨入冥。"生惊,疑三娘亦鬼。女曰:"实告君,妾非鬼,狐耳。巧娘独居无偶,我母子无家,借庐栖止。"生大愕。女云:"无惧,虽故鬼狐,非相祸者。"由此日共谈宴。虽知巧娘非人,而心爱其娟好;独恨自献无隙。生蕴藉,善谀噱,颇得巧娘怜。一日,华氏母子将他往,复闭生室中。生闷气绕室,隔扉呼巧娘。巧娘命婢历试数钥,乃得启。生附耳请间。巧娘遣婢去。生挽就寝榻,偎向之。女戏掬脐下曰:"惜可儿此处阙然。"语未竟,触手盈握,惊曰:"何前之渺渺,而遽累然?"生笑曰:"前羞见客,故缩;今以诮谤难堪,聊作蛙怒耳!"遂相绸缪。已而恚曰:"今乃知闭户有因。昔母子流荡无所,假庐居之。三娘从学刺绣,妾曾不少秘惜,乃妒忌如此!"生劝慰之,且以情告。巧娘终衔之。生曰:"密之。华姑嘱我严。"语未及已,华姑与三娘忽掩入。二人皇遽方起。华姑嗔目,问:"谁启扉?"巧娘笑逆自承。华姑益怒,聒絮不已。巧娘故哂曰:

“阿姥亦大笑人！是丈夫而巾帼者，何能为？”三娘见母与巧娘苦相抵，意不自安；以一身调停两间，始各拗怒为喜。巧娘言虽愤烈，然自是屈意事三娘。但华姑昼夜闲防，两情不得自展，眉目含情而已。一日，华姑谓生曰：“吾儿姊妹皆已奉事君，念居此非计，君宜归告父母，早订永约。”即治装促生行。二女相向，容颜悲恻；而巧娘尤不可堪，泪滚滚如断贯珠，殊无已时。华姑排止之，便曳生出。至门外，则院宇无存，但见荒冢。华姑送至舟上，曰：“君行后，老身携两女子僦屋于贵邑。倘不忘夙好，李氏废园中可待亲迎。”生乃归。时傅父觅子不得，正切焦虑，见子归，喜出非望。生略述崖末，兼致华氏之订。父曰：“妖言何足听信？汝尚能生还者，徒以阉废故。不然，死矣。”生曰：“彼虽异物，情亦犹人。况又慧丽，娶之亦不为戚党笑。”父不言，但嗤之。生乃退，而技痒，不安其分，辄私婢；渐至白昼宣淫，意欲炫闻翁媪。一日，为小婢所窥，奔告母。母不信，薄视之，始骇。呼婢研究，尽得其状。喜极，逢人宣暴，以示子不阉。将论婚于世族，生私白母：“非华氏不娶。”母曰：“世不乏美妇人，何必鬼物？”生曰：“儿非华姑，无以知人道，背之不祥。”傅父从之，遣一仆一妪往觇之。出东郭四五里，寻李氏园，见败垣竹树中，缕缕有炊烟。妪下乘，直造其闼，则母子拭几濯溉，似有所伺。妪拜致主命，见三娘，惊曰：“此即吾家小主妇耶？我见犹怜，何怪公子魂思而梦绕之。”便问阿姊，华姑叹曰：“是我假女。三日前忽殂谢去。”因以酒食饷妪及仆。妪归，备道三娘容止，父母皆喜。末陈巧娘耗，生恻恻欲涕。至亲迎之夜，见华姑，亲问之。答云：“已投生北地矣。”生歔欷久之。迎三娘归，而终不能忘情巧娘；凡有自琼来者，必召见问之。或言秦女墓夜闻鬼哭。生诧其异，入告三娘。三娘沉吟良久，泣下曰：“妾负姊矣。”诘之，答云：“妾母子来时，实未使闻。兹之怨啼，将毋是。向欲相告，恐彰母过。”生闻之，悲已而喜，即命舆，宵昼兼程，驰诣其墓。叩墓柏而呼曰：“巧娘，巧娘！某在斯。”俄见女郎捧婴儿自穴中出；举首酸嘶，怨望无已。生亦涕下。探怀问："谁氏子?"巧娘曰："是君之遗孽也，诞三月矣。"生叹曰："误听华姑言，使母子埋忧地下，罪将安辞!"乃与同舆航海而归。抱子告母。母视之，体貌丰伟，不类鬼物，益喜。二女谐和，事姑孝。后，傅父病，延医来。巧娘曰："疾不可为，魂已离舍。"督治冥具，既竣而殁。儿长，绝肖父；尤慧，十四游泮。高邮翁紫霞客于广而闻之，地名遗脱，亦未知所终焉。

吴 令

吴令某公，忘其姓字，刚介有声。吴俗最重城隍之神，木肖之，衣以锦，藏机如生。值神寿节，则居民敛资为会，辇游通衢；建诸旗幢、杂卤簿，森森部列；鼓吹行且作，阗阗咽咽然，一道相属也。习为俗，岁无敢懈。公出，适相值，止而问之。居民以告。又诘知所费颇奢。公怒，指像而责数之曰："城隍实主一邑，如冥顽无灵，则淫昏之鬼，无足奉事；其有灵，则物力宜惜，何得以无益之费，耗民脂膏!"言已，曳神于地，笞之二十。从此习俗顿革。公清正无私，惟少年好戏。居年余，偶于廨中梯檐探雀鷇，失足而堕，折股，寻卒。人闻城隍祠中，公大声喧怒，似与神争，数日不止。吴人不忘公德，群集祝而解之，别建一祠祠公，声乃息。祠亦以城隍名，春秋祀之，较故神尤著。吴至今有二城隍云。

口 技

村中来一女子，年二十有四五，携一药囊，售其医。有问病者，女不能自为方，俟暮夜请诸神。晚洁斗室，闭置其中。众绕门窗，倾耳寂听，但窃窃语，莫敢欬。内外动息俱冥。至半更许，忽闻帘声，女在内曰："九姑来耶?"一女子答云："来矣。"又曰："腊梅从九姑来耶?"似一婢答云："来矣。"三人絮语间杂，刺刺不休。俄闻帘钩复动，女曰："六姑至矣。"乱言曰："青梅亦抱小郎子来耶？"一女曰："拗哥子，呜之不睡，定要从娘子来。身如百钧重，负累煞人！"旋闻女子殷勤声，九姑问讯声，六姑寒暄声，二婢慰劳声，小儿嬉笑声，一齐嘈杂。即闻女子笑曰："小郎君亦大好要，远迢迢招猫儿来。"既而声渐疏，帘又响，满室俱哗曰："四姑来何迟也？"有一小女子细声答曰："路有千里且溢，与阿姑走尔许时始至。阿姑行且缓。"遂各各道温凉声，并移座声，唤添坐声，参差并作，喧繁满室，食顷始定。即闻女子问病。九姑以为宜得参，六姑以为宜得芪，四姑以为宜得术。参酌移时，即闻九姑唤笔砚。无何，折纸戢戢然，拔笔掷帽丁丁然，磨墨隆隆然。既而，投笔触几，震震作响，便闻撮药包裹苏苏然。顷之，女子推帘呼病者，授药并方，反身入室。即闻三姑作别，三婢作别，小儿哑哑，猫儿唔唔，又一时并起。九姑之声清以越，六姑之声缓以苍，四姑之声娇以婉，以及三婢之声，各有态响，听之，了了可辨。群讶以为真神。而试其方，亦不甚效。此即所谓口技，特借之以售其术尔。然亦奇矣！

昔王心逸尝言："在都偶过市廛，闻弦歌声，观者如堵。近窥之，则见一少年，曼声度曲，并无乐器，惟以一指捺颊际，且捺且讴。听之铿铿，与弦索无异。"亦口技之苗裔耶。

狐　联

焦生，章丘石虹先生之叔弟也。读书园中。宵分，有二美人来，颜色双绝。一可十七八，一约十四五，托几展笑。焦知其狐，正色拒之。长者曰："君髯如戟，何无丈夫气？"焦曰："仆生平不敢二色。"女笑曰："迂哉！子尚守腐局耶？下元鬼神，凡事皆以黑为白，况床笫间琐事乎！"焦又咄之。女知不可动，乃云："君名下士，妾有一联，请为属对。能对，我自去：'戊戌同体，腹中止欠一点。'"焦凝思不就。女笑曰："名士固如此乎？我代对之可矣：'己巳连踪，足下何不双挑?’”一笑而去。

王阮亭云:“才狐也,乃不谙平仄。”

潍水狐

潍水李氏有别第。忽一翁来税居,岁出直五十金。诺之。既去,无耗。李嘱家人别租。翌日,翁至,曰:“租宅已有关说,何欲更僦他人?”李白所疑。翁曰:“我将久居是。所以迟迟者,以涓吉在十日之后耳。”因先纳一岁之直,曰:“终岁空之,勿问也。”李送出,问期,翁告之。过期数日,亦竟渺然。及往觇之,则双扉内闭,炊烟起而人声杂矣。讶之,投刺往谒。翁趋出,逆而入,笑语可亲。既归,遣人馈遗其家。翁犒赐丰隆。又数日,李设筵邀公,款洽甚欢。问其居里,以秦中对。李讶其远。翁曰:“贵乡福地也;秦中不可居,大难将作。”时方承平,置未深问。越日,翁折柬报居停之礼。供帐饮食,备极侈丽。李益惊疑为贵官。翁以交好,因自言为狐。李骇绝,逢人辄道。邑缙绅闻其异,日结驷于门,愿纳交翁。翁无不伛偻接见。渐而郡官亦时往还。独邑令求通,辄辞以故。令又托主人先容。翁辞。李诘其故。翁离席近客而私语曰:“君自不知,彼前身为驴。今虽俨然民上,乃饮糙而亦醉者也。仆固异类,羞与为伍。”李乃托词告令,谓狐畏其神明,故不敢见。令信之而止。此康熙十一年事。未几,秦罹兵燹。狐能前知,信矣。

异史氏曰:“驴之为物庞然也!一怒则踶趹嗥嘶,眼大于盎,气粗于牛,不惟声难闻,状亦难见;倘执束刍而诱之,则帖耳辑首,喜受羁勒矣。以此居民上,宜其饮糙而亦醉也。愿临民者以驴为戒,而求齿于狐,则德日进矣。”

红　玉

广平冯翁者,一子,字相如。父子俱诸生。翁年近六旬,性方鲠，而家屡空。数年间，而媪与子妇又相继逝，井臼自操之。一夜，相如坐月下，忽见东邻女自墙上来窥。视之，美；近之，微笑；招以手，不来亦不去；固请之，乃梯而过，遂共寝处。问其姓名。曰："妾邻女红玉也。"生大爱悦，与订永好，女诺之。夜夜往来，约半年许。翁夜起，闻女子含笑语，窥之，见女。怒，唤出骂曰："畜产所为何事？如此落寞，尚不刻苦，乃学浮荡耶？人知之，丧汝德；人不知，亦促汝寿。"生跪自投，泣言知悔。翁叱女曰："女子不守闺戒，既自玷，而又以玷人。倘事一发，当不仅贻寒舍羞！"骂已，愤然归寝。女流涕曰："亲庭罪责，良足愧辱！我二人缘分尽矣。"生曰："父在不得自专。卿如有情，尚当含垢为好。"女言词决绝，生乃洒涕。女止之曰："妾与君无媒妁之言，父母之命；逾墙钻隙，何能白首？此处有一佳耦，可聘也。"生告以贫。女曰："来宵相俟，妾为君谋之。"次夜，女果至，出白金四十两赠生，曰："去此六十里，有吴村卫氏，年十八矣，高其价，故未售也。君重啖之，必合谐允。"言已别去。生乘间语父，欲往相之，而隐馈金不敢告。翁自度无资，以是故止之。生又婉言："试可乃已。"翁颔之。生遂假仆马诣卫氏。卫故田舍翁，生呼出，引与闲语。卫知生望族，又见仪采轩豁，心许之，而虑其靳于资。生听其词意吞吐，会其旨，倾囊陈几上。卫乃喜，浼邻生居间，书红笺而盟焉。生入拜媪。居室逼窄，女依母自障。微睨之，虽荆布之饰，而神情光艳，心窃喜。卫借舍款婿，便言："公子无须亲迎。待少作衣妆，即合舁送去。"生与订期而归。诡告翁言："卫爱清门，不责资。"翁亦喜。至日，卫果送女至。女勤俭，有顺德，琴瑟甚笃。逾二年，举一男，名福儿。会清明，抱子登墓，遇邑绅宋氏。宋官御史，坐行赇免，居林下，大煽威虐。是日亦上墓归，见女，艳之。问村人，知为生配。料冯贫士，诱以重赂，冀可摇，使家人风示之。生骤闻，怒形于色；既思势不敌，敛怒为笑，归告翁。大怒奔出，对其家人指天画地，诟骂万端。家人鼠窜而去。宋氏亦怒，竟遣数人入生家，殴翁及子，汹若沸鼎。女闻之，弃儿于床，披发号救。群篡异之，哄然便去。父子伤残，呻吟在地；儿呱呱啼室中。邻人共怜之，扶置榻上。经日，生杖而能起；翁忿不食，呕血，寻毙。生大哭，抱子兴词。上至督抚，讼几遍，卒不得直。后闻妇不屈死，益悲。冤塞胸吭，无路可伸。每思要路刺杀宋，而虑其扈从繁，儿又罔托。日夜哀思，双睫为之不交。忽一丈夫吊诸其室，虬髯阔颔，曾与无素。挽坐，欲问邦族。客遽曰："君有杀父之仇，夺妻之恨，而忘报乎？"生疑为宋人之侦，姑伪应之。客怒眦欲裂，遽出曰："仆以君人也，今乃知不足齿之伧！"生察其异，跪而挽之曰："诚恐宋人餂我。今实布腹心，仆之卧薪尝胆者，固有日矣。但怜此襁中物，恐坠宗祧。君义士，能为我杵臼否？"客曰："此妇人女子之事，非所能。君所欲托诸人者，请自任之；所欲自任者，愿得而代庖焉。"生闻，崩角在地。客不顾而去。生追问姓字。曰："不济，不任受怨；济，亦不任受德。"遂去。生惧祸及，抱子亡去。至夜，宋家一门俱寝，有人越重垣入，杀御史父子三人，及一媳一婢。宋家具状告官，官大骇。宋执谓相如，于是遣役捕生。生遁不知所之。于是情益真。宋仆同官役诸处冥搜，夜至南山，闻儿啼，踪得之，系累而行。儿啼愈嗔，群夺儿抛弃之。生冤愤欲绝。见邑令，问："何杀人？"生曰："冤哉！某以夜死，我以昼出，且抱呱呱者，何能逾垣杀人？"令曰："不杀人，何逃乎？"生辞穷，不能置辨。乃收诸狱。生泣曰："我死无足惜，孤儿何罪？"令曰："汝杀人子多矣！杀汝子何怨？"生既褫革，屡受酷惨，卒无词。令是夜方卧，闻有物击床，震震有声，大惧而号。举家惊起，集而烛之，一短刀铦利如霜，剁床入木者寸余，牢不可拔。令睹之，魂魄丧失。荷戈遍索，竟无踪迹。心窃馁，又以宋人死，无可畏惧，乃详诸宪，代生解免，竟释生。生归，瓮无升斗，孤影对四壁。幸邻人怜，馈食饮，苟且自度。念大仇已报，则辗然喜；思惨酷之祸几于灭门，则泪潸潸堕；及思半生贫彻骨，宗支不绪，则于无人处大哭失声，不复能自禁。如此半年，捕禁益懈，乃哀邑令，求判还卫氏之骨。及葬而归，悲怛欲绝，辗转空床，竟无生路。忽有款门者，凝神寂听，闻一人在门外哝哝与小儿语。生急起窥觇，似一女子。扉初启，便问："大冤昭雪，可幸无恙？"其声稔熟，而仓卒不能追忆。烛之，则红玉也。挽一小儿，嬉笑跨下。生不暇问，抱女呜哭。女亦惨然。既而推儿曰："汝忘尔父耶？"儿牵女衣，目灼灼视生。细审之，福儿也。大惊，泣问："儿那得来？"女曰："实告君，昔言邻女者，妾也。妾实狐。适宵行，见儿啼谷中，抱养于秦。闻大难既息，故携来与君团聚耳。"生挥涕拜谢。儿在女怀，如依其母，竟不复能识父矣。天未明，女即遽起。问之，答曰："奴欲去。"生裸跪床头，涕不能仰。女笑曰："妾诳君耳。今家道新创，非夙兴夜寐不可。"乃剪莽拥彗，类男子操作。生忧贫乏不能自给。女曰："但请下帷读，勿问盈歉，当不殍饿死。"遂出金治织具；租田数十亩，雇佣耕作。荷镵诛茅，牵萝补屋，日以为常。里党闻妇贤，益乐资助之。约半年，人烟腾茂，类素封家。生曰："灰烬之余，卿白手再造矣。然一事未就安妥，如何？"诘之，答曰："试期已迫，巾服尚未复也。"女笑曰："妾前以四金寄广文，已复名在案。若待君言，误之已久。"生益神之。是科遂领乡荐。时年三十六，腴田连阡，夏屋渠渠矣。女袅娜，如随风欲飘去，而操作过农家妇；虽严冬自苦，而手腻如脂。自言二十八岁，人视之，常若二十许人。

异史氏曰："其子贤，其父德，故其报之也侠。非特人侠，狐亦侠也。遇亦奇矣！然官宰悠悠，竖人毛发，刀震震入木，何惜不略移床上半尺许哉！使苏子美读之，必浮白曰：'惜乎击之不中！'"

王阮亭云："程婴、杵臼，未尝闻诸巾帼，况狐耶？"

林四娘

青州道陈公宝钥，闽人。夜独坐，有女子搴帏入。视之，不识；而艳绝，长袖宫妆。笑云："清夜兀坐，得勿寂耶？"公惊问："何人？"曰："妾家不远，近在西邻。"公意其鬼，而心好之。捉袂挽坐，谈词风雅。大悦。拥之，不甚抗拒，顾曰："他无人耶?"公急阖户，曰："无。"促其缓裳，意殊羞怯。公代为之殷勤，女曰："妾年二十，犹处子也。狂将不堪。"狎亵既竟，流丹浃席。既而枕边私语，自言"林四娘"。公详诘之。曰："一世坚贞，业为君轻薄殆尽矣。有心爱妾，但图永好可耳。絮絮何为?"无何，鸡鸣，遂起而去。由此夜夜必至。每与阖户雅饮，谈及音律，辄能剖析宫商，公遂意其工于度曲。曰："儿时之所习也。"公请一领雅奏，女曰："久矣不托于音，节奏强半遗忘，恐为知音笑耳。"再强之，乃俯首击节，唱伊凉之调。其声哀婉，歌已，泣下。公亦为酸恻，抱而慰之曰："卿勿为亡国之音，使人悒悒。"女曰："声以宣意，哀者不能使乐，亦犹乐者不能使哀。"两人燕昵，过于琴瑟。既久，家人窃听之；闻其歌者，无不流涕。夫人窥见其容，疑人世无此妖丽，非鬼必狐；惧为厌蛊，劝公绝之。公不能听，但固诘之。女愀然曰："妾衡府宫人也。遭难而死，十七年矣。以君高义，托为燕婉；然实不敢祸君。倘见疑畏，即从此辞。"公曰："我不为嫌，但燕好若此，不可不知其实耳。"乃问宫中事。女缅述，津津可听。谈及式微之际，则哽咽不能成语。女不甚睡，每夜辄起，诵准提、金刚诸经咒。公问："九原能自忏耶?"曰："一也。妾思终身沦落，欲度来生耳。"又每与公评骘诗词，瑕辄疵之；至好句，则曼声娇吟；意绪风流，使人忘倦。公问："工诗乎?"曰："生时亦偶为之。"公索其赠。笑曰："儿女之语，乌足为高人道!"居三年，一夕，忽惨然告别。公惊问之。答云："冥王以妾生前无罪，死犹不忘经咒，俾生王家。别在今宵，永无见期。"言已，怆然。公亦泪下。乃置酒，相与痛饮。女慷慨而歌，为哀曼之音。一字百转，辄便呜咽；数停数起，而后终曲。饮不能畅，乃起，逡巡欲别。公固挽之。又坐少时，鸡声忽唱。乃曰："必不可以久留矣。然君每怪妾不肯献丑，今将长别，当率成一章。"索笔构成，曰："心悲意乱，不能推敲，乖音错节，慎勿出以示人。"掩袖而出，公送诸门外，湮然而没。公怅悼良久。视其诗，字态端好，珍而藏之。诗曰：

“静锁深宫十七年，谁将故国问青天？闲看殿宇封乔木，泣望君王化杜鹃。海国波涛斜夕照，汉家箫鼓静烽烟。红颜力弱难为厉，蕙质心悲只问禅。日诵菩提三百句，闲看贝叶两三篇。高唱梨园歌代哭，请君独听亦潸然。”诗中重复脱节，疑传者错误。

鲁公女

招远张于旦，性疏放不羁，读书萧寺。时邑令鲁公，三韩人，有女好猎。生适遇诸野，见其丰姿娟秀，着锦貂裘，跨小骊驹，翩然若画。归忆容华，极意钦想。后闻女暴卒，悼叹欲绝。鲁以家远，寄灵寺中，即生读所。生敬礼如神明，朝必香，食必祭，每酹而祝曰：“睹卿半面，长系梦魂；不图玉人奄然物化。今近在咫尺，而邈若河山，恨如何也！然生有拘束，死无禁忌；九泉有灵，当姗姗而来，慰我倾慕。”日夜祝之，几半月。一夕，挑灯夜读，忽举首，则女子含笑立灯下。生惊起致问。女曰：“感君之情，不能自已，遂不避私奔之嫌。”生大喜，挽坐，遂共欢好。自此无虚夜。谓生曰：“妾生好弓马，以射獐杀鹿为快，罪孽深重，死无归所。如诚心爱妾，烦代诵金刚经一藏数，生生世世不忘也。”生敬受教。每夜起，即柩前捻珠讽诵。偶值节序，欲与偕归。女忧足弱，不能跋履。生请抱负以行，女笑从之。如抱婴儿，殊不重累，遂以为常。考试，亦载与俱。然行必以夜。生将赴秋闱，女曰：“君福薄，徒劳驰驱。”遂听其言而止。积四五年，鲁罢官，贫不能榇。将就窆之，苦无葬地。生乃自陈：“某有薄壤近寺，愿葬女公子。”鲁公喜。生又力为营葬。鲁德之，而莫解其故。鲁去，二人绸缪如平日。一夜，侧倚生怀，泪落如豆，曰：“五年之好，于今别矣！受君恩义，数世不足以酬。”生惊问之。曰：“蒙惠及泉下人，经咒藏满，今得生河北卢户部家。如不忘今日，过十五年，八月十六日，烦一往会。”生泣下曰：“生三十余年矣。又十五年，将就木焉，会将何为？”女亦泣曰：“愿为奴婢以报。”少间曰：“君送妾六七里，此去多荆棘，妾衣长难度。”乃抱生项。生送至通衢，见路旁车马一簇，马上或一人，或二人；车上或三人、四人、十数人不等；独一钿车，绣缨朱幰，仅一老媪在焉。见女至，呼曰：“来乎？”女应曰：“来矣！”乃回顾生云：“尽此，且去，勿忘所言。”生诺。女行近车，媪引手上之。展軨即发，车马阗咽而去。生怅怅而归，志时日于壁。因思经咒之效，持诵益虔。梦神人告曰：“汝志良嘉，但须要到南海去。”问：“南海多远？”曰：“近在方寸地。”醒而会其旨，念切菩提，修行倍洁。三年后，次子明，长子政，相继擢高科。生虽暴贵，而善行不替。夜梦青衣人邀去，见宫殿中坐一人，如菩萨状，逆之曰：“子为善可喜，惜无修龄，幸得请于上帝矣。”生伏地稽首。唤起，赐坐，饮以茶，味芳如兰。又令童子引去，使浴于池。池水清洁，游鱼可数。入之而温，掬之有荷叶香。移时，渐入深处，失足而陷，过涉灭顶。惊寤，异之。由此，身益健，目益明；自捋其须，白者尽簌簌落；又久之，黑者亦落，面纹亦渐舒。至数月后，颔秃、面童，宛如十五六时；兼好游戏，事亦犹童。过饰边幅，二子辄匡救之。未几，夫人以老病卒，子欲为求继室于朱门。生曰：“待我至河北来而后娶。”屈指已及约期，遂命仆马至河北。访之，果有卢户部。先是，卢公生一女，生而能言，长益慧美。父母最钟爱之。贵家委禽，女辄不欲。怪问之，具述前生约。共计其年，大笑曰：“痴婢！张郎计今年已半百，人事变迁，其骨已朽。纵其尚在，发童而齿豁矣。”女不听。母见其志不摇，与卢公谋，戒阍人勿通客，过期以绝其望。未几，生至。阍人拒之。退返旅舍，怅恨无所为计。闲游郊郭，因循而暗访之。女谓生负约，涕不食。母言：“渠不来，必已殂谢。即不然，背盟之罪，亦不在汝。”女不语，但终日卧。卢患之，亦思一见生之为人，乃托游遨，遇生于野。视之，少年也，讶之。班荆略谈，甚倜傥。公喜，邀至其家。方将探问，卢即遽起，嘱客暂独坐，匆匆入内告女。女喜，自力起窥，审其状不符，零涕而返，怨父欺罔。公力白其是。女无言，但泣不止。公出，意绪懊丧，对客殊不款曲。生问：

"贵族有为户部者乎?"公漫应之;首他顾,似不属客。生觉其慢,辞出。女啼数日,竟卒。生夜梦女来曰:"下顾者果君耶?年貌舛异,觌面遂致迷隔。妾已忧愤死。烦向土地祠速招我魂,可得活。迟则无及矣。"既醒,急探卢氏之门,果有亡女二日矣。生大恸,进而吊诸其室。已而以梦告卢。卢从其言,招魂而归。启其衾,抚其尸,呼而祝之。俄闻喉中咯咯有声,忽见朱樱乍启,坠痰块如冰。扶移榻上,渐复呻吟。卢公悦,肃客出,置酒宴会。细展官阀,知其巨家,益喜。择吉成礼。居半月,携女而归。卢送至家,半年乃去。夫妇居室,俨然小偶。不知者多误以子妇为姑嫜焉。卢公逾年卒。子最幼,为豪强所中伤,家产几尽,生迎养之,遂家焉。

道 士

韩生,世家也。好客。同村徐氏,常饮于其家。会宴集,有道士托钵门外。家人投钱及粟,皆不受,亦不去。家人怒,归不顾。韩闻击剥之声甚久,询之。家人以情告。言未已,道士竟入。韩招之坐。道士向主客皆一举手,即坐。略致研诘,始知其初居村东破庙中。韩曰:"何日栖鹤东观,竟不闻知,殊缺地主之礼。"答曰:"野人新至,无交游。闻居士挥霍,愿求饮焉。"韩命举觞。道士能豪饮。徐氏见其衣服垢敝,颇偃蹇,不甚为礼。韩亦海客遇之。道士倾饮二十余杯,乃辞而去。自是,每宴客,道士辄至。遇食则食,遇饮则饮。韩亦颇厌其频。饮次,徐氏嘲之曰:"道长日为客,宁不一作主?"道士笑曰:"道人与居士等,惟双肩承一喙耳!"徐惭不能对。道士曰:"虽然,道人怀诚久矣,会当竭力作杯水之酬。"饮毕,嘱曰:"翌午幸赐光宠。"次日,相邀同往,疑其不设。行去,道士已候于途。且语且步,已至庙外。入门,则院落一新,连阁云蔓。大奇之,曰:"久不至此,创建何时?"道士笑云:"竣工未久。"比入其室,陈设华丽,世家所无。二人肃然起敬。甫坐,行酒下食者皆二八狡童,锦衣朱履。

酒馔芳美，备极丰渥。饭已，另有小进。珍果多不可名，贮以水晶、玉石之器，光照几榻。酌以玻璃盏，围尺许。道士曰："唤石家姊妹来。"童去少时，二美人入。一细长，如弱柳；一身短，齿最稚：媚曼双绝。道士使歌以侑酒。少者拍板而歌，长者和以洞箫，其声清细。既阕，道士悬爵促釂，又命遍酌。顾问美人："久不舞，尚能之否？"遂有僮仆展氍毹于筵下。两女子对舞，长衣乱拂，香尘四散。舞罢，斜倚画屏。韩、徐二人心旷神飞，不觉醺醉。道士亦不顾客，举杯饮尽，起谓客曰："姑烦自酌，我少憩即复来。"即去屋南壁下，设以螺钿之床，女子为设锦裀，扶道士卧。道士乃曳长者共枕，命少者立床下为之爬搔。韩、徐观此状，颇不平。徐乃大呼："道士不得无礼！"将往挠之。道士急起而遁。见少者犹立床下，乘醉拉向北榻，公然拥卧。视床上，美人尚眠绣榻。顾韩曰："君何太迂！"韩乃竟登南榻，欲与狎亵，而美人睡去，拨之不转，因抱与俱寝。天明，酒梦都醒，觉怀中冷物冰人；视之，则抱长石，卧青阶下。急视徐，徐尚未醒；见其枕遗屙之石，酣寝败厕中。蹴起，互相骇异。四顾，则一庭荒草，两间破屋而已。

胡　氏

直隶有巨家欲延师，忽一秀才踵门自荐。主人延入。词语开爽，遂相知悦。秀才自言胡氏，遂纳贽馆之。胡课业良勤，淹洽非下士等。然时出游，昏夜始归。扃闭俨然，不闻款叩，而已在室中矣。遂相惊以狐。然察胡意固不恶，优重之，不以怪异废礼。胡知主人有女，求为姻好，屡示意，主人伪不解。一日，胡假而去。次日，有客来谒，絷黑卫于门。主人逆而入。年五十余，衣履鲜洁，意甚恬雅。既坐，自达。始知为胡氏作冰。主人默然良久曰："仆与胡先生交已莫逆，何必婚姻？且息女已许字矣。烦代谢先生。"客曰："确知令嫒待聘，何拒之深？"再三言之，而主人不可。客有惭色，曰："胡亦世族，何遽不如先生！”主人直告曰：“实无他意，但恶其非类耳。”客闻之，怒；主人亦怒，相侵益亟。客起抓主人；主人命家人杖逐之，客乃遁。遗其驴，视之，毛黑色，批耳修尾，大物也。牵之不动，驱之则随手而蹶，嘤嘤然草虫耳。主人以其言忿，知必相仇，戒备之。次日，果有狐兵大至：或骑或步，或戈或弩，马嘶人沸，声势汹汹。主人不敢出。狐声言火屋，主人益惧。有健者率家人噪出。飞石、施箭，两相冲击，互有夷伤。狐渐靡，纷纷引去。遗刀地上，亮如霜雪，近拾之，则高粱叶也。众笑曰：“技止此耳！”然恐其复至，益备之。明日，众方聚语，忽一巨人自天而降：高丈余，身横数尺，挥大刀如门，逐人而杀。群操矢、石乱击之，颠踣而毙，则刍灵耳。众益易之。狐三日不复来，众亦少懈。主人适登厕，俄见狐兵张弓挟矢而至，乱射之。矢集于臀，大惧，急喊。众奔斗，狐方去。拔矢视之，皆蒿梗。如此月余，去来不常，虽不甚害，而日日戒严，主人患苦之。一日，胡生率众至。主人身出。胡望见，避于众中，主人呼之，不得已乃出。主人曰：“仆自谓无失礼于先生，何故兴戎？”群狐欲射，胡止之。主人近握其手，邀入故斋，置酒相款，从容曰：“先生达人，当相见谅。以我情好，宁不乐附婚姻！但先生车马宫室，多不与人同，弱女相从，即先生当知其不可。且谚云：‘瓜果之生摘者，不适于口。’先生何取焉！”胡大惭。主人曰：“无伤旧好固佳，如不以尘浊见弃，在门墙之幼子，年十五矣，愿得坦腹床下，不知有相若者否？”胡喜，曰：“仆有弱妹，少公子一岁，颇不陋劣，以奉箕帚如何？”主人起拜，胡答拜。于是酬酢甚欢，前郤俱忘。命罗酒浆，遍犒从者，上下欢慰。乃详问里居，将以奠雁。胡辞之。日暮继烛，醺醉乃去。由是遂安。年余，胡不至，或疑其约妄，而主人坚待之。又半年，而胡忽至。既道温凉已，乃曰：“妹子长成矣。请卜良辰，遣事翁姑。”主人喜，即同订期而去。至夜，果有舆马送新妇至。奁妆丰盛，设室中几满。新妇见姑嫜，温丽异常。主人大喜。胡生与一弟来送女，谈吐俱风雅，又善饮，天明乃去。新妇且能预知年岁丰凶，故谋生之计皆取则焉。胡生兄弟以及胡媪，时来望女，人人皆见之。

丐 僧

济南一僧，不知何许人。赤足，衣白衲，日于芙蓉、明湖诸馆诵经募化。与以酒食、钱、粟，皆弗受；叩所需，又不答。终日未尝见其餐饭。或劝之曰："师既不茹荤酒，当募山村僻巷中，何日日往来于羶闹之场？"僧合眸讽诵，睫毛长指许，若不闻。少旋，又语之，僧遽张目厉声曰："要如此化！"又诵不已。久之，自出而去。或从其后，固诘其必如此之故，走不应。叩之数四，又厉声曰："非汝所知！老僧要如此化！"积数日，忽出南城，卧道侧如僵，三日不动。民人恐其饿死，贻累近郭，因集劝他徙；欲饭，饭之；欲钱，钱之。僧瞑然不应。群摇而语之。僧怒，于衲中出短刀，自剖其腹；以手入内，理肠于道，而气遂绝。众骇，告郡，藁葬之。异日为犬所穴。席见，踏之似空；发视之，席封如故，犹空茧然。

伏 狐

太史某，为狐所魅，病瘠。符禳既穷，乃乞假归，冀可逃避。太史行，而狐亦从之。大惧，无所为计。一日，止于涿，门外有铃医，自言能伏狐。太史延之入，投以药，则房中术也。促令服讫，入与狐交，锐不可当。狐辟易，哀而求罢。不听，进益勇。狐展转营脱，苦不得去。移时无声，视之，现狐形而毙矣。

昔余乡某生者，素有嫪毐之目，自言生平未能得一快意。夜宿孤馆，四无比邻。忽有奔女，扉未启而已入；心知其狐，亦欣然乐就狎之。襟襦甫解，贯革直入。狐惊痛，啼声吱然，如鹰脱韝，穿窗而去。某犹望窗外作狎昵声，哀唤之，冀其复回，而已寂然矣。此真讨狐之猛将也！宜榜门驱狐，可以为业。

苏 仙

高公明图知郴时，有民女苏氏浣衣于河。河中有巨石，女踞其上。有苔一缕，绿滑可爱，浮水荡动，绕石三匝。女视之心动，既归而娠，腹渐大。母私诘之，女以情告。母不能解。数月，竟举一子。欲置隘巷，女不忍。藏诸椟而养之。遂矢志不嫁，以明其不二也。然不夫而孕，终以为羞。儿至七岁，未尝出以见人。儿忽谓母曰："儿渐长，幽禁何可常也？去之，不为母累。"问："何之？"曰："我非人种，行将腾霄昂壑耳。"母泣询归期。答曰："待母属纩时儿始来。去后倘有所需，可启藏儿椟索之，必能如愿。"言已，拜母竟去。出而望之，已杳矣。女告母，母大奇之。女坚守旧志，与母相依；而家益落。偶缺晨炊，仰屋无计；忽忆儿言，往启椟，果得米，赖以举火。自是，有求辄应。逾三年，母病卒，一切葬具，皆取给于椟。既葬，女独居三十年，未尝窥户。一日，邻妇乞火者见其兀坐空闺，语移时始去。居无何，忽见彩云绕女舍，亭亭如盖，中有一人，盛服立，审视之，则苏氏也。回翔久之，渐高不见。邻人共疑之，窥诸其室，见女靓妆凝坐，气则已绝。众以其无归，议为殡葬。忽一少年入，丰姿俊伟，向众申谢。邻人素亦窃知女有子，故不之疑。少年出金葬母，植二桃于墓，乃别而去。数步之外，足下生云，不可复见。后，桃结实甘芳，居人谓之"苏仙桃"。树年年华茂，更不衰朽。官是地者，每携桃以馈亲友。

李伯言

李生伯言，沂水人，抗直有肝胆。忽暴病。家人进药，却之曰："吾病非药饵可疗，阴司阎罗缺，欲吾暂摄其篆耳。死，勿埋我，宜待之。"是日果死。驺从导去，入一宫殿，进服冕，隶胥祗候甚肃。

案上簿书丛沓。一宗，江南某，稽生平所私良家女八十二人。鞫之，佐证不诬。按冥律，宜炮烙。堂下有铜柱，高八九尺，围可一抱，空其中而炽炭焉，表里通赤。群鬼以铁蒺藜挞驱使登。手移足盘而上。甫至顶，则烟气飞腾，崩然一响如爆竹，人乃堕；团伏移时，始复苏。又挞之，爆堕如前。三堕，则匝地如烟而散，不复能成形矣。又一起，为同邑王某，被婢父讼盗占生女。王即李姻家。先是，一人卖婢，王知其所来非道，而利其直廉，遂购之。至是，王暴卒。越日，其友周生遇于途，知为鬼，奔避斋中。王亦从入。周惧而祝，问所欲为。王曰："烦作见证于冥司耳。"惊问："何事？"曰："余婢实价购之，今被诬控。此事，君亲见之，惟借季路一言，无他说也。"周固拒之。王曰："恐不由君耳。"未几，周果死。同赴阎罗质审。李见王，隐存左袒意。忽见殿上火生，焰烧梁栋。李大骇，侧足立。吏急进曰："阴曹不与人世等，一念之私不可容。急消他念，则火自熄。"李敛神寂虑，火顿灭。已而鞫状，王与婢父反复相苦。问周，周以实对。王以故犯论笞。笞讫，遣人俱送回生。周与王皆三日而苏。李视事毕，舆马而返。中途见阙头断足者数百辈，伏地哀鸣。停车研诘，则异乡之鬼思践故土，恐关隘阻隔，乞求路引。李曰："余摄任三日，已解任矣。何能为力？"众曰："南村胡生，将建道场，代嘱可致。"李诺之。至家，驺从都去，李乃苏。胡生字水心，与李善，闻李再生，便诣探省。李遽问："清醮何时？"胡讶曰："兵燹之后，妻孥瓦全，向与室人作此愿心，未向一人道也。何由知之？"李具以告。胡叹曰："闺房一语，遂播幽冥，可惧哉！"乃敬诺而去。次日，如王所。王犹惫，卧见李，肃然起敬，申谢佑庇。李曰："法律不能宽假，今幸无恙乎？"王云："已无他症，但笞创脓溃耳。"又二十余日始痊。臀肉腐落，瘢痕如杖者。

异史氏曰："阴司之刑，惨于阳世；责亦苛于阳世。然关说不行，则受残酷者不怨也。谁谓夜台无天日哉！第恨阳世无火烧临民之堂廨耳。"

黄九郎

何师参，字子萧，斋于苕溪之东，门临旷野。薄暮偶出，见妇人跨驴来，少年从诸其后。妇约五十许，意致清越。转视少年，年可十五六，丰采过于姝丽。生素有断袖之癖，睹之，神出于舍。翘足目送，影灭方归。次日，早伺之。落日冥濛，少年始过。生曲意承迎，笑问所来。答以"外祖家"。生请过斋少憩，辞以"不暇"；固曳之，乃入。略坐，兴辞，坚不可挽。生握手送之，殷嘱便道相过。少年唯唯而去。生由是凝思如渴，往来眺注，足无停趾。一日，日衔半规，少年忽至。大喜，邀入，命馆童行酒。问其姓字，答云："黄姓，第九，童子无字。"问："过往何频？"曰："家慈在外祖家，常多病，故数省之。"酒数行，欲辞去。生捉臂遮留，下管钥。九郎无如何，赧颜复坐。挑灯共语，温若处子；而词涉游戏，便含羞面向壁。未几，引与同衾。九郎不许，坚以睡恶为辞。强之再三，乃解上下衣，着袴卧床上。何灭烛少时，移与同枕；曲肘加髀而狎抱之，苦求私昵。九郎怒曰："以君风雅士，故与流连。乃此之为，是禽处而兽爱之也！"未几，晨星荧荧，九郎径去。生恐其遂绝，复伺之，蹀躞凝盼，目穿北斗。过数日，九郎始至。喜逆谢过，强曳入斋，促坐笑语，窃幸其不念旧恶。无何，解履登床，又抚哀之。九郎曰："缠绵之意，已镂肺膈。然亲爱何必在此？"生甘言纠缕，但求一亲玉肌。九郎从之。生俟其睡寐，潜就轻薄。九郎醒，揽衣遽起，乘夜遁去。生悒悒若有所失，忘啜废寝，日渐痿瘁；惟日使斋童逻侦焉。一日，九郎过门，即欲径去。童牵衣入之。见生清癯，大骇慰问。生实告以情，泪涔涔，随声零落。九郎细语曰："区区之意，实以相爱无益于弟，而有害于君，故不为也。君既乐之，仆何惜焉。"生大悦。九郎去后，病顿减，数日平复。九郎果至，遂相缱绻。曰："今勉承君意，幸勿以此为常。"既而曰："欲有所求，肯为力乎？"问之，答曰："母患心痛，惟太医齐野王先天丹可疗。君与善，当能求之。”生诺之。临去又嘱。生入城求药，及暮付之。九郎喜，上手称谢。又强与合，九郎曰：“勿相纠缠，请为君图一佳人，胜弟万万矣。”生问：“谁？”九郎曰：“有表妹，美无伦。倘能垂意，当执柯斧。”生微笑不答。九郎怀药便去。三日乃来，复求药，生恨其迟，词多诮让。九郎曰：“本不忍祸君，故疏之。既不蒙见谅，请勿悔焉。”由是宴会无虚夕。凡三日必一乞药。齐怪其频，曰：“此药未有过三服者。胡久不瘥？”因裹三剂并授之。又顾生曰：“君神色黯淡，病乎？”曰：“无。”脉之，惊曰：“君有鬼脉，病在少阴。不自慎者殆矣。”归语九郎。九郎叹曰：“良医也。我实狐。久恐不为君福。”生疑其诳，藏其药，不以尽予，虑其弗至也。居无何，果病。延齐诊视，曰：“曩不实言，今魂气已游墟莽，秦缓何能为力？”九郎日来省视，曰：“不听吾言，果至于此。”生寻死，九郎痛哭而去。先是，邑有某太史，少与生共笔砚，十七岁擢翰林。时秦藩贪暴，而赂通朝士，无有言者。公抗疏劾其恶，以越俎免。藩升是省中丞，日伺公隙。公少有英称，曾邀叛王青盼。因购得旧所往来札胁公。公惧，自经。夫人亦投缳死。公越宿忽醒，曰：“我何子萧也。”诘之，所言皆何家事。方悟其借躯返魂。留之不可，出奔旧舍。抚疑其诈，必欲排陷之，使人索千金于公。公伪诺，而忧闷欲绝；忽通九郎至，喜共话言，悲欢交集。既欲复狎，九郎曰：“君有三命焉。”公曰：“余悔生劳，不如死逸。”因诉冤苦。九郎悠忧以思。少间曰：“幸复生聚。君旷无偶，前言表妹慧丽多谋，必能分忧。”公欲一见颜色。曰：“不难。明日将取伴老母，此道所经。君伪为弟也兄者。我假渴而求饮焉。君曰‘驴子亡’，则诺也。”计已而别。明日停午，九郎果从女郎经门外过。公拱手絮絮与语，略睨女郎，娥眉秀曼，诚仙人也。九郎索茶，公请入饮。九郎曰：“三妹勿讶，此兄盟好，不妨少休止。”扶之而下，系驴于门而入。公自起瀹茗，因目九郎曰：“君前言不足以尽，今得死所矣。”女似悟其言之为已者，离榻起立，嘤喔而言曰：“去休。”公外顾曰：“驴子其亡。”

九郎火急驰出。公拥女求合。女颜色紫变，窘若囚拘，大呼："九兄！"不应。曰："君自有妇，何丧人廉耻也！"公自陈无室。女曰："能矢山河，勿令秋扇见捐，则惟命是听。"公乃誓以皦日。女不复拒。事已，九郎至。女色然怒让之。九郎曰："此何子萧，昔之名士，今之太史；与兄最善，其人可依。即闻诸妗氏，当不相见罪。"日向晚，公要遮不听去。女恐姑母骇怪。九郎锐身自任，跨驴径去。居数日，有妇携婢过，年四十许，神情意致，雅似三娘。公呼女出窥，果母也。瞥睹女，怪问："何得在此？"女惭不能对。公邀入，拜而告之。母笑曰："九郎稚气，胡再不谋？"女自入厨下，设食供母。食已乃去。公得丽偶，颇快心期；而恶绪萦怀，恒蹙蹙有忧色。女问之，公缅述颠末。女笑曰："此九兄一人可得解。君何忧？"公诘其故。女曰："闻抚公溺声歌而比顽童，此皆九兄所长也。投所好而献之，怨可消，仇亦可复。"公虑九郎不肯。女曰："但请哀之。"越日，公见九郎来，膝行而逆之。九郎惊曰："两世之交，但可自效，顶踵所不敢惜；何忽作此态向人？"公具以谋告。九郎有难色。女曰："妾失身于郎，谁实为之？脱令中途凋丧，焉置妾也？"九郎不得已，诺之。公族与谋，驰书于所善之王太史，而致九郎焉。王会其意，大设，招抚公饮。命九郎饰女妆，作天魔舞，宛然美女。抚惑之，亟请于王，欲以重金购九郎，惟恐不得当。王故沉思似难之。迟之又久，始将公命以进。抚喜，前郤顿释。自得九郎，动息不相离；侍妾十余，视同尘土。九郎饮食供具如王者，赐金万计。半年，抚公病。九郎知其去冥路近也，遂辇金帛，假归公家。既而抚公薨。九郎出资起屋、置器，畜婢仆。母子及妗并家焉。九郎出，舆马甚都，人不知其狐也。余有"笑判"并志之：

男女居室，为夫妇之大伦。燥湿互通，乃阴阳之正窍。迎风待月，尚有荡检之讥；断袖分桃，难免掩鼻之丑。人必力士，鸟道乃敢生开；洞非桃源，渔篙宁许误入？今某从下流而忘返，舍正路而不由。云雨未兴，辄尔上下其手；阴阳反背，居然表里为奸。华池置无用之乡，谬说老僧入定；蛮洞乃不毛之地，遂使眇帅称戈。系赤兔于辕门，如将射戟；探大弓于国库，直欲斩关。或是监内黄鳣，访知交于昨夜；分明王家朱李，索钻报于来生。彼黑松林戎马频来，固相安矣；设黄龙府潮水忽至，何以御之？宜断其钻刺之根，兼塞其送迎之路。

金陵女子

沂水居民赵某，以故自城中归，见女子白衣哭路侧，甚哀。睨之，美；悦之，凝注不去，女垂涕曰："夫夫也，路不行而顾我。"赵曰："我以旷野无人，而子哭之恸，实怆于心。"女曰："夫死无路，是以哀耳。"赵劝其复择良匹。曰："渺兹一身，其何能择？如得所托，媵之可也。"赵忻然自荐，女从之。赵以去家远，将觅代步。女曰："无庸。"乃先行，飘若仙。奔至家，操井臼甚勤。积二年余，谓赵曰："感君恋恋，猥相从，忽已三年。今宜且去。"赵曰："曩言无家，今焉往？"曰："彼时漫为是言耳，何得无家？身父货药金陵。倘欲再晤，可载药往，当助资斧。"赵经营，为贳车马。女辞之，出门径去。追之不及，瞬息遂杳。居久之，颇涉怀想。因市药诣金陵。寄货旅邸，访诸衢市。忽药肆一翁望见，曰："婿至矣。"延之入。女方浣裳庭中，见之不言，亦不笑，浣不辍。赵衔恨遽出。翁又曳之返。女不顾如初。翁命治具作饮，谋厚赠之。女止之曰："渠福薄，多将不任。宜少慰其辛苦，再检十数医方与之，便吃着不尽矣。"翁问所载药。女云："已售之矣，直在此。"翁乃出方付金，送赵归。试其方，有奇验。沂水尚有能知其方者。以蒜臼接茅檐雨水，洗瘊赘，其方之一也，良效。

王阮亭云："女子亦大突兀。"

汤　公

汤公名聘，辛丑进士。抱病弥留。忽觉下部热气，渐升而上：至股，则足死；至腹，则股又死；至心，则心之死最难。凡自童稚以及琐屑久忘之事，都随心血来，一一潮过。如一善，则心中清静宁贴；一恶，则懊侬烦燥，似油沸鼎中，其难堪之状，口不能肖似之。犹忆七八岁时，曾探雀雏而毙之。只此一事，心头热血潮涌，食顷方过。直待平生所为一一潮尽，乃觉热气缕缕然，穿喉入脑，自顶巅出，腾上如炊。逾数十刻许，魂乃离窍，忘躯壳矣。而渺渺无归，飘泊郊路间。一巨人来，高几盈寻，掇拾之，纳诸袖中。入袖，则叠肩压股，其人甚夥，薅恼闷气，殆不可过。公顿思惟佛能解厄，因宣佛号。才三四声，飘坠袖外。巨人复纳之。三纳三坠，巨人乃去之。公独立彷徨，未知何往而善。忆佛在西土，乃遂西。无何，见路侧一僧趺坐。趋拜，问途。僧曰："凡士子生死录，文昌及孔圣司之。必两处销名，乃可他适。"公问其居，僧示以途，奔赴。无几，至圣庙，见宣圣南面坐，拜祷如前。宣圣言："名籍之落，仍得帝君。"因指以途。公又趋之。见一殿阁，如王者居。俯身入，果有神人，如世所传帝君状。伏祝之。帝君检名曰："汝心诚正，宜复有生理。但皮囊腐矣，非菩萨莫能为力。"因指示，令急往。公从其教。俄见茂林修竹，殿宇华好。入，见螺髻庄严，金容满月；瓶浸杨柳，翠碧垂烟。公肃然稽首，拜述帝君言。菩萨难之。公哀祷不已。旁有尊者白言："菩萨施大法力，撮土可以为肉，折柳可以为骨。"菩萨即如所请，手断柳枝，倾瓶中水，和净土为泥，拍附公体。使童子携送灵所，推而合之。棺中呻动，霍然病已。家人骇集，扶而出之。计气绝已继七矣。

阎　罗

莱芜秀才李中之，性直谅不阿。每数日，辄死去，僵卧如尸，三四日始醒。或问所见，则隐秘不泄。时邑有张生者，亦数日一死，语人曰："李中之，阎罗也。余至阴司，亦其属曹。"其门殿对联，俱能述之。或问："李昨赴阴司何事？"张曰："不能具述。惟提勘曹操，笞二十。"

王阮亭云："中州有生人为河神者，曰黄大王。鬼神以生人为之，理不可晓。"

异史氏曰："阿瞒一案，想更数十阎罗矣。畜道剑山，种种具在。宜得何罪，不劳挹取，乃数千年不决，何耶？岂以临刑之囚，快于速割，故使之求死不得耶？异矣！"

库将军

库大有，字君实，汉中洋县人，以武举隶祖述舜麾下。祖厚遇之，屡蒙拔擢，迁为总戎。后觉大势既去，潜以兵乘祖。祖格拒，伤手，因就缚焉。纳款于总督蔡。至都，梦至冥司，冥王怒其不义，命鬼以沸油浇其足。既醒，足痛不可忍。后肿溃，指尽落，又益之疟，辄呼曰："我诚负义！"遂死。

异史氏曰："事伪朝，固不足言忠。然国士庸人，因知为报，贤豪之自命宜尔也。是诚可以愓天下之人臣而怀二心者矣。"

雷　公

亳州民王从简，其母坐室中，值小雨冥晦，见雷公持锤振翼而入，大骇。急以器中便溺倾注之。雷公沾秽，若中刀斧，反身疾逃；极力展腾，不得去。颠倒庭际，嗥声如牛。天上云渐低，渐与檐齐。云中萧萧如马鸣，与雷公相应。少时，雨暴注，身上恶浊尽洗，乃作霹雳而去。

戏 缢

邑人某，佻达无赖。偶游村外，见少妇乘马来。谓同游者曰：“我能令其一笑。”众未深信，约赌作筵。某遽奔去，出马前，连声哗曰：“我要死！”因于墙头抽粱秸一本，横尺许，解带挂其上，引颈作缢状。妇果过而哂之。众亦粲然。妇去既远，某犹不动。众益笑之。近视，则舌出目瞑，而气真绝矣。粱本自经，岂不亦奇哉？是可以为儇薄之戒。

死 僧

某道士云游，日暮，投止野寺。见僧房扃闭，遂藉蒲团，趺坐廊下。夜既静，闻启阖声。旋见一僧来，浑身血污，目中若不见道士。道士亦若不见之。僧直入殿，登佛座，抱佛头而笑，久之乃去。及明，视室门扃如故，怪之。入村，道所见。众如寺，发扃验之。则僧杀死在地，室中席篋掀腾，知为盗劫。疑鬼笑有因，共验佛首，见脑后有微痕。刓之，内藏三十余金，遂用以葬之。

异史氏曰：“谚有之：‘财连于命。’不虚哉！夫人俭啬封殖，以予所不知谁何之人，亦已痴矣。况僧并不知谁何之人而无之哉！生不肯享，死犹顾而笑之，财奴之可叹如此！佛云：‘一文将不去，惟有业随身。’其僧之谓矣。”

赤 字

顺治乙未冬夜，天上赤字如火。其文云：“白苕代靖否复议朝治驰。”

梓橦令

常进士大忠，太原人，候选在都。前一夜，梦文昌投刺。拔签，得梓橦令，奇之。后丁艰，服阕候补，又梦如前。默思：其复任梓橦乎？已而果然。

鬼　津

李某昼卧，见一妇人自墙中出：蓬首如筐，发垂蔽面。至床前，始一手自分，露面出，肥黑绝丑。某大惧，欲奔。妇猝然登床，力抱其首，便与接唇。以舌渡津，冷如冰块，浸浸入喉。欲不咽，而气不得息。咽之，稠粘塞喉。才一呼吸，而口中又满，气急复咽之。如此良久，气闭，不可复忍。闻门外有人行声，妇始释手去。由此腹胀喘满，数日不食。或教以参芦汤探吐之，吐出物如卵清，病乃瘥。

禄　数

某显者，多为不道。夫人每以果报劝谏之，殊不听信。适有方士能知人禄数，诣之。方士熟视曰："君再食米二十石、面四十石，天禄乃终。"归语夫人。计一人终年仅食面二石，尚有二十年天禄，岂不善所能绝耶？横如故。逾年，忽病"除中"，食甚多而旋饥，一昼夜十余餐。未及周岁，死矣。

鬼　令

教谕展先生，洒脱有名士风。然酒狂，不持仪节。每醉归，辄驰马殿阶。阶上多古柏。一日，纵马入，触树，头裂。自言："子路怒我无礼,击脑破矣。”中夜遂卒。邑中某乙者,负贩其乡,夜宿古刹。更静人稀,忽见四五人,携酒入饮,展亦在焉。酒数行,或以字为令曰:“田字不透风,十字在当中;十字推上去,古字赢一钟。”一人曰:“回字不透风,口字在当中;口字推上去,吕字赢一钟。”一人曰:“囹字不透风,令字在当中;令字推上去,含字赢一钟。”又一人曰:“困字不透风,木字在当中;木字推上去,杏字赢一钟。”末至展,凝思不得。众笑曰:“既不能令,须当受命。”飞一觥来。展云:“我得之矣:曰字不透风,一字在当中……”众又笑曰:“推作何物?”展吸尽曰:“一字推上去,一口一大钟!”相与大笑。未几,出门去。某不知展死,窃疑其罢官归也。及归,问之,则展死已久,始悟所遇者鬼耳。

禽　侠

天津寺,鹳鸟巢于鸱尾。殿承尘上,藏大蛇如盆,每至鹳雏团翼时,辄出吞食净尽。鹳悲鸣数日乃去。如是三年,群料其必不复至,而次岁巢如故。约雏长成,即竟去,三日始还,入巢哑哑,哺子如初。蛇又蜿蜒而上。甫近巢,两鹳惊,飞鸣哀急,直上青冥。俄闻风声蓬蓬,一瞬间,天地似晦。众骇异共视,乃一大鸟,翼蔽天日,从空疾下,骤如风雨,以爪击蛇,蛇首立堕,连摧殿角数尺许,振翼而去。鹳从其后,若将送之。巢既倾,两雏俱堕,一生一死。僧取生者置钟楼上。少顷,鹳返,仍就哺之,翼成而去。

异史氏曰:“次年复至,盖不料其祸之复也。三年而巢不移,则复仇之意已决。三日不返,其去作秦庭之哭可知矣。大鸟必羽族之剑仙也。飚然而来,一击而去。妙手空空儿,何以加此!”

济南有营卒,见鹳鸟过,射之,应弦而落。喙中衔鱼,将哺子也。或劝拔矢放之,卒不听。少顷,带矢飞去。后往来近郭间,两年余贯矢如故。一日,卒坐辕门下。鹳过,矢坠地。卒拾视曰:“此矢固无恙哉?”耳适痒,因以矢代搔。忽大风摧门,门骤阖,触矢贯脑,卒寻毙。

负 尸

有樵人赴市,荷杖而归。忽觉杖头如有重负。回顾,见一无头人悬系其上,大惊,脱杖乱击之,即不复见。骇奔。至一村,时已昏暮,有数人爇火照地,似有所寻。近讯之,盖众适聚坐,忽空中堕一人头,须发蓬然,倏忽已杳。樵人亦言所见。合之,适成一人,而究不解其何故。后有人荷篮而行,或见其中有人头焉。讶而诘之。反顾始惊。倾诸地上,宛转而没。

卷六

连 琐

杨子畏,移居泗水之滨。斋临旷野,墙外多古墓。夜闻白杨萧萧,声如涛涌。夜阑秉烛,方复凄断。忽墙外有人吟曰:“玄夜凄风却倒吹,流萤惹草复沾帏。”反复吟诵,其声哀楚。听之,细婉似女子。疑之。明日视墙外,并无人迹,惟有紫带一条遗荆棘中。拾归,置诸窗上。向夜二更许,又吟如昨。杨移杌登望,吟顿辍。悟其为鬼,然心向慕之。次夜复伺墙头。一更向尽,有女子姗姗自草中出,手扶小树,低首哀吟。杨微嗽,女急入荒草而没。杨由是伺诸墙下,听其吟毕,乃隔壁而续之曰:“幽情苦绪何人见,翠袖单寒月上时。”久之,寂然。杨乃入室。方坐,忽见丽者自外来,敛衽曰:“君子固风雅士,妾乃多所畏避。”杨喜拉坐,瘦怯凝寒,若不胜衣。问:“何居里,久寄此间?”答曰:“妾陇西人,随父流寓。十七暴疾殂谢,今二十余年矣。九泉荒野,孤寂如鹜。所吟乃妾自作以寄幽恨者。思久不属,蒙君代续,欢生泉壤。”杨欲与欢,蹙然曰:“夜台朽骨,不比生人。如有幽欢,促人寿数。妾不忍祸君子也。”杨乃止。戏以手探胸,则鸡头之肉,依然处子。又欲视其裙下双钩,女俯首笑曰:“狂生太啰唣矣!”杨把玩之,则见月色锦袜,约彩线一缕。更视其一,则紫带系之。问:“何不俱带?”曰:“昨宵畏君而避,不知遗落何所。”杨曰:“为卿易之。”遂即窗上取以授女。女惊问何来,因以实告。女乃去线束带。既翻案上书,忽见连昌宫词,慨然曰:“妾生时最爱读此。今视之殆如梦寐。”与谈诗文,慧黠可爱。剪烛西窗,如得良友。自此每夜但闻微吟,少顷即至。辄嘱曰:“君秘勿宣。妾少胆怯,恐有恶客见侵。”杨诺之。两人欢同鱼水,虽不至乱,而闺阁之中,诚有甚于画眉者。女每于灯下为杨写书,字态端媚,又自选宫词百首录诵之。使杨治棋枰,购琵琶,每夜教杨手谈。不则挑弄弦索，作《蕉窗零雨》之曲，酸人胸臆；杨不忍卒听，则为《晓苑莺声》之调，顿觉心怀畅适。挑灯作剧，乐辄忘晓。视窗上有曙色，则张皇遁去。一日，薛生造访，值杨昼寝。视其室，琵琶棋局具在，知非所善。又翻书得宫词，见字迹端好，益疑之。杨醒，薛问："戏具何来？"答："欲学之。"又问诗卷，托以假诸友人。薛反复检玩，见最后一页细字一行云："某月日连琐书。"笑曰："此是女郎小字，何相欺之甚？"杨大窘，不能置词。薛诘之益苦，杨不以告。薛卷挟之，杨益窘，遂告之。薛求一见，杨因述所嘱。薛仰慕殷切，杨不得已诺之。夜分女至，为致意焉。女怒曰："所言伊何？乃已喋喋向人！"杨以实情自白。女曰："与君缘尽矣！"杨百词慰解，终不欢，起而别去。曰："妾暂避之。"明日薛来，杨代致其不可。薛疑支托，暮与窗友二人来，淹留不去，故挠之，恒终夜哗，大为杨生白眼，而无如何。众见数夜杳然，浸有去志，喧嚣渐息。忽闻吟声，共听之，凄婉欲绝。薛方倾耳神注，内一武生王某，掇巨石投去，大呼曰："作态不见客，得甚好句，呜呜恻恻，使人闷损。"吟顿止。众甚怨之。杨恚愤见于词色。次日，始共引去。杨独宿空斋，冀女复来，而殊无影迹。逾二日，女忽至，泣曰："君致恶客，几吓煞妾！"杨谢过不遑。女遽出曰："妾固谓缘分尽也。从此别矣！"挽之已杳。由是月余，更不复至。杨思之，形销骨立，莫可追挽。一夕方独酌，忽女子搴帏入，杨喜极曰："卿见宥耶？"女涕垂膺，默不一言。亟问之，欲言复忍，曰："负气去，又急而求人，难免愧恧。"杨再三研诘，乃曰："不知何处来一龌龊隶，逼充媵妾。顾念清白裔，岂屈身舆台之鬼？然一线弱质，乌能抗拒？君如齿妾在琴瑟之数，必不听自为生活。"杨大怒，愤将致死，但虑人鬼殊途，不能为力。女曰："夜来早眠，妾邀君梦中耳。"于是复共倾谈，坐以达曙。女临去，嘱勿昼眠，留代夜约。杨诺之。因于午后薄饮，乘醺登榻，蒙衣偃卧。忽见女来，授以佩刀，引手去。至一院宇，方阖门语，闻有人掿石挝门。女惊曰："仇人至矣！"杨启户骤出，见一人赤帽青衣，猬毛绕喙。怒咄之。隶横目相仇，言词凶谩。杨大怒，奔之。隶捉石以投，骤如急雨，中杨腕，不能握刃。方危急间，遥见一人腰矢野射，审视之，王生也。大号乞救。王生张弓急至，射之中股。再射之，殪。杨喜感谢。王问故，具告之。王自喜前罪可赎，遂与共入女室。女战惕羞缩，遥立不作一语。案上有小刀，长仅尺余，而装以金玉；出诸匣，光芒鉴影。王叹赞不释手。与杨略话，见女惭惧可怜，乃出，分手去。杨亦自归，越墙而仆。于是惊寤，听村鸡已乱唱矣。觉腕中痛甚，晓而视之，则皮肉赤肿。停午，王生来，便言夜梦之奇。杨曰："梦射否？"王怪其先知。杨出手示之，且告以故。王忆梦中颜色，恨不真见。自幸有功于女，复请先容。夜间，女来称谢。杨归功王生，遂达诚恳。女曰："将伯之助，义不敢忘。然彼赳赳，妾实畏之。"既而曰："彼爱妾佩刀。刀实妾父出使粤中，百金购之。妾爱而有之，缠以金丝，辫以明珠。大人怜妾夭亡，用以殉葬。今愿割爱相赠，见刀如见妾也。"次日杨致此意，王大悦。至夜，女果携刀来，曰："嘱伊珍重，此非中华物也。"由是往来如初。积数月，忽于灯下笑而向杨，似有所语，面红而止者三。生抱问之。答曰："久蒙眷爱，妾受生人气，日食烟火，白骨顿有生意。但须生人精血，可以复活。"杨笑曰："卿自不肯，岂我故惜之？"女曰："交接后，君必有二十余日大病，然药之可愈。"遂与为欢。既而着衣起，又曰；"尚须生血一点，能拚痛以相爱乎？"杨取利刃刺臂出血，女卧榻上，使滴脐中。乃起曰："妾不来矣。君记取百日之期，视妾坟前有青鸟鸣于树头，即速发冢。"杨谨受教。出门又嘱曰："慎记勿忘，迟速皆不可。"乃去。越十余日，杨果病，腹胀欲死。医师投药，下恶物如泥，浃辰而愈。计至百日，使家人荷锸以行。日既西，果见青鸟双鸣。杨喜曰："可矣！"乃斩荆发圹，见棺木已朽，而女貌如生，摩之微温。蒙衣舁归。置暖处，气休休然细于属丝。渐进汤酏，半夜而苏。每谓杨曰："十余年如一梦耳。"

王阮亭云："结尽而不尽，甚妙。"

单道士

韩公子，邑世家。有单道士工作剧，公子爱其术，以为座上客。单每与人行坐，辄忽不见。公子欲得其法，单不肯。公子固恳之。单曰："我非吝吾术，恐坏吾道也。所传而君子则可。不然，有借此以行窃者矣。公子固无虑此，然或出见美丽而悦之，隐身入人闺闼，是济恶而宣淫也。不敢从命。"公子不能强，而心怒之，阴与仆辈谋挞辱之。恐其遁匿，因以细灰布麦场中。思左道能隐形，而履处必有印迹，可随印处急击之。于是诱单往，使人执牛鞭立挞之。单忽不见，灰上果有印迹，左右乱击，顷刻已迷。公子归，单亦至。谓诸仆曰："吾不可复居矣！向劳服役，今且别，当有以报。"袖中出旨酒一盛，又探得肴一簋，并陈几上。陈已，复探。凡十余探，几上已满。遂邀众饮，俱醉。一一仍纳袖中。韩闻其异，使复作剧。单于壁上画一城，以手推挝，城门顿闭。因将囊衣箧物悉掷门内，乃拱别曰："我去矣！"跃身入城，城门遂阖，道士顿杳。后闻在青州市上，教儿童画墨圈于掌上，逢人戏抛之，随所抛处，或面或衣，圈辄脱去，落印其上。又闻其善房中术，能令下部吸烧酒，尽一器。公子尝面试之。

白于玉

吴青庵，筠，少知名。葛太史见其文，每嘉叹之。托相善者邀至家，聆其言论丰采。曰："焉有才如吴生，而长贫贱者乎？"因使邻好致之曰："使青庵奋志青云，当以息女奉巾栉。"时太史有女绝美。生大喜，确自信。既而秋闱被黜，使人谓太史曰："富贵所固有，不可知者迟早耳。请待我三年不成而后嫁。"于是刻志益苦。一夜，明月之下，有秀才造谒，白皙短须，细腰长爪。诘所来，自言："白氏，字于玉。"略与倾谈，豁人心胸。悦之，留同止宿。迟明欲去，生嘱便道烦过。白感其情殷，愿即假馆，约期而别。至期，先一苍头送炊具来。少间白至，乘骏马如龙。生另舍舍之。白命奴牵马去。遂晨夕与共，忻然相得。生视所读书，并非常所见闻者，亦绝无时艺。讶而问之。白笑云："士各有志，仆非功名中人也。"夜每招生饮，出一卷授生，皆吐纳之术，多所不解，因以迂缓置之。他日谓生曰："曩所授乃黄庭之要道，仙人之梯航。"生笑曰："仆所急不在此。且求仙者必断绝情缘，使万念俱寂，仆病未能也。"白问："何故？"生以宗祀为虑。白曰："胡久不娶？"笑曰："寡人有疾，寡人好色。"白亦笑曰："'王请无好小色'。所好如何？"生具以情告。白疑未必真美。生曰："此遐迩所共闻，非小弟之目贱也。"白微哂而罢。次日，忽促装言别，生凄然与语，刺刺不能休。白乃命僮子先负装行。两相依恋。俄见一青蝉鸣落案间，白辞曰："舆已驾矣，请自此别。如相忆，拂我榻而卧之。"方欲再问，转瞬间白小如指，翩然跨蝉背上，嘲哳而飞，杳入云中。生乃知其非常人，错愕良久，怅怅自失。逾数日，细雨忽集，思白綦切。视所卧榻，鼠迹碎琐，慨然扫除，设席就寝。无何，见白家僮来相招，忻然从之。俄有桐凤翔集，僮促谓生曰："黑径难行，可乘此代步。"生虑细小不能胜任，僮曰："试乘之。"生如所请，宽然殊有余地，僮亦附其尾上。戛然一声，凌升空际。未几见一朱门。僮先下，扶生亦下。问："此何所？"曰："此天门也。"门边有巨虎蹲伏。生骇惧，僮以身幛之。见其风景，与世殊异。僮导入广寒宫，内以水晶为阶，行人如在镜中。桂树两章，参空合抱，花气随风，香无断际，亭宇皆红。窗内时有美人出入，冶容秀骨，旷世并无其俦。僮言："王母宫佳丽尤胜。"然恐主人伺久，不暇留连，导与俱出。移时，见白生已候于门。握手入，见檐外清水白沙，涓涓流溢，玉砌雕栏，殆拟桂阙。甫坐，即有二八妖鬟，来荐馨茗。少间命酌，有四丽人敛衽鸣珰，给事左右。才觉背上微痒，丽人即以纤指长甲探衣代搔。生觉心神摇曳，罔所安顿。既而微醺，渐不自持。笑顾丽人，兜答与语，美人辄笑避。白令度曲侑觞。一衣绛绡者，引爵向客，便即筵前宛转清歌。诸丽者笙管敖曹，呜呜杂和。既阕，一衣翠裳者亦酌亦歌。尚有一紫衣人，与一淡白软绡者，吃吃笑，暗中互让不肯前。白令一酌一唱。紫衣人便来把盏。生托接杯，戏挠纤腕。女笑失手，酒杯倾坠。白谯诃之。女拾杯含笑，俯首细语云："冷如鬼手馨，强来捉人臂。"白大笑，罚令自歌且舞。舞已，衣淡白者又飞一觥，生辞不能釂。女捧酒有愧色，乃强饮之。细视四女，风致翩翩，无一非绝世者。遽谓白曰："人间尤物，仆求一而难之。君集群芳，能令我真果消魂否？"白笑曰："足下意中自有佳人，此何足当巨眼之顾。"生曰："吾今乃知所见之不广也。"白乃尽招诸女俾自择。生颠倒不能自决。白以紫衣人有把臂之好，遂使襆被奉客。既而衾枕之爱，极尽绸缪。生索赠，女脱金腕钏付之。忽僮入曰："仙凡路殊，君宜即去。"女急起遁去。生问主人，僮曰："早诣待漏，去时嘱送客耳。"生怅然从之，复寻旧途。将及门，回视僮子，不知何时已去。虎哮骤起，生惊窜而出。望之无底，而足已奔坠。一惊而寤，则朝暾已红。方将振衣，有物腻然坠褥间，视之则钏也。心益异之。由是前念灰冷，每欲寻赤松游，而尚以胤绪为念。过十余月，昼寝方酣，梦紫衣姬自外至，怀中绷婴儿，曰："此君骨血。天上难留此物，敬持送君。"乃寝诸床，牵生衣覆之，匆匆欲去。生强与为欢，乃曰："前一度为合卺，今一度为永诀。百年夫妇，尽于此矣。君倘有志，或有见期。"生醒，见婴儿卧襆褥间，绷以告母。母喜，佣媪哺之，取名"梦仙"。生于是使人告太史，身已将隐，令别择良匹。太史不肯，生固以为辞。太史告女，女曰："远近无不知儿身许吴郎矣。今改之，是二天也。"因以此意告生，生曰："我不但无志于功名，并绝情于燕好。所以不即入山者，徒以有老母在。"太史又以商女，女曰："吴郎贫，我甘为藜藿；吴郎去，我事其姑嫜，定不他适。"使人三四返，迄无成谋，遂诹日备舆马妆奁嫔于生家。生感其贤，敬爱臻至。女事姑孝，曲意承顺，过贫家女。逾二年母亡，女质奁作葬具，罔不尽礼。生曰："得卿如此，吾何忧！顾念一人得道，拔宅飞升。今将远适,一切付之于卿。”女坦然殊不挽留,生遂去。女外理生计,内训孤儿,井井有法。梦仙渐长,聪慧绝伦,十四岁以神童领乡荐,十五岁入翰林。每褒封,不知母姓氏,封葛母一人而已。值霜露之辰,辄问父所,母具告之。辄欲弃官往寻。母曰:“汝父出家,今已十有余年,想已仙去。何处可寻?”后奉旨祭南岳,中途遇盗。窘急之际,一道人仗剑入,盗尽披靡,围始解。德之,馈以金,不受。出书一函,付嘱曰:“余有故人与大人同里,烦代致寒暄。”问:“何姓名?”答云:“王林。”因忆村中无此名。道士曰:“草野微贱,贵官自不识耳。”临行出一金钏曰:“此闺阁物,道人拾此无所用,即以奉报。”视之,嵌镂精绝。怀归以授夫人,夫人爱之,命良工依式配造,终不及其精巧。遍问村中,并无王林其人者。私发其函,上云:“三年鸾凤,分析各天。葬母教子,专赖卿贤。无以报德,奉药一丸,剖而食之,可以成仙。”后书琳娘夫人妆次。读毕不解何人,持以告母。母执书泣曰:“此汝父家报也。琳,我小字。”始恍然悟王林为拆白谜也。悔恨不可追,又以钏示母。母曰:“此汝母遗物,而父在家时,常以相示。”又视丸如豆大,喜曰:“我父,仙人,啖此必能长生。”母不遽吞,受而藏之。会葛太史来视甥,女诵吴生书,便进丹药为寿。太史剖而分食之。顷刻,精神焕发。太史时年七旬,龙钟颇甚,忽觉筋力溢于肤革,遂弃舆而步,其行健速,家人岔息始能及焉。逾年,都中有回禄之灾,火终日不熄。夜不敢寐,毕集庭中。见火势拉杂,侵及邻舍。一家彷徨,不知所计。忽夫人臂上金钏,戛然有声,脱臂飞去。望之,大可数亩,形如月阑,团覆宅上。钏口降东南隅,历历可见。众大骇。俄顷,火自西来,近阑则斜越而东。迨火势既远,窃意钏亡,不可复得。忽见虹光乍敛,钏铮然坠足下。都中延烧民舍数万间,左右前后,并为灰烬,独吴第无恙。惟东南一小阁,化为乌有,即钏口漏覆处也。葛母年五十余,或见之,犹似二十许人。

夜叉国

胶州徐姓，泛海为贾。忽被大风吹去。开眼至一处，深山苍莽。冀有居人，遂缆船而登，负糗腊焉。方入，见两崖皆洞口，密如蜂房，内隐有人声。至洞外，停足一窥，中有夜叉二，牙森列如戟，目闪双灯，爪劈生鹿而食。惊丧魂魄，急欲奔下，则夜叉已顾见之，辍食执入。二物相语，类鸟兽鸣，争裂徐衣，似欲啖噬。徐大惧，取囊中糗糒并牛脯进之。分啖甚美，复翻徐囊，徐摇手以示其无。夜叉怒，又执之。徐哀之曰："释我。我舟中有釜甑可烹饪。"夜叉不解其语，仍怒。徐再与手语，夜叉似微解。从至舟，取具入洞，束薪燃火，煮其残鹿，熟而献之。二物啖之喜。夜以巨石杜门，似恐徐遁。徐曲体遥卧，深惧不免。天明，二物出，又杜之。少顷，携一鹿来付徐。徐剥皮革，于洞深处取流水煮数釜。俄有数夜叉至，群集吞啖讫，共指釜，似嫌其小。过三四日，一夜叉负一大釜来，似人所常用者。于是群夜叉各致狼麋。既熟，呼徐同啖。居数日，夜叉渐与徐熟，出亦不施禁锢，聚处如家人。徐亦渐能察声知意，辄效其音为夜叉语。夜叉益悦，携一雌夜叉来妻徐。徐初畏惧，莫敢伸，雌自开其股就徐，乃与交。雌大欢喜，每留肉饵徐，若琴瑟之好。一日，诸物早起，项下各挂明珠一串，更番出门，若伺贵客。命徐多煮肉。徐以问雌，雌云："此天寿节。"雌出谓众夜叉曰："徐郎无骨突子。"众各摘其五，并付雌。雌又自解十枚，共得五六十数，以野苎为绳，串挂徐项。徐视一珠可直百金。俄顷俱出。徐煮肉毕，雌来邀徐去，云："接大王。"至一大洞，广阔盈亩。中有石滑平如几，四围俱有石坐，上一坐蒙以豹革，余皆以鹿。夜叉三四十辈，列坐满中。少顷，大风扬尘，张皇都出。见一巨物来，亦类夜叉状，竟奔入洞，踞坐鹗顾。群随入，东西列立，悉仰其首，以双臂作十字交。大夜叉按头点视，问："卧眉山众尽此乎？"群哄应之。顾徐曰："此何来？"雌以婿对，众又赞其烹调。即有二三夜叉，奔取熟肉陈几上。大夜叉掬啖尽饱，极赞嘉美，且责令常供。又顾徐云："骨突子何短？"众曰："初来未备。"物于项上摘取珠串，脱十数枚付之。俱大如指顶，圆如弹丸。雌急接代徐串挂，徐亦交臂作夜叉语谢之。物乃去，蹑风而行，其疾如飞。众始享其余食而散。徐居四年余，雌忽产，一胎而生二雄一雌，皆人形，不类其母。众夜叉皆喜，辄共拊弄。一日皆出攫食，惟徐独在。忽别洞来一雌欲与徐私，徐不肯。夜叉怒，扑徐踣地上。徐妻自外至，暴怒相搏，龁断其耳。少顷，其雄亦归，解释令去。自此雌每守徐，动息不相离。又三年，子女俱能行步。徐辄教以人言，渐能语，啁啾之中有人气焉。虽童也而奔山如履坦途，与徐依依有父子意。一日，雌与一子一女出，半日不归，而北风大作。徐恻然念故乡，携子至海岸，见故舟犹存，谋与同归。子欲告母，徐止之。父子登舟，一昼夜达胶。至家，妻已别醮去。出珠二枚，售金营作，家颇丰。子取名彪，十四五岁能举百钧，粗莽好斗。胶帅见而奇之，以为千总。值边乱，所向有功，十八为副将。时一商泛海，亦风飘至卧眉。方登岸，见一少年，视之而惊，知为中国人，便问居里，商以告。少年乃曳入幽谷一小石洞，洞外皆丛棘，且嘱勿出。去移时，乃携鹿肉来啖商。自言父亦胶人。商问之而知为徐，商在客中尝识之。因曰："我故人也。今其子为副将。"少年不解何名。商曰："此中国官名。"又问："何以为官？"曰："出则舆马，入则高堂；上一呼而下百诺；见者侧目视，侧足立：此名为官。"少年甚歆动。商曰："既尊君在胶，何久淹此？"少年以情告。商劝南旋。曰："余亦常作是想。但母非中国人，言貌殊异；且同类觉之，必见残害，用是辗转。"乃出曰："待北风起，我来送汝行。烦于父兄处寄一耗问。"商伏洞中几半年，时自棘中外窥，见山中辄有夜叉往还，大惧，不敢少动。一日，北风策策，少年忽至，引与急窜。嘱曰："所言勿忘却。"商应之。又以肉掷船上，商乃归。径抵胶，达副总府，备述所见。彪闻而悲，欲往寻之。父虑海涛妖薮，险恶难犯，力阻之。彪抚膺恸哭，父不能止，乃告胶帅。携两兵至海内，逆风阻舟，摆簸海中者半月。四望无涯，咫尺迷闷，无从辨其南北。忽而涌波接汉，乘舟倾覆。彪落海中，逐浪浮流。久之，被一物曳去，至一处，竟有舍宇。彪视之，物如夜叉状。彪乃作夜叉语。夜叉惊讯之，彪乃告以所往。夜叉喜曰："卧眉，我故里也。唐突可罪！君离故道已八千里。此去为毒龙国，向卧眉非路。"乃觅舟来送彪。夜叉在水中推行如矢，瞬息千里。过一宵，已达北岸。见一少年临流瞻望。彪知山无人类，疑是弟，近之果然。因执手哭。既而问母及妹，并云健安。彪欲偕弟往，弟止之，怆忙便去。回谢夜叉，则已杳矣。未几，母妹俱至，见彪俱哭。彪告其意。母曰："恐去为人所凌。"彪曰："儿在中国甚荣贵，人不敢欺。"归计已决，苦逆风难渡。母子方徘徊间，忽见布帆南动，其声瑟瑟。彪喜曰："天助我也！"相继登舟，波如箭激。三日抵岸，见者皆奔。至家，雌夜叉见翁怒骂，恨其归时不谋。徐谢过不遑。家人拜见主母，无不战栗。彪劝母学作华言，衣锦厌粱肉，乃大欣慰。母女皆男儿装，类满制。数月稍辨语言，弟妹亦渐白皙。弟名豹，妹名夜儿，俱强有力。彪耻不知书，教弟读。豹最慧，经史一过辄了。又不欲操儒业，仍挽强弓，驰怒马，登武进士第。聘阿游击女。夜儿以异种，无与为婚。会标下袁守备失偶，强妻之。夜儿能开百石弓，百余步射小鸟，矢无虚落。袁每征，辄与妻俱。历任同知将军，奇勋半出闺门。豹三十四岁挂印。母尝从之南征，每临巨敌，辄擐甲执锐，为子接应。见者莫不辟易。诏封男爵。豹代母疏辞，封一品夫人。

异史氏曰："夜叉夫人，亦所罕闻。然细思之，而不罕也：家家床头有个夜叉在。"

西　僧

西僧自西域来，一赴五台，一卓锡太山。其服色言貌，俱与中国殊异。自言:“历火焰山,山重重,气熏腾若炉灶。凡行必于雨后,心凝目注,轻迹步履之。误蹴山石,则飞焰腾灼焉。又经流沙河,河中有水晶山,峭壁插天际,四面莹澈,似无所隔。又有隘口,可容单车,二龙交角对口把守之。过者先拜龙,龙许过,则口角自开。龙色白,鳞鬣皆如晶然。”僧言:“途中历十八寒暑矣。离西域者十有二人,至中国仅存其二。西域传中国名山有四:一太山,一华山,一五台,一落伽也。相传山上遍地皆黄金,观音、文殊犹生。能至其处,则身便是佛,长生不老。”听其所言,亦犹中国人之慕西土也。倘有西游人与东渡者中途相值,各述所有,当必相视失笑,两免跋涉矣。

老　饕

邢德,泽州人,绿林之杰也。能挽强弓,发连矢,称一时绝技。而生平落拓,不利营谋,出门辄亏其资。两京大贾,往往喜与邢俱,途中恃以无恐。会初冬,有二三估客,薄假以资,邀同贩鬻。邢复自罄其囊,将并居货。有友善卜,因诣之。友占曰:“此爻为‘悔’,所操之业,即不母而子,亦有损焉。”邢不乐,欲中止,而诸客强速之行。至都,果符所占。腊将尽,匹马出都门。自念新岁无资,倍益快闷。时晨露濛濛,暂趋临路店,解装觅饮。见一颁白叟共两少年酌北牖下,一僮侍,黄发蓬蓬然。即于南座对叟休止。僮行觞,误翻柈具,污叟衣,少年怒,立摘其耳。持巾奉帨,代叟揩拭。既见僮手拇俱有铁箭环,厚半寸,每一环约重二两余。食已,叟命少年于革囊中探出镪物,堆累几上,称秤握算,可饮数杯时,始缄裹完好。少年于枥下牵一黑跛骡来,扶叟乘之,僮亦跨羸马相从,出门去。两少年各腰弓矢捉马出。邢窥其多金,穷睛旁睨,馋焰若炙。辍饮,急尾之。视叟与僮,犹款段于前,乃下道斜驰出叟前,急衔弓矢怒相向。叟俯脱左足靴,微笑云:“尔不识得老饕耶?”邢满引一矢去,叟仰卧鞍上,伸其足,开两指如箝,夹矢住。笑曰:“技但止此,何须而翁手敌耶?”邢怒,出其绝技,一矢刚发,后矢继至。叟手掇其一,似未妨其连珠;后矢直贯其口,踣然而坠,衔矢僵眠。僮亦下。邢喜,谓其已死。近临之,叟吐矢跃起,鼓掌曰:“初会面,何便作此恶剧?”邢大惊,马亦逸。以此知叟异,不敢复近。走三四十里,值方面纲纪,囊物赴都。要取之,略可千金,意气始得扬扬。方疾骛间,闻有蹄声;回首,则僮易跛骡来,快如飞。叱曰:“男子勿行!猎取之货,宜少瓜分。”邢曰:“汝识连珠箭邢某否?”僮云:“适已承教矣。”邢以僮貌不扬,又无弓矢,易之。一发三矢,连遂不断,如群隼飞翔。僮殊不忙迫,手接其二,口衔其一。笑曰:“如此技艺,辱没煞人!乃翁匆遽,未暇寻的弓来;此物亦无用处,请即掷还。”遂脱指上铁环,穿矢其中,以手力掷,呜呜风鸣。邢急拨以弓,弦适触铁环,铿然断绝,弓亦绽裂。邢惊绝。未及觑避,矢过贯耳,不觉翻坠。僮下骑,将便搜括。邢以弓卧挞之。僮夺弓去,拗折为两,又折为四,抛置之。已,乃一手握邢两臂,一足踏邢两股。臂若缚,股若压,极力不能少动。腰中束带双叠,可骈三指许,僮以一手捏之,随手断如灰烬。取金已,超乘作别,一举手致声“孟浪”,霍然径去。邢归,卒为善士。每向人述往事不讳。此与刘东山事,盖仿佛焉。

连　城

乔生名年,字大年,晋宁人。少负才名。年二十余犹淹蹇。为人有肝胆。与顾生善,顾卒,时恤其妻子。邑宰以文相契重,宰终于任,家口淹滞不能归,生破产扶柩,往返二千余里。以故士林益重之,而家由此益替。史孝廉有女字连城,工刺绣,知书。父娇保之。出所刺《倦绣图》,征少年题咏,意在择婿。生献诗云:“慵鬟高髻绿婆娑,早向兰窗绣碧荷。刺到鸳鸯魂欲断,暗停针线蹙双蛾。”又赞挑绣之工云:“绣线挑来似写生,幅中花鸟自天成。当年织锦非长技,幸把回文感圣明。”女得诗喜,对父称赏。父贫之。女逢人辄称道，又遣媪矫父命，赠金以助灯火。生叹曰："连城我知己也！"倾怀结想，如饥思啖。无何，女许字于鹾贾之子王化成，生始绝望，然梦魂中犹佩戴之也。未几，女病瘵，沉痼不起。有西域头陀，自谓能疗，但须男子肤肉一钱捣合药屑。史使人诣王家告婿。婿笑曰："痴老翁欲我剜心头肉耶？"使返。史乃言于人曰："有能割肉者妻之。"生闻而往，自出白刃，刲肤授僧，血濡袍袴，僧敷药始止。和药三丸，三日服尽，病若失。史将践其言，先告王。王怒，欲讼官。史乃设筵招生，以千金列几上，曰："重负大德，请以相报。"因具白背盟之由。生怫然曰："仆所以不爱肤肉者，聊以报知己耳，岂货肉哉！"拂袖而归。女闻之，意良不忍，托媪慰谕之。且云："以彼才华，当不久落，天下何患无佳人？我梦不祥，三年必死，不必与人争此泉下物也。"生告媪曰："士为知己者死，不以色也。诚恐连城未必真知我。但得真知，不谐何害！"媪代女郎矢诚自剖。生曰："果尔，相逢时当为我一笑，死无憾矣！"媪既去。逾数日，生偶出，遇女自叔氏归，睨之，女秋波转顾，启齿嫣然。生大喜曰："连城真知我者。"会王氏来议吉期，女前症又作，数月寻卒。生往临吊，一恸而绝。史舁送其家。生自知已死，亦无所戚。出村去，犹冀一见连城。遥望南北一路，行人连续如蚁，因亦混身杂迹其中。俄顷，入一廨署，值顾生，惊问："君何得来此？"即把手将送令归。生太息，言："心事殊未了。"顾曰："仆在此典牍，颇得委任。倘可效力，不惜也。"生问连城。顾即导生旋转多所，见连城与一白衣女郎，泪睫惨黛，藉坐廊隅。见生至，骤起似喜，问其所来。生曰："卿死，仆何敢生？"连城泣曰："如此负义人，尚不吐弃之，身殉何为？然已不能许君今生，愿矢来世耳。"生告顾曰："有事君自去，仆乐死不愿生矣。但烦稽连城托生何里，行与俱去耳。"顾诺而去。白衣女郎问生何人，连城为缅述之。女郎闻之，若不胜悲。连城告生曰："此妾同姓，小字宾娘，长沙史太守女。一路同来，遂相怜爱。"生视之，意态怜人。方欲研问，而顾生已返。向生贺曰："我为君平章已确，即教小娘子从君返魂，好否？”两人各喜。方将拜别，宾娘大哭曰：“姊去，我安归？祈垂怜救，妾为姊捧帨耳。”连城凄然，无所为计，转谋生。生又哀顾。顾难之，峻辞以为不可。生固强之。乃曰：“试妄为之。”去食顷而返，摇手曰：“何如！诚万分不能为力矣！”宾娘闻之，宛转娇啼，惟依连城肘下，恐其即去。惨怛无术，相对默默；而睹其愁艳戚容，使人肺腑酸柔。顾生愤然曰：“请携宾娘去。脱有愆尤。小生拚身受之！”宾娘乃喜，从生出。生忧其道远无侣。宾娘曰：“妾从君去，不愿归也。”生曰：“卿大痴矣。不归，何得活也？他日至湖南，勿复走避，为幸多矣。”适有两媪摄牒赴长沙，生嘱之，宾娘泣别而去。途中，连城行蹇缓，里余辄一息，凡十余息，始见里门。连城曰：“重生后，惧有翻复。请索妾骸骨来，妾以君家生，当无悔也。”生然之，偕归生家。女惕惕若不能步，生伫待之。女曰：“妾至此，四肢摇摇，似无所主。志恐不遂，尚宜审谋。不然，生后何能自由？”相将入侧厢中。默定少时，连城笑曰：“君憎妾耶？”生惊问其故。赧然曰：“恐事不谐，重负君矣。请先以魂报也。”生喜，极尽欢恋。因徘徊不敢遽生，寄厢中者三日。连城曰：“谚有之：‘丑妇终须见姑嫜。’戚戚于此，终非久计。”乃促生入。才至灵寝，豁然顿苏。家人惊异，进以汤水。生乃使人邀史来，请得连城之尸，自言能活之。史喜从其言。方舁入室，视之已醒。告父曰：“儿已委身乔郎，更无归理。如有变动，但仍一死！”史归，遣婢往役给奉。王闻之，具词申理。官受贿，判归王。生愤懑欲死，亦无之奈何。连城至王家，忿不饮食，惟祈速死。室无人则带悬梁上。越日益惫，殆将奄逝。王惧，送归史。史复舁归生。王知之，亦无如何，遂安焉。连城起，每念宾娘，欲遣人往侦之，以道远而艰于行。一日，家人白：“门前有车马。”夫妇出视，则宾娘已至中庭矣。相见悲喜并作。太守亲诣送女，生延入。太守曰：“小女赖君复生，誓不他适，今从其志。”生叩谢如礼。孝廉亦至，叙宗好焉。

异史氏曰：“一笑之知，许之以身，世人或议其痴；彼田横五百人岂尽愚哉！此知希之贵，贤豪所以感结而不能自已也。顾茫茫海内，遂使锦绣才人，仅倾心于蛾眉之一笑也，亦可慨矣。”

霍 生

文登霍生，与严生少相狎，长相谑也。口给交御，惟恐不工。霍有邻媪，曾为严妻导产。偶与霍妇语，言其私处有两赘疣。妇以告霍。霍与同党者谋，窥严将至，故窃语云：“某妻与我最昵。”众不信。霍因捏造端末，且云：“如不信，其阴侧有双疣。”严止窗外，听之既悉，不入径去。至家，苦掠其妻，妻不服，搒益残。妻不堪虐，自经死。霍始大悔，然亦不敢向严而白其诬矣。严妻既死，其鬼夜哭，举家不得宁焉。无何，严暴卒，鬼乃不哭。霍妇梦女子披发大叫曰：“我死得良苦，汝夫妻何得欢乐耶！”既醒而病，数日寻卒。霍亦梦女子指数诟骂，以掌批其吻。惊而寤，觉唇际隐痛，扪之高起。三日而成双疣，遂为痼疾。不敢大言笑，启吻太骤，则痛不可忍。

异史氏曰：“夫死能为厉，其气冤也。然私病加于唇吻，神而近于戏矣。”

又，王生与同窗某狎。其妻归宁，生知其驴善惊，先伏丛莽中，伺妇至，暴出。驴惊妇坠，惟一僮从，不能扶妇乘。王乃殷勤抱控甚至，妇亦不识谁何。王扬扬得意，谓僮逐驴去，因得私其妇于莽中，述袒裤履甚悉。某闻，大惭而去。少间，自窗隙中见某一手握刃，一手捉妻来，意甚怒恶。大惧，逾垣而逃。某从之，追二三里，不及始还。王尽力极奔，肺叶开张，因得吼疾，数年不愈而死焉。

汪士秀

汪士秀，庐州人。刚勇有力，能举石舂。父子善蹴踘。父四十余，过钱塘没焉。积八九年，汪以故诣湖南，夜泊洞庭，时望月东升，澄江如练。方眺瞩间，忽有五人自湖中出，携大席平铺水面，略可半亩。纷陈酒馔，馔器磨触作响，然声温厚，不类陶瓦。已而三人践席坐，二人侍饮。坐者一衣黄，二衣白，头上巾皆皂色，峨峨然下连肩背，制绝奇古，而月色微茫，不甚可晰。侍者俱黑褐衣，其一似童，其一似叟也。但闻黄衣人曰："今夜月色大佳，足供快饮。"白衣者曰："此夕风景，大似广利王宴梨花岛时。"三人互劝，引釂竞浮浅。但语略小，即不可闻。舟人隐伏，不敢动息。汪细审侍者，叟酷类父，而听其言非父声。二漏将残，忽一人曰："趁此明月，宜以击毬为乐。"即见僮没水中，取一圆出，大可盈抱，中如水银满贮，表里通明。坐者尽起，黄衣人呼叟共蹴之。蹴起丈余，光摇摇射人眼。俄而訇然远起，飞坠舟中。汪技痒，极力踏去，觉异常轻耎。蹋猛似破，腾跃寻丈；中有漏光，下射如虹，蚩然疾落；又如经天之彗，直投水中，滚滚作沸泡声而灭。席中共怒曰："何物生人，败我清兴！"叟笑曰："不恶不恶，此吾家流星拐也。"白衣人嗔其语戏，怒曰："都方厌恼，老奴何得作欢？便同小乌皮捉得狂子来；不然，胫骨当有椎吃也！"汪计无所逃，即亦不畏，捉刀立舟中。倏见僮叟操兵来，汪注视，真其父也，疾呼："阿翁，儿在此！"叟大骇，相顾凄断。僮即返身去。叟曰："儿急作匿，不然都死矣！"言未已，三人忽已登舟。面皆漆黑，睛大于榴，攫叟出。汪力与夺，摇舟断缆。汪以刀截其臂落，黄衣者乃逃。一白衣人奔汪，汪剁其颅，堕水有声，哄然俱没。方谋夜渡，旋见巨喙出水面，深阔若井。四面湖水奔注，砰砰作响。俄一喷涌则浪接星斗，万舟簸荡。湖人大恐。舟上有石鼓二，皆重百斤。汪举一以投，激水雷鸣，浪渐消；又投其一，风波悉平。汪疑父为鬼。叟曰："我固未尝死也。溺江者十九人，皆为妖物所食，我以蹋圆得全。物得罪于钱塘君，故移避洞庭耳。三人鱼精，所蹴鱼胞也。"父子聚喜，中夜击棹而去。天明，见舟中有鱼翅，径四五尺许，乃悟是夜间所断臂也。

王阮亭云："此条亦恢谐。"

商三官

故诸葛城有商士禹者，士人也。以醉谑忤邑豪。豪嗾家奴乱捶之。舁归而毙。禹二子：长曰臣，次曰礼，一女曰三官。三官年十六，出阁有期，以父故不果。两兄出讼，经岁不得结。婿家遣人参母，请从权毕姻事。母将许之。女进曰："焉有父尸未寒而行吉礼者？彼独无父母乎？"婿家闻之，惭而止。无何，两兄讼不得直，负屈归。举家悲愤。兄弟谋留父尸，张再讼之本。三官曰："人被杀而不理，时事可知矣。天将为汝兄弟专生一阎罗包老耶？骨骸暴露，于心何忍矣。"二兄服其言，乃葬父。葬已，三官夜遁，不知何往。母惭怍，惟恐婿家闻，不敢告族党，但嘱二子冥冥侦察之。几半岁，杳不可寻。会豪诞辰，招优为戏。优人孙淳，携二弟子往执役。其一王成，姿容平等而音词清澈，群赞赏焉。其一李玉，貌韶秀如好女。呼令歌，辞以不稔；强之，所度曲半杂儿女俚谣，合座为之鼓掌。孙大惭，白主人："此子从学未久，只解行觞耳。幸勿罪责。"即命行酒。玉往来给奉，善觑主人意向。豪悦之，酒阑人散，留与同寝。玉代豪拂榻解履，殷勤周至。醉语狎之，但有展笑。豪益惑之，尽遣诸仆去，独留玉。伺诸仆出，阖扉下楗焉。诸仆就别室饮。移时，闻厅事中格格有声。一仆往觇之，见室内冥黑，寂不闻声。行将旋踵，忽有响声甚厉，如悬重物而断其索。亟问之，并无应者。呼众排阖入，烛之，则主人身首两断，玉自经死，绳绝堕地上，梁间颈际，残绠俨然。众大骇，传告内闼，群集莫解。众移玉尸于庭，觉其袜履虚若无物。解之，则素舄如钩，盖女子也。益骇。呼孙淳诘之。淳骇极，不知所对。但云："玉月前投作弟子，愿从寿主人，实不知所从来。"以其服凶，疑是商家刺客。暂以二人逻守之。女貌如生，抚之肢体温耎。二人窃谋淫之。一人抱尸转侧，方将缓其结束，忽脑如物击，口血暴注，顷刻已死。其一大惊告众，众敬若神明焉，且以告郡。郡官问臣及礼，并言："不知。但妹亡去，已半载矣。"俾往验视，果三官。官奇之，判二兄领葬，敕豪家勿仇。

异史氏曰："家有女豫让而不知，则兄之为丈夫者可知矣。然三官之为人，即萧萧易水，亦将羞而不流，况碌碌与世浮沉者耶！愿天下闺中人买丝绣之，其功德当不减于奉壮缪也。"

王阮亭云："庞娥、谢小娥，得此鼎足矣。"

于　江

乡民于江，父宿田间，为狼所食。江时年十六，得父遗履，悲恨欲绝。夜俟母寝，潜持铁椎去，眠父所，冀报父仇。少间，一狼来，逡巡嗅之，江不动。无何，摇尾扫其额，又渐俯首舐其股，江迄不动。既而欢跃直前，将龁其领。江急以椎击狼脑，立毙。起置草中。少间，又一狼来如前状，又毙之。卧至中夜，杳无至者。忽小睡，梦父曰："杀二狼足泄我恨。然首杀我者，其鼻白。此都非是。"江醒，坚卧以伺之。既明，无所复得。欲曳狼归，恐惊母，遂投诸盌井而归。至夜复往，亦无至者。如此三四夜，忽一狼来，啮其足，曳之以行。行数步，棘刺肉，石伤肤，江若死者。狼乃置之地上，意将龁腹。江骤起捶之，仆；又连捶之，毙。细视之，真白鼻也。大喜，负之以归，始告母。母泣从去，探盌井，得二狼焉。

异史氏曰："农家者流，乃有此英物耶！义烈发于血诚，非直勇也，智亦异焉。"

小　二

滕县赵旺，夫妻奉佛，不茹荤酒，乡中有"善人"之目。家称少有。一女小二，绝慧美，赵珍爱之。年六岁，使与兄长春并从师读，凡五年而熟五经焉。同窗丁生，字紫陌，长女三岁，文雅风流，颇相倾爱。私以意告母，求婚赵氏。赵期以女字大家，故弗许。未几，赵惑于白莲教。徐鸿儒既反，一家俱陷为贼。小二知书善解，凡纸兵豆马之术，一见辄精。小女子师事徐者六人，惟小二称最，因得尽传其术。赵以女故，大得委任。时丁年十八，游滕泮矣，而不肯论婚，不忘小二也。潜亡去，投徐麾下。女见之喜，优礼逾于常格。女以徐高弟，足主军务，昼夜出入，父母不得闲。丁每宵见，尝斥绝诸役，辄至三漏。丁私告女曰："小生此来，卿知区区之意乎？"女云："不知。"丁曰："我非妄意攀龙，所以之故，实为卿耳。左道无济，只取败亡。卿慧人，不念此乎？能从我亡，则寸心诚不负矣。"女怃然为间，豁如梦觉，曰："背亲而行，不义，请告。"二人入陈利害。赵不悟，曰："我师神人，岂有舛错？"女知不可谏，乃易髫而髻，出二纸鸢，与丁各跨其一。鸢肃肃振翼，似鹣鹣之鸟，比翼而飞。质明，至莱芜界。女以指撚鸢顶，忽即敛堕。遂收鸢。更以双卫，驰至山阴里，托为避乱者，僦屋而居。二人草草出，啬于装，薪储不给，丁甚忧之。假粟比舍，莫肯贷以升斗。女无愁容，但质簪珥。闭门静对，猜灯谜，忆亡书，以是角低昂。负者，骈二指击腕臂焉。西邻翁姓，绿林之雄也。一日猎归，女曰："富以其邻，我何忧！暂假千金，其与我乎？"丁以为难。女曰："我将使彼乐输也。"乃剪纸作判官状，置地下，覆以鸡笼。然后邀丁登榻，煮藏酒，检周礼为觞政：任言是某册第几页第几人，即共翻阅。其人得"食"旁、"水"旁、"酉"旁者饮，得"酒"部者倍之。既而女适得"酒人"，丁以巨觥引满促釂。女乃祝曰："若借得金来，君当得'饮'部。"丁翻卷，得"鳖人"。女大笑曰："事已谐矣！"滴沥授爵。丁不服，女曰："君是水族，宜作鳖饮。"方喧竞间，闻笼中戛戛。女起曰："至矣。"启笼验视，则布囊中有巨金累累充溢。丁不胜愕喜。后翁家媪抱儿来戏，窃言："主人初归，篝灯夜坐。地忽暴裂，深不见底。一判官自内出，言：'我地府司隶也。太山帝君会诸冥曹，造暴客恶箓，须银灯千架，每架计重十两，施百架则消灭罪愆。'主人骇惧，焚香叩祷，奉以千金。判官荏冉而入，地亦随合。"夫妻听其言，故啧啧诧异之。从此渐购牛马，蓄厮婢，自营宅第。里中无赖子窥其富，纠诸不逞，逾垣劫丁。丁夫妻始自梦中醒，则编菅爇照，寇集满屋。二人执丁，又一人探手女怀。女袒而起，戟指而呵曰："止，止！"盗十三人，皆吐舌呆立，痴若木偶。女始着裤下榻，呼集家人，一一反接其臂，逼令供吐明悉，乃责之曰："远方人埋头涧谷，冀得相扶持，何不仁至此！缓急人所时有，窘急者不妨明告，我岂积殖自封者哉？豺狼之行，本合尽诛。但我所不忍，姑释去，再犯不宥！"诸盗叩谢而去。居无何，徐鸿儒就擒，赵夫妇妻子俱被诛夷。生赍金往赎长春之幼子以归。儿时三岁，养为己出，使从丁姓，名之承祧。于是里中渐知为白莲教戚裔。适蝗害稼，女以纸鸢数百翼放田中，蝗远避不入其陇，以是得无恙。里人共嫉之，群首于官，以为鸿儒余党。官瞰其富，肉视之，收丁。丁以重贿啖令，始得免。女曰："货财之来也苟，固宜有散亡。然蛇蝎之乡，不可久居。"因贱售其业而去之，止于益都之西鄙。女为人灵巧，善居积，经纪过于男子。尝开琉璃厂，每进工人而指点之，一切棋灯，其奇式幻采，诸肆莫能及，以故直昂得速售。居数年，财益称雄，而女督课婢仆严，食指数百无冗口。暇辄与丁烹茗着棋，或观书史为乐。钱谷出入以及婢仆业，凡五日一课。女自持筹，丁为之点籍唱名数焉。勤者赏赉有差，惰者鞭挞罚膝立。是日，给假不夜作，夫妻设肴酒，呼诸婢度俚曲为笑。女明察如神，人无敢欺，而赏辄浮于其劳，故事易办。村中二百余家，凡贫者俱量给资本，乡以此无游惰。值大旱，女令村人设坛于野，乘舆夜出，禹步作法，甘霖倾注，五里内悉获沾足。人益神之。女出未尝障面，村人皆见之。或少年群居，私议其美，及觌面逢之，俱肃肃无敢仰视者。每秋日，村中童子不能耕作者，授以钱，使采荼蓟，凡二十年，积满楼屋，人窃非笑之。会山左大饥，人相食，女乃出菜杂粟以赡饥者。近村赖以全活，无逃亡焉。

异史氏曰："小二所为，殆天授，非人力也。然非一言之悟，骈死已久。由是观之,世抱非常之才而误入匪僻以死者,当亦不少。焉知同学六人中,遂无其人乎?使人恨不为丁生耳。”

庚　娘

金大用,中州旧家子也。聘尤太守女,字庚娘,丽而贤。好逑甚敦。以流寇之乱,家人离逷。金遂携家南窜。途遇少年,亦偕妻以逃者,自言广陵王十八,愿为前驱。金喜,行止与俱。至河上,女隐告金曰:“勿与少年同舟。彼屡顾我,目动而色变,中叵测也。”金诺之。王殷勤觅巨舟,代金运装,勤劳臻至。金不忍却。又念其携有少妇,应亦无他。妇与庚娘同居,意度亦颇温婉。王坐船头上,与橹人倾语,似甚熟识。未几,日落,水程迢递,漫漫不辨南北。金四顾险幽,颇涉疑怪。顷之,皎月初升,见弥望皆芦苇。既泊,王邀金父子出户一豁,乃乘间挤金入水。金有老父,见之欲号,舟人以篙筑之,亦溺。金母闻声出窥,又筑溺之。王始喊救。母出时,庚娘在后已微窥之。既闻一家尽溺,即亦不惊,但哭曰:“翁姑俱没,我安适归!”王入劝:“娘子勿忧,请从我至金陵。家中田庐,颇足赡给,保勿虑也。”女收泣曰:“得如此,愿亦足矣。”王大悦,给奉良殷。既暮,曳女求欢。女托体姅,王乃就妇宿。初更既尽,夫妇喧竞,不知何由,但闻妇曰:“若所为,恐雷霆碎汝颅矣!”王乃挝妇,妇呼云:“便死休,诚不愿为杀人贼妇!”王吼怒,捽妇出。便闻骨董一声,遂哗言妇溺矣。未几,抵金陵,导庚娘至家,登堂见媪。媪讶非故妇。王言:“妇堕水死,新娶此耳。”归房,又欲犯之。庚娘笑曰:“三十许男子,尚未经人道耶!市儿初合卺,亦须一杯薄浆酒。汝家沃饶,不难备办。清醒相对,是何体段?”王喜,具酒对酌。庚娘执爵,劝酬殷恳。王渐醉,辞不饮。庚娘引巨碗强媚劝之。王不忍拒,又饮之。于是酣醉,裸脱促寝。庚娘撤器灭烛,托言溲溺。出房,以刀入,暗中以手索王项,王犹捉臂作昵声。庚娘力切之,不死,号而起;又挥之，始殪。媪仿佛有闻，趋问之，女亦杀之。王弟十九觉焉。庚娘知不免，急自刎，刀钝缺不可入，启户而奔。十九逐之，已投池中矣。呼告居人，救之已死，色丽如生。共验王尸，见窗上一函，开视之，则女备述其冤状。群以为烈，谋敛资作殡。天明，集视者数千人，见其容，皆朝拜之。终日间，得金百，于是葬诸南郊。好事者为之珠冠袍服，瘗藏丰满焉。初，金生之溺也，浮片板上，得不死。将晓，至淮上，为小舟所救。舟盖富民尹翁，专设以拯溺者。金既苏，诣翁申谢。翁优厚之，留教其子。金以不知亲耗，将往探访，故不决。俄白："捞得死叟及媪。"金疑是父母，奔验果然。翁代营棺木。生方哀痛，又白："拯一溺妇，自言金生其夫。"生挥涕惊出，女子已至，殊非庚娘，乃王十八妇也。向金大哭，请勿相弃。金曰："我方寸已乱，何暇谋人妇？"妇益悲。尹审其故，知为天报，劝金纳妇。金以居丧为辞，且将复仇，惧细弱为累。妇曰："如君言，脱庚娘犹在，将以报仇居丧去之耶？"翁以其言善，请暂代收养，金乃许之。卜葬翁媪，妇缞绖哭泣，如丧翁媪。既葬，金怀刃托钵，将赴广陵。妇止之曰："妾唐氏，祖居金陵，与豺子同乡。前言广陵者，诈也。且江湖水寇，半伊同党，仇不能复，只取祸耳。"金徘徊不知所谋。忽传女子诛仇事，洋溢河渠，姓名甚悉。金闻之一快，然益悲。辞妇曰："幸不污辱。家有烈妇如此，何忍负心再娶！"妇以业有成说，不肯中离，愿自居于媵妾。会有副将军袁公，与尹有旧，适将西发，过尹，见生，大相知爱，请为记室。无何，流寇犯顺，袁有大功。金以参机务叙劳，授游击以归，夫妇始成合卺之礼。居数日，携妇诣金陵，将以展庚娘之墓。暂过镇江，欲登金山。漾舟中流，倏一艇过，中有一媪及少妇，怪少妇颇类庚娘。舟疾过，妇自窗中窥金，神情益肖。惊疑不敢追问，急呼曰："看群鸭儿飞上天耶！"少妇闻之，亦呼曰："馋猧儿欲吃猫子腥耶！"盖当年闺中之隐谑也。金大惊，返棹问之，真庚娘也。青衣扶之过舟，相抱哀哭，伤感行旅。唐氏以嫡礼见庚娘。庚娘惊问，金为备述其由。庚娘执手曰："同舟一话，心常不忘，不图吴越一家矣。蒙代葬翁姑,所当首谢,何以此礼相向?”乃以齿序,唐少庚娘一岁,妹之。先是,庚娘既葬,自不知几历春秋。忽一人呼曰:“庚娘,汝夫不死,尚当重圆。”遂如梦醒。扪之,四面皆壁,始悟身死已葬,只觉闷闷,亦无所苦。有恶少窥其葬具丰美,发冢破棺,方将搜括,见庚娘犹活,相共骇惧。庚娘恐其害己,哀之曰:“幸汝辈来,使我得睹天日。头上簪珥,悉将去。愿鬻我为尼,更可少得直。我亦不泄也。”盗稽首曰:“娘子贞烈,神人共钦。小人辈不过贫乏无计,作此不仁。但无漏言幸矣,何敢鬻作尼!”庚娘曰:“此我自乐之。”又一盗曰:“镇江耿夫人,寡而无子,若见娘子必大喜。”庚娘谢之。自拔首饰悉付盗。盗不敢受,固与之,乃共拜受。遂载去,至耿夫人家,托言船风所迷。耿夫人,巨家,寡媪自度。见庚娘大喜,以为己出。适母子自金山进香归也。庚娘缅述其故。金乃登舟拜母,母款之若婿。邀至家,留数日始归。后往来不绝焉。

异史氏曰:“大变当前,淫者生之,贞者死焉。生者裂人之眦,死者雪人之涕耳。至如谈笑不惊,手刃仇雠,千古烈丈夫中,岂多匹俦哉!谁谓女子,遂不可比踪彦云也?”

宫梦弼

柳芳华,保定人。财雄一乡,慷慨好客,座上常有百人。急人之急,千金不靳。宾客假贷者常不还。惟一客宫梦弼,陕人,生平无所祈请。每至,辄经岁。词旨清洒,柳与处时最多。柳子名和,时总角,叔之。宫亦喜与和戏。和每自塾归,辄与发贴地砖,藏石子,伪作藏金为笑。屋五架,掘藏几遍。众笑其行稚,而和独悦爱之,尤较诸客昵。后十余年,家渐虚,不能供多客之求,于是客渐稀。然十余人彻宵谈宴,犹是常也。年既暮,家益落,尚割亩得直,以备鸡黍。和亦挥霍,学父结小友,柳不之禁。无何,柳病卒,至无以治凶具。宫乃自出囊金,为柳经纪。和益德之。事无大小,悉委宫叔。宫时自外入，必袖瓦砾，至室则抛掷暗陬，更不解其何意。和每对宫忧贫。宫曰："子不知作苦之难。无论无金，即授汝千金，可立尽也。男子患不自立，何患乎贫？"一日，辞欲归。和泣嘱速返，宫诺之，遂去。和贫不自给，典质渐空，日望宫至，一为纪理，而宫灭迹匿影，去如黄鹤矣。先是，柳生时，为和论亲于无极黄氏，素封也。后闻柳贫，阴有悔心。柳卒，讣告之，即亦不吊，犹以道远曲原之。和服除，母遣和自诣岳家订婚期，冀黄怜顾。比至，黄闻其衣履敝穿，斥门者不纳。寄语云："归谋百金，可复来。不然，请自此绝。"和闻言痛哭。对门刘媪，怜而进之食，赠钱三百，慰令归。母亦哀愤无策。因念旧客负欠者十常八九，俾诣富贵者求助焉。和曰："昔之交我者，为我财耳。使儿驷马高车，假千金亦即非难。如此景象，谁犹念曩昔忆故好耶？且父与人金资，曾无契保，责负亦难凭也。"母固强之。和从教出，历二十余日，不能致一文。惟优人李四，旧受恩恤，闻之，赠金一两。母子痛哭，自此绝望矣。黄女年已及笄，闻父绝和，窃不直之。黄欲女别适。女泣曰："柳郎非生而贫者。使富倍他日，岂仇我者所能夺乎？今贫而弃之，不仁！"黄不悦，曲谕百端，女终不摇。翁妪并怒，旦夕唾骂之，女亦安焉。无何，黄夜遭寇劫，黄夫妇炮烙几死，家中席卷一空。荏苒三年，家益零落。有西贾闻女美，愿以五十金致聘。黄利而许之，将强夺女志。女察知其谋，毁妆涂面，乘夜遁去，丐食于途。阅两月，始达保定，访知居址，直造其家。母以为乞人妇，故咄之。女呜咽自陈，母把手泣曰："儿何形骸至此耶！"女又惨然，而告以故。母子俱哭。便为盥沐，颜色光泽，眉目焕映。母子俱喜。然家三口，日仅一啖。母泣曰："吾母子固应尔。所怜者负吾贤妇！"女笑慰之曰："新妇在乞人中稔知况味，今日视之，觉有天堂地狱之别。"母为解颐。女一日入闲舍中，见断草丛丛无隙处，渐入内室，尘埃积中，暗陬有物堆积，蹴之迕足，拾视之，皆朱提也。惊走告和。和同往验视，则宫曩日所抛瓦砾，尽为白金。因念儿时常与瘗石室中，得无皆金耶？而故第已典于东家。急赎归。断砖残缺，所藏石子俨然露焉，颇觉失望。及发他砖，则灿灿皆白镪也。顷刻间数巨万矣。由是赎田产，市奴仆，门庭华好过昔日。因自奋曰："若不自立，负我宫叔！"刻志下帷，三年中乡选。乃躬赍白金，往酬刘媪。鲜衣射目，俊仆十余辈，皆骑怒马如龙。媪仅一室，和便坐榻上，人哗马腾，充溢里巷。黄翁自女亡失，西贾逼退聘财，业已耗去殆半，售居宅，始得偿，以故困窘，如和曩日。闻旧婿烜耀，闭户自伤而已。媪沽酒备馔款和，因述女贤，且惜女遁。问和："娶否？"和曰："娶矣。"食已，强媪往视新妇，载与俱归。至家，女华妆出，群婢簇拥若仙。相见大骇，遂叙往旧，殷问父母起居。数日款洽优厚，为制好衣，上下一新，始送令归。媪诣黄所报女耗，兼致存问。夫妇大惊。媪劝往投女，黄有难色。既而冻馁难堪，不得已如保定。及到门，见门闳峻丽，阍者怒目相视，终日不得通。一妇人出，黄温色卑词，告以姓氏，求暗达女知。少间妇人出，导入耳舍，曰："娘子极欲一觐，然恐郎君知，尚候隙也。翁几时来此，得毋饥否？"黄因诉所苦。妇人以酒一盛、肴二簋，出置黄前。又赠五金曰："郎君宴房中，娘子恐不能来。明晨当早行，勿为郎闻。"黄诺之。早起趋装，则管钥未启，止于门中，坐幞囊以待。忽哗主人出，黄将敛避，和已睹之，怪问谁何，家人悉无以应。和怒曰："是必奸宄！可执赴有司。"众应声出短绠绷系树间。黄惭惧不知置词。未几，昨夕妇出，跪曰："是某舅氏。以前夕来晚，故未告主人。"和命释缚。妇送出门曰："忘嘱门者，遂致参差。娘子言：相思时，可使老夫人伪为卖花者，同刘媪来。"黄诺，归述于妪。妪念女若渴，以告刘媪，媪果与俱至和家。凡启十余关，始达女所。女着帔顶髻，珠翠绮纨，散香气扑人，嘤咛一声，大小婢媪，奔入满侧，移金椅床，置双夹膝。慧婢瀹茗，各以隐语道寒暄，相视泪荧。至晚，除室安二媪，裀褥温耎，并昔年富时所未经。居三五日，女义殷渥。媪辄引空处，泣白前非。女曰："我子母有何过不忘？但郎忿不解，妨他闻也。"每和至，便走匿。一日，方促膝，和遽入见之，怒诟曰："何物村妪，敢引身与娘子接坐！宜撮鬓毛令尽！”刘媪急进曰：“此老身瓜葛，王嫂卖花者，幸勿罪责。”和乃上手谢过，即坐曰：“姥来数日，我大忙，未得展叙。黄家老畜生尚在否？”笑云：“都佳，但是贫不可过。官人大富贵，何不念翁婿情也？”和击桌曰：“曩年非姥怜赐一瓯粥，更何得旋乡土！今欲得而寝处之，何念焉！”言至忿际，辄顿足起骂。女恚曰：“彼即不仁，是我父母。我迢迢远来，手皴瘃，足趾皆穿，亦自谓无负郎君。何乃对子骂父，使人难堪？”和始敛怒起身去。黄妪愧丧无色，辞欲归。女以二十金私付之。既归，旷绝音问，女深以为念。和乃遣人招之。夫妻至，惭怍无以自容。和谢曰：“旧岁辱临，又不明告，遂使开罪良多。”黄但唯唯。和为更易衣履。留月余，黄心终不自安，遂告归。和遗白金百两，曰：“西贾五十金，我今倍之。”黄汗颜受之。和以舆马送还，暮岁称小封焉。

异史氏曰：“雍门泣后，珠履杳然，令人愤气，杜门不欲复交一客。然良朋葬骨，化石成金，不可谓非慷慨好客之报也。闺中人坐享高奉，俨然如嫔嫱，非贞异如黄卿，孰克当此而无愧者乎？造物之不妄降福泽也如是。”

乡有富者，居积取盈，搜算入骨。窖镪数百，惟恐人知，故衣败絮、啖糠秕以示贫。亲友偶来，亦曾无作鸡黍之事。或言其家不贫，便瞋目作怒，其仇如不共戴天。暮年日餐榆屑一升，臂上皮摺垂一寸长，而所窖终不肯发。后渐尪羸。濒死，两子环问之，犹未遽告。迨觉果危，急欲告子，子至已舌蹇不能声，惟爬抓心头，呵呵而已。死后子孙不能具棺木，遂藁葬焉。呜呼！若窖金而以为富，则大帑数千万，何不可指为我有哉？愚已！

泥　鬼

余乡唐太史济武，数岁时，有表亲某相携戏寺中。太史童年磊落，胆气最豪，见庑中泥鬼，琉璃眼珠甚光而巨，爱之，阴以指抉取，怀之而归。既抵家，某暴病不语。移时忽起，厉声曰："何故抉我睛！"噪叫不休。众莫之知，太史始言所作。家人乃祝曰："童子无知，戏抉尊目，行奉还也。"乃大言曰："如此，我便当去！"言讫，仆地遂绝，良久而苏。问其所言，茫不自觉。乃送睛仍安鬼眶中。

异史氏曰："登堂索睛，土偶何其灵也！顾太史抉睛，而何以迁怒于同游？盖以玉堂之贵，而且至性觥觥，观其尚书北阙，拂袖南山，神且惮之，而况鬼乎哉！"

卷七

鸲　鹆

王汾滨言:其乡有养八哥者,教以语言,甚狎习,出游必与之俱,相将数年矣。一日将过绛州,去家尚远,而资斧已罄,其人愁苦无策。鸟云:“何不售我,送我于王邸,当得善价,不愁归路无资也。”其人云:“我安忍!”鸟云:“不妨。主人得价疾行,待我于城西二十里大树下。”其人从之。携至城中相问答,观者甚众。有中贵见之,闻诸王。王召入,欲买之。其人曰:“小人相依为命,不愿卖。”王问鸟:“汝愿住否?”答言:“愿住。”王喜。鸟又言:“给价十金,勿多与。”王益喜,遂畀十金。其人故作懊悔状而出。王与鸟语,应对便捷。呼肉啖之。食已,鸟云:“臣欲浴。”王命金盆贮水,开笼令浴。浴已,飞檐间,梳翎抖羽,尚与王喋喋不休。顷之羽燥,蹁跹而起,操晋音曰:“臣去呀!”顾盼已失所在。王及内侍仰面咨嗟。急寻其人,则已杳矣。后有往秦中者,见其人携鸟在西安市上。此毕载积先生记。

王阮亭云:“可与鹦鹉、秦吉了同传。”

刘海石

刘海石,蒲台人,避乱于滨州。时十四岁,与滨州生刘沧客同函丈,因相善,订为昆季。无何,海石失怙恃,扶榇而归,音问遂缺。沧客家颇裕,年四十,生二子:长子吉,十七岁为邑名士;次子亦慧。沧客又纳邑中倪氏女,大嬖之。后半年,长子患头痛卒,夫妻大惨。无何,妻病又卒。逾数月,长媳又卒,而婢仆之丧亡且相继也。沧客哀悼,殆不能堪。一日,方坐愁间,忽阍人通海石至。沧客喜,急出迎以入。方欲展寒喧,海石忽惊曰:“兄有灭门之祸,不知耶?”沧客愕然，莫解其故。海石曰："久失闻问，窃疑近况未必佳也。"沧客泫然，因以状告。海石欷歔。既而笑曰："灾殃未艾，余初为兄吊也。然幸而遇仆，请为兄贺。"沧客曰："久不晤，岂近精'越人术'耶？"海石曰："是非所长，阳宅风鉴，颇能习之。"沧客喜，便求相宅，导海石入内外遍观之，已而请睹诸眷口。沧客从其教，使子媳婢妾俱禁于堂。沧客一一指示之。至倪，海石仰天大笑不已。众方惊疑，但见倪女战惧无色，身暴缩，短仅二尺余。海石以界方击其顶，作石缶声。海石揪其发，检脑后，见白发数茎，欲拔之。女缩项跪啼，言即去，但求勿拔。海石怒曰："汝凶心尚未死耶？"就项后拔去之。女随手而变，黑色如狸。众大骇。海石掇纳袖中，顾子妇曰："媳受毒已深，背上当有异，请验之。"妇羞不肯袒示。刘子固强之，见背上白毛长四指许。海石以针挑去曰："此毛已老，七日即不可救。"又视刘子，亦有毛，才二指，曰："似此可月余死耳。"沧客以及仆婢并刺之。曰："仆适不来，一门无噍类矣。"问："此何物？"曰："亦狐属。吸人神气以为灵，最利人死。"沧客曰："久不见君，何能神异若此！无乃仙乎？"笑曰："但从师习小技耳，何遽云仙。"问其师，答曰："山石道人。适此物，我不能死之，将归献俘于师。"言已，告别。觉袖中空空，骇曰："亡矣！尾末有大毛未去，今已遁去。"众俱骇然。海石曰："领毛已尽，不能作人，只能化兽，遁当不远。"于是入室而相其猫，出门而嗾其犬，皆曰无之。启圈笑曰："在此矣。"沧客视之多一豕。闻海石笑，遂伏，不敢少动。提耳捉出，视尾上白毛一茎，硬如针。方将检拔，而豕转侧哀鸣，不听其拔。海石曰："汝造孽已多，拔一毛犹不肯耶？"执而拔之，随手复化为狸。纳袖中欲去。沧客苦留，乃为一饭。问后会，曰："此难豫定。我师立愿宏深，常使我等遨游世上，拔救众生，未必无再见时。"既别后，细思其名，始悟曰："海石殆仙矣。""山石"合一字，盖吕祖讳也。

谕 鬼

青州石尚书茂华，为诸生时，郡门外有大渊，不雨亦不涸。邑中获大盗数十名，刑于渊上。鬼聚为祟，经过者辄被曳入。一日，有某甲正遭困危，忽闻群鬼惶窜曰："石尚书至矣！"未几公至，甲以状告。公以垩灰题壁示云："石某为禁约事：照得厥念无良，致撄雷霆之怒；所谋不轨，遂遭鈇钺之诛。只宜返魑魅之心，争相忏悔；庶几洗髑髅之血，脱此沉沦。尔乃生已极刑，死犹聚恶。跳踉而至，披发成群；踯躅以前，搏膺作厉。黄泥塞耳，辄逞鬼子之凶；白昼为妖，几断行人之路。彼丘陵三尺外，管辖由人；岂乾坤两大中，凶顽任尔？谕后各宜潜踪，勿犹怙恶。无定河边之骨，静待轮回；金闺梦里之魂，还践乡土。如蹈前愆，必贻后悔！"自此鬼患遂绝，渊亦寻干。

犬 灯

韩光禄大千之仆，夜宿厦间，见楼上有灯如明星。未几，荧荧飘落，及地化为犬。睨之，转舍后去。急起，潜尾之，入园中化为女子。心知其狐，还卧故处。俄，女子自后来，仆佯寐以观其变。女俯而撼之。仆伪作醒状，问其为谁。女不答。仆曰："楼上灯光非子也耶？"女曰："既知之，何问为？"遂共止宿，昼别宵会以为常。主人知之，使二人夹仆卧。二人既醒，则身卧床下，亦不觉堕自何时。主人益怒，谓仆曰："来时，当捉之来。不然，则有鞭楚！"仆不敢言，诺而退。因念捉之难，不捉惧罪，辗转无策。忽忆女子一小红衫密着其体，未肯暂脱，必其要害，执此可以胁之。夜间女至，问："主人嘱汝捉我乎？"曰："良有之。但我两人情好，何忍为此！"及寝，阴掬其衫。女急啼，力脱而去，从此遂绝。后仆自他方归，遥见女子坐道周。至前，则举袖障面。仆下骑呼曰："何作此态？"女乃起，握手曰:“我谓子已忘旧好矣。今既恋恋有故人意,情尚可原。前事出于主命,亦不汝怪。但缘分已尽,今设小酌,请入为别。”时秋初,高粱正茂。女携与俱入,则中有巨第。系马而入,厅堂中酒肴已列。甫坐,群婢行炙。日将暮,仆有事欲覆主命,遂别。既出,则依然田陇耳。

番　僧

释体空言:在青州见二番僧,像貌奇古,耳缀双环,被黄布,须发卷如羊角。言自西域来。闻太守重佛,谒之。太守遣二隶送诣丛林。和尚灵辔,不甚礼之。执事者见其人异,私款之,止宿焉。或问:“西域多异人,罗汉得勿有奇术否?”其一輾然笑,出手于袖,掌中托一小塔,高才盈尺,玲珑可爱。壁上最高处有小龛,僧掷塔其中,矗然端立,无少偏倚。塔上有舍利放光,照耀一室。少间,以手招之,仍落掌中。其一僧乃袒臂伸左肱,长可六七尺,而右肱缩无有矣。转伸右肱,亦如左状。

狐　妾

莱芜刘洞九,官汾州。独坐署中,闻亭外笑语渐近。入室,则四女子:一四十许,一可三十,一二十四五已来,末后一垂髫者。并立几前,相视而笑。刘固知官署多狐,置不顾。少间,垂髫者出一红巾,戏抛面上。刘拾掷窗间,仍不顾。四女一笑而去。一日,年长者来,谓刘曰:“舍妹与君有缘,愿无弃葑菲。”刘漫应之。女遂去。俄,偕一婢拥垂髫儿来。俾与刘并肩坐曰:“一对好凤侣,今夜谐花烛。勉事刘郎,我去矣。”刘谛视之,光艳无俦,遂与燕好。诘其行踪,女曰:“妾固非人,而实人也。妾,前官之女,蛊于狐,奄忽以死,窆园内。众狐以术生我,遂飘然若狐。”刘因以手探尻际,女觉之,笑曰："君将毋谓狐有尾耶？"转身曰："请试扪之。"自此，遂留不去。每行坐，与小婢俱。家人俱尊以小君之礼。婢媪参谒，赏赉甚丰。值刘寿辰，宾客繁多，共三十余筵，须庖人甚众。先期牒拘，仅一二到者。刘不胜恚。女知之，便言："勿忧。庖人既不足用，不如并其来者而遣之。妾固短于才，然三十席亦不难办。"刘喜，命以鱼肉姜桂等物悉移内署。家中人但闻刀砧声繁碎不绝。门内设一几，行炙者置柈其上，转视则肴俎已满。托去复来，十余人络绎于道，取之不竭。末后行炙人来索汤饼，内言曰："主人未尝预嘱，咄嗟何以办？"既而曰："无已，其假之。"少顷，呼取汤饼。视之三十余碗，蒸腾几上。客既去，乃谓刘曰："可出金资，偿某家汤饼。"刘使人将直去，则其家失汤饼，方共惊疑。使至，疑始解。一夕夜酌，偶思山东苦醁，女请取之，遂出门去。移时返曰："门外一瓮，可供数日饮。"刘视之，果得酒，真家中瓮头春也。越数日，夫人遣二仆如汾州。途中一仆曰："闻狐夫人犒赏优厚，此去得赏金，可买一裘。"女在署已知之，向刘曰："家中人将至。可恨伧奴无礼，必报之！"明日，仆甫入城，头大痛。至署，抱头号呼。共拟进医药。刘笑曰："勿须疗，时至当自瘥。"众疑其获罪小君。仆自思初来未解装，罪何由得？无所告诉，漫膝行而哀之。帘中语曰："尔谓夫人则已耳，何谓狐也？"仆乃悟，叩不已。又曰："既欲得裘，何得复无礼？"已而曰："汝愈矣。"言已，仆病若失。仆拜欲出，忽自帘中掷一裹出曰："此一羔羊裘也，可将去。"仆解视得五金。刘问家中消息，仆言都无事，惟夜失藏酒一瓮。稽其时日，即取酒夜也。群惮其神，呼之圣仙。刘为绘小像。时张道一为提学使，闻其异，以桑梓谊诣刘，欲祈一面。女拒之。刘示以像，张强携而去。归悬座右，朝夕祝之云："以卿丽质，何之不可？乃托身于鬖鬖之老！下官殊不恶于洞九，何不一惠顾？"女在署，忽谓刘曰："张公无礼，当小惩之。"一日，张方祝，似有人以界方击额，崩然甚痛。大惧，反卷。刘诘之，使隐其故而诡对之。刘笑曰："主人额上得毋痛否？"使不能欺，以实告。无何，婿亓生来，请觐之。女固辞，亓请之坚。刘曰："婿非他人，何拒之深？"女曰："婿相见，必当有以赠之。渠望我奢，自度不能满其志，故不欲见耳。"既固请之，乃许以十日见。及期，亓入，隔帘揖之，少致存问。仪容隐约，不敢审谛。既退，数步之外，辄回眸注盼。但闻女言曰："阿婿回首矣！"言已，大笑，烈烈如鸮鸣。亓闻之，胫骨皆软，摇摇然若丧魂魄。既出，坐移时始稍定。乃曰："适闻笑声，如听霹雳，竟不觉身为己有。"少顷，婢以女命赠亓二十金。亓受之，谓婢曰："圣仙日与丈人居，宁不知我素性挥霍，不惯使小钱耶？"女闻之曰："我固知其然，奈囊适罄何？向结伴至汴梁，其城为河伯占据，库藏皆没水中，入水各得些须，何能饱无餍之求？且我纵能厚馈，彼福薄亦不能任。"女凡事能先知，遇有疑难，与议，无不剖析。一日与刘并坐，忽仰天大惊曰："大劫将至，为之奈何！"刘惊问家口，曰："余悉无恙，独二公子可虑。此处不久将为战场，君当求差远去，庶免于难。"刘从之，乞于上官，得解饷云、贵间。道里辽远，闻者吊之，而女独贺。无何，姜瓖叛，汾州没为贼窟。刘仲子自山东来，适遭其变，遂被害。城陷，官僚皆罹于难，惟刘以公出得免。盗平，刘始归。寻以大案挂误，贫至饔飧不给，而当道者又多所需索，因而窘忧欲死。女曰："勿忧，床下三千金，可资用度。"刘大喜，问："窃之何处？"曰："天下无主之物，取之不尽，何庸窃乎！"刘借谋得脱归，女从之。后数年，女忽去，纸裹数事留赠，中有丧家挂门之小幡，长二寸许，群以为不祥。刘寻卒。

雷　曹

乐云鹤、夏平子二人，少同里，长同斋，相交莫逆。夏十岁知名，乐虚心事之，夏亦相规不倦，乐文思日进，由是名并著。而潦倒场屋，战辄北。无何，夏遘疫卒，家贫不能葬。乐锐身自任之。遗襁褓子及未亡人，乐时恤其家，每得升斗，必析而二之，夏妻子赖以活。

于是士大夫益贤乐。乐恒产无多，又代夏生忧内顾，因而家计日蹙。乃叹曰："文如平子，尚碌碌以没，而况于我！人生富贵须及时，戚戚终岁，恐先狗马填沟壑，负此生矣，不如早改图也。"于是去读而贾。操业半年，家资小泰。一日，客金陵，休于旅舍。见一人颀然而长，筋骨隆起，彷徨座侧，色黯淡有戚容。乐问："欲得食耶？"其人亦不语。乐推食食之，则以手掬啖，顷刻已尽。乐又益以兼人之馔，食复尽。遂命主人割豚肩，堆以蒸饼，又尽数人之餐，始果腹而谢曰："三年以来，未尝如此饫饱。"乐曰："君固壮士，何飘泊若此？"曰："罪婴天谴，不可说也。"问其里居，陆无屋，水无舟，朝村而暮郭耳。乐整装欲行，其人相从，恋恋不去。乐辞之，告曰："君有大难，吾不忍忘一饭之德。"乐异之，遂与偕行。途中曳与同餐，辞曰："我终岁仅数餐耳。"乐益奇之。次日渡江，风涛暴作，估舟尽覆，乐与其人悉没江中。俄而风定，其人负乐踏波出。登客舟，又破浪去。少时挽一船至，扶乐入，嘱乐卧守，复跃入江，以两臂夹货出，掷舟中。又入之，数入数出，列货满舟。乐谢曰："君生我亦良足矣，敢望珠还哉？"检视货财，并无亡失。益喜，惊为神人。放舟欲行，其人告退，乐苦留之，遂与共济。乐笑云："此一厄也，只失一金簪耳。"其人欲复寻之。乐方劝止，已投水中矣。惊愕良久。忽见含笑而出，以簪授乐曰："幸不辱命。"江人罔不骇异。乐与归，寝处共之。每十数日始一食，食则啖嚼无算。一日又言别，乐固挽之。适昼晦欲雨，闻雷声。乐曰："云间不知何状，雷又是何物？安得至天上视之，此疑乃可解。"其人笑曰："君欲作云中游耶？"少时，乐倦甚，伏榻假寐。既醒，觉身摇摇然不似榻上。开目，则在云气中，周身如絮。惊而起，晕如舟上。踏之，耎无地。仰视星斗，在眉目间。犹疑是梦。细视星嵌天上，如老莲实之在蓬也，大者如瓮，次如瓿，小如盎盂。以手撼之，大者坚不可动，小者动摇，似可摘而下者。遂摘其一藏袖中。拨云下视，则银河苍茫，见城郭如豆。愕然自念：设一脱足，此身何可复问。俄见二龙夭矫，驾缦车来。尾一掉如鸣牛鞭。车上有器，围皆数丈，贮水满之。有数十人以器掬水，遍洒云间。忽见乐，共怪之。乐审所与壮士在焉，语众云：“是吾友也。”因取一器授乐，令洒。时苦旱，乐接器，排云遥望故乡，尽情倾注。未几，其人谓乐曰：“我本雷曹，前误行雨，罚谪三载。今天限已满，请从此别。”乃以驾车之绳万丈掷前，使握端缒之下。乐危之，其人笑言：“不妨。”乐如其言，飗飗然瞬息及地。视之，则堕立村外。绳渐收入云中，不可见矣。时久旱，十里外雨仅盈指，独乐里沟浍皆盈。归探袖中，摘星犹在。出置案上，黝黯如石，入夜则光明焕发，映照四壁。益宝之，什袭而藏。每有佳客，出以炤饮。正视之，条条射目。一夜乐妻坐对握发，忽见星光渐小如萤，流动横飞。妻方怪叱，已入口中，咯之不出，竟已下咽。愕奔告乐，乐亦奇之。既寝，梦夏平子来曰：“我少微星也。因先君失一德，促我寿龄。君之惠好，在中不忘。又蒙自天上携归，可云有缘。今为君嗣，以报大德。”乐三十无子，得梦甚喜。自是，妻果娠。及临蓐，光耀满室，如星在几上时，因名“星儿”。机警非常，十六岁及进士第焉。

异史氏曰：“乐子文章名一世，忽觉苍苍之位置我者不在是，遂弃毛锥如脱屣，此与燕颔投笔何以少异？至雷曹感一饭之德，少微酬良朋之知，岂神人之私报恩施哉？乃造物之公报贤豪耳。”

赌　符

韩道士，居邑中之天齐庙。多幻术，共名之“仙”。先子与最善，每适城，辄造之。一日与先叔赴邑，拟访韩，适遇诸途。韩付钥曰：“请先往，启门坐。少旋我即至。”乃如其言，诣庙发扃，则韩已坐室中。诸如此类。先是有敝族人嗜博赌，因先子亦识韩。值大佛寺来一僧，专事樗蒲，赌甚豪。族人见而悦之，罄资往赌，大亏。心益热，典质田产复往，终夜尽丧。悒悒不得志，便道诣韩，精神惨淡，言语失次。韩问之，具以实告。韩笑云：“常赌无不输之理。倘能戒赌，我为汝复之。”族人曰：“倘得珠还合浦，花骨头当铁杵碎之！”韩乃以纸书符，授佩衣带间。嘱曰：“但得故物即已，勿得陇复望蜀也。”又付千钱，约赢而偿之。族人大喜而往。僧验其资，易之，不屑与赌。族人强之，请一掷为期。僧笑而从之。乃以千钱为孤注。僧掷之无所胜负，族人接色，一掷成采。僧复以两千为注，又败。僧渐增至十余千，明明枭色，呵之，皆成卢雉：计前所输，顷刻尽复。阴思再赢数千亦更佳，乃复博，则色渐劣。心怪之，起视带上，则符已亡矣，大惊而罢。载钱归庙，除偿韩外，追而计之，并末后所失，适符原数。已而愧谢失符之罪。韩笑曰：“已在此矣。固嘱勿贪而君不听，故取之。”

异史氏曰：“天下之倾家者莫速于博；天下之败德者亦莫甚于博，入其中者如沉迷海，将不知所底矣。夫商农之人俱有本业，诗书之士尤惜分阴。负耒横经，固成家之正路；清谈薄饮，犹寄兴之生涯。尔乃狎比淫朋，缠绵永夜。倾囊倒箧，悬金于崄巇之天；呼雉呵卢，乞灵于淫昏之骨。盘旋五木，似走圆珠；手握多章，如擎团扇。左觑人而右顾己，望穿鬼子之睛；阳示弱而阴用强，费尽魑魅之技。门前宾客待，犹恋恋于场头；舍上火烟生，尚眈眈于盆里。忘餐废寝，则久入成迷；舌敝唇焦，则相看似鬼。迨夫全军尽没，热眼空窥。视局中则叫号浓焉，技痒英雄之臆；顾橐底而贯索空矣，灰寒壮士之心。引颈徘徊，觉白手之无济；垂头萧索，始玄夜以方归。幸交谪之人眠，恐惊犬吠；苦久虚之腹饿，敢怨羹残。既而鬻子质田，冀珠还于合浦；不意火烧毛烬，终捞月于沧江。及遭败后我方思，已作下流之物；试问赌中谁最善，群指无裤之翁。甚而枵腹难堪，遂栖身于暴客；搔头莫度，至仰给于香奁。呜呼！败德丧行，倾财亡身，孰非博之一途致之哉！”

阿　霞

文登景生者，少有重名。与陈生比邻而居，斋隔一短垣。一日，陈暮过荒落之墟，闻女子啼松柏间。近临，则树横枝有悬带，若将自经。陈诘之，挥涕而对曰："母远去，托妾于外兄。不图狼子野心，畜我不卒。伶仃如此，念不如死！"言已，复泣。陈解其带，劝令适人。女虑无可托者。陈请暂寄其家，女从之。既归，挑灯审视，丰韵殊绝。大悦，欲乱之。女厉声抗拒，纷纭之声，达于间壁。景生逾垣来窥，陈乃释女。女见景生，凝眸停睇，久乃奔去。二人共逐之，不知去向。景归，阖门欲寝，则女子盈盈自房中出。景惊问之，答曰："彼德薄福浅，不可终托。"景大喜，诘其姓氏。答曰："妾祖居于齐，为齐姓，小字阿霞。"入以游词，笑不甚拒，遂与寝处。斋中多友人往来，女恒隐避深房。过数日，曰："妾姑去。此处烦杂，困人甚。继今，请以夜卜。"问："家何所？"曰："不远。"遂早去，夜果复来，欢爱綦笃。又数日，谓景曰："我两人情好虽佳，终属苟合。家君宦游西疆，明日将从母去，容即乘间禀命而相从以终焉。"问："几日别？"约以旬终。既去，景思斋居不可常，移于内又虑妻妒。计不如出妻。志既决，妻至前辄诟詈，妻不堪其辱，涕欲死。景曰："死恐见累，请早归。"遂促妻行。妻啼曰："从子十年，未尝有失德，何忽决绝如此！"景不听，逐愈急，妻乃出门去。自是垩壁清尘，引领翘待，不意信杳青鸾，如石沉海。妻大归后，数浼知交，请复于景，景不纳，遂适夏后氏。夏与景接壤，以田畔之故，世有郤。景闻之，益大恚恨。然犹冀阿霞复来，差足自慰。乃越年余，并无踪绪。会海神祠会，内外士女云集，景亦往。遥见一女甚似阿霞。景近之，入于人中；从之，出于门外；又从之，飘然竟去。景追之不及，恨悒而返。后半载适行于途，见一女郎着朱衣，从苍头，鞚黑卫来。望之，霞也。因问从人："娘子为谁？"答言："南村郑公子继室。"又问："娶几时矣？"曰："半月耳。"景思，得毋误耶？女闻语，回眸一睇，景视之，真阿霞也。见其已适他姓，愤填胸臆，大呼曰："霞娘何忘旧约？"从人闻呼主妇，欲奋老拳。女急止之。启幛纱谓景曰："负心人何颜相见？"景曰："卿自负仆，仆何尝负卿！"女曰："负夫人甚于负我！结发者如是，而况其他？向以祖德厚，名列桂籍，故委身相从。今以弃妻故，冥中削尔禄秩，今科亚魁王昌，即替汝名者也。我已归郑君，无劳复念。”景俯首帖耳，口不能道一词。视女子，策蹇去如飞，怅恨而已。是科，景落第，亚魁果王昌也。郑亦捷。景以是得薄幸名。四十无偶，家益替，恒趁食于亲友家。偶诣郑，郑款之，留宿焉。女窥客，见而怜之，问郑曰：“堂上客，非景庆云耶？”问所自识，曰：“未适君时，曾避难其家，亦深得其豢养。彼行虽贱，而祖德未斩，且与君为故人，亦宜有绨袍之义。”郑然之，易其败絮，留以数日。夜分欲寝，有婢持二十余金赠景。女在窗外言曰：“此私贮，聊酬夙好，可将去，觅一良匹。幸祖德厚，尚足及子孙。无复丧检，以促余龄。”景感谢之。既归，以十余金买缙绅家婢，甚丑悍。举一子。后登两榜。郑官至吏部郎。既殁，女送葬归，启舆则虚无人矣，始知其非人也。噫！人之无良，舍其旧而新是谋，卒之卵覆而鸟亦飞，天之所报亦惨矣！

王阮亭云：“忽景忽郑，阿霞亦殊草草。”

李司鉴

李司鉴，永年举人也。于康熙四年九月二十八日，打死其妻李氏。地方报广平，行永年查审。李在府前，忽于肉架上夺一屠刀，奔入城隍庙，登戏台上，对神而跪。自言曰：“神责我不当听信奸人，在乡党颠倒是非，令我割耳。”遂将左耳割落，抛台下。又言：“神责我不应骗人银钱，令我剁指。”遂将左指剁去。又言：“神责我不当奸淫人妇女，使我割肾。”遂自阉，昏迷僵仆。时总督朱云门题参革褫究拟，已奉谕旨，而李已伏冥诛矣。见邸抄。

毛　狐

农子马天荣，年二十余丧偶，贫不能娶。芸田间，见少妇盛妆，践禾越陌而来，貌赤色，致亦风流。马疑其迷途，顾四野无人，戏挑之，妇亦微纳。欲与野合。笑曰："青天白日，宁宜为此！子归，掩门相候，黄昏我当至。"马不信，妇矢之。马乃以门户向背具告之，妇乃去。夜分果至，遂相欢爱。觉其肤肌嫩甚。火之，肤赤薄如婴儿，细毛遍体，异之。又疑其踪迹无据，自念得非狐耶？遂相戏诘，妇亦自认不讳。马曰："既为仙人，自当无求不得。幸蒙缱绻，宁不以数金济我贫？"妇诺之。次夜来，马索金，妇故愕曰："适忘之。"将去，马又嘱。至夜，问："所祈或未忘耶？"妇笑，请以异日。逾数日，马复索。妇笑向袖中出白金二锭，约五六金，翘边细纹，雅可爱玩。马喜，深藏于椟。积半岁，偶需金，因持示人。人曰："是锡也。"以齿龁之，应口而落。马大骇，收藏而归。至夜，妇至，愤致诮让。妇笑曰："子命薄，真金不能任也。"一笑而罢。马曰："闻狐仙皆国色，殊亦不然。"妇曰："吾等皆随人现化。子且无一金之福，落雁沉鱼，何能消受？以我蠢陋，不足以奉上流，然较之大足驼背者，即国色也。"过数月，忽以三金赠马曰："子屡相索，我以子命不应有藏金。今媒聘有期，请以一妇之资相馈，亦借以赠别。"马自白无聘妇之说。妇曰："二三日当自有媒来。"马问："所言姿貌如何？"曰："子思国色，自当倾城。"马曰："此即不敢望。但三金何足聘妇？"妇曰："此月老配定，非人力也。"马问："何遽言别？"曰："戴月披星，终非了局。君自有妇，唐塞何为？"天明遂去。次日果有媒来。先诘女貌，答："在妍媸之间。"问："聘金几何？""约四五数。"马不难其价，必欲一见其人。媒恐良家子不肯炫露。既而约与俱去，相机便行。至其村，媒先往，使马候于村外。久之，来曰："谐矣。余表亲与同院居，适往，见其女坐堂中。请即伪为谒表亲者而过之，咫尺可相窥也。"马从去。果见女子坐室中，伏体于床，倩人爬背。马急过，掠之以目，貌诚如媒言。及议聘，并不争直，但求一二金妆女出阁。马益廉之，乃纳聘，并酬媒与书券者，计三金已尽，亦未多费一文。择吉迎女归，入门，则胸背皆驼，项缩如龟，下视裙底，莲船盈尺。始悟狐言之有因也。

异史氏曰："随人现化，或狐女之自为解嘲。然其言福泽，良可深信。余每谓：非祖宗数世之修行，不可以博高官；非本身数世之修行，不可以得佳人。信因果者，必不以我言为河汉也。"

翩　翩

罗子浮，邠人。父母早亡，八九岁依叔大业。业为国子监左厢，富有金缯而无子，爱浮若己出。十四岁为匪人诱去作狭邪游。会有金陵娼，侨寓郡中，生悦而惑之。娼返金陵，生窃从遁去。居娼家半年，床头金尽，大为姊妹行齿冷，然犹未遽绝之。无何，广疮溃臭，沾染床席，遂逐而出。丐于市，市人见之，辄遥避去。自恐死异域，乞食西行，日三四十里，渐近邠界。又念败絮浓秽，无颜入里门，尚趑趄近邑间。日既暮，欲趋山寺宿。遇一女子，容貌若仙。近问："何适？"生以实告。女曰："我出家人居有山洞，可以下榻，颇不畏虎狼。"生喜，从去。入深山中，见一洞府。入则门横溪水，石梁架之。又数武，有石室二，光明彻照，无须灯烛。命生解悬鹑，浴于溪流，曰："濯之疮当愈。"又开帐拂榻促寝曰："请先眠，当为郎作裤。"乃取大叶类芭蕉，剪缀作衣。生卧视之。制无几时，折叠床头，曰："晓取着之。"乃与对榻寝。生浴后觉疮疡无苦。既醒，扪之，则痂厚结矣。诘旦，将兴，心疑蕉叶不可着，取而审视，则绿锦滑绝。少间，具餐。女取山叶呼作饼，食之，果饼；又剪作鸡鱼烹之，俱若真者。室隅一罂，贮佳酿，辄取饮之；少减，则以溪水灌益之。数日，疮痂尽脱，就女求宿。女曰："轻薄儿！甫能安身，便生妄想！"生云："聊以报德。"遂同卧处，大相欢爱。一日有少妇笑入曰："翩翩小鬼头快活死矣！薛姑子好梦几时做得？"女迎曰："花城娘子，贵趾久弗涉，今日西南风紧，吹送来也！小哥子抱得未？"曰："又一小婢子。"女笑曰："花娘子真瓦窑哉！那弗将来？"曰："方呜呜睡却矣。"

于是坐以款饮。又顾生曰："小郎君焚好香也！"生视之，女年二十有三四，绰有余妍。心好之。剥果误落案下，俯地假拾果，而阴捻翘凤。花城他顾而笑，若不知者。生方恍然神夺，顿觉袍裤无温，自顾所服，悉成秋叶。几骇绝。危坐移时，渐变如故。窃幸二女之弗见也。少顷，酬酢间，又以指搔纤掌。花城坦然笑谑，殊若不觉。生突突怔忡间，衣复化叶，移时复变。由是惭颜息虑，不敢妄想。花城笑曰："尔家小郎子大不端好！若不是醋葫芦娘子，恐跳迹入云霄矣。"女亦哂曰："薄幸儿，便值得寒冻死！"相与鼓掌。花城离席曰："小婢醒，恐啼肠断矣。"女亦起曰："贪引他家男儿，不忆得小江城啼绝矣。"花城既去，生惧遗诮责，女卒晤对如平时。居无何，秋老风寒，霜零木脱。女乃收落叶蓄之御冬。顾生萧缩，乃持襆掇拾洞口白云为絮复衣，着之温暖如襦，且轻松常如新绵。逾年，生一子，极慧美。日在洞中弄儿为乐。然每念故里，乞与同归。女曰："妾不能从。不然，君自去。"因循二三年，儿渐长，遂与花城订为姻好。生每以叔老为念。女曰："阿叔腊固高，幸复强健，无劳悬耿。待保儿婚后，去住由君。"女在洞中，辄取叶写书教儿读，儿过目即了。女曰："此儿福相，放教入尘寰，无忧至台阁。"未几，儿年十四。花城亲诣送女。女华妆至，容光照人。夫妻大悦，举家宴集。翩翩扣钗而歌曰："我有佳儿，不羡贵官。我有佳妇，不羡绮纨。今夕聚首，皆当喜欢。为君行酒，劝君加餐。"既而花城去，与儿夫妇对室居。新妇最孝，依依膝下，宛如所生。生又言归。女曰："子有俗骨，终非仙品。儿亦富贵中人，可携去，我不误儿生平。"新妇思别其母，而花城已至。儿女恋恋，涕各盈眶。两母慰之曰："暂去，可复来。"翩翩乃剪叶为驴，令三人跨之以归。大业已老归林下，意侄已死，忽携佳孙美妇归，喜如获宝。入门，各视所衣，悉成蕉叶；破之，絮蒸蒸腾起。乃并易之。后生思翩翩，偕儿往探之，则黄叶满径，洞口路迷，零涕而返。

异史氏曰："翩翩、花城，殆仙者耶？食叶衣云，何其怪也！然帏幄诽谑，狎寝生雏，亦复何殊于人世？山中十五载，全无人事之扰，亦何幸欤！而云迷洞口，无迹可寻，睹其景况，真刘、阮返棹时矣。”

黑　兽

闻李太公敬一言：“某公在沈阳，宴集山巅。俯瞰山下，有虎衔物来，以爪穴地，瘗之而去。使人探所瘗，得死鹿，乃取鹿而虚掩其穴。少间，虎导一黑兽来，毛长数寸。虎前驱，若邀尊客。既至穴，兽眈眈蹲伺。虎探穴失鹿，战伏不敢稍动。兽怒其诳，以爪击虎额，虎立毙，兽亦径去。”

异史氏曰：“兽不知何名。然闻其形，殊不大于虎，而何延颈受死，惧之如此其甚哉？凡物各有所制，理不可解。如狝最畏狨，遥见之，则百十成群，罗而跪，无敢遁者。凝睛定息，听狨至，以爪遍揣其肥瘠，肥者则以片石志颠顶。狝戴石而伏，悚若木鸡，惟恐堕落。狨揣志已，乃次第按石取食，余始哄散。余尝谓贪吏似狨，亦且揣民之肥瘠而志之，而裂食之；而民之戢耳听食，莫敢喘息，蚩蚩之情，亦犹是也。可哀也夫！”

余　德

武昌尹图南，有别第，尝为一秀才税居。半年来亦未尝过问。一日，遇诸其门，年最少，而容仪裘马，翩翩甚都。趋与语，即又蕴藉可爱。异之。归言于妻，妻遣婢托遗问以窥其室。室有丽姝，美艳逾于仙人；一切花石服玩，俱非耳目所经。尹不测其何如人，诣门投谒，适值他出。翌日即来答拜。展其刺呼，始知余姓德名。语次，细审官阀，言殊隐约。固诘之，则曰：“欲相还往，仆不敢自绝。应知非寇窃逋逃者，何须逼知来历。”尹谢之。遂命酒款宴，言笑甚欢。

向暮，有两昆仑捉马挑灯，迎导以去。明日折柬报主人。尹至其家，见其屋壁，俱用明光纸裱，洁如镜。金狻猊爇异香。一碧玉瓶，插凤尾孔雀羽各二，各长二尺余。一水晶瓶，浸粉花一树，不知何名，亦高二尺许，垂枝覆几外；叶疏花密，含苞未吐；花状似湿蝶敛翼，蒂即如须。筵间不过八簋，而丰美异常。即命童子击鼓催花为令。鼓声既动，则瓶中花颤颤欲折；俄而蝶翅渐张；既而鼓歇，渊然一声，蒂须顿落，即为一蝶，飞落尹衣。余笑起，飞一巨觥；酒方引满，蝶亦飏去。顷之，鼓又作，两蝶飞集余冠。余笑曰："作法自弊矣。"亦引二觥。三鼓既终，花乱坠，翩翩而下，惹袖沾衿。鼓童笑来指数，尹得九筹，余四筹。尹亦薄醉，不能尽筹，强引三爵，离席亡去。由是益奇之。然其为人寡交与，每阖门居，不与国人通吊庆。尹逢人辄宣播。闻其异者，争相交欢，余门外冠盖常相望。余颇不耐，忽辞尹去。去后，尹入其家，空庭洒扫无纤尘；烛泪堆掷青阶下，窗间零帛断锦，指印宛然。惟舍后遗一小白石缸，可受石许，尹携归，贮水养金鱼。经年水清如初贮，后为佣保移石误碎之，水蓄并不倾泄。视之，缸宛在，扪之虚耎。手入其中，则水随手泄，出其手则复合。冬月亦不冰。一夜忽结为晶，鱼游如故。尹畏人知，常置密室，非子婿不以示也。久之渐播，索玩者纷错于门。腊月，忽解为水，荫湿满地，鱼亦渺然。其旧缸残石犹存。忽有道士踵门求之。尹出以示。道士曰："此龙宫蓄水器也。"尹述其破而不泄之异。道士曰："此缸之魂也。"殷殷然乞得少许。问其何用，曰："以屑合药，可得永寿。"予之一片，欢谢而去。

青　梅

白下程生，性磊落不为畛畦。一日，自外归，缓其束带，觉带沉沉如有物坠。视之，无所见。宛转间，有女子从衣后出，掠发微笑，丽绝。程疑其鬼，女曰："妾非鬼，狐也。"程曰："倘得佳人，鬼且不惧，而况于狐。”遂与狎。二年，生一女，小字青梅。每谓程：“勿娶，我且为君生男。”程信之，遂不娶。戚友共诮姗之。程志夺，聘湖东王氏女。狐闻之怒，委女于程曰：“此汝家赔钱货，生杀俱由汝。我何故代人作乳媪乎？”出门径去。青梅长而慧，貌韶秀酷肖其母。既而程病卒，王再醮去。青梅寄食于堂叔。叔荡无行，欲鬻以自肥。适有王进士者，方候铨于家，闻其慧，购以重金，使从女阿喜服役。喜年十四，容华绝代。见梅忻悦，与同寝处。梅亦善候伺，能以目听，以眉语，由是一家俱怜爱之。邑有张生，字介寿。家窭贫，无恒产，税居王第。性纯孝，制行不苟，又笃于学。青梅偶至其家，见生据石啖糠粥，入室与生母絮语，见案上具豚蹄焉。时翁卧病，生入，抱父而私。便液污衣，翁觉之而自恨；生掩其迹，急出自濯，恐翁知。梅以此大异之，归述所见，谓女曰：“吾家客非常人也。娘子不欲得良匹则已，欲得良匹，张生其人也。”女恐父厌其贫。梅曰：“不然，是在娘子，如以为可，妾潜告，使求伐焉。夫人必召商之，但应之曰‘诺’也，则谐矣。”女恐终贫为人所笑。梅曰：“妾自谓能相天下士，必无谬误。”明日，往告张媪。媪大惊，谓其言不祥。梅曰：“小姐闻公子而贤之也，妾故窥其意以为言。冰人往，我两人袒焉，计合允遂。纵其否也，于公子何辱乎？”媪曰：“诺。”乃托侯氏卖花者往。夫人闻之而笑，以告王。王亦大笑。唤女至，述侯氏意。女未及答，青梅亟赞其贤，决其必贵。夫人又问曰：“此汝百年事，如能啜糠覈也，即为汝允之。”女俯首久之，顾壁而答曰：“贫富命也。倘命之厚，则贫无几时，而不贫者无穷期矣。或命之薄，彼锦绣王孙，其无立锥者岂少哉？是在父母。”初，王之商女也，将以博笑。及闻女言，心不乐，曰：“汝欲适张氏耶？”女不答。复问，复不答。怒曰：“贱骨子不长进！欲携筐作乞人妇，宁不羞死！”女涨红气结，含涕引去。媒亦遂奔。青梅见事不谐，欲自谋。过数日，夜诣生。生方读，惊问所来，词涉吞吐。生正色拒之。梅泣曰：“妾良家子，非淫奔者。徒以君贤，故愿自托。”生曰：“卿爱我，谓我贤也。昏夜之行，自好者不为，而谓贤者为之乎？夫始乱之而终成之，君子犹曰不可；况不能成，彼此何以自处？”梅曰：“万一能成，肯赐援拾否？”生曰：“得人如卿，又何求？但有不可如何者三，故不敢轻诺耳。”曰：“若何？”曰：“卿不能自主，则不可如何；即能自主，我父母不乐，则不可如何；即乐之，而卿之身值必重，我贫不能措，则又不可如何。卿速退，瓜李之嫌可畏也！”梅临去，又嘱曰：“君倘有意，乞共图之。”生诺。梅归，女诘所往，遂跪而自投。女怒其淫奔，将施扑责。梅泣曰：“无他。”因而实告。女叹曰：“不苟合，礼也。必告父母，孝也。不轻然诺，信也。有此三德，天必佑之，其无患贫也已。”既而曰：“子将若何？”曰：“嫁之。”女笑曰：“痴婢能自主耶？”曰：“不济，则以死继之。”女曰：“我必如所愿。”梅稽首拜之。又数日，谓女曰：“曩而言之戏乎，抑果欲慈悲也？果尔，则尚有微情，并祈垂怜焉。”女问之，答曰：“张生不能致聘，婢子又无力以自赎，必取盈焉，嫁我犹不嫁也。”女沉吟曰：“是非我之能为力矣。夫我曰嫁，且恐不得当；而曰必无取值焉，是大人所必不允，亦余所不敢言也。”青梅闻之，泣数行下，但求怜拯。女思良久曰：“无已，我有私蓄数金，当倾囊相助。”梅拜谢，因潜告张。张母大喜，多方乞贷，共得金若干数，藏待好音。会王授曲沃宰，喜乘间告母曰：“青梅年已长，今将莅任，不如遣之。”夫人固以青梅太黠，恐导女不义，每欲嫁之，而恐女不乐也，闻女言甚喜。逾两日，有佣保妇白张氏意。王笑曰：“是只合配婢子，前言何妄也！然鬻媵高门，价当倍于曩昔。”女急进曰：“青梅侍我久，卖为妾，良不忍。”王乃传于张氏，仍以原金书券，以青梅嫔于张。入门，孝翁姑，曲折承顺，尤过于生。而操作更勤，餍糠秕不为苦。由是家中无不爱重青梅。梅又以刺绣作业，售且速，贾人候门以购，惟恐不得。得资稍可御穷。且劝生勿以内顾误读，经纪皆自任之。因主人之任，往别阿喜。喜见之，泣曰：“子得所矣，我固不如。”梅曰：“是何人之赐，敢忘之？然以为不如婢子，恐促婢子寿。”遂泣相别。王如晋，半载，夫人卒，停柩寺中。又二年，王坐行赇免，罚赎万计，渐贫不能自给，从者逃散。是时，疫疠大作，王染病亦卒。惟一媪从女。未几，媪又卒。女伶仃益苦。有邻妪劝之嫁，女曰："有能为我葬双亲者，从之。"妪怜之，赠以斗米而去。半月复来，曰："我为娘子极力，事难合矣：贫者不能为尔葬，富者又嫌子为凌夷嗣。奈何！尚有一策，但恐不能从也。"女曰："若何？"曰："此间有李郎，欲觅侧室，倘见姿容，即遣厚葬，必当不惜。"女大哭曰："我缙绅裔而为人妾耶？"妪无言而去。日仅一餐，延息待贾。居半年，益不可支。一日妪至，女泣告曰："困顿如此，每欲自尽，犹恋恋而苟活者，徒以有双柩在。已将转沟壑，谁为收亲骨者？故思不如依汝所言也。"妪于是导李来，微窥女，大悦。即出金营葬，双榇具举。已，乃载女去，入参冢室。室故悍妒，李初未敢言妾，但托买婢。及见女，暴怒，杖逐而出，不听入门。女被发零涕，进退无所。适有老尼过，邀与同居，女喜从之。至庵中，拜求祝发。尼不可，曰："我观娘子，非久卧风尘者。庵中陶器脱粟，粗可自给，姑寄此以待之。时至，子自去。"居无何，市中无赖窥女美，辄打门游语为戏，尼不能制止。女号泣欲自死。尼往求吏部某公，揭示严禁，恶少始稍敛迹。后有夜穴寺壁者，尼惊呼始去。因复告吏部，捉得首恶，送郡笞责，始渐安。又年余，有贵公子过庵，见女惊绝，强尼通殷勤，又以厚赂啖尼。尼婉语之曰："渠簪缨胄，不甘媵御。公子且归，迟迟当有以报命。"既去，女欲乳药求死。夜梦父来，疾首曰："我不从汝志，致汝至此，悔之已晚。但缓须臾勿死，夙愿尚可复酬。"女异之。天明盥已，尼望之而惊曰："睹子面，浊气尽消，横逆不足忧也。福且至，勿忘老身矣。"语未已，闻扣门声。女失色，意必贵家奴。尼启扉，果然。骤问所谋。尼笑语承迎，但请缓以三日。奴述主言，事若无成，俾尼自复命。尼唯唯敬应，谢令去。女大悲，又欲自尽。尼止之。女虑三日复来，无词可应。尼曰："有老身在，斩杀自当之。"次日方晡，暴雨翻盆，忽闻数人挝门大哗。女意变作，惊怯不知所为。尼冒雨启关，见有肩舆停驻。女奴数辈，捧一丽人出，仆从烜赫,冠盖甚都。惊问之,云:“是司李内眷,暂避风雨。”导入殿中,移榻肃坐。家人妇群奔禅房,各寻休憩。入室见女,艳之,走告夫人。无何,雨息,夫人起,请窥禅室。尼引入,睹女骇绝,凝眸不瞬。女亦顾盼良久。夫人非他,盖青梅也。各失声哭,因道行踪。盖张公病故,生起复后,联捷授司李。生先奉母之任,后移诸眷口。女叹曰:“今日相看,何啻霄壤!”梅笑曰:“幸娘子挫折无偶,天正欲我两人完聚耳。倘非阻雨,何以有此邂逅?此中俱有鬼神,非人力也。”乃取珠冠锦衣,催女易妆。女俯首徘徊,尼从中赞助之。女虑同居其名不顺。梅曰:“昔日自有定分,婢子敢忘大德!试思张郎岂负义者?”强妆之,别尼而去。抵任,母子皆喜。女拜曰:“今无颜见母。”母笑慰之。因谋涓吉合卺。女曰:“庵中但有一丝生路,亦不肯从夫人至此。倘念旧好,得受一庐,可容蒲团足矣。”梅笑而不言。及期,抱艳妆来。女左右不知所可。俄闻鼓乐大作,女亦无以自主。梅率婢媪强衣之,挽扶而出,见生朝服而拜,女遂不觉盈盈而自拜也。梅曳入洞房,曰:“虚此位以待君久矣。”又顾生曰:“今夜得报恩,可好为之。”返身欲去。女捉其裾,梅笑曰:“勿留我,此不能相代也。”解指脱去。青梅事女谨,莫敢当夕。而女终惭沮不自安。于是母命相呼以夫人。然梅终执婢妾礼,罔敢懈。三年,张行取入都,过尼庵,以五百金为尼寿。尼不受。固强之,乃受二百金,起大士祠,建王夫人碑。后张仕至侍郎。程夫人举二子一女,王夫人四子一女。张上书陈情,俱封夫人。

异史氏曰:“天生佳丽,固将以报名贤;而世俗之王公,乃留以赠纨袴。此造物所必争也。而离离奇奇,致作合者无限经营,化工亦良苦矣。独是青夫人能识英雄于尘埃,誓嫁之志,期以必死;曾俨然而冠裳也者,顾弃德行而求膏粱,何智出婢子下哉!”

罗刹海市

马骥,字龙媒,贾人子。美丰姿。少倜傥,喜歌舞。辄从梨园子弟，以锦帕缠头，美如好女，因复有“俊人”之号。十四岁入郡庠，即知名。父衰老，罢贾而归。谓生曰：“数卷书，饥不可煮，寒不可衣。可仍继父贾。”生由是稍稍权子母。从人浮海，为飓风引去，数昼夜，至一都会。其人皆奇丑，见马至，以为妖，群哗而走。马初见其状，大惧。迨知国人之骇己也，遂反以此欺国人。遇饮食者则奔而往，人惊遁，则啜其余。久之，入山村。其间形貌亦有似人者，然褴褛如丐。马息树下，村人不敢前；但遥望之。久之，觉非噬人者，始稍稍近就之。马笑与语。其言虽异，亦半可解。马遂自陈所自。村人喜，遍告邻里，客非能搏噬者。然奇丑者望之即去，终不敢前；其来者口鼻位置，尚皆与中国同。共罗浆酒奉马。马问其相骇之故。答曰：“尝闻祖父言：西去三万六千里有中国，其人民形象率怪异。但耳食之，今始信。”问其何贫。曰：“我国所重，不在文章，而在形貌。其美之极者为上卿，次任民社，下者亦邀贵人宠，故得鼎烹以养妻子。若我辈初生时，父母皆以为不祥，往往置弃之；其不忍遽弃者，皆为宗嗣耳。”问：“此名何国？”曰：“名大罗刹国。都城在北，去三十里。”马请导往一观。于是鸡鸣而兴，引与俱去。天明，始达都。都以黑石为墙，色如墨，楼阁近百尺。然少瓦，皆覆以红石，拾其残块磨甲上，无异丹砂。时值朝退，朝中有冠盖出，村人指曰：“此相国也。”视之，双耳皆背生，鼻三孔，睫毛覆目如帘。又数骑出，曰：“此大夫也。”以次各指其官职，率䰄髿怪异；然位渐卑，丑亦渐杀。无何，马归，街衢人望见之，噪奔跌蹶，如逢怪物。村人百口解说，市人始敢遥立。既归，国中无大小，咸知村有异人，于是缙绅大夫，争欲一广见闻，遂令村人要马。然每至一家，阍人辄阖户，丈夫女子，窃窃自门隙中窥语。终一日无敢延见者。村人曰：“此间一执戟郎，曾为先王出使异国，所阅人多，或不以子为惧。”造郎门。郎果喜，揖为上宾。视其貌如八九十岁人。目睛突出，须卷如猬。曰：“仆少年奉王命出使最多，独未尝至中华。今一百三十余岁，又得见上国人物，此不可不上闻于天子。然臣卧林下，十余年不践朝阶，早旦为君一行。”乃具饮馔，修客主礼。酒数行，出女乐十余人，更番歌舞。貌类夜叉，皆以白锦缠头，拖朱衣及地。扮唱不知何词，腔拍恢谐。主人顾而乐之，问：“中国亦有此乐乎？”曰：“有。”主人请拟其声，马遂击桌，为度一曲。主人喜曰：“异哉！声如凤鸣龙啸，得未曾有。”翌日趋朝，荐诸国王。王忻然下诏。有二三大臣，言其状怪，恐惊圣体。王乃止。郎出告马，深为扼腕。居久之，与主人饮而醉，拔剑起舞，以煤涂面作张飞。主人以为美，曰：“请客以张飞见宰相，宰相必乐用之，厚禄不难致。”马曰：“嘻！游戏犹可，何能易面目图荣显？”主人固强之，马乃诺。主人设筵，邀当路者饮，令马画面以待。未几客至，呼马出见。客讶曰：“异哉！何前媸而今妍也！”遂与共饮甚欢。马婆娑歌《弋阳曲》，一座无不倾倒。明日，交章荐马。王喜，召以旌节。既见，问中国治安之道，马委曲上陈，大蒙嘉赏，赐宴离宫。酒酣，王曰：“闻卿善雅乐，可使寡人得而闻乎？”马即起舞，亦效白锦缠头，作靡靡之音。王大悦，即日拜下大夫。时与私宴，恩宠殊异。久而官僚百执事，颇觉其面目之假；所至，辄见人耳语，不甚与款洽。马至是孤立，惘然不自安。遂上疏乞休致，不许；又告休沐，乃给三月假。于是乘传载金宝，复归山村。村人膝行以迎。马以金资分给旧所与交好者，欢声雷动。村人曰：“吾侪小人受大夫赐，明日赴海市，当求珍玩，用报大德。”问：“海市何地？”曰：“海中市，四海鲛人，集货珠宝。四方十二国皆来贸易。中多神人游戏。云霞障天，波涛间作。贵人自重，不敢犯险阻，皆以金宝付我辈，代购异珍。今其期不远矣。”问所自知，曰：“每见海上朱鸟来往，七日即市。”马问行期，欲同游瞩。村人劝使自贵。马曰：“我顾沧海客，何畏风涛？”未几，果有踵门寄货者，遂与装资入船。船客数十人，平底高栏。十人摇橹，激水如箭。凡三日，遥见水云幌漾之中，楼阁层叠，贸迁之舟，纷集如蚁。少时，抵城下。视墙上砖，皆长与人等；敌楼高接云汉。维舟而入，见市上所陈奇珍异宝，光明射目，多人世所无。一少年乘骏马来，市人尽奔避，云是

“东洋三世子”。世子过，目生曰：“此非异域人。”即有前马者来诘乡籍。生揖道左，具展邦族。世子喜曰：“既蒙辱临，缘分不浅！”于是授生骑，请与连辔，乃出西城。方至岛岸，所骑嘶跃入水。生大骇失声。则见海水中分，屹如壁立。俄睹宫殿，玳瑁为梁，鲂鳞作瓦，四壁晶明，鉴影炫目。下马揖入。仰见龙君在上，世子启奏：“臣游市廛，得中华贤士，引见大王。”生前拜舞。龙君乃言：“先生文学士，必能衙官屈、宋。欲烦椽笔赋海市，幸无吝珠玉。”生稽首受命。授以水晶之砚，龙鬣之毫，纸光似雪，墨气如兰。生立成千余言，献殿上。龙君击节曰：“先生雄才，有光水国多矣！”遂集诸龙族，宴集采霞宫。酒炙数行，龙君执爵而向客曰：“寡人所怜女，未有良匹，愿累先生。先生倘有意乎？”生离席愧荷，唯唯而已。龙君顾左右语。无何，宫人数辈扶女郎出。环佩声动，鼓乐暴作，拜竟睨之，实仙人也。女拜已而去。少时酒罢，双嬛挑画灯，导生入副宫。女浓妆坐伺。珊瑚之床，饰以八宝，帐外流苏，缀明珠如斗大，衾褥皆香耎。天方曙，则雏女妖鬟，奔入满侧。生起，趋出朝谢。拜为驸马都尉。以其赋驰传诸海。诸海龙君，皆专员来贺，争折柬招驸马饮。生衣绣裳，驾青虬，呵殿而出。武士数十骑，背雕弧，荷白棓，晃耀填拥。马上弹筝，车中奏玉。三日间，遍历诸海。由是“龙媒”之名，噪于四海。宫中有玉树一株，围可合抱；木莹澈如白琉璃，中有心淡黄色，稍细于臂；叶类碧玉，厚一钱许，细碎有浓阴。常与女啸咏其下。花开满树，状类檐葡，每一瓣落，锵然作响。拾视之，如赤瑙雕镂，光明可爱。时有异鸟来鸣，毛金碧色，尾长于身，声等哀玉，恻人肺腑。生每闻辄念乡土。因谓女曰：“亡出三年，恩慈间阻，每一念及，涕膺汗背。卿能从我归乎？”女曰：“仙尘路隔，不能相依。妾亦不忍以鱼水之爱，夺膝下之欢。容徐谋之。”生闻之，泣不自禁，女亦叹曰：“此势之不能两全者也！”明日，生自外归。龙君曰：“闻都尉有故土之思，诘旦趋装，可乎？”生谢曰：“逆旅孤臣，过蒙优宠，衔报之诚，结于肺腑。容暂归省，当图复聚耳。”入暮，女置酒话别。

生订后会。女曰:“情缘尽矣。”生大悲。女曰:“归养双亲,见君之孝。人生聚散,百年犹旦暮耳,何用作儿女哀泣?此后妾为君贞,君为妾义,两地同心,即伉俪也,何必旦夕相守,乃谓之偕老乎?若渝此盟,婚姻不吉。倘虑中馈乏人,纳婢可耳。更有一事相嘱:自奉衣裳,似有佳娠,烦君命名。”生曰:“其女耶,可名龙宫;男耶,可名福海。”女乞一物为信。生在罗刹国所得赤玉莲花一双,出以授女。女曰:“三年后四月八日,君当泛舟南岛,还君体胤。”女以鱼革为囊,实以珠宝。授生曰:“珍藏之,数世吃着不尽也。”天微明,王设祖帐,馈遗甚丰,生拜别出宫。女乘白羊车,送诸海涘。生上岸下马,女致声珍重,回车便去,少顷便远。海水复合,不可复见。生乃归。自浮海去,咸谓其已死。及至家,家人无不诧异。幸翁媪无恙,独妻已他适,乃悟龙女“守义”之言,盖已先知也。父欲为生再婚,生不可,纳婢焉。谨志三年之期,泛舟岛中。见两儿坐浮水面,拍流嬉笑,不动亦不沉。近引之,儿哑然捉生臂,跃入怀中。其一大啼,似嗔生之不援已者。亦引上之。细审之,一男一女,貌皆婉秀。额上花冠缀玉,则赤莲在焉。背有锦囊,拆视得书云:“翁姑计各无恙。忽忽三年,红尘永隔;盈盈一水,青鸟难通。结想为梦,引领成劳,茫茫蓝蔚,有恨如何也。顾念奔月嫦娥,且虚桂府;投梭织女,犹怅银河。我何人斯,而能永好?兴念及此,辄复破涕为笑。别后两月,竟得孪生。今已啁啾怀抱,颇解笑言;觅枣抓梨,不母可活。敬以还君。所贻赤玉莲花,饰冠作信。膝头抱儿时,犹妾在左右也。闻君克践旧盟,意愿斯慰。妾此生不二,之死靡他。奁中珍物,不蓄兰膏;镜里新妆,久辞粉黛。君似征人,妾作嫠妇,即置而不御,亦何得谓非琴瑟哉?独计翁姑亦既抱孙,曾未一觌新妇,揆之情理,亦属缺然。岁后阿姑窀穸,当往临穴,一尽妇职。过此以往,则‘龙宫’无恙,不少把握之期;‘福海’长生,或有还往之路。伏惟珍重,不尽欲言。”生反覆省书揽涕。两儿抱颈曰:“归休乎!”生益恸,抚之曰:“儿知家在何许?”儿亟啼,呕哑言归。生望海水茫茫,极天无际;雾鬟人渺，烟波路穷。抱儿返棹，怅然遂归。生知母寿不永，周身物悉为预具，墓中植松槚百余。逾岁，媪果亡。灵舆至殡宫，有女子缞绖临穴。众方惊顾，忽而风激雷轰，继以急雨，转瞬间已失所在。松柏新植多枯，至是皆活。福海稍长，辄思其母，忽自投入海，数日始还。龙宫以女子不得往，时掩户泣。一日昼暝，龙女急入，止之曰："儿自成家，哭泣何为？"乃赐八尺珊瑚一树，龙脑香一帖，明珠百颗，八宝嵌金合一双，为作嫁资。生闻之突入，执手啜泣。俄顷，疾雷破屋，女已杳矣。

异史氏曰："花面逢迎，世情如鬼。嗜痂之癖，举世一辙。'小惭小好，大惭大好'。若公然带须眉以游都市，其不骇而走者盖几希矣。彼陵阳痴子，将抱连城玉向何处哭也？呜呼！显荣富贵，当于蜃楼海市中求之耳！"

紫花和尚

诸城丁生，野鹤公之孙也。少年名士，沉病而死，隔夜复苏，曰："我悟道矣。"时有僧善参玄，因遣人约至，使即榻前讲《楞严》。生每听一节，都言非是，乃曰："使吾病痊，证道何难。惟某生可愈吾疾，宜虔请之。"盖邑有某生者，精岐黄而不以术行，三聘始至，疏方下药，病良已。既归，一女子自外入，曰："我董尚书府中侍儿也。紫花和尚与妾有宿冤，今得追报，若又欲活之耶？再往，祸将及汝。"言已，遂没。某惧，辞丁。丁病复作，固要之，乃以实告。丁叹曰："孽自前生，死吾分耳。"寻卒。后询人，果曾有紫花和尚，高僧也，青州董尚书夫人，尝供养家中；亦无有知其冤之所结者。

鞠乐如

鞠乐如，青州人。妻死，弃家而去。后数年，道服荷蒲团至。经宿欲去,戚族强留其衣杖。鞠托闲步至村外,室中衣杖,皆冉冉飞出,随之而去。

盗　户

顺治间,滕、峄之区,十人而七盗,官不能捕。后受抚,邑宰别之为“盗户”。凡值与良民争,则曲意左袒之,盖恐其复叛也。后讼者辄冒称盗户,而怨家则力攻其伪。每两造具陈,曲直且置不辨,而先以盗之真伪,反覆相苦,烦有司稽籍焉。适官署多狐,宰有女为所惑,聘术士来,符捉入瓶,将炽以火。狐在瓶内大呼曰:“我盗户也!”闻者无不匿笑。

异史氏曰:“今有明火劫人者,官不以为盗而以为奸;逾墙行淫者,每不自认奸而自认盗:世局又一变矣。设今日官署有狐,亦必大呼曰‘吾盗’无疑也!”

章丘漕粮徭役,以及征收火耗,小民尝数倍于绅衿,故有田者争求托焉。虽于国无伤,而实于官橐有损。邑令钟,牒请厘弊,得可。初使自首。既而奸民以此要士,数十年鬻去之产,皆诬托诡挂,以讼售主。令悉左袒之。故良懦者多丧其产。有李生亦为某甲所讼,同赴质审。甲呼之“秀才”,李厉声争辨,不居秀才之名。喧不已。令诘左右,共指为真秀才。令问:“何故不承?”李曰:“秀才且置高阁,待争地后再作之不晚也。”噫!以盗之名则争冒之,以秀才之名则争辞之,变异矣哉!有人投匿名状云:“告状人原壤,为抗法吞产事:身以年老不能当差。有负郭田五十亩,于隐公元年,暂挂恶衿颜渊名下。今功令森严,理合自首。讵恶久假不归,霸为己有。身往理说,被伊师率恶党七十二人,毒杖交加,伤残胫股;又将身锁置陋巷,日给箪食瓢饮,囚饿几死。互乡约地证,叩乞革顶严究,俾血产归主,上告。”此可以继柳跖之告夷、齐矣。

某 乙

邑西某乙，故梁上君子也。其妻深以为惧，屡劝止之，乙遂翻然自改。居二三年，贫屡不能自堪，思欲一作冯妇，而后已之。乃托贸易，就善卜者以决趋向。术者曰："东南吉。利小人，不利君子。"兆隐与心合，窃喜。遂南行抵苏、松间，日游村郭。几数月，偶入一寺，见墙隅堆石子二三枚，心知其异，亦一石投之。径趋龛后卧。日既暮，寺中聚语，似有十余人。忽一人数石，讶其多，因共搜之，龛后得乙。问："投石者汝耶？"乙诺。诘里居姓名，乙诡对之。乃授以兵，率与俱去，至一巨第，出耎梯，争逾垣入。以乙远至，径不熟，俾伏墙外，司传递、守囊橐焉。少顷，掷一裹下；又少顷，缒一箧下。乙举箧，知有物，乃破箧以手揣取，凡沉重物悉纳一囊，负之疾走，竟取道归。由此建楼阁、买良田、为子纳粟。邑扁其门曰"善士"。后大案发，群寇悉获，惟乙无名籍，莫可查诘，得免。事寝既久，乙醉后时自述之。

曹有大寇某，得重资归，肆然安寝。有二三小盗，逾垣入，捉之，索金，某不与；灼棰并施，罄所有，乃去。某向人曰："吾不知炮烙之苦如此！"遂深恨盗，投充马捕，捕邑寇殆尽。获曩寇，亦以所施者施之。

卷八

田七郎

武承休,辽阳人,喜交游,所与皆知名士。夜梦一人告之曰:“子交游遍海内,皆滥交耳。惟一人可共患难,何反不识?”问:“何人?”曰:“田七郎。”醒而异之。诘朝,见所与游,辄问田七郎。客或识为东村业猎者。武敬诣诸其家,以马棰挝门。未几,一人出,年二十余,貙目蜂腰,着腻帢,衣皂犊鼻,多白补缀;拱手于额而问所自。武展姓字,且托途中不快,借庐憩息。问田七郎,答曰:“即我是也。”遂延客入。见破屋数椽,木岐支壁。入一小室,虎皮狼蜕,悬布楹间,更无杌榻可坐。七郎就地设皋比焉。武与语,言词朴质,大悦之。遽贻金作生计,七郎不受。固与之,七郎受以白母;俄顷,将还,固辞不受。武强之再四。母龙钟而至,厉声曰:“老身止此子,不欲令事贵客。”武惭而退。归途展转,不解其意。适从人于舍后闻母言,因以告武。先是,七郎持金告母,母曰:“我适睹公子有晦纹,必罹奇祸。闻之:‘受人知者分人忧,受人恩者急人难。富人报人以财,贫人报人以义。’无故而得重赂,不祥。恐将取死报于子矣。”武闻之,深叹母贤。然益倾慕七郎。翌日,设筵招之。辞不至。武登其堂,坐而索饮。七郎自行酒,陈鹿脯,殊尽情礼。越日,武邀酬之,乃至。款洽甚欢。赠以金,复不受。武托购虎皮。乃受之,归视所蓄,计不足偿,思再猎而后献之。入山三日,猎无所获。无何,会妻病,守视汤药,不遑操业。浃旬,妻奄忽以死。为营葬具,所受金稍稍耗去。武亲临唁送,礼仪优渥。既葬,负弩山林,益思所以报武,而迄无所得。武探得其故,辄劝勿急。切望七郎姑一临存;而七郎终以负责为憾,不肯至。武因先索旧藏,以速其来。七郎检视故革,则蠹蚀殃败,毛尽脱。懊丧益甚。武知之,驰行其庭,极意慰解之。又视败革曰:“此亦复佳,仆所欲得,原不以毛。”遂轴鞟出，兼邀同往。七郎不可，乃自归。七郎念终不足以报武，裹粮入山，凡数夜，忽得一虎，全而馈之。武喜，治具，请三日留。七郎辞之坚。武键庭户，使不得出。宾客见七郎朴陋，窃谓公子妄交。而武周旋七郎，殊异诸客。为易新服，却不受；乘其寐而潜易之，不得已而受焉。既去，七郎奉母命返新衣，索其敝缀。武笑曰："归语老媪，故衣已拆作履衬矣。"自是，七郎日以兔鹿相贻。招之，即不复至。武一日诣七郎，值出猎未返。媪出，倚闾而语曰："再勿引致吾儿。大不怀好意。"武敬礼之，惭而退。半年许，家人忽白："七郎为争猎豹，殴死人命，捉将官里去。"武大惊，驰视之，已械收在狱。见武无言，但云："此后烦恤老母。"武惨然出，急以重金赂邑宰，又以百金赂仇主。月余无事，释七郎归。母慨然曰："子发肤受之武公子，非老身所得而爱惜者矣。但祝公子终百年无灾患，即儿福也。"七郎欲诣谢武。母曰："往则往耳，见武公子勿谢也。小恩可谢，大恩不可谢。"七郎见武，武温言慰藉。七郎唯唯。家人咸怪其疏。武喜其诚笃，厚遇之。由是，恒数日留公子家，馈遗辄受，不复辞，亦不言报。会武初度，宾从繁多，夜舍屦满。武偕七郎卧斗室中，三仆即床下藉刍藁。二更向尽，诸仆皆睡去，两人犹刺刺语。七郎佩刀挂壁间，忽自腾出匣数寸许，铮铮作响，光闪烁如电。武惊起。七郎亦起，问："床下卧者何人？"武答皆厮仆。七郎曰："此中必有恶人。"武问故。七郎曰："此刀购诸异国，杀人未尝濡缕，今佩三世矣。决首至千计，尚如新发于硎；见恶人则鸣跃。当去杀人不远矣。公子当亲君子，远小人，或万一可免。"武颔之。七郎终不悦，辗转床席。武曰："灾、祥，数耳，何忧之深？"七郎曰："我诸无恐怖，徒以有老母在。"武曰："何遽至此？"七郎曰："无则便佳。"盖床下三人：一为林儿，是老弥子，能得主人欢；一童仆，年十二三，武所常役者；一李应，最拗拙，每因细事与公子裂眼争，武恒怒之。当夜默念，疑必此人。诘旦，唤至，善言绝令去。武长子绅，娶王氏。一日，武出，留林儿居守。斋中菊花方灿。新妇意翁出，斋庭当寂，自诣摘菊。

林儿突出勾戏。妇欲遁，林儿强携入室。妇啼拒，色变声嘶。绅奔入，林儿方释手逃去。武归，闻之，怒；觅林儿，竟已不知所之。过二三日，始知其投身某御史家。某官都中，家务尽委决于弟。武以同袍意，致书索林儿，某弟竟置不发。武益恚，质词邑宰。勾牒虽出，而隶不捕，官亦不问。武方忿怒，适七郎至。武曰："君言验矣。"因与告诉。七郎颜色惨变，终无一语，即径去。武嘱干仆逻察林儿。林儿夜归，为逻者所获，执见武。武掠楚之。林儿语侵武。武叔恒，故长者，恐侄暴怒致祸，劝不如治以官法。武从之，絷赴公庭。而御史家刺书邮至，宰释林儿，付纪纲以去。林儿意益肆，倡言丛众中，诬主人妇与私。武无奈之何，忿塞欲死。驰登御史门，俯仰叫骂。里舍劝慰令归。逾夜，忽有家人白："林儿被人脔割，抛尸横野间。"武惊喜，意气稍舒。俄闻御史家讼其叔侄，遂偕叔赴质。宰不听辨，欲笞恒。武抗声曰："杀人莫须有！至辱詈缙绅，则生实为之，无与叔事。"宰置不闻。武裂眦欲上，群役禁捽之。操杖隶皆绅家走狗，恒又老耄，签数未半，奄然已死。宰见恒毙，亦不复究。武号且骂，宰亦若弗闻也者。遂舁叔归。哀愤无所为计，思欲得七郎谋，而七郎更不一吊问。窃自念待七郎不薄，何遽如行路人？亦疑杀林儿者必七郎。转念：果尔，胡得不谋？于是使人探诸其家。至则扃锢寂然，邻人并不知耗。一日，某弟方在内廨，与宰关说。值晨进薪水，忽一樵人至前，释担，抽利刃，直奔之。某惶急，以手格刃，刃落断腕。又一刀，始决其首。宰大惊，窜去。樵人犹张惶四顾。诸役吏急阖署门，操杖疾呼。樵人乃自刭死。纷纷集认，识者知为田七郎。宰惊定，始出复验。见七郎僵卧血泊中，手犹握刃。方停足审视，尸忽崛然跃起，竟决宰首，已而复踣。衙官捕其母子，则亡去已数日矣。武闻七郎死，驰哭尽哀。咸谓其主使七郎。武破产夤缘当路，始得免。七郎尸弃原野三十余日，禽犬环守之，武取之厚葬焉。其子流寓于登，变姓为佟，起行伍，以功至同知将军，归辽，武已八十余，乃指示其父墓焉。

异史氏曰:“一钱不轻受,正其一饭不忘者也。贤哉母乎!七郎愤未尽雪,死犹伸之,抑何其神!使荆卿能尔,则千载无遗恨矣。苟有其人,亦可以补天网之漏;世道茫茫,恨七郎少也。悲夫!”

保　住

吴藩未叛时,尝谕将士:有独力能擒一虎者,优以廪禄,号“打虎将”,将中一人,名保住,健捷如猱。邸中建高楼,梁木初架。保住沿楼角而登,顷刻至颠;立脊檩上,疾趋而行。凡三四返,已,乃踊身跃下,直立挺然。王有爱姬善琵琶。所御琵琶,以暖玉为牙柱,抱之,一室生温。姬宝藏,非王手谕,不出示人。一夕,宴集,客请一观其异。王适惰,期以异日。时住在侧,曰:“不奉王命,臣能取之。”王使人驰告府中,内外戒备,然后遣之。住逾数十重垣,始达姬院。见灯辉室中,而门扃锢不得入。廊下有鹦鹉,宿架上。住乃作猫子叫;既而学鹦鹉鸣,疾呼:“猫来!”摆扑之声且急。闻姬云:“绿奴可急视鹦鹉,被扑杀矣!”住隐身暗处。俄一女子挑灯出,身甫离门,住已塞入。见姬守琵琶在几上,径携趋出。姬愕呼:“寇至!”防者尽起。见住抱琵琶走,逐之不及;攒矢如雨,皆莫能中。住跃登树上。墙下故有大槐三十余章,住穿树行杪,如鸟移枝;树尽登屋,屋尽登楼;飞奔殿阁,不啻翅翎。瞥然间不知所在。客方饮,住抱琵琶飞落筵前,门扃如故,鸡犬无声。

公孙九娘

于七一案,连坐被诛者,栖霞、莱阳两县最多。一日俘数百人,尽戮于演武场中。碧血满地,白骨撑天。上官慈悲,捐给棺木,济城工肆,材木一空。以故伏刑东鬼,多葬南郊。甲寅间,有莱阳生至稷下,有亲友二三人亦在诛数。因市楮帛,酬奠蓁墟间,就税舍于下院之僧。明日,入城营干,日暮未归。忽一少年造室来访;见生不在,脱帽登床,着履仰卧。仆人问其谁何,合眸不对。既而生归,见暮色朦胧,不甚可辨;自诣床下问之。瞠目曰:“我候汝主人。絮絮逼问,我岂暴客耶!”生笑曰:“主人在此。”少年急起着冠,揖而坐,极道寒暄。听其音,似曾相识。急呼灯至,则同邑朱生,亦死于于七之难者。大骇,却走。朱曳之云:“仆与君文字交,何寡于情?我虽鬼,故人之念,耿耿不去心。今有所渎,愿勿以异物遂猜薄之。”生乃坐,请所命。曰:“令甥女寡居无偶,仆欲得以主中馈;屡通媒妁,辄以无尊长之命为辞。幸无惜齿牙余惠。”先是,生有甥女早失恃,遗生鞠养。十五岁始归其家。俘至济南,闻父被刑,惊恸而卒。生曰:“渠自有父,何我之求?”朱曰:“其父为犹子启椋去,今不在此。”问:“甥女向依阿谁?”曰:“与邻媪同居。”生虑生人不能作鬼媒。朱曰:“如蒙金诺,还屈玉趾。”遂起握生手。生固辞,问:“何之?”曰:“第行。”生勉从与去。北行里许,有大村落,约数十百家。至一宅第,朱以指弹扉,即有媪出。豁开二扉,问朱:“何为?”曰:“烦达娘子,阿舅至。”媪旋返,须臾,复出,邀生入;顾朱曰:“两椽茅舍子,太隘。劳公子门外少坐候。”生从媪入,见半亩荒庭,列小室二。甥女迎门啜泣,生亦泣。室中灯火荧然。女貌秀洁如生时,凝目含涕,遍问妗姨。生曰:“俱各无恙,但荆人物故矣。”女复呜咽曰:“儿少受妗母抚育,尚无寸报,不图先葬沟渎,殊为恨恨。旧年伯伯家大哥迁父去,置儿不一念,数百里外,伶仃如秋燕。舅不以沉魂可弃,又蒙赐金帛,儿已得之矣。”生乃以朱言告女。女俯首无语。媪曰:“朱公子曩托杨姥三五返。老身谓是大好。小娘子不肯自草草。得舅为政,方可意慊。”言次,一十七八女郎,从一青衣,遽掩入。瞥见生,转身欲遁。女牵其裾曰:“勿须尔,此阿舅,非他人。”生揖之。女郎亦敛衽。甥曰:“九娘,栖霞公孙氏。阿爹故家子,今亦‘穷波斯’,落落不称意。旦晚与儿还往。”生睨之,笑弯秋月,羞晕朝霞,实天人也。曰:“可知是大家。蜗庐人那如此娟好!”甥笑曰:“且是女学士，诗词俱大高作。儿稍得指教。”九娘微哂曰：“小婢无端败坏人，教阿舅齿冷也。”甥又笑曰：“舅断弦未续，若个小娘子，颇能快意否？”九娘笑奔出，曰：“婢子颠疯作矣。”遂去。言虽近戏，而生殊爱好之。甥以微察，乃曰：“九娘才貌无双，舅倘不以粪壤致猜，儿当请诸其母。”生大悦，然虑人鬼难匹。女曰：“无伤，彼与舅有夙分。”生乃出。女送之曰：“五日后，月明人静，当遣人往相迓。”生至户外，不见朱，翘首西望，月衔半规，昏黄中犹认旧径。见南面一第，朱坐门石上，起逆曰：“相待已久，寒舍即劳垂顾。”遂携手入。殷殷展谢，出金爵一、晋珠百枚，曰：“他无长物，聊代禽仪。”既而曰：“家有浊醪，但幽室之物，不足款嘉宾，奈何？”生㧑谢而退，朱送至中途始别。生归，僧仆集问。生隐之曰：“言鬼者妄也。适赴友人饮耳。”后五日，果见朱来。整履摇箑，意甚忻适；才至户庭，望尘即拜。少间笑曰：“君嘉礼既成，庆在今夕，便烦枉步。”生曰：“以无回音，尚未致聘，何遽成礼？”朱曰：“仆已代致之矣。”生深感荷，从与俱去，直达朱所，则甥女华妆迎笑。生问：“何时于归？”朱云：“三日矣。”生乃出所赠珠，为甥助妆。女三辞乃受。谓生曰：“儿以舅意白公孙老夫人，夫人作大欢喜，但言老耄，无他骨肉，不欲九娘远嫁。期今夕舅往，赘诸其家。伊家无男子，便可同郎往也。”朱乃导生去。村将尽，一第门开，二人登其堂。俄白老夫人至，有二青衣扶妪升阶，生欲展拜。夫人云：“老朽龙钟，不能为礼，当即脱边幅。”指画青衣，置酒高会。朱乃唤家人另出肴俎，列置生前，亦别设一壶，为客行觞。筵中进馔，无异人世。然主人自举，殊不劝进。既而席罢，朱归。青衣导生去。入室，则九娘华妆凝待。邂逅含情，极尽欢昵。初，九娘母子原解赴都。至郡，母不勘困苦死，九娘亦自刭死。枕上追述往事，哽咽不能成眠，乃口占两绝云：“昔日罗裳化作尘，空将业果恨前身。十年露冷枫林月，此夜初逢画阁春。”其二曰：“白杨风雨绕孤坟，谁想阳台更作云。忽启缕金箱里看，血腥犹染旧罗裙。”生闻咏，亦大惨然。天将明，九娘促云：“君宜且去，勿惊厮仆。”自此昼来宵往，嬖惑殊深。一夕，问九娘：“此村何名？”曰：“莱霞里。里中多两处新鬼，因以为名。”生闻之欷歔。女悲曰：“千里柔魂，蓬游无底；母子零孤，言之凄恻。幸念一夕恩义，收妾骨归葬墓侧，使百世得所依栖，死且不朽。”生诺之。女曰：“人鬼路殊，君亦不宜久滞。”乃以罗袜赠生，挥涕促别。生凄然而出，忉怛若丧，心怅怅不忍归。因过拍朱生之门。朱白足出逆。甥亦起，云鬓龙松，惊来省问。生怊怅移时，始述九娘语。女曰：“妗氏不言，儿亦夙夜图之。此非人世，久居诚非所宜。”于是相对汍澜。生亦含涕而别。叩寓归寝，辗转达旦。欲觅九娘之墓，而忘问志表。及夜复往，则千坟累累，竟迷村落。叹恨而返。展视罗袜，着风寸断，腐如灰烬。遂治装东旋。半载不能自释。复如稷门，冀有所遇。及抵南郊，日色已晚，息驾庭树，趋诣丛葬所。但见坟兆相接，迷目榛荒，鬼火狐鸣，骇人心目。惊悼归舍，失意遨游，返辔遂东。行里许，遥见女郎独步墟墓间，神情意致怪似九娘。挥鞭就视，果九娘也。下骑与语，九娘径走，若不相识。再逼近之，色作怒意，举袖自障。顿呼“九娘”，则烟然没矣。

异史氏曰：“香草沉罗，血满胸臆；东山佩玦，泪渍泥沙。古有孝子忠臣，至死不谅于君父者。公孙九娘岂以负骸骨之托，而怨怼不释于中耶？脾膈间物，不能掬以相示，冤乎哉！”

促织

宣德间，宫中尚促织之戏，岁征民间。此物故非西产，有华阴令欲媚上官，以一头进。试使斗而才，因责常供。令以责之里正。市中游侠儿，得佳者笼养之，昂其直，居为奇货。里胥猾黠，假此科敛丁口，每责一头，辄倾数家之产。邑有成名者，操童子业，久不售。为人迂讷，遂为猾胥报充里正役，百计营谋不能脱。不终岁，薄产累尽。会征促织，成不敢敛户口，而又无所赔偿，忧闷欲死。妻曰：

“死何裨益？不如自行搜觅，冀有万一之得。”成然之，早出暮归，提竹筒铜丝笼，于败堵丛草处，探石发穴，靡计不施，迄无济。即捕得三两头，又陋劣不中于款。宰严限追比，旬余，杖至百，两股间脓血流漓，并虫亦不能行捉矣。转侧床头，惟思自尽。时村中来一驼背巫，能以神卜。成妻具资诣问。见红女白婆填塞门户。入其舍，则密室垂帘，帘外设香几，问者爇香于鼎，再拜。巫从旁望空代祝，唇吻翕辟，不知何词。各各竦立以听。少间，帘内掷一纸出，即道人意中事，无毫发爽。成妻纳纸钱案上，焚拜如前人。食顷，帘动，片纸抛落。拾视之，非字而画。中绘殿阁类兰若，后小山下，怪石乱卧，针针丛刺，青麻头伏焉，旁一蟆，若将跳舞。展玩不可晓。然睹促织，隐中胸怀。摺藏之，归以示成。成反复自念：得勿教我猎虫所也？细展景状，与村东大佛阁真逼似。乃强起，扶杖执图诣寺后。有古陵蔚起。循陵而走，见蹲石鳞鳞，俨然类画。遂于蒿莱中侧听徐行，似寻针芥。而心目耳力俱穷，绝无踪响。冥搜未已，一癞头蟆猝然跃去。成益愕，急逐趁之。蟆入草间。蹑迹披求，见有虫伏棘根；遽扑之，入石穴中。掭以尖草，不出；以筒水灌之，始出，状极俊健。逐而得之，审视，巨身修尾，青项金翅。大喜，笼归，举家庆贺，虽连城拱璧不啻也。土于盆而养之，蟹白、栗黄，备极护爱。留待限期，以塞官责。成有子九岁，窥父不在，窃发盆。虫跃踯径出，迅不可捉；及扑入手，已股落腹裂，斯须就毙。儿惧，啼告母。母闻之，面色灰死，大骂曰：“孽根，死期至矣！而翁归，自与汝覆算耳！”儿涕而出。未几，成归，闻妻言，如被冰雪；怒索儿，儿渺然不知所往。既得尸于井，因而化怒为悲，抢呼欲绝。夫妻向隅，茅舍无烟，相对默然，无复聊赖。日将暮，取儿藁葬。近抚之，气息惙然，喜置榻上，半夜复苏。夫妻心稍慰。但蟋蟀笼虚，顾之，则气断声吞，亦不敢复究儿。自昏达曙，目不交睫。东曦既驾，僵卧长愁。忽闻门外虫鸣，惊起觇视，虫宛然尚在。喜而捕之，一鸣辄跃去，行且速。覆之以掌，虚若无物；手才举，则又超忽而跃；急趁之，折过墙隅，迷其所往。徘徊四顾，见虫伏壁上。审谛之，短小，黑赤色，顿非前物。成以其小，劣之；惟彷徨瞻顾，寻所逐者。壁上小虫，忽跃落襟袖间。视之，形如土狗，梅花翅，方首，长胫，意似良。喜而收之。将献公堂，惴惴恐不当意，思试之斗以觇之。村中少年好事者，驯养一虫，自名“蟹壳青”，日与子弟角，无不胜；欲居之以为利；而高其直，亦无售者。径造庐访成。视成所蓄，掩口胡卢而笑。因出己虫，纳比笼中。成视之，庞然修伟；自增惭怍，不敢与较。少年固强之。顾念蓄劣物，终无所用，不如拚博一笑。因合纳斗盆。小虫伏不动，蠢若木鸡，少年又大笑。试以猪鬣毛撩拨虫须，仍不动。少年又笑。屡撩之，虫暴怒，直奔。遂相腾击，振奋作声。俄见小虫跃起，张尾伸须，直龁敌领。少年大骇，解令休止。虫翘然矜鸣，似报主知。成大喜。方共瞻玩，一鸡瞥来，径进以啄。成骇立，愕呼。幸啄不中，虫跃去尺有咫。鸡健进，逐逼之。虫已在爪下矣。成仓猝莫知所救，顿足失色。旋见鸡伸颈摆扑；临视，则虫集冠上，力叮不释。成益惊喜，掇置笼中。翌日进宰。宰见其小，怒诃成。成述其异。宰不信。试与他虫斗，虫尽靡。又试之鸡，果如成言，乃赏成。献诸抚军，抚军大悦。以金笼进上，细疏其能。既入宫中，举天下所贡蝴蝶、螳螂、油利挞、青丝额……一切异状，遍试之，无出其右者。每闻琴瑟之声，则应节而舞。益奇之。上大嘉悦，诏赐抚臣名马衣缎。抚军不忘所自，无何，宰以卓异闻。宰悦，免成役。又嘱学使，俾入邑庠。由此以善养虫名，屡得抚军殊宠。不数岁，田百顷，楼阁万椽，牛羊蹄躈各千计。一出门，裘马过世家焉。

异史氏曰：“天子偶用一物，未必不过此已忘。奉行者即为定例。加之官贪吏虐，民日贴妇卖儿，更无休止。故天子一跬步，皆关民命，不可忽也。独是成氏子以蠹贫，以促织富，裘马扬扬，过于世家。当其为里正、受扑责时，岂意至此哉！天将以酬长厚之德，遂使抚臣、令尹并受促织恩荫。闻之，一人飞升，仙及鸡犬。信夫！”

王阮亭云：“宣德治世，宣宗令主，其台阁大臣，又三杨、蹇、夏诸君子，顾以草虫纤物，殃民至此耶？惜哉！抑传闻异辞耶？”

柳秀才

明季，蝗生青兖间，渐集于沂。沂令忧之。退卧署幕，梦一秀才来谒。峨冠绿衣，状貌修伟，自言御蝗有策。询之，答云：“明日，西南道上，有妇跨硕腹牝驴子，即蝗神也。哀之可免。”令异之。诘旦，治具出邑南。伺良久，果有妇高髻褐帔，独鞚老苍卫，缓蹇北度。令即爇香，捧卮酒，迎拜道左，捉驴不令去。妇问：“大夫将何为？”令便哀恳：“区区小治，幸悯脱蝗口。”妇曰：“可恨柳秀才饶舌，泄我密机。当即以其身受，不损禾稼可耳。”乃尽三卮，瞥不复见。后蝗来，飞蔽天日，然不落禾田，但集杨柳，过处，柳叶都尽。方悟秀才柳神也。或云“是宰官忧民所感”，诚然哉！

王阮亭云：“柳秀才有大功德于沂。沂虽百世祀可也。”

水　灾

康熙二十一年，苦旱，自春徂夏，赤地无青草。六月十三日，小雨，始有种菽者。十八日，大雨沾足，乃种豆。一日，石门庄有老叟暮见二牛斗山上，谓村人曰：“大水将至矣。宜携家播迁。”村人共笑之。无何，雨暴注，彻夜不止。平地水深数尺，居庐尽没。一农人弃其两儿，与妻扶老母奔避高埠。下视村中，已为泽国，并不复念及儿矣。及水落归家，见一村尽成坵墟。入门视之，则一屋仅存；两儿并坐床头，嬉笑无恙。咸谓夫妻之孝报云。此六月二十二日事。

康熙三十四年，平阳地震。人民死者十之七八，城郭尽墟。惟东郭仅存一舍，则王孝子家也。茫茫大劫中，惟孝嗣无恙，谁谓天公无皂白耶？

诸城某甲

学师孙景夏先生言：其邑中某甲者，值流寇之乱被杀，首垂胸前。寇退，家人得尸，将舁葬之，闻其气缕缕然。审视之，咽不断者盈指。遂扶其头，荷之以归。经一昼夜始呻，以匕箸稍稍哺饮食，半年竟愈。又十余年，与二三人聚谈。或作一解颐语，众为哄堂，甲亦鼓掌。一俯仰间，刀痕暴裂，头堕血流，而气绝矣。甲父将讼笑者，众敛金赂之，又葬甲，乃解。

异史氏曰："一笑头落，此千古第一大笑也。颈连一线而不死，直待十年后成一笑狱，岂非二三邻人负债前生耶！"

库　官

邹平张华东，奉旨祭南岳。道出江淮间，将宿驿亭。前驱白："驿中有怪异，宿之，必致纷纭。"公弗听。宵分，冠剑而坐。俄闻靴声入，则一颁白叟，皂纱黑带。怪而问之。叟稽首曰："我库官也，为大人典藏有日矣。幸节钺遥临，下官释此重负。"问："库存几何？"答云："二万三千五百金。"公虑多金累缀，约归时盘验。叟唯唯而退。张至南中，馈遗颇丰。及还宿驿亭，叟复出谒。及问库物，曰："已拨辽东兵饷矣。"深讶其前后之乖。叟曰："人世禄命，皆有额数，锱铢不能增损。大人此行，应得之数已得矣，又何求？"言已竟去。张乃计其所获，与所言库数适相吻合。方叹饮啄有定，不可以妄求也。

酆都御史

酆都县外有洞，深不可测。相传阎王署其中，一切狱具，皆借人工。桎梏朽败，辄掷洞口，邑宰即以新者易之，经宿失所在。供应度支，载之经制。明有御史行台华公，按及酆都，闻其说，不以为信，欲入洞以决其惑。人辄言不可，公弗听。秉烛而入，以二役从。深抵里许，烛暴灭。视之，阶道阔朗，有广殿十余间；列坐尊官，袍笏俨然，惟东首虚一座。尊官见公至，降阶而迎，笑问曰："至矣乎？别来无恙否？"公问："此何处所？"尊官曰："此冥府也。"公愕然，告退。尊官指虚座云："此为君座，那可复还！"公益惧，固请宽宥。尊官曰："定数何可逃也！"遂检一卷示公。上注云：某月日，某以肉身归阴。公览之，战栗如濯冰水；念母老子幼，泫然流涕。俄有金甲神人，捧黄帛书至。群拜舞启读已，乃贺曰："君有还阳之机矣。"公喜致问。曰："适接帝诏，大赦幽冥。可为君委折原例耳。"乃示公途而出。数武之外，冥黑如漆，不辨行路。公甚窘苦。忽一神将，轩然而入，赤面长髯，光射数尺。公迎拜而哀之。神将曰："诵佛经可出。"言已而去。公自计：经咒多不记忆，惟《金刚经》颇曾习之。遂乃合掌而诵，顿觉一线光明映照前路。忽有遗忘之句，则目前顿黑。定想移时，复诵复明，乃始得出。其二从人，则不可知矣。

王阮亭云："阎罗天子庙，在酆都南门外平都山上。旁即王方平洞，无他异。但山半有九蟒御史庙，神像狞恶，事亦荒唐。"

狐　谐

万福，字子祥，博兴人。幼业儒。家少有，而运殊蹇，行年二十有奇，尚不能掇一芹。乡中浇俗，多报富户役长。长厚者每至破其家。万适报充役，惧而逃。如济南，税居逆旅。夜有奔女，颜色颇丽。万悦而私之。请其姓氏。女自言："实狐，但不为君祟耳。"万喜而不疑。女嘱勿与客共寝处。凡日用所需，无不仰给于狐。居无何，二三相识辄来造访，恒信宿不去。万厌之，而不便拒；不得已，以实告客。客愿一睹仙容。万白于狐。狐谓客曰："见我何为哉？我亦犹人耳。"闻其声,历历在目前,四顾,即又不见。客有孙得言者,善诽谑,固请见,且谓:"得听娇音,魂魄飞越。何吝容华,徒使闻声相思?"狐笑曰:"贤孙子欲为高曾祖母作行乐图耶?"诸客俱笑。狐曰:"我为狐,请与客言狐典。愿闻否?"众唯唯。狐曰:"昔某村旅舍故多狐,辄出祟行客。客知之,相戒不宿其舍。半年,门户萧索。主人大忧,甚讳言狐。忽有一远方客,自言异国人,望门休止。主人大悦。甫邀入门,即有途人阴告曰:'是家有狐。'客惧,白主人欲他徙。主人力白其妄,客乃止。入室方卧,见群鼠出于床下。客大骇,骤奔,急呼;'有狐!'主人惊问。客怨曰:'狐巢于此,何诳我言无?'主人又问:'所见何状?'客曰:'我适所见,细细幺麽。不是狐儿,必当是狐孙子。"言罢,坐客为之粲然。孙曰:"既不赐见,我辈宜留宿,勿去!阻其阳台。"狐笑曰:"寄宿无妨。倘有小迕犯,幸无滞怀。"众恐其恶作剧,乃共散去。然数日必一来,索狐笑骂。狐谐甚,每一语即颠倒宾客,滑稽者不能屈也。群戏呼为"狐娘子"。一日,置酒高会,万居主人位,孙与二客分左右坐,上设一榻屈狐。狐辞不善酒。咸请坐谈,许之。酒数行,众掷骰为瓜蔓之令。一客值瓜色,当饮。戏以觥移上座曰:"狐娘子大清醒,暂借一觞。"狐笑曰:"我固不饮,愿陈一典,以佐诸公饮。"孙掩耳,不乐闻。客皆言曰:"骂人者,当罚。"狐笑曰:"我骂狐,何如?"众曰:"可。"于是倾耳共听。狐曰:"昔一大臣,出使红毛国。著狐腋冠见国王。王见而异之,问:'何皮?毛深温厚乃尔。'大臣以狐对。王言:'此物,生平所未曾得闻。狐字字画何等?'使臣书空而奏曰:'右边是一大瓜,左边是一小犬。'"主人又复哄堂。二客陈氏兄弟,一名所见,一名所闻,见孙大窘,乃曰:"雄狐何在?而纵雌狐流毒若此!"狐曰:"适一典,谈犹未终,遂为群吠所乱,请终之。国王见使臣乘骡,甚异之。使臣告曰:'此马之所生。'又大异之。使臣曰:'中国马生骡,骡生驹驹。'王细问其状。使臣曰:'马生骡,是臣所见。骡生驹驹,是臣所闻。'"举坐又大笑。众知不敌,乃相约:后有开谑端者,罚作东道主。顷之,酒酣。孙戏谓万曰:“有一联,请君属之。”万曰:“何如?”孙曰:“妓者出门访情人。来时万福,去时万福。”合座属思,不能对。狐笑曰:“我有之矣!”众共听之。曰:“龙王下诏求直谏,鳖也得言,龟也得言。”四座无不绝倒。孙大恚曰:“适与尔盟,何复犯戒?”狐笑曰:“罪诚在我。但非此不能确对耳。明旦设席,以赎吾过。”相笑而罢。狐之诙谐,不可殚述。居数月,与万偕归。及博兴界,告万曰:“我此处有葭莩亲,往来久梗,不可不一讯。日且暮,与君同寄宿,待旦而行可也。”万询其处。指言:“不远。”万疑前此故无村落,姑从之。行二里许,果见一庄,生平所未历。狐即叩关,一苍头出应门。入则重楼叠阁,宛然世家。俄见主人,有翁媪揖万而坐。列筵丰盛,待万以姻娅礼。遂宿焉。狐早起,谓万曰:“我遽偕君归,恐骇闻听。君宜先往,我将继至。”万从其言。先至,预白于家人。未几,狐至。与万言笑,人尽闻之,而不见其人。逾年,万复有事于济,狐又与俱。忽有数人来,狐从与语,备极寒暄。乃谓万曰:“我本陕中人,与君有夙因,遂从尔许时。今我兄弟至矣,将从以归,不能周事。”留之不可,竟去。

王阮亭云:“此狐辨而黠,当是东方曼倩一流,又即妙绝解人颐。”

雨　钱

滨州一秀才,读书斋中,有款门者。启视,则皤然一翁,形貌甚古。延之入,请问姓氏。翁自言:“养真,姓胡,实乃狐仙。慕君高雅,愿共晨夕。”秀才故旷达,亦不为怪,遂与评驳今古。翁殊博洽,镂花雕缋,粲于牙齿;时抽经义,则名理湛深,尤觉非意所及。秀才敬服,留之甚久。一日,密祈翁曰:“君爱我良厚,顾我贫若此,君但一举手,金钱宜可立致。何不少为周给?”翁默然,似不以为可。少间,笑曰:“此大易事。但须得十数钱作母。”秀才如其请。翁乃与共入密室中，禹步作咒。俄顷，钱有数十百万，从梁间锵锵而下，势如骤雨，转瞬没膝，拔足而立，又没踝。广丈之舍，约深三四尺许。乃顾语秀才："颇厌君意否？"曰："足矣。"翁一挥，钱即划然而止。乃相与扃户出。秀才窃喜，自谓暴富。顷之，入室取用，则阿堵物皆为乌有，惟母钱十余文，寥寥尚在。秀才大失所望，盛气向翁，颇怼其诳。翁怒曰："我本与君文字交，不谋与君作贼！欲如君意，只合寻梁上君子交好耳。老夫不能承命！"遂拂衣去。

妾杖击贼

益都西鄙之贵家某者，富有巨金。蓄一妾，颇婉丽。而冢室凌折之，鞭挞横施。妾奉事之惟谨。某甚怜之，往往私语慰抚。妾殊未尝有怨言。一夜，数贼逾墙入，撞其扉几坏。某与妻惶遽丧魄，摇颤不知所为。妾起，默无声息，暗摸屋中，得挑水木杖一条，拔关遽出。群贼乱如蓬麻。妾舞杖动，风鸣钩响，击四五人仆地。贼尽靡，骇愕，乱奔墙下，急不得上，倾跌咿哑，亡魂丧命。妾拄杖于地，顾而笑曰："此等物事，不直下手打得，亦学作贼！我不汝杀，杀嫌辱我。"悉纵之逸去。某大惊，问："何自能尔？"则妾父故枪棒教师，妾尽传其技，殆不啻百人敌也。妻尤骇甚，悔向之迷于物色。由是善颜视妾，遇之反如嫡。然妾终无纤毫失礼。邻妇或谓妾曰："嫂击贼如犬豕，顾奈何俯首受挞楚？"妾曰："是吾分耳。他何敢言！"闻者益贤之。

异史氏曰："身怀绝技，居数年而人莫之知，而卒之捍患御灾，化鹰为鸠。呜呼！射雉既获，内人展笑；握槊方胜，贵主同车。技之不可以已也如是夫？"

秀才驱怪

长山徐远公，故明诸生也。鼎革后，弃儒访道。稍稍学敕勒之术，远近多耳其名。某邑一钜公，具币，致诚款书，招之以骑。徐问："召某何意？"仆辞以："不知。但嘱小人：'务屈降临'耳。"徐乃行。至，则宴馔盛设，礼遇甚恭，然终不道其致迎之旨。徐不耐，因问曰："实欲何为？幸祛疑抱。"主人辄言："无他。"但劝杯酒，言词闪烁，殊所不解。谈话之间，不觉向暮。邀徐饮园中。园构造颇佳胜，而竹树蒙翳，景物阴森，杂花丛丛，半没草莱。抵一阁，覆板上悬蛛错缀，大小上下，不可以数。酒数行，天色曛暗，命烛复饮。徐辞不胜酒。主人即罢酒呼茶。诸仆仓惶撤肴器，尽纳阁之左室几上。茶啜未半，主人托故竟去。仆人便持烛引宿左室。烛置案上，遽返身去，颇甚草草。徐疑或携襆被来伴，久之，人声殊杳，即自起扃户寝。窗外皎月，入室侵床，夜鸟秋虫，一时啾唧。心中怛然，不成梦寝。顷之，板上橐橐，似踏蹴声，甚厉。俄下护梯，俄近寝门。徐骇，毛发猬立。急引被覆首，而门已豁然顿闭。徐展被角微伺之，见一物兽首人身，毛周其体，长如马鬃，深黑色，牙粲群峰，目炯双炬，及几，伏餂器中剩肴，舌一过，连数器辄罄如扫。已而趋近榻，嗅徐被。徐骤起，翻被幂怪头，极力按之，狂喊。怪出不意，惊脱，启外户窜去。徐披衣起遁，则园门外扃，不可得出。缘墙而走，择短垣逾，则主人马厩也。厩人惊，徐告之故，即就乞宿。将旦，主人使伺徐，失所在，大骇。已而得之厩中。徐出，大恨怒曰："我不惯作驱怪术。君遣我，又秘不一言。我橐中蓄如意钩，又不送达寝所，是欲死我也。"主人谢曰："拟即相告，虑君难之。初亦不知橐有藏钩。幸宥十死。"徐终怏怏，即索骑归。自是怪亦遂绝。主人宴集园中，辄笑向客曰："我不忘徐生功也。"

异史氏曰："黄狸黑狸，得鼠者雄。此非空言也。假令翻被狂喊之后，隐其所骇惧，而公然以怪之遁为已能，天下必将谓：徐生真神人不可及。"

姊妹易嫁

掖县相国毛公,家素微,其父尝为人牧牛。时邑世族张姓者,有新阡在东山之阳。或经其侧,闻墓中叱咤声曰:“若等速避去! 勿久溷贵人宅!”张闻,亦未深信。既又频得梦警曰:“汝家墓地,本是毛公佳城,何得久假?”由是家数不利。客劝徙葬吉。张听之,遂徙焉。一日,相国父牧出张家故墓,猝遇雨,匿身废圹中。已而雨益倾盆,潦水奔穴,崩淘灌注,遂溺以死。相国时尚孩童。母自诣张,愿乞咫尺地掩儿父。张征知其姓氏,大异之;行视溺死所,适当置棺处,又益骇;乃使就故圹窆焉,且令携若儿来。葬已,母偕儿诣张申谢。张一见辄喜,即留其家,教之读,以齿子弟行。又请以长女妻儿,母不敢应。张妻云:“既已有言,奈何中改?”遂订盟焉。然此女甚薄毛家,怨惭之意,形于颜色。有人或道及,辄掩其耳。每向人曰:“我死不从牧牛儿。”及亲迎,新郎入宴,彩舆在门;女掩袂向隅而哭。催之妆,不妆;劝之,亦不解。俄而新郎告行,鼓乐大作。女犹眼零雨而首飞蓬也。父止婿,自入劝女。女涕,若罔闻。怒而逼之,益哭失声。父无奈之何。又家人传白“新郎欲行”。父急出,言衣妆未竟,乞少停待。即又奔入视女,往来无停履。迁延少时,事愈急,女终无回意。父无计,周转欲自死。其次女在侧,颇非其姊,苦逼劝之。姊怒曰:“小妮子亦学人喋聒,尔何不从他去?”妹曰:“阿爹原不曾以妹子属毛郎。若以妹子属毛郎,更何须姊姊劝驾耶!”父以其言慷爽,因与伊母窃议,以次易长。母即向女曰:“忤逆婢不遵父母命。欲以儿代若姊,儿肯之否?”女慨然曰:“父母命儿往,即乞丐不敢辞。且何以见毛家郎便终当饿殍死乎?”父母闻其言,大喜,即以姊妆妆女,仓猝登车而去。入门,夫妇雅敦逑好。然女素病赤鬜,稍稍介公意。久之,浸知易嫁之说,由是益以知己德女。居无何,公补博士弟子;应秋闱试,道经王舍人店。店主人先一夕梦神曰:“明日当有毛解元来,后且脱汝于厄。”以故,晨起,专伺察东来客。及得公,甚喜,供具殊丰美,不索直。特以梦告,厚自托。公亦颇自负,私以细君发鬑鬑,虑为显者笑,富贵后念当易之。已而晓榜既揭,竟落孙山。咨嗟蹇分,懊惋丧志。心赧旧主人,不敢复由王舍,以他道归。后三年,再赴试,店主迎侯如初。公曰:“尔言初不验,殊惭祗奉。”主人曰:“君以阴欲易妻故,被冥司黜落。岂妖梦不足以践?”公愕而问故,盖别后复梦云云。公闻之,惕然悔惧,木立若偶。主人谓:“秀才宜自爱,终当作解首。”未几,果举贤书第一人;夫人发亦寻长,云鬟委绿,转更增媚。姊适里中富室儿,意气颇自高。其夫荡惰,家渐凌夷,空舍无烟火。闻妹为孝廉妇,弥增惭怍。姊妹辄避路而行。又无何,良人卒,家益落。顷之,公又擢进士。女闻之,刻骨自恨,遂忿然废身为尼。及公以宰相归,强遣女行者诣府谒问,冀有所贻。比至,夫人馈以绮縠罗绢若干匹,以金纳其中,而行者不知也。携归见师,师失所望,恚曰:“与我金钱,尚可作薪米费,此等仪物,我何须乎尔!”遂令将回。公及夫人疑之。及启视,而金俱在,方悟见却之意。发金笑曰:“汝师百余金尚不能任,焉有福泽从我老尚书也!”遂以五十金付尼去,曰:“将去,作尔师用度。多恐福薄人难承荷也。”行者归,具以告。师哑然自叹。念生平所为,辄自颠倒,美恶避就,繄岂由人耶?后店主以人命事逮系囹圄,公为力解,释罪。而夫人家亦时周其姊云。

异史氏曰:“张公故墓,毛氏佳城,斯已奇矣。余闻时人有‘大姨夫作小姨夫,前解元为后解元’之戏,此岂慧黠者所能较计耶?呜呼!彼苍者天,久不可问,何至毛公,其灵应如响?”

续黄粱

福建曾孝廉高捷南宫时,与二三新贵遨游郊郭。偶闻毗庐禅院寓一星者,因并骑往诣问卜。入,揖而坐。星者见其意气扬扬,稍佞谀之。曾摇箑微笑，便问："有蟒玉分否？"星者正容，许"二十年太平宰相"。曾大悦，气益高。值小雨，乃与游侣避雨僧舍。舍中一老僧，深目高鼻，坐蒲团上，偃蹇不为礼。众一举手，登榻自话。群以宰相贺曾。曾心气殊高，便指同游曰："某为宰相时，推张年丈作南抚；家中表为参、游；我家老苍头，亦得小千把。于愿足矣。"一座大笑。俄闻门外雨益倾注，曾倦伏榻间。忽见有二中使，赍天子手诏，召曾太师决国计。曾得意荣宠，亦乌知其非有也，疾趋入朝。天子前席，温语良久，命三品以下听其黜陟，不必奏闻。即赐蟒服一袭，玉带一围，名马二匹。曾被服稽首以出。入家，则非旧所居第，绘栋雕榱，穷极壮丽，亦自不解何以遽至于此。捻须微呼，则应诺雷动。俄而，公卿进海物，伛偻足恭者叠出其门。六卿来，倒屣而迎；侍郎辈，揖与语；下此者，颔之而已。晋抚馈女乐十人，皆是好女子。其尤者，为袅袅，为仙仙，二人尤蒙宠顾。科头休沐，日事声歌。一日，念微时尝得邑绅王子良周济，我今置身青云，渠尚蹉跎仕路，何不一引手？早旦一疏，荐为谏议。即奉谕旨，立行擢用。又念郭太仆曾睚眦我，即传吕给谏及侍御陈昌等，授以意旨。越日，弹章交至，奉旨削职以去。恩怨了了，颇快心意。偶出郊衢，醉人适触卤簿，即遣人缚送京尹，立毙杖下。接第连阡者皆畏势，献沃产。自此富可埒国。无何，而袅袅、仙仙以次殂谢。朝夕遐想，忽忆曩年见东家女绝美，每思购充媵御，辄以绵薄违夙愿，今日幸可适志。乃使干仆数辈，强纳资于其家。俄顷，藤舆舁至，则较昔之望见时尤艳绝也。自顾生平，于愿斯足。又逾年，朝士窃窃，似有腹非之者，曾亦高心盛气，不以置怀。有龙图学士包拯上疏，其略曰："窃以曾某，原一饮赌无赖市井小人。一言之合，荣膺圣眷。父紫儿朱，恩宠为极。不思捐躯摩顶，以报万一，反恣胸臆，擅作威福。可死之罪，擢发难数！朝廷名器，居为奇货，量缺肥瘠，为价重轻。因而公卿将士，尽奔走于门下，估计夤缘，俨如负贩，仰息望尘，不可算数。或有杰士贤臣，不肯阿附，轻则置之闲散，重则褫以编氓。甚且一臂不祖，辄连鹿马之奸；片语方干，远窜豺狼之地。朝士为之寒心，朝廷因而孤立。又且平民膏腴，任肆蚕食；良家女子，强委禽妆。沴气冤氛，暗无天日！奴仆一到，则守、令承颜；书函一投，则司、院枉法。或有厮养之儿，瓜葛之亲，出则乘传，风行雷动。地方之供给稍迟，马上之鞭挞立至。荼毒人民，奴隶官府，扈从所临，野无青草。而某方炎炎赫赫，怙宠无悔。召对方承于阙下，萋菲辄进于君前；委蛇才退于自公，声歌已起于后苑。声色狗马，昼夜荒淫，国计民生，罔存念虑。世上宁有此宰相乎！内外骇讹，人情汹汹，若不急加斧锧之诛，势必酿成操莽之祸。臣拯夙夜祗惧，不敢宁处，冒死列款，仰达宸听。伏祈断奸佞之头，籍贪冒之产，上回天怒，下快舆情。如果臣言虚谬，刀锯鼎镬，即加臣身。”云云。曾闻之，气魄悚骇，如饮冰水。幸而皇上优容，留中不发。又继而科道九卿交章劾奏，即昔之拜门墙、称假父者，亦反颜相向。乃奉旨籍家，充云南军。子任平阳太守，已差员前往提问。曾闻旨，方惊怛无措，旋有武士数十人，带剑操戈，直抵内寝，褫其衣冠，与妻并系。俄见数夫运资于庭，金银钱钞数百万，珠翠瑙玉数百斛，幄幕帘榻之属又数千事；以至儿襁女舄，遗坠庭阶。曾一一视之，酸心刺目。又俄而一人掠美妾出，披发娇啼，玉容无主。悲火烧心，愤不敢言。俄楼阁仓库并已封志。立叱曾出。监者牵曳，夫妻吞声就道，求一下驷劣车，少作代步，亦不可得。十里外，妻足弱欲倾跌，曾时以一手相扶引。又十余里，己亦困惫，欻见高山直插霄汉，自忧不能登越，时挽妻相对泣。而监者狞目视之，不容稍停。又顾斜日已坠，无可投止，不得已，参差蹩躠而行。比至山腰，妻力已尽，泣坐路隅。曾亦憩止，任监者叱骂。忽闻百声齐噪，有群盗各操利刃，跳踉而至。监者大骇，逸去。曾长跪，言：“孤身远谪，橐中无长物。”哀求宥免。群盗裂眦宣言：“我辈皆被害冤民，只祈得佞贼头，他无索取！”曾怒叱曰：“我虽待罪，乃朝廷命官，贼子何敢尔！”贼怒，以巨斧挥曾头。觉头坠地作声。魂方骇疑，即有二鬼来，反接其手，驱之行。行逾数刻，入一都会。顷之，睹宫殿，殿上有丑形王者，凭几决罪福。曾前，匍匐听命。王者阅卷，才数行，即震怒曰："此欺君误国之罪，宜置油鼎！"万鬼群和，声如雷霆。即有巨鬼捽至墀下。见鼎高七尺许，四围炽炭，鼎足皆赤。曾觳觫哀号，窜迹无路。鬼以左手抓发，右手握踝，抛置鼎中。觉块然一身，随油波而上下，皮肉焦灼，痛彻于心；沸油入口，煎烹肺腑。念欲速死，而万计不能得死。约食时，鬼方以巨叉取曾出，复伏堂下。王又检册籍，怒曰："倚势凌人，合受刀山狱！"鬼复捽去。见一山不甚广阔，而峻峭壁立，利刃纵横，乱如密笋。先有数人胃肠刺腹于其上，呼号之声惨绝心目。鬼促曾上，曾大哭退缩。鬼以毒锥刺脑，曾负痛乞怜。鬼怒，捉曾起，望空力掷。觉身在云霄之上，晕然一落，刀交于胸，痛楚不可言状。移时，身躯重赘，刀孔渐阔；忽焉脱落，四肢蠖屈。鬼又逐以见王。王命会计生平卖爵鬻名、枉法霸产，所得金银几何。即有髯须吏持筹握算曰："三百三十一万。"王曰："彼既积来，还令饮去。"少间，取金钱堆阶上，如小丘陵，渐入釜中，熔以烈火。鬼使数辈，更相以杓灌其口，流颐则皮肤臭裂，入喉则脏腑腾沸。生时患此物之少，是时又患此物之多也。半日方尽。王者令押去甘州为女。行数步，见架上铁梁，围可数尺，绾一火轮，其大不知几百由旬，焰生五采，光耿云霄。鬼挞使登轮。方合眼跃登，则轮随足转，似觉倾坠，遍体生凉。开目自顾，身已婴儿，而又女也。视其父母，则悬鹑败絮，土室之中，瓢杖犹存。心知为乞人子。日随乞儿托钵，腹辘辘然常不得一饱，着败絮，风常刺骨。十四岁，鬻于顾秀才备媵妾，衣食粗足自给。而冢妇悍甚，日以鞭棰从事，辄以赤铁烙胸乳。幸而良人颇怜爱，稍自宽慰。东邻恶少年忽逾垣来，逼与私。乃自念：前身恶孽，已被鬼责，今那可复尔！于是大声疾呼。良人与嫡妇尽起，恶少年始窜去。居无何，秀才宿诸其室。枕上喋喋，方自诉冤苦。忽震厉一声，室门大辟，有两贼持刀入，竟决秀才首，囊括衣物。但蒙首团伏被底，不敢作声。既而贼去，乃喊奔嫡室。嫡大惊，相与泣验，遂疑妾引奸夫杀良人。因以状白刺史。刺史严鞫，竟以酷刑定罪案，依律凌迟处死，系赴刑所。胸中冤气扼塞，距踊声屈，觉九幽十八狱无此黑暗也。正悲号间，闻同游者呼曰："兄梦魇耶？"曾豁然而寤，见老僧犹跏趺坐上。同侣竞相谓曰："日暮腹枵，何久酣睡？"曾乃惨淡而起。僧微笑曰："宰相之占验否？"曾亦惊异，拜而请教。僧云："修德行仁，火坑中有青莲也。山僧何知焉！"曾盛气而来，不觉丧气而返。台阁之想，由此淡焉。入山学道，不知所终。

异史氏曰："福善祸淫，天之常道。闻作宰相而忻然于中者，必非喜其鞠躬尽瘁可知矣。是时，方寸中宫室妻妾无所不有。然而梦固为妄，想亦非真。彼以虚作，神以幻报。黄粱将熟，此梦在所必有，当以附之邯郸之后。"

小猎犬

山右卫中堂为诸生时，厌冗扰，徙斋僧院。苦室中蜰虫蚊蚤甚多，竟夜不成眠。食后偃息在床，忽一小武士，首插雉尾，身高两寸许，骑马大如蜡，臂上青鞲，有鹰如蝇，自外而入。盘旋室中，行且驶。公方凝注，忽又一人入，装亦如前，腰束小弓矢，牵猎犬如巨蚁。又俄顷，步者、骑者纷纷来，以数百辈，鹰亦数百臂，犬亦数百头。有蚊蝇飞起，纵鹰腾击，尽扑杀之。猎犬登床缘壁，搜噬虱蚤，凡罅之所伏藏，嗅之无不出者。顷刻之间，决杀殆尽。公伪睡，睨之，鹰集犬窜于其身。既而一黄衣人，着平天冠，如王者，登别榻，系驷苇篾间。从骑皆下，献飞献走，纷集盈侧。亦不知作何语。无何，王者登小辇。卫士仓皇，各命鞍马。万蹄攒奔，纷如撒菽；烟飞雾腾，斯须散尽。公历历在目，骇诧不知所由。蹑履外窥，渺无迹响，返身周视，都无所见，惟壁砖上遗一细犬。公急捉之，甚驯。置砚匣中，反复瞻玩。毛极细茸，项上有一小环。饲以饭颗，一嗅辄弃去。跃登床榻，寻衣缝，啮杀虮虱。旋复来伏卧。逾宿，公疑其已去，视之，则盘伏如故。公卧，则登床箦，遇虫辄啖龁。蚊蝇无敢落者。公爱之甚于拱璧。一日，昼卧，犬潜伏身畔。公醒转侧，觉有物压于腰底，固疑是犬，急起视之，已扁而死，如纸剪成者然。然自是壁虫无噍类矣。

棋　鬼

杨州督统将军梁公，解组乡居，日携棋酒，游翔林丘间。会九日登高，与客弈。忽有一人来，逡巡局侧，眈玩不去。视之，面目寒俭，悬鹑结焉。然意态温雅，有文士风。公礼之，乃坐，亦殊㧑谦。公指棋谓曰："先生当必善此。何弗与客对垒？"其人逊谢移时始就局。局终而负，神情懊热，若不自已。又着，又负，益惭愤。酌之以酒，亦不饮，惟曳客弈。自晨至于日昃，不遑溲溺。方以一子争路，两互喋聒。其人忽离席悚立，神色惨沮，屈膝公前，稽颡祈救。公骇疑，起扶之曰："戏耳！何至是？"其人曰："祈嘱圉人，勿缚小生颈。"公又异之，问："圉人为谁？"曰："马成。"先是：公圉役马成者走无常，常十数日一入幽冥，摄牒作勾役。公以其言异，遂使人往视成，则僵卧已二日矣。公乃叱："成不得无礼！"瞥然间，其人即地而灭。公叹咤良久，乃悟其鬼。越日，马成寤，公召诘之。成曰："彼湖襄人，癖嗜弈，产荡尽。父忧之，闭置斋中，辄逾垣出，窃引空处与弈者狎。父闻，诟詈，终不可止。父愤悒，赍恨而死。阎摩王以其不德，促其年寿，罚入饿鬼狱，于今七年矣。会东岳凤楼成，下牒诸府，征文人作碑记。冥王出之狱中，使应召自赎。不意中道迁延，大愆限期。岳帝使直曹问罪于王，王怒，使小人辈罗搜之。前承主人命，故未敢以缧绁系之。"公问："今日作何状？"曰："仍付狱吏，永无生期矣。"公叹曰："癖之误人也如是夫！"

异史氏曰："见弈遂忘其死；及其死也，见弈又忘其生。非所欲有甚于生者哉？然癖嗜如此，尚未获一高着，徒令九泉下有长死不生之弈鬼也。可哀也已。”

辛十四娘

广平冯生,少轻脱,纵酒。昧爽偶行,遇一少女,着红帔,容色娟好,从小奚奴,蹑露奔波,履袜沾濡。心窃好之。薄暮醉归,道侧故有兰若,荒废已久,有女子自内出,则向丽人也。忽见生来,即转身入。阴念丽者何得在禅院中?系驴于门,往觇其异。入则断垣零落,阶上细草如毡。正彷徨间,一颁白叟出,衣帽整洁,问客何来。生曰:“偶过古刹,欲一瞻仰。翁何至此?”叟曰:“老夫流寓无所,暂借此安顿细小。既承宠降,有山茶,可以当酒。”乃肃生入。见殿后一院,石路光明,无复蓁莽。入其室,则帘幌床幕,香雾喷人。坐展姓字,云:“蒙叟姓辛。”生乘醉遽问曰:“闻有女公子未适良匹,窃不自揣,愿以镜台自献。”辛笑曰:“容谋之荆人。”生即索笔为诗曰:“千金觅玉杵,殷勤手自将。云英如有意,亲为捣元霜。”主人笑付左右。少间,有婢与辛耳语。辛起,慰客耐坐,乃牵幕入。隐约三数语即趋出。生意必有佳报,而辛乃坐与嗢噱,不复有他言。生不能忍,问曰:“未审意旨,幸释疑抱。”辛曰:“君卓荦士,倾风已久。但有私衷,所不敢言耳。”生固请之。辛曰:“弱息十九人,嫁者十二,有醮命任之荆人,老夫不与焉。”生曰:“小生只要得今朝领小奚奴带露行者。”辛不应。相对默然。闻房内嘤嘤腻语,生乘醉搴帘曰:“伉俪既不可得,当一见颜色,以消吾憾。”内闻钩动,群立愕顾。果有红衣人,振袖倾鬟,亭亭拈带。望见生入,遍室张皇。辛怒,命数人捽生出。酒愈涌上,倒蓁芜中。瓦石乱落如雨,幸不着体。卧移时,听驴子犹龁草路侧,乃起跨驴,踉跄而行。夜色迷闷,误入涧谷,狼奔鸱叫,竖毛寒心。踟蹰四顾,并不知为何所。遥望苍林中灯火明灭,疑必村落,竟驰投之。仰见高闳,以策挝门。内有门者曰:“何处郎君,半夜来此?”生以失路告。门者曰:“待达主人。”生累足鹄竢,忽闻振管辟扉,一健仆出,代生捉驴。生入,见室甚华好,堂上张灯火。少坐,有妇人出,问客姓氏。生具以告。逾刻,青衣数人,扶一老妪出,曰:“郡君至。”生起立,肃身欲拜,妪止之。坐谓生曰:“尔非冯云子之孙耶?”生曰:“然。”妪曰:“子当是我弥甥。老身钟漏并歇,残年向尽,骨肉之间,殊所乖阔。”生曰:“儿少失怙,与我祖父处者,十不识一焉。素未拜省,祈便指示。”妪曰:“子自知之。”生不敢复问,坐对悬想。妪曰:“甥深夜何得来此?”生以胆力自矜诩,遂一一历陈所遇。妪笑曰:“此大好事。况甥名士,殊不玷于姻娅,野狐精何得强自高!甥勿虑,我能为若致之。”生谢唯唯。妪顾左右曰:“我不知辛家女儿遂如此端好!”青衣人曰:“渠有十九女,都翩翩有风格。不知官人所欲聘者行几。”生曰:“年约十五余矣。”青衣曰:“此是十四娘。三月间,曾从阿母寿郡君,何忘却?”妪笑曰:“是非刻莲瓣为高履,实以香屑,蒙纱而步者乎?”青衣曰:“是也。”妪曰:“此婢大会作意弄媚巧。然果窈窕,阿甥赏鉴不谬。”即谓青衣曰:“可遣小狸奴唤之来。”青衣应诺去。移时入白:“呼得辛家十四娘至矣。”旋见红衣女子,望妪伏拜。妪曳之曰:“即为我家甥妇,勿仍修婢子礼。”女子起,娉娉而立,红袖低垂。妪理其鬓发,捻其耳环,曰:“十四娘近在闺中作麽生?”女低应曰:“闲来只挑绣。”回首见生,羞缩不安。妪曰:“此吾甥也。盛意与儿作姻好,何便教迷途,终夜窜溪谷?”女俯首无语。妪曰:“我唤汝非他,欲为吾甥作伐耳!”女默默而已。妪命扫榻展裀褥,即为合卺。女腆然曰:“还以告之父母。”妪曰:“我为汝作冰,有何舛谬?”女曰:“郡君之命,父母当不敢违。然如此草草,婢子即死,不敢奉命。”妪笑曰:“小女子志不可夺,真吾甥妇也。”乃拔女头上金花一朵,付生收之。命归家检历,以良辰为定。乃使青衣送女去。听远鸡已唱,遣役持驴送生出。数步外欻一回顾,则村舍已失,但见松楸浓黑,蓬颗蔽冢而已。定想移时,乃悟其处为薛尚书墓。薛固生祖母弟,故相呼以甥。心知遇鬼,然亦不知十四娘何人。咨嗟而归。漫检历以待之,而心恐鬼约难恃。再往兰若，则殿宇荒凉。问之居人，则言寺中往往见狐狸云。阴念若得丽人，狐亦自佳。至日，除舍扫途，更仆眺望，夜半犹寂，生已无望。顷之，门外哗然。蹝履出窥，则绣幰已驻于庭，双鬟扶女坐青庐中。妆奁亦无长物，惟两长鬣奴扛一樸满，大如瓮，息肩置堂隅。生喜得丽偶，并不疑其异类。问女曰："一死鬼，卿家何帖服之甚？"女曰："薛尚书今作五都巡环使，数百里鬼狐，皆备扈从。故归时常少。"生不忘蹇修，翌日，往祭其墓。归见二青衣，持贝锦为贺，竟委几上而去。生以告女。女视之曰："此郡君物也。"邑有楚银台之公子，少与生共笔砚，颇相狎。闻生得狐妇，馈遗为馔，即登堂称觞。越数日，又折柬来招饮。女闻，谓生曰："曩公子来，我穴壁窥之，其人猿睛而鹰隼，不可与久居也。宜勿往。"生诺之。翌日，公子造问负约之罪，且献新什。生评涉嘲笑，公子大惭，不欢而散。生归，笑述于房。女惨然曰："公子豺狼，不可狎也。子不听吾言，将及于难。"生笑谢之。后与公子辄相谀剧，前却尽释。会提学试，公子第一，生第二，公子沾沾自喜，走伻来邀生饮。生辞，频召乃往。至，则知为公子初度，宾客满堂，列筵甚盛。公子出试卷示生，亲友叠肩赞赏。酒数行，乐奏作于堂下，鼓吹伧伫，宾主甚乐。公子忽谓生曰："谚云'场中莫论文'。此言今知其谬。小弟所以忝居君上者，以起处数语略高一等耳。"公子言已，一座尽赞。生醉不能忍，大笑曰："君到于今，尚以为文章至是耶？"生言已，一座失色，公子惭忿气结。客渐去，生亦遁。醒而悔之，因以告女。女不乐，曰："君诚巷曲之儇子也。轻薄之态，施之君子，则丧吾德；施之小人，则杀吾身。君祸不远矣！我不忍见君流落，请从此辞。"生惧而涕，且告之悔。女曰："如欲我留，与君约：从今闭户绝交游，勿浪饮。"生谨受教。十四娘为人，勤俭洒脱，日以纴织为事。时自归宁，未尝逾夜。又时出金帛作生计，日有赢余，辄投樸满。日杜门户，有造访者，辄嘱苍头谢去。一日，楚公子驰函来，女焚爇不以闻。越日，出吊于城，遇公子于丧者之家。捉臂苦邀，生辞以故，公子使圉人挽辔，拥捽以行。至家，立命洗腆。继辞欲退。公子要遮无已，出家姬弹筝为乐。生素不羁，一向闭置斋中，颇觉闷损，忽逢剧饮，兴顿豪，无复萦念，因而酣醉，颓卧席间。公子妻阮氏最悍妒，婢妾不敢施脂泽。日前，婢入斋中，为阮掩执，以杖击首，脑裂立毙。公子以生嘲慢，故衔生，日思所报，遂谋醉以酒而诬之。乘生醉昧，扛尸床间，合扉径去。生五更醒解，始觉身卧几上。起寻枕榻，则有物腻然，绁绊步履。摸之，人也，意主人遣僮伴睡，又蹴之，不动，掬之而僵。大骇，出门怪呼。厮役尽起，爇之，见尸，执生怒闹。公子出验之，诬生逼奸杀婢，执送广平。隔日，十四娘始知，潸然曰："早知有今日矣。"因按日以金钱遗生。生见府尹，无理可伸。朝夕搒掠，皮肉尽脱。女自诣问。生见之，悲气塞心，不能言说。女知陷阱已深，劝令诬服，以免刑宪，生泣听命。女还往之间，人咫尺不相窥。归家咨惋，遽遣婢子去。独居数日，又托媒媪购良家女，名禄儿，年已及笄，容华颇丽，与同寝食，抚爱异于群小。生认误杀，拟绞。苍头得信归，恸述不成声。女闻，坦然若不介意。既而秋决有日，女始皇皇惨动，昼去夕来无停履。每于寂所，于邑悲哀，至损眠食。一日日晡，狐婢忽来。女顿起，相引屏语。出，则笑色满面，料理门户如平时。异日，苍头至狱。生曰："寄语娘子，一往永诀。"苍头复命，女漫应之，亦不怆恻，殊落落置之。家人窃议其忍。忽道路沸传：楚银台革职，平阳观察奉特旨治冯生案。苍头闻之，喜告主母，女亦喜。即遣入府探视，则生已出狱，相见悲喜。俄捕公子至，一鞫，尽得其情。生立释宁家。归见女，泫然流涕，女亦相对怆楚。悲已而喜，然终不知何以得达上听。女笑指婢曰："此君之功臣也。"生愕，问故。先是，女遣婢赴燕都，欲达宫闱，为生陈冤抑。婢至，则宫中有神守护，徘徊御沟间，数日不得入。婢惧误事，方欲归谋，忽闻圣驾将幸大同，婢乃预往，伪作流妓。上至勾栏，极蒙宠眷。疑婢不似风尘人，婢乃垂泣。上问："有何冤苦？"婢对："妾原籍直隶广平，生员冯某之女。父以冤狱将死，遂鬻妾勾栏中。"上惨然，赐金百两。临行细问颠末，以纸笔记姓名，且言欲与共富贵。婢言："但得父子团聚，不愿华朊也。"上颔之而去。婢以此情告生。生急拜，泪眦双荧。居无几何，女忽谓生曰："妾不为情缘，何处得烦恼？君被逮时，妾奔走戚眷间，并无一人代一谋者。尔时酸衷，诚不可以告诉。今视尘俗益厌苦。我已为君蓄一良偶，可从此别。"生闻，泣伏不起。女乃止。夜遣禄儿侍生寝，生拒不纳。朝视十四娘，容光顿减；又月余，渐已衰老；半载，黯然如村妪。生敬之，终不替。女忽复言别，且曰："君自有佳侣，安用此鸠盘为？"生哀泣如前日。又逾月，女暴疾，绝食饮，羸卧闺闼。生侍汤药，如奉父母。巫医无灵，竟以溘逝。生悲怛欲绝，即以上赐金为营斋葬。数日，婢亦去。遂以禄儿为室。逾年，举一子。然比岁不登，家益落。夫妻无计，对影长愁。忽忆堂陬褛满，常见十四娘投钱于中，不知尚在否。近临之，则豉具盐盎，罗列殆满。头头置去，箸探其中，坚不可入；扑而碎之，金钱溢出。由此顿大充裕。后苍头至太华，遇十四娘骑青骡，婢子跨蹇以从，问："冯郎安否？"且言："致意主人，我已名列仙籍矣。"言讫不见。

异史氏曰："轻薄之词，多出于士类，此君子所悼惜也。余常冒不韪之名，言冤则已迂；然未尝不刻苦自励，以勉附于君子之林，而祸福之说不与焉。若冯生者，一言之微，几至杀身，苟非室有仙人，亦何能解脱囹圄，以再生于当世耶？吁！可惧哉！"

卷九

白莲教

白莲教某者，山西人，忘其姓名，大约徐鸿儒之徒。左道惑众，慕其术者多师之。某一日将他往，堂中置一盆，又一盆覆之，嘱门人坐守，戒勿启视。去后，门人启之，见盆内置清水，水上编草为舟，帆樯具焉。异而拨以指，随手倾侧，急扶如故，仍覆之。俄而师来，怒责："何违吾命?"门人力白其无。师曰："适海中舟几覆，何得欺我?"又一夕，烧巨烛于堂上，戒恪守，勿以风灭。漏二滴，师不归，儽然而殆，就床暂寐；及醒，烛已竟灭，急起爇之。既而师入，又责之。门人曰："我固不曾睡，烛何得息?"师怒曰："适使我暗行十余里，尚复云云耶?"门徒大骇。如此奇行，不可胜数。后有爱妾与门人通，师觉之，隐而不言。遣门人饲豕，门人入圈，立地化为豕。某即呼屠人杀之，货其肉，人无知者。门人父以子不归，过问之，辞以久弗至。门人家诸处探访，绝无消息。有同师者隐知其事，泄诸门人父。其父告之邑宰。宰恐其遁，不敢捕治；达于上官，请甲士千人围其第，妻子皆就执。闭置樊笼，将以解都。途经太行山，山上忽出一巨人，高与树等，目如碗，口如盆，牙长尺许。兵士愕立，不敢前行。某曰："此妖也，吾妻可以却之。"众如其言，脱其妻缚。妻荷戈往，巨人怒，吸吞之。众愈骇。某曰："既杀吾妻，是须吾子。"乃复出其子，又被吞如前状。众各对觑，莫知所为。某泣且怒曰："既杀吾妻，又杀吾子，情何以甘！然非吾自往不可也。"众果出诸樊笼，授之刃而遣之。巨人盛气而迎。格斗移时，巨人抓攫入口，伸颈咽下，从容竟去。

双　灯

魏运旺，益都之盆泉人，故世族大家也。后式微，不能供读。年二十余，废学，就岳家业酤。一夕，魏独卧酒楼上，忽闻楼下踏蹴声。魏惊起悚听。声渐近，寻梯而上，步步繁响。无何，双婢挑灯，已至榻前。后一年少书生，导一女郎，近榻微笑。魏大愕怪。转知为狐，毛发森竖，俯首不敢睨。书生笑曰："君勿见猜。舍妹与君有前因，便合奉事。"魏视书生，锦貂炫目，自惭形秽，靦颜不知所对。书生率婢子遗灯竟去。魏细视女郎，楚楚若仙，心甚悦之，然惭怍不能作游语。女郎顾笑曰："君非抱本头者，何作措大气？"遽近枕席，暖手于怀。魏始为之破颜，捋裤相嘲，遂与狎昵。晓钟未发，双鬟即来引去。复订夜约。至晚，女果至，笑曰："痴郎何福？不费一钱，得如此佳妇，夜夜自投到也。"魏喜无人，置酒与饮，赌藏枚。女子十有九赢。乃笑曰："不如妾握枚子，君自猜之，中则胜，否则负。若使妾猜，君当无赢时。"遂如其言，通夕为乐。既而将寝，曰："昨宵衾褥涩冷，令人不可耐。"遂唤婢将襆被来，展布榻间，绮縠香耎。顷之，缓带交偎，口脂浓射，真不数汉家温柔乡也。自此遂以为常。后半载，魏回家。适月夜与妻话窗间，忽见女郎华妆坐墙头，以手相招。魏近就之。女援之，逾垣而出，把手而告曰："今与君别矣。请送我数武，以表半载绸缪之意。"魏惊叩其故。女曰："姻缘自有定数，何待言也。"语次至村外，前婢挑双灯以待，竟赴南山，登高处，乃辞魏言别。魏留之不得，遂去。魏伫立彷徨，遥见双灯明灭，渐远不可睹，快郁而返。是夜山头灯火，村人悉望见之。

蹇偿债

李公著明，慷慨好施。乡人王卓，佣居公室。其人少游惰，不能操农业，家屡贫。然小有技能，常为役务，每赍之厚。时无晨炊，向公哀乞，公辄给以升斗。一日，告公曰："小人日受厚恤，三四口幸不殍饿。然何可以久？乞贷我绿豆一石作资本。"公欣然受之。卓负去，年余，一无所偿。及问之，豆资已荡然矣。公怜其贫，亦置不索。公读书于萧寺，后三年余，忽梦卓来曰："小人负主人豆直，今来投偿。"公慰之曰："若索尔偿，则平日所负欠者，何可算数？"卓愀然曰："固然。凡人少有所为，而受人千金可不报也；若无端受人资助，升斗且不容昧，况其多乎！"言已竟去。醒而疑之。既而家人白公："夜牝驴产一驹，甚修伟。"公忽悟曰："得毋驹为王卓耶？"使人探访，卓于数日前果死矣。越数日归家，见驹，戏呼王卓。驹奔赴如有知识。自此遂以为名。公乘赴青州，衡府内监见而悦之，愿以重价购之。议直未定，适公以家中急务不及待，遂归。又逾岁，驹与雄马同枥，龁折胫骨，不可疗。有牛医至公家，见之，谓公曰："乞以驹付小人，朝夕疗养，需以岁月。万一得痊，得直与公平分。"公如所请。后数月，牛医售驹，得钱四千八百，以半献。公受钱，顿悟其数适符豆价也。噫！昭昭之债，而冥冥之偿，此足以劝矣！

鬼作筵

杜秀才九畹，内人病。会重阳，为友人招作茱萸会。早兴盥已，告妻所往，冠服欲出。忽见妻昏愦，絮絮若与人语。杜异之，就问卧榻。妻辄"儿"呼之。家人心知其异。时杜有母柩未殡，疑其灵爽所凭。杜祝曰："得毋吾母耶？"妻骂曰："畜生何不识尔父！"杜曰："既为吾父，不胜他人耶，何乃归家祟儿妇？"妻呼小字曰："我专为儿妇来，何反怨怼我！儿妇应即死；有四人来勾致，首者张怀玉。我万端哀乞，甫能允遂。我许小馈送，便宜付之。"杜如言，于门外焚纸钱。妻又言曰："四人去矣。彼不好违吾面目，三日后当治具酬之。尔母老，龙钟不能料理中馈。及期尚烦儿妇一往。"杜曰："幽明殊途，安能代庖？祈望恕宥。”妻曰：“儿勿惧，去即复返。此为渠事，当毋惮劳。”言已，曰：“尽此且去。”妻即冥然，良久乃苏。杜问所言，茫不记忆。但曰：“适见四人来，欲捉我去。幸阿翁哀请，且解囊赂之，始去。我见阿翁镪袱尚余二铤，欲窃取一铤来作糊口计。翁窥见叱曰：‘尔欲何为？此物岂尔所可用耶！’我乃敛手未敢动。”杜以妻病革，疑信参半。越三日，方笑语间，忽瞪目久之，语曰：“尔妇綦贫，曩见我白金，便生觊觎。然大约以贫故，亦不足怪。将以妇去，为我敦庖务，勿虑也。”言甫毕，奄然竟毙；约半日许，始醒。告杜曰：“适阿翁呼我去，谓曰：‘不用尔操作，我烹调自有人，只须坚坐指挥足矣。我冥中喜丰满，诸物馔都覆器外，切宜记之。’我诺，至厨下，见二妇操刀砧于中，俱绀帔而绿缘之，呼我以嫂。每盛炙于簋，必请觇视，然后行去，甚是丰满。我窥其客，曩四人都在筵中。进馔既毕，酒具已列器中，翁乃命我还。”杜闻之，大愕异，每语同人云。

胡相公

莱芜张虚一者，学使张道一之仲兄也。性豪放自纵。闻邑中某氏宅，为狐狸所居，敬怀刺往谒，冀一见之。投刺隙中，移时，扉自辟。仆者大愕却退。张肃衣敬入。见堂中几榻宛然，而阒寂无人。遂揖而祝曰：“小生斋宿而来，仙人既不以门外见斥，何不敬赐光霁！”忽闻虚空中有人言曰：“劳君枉驾，可谓跫然足音矣。请坐赐教。”即见两坐自移相向，甫坐，即有镂漆朱盘，贮双茗盏悬目前。各取对饮，吸呖有声，而终不见其人。茶已，继之以酒。细审官阀，曰：“弟姓胡氏，于行为四，曰相公，从人所呼也。”于是酬酢议论，意气颇洽。鳖羞鹿脯，杂以芗蓼。进酒行炙者，似小辈甚夥。酒后颇思茶，意才少动，香茗已置几上。凡有所思，无不应念而至。张大悦，尽醉始归。自是，三数日必一访胡，胡亦时至张家，并如主客往来礼。一日，张问胡曰："南城中巫媪，日托狐神，渔病家利。不知其家狐，君识之否？"曰："彼妄耳，实无狐。"少间，张起溲溺，闻小语曰："适所言南城狐巫，未知何如人。小人欲从先生往观之，烦一言请于主人。"张知为小狐，乃应曰："诺！"即席而请于胡曰："我欲得足下服役者一二辈，往探狐巫，敬请君命。"胡固言不必。张言之再三，乃许之。既而张出，马自至，如有控者。既骑而行，狐相语于途曰："后先生于道途间，觉有细沙散落衣襟上，便是吾辈从也。"语次进城，至巫家。见张至，笑逆曰："贵人何忽得临？"张曰："闻尔家狐子大灵应，果否？"巫正容曰："若个蹀躞语，不宜贵人出得。何便言狐子？恐吾家花姊不欢。"言未已，空中发半砖来，中巫臂，踉跄欲跌。惊谓张曰："官人何得抛击老身也！"张笑曰："婆子盲也！几曾见自己额颅破，冤诬袖手者？"巫错愕不知所出，正回惑间，又一石子落，中巫，颠蹶，秽泥乱坠，涂巫面如鬼。惟哀号乞命。张请恕之，乃止。巫急起遁房中，阖户不敢出。张呼与语曰："尔狐如我狐否？"巫惟谢过。张招之，且仰首望空中，戒勿伤巫。巫始惕惕而出。张笑谕之，乃还。由是每独行于途，觉尘沙淅淅然，则呼狐语，辄应不讹。虎狼暴客，恃以无恐。如是年余，愈于莫逆。尝问其甲子，殊不自记忆，但言："见黄巢反，犹如昨日。"一夕共话，忽墙头苏然作响，其声甚厉。张异之。胡曰："此必家兄。"张言："何不邀来共坐？"曰："伊道业颇浅，只好攫得两头鸡啖，便了足耳。"张谓胡曰："交情之好，如吾两人，可云无憾；终未一见颜色，殊属恨事。"胡曰："但得交好足矣，见面何为？"一日，置酒邀张，且告别。问："将何往？"曰："弟陕中产，将归去矣。君每以对面不觌为恨，今请一识。数岁之交，他日可相认耳。"张四顾都无所见。胡曰："君试开寝室门，则弟在焉。"张如其言，推扉一觑，则内有美少年，相视而笑。衣裳楚楚，眉目如画，转瞬之间，不复睹矣。张返身而行，即有履声藉藉随其后，曰："今日释君憾矣。"张依恋不忍别。胡曰："离合自有数，何容介介。"乃以巨觥劝酒。饮至中夜，始以纱烛导张归。及明往探，则空房冷落而已。后道一先生为西川学使，张清贫犹昔，因往视弟，愿望颇奢。月余而归，甚违初意，咨嗟马上，嗒丧若失。忽一少年，骑青驴蹑其后。张回顾，见裘马甚丽，意甚骚雅，遂与闲语。少年察张不豫，诘之。张因欷歔而告以故。少年亦为慰藉。同行里许，至歧路中，少年乃拱手别曰："前途有一人，寄君故人一物，祈笑纳也。"复欲询之，驰驴径去。张莫解所由。又二三里许，见一苍头，持小簏子，献于马前曰："胡四相公敬致先生。"张豁然顿悟。受而开视，则白镪满中。及顾苍头，亦不知所之矣。

念　秧

异史氏曰：人情鬼蜮，所在皆然；南北冲衢，其害尤烈。如强弓怒马，御人于国门之外者，夫人而知之矣；或有劙囊刺橐，攫货于市，行人回首，财货已空，此非鬼蜮之尤者耶？乃又有萍水相逢，甘言如醴，其来也渐，其入也深。误认倾盖之交，遂罹丧资之祸。随机设阱，情状不一。俗以其言词浸润，名曰"念秧"。今北途多有之，遭其害者尤众。余乡王子巽者，邑诸生。有族先生，在都，为旗籍太史，将往探讯。治装北上，出济南行数里，有一人跨黑卫，驰与同行。时以闲语相引，王颇与问答。其人自言："张姓，为栖霞隶，被令公差赴都。"称谓㧑卑，祗奉殷勤。相从数十里，约以同宿。王在前，则策蹇追及；在后，则祗候道左。仆疑之，因厉色拒去，不使相从。张颇自惭，挥鞭遂去。既暮，休于旅舍，偶步门庭，则见张就外舍饮。方惊疑间，张望见王，垂手拱立，谦若厮仆，稍稍问讯。王亦以泛泛适相值，不为疑；然王仆终夜戒备之。鸡既唱，张来呼与同行，仆咄绝之，乃去。朝暾已上，王始就道。行半日许，前一人跨白卫，年四十已来，衣帽整洁；垂首蹇分，盹寐欲堕。或先之，或后之，因循十余里。王怪问："夜何作，致迷顿乃尔？"其人闻之，猛然欠伸，言："青苑人，许姓。临淄令高檠，是我中表。家兄设帐于官署，我往探省，少获馈贻。今夜旅舍，误同念秧者宿，惊惕不敢交睫，遂致白昼迷闷。”王故问：“念秧何说？”许曰：“君客时少，未知险诈。今有匪类，以甘言诱行旅，夤缘与同休止，因而乘机骗赚。昨有葭莩亲，以此丧资斧。吾等皆宜警备。”王颔之。先是，临淄宰与王有旧，王曾入其幕，识其门客果有许姓，遂不复疑。因道温凉，兼询其兄况。许约暮共主人，王诺之。仆终疑其伪，阴与主人谋，迟留不进，相失遂杳。翌日，日卓午，又遇一少年，年可十六七，骑健骡，冠服修整，貌甚都。同行久之，未尝交一言。日既夕，少年忽言曰：“前去曲律店不远矣。”王微应之。少年因咨嗟欷歔，如不自胜。王略致诘问。少年叹曰：“仆江南金姓。三年膏火，冀博一第，不图竟落孙山！家兄为部中主政，遂载细小来，冀得排遣。生平不习跋涉，扑面风沙，使人薅恼。”因取红巾拭面，叹咤不已。听其语，操南音，娇婉若女子。王心好之，稍稍慰藉。少年曰：“适先驰出，眷口久望不来，何仆辈亦无至者？日已将暮，奈何！”迟留瞻望，行甚缓。王遂先驱，相去渐远。晚投旅邸，既入舍，则壁下一床，先有客解装其上。王问主人，即有一人入，携之而出，曰：“但请安置，当即移他所。”王视之则许。王止与同舍，许遂止。因与坐谈。少间，又有携装入者，见王、许在舍，返身遽出，曰：“已有客在。”王审视，则途中少年也。王未言，许急起曳留之，少年遂坐。许乃展问邦族，少年又以途中言为许告。俄顷，解囊出资，堆累颇重；称两余付主人，嘱治肴酒，以供夜话。二人争劝止之，卒不听。俄而酒炙并陈。筵间，少年论文甚风雅。王问江南闱中题，少年悉告之。且自诵其承破，及篇中得意之句。言已，意甚不平，共扼腕之。少年又以家口相失，夜无仆役，患不解牧圉。王因命仆代摄莝豆。少年深感谢。居无何，忽蹴然曰：“生平蹇滞，出门亦无好况。昨夜逆旅与恶人居，掷骰叫呼，聒耳沸心，使人不眠。”南音呼骰为兜，许不解，固问之。少年手摹其状，许乃笑，于橐中出骰一枚，曰：“是此物否？”少年诺。许乃以骰为令，相欢饮。酒既阑，许请共掷，赢一东道主。王辞不解。许乃与少年相对呼卢。又阴嘱王曰："君勿漏言。蛮公子颇充裕，年又雏，未必深解五木诀。我赢些须，明当奉屈耳。"二人乃入隔舍。旋闻轰赌甚闹，王潜窥之，见栖霞隶亦在其中。大疑，展衾自卧。又移时，众共拉王赌。王坚辞不解。许愿代辨枭雄，王又不肯，遂强代王掷。少间，就榻报王曰："汝赢几筹矣。"王睡梦应之。忽数人排阁而入，番语啁嗻。首者言佟姓，为旗下逻捉赌者。时赌禁甚严，各大惶恐。佟大声吓王，王亦以太史旗号相抵。佟怒解，与王叙同籍，笑请复博为戏。众果复赌，佟亦赌。王谓许曰："胜负我不预闻。但愿睡，无相溷。"许不听，仍往来报之。既散局，各计筹码，王负欠颇多。佟遂搜王装橐取偿。王愤起相争，金捉王臂阴告曰："彼都匪人，其情叵测。我辈乃文字交，无不相顾。适局中我赢得若干数，可相抵；此当取偿许君者，今请易之：便令许偿佟，君偿我。弗过暂掩人耳目，过此仍以相还。终不然，以道义之交，遂实取君偿耶？"王故长厚，亦遂信之。少年出，以相易之谋告佟。乃对众发王装物，估入己橐。佟乃转索许、张而去。少年遂襆被来，与王连枕，衾褥皆精美。王亦招仆人卧榻上，各默然安枕。久之，少年故作转侧，以下体昵就仆。仆移身避之，少年又近就之。肤着股际，滑腻如脂。仆心动，试与狎，而少年殷勤甚至，衾息鸣动。王颇闻之；虽甚骇怪，而终不疑其有他也。昧爽，少年即起，促与早行。且云："君蹇疲殆，夜所寄物，前途请相授耳。"王尚无言，少年已加装登骑。王不得已，从之。骡行快，去渐远。王料其前途相待，初不为意。因以夜间所闻问仆，仆实告之。王始惊曰："今被念秧者骗矣！焉有宦室名士，而毛遂于圉仆？"又转念其谈词风雅，非念秧所能。急追数十里，踪迹殊杳。始悟张、许、佟皆其一党，一局不行，又易一局，务求其必入也。偿债易装，已伏一图赖之机；设其携装之计不行，亦必执前说篡夺而去。为数十金，委缀数百里；恐仆发其事，而以身交欢之，其术亦苦矣。后数年而有吴生之事。

邑有吴生，字安仁。三十丧偶，独宿空斋。有秀才来与谈，遂相知悦。从一小奴，名鬼头，亦与吴僮报儿善。久而知其为狐。吴远游，必与俱，同室之中，人不能睹。吴客都中，将旋里，闻王生遭念秧之祸，因戒僮警备。狐笑言："勿须，此行无不利。"至涿，一人系马坐烟肆，裘服齐楚。见吴过，亦起超乘从之。渐与吴语，自言："山东黄姓，提堂户部。将东归，且喜同途不孤寂。"于是吴止亦止，每共食必代吴偿值。吴阳感之，而阴疑焉。私以问狐，狐但言："不妨。"吴意乃释。及晚，同寻寓所，先有美少年坐其中。黄入，与拱手为礼。喜问少年："何时离都？"答云："昨日。"黄遂拉与同寓。向吴曰："此史郎，我中表弟，亦文士，可佐君子谈骚雅，夜话当不寥落。"乃出金资，治具共饮。少年风流蕴藉，遂与吴大相爱悦。饮间，辄目示吴作觞弊，罚黄，强使釂，鼓掌作笑。吴益悦之。既而史与黄谋博赌，共牵吴，遂各出橐金为质。狐嘱报儿暗锁板扉，嘱曰："倘闻人喧，但寐无吪。"吴诺。吴每掷小注则输，大注辄赢。更余，计得二百金。史、黄囊垂罄，议质其马。忽闻挝门声甚厉，吴急起，投骰于火，蒙被假卧。久之，闻主人觅钥不得，破扃启关，有数人汹汹入，搜捉博者。史、黄并言无有。一人竟捋吴被，指为博者。吴叱咄之。数人强搜吴装。方不能与之撑拒，忽闻门外舆马呵殿声。吴急出鸣呼，众始惧，曳入之，但求无声，吴乃从容苞苴付主人。卤簿既远，众乃出门去。黄与史共作惊喜状，取次觅寝。黄命史与吴同榻。吴以腰橐置枕头，方命被而睡。无何，史启吴衾，裸体入怀，小语曰："爱兄磊落，愿从交好。"吴心知其诈，然计亦良得，遂相偎抱。史极力周奉，不料吴固伟男，大为凿枘，嚬呻殆不可任，窃窃哀免。吴固求讫事。手扪之，血流漂杵矣。乃释令归。及明，史惫不能起，托言暴病，但请黄、吴先发。吴临别，赠金为药饵之费。途中语狐，乃知夜来卤簿，皆狐为也。黄于途，益谄事吴。暮复同舍，斗室甚隘，仅容一榻，颇暖洁，而吴狭之。黄曰："此卧两人则隘，君自卧则宽，何妨？"食已，径去。吴亦喜独宿可接狐友。坐良久，狐不至。倏闻壁上小扉有指弹声。吴拔关探视，一少女艳装遽入，自扃门户，向吴展笑，佳丽如仙。吴喜致研诘，则主人之子妇也。遂与狎，大相爱悦。女忽潸然泣下。吴惊问之。女曰："不敢隐匿，妾实主人遣以饵君者。曩时入室，即被掩执，不知今宵何久不至。"又呜咽曰："妾良家女，情所不甘。今已倾心于君，乞垂拔救！"吴闻骇惧，计无所出，但遣速去，女惟俯首泣。忽闻黄与主人搥阖鼎沸。但闻黄曰："我一路祇奉，谓汝为人，何遂诱我弟室？"吴惧，逼女令去。闻壁扉外亦有腾击声。吴仓卒汗如流渖，女亦伏泣。又闻有人劝止主人。主人不听，推门愈急。劝者曰："请问主人意将胡为？如欲杀耶，有我等客数辈，必不坐视凶暴。如两人中有一逃者，抵罪安可辞？如欲质之公庭耶，帷薄不修，适以取辱。且尔宿行旅，明明陷诈，安保女子无异言？"主人张目不能语。吴闻窃感佩，而不知其谁。初，肆门将闭，即有秀才共一仆，来就外舍宿。携有香酝，遍酌同舍，劝黄及主人尤殷。两人辞欲起，秀才牵裾，苦不令去。后乘间得遁，操杖奔吴所。秀才闻喧，始入劝解。吴伏窗窥之，则狐友也，心窃喜。又见主人意稍夺，乃大言以恐之。又谓女子："何默不一言？"女啼曰："恨不如人，为人驱役贱务！"主人闻之，面如死灰。秀才叱骂曰："尔辈禽兽之情，亦已毕露。此客子所共愤者！"黄及主人，皆释刀杖，长跪而请。吴亦启户出，顿大怒詈。秀才又劝止吴，两始和解。女子又啼，宁死不归内。奔出妪婢，捽女令入。女子卧地哭益哀。秀才劝主人重价货吴生。主人俯首曰："作老娘三十年，今日倒绷孩儿，亦复何说！"遂依秀才言。吴固不肯破重资；秀才调停主客间，议定五十金。人财交付后，晨钟已动，乃共促装，载女子以行。女未经鞍马，驰驱颇殆。午间，稍息憩。将行，唤报儿，不知所往。日已西斜，尚无迹响，颇怀疑讶，遂以问狐。狐曰："无忧，将自至矣！"星月已出，报儿始至。吴诘之。报儿笑曰："公子以五十金肥奸伧，窃所不平。适与鬼头计，反身索得。"遂以金置几上。吴惊问其故。盖鬼头知女止一兄，远出十余年不返，遂幻作其兄状，使报儿冒弟行，入门索姊妹。主人惶恐，诡托病殂。二僮欲质官。主人益惧,啖之以金,渐增至四十,二僮乃行。报儿具述其故,吴即赐之。吴归,琴瑟綦笃。家益富。细诘女子,曩美少年即其夫,盖史即金也。袭一槲绸帔,云是得之山东王姓者。盖其党羽甚众,逆旅主人,皆其一类。何意吴生所遇,即王子巽连天叫苦之人,不亦快哉。旨哉古言:"善骑者善堕!"

泥书生

罗村有陈代者,少蠢陋。娶妻颇丽。自以婿不如人,郁郁不得志。然贞洁自持,姑媳亦相安。一夕独宿,忽闻风动扉开,一书生入,脱衣巾,就妇共寝。妇骇惧,苦相拒。而肌肤顿爽,听其狎亵而去。自此恒无虚夕。月余,形容枯瘁。母怪问之,初惭怍不好言;固问,始以情告。母骇曰:"此妖也!"百术为之禁咒,终不能绝。乃使代伏匿室中,操杖以伺。夜分,书生果复至,置冠几上,又脱袍服搭椸架上。才欲登榻,忽惊曰:"咄咄! 有生人气!"急复披衣。代暗中暴起,击中腰胁,塔然作响。四壁张顾,书生已杳。束薪爇照,泥衣一片堕地上,案上泥巾犹存。意是庙中土偶,遍视近村诸神祠,皆无缺巾破衣者。然自此遂绝不复来。其妻亦渐复其初矣。

土地夫人

窎桥王炳者,出村,见土地祠中出一美人,顾盼甚殷。挑以亵语,欢然乐受。狎昵无所,遂期夜奔。炳因告以居止。至夜果至,极相爱悦。问其姓名,固不以告。由此往来不绝。时炳与妻同榻,美人亦必来与交,妻竟不觉其有人。炳讶问之。美人曰:"我土地夫人也。"炳大骇,急欲绝之,而百计莫能阻。因循半载,炳惫不起。美人来更频,家人都见之。未几,炳死,而美人犹日一至。炳妻叱之曰:"淫鬼不自羞! 人已死矣,复来何为?"美人遂去不返。土地虽小，亦神也，岂有任妇自奔者？愦愦应不至此。不知何物淫昏，遂使千古下，谓此村有污贱不谨之神。冤矣哉！

寒月芙蕖

稷下道人者，不知何许人，亦不详其姓氏。冬夏惟着一单袷衣，系黄绦，别无裤襦。每用半梳梳发，即以齿衔髻如冠状。日赤脚行市上，夜卧街头，离身数尺外，冰雪尽融。初来，辄对人作幻剧，市人争贻之。有井曲无赖子，遗以酒，求传其术，弗许。遇道人浴于河，骤抱其衣以胁之。道人揖曰："请以赐还，当不吝术。"无赖恐其绐，固不肯与。道人曰："果不相授耶？"曰："然。"道人默不与语。俄见黄绦化为蛇，围可数握，绕其身五六匝，怒目昂首，吐舌相向。无赖大惊，长跪，色青气促，惟言乞命。道人乃取绦。绦竟非蛇，另有一蛇，蜿蜒入城去。由是，道人之名益著。缙绅家闻其异，招与游，从此往来乡先生门。司道俱耳其名，每宴集，辄以道人从。一日，道人请于水面亭，报诸宪之饮。至期。各于案头得道人速客函，亦不知所由至。诸客赴宴所，道人伛偻出迎。既入，则空庭寂然，几榻未设，众疑其妄。道人顾官宰曰："贫道无僮仆，烦借扈从，少代奔走。"官宰共诺之。道人于壁上绘双扉，以手挝之。内有应门者，振管而启，共趋觇望，则见憧憧往来于其中，屏幔床几，一切都有。即有人一一传送门外。道人命隶胥辈接列亭中，且嘱勿与内人交语。两相授受，惟顾而笑。顷刻，陈设满庭，穷极奢丽。既而旨酒散馥，热炙腾熏，皆自壁中传递而出。坐客无不骇异。亭故背湖水，每六月时，荷花数十顷，一望无际。宴时方隆冬，窗外茫茫，惟有烟绿。一官偶叹曰："此日宴集，可惜无荷花点缀！"众俱唯唯。少顷，一青衣吏奔白："荷叶满塘矣！"一座尽惊。推窗眺瞩，果见弥望青葱，间以菡萏。转瞬间，万枝千朵，一齐都开，朔风吹来，荷香沁脑。群以为异。遣吏人荡舟采莲。遥见吏人入花深处；少间返棹，白手来见。

官诘之。吏曰:“小人乘舟去,见花在远际;渐至北岸,又转遥遥在南荡中。”道人笑曰:“此幻梦之空花耳。”无何酒阑,荷亦凋谢;北风骤起,摧折荷盖,无复存者。济东观察公甚悦之,携归署,日与狎玩。一日,公与客饮,道人亦在座。公故有家传良酝,每以一斗为率,不肯供浪饮。是日,客饮而甘之,固索倾酿。公坚以既尽为辞。道人笑谓客曰:“君必欲满老饕,索之贫道而可。”客请之。道人以壶入袖中。少刻出,遍斟座上,与公所藏更无殊别。尽欢始罢。公甚疑焉,入视酒瓻,则封固宛然,而空无物矣。心窃愧怒,执以为妖,笞之。杖才加,公觉股暴痛;再加,臀肉欲裂。道人虽声嘶于阶下,而观察实血殷于座上。乃止不笞,逐之令去。道人遂离济南,不知所往。后有人遇于金陵,衣装如故。问之,笑而不言。

酒　狂

缪永定,江西拔贡生。素酗于酒,戚党多畏避之。偶适族叔家,缪为人滑稽善谑,客与语,悦之,遂共酣饮。缪醉,使酒骂座,忤客。客怒,一座大哗。叔以身左右排解。缪谓左袒客,又益迁怒于叔。叔无计,奔告其家。家人来,扶捽以归。才置床上,四肢尽厥,抚之奄然气尽。缪死,有皂帽人縶去。至一府署,缥碧为瓦,世间无其壮丽。至墀下,似欲伺见官宰。自思我罪伊何,当是客讼斗殴。回顾皂帽人,怒目如牛,又不敢问。然自度贡生与人角口,或无大罪。忽堂上一吏宣言,使讼狱者翌日早候。于是堂下人纷纷藉藉,各鸟兽散。缪亦随皂帽人出,更无归着,缩首立肆檐下。皂帽人怒曰:“颠酒无赖子!日将暮,各去寻眠食,尔欲何往?”缪战栗曰:“我且不知何事,并未告家人,故毫无资斧,庸将焉归?”皂帽人曰:“颠酒贼!若酤自啖,便有用度!再支吾,老拳碎颠骨子!”缪垂首不敢作声。忽一人自户内出。见缪,诧异曰:“尔何来?”缪视之,则其母舅。舅贾氏,死已数载。缪见之,始恍然悟其已死,心益悲惧。向舅涕零曰:“阿舅救我!”贾顾皂帽人曰:“东灵非他,屈临寒舍。”二人乃入。贾重揖皂帽人,且嘱青眼。俄顷出酒食,团坐相饮。贾问:“舍甥何事,遂烦勾致?”皂帽人曰:“大王驾诣罗浮君,遇令甥醉詈,使我捉得来。”贾问:“见王未?”曰:“罗浮君会花子案,驾未归。”又问:“阿甥将得何罪?”答云:“未可知也。然大王颇恶此辈。”缪在侧,闻二人言,觳觫汗下,杯箸不能举。无何,皂帽人起谢曰:“叨盛酌,已竟醉矣。即以令甥相付托,驾归再容登访。”乃去。贾谓缪曰:“甥别无兄弟,自幼尔父母爱如掌上珠,常不忍一诃谴。汝十六七岁时,每三杯后,喃喃寻人疵不休,辄挞门裸骂,犹谓稚齿。不意别十余年,了无长进。今且奈何?”缪伏地哭,惟言悔无及矣。贾曳之曰:“舅在此业酤,颇有小声望,必合极力。适饮者乃东灵使者,舅常饮之酒,与我颇相善。大王日有万几,亦未必便能记忆。我委曲与言,浼以私意释汝去,或可允从。”又转念曰:“此事担负颇重,非十万不能了也。”缪谢,锐然自任。诺之。次日,皂帽人早来瞻望。贾请间,语移时,来谓缪曰:“谐矣。少顷即复来。我先罄所有,用以押券;余待甥归,从容凑致之。”缪喜曰:“共得几何?”曰:“十万。”缪曰:“甥何处得如许?”贾曰:“只金箔纸钱百提足矣。”缪喜曰:“此易办耳。”待将停午,皂帽人不至。缪欲出市上少游瞩。贾嘱勿远荡,诺而出。见街里贸贩,一如人世。至一所,棘垣峻绝,似是囹圄。对门一酒肆,纷纷者往来颇夥。肆外一带长溪,黑潦涌动,深不见底。方伫足窥探,肆内一人呼曰:“缪君何来?”缪急视之,则邻村翁生,故十年前文字交。趋出握手,欢若平生。即就肆内小酌,各道契阔。缪庆幸中又逢知己,倾怀尽爵,不觉酣醉,顿忘其死,旧态复作,渐絮絮瑕疵翁。翁曰:“数载不见,君犹尔耶!”缪素厌人道其酒德,闻翁言益愤,击桌顿骂。翁睨之,拂袖竟出。缪追至溪头,捋翁帽。翁怒曰:“此真妄人!”乃推缪颠堕溪中。溪水殊不甚深,而水中利刃如麻,刺穿胁胫,坚难动摇,痛彻骨脑。黑水杂溲秽,随吸入喉,更不可过。岸上人观笑如堵,并无一引援者。时方危急,贾忽至。望见大惊,提携以归,曰:“子不可为也!死犹弗悟,不足复为人!请仍从东灵受斧锧。”缪大惧,泣言:“知罪矣!”贾乃曰:“适东灵至,候汝为券。汝乃饮荡不归。渠忙迫不能待。我已立券,付千缗令去;余者以旬尽为期。子归宜急措置,夜于村外旷莽中,呼舅名焚之,此愿可结也。”缪悉应之。乃促之行。送于郊外,又嘱曰:“必勿食言,累我无益。”乃示途令归。时缪已僵卧三日,家人谓其醉死,而鼻气隐隐如悬丝。是日苏,大呕,呕出黑渖数斗,臭不可闻。吐已,汗湿裀褥,气味熏腾,与吐物无异,身始凉爽。因告家人以异。旋觉刺处肿痛,隔夜成疮,犹幸不大溃腐。十日渐能杖行。家人共乞偿冥负。缪计所费,非数金不能办,颇生吝惜,曰:“曩或醉梦之幻境耳。纵其不然,伊以私释我,何敢复使冥主知?”家人劝之,不听。然心惕惕然,不敢复纵饮。里党咸喜其进德,稍稍与共酌。年余,冥报渐忘,志渐肆,故状亦渐萌。一日,饮于子姓之家,又骂主人座。主人摈斥出,阖户径去。缪噪逾时,其子方知,捋扶而归。入室,面壁长跪,自投无数,曰:“便偿尔负!便偿尔负!”言已仆地。视之,气已绝矣!

阳武侯

阳武侯薛公禄,胶州薛家岛人。父最贫,牧牛乡先生家。先生有荒田,翁牧其处,辄见蛇兔斗草莱中,以为异,因请于主人为宅兆,构茅而居。后数年,太夫人临蓐,值雨骤至,适二指挥使奉命稽海,出其途,避雨户下。见舍上鸦鹊群集,竞以翼覆漏处,异之。既而翁出,指挥问:“适何作?”翁以产告。又询所产,曰:“男也。”指挥相顾愕曰:“是必极贵!不然,何以得我两指挥护守门户也!”咨嗟而去。侯既长,垢面垂鼻涕,殊不聪慧。岛中薛姓,故隶军籍。是年应翁家出一丁口戍辽阳,翁长子深以为忧。时侯十八岁,人以大憨名,无与为婚者。忽自谓兄曰:“大哥啾唧,得毋以遣戍无人耶?”曰:“然。”侯笑曰:“若肯以婢子妻我,我当任此役。”兄喜,即以婢配之。侯即携室赴戍所。行方数十里，暴雨骤至。途侧有危崖，夫妻奔避其下。少间雨止，始复行。才及数武，崖石崩坠。居人遥望两虎跃出，逼附两人而没。侯自此勇健非常，丰采顿异。后以军功封阳武侯，世爵。至启、祯间，袭侯某公薨，无子，止有遗腹，因暂以旁支代。凡世封家进御者有娠，即以上闻，官遣媪伴守之，既产乃已。年余，夫人生女。产后，腹犹震动，凡十五年，更数媪，又生男。应以嫡派赐爵。旁支噪之，以为非薛产。官收诸媪，械梏百端，皆无异言。爵乃定。

赵城虎

赵城妪，年七十余，止一子。一日入山，为虎所噬。妪悲痛几不欲活，号啼而诉于宰。宰笑曰："虎可以官法制之耶？"妪愈号跳，不能制止。叱之，亦不畏惧。宰又怜其老，不忍加威怒，遂绐之，诺为捉虎。妪伏不去，必待勾牒出乃肯行。宰无奈之何，即问诸役："谁能任之？"一隶名李能，醺醉，诣前自言："能之。"持牒下，妪始去。隶醒而悔之，犹谓宰之伪局，姑以解妪扰耳，因亦不甚为意。持牒报缴。宰怒曰："固言能之，何容复悔？"隶窘甚，请牒拘猎户。宰从之。隶集诸猎人，日夜伏山谷，冀得一虎，庶可塞责。月余，受杖数百，冤苦罔控。遂诣东郭岳庙，跪而祝之，哭失声。无何，一虎自外来。隶错愕，恐被咥噬。虎入，殊不他顾，蹲立门中。隶祝曰："如杀某子者尔也，其俯听吾缚。"遂出缧索系虎颈，虎帖耳受缚。牵达县署，宰问虎曰："某子，尔噬之耶？"虎颔之。宰曰："杀人者死，古之定律。且妪止一子，而汝杀之，彼残年垂尽，何以生活？倘尔能为若子也，我将赦汝。"虎又颔之。乃释缚令去。妪方怨宰之不杀虎以偿子也，迟旦，启扉，则有死鹿。妪货其肉革，用以资度。自是以为常，时衔金帛掷庭中。妪从此致丰裕，奉养过于其子。心窃德虎。虎来，时卧檐下，竟日不去。人畜相安，各无猜忌。数年，妪死，虎来吼于堂中。妪素所积，绰可营葬，族人共葬之。坟垒方成，虎骤奔来,赴冢前,嗥鸣雷动,移时乃去。土人立“义虎庙”于东郭,至今犹存。

武 技

李超,字魁五,淄之西鄙人,豪爽好施。偶一僧来托钵,李饱啖之。僧甚感荷,乃曰:“吾少林出也。有薄技,请以相授。”李喜,馆之客舍,丰其供给,旦夕从学。三月,艺颇精,意甚得。僧问:“汝益乎?”曰:“益矣。师所能者,我已尽能之。”僧笑命李试其技。李乃解衣唾手,如猿飞,如鸟落,腾跃移时,诩诩然交叉而立。僧又笑曰:“可矣。子既尽吾能,请一角低昂。”李忻然,即各交臂作势。既而支撑格拒,李时时蹈僧瑕,僧忽一脚飞掷,李已仰跌丈余。僧抚掌曰:“子尚未尽吾能也!”李以掌致地,惭沮请教。又数日,僧辞去。李由此以武艺名,遨游南北,罔有其对。偶适历下,见一少年尼僧,弄艺于场,观者填溢。尼告众人曰:“颠倒一身,殊觉冷落。有好事者,无妨下场一扑为戏。”如是宣言者三,众相顾,迄无应者。李在侧,不觉技痒,意气而进。尼便笑与合掌。才一交手,尼便呵止曰:“此少林宗派也。”即问:“尊师何人?”李初不言,尼固诘之,乃以僧告。尼拱手曰:“憨和尚尔师耶?若尔,不必较手足,愿拜下风。”李请之再四,尼不可。众怂恿之,尼乃曰:“既是憨师弟子,同是个中人,无妨一戏。但两相会意可耳。”李诺之。然以其文弱,颇易之;又年少心性喜胜,思欲败之,以要一日之名。方颉颃间,尼即遽止。李问其故,但笑不言。李以为怯,固请再角。尼乃起。少间,李腾一踝去,尼骈五指下削其股,李觉膝下如中刀斧,蹶踣不能起。尼笑谢曰:“孟浪迕客,幸勿罪!”李舁归,月余始愈。后年余,僧复来,为述往事。僧惊曰:“汝大卤莽!惹他何为!幸先以我名告之,不然,股已断矣!”

王阮亭云:“此尼亦殊,踪迹不可测。”

又云："拳勇之技，少林为外家，武当张三峰为内家。三峰之后，有关中人王宗。宗传温州陈州同。州同，明朝嘉靖间人。故今两家之传，盛于浙东。顺治中，王来咸，字征南，其尤著者，蕲人也。雨窗无事，读李超事始末，因识于后。征南之徒，又有僧尼僧耳者，皆僧也。"

小　人

康熙间，有术人携一榼，榼藏小人，长尺许。投以钱，则启榼令出，唱曲而退。至掖，掖宰索榼入署，细审小人出处。初不敢言，固诘之，始自述其乡族。盖读书童子，自塾中归，为术人所迷，复投以药，四体暴缩，彼遂携之，以为戏具。宰怒，杖杀术人。

秦　生

莱州秦生，制药酒，误投毒味，未忍倾弃，封而置之。积年余，夜适思饮，而无所得酒。忽忆所藏，启封嗅之，芳烈喷溢，肠痒涎流，不可制止。取盏将尝，妻苦劝谏。生笑曰："快饮而死，胜于馋渴而死多矣。"一盏既尽，倒瓶再酌。妻覆其瓶，满屋流溢。生伏地而牛饮之。少时，腹痛口噤，中夜而卒。妻号泣，为备棺木，行入殓。次夜，忽有美人入，身不满三尺，径就灵寝，以瓯水灌之，豁然顿苏。叩而诘之。曰："我狐仙也。适丈夫入陈家，窃酒醉死，往救而归。偶过君家，彼怜君子与己同病，故使妾以余药活之也。"言讫不见。

余友人丘行素，贡士，嗜饮。一夜思酒，而无可行沽，辗转不可复忍，因思代之以醋。谋诸妇，妇嗤之。丘固强之，乃煨醯以进。壶既尽，始解衣甘寝。次日，竭壶酒之资，遣仆代沽。道遇伯弟襄宸，诘知其故，固疑嫂不肯为兄谋酒。仆言："夫人云：'家中蓄醋无多，昨夜已尽其半，恐再一壶，则醋根断矣。'"闻者皆笑之。不知酒兴初浓，即毒药犹甘之，况醋乎？此亦可以传矣。

鸦　头

诸生王文，东昌人。少诚笃。薄游于楚，过六合，休于旅舍。偶步门外，遇里戚赵东楼，大贾也，尝数年不归。见王，相执甚欢，便邀临存。至其所，有美人坐室中，愕怪却步。赵曳之，又隔窗呼妮子去，王乃入。赵具酒馔，话温凉。王问："此何处所？"答云："此是小勾栏。余因久客，暂假床寝。"话间，妮子频来出入。王跼促不安，离席告别。赵强捉令坐。俄见一少女经门外过，望见王，秋波频转，眉目含情，仪容娴婉，实神仙也。王素方直，至此惘然若失。便问："丽者何人？"赵曰："此媪次女，小字鸦头，年十四矣。缠头者屡以重金啖媪，女执不愿，致母鞭楚，女以齿稚哀免，今尚待聘耳。"王闻言，俯首默然痴坐，酬应悉乖。赵戏之曰："君倘垂意，当作冰斧。"王怃然曰："此念所不敢存。"然日向西，绝不言去。赵又戏请之。王曰："雅意极所感佩，囊涩奈何！"赵知女性激烈，必当不允，故许以十金为助。王拜谢趋出，罄资而至，得五数，强赵致媪。媪果少之。鸦头言于母曰："母日责我不作钱树子，今请得如母所愿。我初学作人，报母有日，勿以区区放却财神去。"媪以女性拗执，但得允从，即甚欢喜。遂诺之，使婢邀王郎。赵难中悔，即加金付媪。王与女欢爱甚至。既，谓王曰："妾烟花下流，不堪匹敌，既蒙缱绻，义即至重。君罄囊博此一宵欢，明日如何？"王泫然悲哽。女曰："无悲。妾委风尘，实非所愿。顾未有敦笃可托如君者。请以宵遁。"王喜遽起，女亦起。听谯鼓已三下矣。女急易男装，草草偕出，叩主人扉。王故从双卫，托以急务，命仆便发。女以符系仆股并驴耳上，纵辔急驰，目不容启，耳后但闻风鸣。平明至汉口，税屋而止。王惊其异。女曰："言之得毋惧乎？妾实非人，乃狐耳。母贪淫，日遭虐逼，心所积懑。今幸脱苦海。百里外即非所知，可幸无患。"王略无疑畏，从容曰："室对芙蓉，家徒四壁，实难自慰，恐终见弃置。"女曰："何为虑此？今市货皆可居，三数口，淡薄亦足自给。可鬻驴以作资本。"王如言，即于门前设小肆。王与仆公同操作，卖酒贩浆其中。女作披肩，刺荷囊，日获赢余，顾赡甚优。积年余，渐能蓄婢媪。王自是不着犊鼻，但课督而已。女一日悄然忽悲，曰："今夜合有难作，奈何！"王问之。女曰："母已知妾消息，必见凌逼。若遣姊来，吾无忧，恐母自至耳。"夜已央，女自庆曰："不妨，阿姊来矣。"居无何，妮子排闼入。女笑逆之。妮子骂曰："婢子不羞，随人逃匿。老母令我缚去。"即出索子系女颈。女怒曰："从一者得何罪？"妮子益忿，捽女断衿。家中婢媪皆集。妮子惧，奔出。女曰："姊归，母必自至。大祸不远矣，可速作计。"乃急办装，将更播迁。媪忽掩入，怒容可掬，曰："我固知婢子无礼，须自来也！"女迎跪哀啼。媪不言，揪发提去。王徘徊怆恻，眠食都废。急诣六合，冀得贿赎。至则门庭如故，人物已非。问之居人，俱不知其所徙。悼丧而返。于是俵散客旅，囊资东归。后数年，偶入燕都，过育婴堂，见一儿，七八岁。仆人怪似其主，反复凝注之。王问："看儿何为？"仆笑以对。王亦笑。细视儿，风度磊落。自念乏嗣，因其肖己，爱而赎之。诘其姓字，自称王孜。王曰："子弃之襁褓，何知姓氏？"曰："本师尝言，得我时，胸前有字，书'山东王文之子'。"王大骇曰："我即王文也，乌得有子？"念必同己姓名者。心窃喜，甚爱惜之。及归，见者不问而知为王生子。孜渐长，孔武有力，喜田猎，不务生产，乐斗好杀，王亦不能箝制之。又自言能见鬼狐，悉不之信。会里中有患狐者，请孜往觇之。至则指狐隐处，令数人随指处击之，即闻狐鸣，毛血交落。由是人益异之。王一日游市廛，忽遇赵东楼，巾袍不整，形色枯黯。惊问所来。赵惨然请间。王乃偕归命酒。赵曰："媪得鸦头，横施楚掠。既北徙，又欲夺其志。女矢死不二，因囚置之。生一男，弃诸曲巷，闻在育婴堂，想已长成。此君遗体也，当往访之。"王出涕曰："天幸孽儿已归。"因述本末。又问赵曰："君何落拓至此？"赵叹曰："今而知青楼之好，不可过认真也。夫何言！"先是，媪北徙，赵以负贩从之。货重难迁者，悉以贱售。途中脚直供亿，烦费不资，因大亏损。妮子索取尤奢。数年，万金荡然。媪见床头金尽，旦夕加白眼。妮子渐寄贵家宿，恒数夜不归。赵愤激，亦无奈之何。适媪他出，鸦头自窗中呼赵曰："勾栏中原无情好，所绸缪者，钱耳。君依恋不去，将掇奇祸。"赵惧，如梦初醒。临行，窃往视女。女授书使达王，赵乃归。因以此情为王述之，即出鸦头书。书云："知孜儿已在膝下矣。妾之厄难，东楼君自能缅悉。前世之孽，夫何可言！妾幽室之中，暗无天日，鞭创裂肤，饥火煎心，易一晨昏，如历年岁。君如不忘汉上雪夜单衾，递互暖抱时，当与儿谋，必能脱妾于厄。母姊虽忍，要皆骨肉，但嘱勿致伤残，是所愿耳。"王读之，不觉泣下。乃以金帛赠赵而去。时孜年十八矣，王为述前后，因示母书。孜怒眦欲裂，即日趋装赴都。询吴媪，至则车马盈门。孜直入，妮子方与湖客饮，望见孜，愕立变色。孜骤进杀之。宾客大骇，以为寇。及视女尸，已化为狐。孜持刀径入，见媪督婢作羹。孜奔进室门，媪忽不见。孜四顾，急抽矢望屋梁射之，一狐贯心而坠，遂决其首。寻得母所，投石破扉。母子相见，哭各失声。母问媪姊，曰："已诛之矣！"母怒曰："儿何不听吾言！"因命葬郊野。孜伪诺之，剥其皮而藏之。检媪箱箧，尽卷金资，奉母而归。夫妻重谐，悲喜交至。既问媪姊，孜言："在吾囊中。"惊问之，出两革以献。母怒，骂曰："忤逆儿何得如是！"号恸自挝，转侧欲死。王极力抚慰，叱儿葬革。孜忿曰："今得安乐所，顿忘挞楚耶！"母益怒，涕不止。孜葬皮返命，始稍释。王自女归，家益盛。心德赵，报以巨金。赵始知媪母子皆狐也。孜承奉甚孝，然误触之，则恶声暴吼。女谓王曰："儿有拗筋，不刺去之，终当杀身倾产。"夜俟孜睡，潜絷其手足。孜醒曰："我无罪。"母曰："将医尔虐，其勿苦。"孜大叫，转侧不可开。女以巨针刺踝骨侧，三四分许，用力掘断，崩然有声；又于肘间脑际并如之。已乃释缚，拍令安卧。天明，奔候父母，涕泣曰："儿早夜忆昔所行，都非人类!”父母大喜。从此温和如处女,乡里贤之。

异史氏曰:“妓尽狐也,不谓有狐而妓者;至狐而鸨,则兽而禽矣。灭理伤伦,其何足怪!至百折千磨,之死靡他,此人类所难,而乃于狐也得之乎!唐太宗谓魏征饶更妩媚,吾于鸦头亦云。”

封三娘

范十一娘,𪢮城祭酒之女。少艳美,骚雅尤绝。父母钟爱之,求聘者辄令自择,女恒少所可。会上元日,水月寺中诸尼作“盂兰盆会”。是日,游女如云,女亦诣之。方随喜间,一女子步趋相随,屡望颜色,似欲有言。审视之,二八绝代姝也。悦而好之,转目盼注。女子微笑曰:“姊非范十一娘乎?”答曰:“然。”女子曰:“久闻芳名,人言果不虚谬。”十一娘亦审里居。女笑言:“妾封氏,第三,近在邻村。”把臂欢笑,词致温婉,于是大相爱悦,依恋不舍。十一娘问:“何无伴侣?”曰:“父母早逝,家中止一老妪,留守门户,故不得来。”十一娘将归,封凝眸欲涕,十一娘亦惘然,遂邀过从。封曰:“娘子朱门绣户,妾素无葭莩亲,虑致讥嫌。”十一娘固邀之。答:“俟异日。”十一娘乃脱金钗一股赠之,封亦摘髻上绿簪为报。十一娘既归,倾想殊切。出所赠簪,非金非玉,家人都不之识,甚异之。日望其来,怅然遂病。父母讯得故,使人于近村谘访之,并无知者。时值重阳,十一娘羸顿无聊,倩侍儿强扶窥园,设褥东篱下。忽一女子攀垣来窥,觇之,则封女也。呼曰:“接我以力!”侍儿从之,蓦然遂下。十一娘惊喜顿起,曳坐褥间,责其负约,且问所来。答云:“妾家去此尚远,时来舅家作耍。前言近村者,缘舅家耳。别后悬想颇苦,然贫贱者与贵人交,足未登门,先怀惭怍,恐为仆婢下眼觑,是以不果来耳。适经墙外过,闻女子语,便一攀望,冀是小姐,今果如愿。”十一娘因述病源,封亦泣下如雨。因曰:“妾来当须秘密。恐造言生事者,飞短流长,所不堪受。”十一娘诺。偕归同榻,快与倾怀。病寻愈。订为姊妹，衣服履舄，辄互易着。见人来，则隐匿夹幕间。积五六月，公及夫人颇闻之。一日，两人方对弈，夫人掩入，谛视惊曰："真吾儿友也！"因谓十一娘："闺中有良友，吾两人所欢，胡不早白？"十一娘因达封意。夫人顾谓三娘曰："伴吾儿极所欣慰，何昧之？"封羞晕满颊，默然拈带而已。夫人去，封乃告别。十一娘苦留之，乃止。一夕，自门外匆皇奔入。泣曰："我固谓不可留，今果遭此大辱！"惊问之。曰："适出更衣，一少年丈夫，横来相干，幸而得逃。如此，复何面目！"十一娘细诘形貌，谢曰："勿须怪，此妾痴兄。会告夫人，杖责之。"封坚辞欲去，十一娘请待天曙。封曰："舅家咫尺，但须一梯度我过墙耳。"十一娘知不可留，使两婢逾垣送之。行半里许，辞谢自去。婢返，十一娘伏床悲泣，如失伉俪。后数月，婢以故至东村，暮归，遇封女从老妪来。婢喜，拜问。封亦恻恻，讯十一娘兴居。婢捉袂曰："三姑过我。我家姑姑盼欲死！"封曰："我亦思之，但不乐使家人知，归启园门，我自至。"婢归，告十一娘。十一娘喜，从其言，则封已在园中矣。相见各道间阔，绵绵不寐。视婢子熟眠，乃起移与十一娘同枕，私语曰："妾固知小姐未字。以才色门第，何患无贵介婿，然纨袴儿敖不足数。如欲得佳偶，请无以贫富论。"十一娘然之。封又曰："旧年邂逅处，今复作道场，明日再烦一往，当令见一如意郎君。妾少读相人书，颇不参差。"昧爽，封即去，约候兰若。十一娘果往，封已先在。眺览一周。十一娘便约同车。携手出门，见一秀才，年可十七八，布袍不饰，而仪容俊伟。封潜指曰："此翰苑才也。"十一娘略睨之。封别曰："小姐先归，我即继至。"入暮果至，曰："我适物色甚详，其人即同里孟安仁也。"十一娘知其贫，不以为可。封曰："娘子何以堕世情哉！此人苟长贫贱者，当抉我眸子去，不复相天下土矣。"十一娘曰："且为奈何？"封曰："愿得一物，持与订盟。"十一娘曰："姊何草草！父母在，不遂如何？"封曰："妾此为，正恐其不遂耳。志若坚，生死何可夺也？"十一娘必不可。封曰："娘子姻缘已动，而魔劫未消。所以故，来报前好耳。请即以所赠金凤钗,矫命赠之。”十一娘方谋更商,封已出门去。时孟生贫而多才,意将择偶,故十八犹未聘也。是日,忽睹两艳,归涉冥想。一更向尽,封三娘款门而入。烛之,识为日中所见,喜致诘问。曰:“妾封氏,范十一娘之女伴也。”生大悦,不暇细审,遽前拥抱。封拒曰:“妾非毛遂,乃曹丘生。十一娘愿谛永好,请倩冰也。”生愕然不信。封乃以钗示生,生喜不自已,矢曰:“劳眷注若此,仆不得十一娘为妇,宁终鳏耳。”封遂去。生诘旦,浼邻媪诣范夫人。夫人贫之,竟不商女,立使却去。十一娘知之,心失所望,深怨封之误己也;而金钗难返,只须以死矢之。又数日,有某绅为子求婚,恐不谐,浼邑宰作伐。时某方居权要,范公心畏之。以问十一娘,十一娘不乐。母诘之,默默不言,但有涕泪。使人潜告夫人:非孟生,死不嫁!公闻益怒,竟许某绅家。且疑十一娘有私意于生,遂涓吉速成礼。十一娘忿不食,日惟眈卧。至亲迎之前夕,忽起揽镜自妆。夫人窃喜。俄侍女奔白:“小姐自经死!”举宅惊涕,痛悔无所复及。三日遂葬。孟生自邻媪返命,愤恨欲绝。然遥遥探访,妄冀复成。察知佳人有主,忿火中烧,万虑俱断矣。未几,闻玉瘗香埋,惝然悲丧,恨不从丽人俱死。向晚出门,意将乘昏夜一哭于十一娘之墓。欻有一人来,近之,则封三娘。向生曰:“喜姻好可就矣。”生泫然曰:“卿不知十一娘亡耶?”封曰:“我所谓可就者,正以其亡。可急唤家人发冢,我有异药能令苏。”生从之,发墓破棺,复掩其穴。生自负尸,与三娘俱归,置榻上,投以药,逾时而苏。顾见三娘,问:“此何所?”封指生曰:“此孟安仁也。”因告以故,始如梦醒。封惧漏泄,相将去五十里,避匿山村。封欲辞去,十一娘泣留作伴,使别院居。因货殉葬之饰,用为资度,亦称小有。封每遇生来,辄避去。十一娘从容曰:“吾姊妹,骨肉不啻也,然终无百年聚。计不若效英皇。”封曰:“妾少得异诀,吐纳可以长生,故不愿嫁耳。”十一娘笑曰:“世传养生术,汗牛充栋,而效者谁也?”封曰:“妾所得非人世所知。世传并非真诀,惟华陀《五禽图》,差为不妄。凡修炼家,无非欲血气流通耳。若得厄逆症，作虎形立止，非其验耶！”十一娘阴与生谋，使伪为远出者。入夜，强劝以酒，既醉，生潜入污之。三娘醒曰：“妹子害我矣！倘色戒不破，道成当升第一天。今堕奸谋，命也！”乃起告辞。十一娘告以诚意而哀谢之。封曰：“实相告：我乃狐也。缘瞻丽容，忽生爱慕，如茧自缠，遂有今日。此乃情魔之劫，非关人力。再留，则魔更生，无底止矣。娘子福泽正远，珍重自爱。”言已而逝。夫妻惊叹久之。逾年，生乡会果捷，官翰林。投刺谒范公，公愧悔不见。固请之，乃见。生入，执子婿礼，伏拜甚恭。公愧怒，疑生儇薄。生请间，具道情事。公不深信，使人探诸其家，方大惊喜。阴戒勿宣，惧有祸变。又二年，某绅以关节发觉，父子充辽海军，十一娘始归宁焉。

狐　梦

余友毕怡庵，倜傥不群，豪纵自喜。貌丰肥多髭。士林知名。尝以故至叔刺史公之别业，休憩楼上。传言楼上故多狐。毕每读青凤传，心辄向往，恨不一遇。因于楼上摄想凝思。既而归斋，日已抵暮。时暑月燠热，当户而寝。睡中有人摇之。醒而却视，则一妇人，年逾不惑，而风雅犹存。毕惊起，问其谁。曰：“我狐也。蒙君注念，心窃感纳。”毕闻而喜，投以嘲谑。妇笑曰：“妾齿加长矣，纵人不见恶，先自惭沮。有小女及笄，可侍巾栉。明宵无寓人于室，当即来。”言已而去。至夜，焚香坐伺。妇果携女至。态度娴婉，旷世无匹。妇谓女曰：“毕郎与有夙缘，即须留止。明旦早归，勿贪睡也。”毕乃握手入帏，款曲备至。事已，笑曰：“肥郎痴重，使人不堪。”未明即去。既夕自来，曰：“姊妹辈将为我贺新郎。明日即屈同去。”问：“何所？”曰：“大姊作筵主，此去不远也。”果候之，良久不至，身渐倦惰。才伏案头，女忽入曰：“劳君久伺矣。”乃握手而行。奄至一处，有大院落。直上中堂，则见灯烛荧荧，灿若星点。俄而主人至，年近二旬，淡妆绝美。敛衽称贺已，将践席，婢入白："二娘子至。"见一女子入，年可十八九，笑向女曰："妹子已破瓜矣。新郎颇如意否？"女以扇击背，白眼视之。二娘曰："记儿时与妹相扑为戏，妹畏人数肋骨，远呵手指，即笑不可耐。便怒谓我当嫁僬侥国小王子。我谓婢子他日嫁多髭郎，刺破小吻，今果然矣。"大娘笑曰："无怪三娘子怒诅也！新郎在侧，直尔憨跳！"顷之，合尊促坐，宴笑甚欢。忽一小女抱一猫至，年可十二三，雏发未燥，而艳媚入骨。大娘曰："四妹妹亦要见姊丈也？此无坐处。"因提抱膝头，取肴果饵之。移时，转置二娘怀中，曰："压我胫骨酸痛。"二娘曰："婢子许大，身如百钧重，我脆弱不堪。既欲见姊丈，姊丈故壮伟，肥膝耐坐。"乃捉置毕怀。入怀香耎，轻若无人。毕抱与同杯饮。大娘曰："小婢勿过饮，醉失仪容，恐姊丈所笑。"小女孜孜展笑，以手弄猫，猫戛然鸣。大娘曰："尚不抛却，抱走蚤虱矣！"二娘曰："请以狸奴为令，执箸交传，鸣处则饮。"众如其教。至毕辄鸣。毕故豪饮，连举数觥，乃知小女子故捉令鸣也，因大喧笑。二姊曰："小妹子归休，压煞郎君，恐三姊怨人。"小女郎乃抱猫去。大姊见毕善饮，乃摘髻子贮酒以劝。视髻仅容升许，然饮之，觉有数斗之多。比干，视之则荷盖也。二娘亦欲相酬，毕辞不胜酒。二娘出一口脂盒子，大于弹丸，酌曰："既不胜酒，聊以示意。"毕视之，一吸可尽，接吸百口，更无干时。女在旁，以小莲杯易盒子去，曰："勿为奸人所算。"置盒案上，则一巨钵。二娘曰："何预汝事！三日郎君，便如许亲爱耶！"毕持杯向口立尽。把之腻软，审之非杯，乃罗袜一勾，衬饰工绝。二娘夺骂曰："猾婢！何时盗人履子去，怪足冰冷也！"遂起，入室易舄。女约离席告别。女送出村，使毕自归。瞥然醒寤，竟是梦景，而鼻口醺醺，酒气犹浓，异之。至暮，女来曰："昨宵未醉死耶？"毕言："方疑是梦。"女曰："姊妹怖君狂噪，故托之梦，实非梦也。"女每与毕弈，毕辄负。女笑曰："君日嗜此，我谓必大高着：今视之，只平平耳。"毕求指诲。女曰："弈之为术，在人自悟，我何能益君？朝夕渐染，或当有异。”居数月，毕觉稍进。女试之，笑曰：“尚未，尚未！”毕出与所常共弈者游，则人觉其异，咸奇之。毕为人坦直，胸无宿物，微泄之。女已知，责曰：“无惑乎同道者不交狂生也。屡嘱慎密，何尚尔尔！”怫然欲去。毕谢过不遑，女乃稍解；然由此来寝疏矣。积年余，一夕来，兀坐相向。与之弈，不弈；与之寝，不寝，怅然良久，曰：“君视我孰如青凤？”曰：“殆过之。”曰：“我自惭弗如。然聊斋与君文字交，请烦作小传，未必千载下无爱忆如君者。”曰：“夙有此志；曩遵旧嘱，故秘之。”女曰：“向为是嘱，今已将别，复何讳？”问：“何往？”曰：“妾与四妹妹为西王母征作花鸟使，不复得来矣。”毕求赠言。曰：“盛气平，过自寡。”遂起捉手曰：“君送我。”行至里许，洒涕分手，曰：“彼此有志，未必无会期也。”乃去。康熙二十一年腊月十九日，毕子与余抵足绰然堂，细述其异。余曰：“有狐若此，则聊斋之笔墨有荣光矣！”遂志之。

卷十

布　客

长清某，贩布为业，客于泰安。闻有术人工星命之学，诣问休咎。术人推之曰："运数大恶，可速归。"某惧，囊资北下。途中遇一短衣人，似是隶胥。渐渍与语，遂相知悦。屡市餐饮，呼与共啜。短衣人甚德之。某问所营干，答言："将适长清，有所勾致。"问为何人，短衣人出牒，示令自审；第一即己姓名。骇曰："何事见勾？"短衣人曰："我乃蒿里人，东四司隶役。想子寿数尽矣。"某出涕求救。鬼曰："不能。然牒上名多，拘集尚需时日。子速归，处置后事，我最后相招，此即所以报交好耳。"无何，至河际，断绝桥梁，行人艰涉。鬼曰："子行死矣，一文亦将不去。请即建桥，利行人；虽颇烦费，然于子未必无小益。"某然之。某归，告妻子作周身具。克日鸠工建桥。久之，鬼竟不至。心窃疑之。一日，鬼忽来曰："我已以建桥事上报城隍，转达冥司矣，谓此一节可延寿命。今牒名已除，敬以报命。"某喜感谢。后再至泰山，不忘鬼德，敬赍楮锭，呼名酹奠。既出，见短衣人匆遽而来曰："子几祸我！适司君方莅事，幸不闻之。不然，奈何！"送之数武，曰："后勿复来。倘有事北往，自当迂道过访。"遂别而去。

农人驱狐

有农人耕于山下，妇以陶器为饷。食已，置器垄畔。向暮视之，器中余粥尽空。如是者屡。心疑之，因睨注以觇之。有狐来，探首器中。农人荷锄潜往，力击之。狐惊窜走。器囊头，苦不得脱；狐颠蹶，触器碎落，出首，见农人，窜益急，越山而去。后数年，山南有贵家女，苦狐缠祟，敕勒无灵。狐谓女曰："纸上符咒，能奈我何？"女绐之曰:“汝道术良深,可幸永好。顾不知生平亦有所畏者否?”狐曰:“我罔所怖。但十年前在北山时,尝窃食田畔,被一人戴阔笠,持曲项兵,几为所戮,至今犹悸。”女告父。父思投其所畏,但不知姓名、居里,无从问讯。会仆以故至山村,向人偶道。旁一人惊曰:“此与曩年事适相符,将无向所逐狐,今能为怪耶?”仆异之,归告主人。主人喜,即命仆马招农人来,敬白所求。农人笑曰:“曩所遇诚有之,顾未必即为此物。且既能怪变,岂复畏一农人?”贵家固强之,使披戴如尔日状,入室,以锄卓地,咤曰:“我日觅汝不可得,汝乃逃匿在此耶!今相值,决杀不宥!”言已,即闻狐鸣于室。农人益作威怒。狐即哀言乞命。农人叱曰:“速去,释汝。”女见狐捧头鼠窜而去。自是遂安。

章阿端

卫辉戚生,少年蕴藉,有气敢任。时大姓有巨第,白昼见鬼,死亡相继,愿以贱售。生廉其直,购居之。而第阔人稀,东院楼亭,蒿艾成林,亦姑废置。家人夜惊,辄相哗以鬼。两月余,丧一婢。无何,生妻以暮至楼亭,既归得病,数日寻毙。家人益惧,劝生他徙。生不听。而块然无偶,憭栗自伤。婢仆辈又时以怪异相聒。生怒,盛气襆被,独卧荒亭中,留烛以觇其异。久之无他,亦竟睡去。忽有人以手探被,反复扪挲。生醒视之,则一老大婢,挛耳蓬头,臃肿无度。生知其鬼,捉臂推之,笑曰:“尊范不堪承教!”婢惭,敛手蹀躞而去。少顷,一女郎自西北隅出,神情婉妙。闯然至灯下,骂曰:“何处狂生,居然高卧!”生起笑曰:“小生此间之第主,候卿讨房税耳。”遂裸而捉之。女急遁。生先趋西北隅,阻其归路。女计穷,便坐床上。近临之,对烛如仙;渐拥诸怀。女笑曰:“狂生不畏鬼耶?将祸尔死!”生强解裙襦,则亦不甚抗拒。已而自白曰:“妾章氏,小字阿端。误适荡子,刚愎不仁,横加折辱,遂愤悒夭逝,葬此廿余年矣。此宅下皆坟冢也。”问:“老婢为谁?”曰:“亦一故鬼,从妾服役。上有生人居,则鬼不安于夜室,适令驱君耳。”问:“扪搎何为?”女笑曰:“此婢三十年未经人道,其情可悯;然亦太不自谅矣。要之:馁怯者,鬼益侮弄之;刚肠者,不敢犯也。”听远钟响断,着衣下床,曰:“如不见猜,夜当复至。”入夕,果来,绸缪益欢。生曰:“室人不幸殂谢,感悼不释于怀。卿能为我致之否?”女闻之,戚然曰:“妾死二十年,谁一致念者!君诚多情,妾当极力。然闻投生有地矣,不知尚在冥司否。”逾夕,告生曰:“娘子将生贵人家。以生前失环挞婢,婢自缢死,此案未结,以故迟留。今尚寄药王廊下,有监守者。妾使婢往行贿,或将来也。”生问:“卿何闲散?”曰:“凡枉死鬼不自投见,阎罗天子不及知也。”二鼓向尽,老婢果引生妻而至。生执手大悲,妻含涕不能言。女别去,曰:“两人可话契阔,另夜请相见也。”生问婢死事,妻曰:“无妨,行结矣。”上床偎抱,款若平生之欢。由此遂以为常。后五日,妻忽泣曰:“明日将赴山东,乖离苦长,奈何!”生闻言,挥涕流离,哀不自胜。女劝曰:“妾有一策,可得暂聚。”共收涕询之。女请以纸钱十提,焚南堂杏树下,持贿押生者,俾缓时日。生从之。至夕,妻至,曰:“幸赖端娘,今得十日聚。”生喜,禁女勿去,留与连床,暮以暨晓,惟恐欢尽。过七八日,生以限期将满,夫妻终夜涕泣。问计于女,女曰:“势难再谋。然试为之,非冥资百万不可。”生焚之如数。女来,喜曰:“妾使人与押生者关说,初难之;既见多金,心始摇。今已以他鬼代生矣。”自此,白日亦不复去,令生塞户牖,灯烛不绝。如是年余,女忽病,瞀闷懊侬,恍惚如见鬼状。妻抚之曰:“此为鬼病。”生曰:“端娘已鬼,又何鬼之能病?”妻曰:“不然。人死为鬼,鬼死为聻。鬼之畏聻,犹人之畏鬼也。”生欲为聘巫医。曰:“鬼何可以人疗?邻媪王氏,今行术于冥间,可往召之。然去此十余里,妾足弱不能行,烦君焚刍马。”生从之。马方爇,即见婢女牵赤骝,授绥庭下,转瞬已杳。少顷,与一老妪叠骑而来,絷马廊柱。妪入,切女十指。既而端坐,首僩俫作态。仆地移时,蹶而起曰:

"我黑山大王也。娘子病大笃，幸遇小神，福泽不浅哉！此孽鬼为殃，不妨，不妨！但是病有瘳，须厚我供养，金百铤、钱百贯，盛筵一设，不得少缺。"妻一一嗷应。妪又仆而苏，向病者呵叱，乃已。既而欲去。妻送诸庭外，赠之以马，欣然而去。入视女郎，似稍清醒。夫妻大悦，抚问之。女忽言曰："妾恐不得再履人世矣。合目辄见冤鬼，命也！"因泣下。越宿，病益沉殆，曲体战栗，妄有所睹。拉生同卧，以首入怀，似畏扑捉。生一起，则惊叫不宁。如此六七日，夫妻无所为计。会生他出，半日而归，闻妻哭声。惊问，则端娘已毙床上，委脱犹存。启之，白骨俨然。生大恸，以生人礼葬于祖墓之侧。一夜，妻梦中呜咽。摇而问之，答云："适梦端娘来，言其夫为聻鬼，怒其改节泉下，衔恨索命去，祈我作道场以忏之。"生早起，即将如教。妻止之曰："度鬼非君所可与力也。"乃起去。逾刻而来，曰："余已命人邀僧侣。当先焚钱纸作用度。"生从之。日方落，僧众毕集，金铙法鼓，一如人世。妻每谓其聒耳，生殊不闻。道场既毕，妻又梦端娘来谢，言："冤已解矣，将生作城隍之女。烦为转致。"生与妻居三年，家人初闻而惧，久之渐习。生不在，则隔窗启禀。一夜，向生啼曰："前押生者，今情弊漏泄，按责甚急，恐不能久聚矣。"数日，果疾，曰："情之所钟，本愿长死，不乐生也。今将永诀，得非数乎！"生遑遽求策。曰："是不可为也。"问："受责乎？"曰："薄有所责。然偷生之罪大，偷死之罪小。"言讫，不动。细审之，面庞形质，渐就澌灭矣。生每独宿亭中，冀有他遇，终亦寂然，人心遂安。

花姑子

安幼舆，陕之拔贡生。为人挥霍好义，喜放生。见猎者获禽兽，辄不惜重直，买释之。会舅家丧葬，往助执绋。暮归，路经华岳，迷窜山谷中。心大恐。一矢之外，忽见灯火，趋投之。数武中，欻见一叟，伛偻曳杖，斜径疾行。安停足，方欲致问，叟先诘谁何。安以迷途告;且言灯火处必是山村,将以投止。叟曰:“此非安乐乡。幸老夫来,可从去,茅庐可以下榻。”安大悦,从行里许,睹小村。叟叩荆扉,一妪出,启关曰:“郎子来耶?”叟曰:“诺。”既入,则舍宇湫隘。叟挑灯促坐,便命随便具食。又谓妪曰:“此非他,是我恩主。婆子不能行步,可唤花姑子来酾酒。”俄女郎以馔具入,立叟侧,秋波斜盼。安视之,芳容韶齿,殆类天仙。叟顾令煨酒。房西隅有煤炉,女郎入房拨火。安问:“此公何人?”答曰:“老夫章姓。年七十,止有此女。田家少婢仆,以君非他人,故敢出妻见子,幸勿哂也。”安问:“婿家何里?”答云:“尚未。”安赞其慧丽,称不容口。叟方谦挹,忽闻女郎惊号。叟奔入,则酒沸火腾。叟乃救止。诃曰:“老大婢,濡猛不知耶!”回首,见炉旁有薥心插紫姑未竟,又诃曰:“发蓬蓬许,才如婴儿!”持向安曰:“贪此生涯,致酒沸腾。蒙君子奖誉,岂不羞死!”安审谛之,眉目袍服,制甚精工。赞曰:“虽近儿戏,亦见慧心。”斟酌移时,女频来行酒,嫣然含笑,殊不羞涩。安注目情动。忽闻妪呼,叟便去。安觑无人,谓女曰:“睹仙容,使我魂失。欲通媒妁,恐其不遂,如何?”女抱壶向火,默若不闻;屡问不对。生渐入室。女起厉色曰:“狂郎入闼,将欲何为!”生长跪哀之。女夺门欲去。安暴起要遮,狎接臄肶。女颤声疾呼,叟匆遽入问。安释手而出,殊切愧惧。女从容向父曰:“酒复涌沸,非郎君来,壶子融化矣。”安闻女言,心始安妥,益德之。魂魄颠倒,丧所怀来。于是伪醉离席,女亦遂去。叟设裀褥,阖扉乃出。安不能寐,未曙,呼别。至家,即浼交好者造庐求聘,终日而返,竟莫得其居里。安遂命仆马,寻途自往。至则绝壁巉岩,竟无村落;访诸近里,此姓绝少。失望而归,并忘食寝。由此得昏瞀之疾;强啖汤粥,则嗌嗻欲吐;溃乱中辄呼花姑子。家人不解,但终夜环伺之,气势阽危。一夜,守者困怠并寐,生矇眬中,觉有人揣而抗之。略开眸,则花姑子立床下,不觉神气清醒。熟视女郎,潸潸涕堕。女倾头笑曰:“痴儿何至此耶?”乃登榻坐安股,以两手为按太阳穴。安觉脑麝奇香,穿鼻沁骨。按数刻,忽觉汗满天庭,渐达肢体。小语曰:“室中多人,我不便住。三日后当复相望。”又于绣袪中出数蒸饼置床头,悄然遂去。安至中夜,汗已思食,扪饼啖之。不知所包何料,甘美非常,遂尽三枚。又以衣覆余饼,懵懵酣睡,辰分始醒,如释重负。三日,饼尽,精神倍爽。乃遣散家人。又虑女来不得其门而入,潜出斋庭,悉脱扃键。未几,女果至,笑曰:“痴郎子!不谢巫耶?”安喜极,抱与绸缪,恩爱甚至。已而曰:“妾冒险蒙垢,所以故,来报重恩耳。实不能永谐琴瑟,幸早别图。”安默默良久,乃问曰:“素昧生平,何处与卿家有旧,实所不忆。”女不言,但云:“君自思之。”生固求永好。女曰:“屡屡夜奔,固不可;常谐伉俪,亦不能。”安闻言,悒悒而悲。女曰:“必欲相谐,明宵请临妾家。”安乃收悲以忻,问曰:“道路辽远,卿纤纤之步,何遂能来?”曰:“妾固未归。东头聋媪我姨行,为君故,淹留至今,家中恐所疑怪。”安与同衾,但觉气息肌肤,无处不香。问曰:“熏何芗泽,致侵肌骨?”女曰:“妾生来便尔,非由熏饰。”安益奇之。女早起言别,安虑迷途,女约相候于路。安抵暮驰去,女果伺待,偕至旧所。叟媪欢逆。酒肴无佳品,杂具藜藿。既而请安寝。女子殊不瞻顾,颇涉疑念。更既深,女始至,曰:“父母絮絮不寝,致劳久待。”浃洽终夜,谓安曰:“今宵之会,乃百年之别。”安惊问之。答曰:“父母以小村孤寂,故将远徙。与君好合,尽此夜耳。”安不忍释,俯仰悲怆。依恋之间,夜色渐曙。叟忽闯然入,骂曰:“婢子玷我清门,使人愧怍欲死!”女失色,草草奔出。叟亦出,且行且詈。安惊孱愕怯,无以自容,潜奔而归。数日徘徊,心境殆不可过。因思夜往,逾墙以伺其便。叟固言有恩,即令事泄,当无大谴。遂乘夜窜往,蹀躞山中,迷闷不知所往。大惧。方觅归途,见谷中隐有舍宇;喜诣之,则闬闳高壮,似是世家,重门尚未扃也。安向门者询章氏之居。有青衣出,问:“昏夜何人询章氏?”安曰:“是吾亲好,偶迷居向。”青衣曰:“男子无问章也。此是渠妗家,花姑今即在此,容传白之。”入未几,即出邀安。才登廊舍,花姑趋出迎,谓青衣曰:“安郎奔波中夜，想已困殆，可伺床寝。”少间，携手入帏。安问：“妗家何别无人？”女曰：“妗他出，留妾代守。幸与郎遇，岂非夙缘？”然偎傍之际，觉甚腥膻，心疑有异。女抱安颈，遽以舌舐鼻孔，彻脑如刺。安骇绝，急欲逃脱，而身若巨绠之缚。少时，闷然不觉矣。安不归，家中觅者穷人迹。或言暮遇于山径者。家人入山寻之，则裸死危崖下。惊怪莫察其由，舁归。众方聚哭，一女郎来吊，自门外噭啕而入。抚尸捺鼻，涕洟其中，呼曰：“天乎，天乎！何愚冥至此！”痛哭声嘶，移时乃已。告家人曰：“停以七日，勿殓也。”众不知何人，方将启问；女傲不为礼，含涕径出，留之不顾。尾其后，转瞬已杳，群疑为神，谨遵所教。至夜又来，哭如昨。及七夜，安忽苏，反侧以呻。家人尽骇。女子入，相向呜咽。安举手，挥众令去。女出青草一束，燂汤升许，即床头进之，顷刻能言。叹曰：“再杀之惟卿，再生之亦惟卿矣！”因述所遇。女曰：“此蛇精冒妾也。前迷道时，所见灯光，即是物也。”安曰：“卿何能起死人而肉白骨也？毋乃仙乎？”女曰：“久欲言之，恐致惊怪。君五年前，曾于华山道上买猎獐而放之否？”曰：“然，其有之。”曰：“是即妾父也。前言大德，盖以此故。君前日已生西村王主政家。妾与父讼诸阎摩王，王弗善也。父愿坏道代郎死，哀之七日，始得当。今之邂逅，幸耳。然君虽生，必且痿痹不仁；得蛇血和酒饮之，病乃可除。”生衔恨切齿，而虑其无术可以擒之。女曰：“不难。但多残生命，累我百年不得飞升。其穴在老崖中，可于晡时聚茅焚之，外以强弩戒备，妖物可得。”言已，别曰：“妾不能终事，实所哀惨。然为君故，业行已损其七，幸悯宥也。月来觉腹中震动，恐是孽根。男与女，岁后当相寄耳。”流涕而去。安经宿，觉腰下尽死，爬抓无所痛痒。乃以女言告家人。家人往，如其言，炽火穴中。有巨白蛇冲焰而出。数弩齐发，射杀之。火熄入洞，蛇大小数百头，皆焦而死。家人归，以蛇血进。安服三日，两股渐能转侧，半年始起。后独行谷中，遇老妪以绷席抱婴儿授之，曰：“吾女致意郎君。”安方欲问讯，瞥不复见。启襁视之，男也。抱归，竟不复娶。

异史氏曰:“人之所以异于禽兽者几希,此非定论也。蒙恩衔结至于没齿,则人有惭于禽兽者矣。至于花姑,始而寄慧于憨,终而寄情于恝,乃知憨者慧之极,恝者情之至也,仙乎仙乎!”

武孝廉

武孝廉石某,囊资赴都,将求铨叙。至德州,暴病,唾血不起,长卧舟中。仆篡金亡去。石大恚,病益加,资粮断绝。榜人谋委弃之。会有女子乘船,夜来临泊,闻之,自愿以舟载石。榜人悦,扶石登女舟。石视之,妇四十余,被服灿丽,神采犹都。呻以感谢。妇临审曰:“君夙有瘵根,今魂魄已游墟墓。”石闻之,嗷然哀哭。妇曰:“我有丸药,能起死。苟病瘳,勿相忘。”石洒泣矢盟。妇乃以药饵石;半日,觉少痊。妇即榻供甘旨,殷勤过于夫妇。石益德之。月余,病良已。石膝行而前,敬之如母。妇曰:“妾茕独无依,如不以色衰见憎,愿侍巾栉。”时石三十余,丧偶经年,闻之,喜惬过望,遂相燕好。妇乃出藏金,使入都营干,相约返与同归。石赴都夤缘,选得本省司阃;余金市舆马,冠盖赫奕。阴念妇腊已高,终非良偶,因以百金聘王氏女为继室,心中悚怯,恐妇闻知,遂避德州道,迂途履任。年余不通音耗。有石中表,偶至德州,与妇为邻。妇知之,诣问石况。某以实对。妇大骂,因告以情。某亦代为不平,慰解曰:“或署中务冗,尚未暇遑。乞修尺一书,为嫂寄之。”妇如其言。某敬以达石,石殊不置意。又年余,妇自往归石,止于旅舍,托官署司宾者通姓氏。石令绝之。一日,方燕饮,闻喧詈声,释杯凝听,则妇已搴帘入矣。石大骇,面色如土。妇指骂曰:“薄情郎!安乐耶?试思富若贵何自来?我与汝情分不薄,即欲置婢妾,相谋何害?”石累足屏气,不能复作声。久之,长跪自投,诡辞求宥。妇气稍平。石与王氏谋,使以妹礼见妇。王氏雅不欲;石固哀之,乃往。王拜,妇亦答拜。

曰："妹勿惧，我非悍妒者。曩事，实人情所不堪，即妹亦当不愿有是郎。"遂为王缅述本末。王亦忿恨，因与交詈石。石不能自为地，惟求自赎，遂相安帖。初，妇之未入也，石戒阍人勿通。至此，怒阍人，阴诘让之。阍人固言管钥未发，无入者，不服。石疑之，而不敢问妇，两虽言笑，而终非所好也。幸妇娴婉不争夕。三餐后，掩闼早眠，并不问良人夜宿何所。王初犹自危；见其如此，益敬之。晏旦往朝，如事姑嫜。妇御下宽和有体，而明察若神。一日，石失印绶，合署沸腾，屑屑往还，无所为计。妇笑言："无忧，竭井可得。"石从之，果得焉。叩其故，辄笑不言。隐约间，似知盗者之名姓，然终不肯泄。居之终岁，察其行多异。石疑其非人，常于寝后使人瞰听之，但闻床上终夜作振衣声，亦不知其何为。妇与王极相怜爱。一夕，石以赴臬司未归，妇与王饮，不觉过醉，就卧席间，化而为狐。王怜之，覆以锦褥。未几，石入，王告以异。石欲杀之。王曰："即狐，何负于君？"石不听，急觅佩刀。而妇已醒，骂曰："虺蝮之行，而豺狼之心，必不可与久居！曩时啖药，乞赐还也！"即唾石面。石觉森寒如浇冰水，喉中习习作痒，呕出，则丸药如故。妇拾之，忿然径出，追之已杳。石中夜旧症复作，血嗽不止，半载而卒。

异史氏曰："石孝廉翩翩若书生，或言其折节能下士，语人如恐伤。壮年殂谢，士林悼之。至闻其负狐妇一事，则与李十郎何以少异？"

西湖主

陈生弼教，字明允，燕人也。家贫，从副将军贾绾作记室。泊舟洞庭，适猪婆龙浮水面，贾射之中背。有鱼衔龙尾不去，并获之。锁置桅间，奄存气息；而龙吻张翕，似求援拯。生恻然心动，请于贾而释之。携有金疮药，戏敷患处，纵之水中，浮沉逾刻而没。后年余，生北归，复经洞庭，大风覆舟。幸扳一竹簏，漂泊终夜，絓木而止。

援岸方升，有浮尸继至，则其僮仆。力引出之，已就毙矣。惨怛无聊，坐石憩息。但见小山耸翠，细柳摇青，行人绝少，无可问途。自迟明以及辰后，怅怅靡之。忽僮仆肢体微动，喜而扪之。无何，呕水数斗，醒然顿苏。相与曝衣石上，近午始燥可着。而枵肠辘辘，饥不可堪。于是越山疾行，冀有村落。才至半山，闻鸣镝声。方凝听间，有二女郎乘骏马来，骋如撒菽。各以红绡抹额，髻插雉尾，着小袖紫衣，腰束绿锦，一挟弹，一臂青鞲。度过岭头，则数十骑猎于榛莽，并皆姝丽，装束若一。生不敢前。有男子步驰，似是驭卒，因就问之。答曰："此西湖主，猎首山也。"生述所来，且告之馁。驭卒解裹粮授之，嘱云："宜即远避，犯驾当死！"生惧，疾趋下山。茂林中隐有殿阁，谓是兰若。近临之，粉垣围沓，溪水横流，朱门半启，石桥通焉。攀扉一望，则台榭环云，拟于上苑，又疑是贵家园亭。逡巡而入，横藤碍路，香花扑人。过数折曲栏，又是别一院宇，垂杨数十株，高拂朱檐。山鸟一鸣，则花片乱飞；深苑微风，则榆钱自落。怡目快心，殆非人世。穿过小亭，有秋千一架，上与云齐；而罥索沉沉，杳无人迹。因疑地近闺阁，恇怯未敢深入。俄闻马腾于门，似有女子笑语。生与僮潜伏花丛中。未几，笑声渐近，闻一女子曰："今日猎兴不佳，获禽绝少。"又一女曰："非是公主射得雁落，几空劳仆马也。"无何，红妆数辈，拥一女郎至亭上坐。秃袖戎装，年可十四五。鬟多敛雾，腰细惊风，玉蕊琼英，未足方喻。诸女子献茗熏香，灿如堆锦。移时，女起，历阶而下。一女曰："公主鞍马劳顿，尚能秋千否？"公主笑诺。遂有驾肩者，捉臂者，褰裙者，挽扶而上。公主舒皓腕，蹑利屣，轻如飞燕，蹴入云宵。已而扶下。群曰："公主真仙人也！"喜笑而去。生睨良久，神志飞扬。迨人声既寂，出诣秋千下，徘徊凝想。见篱下有红巾，知为群美所遗，喜纳袖中。登其亭，见案上设有文具，遂援笔题巾曰："雅戏何人拟半仙？分明琼女散金莲。广寒队里恐相妒，莫信凌波上九天。"题已，吟诵而出。复寻故径，则重门扃锢矣。踟蹰罔计，返而楼阁亭台，涉历殆尽。一女掩入，惊问：

“何得来此?”生揖之曰:“失路之人,幸乞垂救。”女问:“拾得红巾否?”生曰:“有之。然已玷染,奈何?”因出之。女大惊曰:“汝死无所矣!此公主所常御,涂鸦若此,何能为地?”生失色,哀求脱免。女曰:“窃窥宫仪,罪已不赦。念汝儒冠蕴藉,欲以私意相全;今孽乃自作,将何为计?”遂皇皇持巾去。生心悸肌栗,恨无翅翎,惟延颈俟死。久之,女复来,潜贺曰:“子有生望矣!公主看巾三四遍,辗然无怒容,或当放君去。宜姑耐守,勿得攀树钻垣,发觉不宥矣。”日已寝暮,凶祥不能自必;而饿焰中烧,忧煎欲死。无何,女子挑灯至。一婢提壶榼,出酒食饷生。生急问消息,女云:“适我乘间言:‘园中秀才,可恕则放之;不然,饿且死。’公主沉思云:‘深夜教渠何之?’遂命馈君食。此非恶耗也。”生徊徨终夜,危不自安。辰刻向尽,女子又饷之。生哀求缓颊,女曰:“公主不言放,亦不言杀。我辈下人,何敢屑屑渎告?”既而斜日西转,眺望方殷,女子坌身急奔而入,曰:“殆矣!多言者泄其事于王妃;妃展巾抵地,大骂狂伧,祸不远矣!”生大惊,面如灰土,长跪请教。忽闻人语纷拏,女摇手避去。数人持索,汹汹入户。内一婢熟视曰:“将谓何人,陈郎耶?”遂止持索者,曰:“且勿且勿,待白王妃来。”返身急去。少间来曰:“王妃请陈郎入。”生战惕从之。经数十门户,至一宫殿,碧箔银钩。即有美姬揭帘,唱:“陈生至。”上一丽者,袍服炫冶。生伏地稽首曰:“万里孤臣,幸恕余生!”妃急起曳之曰:“我非君子,无以有今日。婢辈无知,致忤佳客,罪何可赎!”即设华筵,酌以镂杯。生茫然不解其故。妃曰:“再造之恩,恨无所报。息女蒙题巾之爱,当是天缘,今夕即遣奉侍。”生意出非望,神惝恍而无着。日方暮,一婢前白:“公主严妆已竟。”妃命引生就帐。忽而笙管敖曹,阶下悉践花罽;门当藩溷,处处皆笼烛。数十妖姬扶公主交拜。麝兰之气,充溢殿庭。既而相将入帏,两相倾爱。生曰:“羁旅之臣,生平不省拜侍。玷污芳巾,得免斧锧幸矣;反赐姻好,实非所望。”公主曰:“妾母,湖君妃子,乃扬江王女。旧岁归宁,偶游湖上,为流矢所中。蒙君脱免，又赐刀圭之药，一门戴佩，常不去心。郎勿以非类见疑。妾从龙君得长生诀，愿与郎共之。”生乃悟为神人，因问：“婢子何以相识？”曰：“尔日洞庭舟上，曾有小鱼衔尾，即此婢也。”又问：“既不见诛，何迟迟不赐纵脱？”笑曰：“实怜君才，但不得自主。颠倒终夜，他人不及知也。”生叹曰：“卿我鲍叔也。馈食者谁？”曰：“阿念，亦妾腹心。”生曰：“何以报德？”笑曰：“侍君有日，徐图塞责未晚耳。”生问：“大王何在？”曰：“从关圣征蚩尤未归。”居数日，生虑家中无耗，悬念綦切，乃先以平安书遣仆归。家中闻洞庭舟覆，妻子缞绖已年余矣。仆归，始知不死，而音问梗塞，终恐漂泊难返。又半载，生忽至，裘马甚都，囊中金宝充盈。由此富有巨万，声色豪奢，世家所不能及。七八年间，生子五人。日日宴集宾客，宫室饮馔之奉，穷极丰盛。或问所遇，言之无少隐讳。有童稚之交梁子俊者，宦游南服十余年。归过洞庭，见一画舫，雕槛朱窗，笙歌幽细，缓荡烟波。时有美人推窗凭眺。梁注目舫中，见一少年丈夫，科头叠股其上；旁有二八姝丽，挼莎交摩。念必楚襄贵官，而驺从殊少。凝眸审谛，则陈明允也。不觉凭栏酣叫。生闻呼，罢棹，出临鹢首，邀梁过舟。见残肴满案，酒雾犹浓。生立命撤去。顷之，美婢三五，进酒烹茗，山海珍错，目所未睹。梁惊曰：“十年不见，何富贵一至于此！”笑曰：“君小觑穷措大，不能发迹耶？”问：“适共饮何人？”曰：“山荆耳。”梁又异之，问：“携家何往？”答：“将西渡。”梁欲再诘，生遽命歌以侑酒。一言甫毕，旱雷聒耳，肉竹嘈杂，不复可闻言笑。梁见佳丽满前，乘醉大言曰：“明允公，能令我真果消魂否？”生笑云：“足下醉矣！然有一美妾之资，可赠故人。”遂命侍儿进明珠一颗，曰：“绿珠不难再购，明我非吝惜者。”乃趋别曰：“小事忙迫，不能与故人久聚。”遂送梁归舟，开缆径去。梁归，探诸其家，则生方与客饮。因问：“昨在洞庭，何归之速？”答曰：“无之。”梁乃追述所见，一坐尽骇。生笑曰：“君误矣，仆岂有分身术耶？”众异之，而究莫解其故。后八十一岁而终。迨殡，讶其棺轻，开之，则空棺耳。

异史氏曰："竹簏不沉，红巾题句，此其中具有鬼神；而要之皆恻隐之一念所通也。迨宫室妻妾，一身而两享其奉，即又不可解矣。昔有愿娇妻美妾、贵子贤孙，而兼长生不死者，仅得其半耳。岂仙人中亦有汾阳、季伦耶？"

孝　子

青州东香山之前，有周顺亭者，事母至孝。母股生巨疽，痛不可忍，昼夜嚬呻。周抚肌进药，至忘寝食。数月不痊，周忧煎无以为计。梦父告曰："母疾赖汝孝。然此疮非人膏涂之不能愈，徒劳焦恻也。"醒而异之。乃起，以利刃割胁肉，肉脱落，觉不甚苦。急以布缠腰际，血亦不注。于是烹肉持膏，敷母患处，痛截然顿止。母喜，问："何药而灵效如此？"周诡对之。母疮寻愈。周每掩护割处，即妻子亦不知也。既痊，有巨痕如掌。妻诘之，始得其情。

异史氏曰："刲股为伤生之事，君子不贵。然愚夫妇何知伤生之为不孝哉？亦行其心之所不自已者而已。有斯人而知孝子之真，犹在天壤。司风教者，重务良多，无暇彰表，则阐幽明微，赖兹刍荛。"

阎　王

李常久，临朐人。壶榼于野，见旋风蓬蓬而来，敬酹奠之。后以故他适，路旁有广第，殿阁弘丽。一青衣人自内出，邀李，李固辞。青衣要遮甚殷。李曰："素不识荆，得毋误耶？"青衣云："不误。"便言李姓字。问："此谁家第？"云："入自知之。"入，进一层，见一女子，手足钉扉上。近视之，其嫂也。大骇。李有嫂，臂生恶疽，不起者年余矣。因自念何得至此。转疑招致意恶，畏阻却步。青衣促之，乃入。至殿下，上一人，冠带如王者，气象威猛。李跪伏，莫敢仰视。王者命曳起之,慰之曰:“勿惧。我以曩昔扰子杯酎,欲一见相谢,无他故也。”李心始安,然终不知其故。王者又曰:“汝不忆田野酹奠时乎?”李顿悟,知其为神,顿首曰:“适见嫂氏受此严刑,骨肉之情,实怆于怀。乞王怜宥!”王者曰:“此甚悍妒,宜得是罚。三年前,汝兄妾盘肠而产,彼阴以针刺肠上,俾至今脏腑常痛。此岂有人理者!”李固哀之。乃曰:“便以子故宥之。当归劝悍妇改行。”李谢而出,则扉上无人矣。归视嫂,嫂卧榻上,疮血殷席。时以妾拂意故,方致诟骂。李遽劝曰:“嫂勿复尔! 今日恶苦,皆平日忌嫉所致。”嫂怒曰:“小郎若个好男儿,又房中娘子贤似孟姑姑,任郎君东家眠,西家宿,不敢一作声。自当是小郎大乾纲,到不得代哥子降伏老媪!”李微哂曰:“嫂勿怒,若言其情,恐欲哭不暇矣。”曰:“便曾不盗得王母箩中线,又未与玉皇案前吏一眨眼,中怀坦坦,何处可用哭者!”李小语曰:“针刺人肠,宜何罪?”嫂勃然色变,问此言之因。李告之故。嫂战惕不已,涕泗流离而哀鸣曰:“吾不敢矣!”啼泪未干,觉疼顿止,旬日而瘥。由是力改前辙,遂称贤淑。后妾再产,肠复堕,针宛然在焉。拔去之,肠痛乃瘳。

异史氏曰:“或谓天下悍妒如某者,正复不少,恨阴网之漏多也。余谓:不然。冥司之罚,未必无甚于钉扉者,但无回信耳。”

土　偶

沂水马姓者,娶妻王氏,琴瑟甚笃。马早逝,王父母欲夺其志,王矢节不他。姑怜其少,亦劝之,王不听。母曰:“汝志良佳,然齿太幼,儿又无出。每见有勉强于初,而贻羞于后者,固不如早嫁,犹恒情也。”王正容,以死自誓,母乃任之。女命塑工肖夫像,每食酬献如生时。一夕,将寝,忽见土偶人欠伸而下。骇心愕顾,即已暴长如人,真其夫也。女惧,呼母。鬼止之曰:“勿尔。感卿情好,幽壤酸心。一门有忠贞,数世祖宗皆有光荣。吾父生有损德,应无嗣,遂至促我茂龄。冥司念尔苦节,故令我归,与汝生一子,以承祧绪。”女亦沾襟。遂燕好如平生。鸡鸣即下榻去。如此月余,觉腹微动。鬼乃泣曰:“限期已满,从此永诀矣!”遂绝。女初不言,既而腹渐大,不能隐,阴以告母。母疑涉妄,然窥女无他,大惑不解。十月果举一男。向人言之,闻者罔不匿笑,女亦无以自伸。有里正故与马有郤,告诸邑令。令拘讯邻人,并无异言。令曰:“闻鬼子无影,有影者伪也。”抱儿日中,影淡淡如轻烟然。又刺儿指血付土偶上,立入无痕;取他偶涂之,一拭便去。以此信之。及长,口鼻言动,无一不肖马者。群疑始解。

长治女子

陈欢乐,潞之长治人。有女慧美。有道士行乞,睨之而去。由是日托钵近村间。适一瞽人自陈家出,道士追与同行,问:“何来?”瞽云:“适过陈家推造命。”道士曰:“闻其家有女郎,我中表亲欲求姻好,但未知其甲子。”瞽为之述之,道士乃别而去。居数日,女绣于房,忽觉足麻痹,渐至股,又渐至腰腹,俄而晕然倾仆。逾刻始恍惚能立,将寻告父母。及出门,则见茫茫黑波中,一路如线,骇而却退,门舍居庐,已被黑水淹没。又视路上,行人绝少,惟一道士缓步于前。遂遥尾之,冀见同乡,一相告语。走数里以来,忽视里舍,视之,则己家门。大骇曰:“奔驰如许,固犹在村中。何向来迷惘若此!”欣然入门,父母尚未归。复仍至己房,所绣业履,犹在榻上。自觉奔波殆极,就榻憩坐。道士忽入。女大惊欲遁。道士捉而捺之。女欲号,则瘖不能声。道士急以利刃剖女心,女觉魂飘飘离壳而立。四顾家舍全非,惟有崩崖若覆。视道士以己心血点木人上,又复叠指诅咒;女觉木人遂与己合。道士嘱曰:“自此当听差遣,勿得违误!”遂佩戴之。陈氏失女,举家惶惑。寻至牛头山,始闻村人传言,岭下一女子剖心而死。陈奔验,果其女也。泣以诉宰。宰拘岭下居人,拷掠几遍,迄无端绪。姑收群犯,以待覆勘。道士去数里外,坐路旁柳树下,忽谓女曰:“今遣汝第一差,往侦邑中审狱状。去当隐身暖阁上。倘见官宰用印,即当趋避,切记勿忘!限汝辰去巳来。迟一刻,则以一针刺汝心中,令作急痛;二刻,刺二针;三刻则使汝魂魄消灭矣。”女闻之,四体惊悚,飘然遂去。瞬息至官廨,如言伏阁上。一时岭下人罗跪堂下,尚未讯诘。适将钤印公牒,女未及避,而印已出匣。女觉身体重耎,纸格似不能胜,嚗然作响。满堂愕顾。宰命再举,响如前;三举,翻堕地下。众悉闻之。宰起祝曰:“如是冤鬼,当便直陈,为汝昭雪。”女哽咽而前,历言道士杀己状、遣己状。宰差役驰去,至柳下,道士果在。捉还,一鞠而服。人犯乃释。宰问:“汝冤雪何归?”女曰:“将从大人。”宰曰:“吾署中无处可容,不如暂归汝家。”女良久曰:“官署即吾家,我将入矣。”宰又问,音响已寂。退入宅中,则夫人生女矣。

义　犬

潞安某甲,父陷狱将死。搜括囊蓄,得百金,将诣郡关说。跨骡出,则所养黑犬从之。呵逐使退;既走,则又从之,鞭逐不返。从行数十里。某下骑,趋路侧私焉。既,乃以石投犬,犬始奔去;某既行,则犬忽然复来,啮骡尾。某怒鞭之,犬鸣吠不已。忽跃在前,愤龁骡首,似欲阻其去路。某以为不祥,益怒,回骑驰逐之。视犬已远,乃返辔急驰,抵郡已暮。及扪腰橐,金亡其半,涔涔汗下,魂魄都失。辗转终夜,顿念犬吠有因。候关出城,细审来途。又自计南北冲衢,行人如蚁,遗金宁有存理。逡巡至下骑所,见犬毙草间,毛汗湿如洗。提耳起视,则封金俨然。感其义,买棺葬之,人以为义犬冢云。

伍秋月

秦邮王鼎,字仙湖。为人慷慨有力,广交游。年十八未娶。每远游，恒经岁不返。兄鼐，江北名士，友于甚笃。劝弟勿游，将为择偶。生不听，命舟抵镇江访友。友他出，因税居于逆旅阁上。江水澄波，金山在目，心甚快之。次日，友来，请生移居，辞不去。居半月余，夜梦一女郎来，年可十四五，容华端妙，上床与合，既寤而遗。颇怪之，亦以为偶。入夜，又梦之，如是三四夜。心大异之，不敢熄烛，身虽偃卧，惕然自警。才交睫，梦女复来；方狎，忽自惊寤；急开目，则见少女如仙，俨然犹在抱也。见生醒，颇自愧怯。生虽知非人，意亦甚得；无暇问讯，直与驰骤。女若不堪，曰："狂暴如此，无怪人不敢明告也。"生始诘之，答云："妾伍氏秋月。先父名儒，邃于易数。常珍爱妾；但言寿不永，故不许字人。后十五岁果夭殁，即攒葬阁东，令与地平。亦无冢志，惟立片石于棺侧曰：'伍秋月，葬无冢，三十年，嫁王鼎。'今已三十年，君适至。心喜，亟欲自荐，寸心羞怯，故假之梦寐耳。"王亦喜，复求讫事。曰："妾少须阳气，欲求复生，实不禁此风雨。后日好合无限，何必今宵。"遂起而去。次夕，复至，坐对笑谑，欢若平生。灭烛登床，无异生人；但女既起，则遗泄流离，沾染裀褥。一夕，月明莹澈，小步庭中。问女："冥中亦有城郭否？"答曰："与阳等耳。冥间城府，不在此处，去此可三四里。但以夜为昼。"问："生人能见之否？"答云："亦可。"生请往观，女诺之。乘月去，女飘忽若风，王极力追随。欻至一处，女言："不远矣。"生瞻望殊罔所见。女以唾涂其两眦，启之，明倍于常，视夜色不殊白昼。顿见雉堞在杳霭中，路上行人，如趋墟市。俄二皂絷三四人过，末一人怪类其兄。趋近之，果兄。骇问："兄那得到此？"兄见鼎，潸然零涕，曰："自不知何事强被拘囚。"生怒曰："我兄秉礼君子，何至缧绁如此！"便请二皂，幸且宽释。皂不肯，殊大傲睨。生恚，欲与争。兄止之曰："此是官命，亦合奉法，但余乏用度，索贿良苦。弟归宜措置。"生把兄臂，哭失声。皂怒，猛掣项索，兄顿颠蹶。生见之，忿火填胸，不能制止，即解佩刀，立决皂首。一皂喊嘶，生又决之。女大惊曰："杀官使，罪不宥！迟则祸及！请即觅舟北发，归家勿摘提幡，杜门绝出入七日，保无虑也。”生乃挽兄，夜买小舟，火急北渡。归见吊客在门，知兄果死。闭门下钥始入，视兄已渺；入室，则亡者已苏，便呼：“饿死矣！可急备汤饼。”时死已二日，家人尽骇。生乃备言其故。七日启关，去丧幡，人始知其复苏。亲友集问，但伪对之。转思秋月，想念颇烦。遂复南下，至旧阁，秉烛久待，女竟不至。朦胧欲寝，见一妪来，曰：“秋月小娘子致意郎君：前以公役被杀，凶犯逃亡，捉得娘子去，现在监押，押役遇之虐。日日盼郎君，当谋作经纪。”生悲愤，便从妪去。至一城都，入西郭，妪指一门曰：“小娘子即寄此间。”王入，见房舍颇繁，寄顿囚犯甚多，并无秋月。又进一小扉，斗室中有灯火。王近窗以窥，则秋月坐榻上，掩袖呜泣。二役在侧，撮颐捉履，引以嘲戏。女啼益急。一役挽颈曰：“既罪犯，尚守贞耶？”王怒不暇语，持刀直入，一役一刀，摧斩如麻，篡取女郎而出，幸无觉者。才至旅舍，蓦然即醒。方怪幻梦之凶，见秋月含涕而立。生惊起曳坐，告之以梦。女曰：“真也，非梦也。”生惊曰：“且为奈何！”女叹曰：“此有定数。妾待月尽，始是生期；今已如此，急何能待！当速发瘗处，载妾同归，日频唤妾名，三日可活。但未满时日，骨耎足弱，不能为君任井臼耳。”言已，草草欲出。又返身曰：“妾几忘之，冥追若何？生时，父传我符书，言三十年后可佩，今其时矣。”乃索笔疾书两符，曰：“一君自佩，一粘妾背。”送之出，志其没处，掘尺许，即见棺木，亦已败腐。侧有小碑，果如女言。发棺视之，女颜色如生。抱入房中，衣裳随风尽化。粘符已，以被褥严裹，负至江滨；呼舟急渡，伪言妹急病，将送归其家。幸南风大竞，甫晓已达里门。抱女安置，始告兄嫂。一家惊顾，亦莫敢直言其惑。生启衾，长呼秋月，夜辄拥尸而寝。日渐温暖，三日竟苏，七日能步；更衣拜嫂，盈盈然神仙不殊。但十步之外，须人而行；不则随风摇曳，屡欲倾侧。见者以为身有此病，转更增媚。每劝生曰：“君罪孽太深，宜积德诵经以忏之。不然，寿恐不永也。”生素不佞佛，至此皈依甚虔。后亦无恙。

异史氏曰："余每欲上言，定律凡杀公役者，罪减平人三等。盖此辈无有不可杀者也。故能诛锄蠹役者，即为循良；即稍苛之不可谓虐。况冥中原无定法，倘有恶人，刀锯鼎镬不以为酷。若人心之所快，即冥王之所善也。岂罪致冥追，遂可幸而逃哉！"

莲花公主

胶州窦旭，字晓晖。方昼寝，见一褐衣人立榻前，逡巡惶顾，似欲有言。生问之，答云："相公奉屈。"生问："相公何人？"曰："近在邻境。"从之而出。转过墙屋，导至一处，叠阁重楼，万椽相接，曲折而行。觉万户千门，迥非人世。又见宫人女官，往来甚夥，都向褐衣人问曰："窦郎来乎？"褐衣人诺。俄，一贵官出迎，见生甚恭。既登堂，生启问曰："素既不叙，遂疏参谒。过蒙宠接，颇注疑念。"贵官曰："寡君以先生清族世德，倾风结慕，深愿思晤焉。"生益骇，问："王何人？"答云："少间自悉。"无何，二女官至，以双旌导生行。入重门，见殿上一王者，见生入，降阶而迎，执宾主礼。礼已，践席，列筵丰盛。仰视殿上一扁曰"桂府"。生局蹙不能致词。王曰："忝近芳邻，缘即至深。便当畅怀，勿致疑畏。"生唯唯。酒数行，笙歌作于下，钲鼓不鸣，音声幽细。稍间，王忽左右顾曰："朕一言，烦卿等属对：'才人登桂府。"四座方思，生即应云："君子爱莲花。"王大悦曰："奇哉！莲花乃公主小字，何适合如此？宁非夙分？传语公主，不可不出一晤君子。"移时，珮环声近，兰麝香浓，则公主至矣。年十六七，妙好无双。王命向生展拜，曰："此即莲花小女也。"拜已而去。生睹之，神情摇动，木坐凝思。王举觞劝饮，目竟罔睹。王似微察其意，乃曰："息女宜相匹敌，但自惭不类，如何？"生怅然若痴，即又不闻。近坐者蹑之曰："王揖君未见，王言君未闻耶？"生茫乎若失，懡㦬自惭，离席曰："臣蒙优渥，不觉过醉，仪节失次，幸王垂宥。然日旰君勤，即告出也。"王起曰："既见君子，实惬心好，何仓卒而便言离也？卿既不住，亦无敢于强。若烦萦念，更当再邀。”遂命内官导之出。途中，内官语生曰：“适王为可匹敌，似欲附为婚姻，何默不一言？”生顿足而悔，步步追恨，遂至己家。忽然醒寤，则返照已残。冥坐观想，历历在目。晚斋灭烛，冀旧梦可以复寻，而邯郸路渺，悔叹而已。一夕，与友人共榻，忽见前内官来，传王命相召。生喜，从去。见王伏谒。王曳起，延止隅坐，曰：“别后知劳思眷。谬以小女子奉裳衣，想不过嫌也。”生即拜谢。王命学士大臣，陪侍宴饮。酒阑，宫人前白：“公主妆竟。”俄见数十宫女，拥公主出。以红锦覆首，凌波微步，挽上氍毹，与生交拜成礼。已而送归馆舍。洞房温凊，穷极芳腻。生曰：“有卿在目，真使人乐而忘死。但恐今日之遭乃是梦耳。”公主掩口曰：“明明妾与君，那得是梦？”诘旦方起，戏为公主匀铅黄；已而以带围腰，布指度足。公主笑问：“君颠耶？”曰：“臣屡为梦误，故细志之。倘是梦时，亦足动悬想耳。”调笑未已，忽一宫女驰入曰：“妖入宫门，王避偏殿，凶祸不远矣！”生大惊，趋见王。王执手泣曰：“君子不弃，方图永好。讵期孽降自天，国祚将覆，且复奈何！”生惊问何说。王以案上一章，授生启读。章曰“含香殿大学士臣黑翼，为非常怪异，祈早迁都，以存国脉事：据黄门报称：自五月初六日，来一千丈巨蟒，盘踞宫外，吞噬内外臣民一万三千八百余口；所过宫殿尽成丘墟，等因。臣奋勇前窥，确见妖蟒：头如山岳，目等江海；昂首则殿阁齐吞，伸腰则楼垣尽覆。真千古未见之凶，万代不遭之祸！社稷宗庙，危在旦夕！乞皇上早率宫眷，速迁乐土”云云。生览毕，面如灰土。即有宫人奔奏：“妖物至矣！”阖殿哀呼，惨无天日。王仓遽不知所为，但泣顾曰：“小女已累先生，速回避难。”生坌息而返。公主方与左右抱首哀鸣，见生入，牵袂曰：“郎焉置妾？”生怆恻欲绝，乃捉腕思曰：“小生贫贱，惭无金屋。有茅庐三四间，姑同窜匿可乎？”公主含涕曰：“急何能择，乞携速往。”生乃挽扶而出。未几，至家。公主曰：“此大安宅，胜故国多矣。然妾从君来，父母何依？请别筑一舍，当举国相从。”生难之。

公主曰："不能急人之急，安用郎也！"生略慰解，即已入室。公主伏床悲泣，不可劝止。焦思无术，顿然而醒，始知梦也。而耳畔啼声，嘤嘤未绝。审听之，殊非人声，乃蜂子二三头，飞鸣枕上。大叫怪事。友人诘之，乃以梦告。友人亦诧为异。共起视蜂，依依裳袂间，拂之不去。友人劝为营巢。生如所请，督工构造。方竖两堵，而群蜂自墙外来，络绎如绳。顶尖未合，飞集盈斗。迹其所自，则邻翁之旧圃也。圃中蜂一房，三十余年矣，生息颇繁。或以生事告翁。翁觇之，蜂户寂然。发其壁，则蛇据其中，长丈许。捉而杀之。乃知巨蟒即此物也。蜂入生家，滋息更盛，亦无他异。

绿衣女

于生，名璟，字小宋，益都人。读书醴泉寺。夜方披诵，忽一女子在窗外赞曰："于相公勤读哉！"生念：深山何处得女子？方疑思间，女已推扉笑入，曰："勤读哉！"于惊起，视之，绿衣长裙，婉妙无比。于知非人，因诘里居。女曰："君视妾当非能咋噬者，何劳穷问？"于心好之，遂与寝处。罗襦既解，腰细殆不盈掬。更筹方尽，翩然遂去。由此无夕不至。一夕共酌，谈吐间妙解音律。于曰："卿声娇细，倘度一曲，必能销魂。"女笑曰："不敢度曲，恐销君魂耳。"于固请之。女曰："妾非吝惜，恐为他人所闻。君必欲之，请便献丑，但只微声示意可耳。"遂以莲钩轻点床足，歌云："树上乌臼鸟，赚奴中夜散。不怨绣鞋湿，只恐郎无伴。"声细如蝇，才可辨认。而静听之，宛转滑烈，动耳摇心。歌已，启门窥曰："防窗外有人。"绕屋周视，乃入。生曰："卿何疑惧之深？"笑曰："谚云：'偷生鬼子常畏人。'妾之谓矣。"既而就寝，惕然不喜，曰："生平之分，殆止此乎？"于急问之，女曰："妾心动，妾禄尽矣。"于慰之曰："心动眼瞤，盖是常也，何遽此云？"女稍怿，复相绸缪。更漏既歇，披衣下榻。方将启关，徘徊复返，曰："不知何故，惿惭心怯。祈送我出门。"于果起，送诸门外。女曰："君伫望我，我逾垣去，君方归。"于曰："诺。"视女转过房廊，寂不复见，方欲归寝，闻女号救甚急。于奔往，四顾无迹，声在檐间。举首细视，则一蛛大如弹，搏捉一物，哀鸣声嘶。于破网挑下，去其缚缠，则一绿蜂，奄然将毙矣。捉归室中，置案头。停苏移时，始能行步。徐登砚池，自以身投墨汁，出伏几上，走作"谢"字。频展双翼，已乃穿窗而去。自此遂绝。

黎　氏

龙门谢中条者，佻达无行。三十余丧妻，遗二子一女。晨夕啼号，萦累甚苦。谋聘继室，低昂未就。暂雇佣媪以抚子女。一日，翔步山途，忽一妇人出其后。斜以窥觇，是好女子，年二十许。心悦之，戏曰："娘子独行，不畏怖耶？"妇走不对。又曰："娘子纤步，山径殊难。"妇仍不顾。谢四望无人，近身侧，遽挲其腕，遂曳入幽谷，将以强合，妇怒呼曰："何处强人，横来相侵！"谢牵挽而行，更不休止。妇步履跌蹶，困窘无计，乃曰："燕婉之求，乃若此耶？缓我当相就耳。"谢从之。偕入静壑，野合既已，遂相欢爱。妇问其里居姓氏，谢以实告。既亦问妇，妇言："妾黎氏。不幸早寡，姑又殒殁，块然一身，无所依倚，故常至母家耳。"谢曰："我亦鳏也，能相从乎？"妇问："君有子女无也？"谢曰："实不相欺：若论枕席之事，交好者亦颇不乏。只是儿啼女哭，令人不耐。"妇踌躇曰："此大难事，观君衣服袜履款样，亦只平平，我自谓能办。但继母难作，恐不胜诮让耳。"谢曰："请勿疑阻。我自不言，人何干焉？"妇亦微纳。转而虑曰："肌肤已沾，有何不从？但有悍伯，每以我为奇货，恐不允谐，将复何如？"谢亦忧皇，谋与逃窜。妇曰："我亦思之烂熟。所虑家人一泄，两非所便。"谢云："此即细事。家中惟一老媪，立便遣去。"妇喜，遂与同归。先匿外舍；谢即入遣媪讫，扫榻迎妇，备极欢好。妇便操作，兼为儿女补缀，辛勤甚至。谢得妇，嬖爱异常，日惟闭门相对,更不通客。月余,适以公事出,反关乃去。及归,则中门严闭,扣之不应。排闼而入,渺无人迹。方至寝室,一巨狼冲门跃出,几惊绝。入视,子女皆无,鲜血殷地,惟三头存焉。返身追狼,已不知所之矣。

异史氏曰:“士则无行,报亦惨矣。再娶者,皆引狼入室耳,况将于野合逃窜中求贤妇哉！断弦者宜三复之。”

荷花三娘子

湖州宗湘若,士人也。秋日巡视田垄,见禾稼茂密处振摇甚动。疑之,越陌往觇,则有男女野合。一笑将返。即见男子靦然结带,草草径去。女子亦起。细审之,雅甚娟好。心悦之,欲就绸缪,实惭鄙恶。乃略近拂拭曰:“桑中之游乐乎?”女笑不语。宗近身启衣,肤腻如脂。于是挼莎上下几遍,女笑曰:“腐秀才！要如何便如何耳,狂探何为?”诘其姓氏。曰:“春风一度,即别东西,何劳审究?岂将留名字作贞坊耶?”宗曰:“野田草露中,乃山村牧猪奴所为,我不习惯。以卿丽质,即私约亦当自重,何至屑屑如此?”女闻言,极意嘉纳。宗言:“荒斋不远,请过留连。”女曰:“我出已久,恐人所疑,夜分可耳。”问宗门户物志甚悉,乃趋斜径,疾行而去。更初,果至宗斋。殢雨尤云,备极亲爱。积有月日,密无知者。会一番僧卓锡村寺,见宗惊曰:“君身有邪气,曾何所遇?”答言:“无之。”过数日,悄然忽病,女每夕携佳果饵之,殷勤抚问,如夫妻之好。然卧后必强宗与合。宗抱病,颇不耐之。心疑其非人,而亦无术绝使去。因曰:“曩和尚谓我妖惑,今果病,其言验矣。明日屈之来,便求符咒。”女惨然色变。宗益疑之。次日,遣人以情告僧。僧曰:“此狐也。其技尚浅,易就束缚。”乃书符二道,付嘱曰:“归以静坛一事置榻前,即以一符贴坛口。待狐窜入,急覆以盆;再以一符贴盆上,投釜汤烈火烹煮,少顷毙矣。”家人归,并如僧教。夜深,女始至,探袖中金橘，方将就榻问讯。忽坛口飕飗一声，女已吸入。家人暴起，覆口贴符，方欲就煮。宗见金橘散满地上，因追念情好，怆然感动，遽命释之。揭符去覆，女子自坛中出，狼狈颇殆，稽首曰："大道将成，一旦几为灰烬！君仁人也，誓必相报。"遂去。数日，宗益沉绵，若将陨坠。家人趋市，为购材木。途中遇一女子，问曰："汝是宗湘若纪纲否?"答云："是。"曰："宗郎是我表兄。闻病沉笃，将便省视，适有故不得去。灵药一裹，劳寄致之。"家人受归。宗念中表迄无姊妹，知是狐报。服其药，果大瘳，旬日平复。心德之，祷诸虚室，愿一再觏。一夜，闭户独酌，忽闻弹指敲窗。拔关出视，则狐女也。大悦，把手称谢，延止共饮。女曰："别来耿耿，思无以报高厚。今为君觅一良匹，聊足塞责否?"宗问："何人?"女曰："非君所知。明日辰刻，早越南湖，如见有采菱女着冰縠帔者，当急趁之。苟迷所往，即视堤边有短干莲花隐叶底，便采归，以蜡火爇其蒂，当得美妇，兼致修龄。"宗谨受教。既而告别，宗固挽之。女曰："自遭厄劫，顿悟大道。即奈何以衾裯之爱取人仇怨?"厉色辞去。宗如言至南湖，见荷荡中佳丽颇多。中一垂髫人，衣冰縠，绝代也。促舟劘逼，忽迷所往。即拨荷丛，果有红莲一枝，干不盈尺，折之而归。入门置几上，削蜡于旁，将以爇火。一回顾，化为姝丽。宗惊喜伏拜。女曰："痴生！我是妖狐，将为君祟矣!"宗不听。女曰："谁教子者?"答曰："小生自能识卿，何待教?"捉臂牵之，随手而下，化为怪石，高尺许，面面玲珑。乃携供案上，焚香再拜而祝之。入夜，杜门塞窦，惟恐其亡。平旦视之，即又非石，纱帔一袭，遥闻芗泽，展视领衿，犹存余腻。宗覆衾拥之而卧。暮起挑灯，既返，则垂髫人在枕上。喜极，恐其复化，哀祝而后就之。女笑曰："孽障哉！不知何人饶舌，遂教风狂儿屑碎欲死!"乃不复拒。而款洽间，若不胜任，屡乞休止。宗不听。女曰："如此，我便化去!"宗惧而罢。由是两情甚谐。而金帛常盈箱箧，亦不知所自来。女见人喏喏，似口不能道辞；生亦讳言其异。怀孕十余月，计日当产。入室，嘱宗杜门禁款者，自乃以刀剖脐下，取子出，令宗裂帛束之，过宿而愈。又六七年，谓宗曰："夙孽偿满，请告别也。"宗闻泣下，曰："卿归我时，贫苦不自立，赖卿小阜，何忍遽离逷？且卿又无邦族，他日儿不知母，亦一恨事。"女亦怅悒曰："聚必有散，固是常也。儿福相，君亦期颐，更何求？妾本荷氏，倘蒙思眷，抱妾旧物而呼曰：'荷花三娘子！'当有见耳。"言已解脱，曰："我去矣。"惊顾间，飞去已高于顶。宗跃起，急曳之，捉得履，履脱及地，化为石燕，色红于丹朱，内外莹彻，若水晶然，拾而藏之。检视箱中，初来时所着冰縠帔尚在。每一忆念，抱呼"荷花三娘子"，则宛然女郎，欢容笑黛，并肖生平，但不语耳。

友人云："'花如解语还多事，石不能言最可人。'放翁佳句，可为此传写照。"

采薇翁

明鼎革，干戈蜂起。於陵刘芝生先生，聚众数万，将南渡。忽一肥男子诣栅门，敝衣露腹，请见兵主。先生延入，与语，大悦之。问其姓名，自号采薇翁。刘留参帷幄，赠以刃。翁言："我自有利兵，无须矛戟。"问："兵何在？"翁乃捋衣露腹，脐大可容鸡子，忍气鼓之，忽脐中塞肤，嗤然突出剑跗，握而抽之，白刃如霜。刘大惊，问："止此乎？"笑指腹曰："此武库也，何所不有！"命取弓矢，又如前状，出雕弓一具；略一闭息，则一矢飞堕，其出不穷。已而敛插脐中，即都不见。刘神之，与同寝处，敬礼甚备。时营中号令虽严，而乌合之群，时出剽掠。翁曰："兵贵纪律。今统数万之众，而不能镇慑人心，此败亡之道。"刘善之，于是纠察卒伍，有掠取妇女财物者，枭以示众。军中稍肃，而终不能绝。翁不时乘马出，遨游部伍间，而军中悍将骄卒，辄首自堕地，不知何因。因共疑翁。前进严饬之策，兵士已畏恶之，至此益相憾怨。诸部领谮于刘曰："采薇翁妖术也。自古名将，止闻以智，不闻以术。浮云、白雀之徒，终致灭亡。今无辜将士，往往自失其首，人情汹惧；将军与处，亦危道也，不如图之。”刘从其言，谋俟其寝而诛之。使觇翁。翁坦腹方卧，鼻息如雷。众大喜，以兵绕舍，两人持刀入，断其头，及举刀，头已复合，息如故，大惊。又砍其腹，腹裂无血，其中戈矛森聚，尽露其颖。众益骇，不敢近。遥拨以矟，而铁弩大发，射中数人。众惊散，白刘。刘急诣之，已杳矣。

鹿衔草

关外山中多鹿。土人戴鹿首伏莽中，卷叶作声，鹿即群至。然牡少而牝多。牡交群牝，千百必遍，既遍遂死。众牝嗅之，知其死，分走谷中，衔异草置吻旁以熏之，顷刻复苏。急鸣金施铳，群鹿惊走。因取其草，可以回生。

小　棺

天津有舟人某，夜梦一人教之曰：“明日有载竹笥赁舟者，索之千金；不然，勿渡也。”某醒，不以为信。既寐，复梦，且书“㾓、𤸵、𤺋”三字于壁，嘱云：“倘渠吝价，当即书此示之。”某异之。但不识其字，亦不解何意。次日，留心行旅。日向西，果有一人驱骡载笥来问舟。某如梦索价。其人笑之。反复良久，某牵手以指书前字。其人大愕，即刻而灭。搜其装载，则小棺数万余，每具仅长尺许，各贮滴血而已。某以三字传示遐迩，并无知者。未几，吴逆叛谋既露，党羽尽诛，陈尸几如棺数焉。徐白山云。

李　生

商河李生，好道。村外里余有兰若，筑精舍三楹，趺坐其中。游食缁黄，往来寄宿，辄与倾谈，供给不厌。一日，大雪严寒，有老僧担囊借榻，其词元妙。信宿将行，固挽之，留数日。适生以他故归，僧嘱早至，意将别。生鸡鸣而往，扣关不应，逾垣入，见室中灯火荧然，疑其所作，潜窥之，僧趋装矣。一瘦驴絷灯架上，细审，不类真驴，颇似殉葬物；然耳尾时动，气咻咻然。俄而装成，启户牵出。生潜尾之。山门外故有大池，僧系驴池树，裸入水中，遍体掬濯，已而着衣，牵驴入亦濯之。既而加装趋乘，行绝驶。生始呼之。僧但遥拱致谢，语不及闻，而去已远矣。此王梅庵言之。李其友人。曾至其家，见堂上一匾，书“待死堂”，亦达士也。

蒋太史

蒋太史超，记前世为峨嵋僧，数梦到故居庵前潭边濯足。为人笃嗜内典，一意台宗，虽早登禁林，尝有出世之想。假归江南，抵秦陲不欲归。子哭挽之，弗听。遂入蜀，居成都金沙寺；久之，又至峨嵋，居伏虎寺，示疾祖化。自书偈云：“翛然猿鹤自来亲，老衲无端堕业尘。妄向镬汤求避热，那从大海去翻身。功名傀儡场中物，妻子骷髅队里人。只有君亲无答报，生生常自祝能仁。”

王阮亭曰：“蒋，金坛人，金坛故名金沙；又其字虎臣，卒没于峨嵋伏虎寺：名皆巧合，亦奇。予壬子典试蜀中，蒋在峨嵋，寄予书云：‘身是峨嵋老僧，故万里归骨于此。’寻化去。余有挽诗云：‘西风三十载，九病一迁官。忽忆峨嵋好，真忘蜀道难。法云晴浩荡，春雪气高寒。万里堪埋骨，天成白玉棺。’盖用书中语也。”

澂　俗

澂人多化物类出院求食。有客寓旅店，时见群鼠入米盎，驱之即遁。客伺其入，骤覆之，瓢水贯注其中。顷之，尽毙。主人全家暴卒，惟一子在。讼客，官原而宥之。

卷十一

郭　生

郭生，邑之东山人。少嗜读，但山村无所就正，年二十余，字画多讹。先是，家中患狐，服食器用，辄多亡失，深患苦之。一夜读，卷置案头，狐涂鸦甚，狼藉不辨行墨。因择其稍洁者辑读之，仅得六七十首。心恚愤而无如何。又积窗课二十余篇，待质名流。晨起，见翻摊案上，墨汁浓泚殆尽。恨甚。会王生者，以故至山，素与郭善，登门造访。见污本，问之。郭具言所苦，且出残课示王。王谛玩之，其所涂留，似有春秋；又复视涴卷，类冗杂可删。讶曰："狐似有意。不惟无患，当即以为师。"过数月，回视旧作，顿觉所涂良确。于是改作两题，置案上以观其异。比晓，又涂之。积年余，不复涂，但以浓墨洒作巨点，淋漓满纸。郭异之，持以白王。王阅之曰："狐真尔师也，佳幅可售矣。"是岁，果入邑庠。郭以是德狐，恒置鸡黍，备狐啖饮。每市房书名稿，不自选择，但决于狐。由是两试俱列前名，入闱中副车。时叶、缪诸公稿，风雅艳丽，家传而户诵之。郭有抄本，爱惜臻至，忽被倾浓墨碗许于上，污荫几无余字；又拟题构作，自觉快意，悉浪涂之：于是渐不信狐。无何，叶公以正文体被收，又稍稍服其先见。然每作一文，经营惨淡，辄被涂污。自以屡拔前茅，心气颇高，以是益疑狐妄。乃录向之洒点多者试之，狐又尽泚之。乃笑曰："是真妄矣！何前是而今非也！"遂不为狐设馔，取读本锁箱簏中。但见封锢俨然，启视，则卷面涂四画，粗于指；第一章画五，二章亦画五，后即无有矣。自是狐竟寂然。后郭一次四等，两次五等，始知其兆已寓意于画也。

异史氏曰："满招损，谦受益，天道也。名小立，遂自以为是，执叶、缪之故习，狃而不变，势不至大败涂地不止也。满之为害如是夫！"

金生色

金生色，晋宁人也。娶同村木姓女。生一子，方周岁。金忽病，自分必死。谓妻曰："我死，子必嫁，勿守也！"妻闻之，甘词厚誓，期以必死。金摇手呼母曰："我死，劳看阿保，勿令守也。"母哭应之。既而金果死。木媪来哭已，谓金母曰："天降凶忧，婿遽遭殒命。女太幼弱，将何为计？"母悲悼中，闻媪言，不胜愤激，盛气对曰："必以守！"媪惭而罢。夜伴女寝，私谓女曰："人尽夫也。以儿好手足，何患无良匹！小儿女不早作人家，眈眈守此襁褓物，宁非痴子！倘必令守，不宜以面目好相向。"金母过，颇闻絮语，益恚。明日，谓媪曰："亡人有遗嘱，本不教妇守也。今既急不能待，乃必以守！"媪怒而去。母夜梦子来，涕泣相劝，心异之。使人言于木，约殡后听妇所适。而询诸术家，本年墓向不利。妇思自衒以售，缞绖之中，不忘涂泽。居家犹素妆；一归宁，则崭然新艳。母知之，心弗善也；以其将为他人妇，亦隐忍之。于是妇益肆。村中有无赖子董贵者，见而好之，以金啖金邻媪，求通殷勤于妇。夜分由媪家逾垣以达妇所，因与会合往来。积有旬日，丑声四塞，所不知者惟母耳。妇室夜惟一小婢，妇腹心也。一夕，两情方洽，闻棺木震响，声如爆竹。婢在外榻，见亡者自幛后出，带剑入寝室去。俄闻二人骇诧声。少顷，董裸奔出。无何，金捽妇发亦出。妇大嗥。母惊起，见妇赤体走出，方将启关。问之不答，出门追视，寂不闻声，竟迷所往。入妇室，灯火犹亮。卧榻前见男子屦，呼婢；婢始战惕而出，具言其异，相与骇怪而已。董窜过邻家，团伏墙隅。移时，闻人声渐息，始起。身无寸缕，苦寒战栗，将假衣于媪。视院中一室，双扉虚掩，因而暂入。暗摸榻上，触女子足，知为邻子妇。顿生淫心，乘其寝，潜就私之。妇醒，问："汝来乎？"应曰："诺。"妇竟不疑，狎亵备至。先是，邻子以故赴北村，嘱妻掩户以待其归。既返，闻室内有声，疑而审听，音态绝秽。

大怒，操戈入室。董惧，窜于床下。邻子就戮之。又欲杀妻。妻泣而告以误，乃释之。但不知床下何人。呼母起，共火之，仅能辨认。视之，奄有气息；诘其所来，犹自供吐。而刃伤数处，血溢不止，少顷已死。媪仓皇失措，谓子曰："捉奸而单戮之，子且奈何？"子不得已，遂又杀妻。是夜，木翁方寝，闻户外拉杂之声；出窥则火炽于檐，而纵火人犹彷徨未去。翁大呼，家人毕集。幸火初燃，尚易扑灭。命人操兵弩，搜纵火者。见一人趫捷如猿，竟越垣去。垣外乃翁家桃园，园中四绕周墉皆峻固。数人登梯以望，踪迹殊杳；唯墙下块然微动。问之不应，射之而耎。启扉往验，则女子白身卧，矢贯胸脑。细烛之，则翁女而金妇也。骇告主人，翁媪惊愓欲绝，不解其故。女合眸，面色灰败，口气细于属丝。使人拔脑矢，不可出；足踏顶而后出之。女嘤然一声，血暴注，气亦随绝。翁大惧，计无所出。既曙，以实情白金母，长跪哀乞。而金母殊不怨怒，但告以故，令自营葬。金有叔兄生光，怒登翁门，诟数前非。翁惭沮，赂令罢归。而终不知妇所私者何人。俄邻子以执奸自首，既薄责释讫；而妇兄马彪素健讼，具词控妹冤。官拘媪；媪惧，悉供颠末。又唤金母；母托疾，遣生光代质，具陈底里。于是前状并发，牵木翁夫妇尽出，一切尽得其情。木以诲女嫁，坐纵淫，笞；使自赎，家产荡焉。邻媪导淫，杖之毙。案乃结。

异史氏曰："金氏子，其神乎！谆嘱醮妇，抑何明也！一人不杀，而诸恨并雪，可不谓神乎！邻媪诱人妇，而反淫己妇；木媪爱女，而卒以杀女。呜呼！'欲知后日因，当前作者是。'报更速于来生矣！"

彭海秋

莱州诸生彭好古，读书别业，离家颇远。中秋未归，岑寂无偶。念村中无可共语，惟丘生是邑名士，而素有隐恶，彭常鄙之。月既上，倍益无聊，不得已，折简邀丘。饮次，有剥啄者。斋僮出应门，则一书生，欲谒主人。彭离席，肃客入。相揖环坐，便询族居。客曰："小生广陵人，与君同姓，字海秋。值此良夜，旅邸倍苦，闻君高雅，遂乃不介而见。"视其人，布衣洁整，谈笑风流。彭大喜曰："是我宗人。今夕何夕，遘此佳客！"即命酌，款若夙好。察其意，似甚鄙丘；丘仰与攀谈，辄傲不为礼。彭代为之惭，因挠乱其辞，请先以俚歌侑饮。乃仰天再咳，歌《扶风豪士之曲》。相与欢笑。客曰："仆不能韵，莫报阳春。倩代者可乎？"彭言："如教。"客问："莱城有名妓无也？"彭答云："无。"客默良久，谓斋僮曰："适唤一人在门外，可导入之。"僮出，果见一女子逡巡户外。引之入。年二八以来，宛然若仙。彭惊绝，掖坐。衣柳黄帔，香溢四座。客便慰问："千里颇烦跋涉也！"女含笑唯唯。彭异之，便致研诘。客曰："贵乡苦无佳人，适于西湖舟中唤得来。"谓女曰："适舟中所唱《薄幸郎曲》，大佳。请试反之。"女歌云："薄幸郎，牵马洗春沼。人声远，马声杳；江天高，山月小。掉头去不归，庭中空白晓。不怨别离多，但愁欢会少。眠何处？勿作随风絮。便是不封侯，莫向临邛去！"客于袜中出玉笛，随声便串，曲终笛止。彭惊叹不已，曰："西湖至此，何止千里，咄嗟招来，得非仙乎？"客曰："仙何敢言，但视万里犹庭户耳。今夕西湖风月，犹胜曩时，不可不一观也。能从游否？"彭留心以觇其异，诺言："幸甚！"客问："舟乎，骑乎？"彭思舟坐为逸，答言："愿舟。"客曰："此处呼舟较远，天河中当有渡者。"乃以手向空中招曰："船来！我等要西湖去，不吝价也。"无何，彩船一只，自空飘落，烟云绕之。众俱登。见一人持短棹，棹末密排修翎，形类羽扇，一摇则清风习习。舟渐上入云霄，望南游行，其快如箭。逾刻，舟落水中。但闻弦管敖嘈，鸣行喤聒。出舟一望，月印烟波，游船若市。榜人罢棹，任其自流。细视之，真西湖也。客于舱后取异肴佳酿，欢然对酌。少间，一楼船渐近，相傍而行。隔窗一窥，中有三两人围棋喧笑。客飞一觥向女曰："饮此送君行。"女饮间，彭依恋徘徊，惟恐其去，蹴之以足。女斜波送盼；彭益动，请要后期。女曰："如相见爱，但问娟娘名字，无不知者。"客即以彭绫巾授女，曰："我为若代订三年之约。"即起，托女于掌中，曰："仙乎，仙乎！"乃扳邻窗，捉女入；窗目如盘，女伏身蛇游而进，殊不觉隘。俄闻邻舟曰："娟娘醒矣。"舟即荡去。遥见舟已就泊，舟中人纷纷并去，游兴顿消。遂与客言，欲一登岸，略同眺瞩。才作商榷，舟已自拢。因而离舟翔步，觉有里余。客后至，牵一马来，令彭捉之。即复去曰："待再假两骑来。"久之不至。行人已稀，仰视斜月西转，天色向曙。丘亦不知何往。捉马营营，进退无主。振辔至泊舟所，则人船俱失。念腰橐空匮，倍益忧惶。天大明，见马上有小错囊，探之得白金三四两，买食凝待，不觉向午。计不如暂访娟娘，可以徐察丘耗。比询娟娘名字，并无知者。兴转萧索，次日遂行。马调良，幸不蹇劣，半月始归。方三人之乘舟而上也，斋僮归白："主人已仙去。"举家哀涕，谓其不返。彭归，系马而入。家人惊喜集问，彭始具白其异。因念己独还乡井，恐丘家闻而致诘，戒家人勿播。语次，道马所由来，众以仙人所遗，便悉诣厩验视。及至，则马顿渺，但有丘生以草缰絷枥边。骇极，呼彭出视。见丘垂首栈下，面色灰死。问之不言，两眸启闭而已。彭大不忍，解扶榻上，若丧魂魄。灌以汤酡，稍稍能咽。中夜少苏，急欲登厕；扶掖而往，下马粪数枚。又少饮啜，始能言。彭就榻研问之。丘云："下船后，彼引我闲语。至空处，戏拍顶领，遂迷闷颠踣。伏定少刻，自顾已马。心亦醒悟，但不能言耳。是大辱耻，诚不可以告妻子，乞勿泄也！"彭诺之，命仆马驰送归。彭自是不能忘情于娟娘。又三年，以姊丈判扬州，因往省视。州有梁公子，与彭通家，开筵邀饮。即席，有歌姬数辈，俱来祗谒。公子问娟娘，家人白以病。公子怒曰："婢子声价自高，可将索子系之来！"彭闻娟娘名，惊问其谁。公子云："此娼女，广陵第一妓。缘有微名，遂倨而无礼。"彭疑名字偶同；然突突自急，极欲一见之。无何，娟娘至，公子盛气排数。彭谛视，真中秋所见者也。谓公子曰："是与仆有旧，幸垂原恕！"娟娘向彭审顾，似亦错愕。公子未遑深问，即命行觞，彭问：“《薄幸郎曲》，犹记之否？”娟娘更骇，目注移时，始度旧曲。听其声，宛似当年中秋时。酒阑，公子命侍客寝。彭捉手曰：“三年之约，今始践耶！”娟娘曰：“昔日从人泛西湖，饮不数卮忽若醉。朦胧间被一人携去，置一村中。一僮引妾入；席中三客，君其一焉。后乘船至西湖，送妾自窗棂归，把手殷殷。每所凝念，谓是幻梦；而绫巾宛在，今犹什袭藏之。”彭告以故，共相叹诧。娟娘纵体入怀，哽咽而言曰：“仙人已作良媒，君勿以风尘可弃，遂舍此苦海人！”彭曰：“舟中之约，一日未尝去心。卿倘有意，则泻囊货马所不惜耳。”又称贷于别驾千金，与公子合谋，削其籍，携之以归。偶至别业，犹能识当年饮处云。

异史氏曰：“马而人，必其为人而马者也；使为马，正恨其不为人耳。狮象鹤鹏，悉受鞭策，何可谓非神人之仁爱乎？即订三年约，亦渡苦海也。”

堪 舆

沂州宋侍郎，字君楚，素尚堪舆；即闺阁中亦能读其书，解其理。宋公卒，两公子各立门户，为父卜兆。闻有善青乌术者，不惮千里，争罗致之。于是两门术士，召致盈百；日日连骑遍郊野，东西分道，出入如两旅。经月余，各得牛眠地，此言封侯，彼云拜相。兄弟两不相下，因负气不相谋，各营寿域，锦棚彩幢，两处俱备。灵舆至歧路，兄弟各率其属以争，自晨至于日昃，不能决。宾客尽引去。舁夫凡十易肩，困惫不举，相与委柩路侧。因止不葬，鸠工构庐，以蔽风雨。兄建舍于旁，留役居守，弟亦如之：三年而成村焉。积多年，兄弟继逝；嫂与娣始合谋，力破前人水火之议，并车入野，视所择两地，并言不佳。遂同修聘贽，请术人另相之。每得一地，必具图呈闺闼，判其可否。日进数图，悉疵摘之。旬余，始卜一域。嫂览图喜曰：“可矣!”示娣。娣曰:“是地当先发一武孝廉。”葬后三年,公长孙果以武庠领乡荐。

异史氏曰:“青乌之术,或有其理;而癖而信之,则痴矣。况负气相争,委柩路侧,其于孝弟之道不讲,奈何冀以地理福儿孙哉!如闺中宛若,真雅而可传者矣。”

窦　氏

南三复,晋阳世家也。有别墅,去所居十里余,每驰骑,一日诣之,适遇雨,途中有小村,见一农人家,门内宽敞,因投止焉。近村人故皆威重南。少顷,主人出邀,跼蹐甚恭。入其舍,斗如。客既坐,主人始操彗,殷勤洒扫。既而泼蜜为茶。命之坐,始敢坐。问其姓名,自言:“廷章,姓窦。”未几,进酒烹雏,给奉周至。有笄女行炙,时止户外,稍稍露其半体,年十五六,端妙无比。南心动。雨歇既归,系念綦切。越日,具粟帛往酬,借此阶进。是后常一过窦,时携肴酒,相与留连。女渐稔,不甚忌避,辄奔走其前。睨之,则低鬟微笑。南益惑焉,无三日不往者。一日,值窦不在,坐良久,女出应客。南捉臂狎之,女惭急,峻拒曰:“奴虽贫,要嫁,何贵倨凌人也!”时南失偶,便揖之曰:“倘获怜眷,定不他娶。”女要誓,南指矢天日,以坚永约,女乃允之。自此为始,瞰窦他出,即过缱绻。女促之曰:“桑中之约,不可长也。日在帡幪之下,倘肯赐以姻好,父母必以为荣,当无不谐。宜速为计!”南诺之。转念农家岂堪匹偶,姑假其词以因循之。会媒来为议姻于大家,初尚踌躇,既闻貌美财丰,志遂决。女以体孕,催并益急,南竟绝迹不往。无何,女临蓐,产一男。父怒搒女。女以情告,且言:“南要我矣。”窦乃释女,使人问南;南立却不承。窦乃弃儿,益扑女。女暗哀邻妇,告南以苦。南亦置之。女夜亡,视弃儿犹活,遂抱以奔南,款关而告阍者曰:“但得主人一言,我可不死。彼即不念我,宁不念儿耶?”阍人具以达南,南戒勿入。

女倚户悲啼，五更始不复闻。至明视之，女抱儿坐僵矣。窦忿，讼之上官，悉以南不义，欲罪南。南惧，以千金行赂得免。大家梦女披发抱子而告曰："必勿许负心郎；若许，我必杀之！"大家贪南富，卒许之。既亲迎，奁妆丰盛，新人亦娟好。然善悲，终日未尝睹欢容，枕席之间，时复有涕洟。问之，亦不言。过数日，妇翁至，入门便泪。南未遑问故，相将入室。见女而骇曰："适于后园，见吾女缢死桃树上，今房中谁也？"女闻言，色暴变，仆然而死。视之，则窦女。急至后园，新妇果自经死。骇极，往报窦。窦发女冢，棺启尸亡。前忿未蠲，倍益惨怒，复讼于官。官因其情幻，拟罪未决。南又厚饵窦，哀令休结；官亦受其赇嘱，乃罢。而南家自此稍替。又以异迹传播，数年无敢字者。南不得已，远于百里外聘曹进士女。未及成礼，会民间讹传，朝廷将选良家女充掖庭，以故有女者，悉送归夫家去。一日，有妪导一舆至，自称曹家送女者。扶女入室，谓南曰："选嫔之事已急，仓卒不能如礼，且送小娘子来。"问："何无客？"曰："薄有奁妆，相从在后耳。"妪草草径去。南视亦风致，遂与谐笑。女俯颈引带，神情酷类窦女。心中作恶，第未敢言。女登榻，引被幛首而眠。亦谓新人常态，弗为意。日敛昏，曹人不至，始疑。捋被问女，而女亦奄然冰绝。惊怪莫知其故，驰伻告曹，曹竟无送女之事，相传为异。时有姚孝廉女新葬，隔宿为盗所发，破材失尸。闻其异，诣南所征之，果其女。启衾一视，四体裸然。姚怒，质状于官。官因南屡行无理，恶之，坐发冢见尸，论死。

异史氏曰："始乱之而终成之，非德也；况誓于初而绝于后乎？挞于室，听之；哭于门，仍听之：抑何其忍！而所以报之者，亦比李十郎惨矣！"

马介甫

杨万石，大名诸生也。生平有"季常之惧"。妻尹氏，奇悍。少忤之，辄以鞭挞从事。杨父年六十余而鳏，尹以齿奴隶数。杨与弟万钟，常窃饵翁，不敢令妇知。然衣败絮，恐贻讪笑，不令见客。万石四十无子，纳妾王，旦夕不敢通一语。兄弟候试郡中，见一少年，容服都雅。与语悦之。询其姓字，自云："介甫，马姓。"由此交日密，焚香为昆季之盟。既别，约半载，马忽携僮仆过杨。值杨翁在门外曝阳扪虱，疑为佣仆，通姓氏使达主人。翁披絮去。或告马："此即其翁也。"马方惊讶，杨兄弟岸帻出迎。登堂一揖，便请朝父。万石辞以偶恙。促坐笑语，不觉向夕。万石屡言具食，而终不见至。兄弟迭互出入，始有瘦奴持壶酒来。俄顷饮尽，坐伺良久，万石频起催呼，额颊间热汗蒸腾。俄，瘦奴以馔具出；脱粟失饪，殊不甘旨。食已，万石草草便去。万钟襆被来伴客寝。马责之曰："曩以伯仲高义，遂同盟好。今老父实不温饱，行道者羞之！"万钟泫然曰："在心之情，卒难申致。家门不吉，蹇遭悍嫂，尊长细弱，横被摧残。非沥血之好，此丑不敢扬也。"马骇叹移时，曰："我初欲早旦而行，今得此异闻，不可不一目见之。请假闲舍，就便自炊。"万钟从其教，即除室为马安顿。夜深窃馈蔬稻，惟恐妇知。马会其意，力却之。且请杨翁与同食寝。自诣城肆，市布帛为易袍袴。父子兄弟皆感泣。万钟有子喜儿，方七岁，夜从翁眠。马抚之曰："此儿福寿过于其父，但少年孤苦耳。"妇闻老翁安饱，大怒辄骂，谓马强预人家事。初恶声尚在闺闼，渐近马居，以示瑟歌之意。杨兄弟汗体徘徊，不能制止；而马若弗闻也者。妾王体妊五月，妇始知之，褫衣惨掠。已，乃唤万石跪受巾帼，操鞭逐出。值马在外，惭懅不前，又追逼之，始出。妇亦随出，叉手顿足，观者填溢。马指妇叱曰："去，去！"妇即返奔，若被鬼逐，袴履俱脱，足缠萦绕于道上，徒跣而归，面色灰死。少定，婢进袜履，着已，嚎啕大哭。家无敢问者。马曳万石，为解巾帼。万石耸身定息，如恐脱落；马强脱之。而坐立不宁，犹惧以私脱加罪。探妇哭已，乃敢入，趑趄而前。妇殊不发一语，遽起，入房自寝。万石意始舒，与弟窃奇马。家人皆以为异，相聚偶语。妇微有闻，意羞怒，遍挞奴婢。呼妾，妾创剧不能起。妇以为伪，就榻搒之，崩注堕胎。万石于无人处，对马哀啼。马慰解之。呼僮具牢馔，更筹再唱，不放万石去。妇在闺中，恨夫不归，方大恚忿。闻撬扉声，急呼婢，则室门已辟。有巨人入，影蔽一室，狰狞如鬼。俄又有数人入，各执利刃。妇骇绝欲号。巨人以刀刺颈曰："号便杀却！"妇急以金帛赎命。巨人曰："我冥曹使者，不要钱，但取悍妇心耳！"妇益惧，自投败颡。巨人乃以利刃画妇心而数之曰："如某事，谓可杀否？"即一画。凡一切凶悍之事，责数殆尽，刀画肤革，不啻数十。末乃曰："妾生子，亦尔宗绪，何忍打堕？此事必不可宥。"乃令数人反接其手，剖视悍妇心肠。妇叩头乞命，但言知悔。俄闻中门启闭，曰："杨万石来矣。既已悔过，姑留余生。"纷然尽散。无何，万石入，见妇赤身绷系，心头刀痕，纵横不可数。解而问之，得其故，大骇，窃疑马。明日，向马述之，马亦骇。由是妇威渐敛，经数月不敢出一恶语。马大喜，告万石曰："实告君，幸勿宣泄：前以小术惧之。既得好合，请暂别也。"遂去。妇每日暮，挽留万石作侣，欢笑而承迎之。万石生平不解此乐，遽遭之，觉坐立皆无所可。妇一夜忆巨人状，瑟缩摇战。万石思媚妇意，微露其假。妇遽起，苦致穷诘。万石自觉失言，而不能讳，遂实告之。妇勃然大骂。万石惧，长跪床下。妇不顾。哀至漏三下。妇曰："欲得我恕，须以刀画汝心头若干数，此恨始消。"乃起捉厨刀。万石大惧而奔，妇逐之。犬吠鸡腾，家人尽起。万钟不知何故，但以身左右翼兄。妇乃诟詈，忽见翁来，睹袍服，倍益烈怒；即就翁身条条割裂，批颊而摘翁髭。万钟见之怒，以石击妇，中颅，颠蹶而毙。万钟曰："我死而父兄得生，何憾！"遂投井中，救之已死。移时妇苏，闻万钟死，怒亦遂解。既殡，弟妇恋儿矢不嫁。妇唾骂不与食，醮去之。遗孤儿，朝夕受鞭楚。俟家人食讫，始啖以冷块。积半岁，儿尪羸，仅存气息。一日，马忽至。万石嘱家人勿以告妇。马见翁褴褛如故，大骇；又闻万钟殒谢，顿足悲哀。儿闻马至，便来依恋，前呼马叔。马不能识，审顾始辨，惊曰:“儿何憔悴至此!”翁乃嗫嚅具道情事。马忿然谓万石曰:“我曩道兄非人,果不谬。两人止此一线,杀之将奈何?”万石不言,惟伏首帖耳而泣。坐语数刻,妇已知之。不敢自出逐客,但呼万石入,批使绝马。含涕而出,批痕俨然。马怒之曰:“兄不能威,独不能断出之耶?殴父杀弟,安然忍受,何以为人!”万石欠伸,似有动容。马又激之曰:“如渠不去,须以威劫,便杀却勿惧。仆有二三知交,都居要地,必合极力,保无亏也。”万石诺,负气疾行,奔而入。适与妇遇,叱问:“何为?”万石遑遽失色,以手据地,曰:“马生教余出妇。”妇益恚,顾寻刀杖。万石惧而却走。马唾之曰:“兄真不可教也已!”遂开箧,出刀圭药,合水授万石饮,曰:“此丈夫再造散。所以不轻用者,以能病人故耳。今不得已,暂试之。”饮下少顷,万石觉忿气填胸,如烈焰中烧,刻不容忍。直抵闺闼,叫喊雷动。妇未及诘,万石一足腾起,妇颠去数尺有咫。即复握石成拳,擂击无算。妇体几无完肤,嘲哳犹骂。万石于腰中出佩刀。妇骂曰:“出刀敢杀我耶?”万石不语,割股上肉大如掌,掷地上。方欲再割,妇哀鸣乞恕。万石不听,又割之。家人见万石凶狂,相集死力掖出。马迎去,捉臂相用慰劳。万石余怒未息,屡欲奔寻。马止之。少间,药力渐消,嗒焉若丧。马嘱曰:“兄勿馁。乾纲之振,在此一举。夫人之所以惧者,非朝夕之故,其所由来者渐矣。譬昨死而今生,须从此涤故更新,再一馁则不可为矣。”遣万石入探之。妇股栗心慑,倩婢扶起,将以膝行。止之乃已。出语马生,父子交贺。马欲去,父子共挽之。马曰:“我适有东海之行,故便道相过,还时可复会耳。”月余,妇起,宾事良人。久觉黔驴无技,渐狎,渐嘲,渐骂;居无何,旧态全作矣。翁不能堪,宵遁,至河南,隶道士籍。万石亦不敢寻。年余,马至,知其状,怫然责数已,呼儿至,置驴子上,驱竟去。由此乡人皆不齿万石。学使按临,以劣行黜名。又四五年,遭回禄,居室财物悉为煨烬,延烧邻舍。村人执以告郡,罚锾烦苛。于是家产渐尽,至无居庐。近村相戒,无以舍舍万石。尹氏兄弟,怒妇所为,亦拒绝之。

万石既穷，质妾于贵家，偕妻南渡。至河南界，资斧已绝。妇不肯从，聒夫再嫁。适有屠而鳏者，以钱三百货去。万石一身，丐食于远村近郭间。至一朱门，阍人呵拒不听前。少间，一官人出，万石伏地啜泣。官人熟视久之，略诘姓名，惊曰："是伯父也！何一贫至此?"万石细审，知为喜儿，不觉大哭。从之入，见堂中金碧焕映。俄顷，父扶童子出，相对悲哽。万石始述所遭。初，马携喜儿至此，数日，即出寻杨翁来，使祖孙同居。又延师教读。十五岁入邑庠，次年领乡荐，始为完婚。乃别欲去。祖孙泣留之。马曰："我非人，实狐仙耳。道侣相候已久。"遂去。孝廉言之，不觉恻楚。因念昔与庶伯母同受酷虐，倍益伤感。遂以舆马赍金赎王氏归。年余，生一子，因以为嫡。尹从屠半载，狂悖犹昔。夫怒，以屠刀孔其股，穿以毛绠，悬梁上，荷肉竟出。号极声嘶，邻人始知。解缚抽绠；一抽，则呼痛之声，震动四邻。以是见屠来，则骨毛皆竖。后胫创虽愈，而断芒遗肉内，终不良于行；犹夙夜服役，无敢少懈。屠既横暴，每醉归，则挞詈不情。至此，始悟昔之施于人者，亦犹是也。一日，杨夫人及伯母烧香普陀寺，近村农妇，并来参谒。尹在中，怅立不前。王氏故问："此伊谁?"家人进白："张屠之妻。"便呵使前，与太夫人稽首。王笑曰："此妇从屠，当不乏肉食，何羸瘠乃尔?"尹愧恨，归欲自经，绠弱不得死。屠益恶之。岁余，屠死。途遇万石，遥望之，以膝行，泪下如縻。万石碍仆，未通一言。归告侄，欲谋珠还。侄固不肯。妇为里人所唾弃，久无所归，依群乞以食。万石犹时就尹废寺中。侄以为玷，阴教群乞窘辱之，乃绝。此事余不知其究竟，后数行，乃毕公权撰成之。

异史氏曰："惧内，天下之通病也。然不意天壤之间，乃有杨郎？宁非变异！余尝作妙音经之续言，谨附录，以博一噱。"

妙音经跋

窃以天道化生万物，重赖坤成；男儿志在四方，尤须内助。同甘独苦，劳尔十月呻吟；就湿移干，苦矣三年嚬笑。此顾宗祧而动念，君子所以有伉俪之求；瞻井臼而怀思，古人所以有鱼水之爱也。始而不逊之声，或大施而小报；继则如宾之敬，竟有往而无来。只缘儿女深情，遂使英雄短气。床上夜叉坐，任金刚亦须低眉；釜底毒烟生，即铁汉无能强项。秋砧之杵可掬，不捣月夜之衣；麻姑之爪能搔，轻试莲花之面。小受大走，直将代孟母投梭；妇唱夫随，翻欲起周婆制礼。婆娑跳掷，停观满道行人；嘲哳鸣嘶，扑落一群娇鸟。恶乎哉！呼天吁地，忽尔披发向银床；丑矣夫！转目摇头，猥欲投环延玉颈。当是时也：地下已多碎胆，天外更有惊魂。北宫黝未必不逃，孟施舍焉能无惧？将军气同雷电，一入中庭，顿归无何有之乡；大人面若冰霜，比到寝门，遂有不可问之处。岂果脂粉之气不势而威？胡乃肮脏之身不寒而栗？犹可解者：魔女翘鬟来月下，何妨俯伏皈依！最冤枉者：鸠盘蓬首到人间，也要香花供养。闻怒狮之吼，则双孔撩天；听牝鸡之鸣，则五体投地。登徒子淫而忘丑，回波词怜而成嘲。设为汾阳之婿，立致尊荣，媚卿卿良有故；若赘外黄之家，不免奴役，拜仆仆将何求？彼穷鬼自觉无颜，任其斫树催花，止求包荒于怨妇；如钱神可云有势，乃亦撄鳞犯制，不能借重于方兄。岂缚游子之心，惟兹鸟道？抑消霸王之气，恃此鸿沟？然死同穴，生同衾，何尝教吟“白首”？而朝行云，暮行雨，辄欲独占巫山。恨煞“池水清”，空按红牙玉板；怜尔妾命薄，独支永夜寒更。蝉壳鹭滩，喜骊龙之方睡；犊车麈尾，恨驽马之不奔。榻上共卧之人，挞去方知为舅；床前久系之客，牵来已化为羊。需之殷者仅俄顷，毒之流者无尽藏。买笑缠头，而成自作之孽，太甲必曰难违；俯首帖耳，而受无妄之刑，李阳亦谓不可。酸风凛冽，吹残绮阁之春；醋海汪洋，淹断蓝桥之月。又或盛会忽逢，良朋即坐，斗酒藏而不设，且由房出逐客之书；故人疏而不来，遂自我广绝交之论。甚而雁影分飞，涕空沾于荆树；鸾胶再觅，变遂起于芦花。故饮酒阳城，一堂中惟有兄弟；吹竽商子，七旬内并无室家：古人为此，有隐痛矣。呜呼！百年鸳偶，竟成附骨之疽；五两鹿皮，或买剥床之痛。髯如戟者如是，胆似斗者何人？故不敢于马栈下断绝祸胎，又谁能向蚕室中斩除孽本？娘子军肆其横暴，苦疗妒之无方；胭脂虎啖尽生灵，幸渡迷之有楫。天香夜爇，全澄汤镬之波；花雨晨飞，尽灭剑轮之火。极乐之境，彩翼双栖；长舌之端，青莲并蒂。拔苦恼于优婆之国，立道场于爱河之滨。咦！愿此几章贝叶文，洒为一滴杨枝水！

绛　妃

癸亥岁，余馆于毕刺史公之绰然堂。公家花木最盛，暇辄从公杖履，得恣游赏。一日，眺览既归，倦极思寝，解履登床。梦二女郎，被服艳丽，近请曰："有所奉托，敢请移玉。"余愕然起问："谁相见召？"曰："绛妃耳。"恍惚不解所谓，遽从之去。俄睹殿阁，高接云汉。下有石阶，层层而上，约尽百余级，始至巅头。见朱门洞敞，又有二三丽者，趋入通客。无何，诣一殿外，金钩碧箔，光明射眼。内一女人降阶出，环珮锵然，状若贵嫔。方思展拜，妃便先言："敬屈先生，理须首谢。"呼左右以毯贴地，若将行礼。余惶悚无以为地，因启曰："草莽微贱，得辱宠召，已有余荣。况敢分庭抗礼，益臣之罪，折臣之福！"妃命撤毯设宴，对筵相向。酒数行，余辞曰："臣饮少辄醉，惧有愆仪。教命云何？幸释疑虑。"妃不言，但以巨杯促饮。余屡请命。乃曰："妾，花神也。合家细弱，依栖于此，屡被封家婢子横见摧残。今欲背城借一，烦君属檄草耳。"余皇然起奏："臣学陋不文，恐负重托；但承宠命，敢不竭肝膈之愚。"妃喜，即殿上赐笔札。诸丽者拭案拂座，磨墨濡毫。又一垂髫人，折纸为范，置腕下。略写一两句，便二三辈叠背相窥。余素迟钝，此时觉文思若涌。少间稿脱，争持去启呈绛妃。妃展阅一过，颇谓不疵，遂复送余归。醒而忆之，情事宛然，但檄词强半遗忘，因足而成之：

"谨按封氏，飞扬成性，忌嫉为心。济恶以才，妒同醉骨；射人于暗，奸类含沙。昔虞帝受其狐媚，英皇不足解忧，反借渠以解愠；楚王蒙其蛊惑，贤才未能称意，惟得彼以称雄。沛上英雄，云飞而思猛士；茂陵天子，秋高而念佳人。从此怙宠日恣，因而肆狂无忌。怒号万窍，响碎玉于王宫；澎湃中宵，弄寒声于秋树。忽向山林丛里，假虎之威；时于滟滪堆中，生江之浪。且也帘钩频动，发高阁之清商；檐铁忽敲，破离人之幽梦。寻帷下榻，反同入幕之宾：排闼登堂，竟作翻书之客。不曾于生平识面，直开门户而来；若非是掌上留裙，几掠妃子而去。吐红丝于碧落，乃敢因月成阑；翻柳浪于青郊，谬说为花寄信。赋归田者，归途才就，飘飘吹薜荔之衣；登高台者，高兴方浓，轻轻落茱萸之帽。蓬梗卷兮上下，三秋之羊角抟空；筝声入乎云霄，百尺之鸢丝断系。不奉太后之诏，欲速花开；未绝座客之缨，竟吹灯灭。甚则扬尘播土，吹平李贺之山；叫雨呼云，卷破杜陵之屋。冯夷起而击鼓，少女进而吹笙。荡漾以来，草皆成偃；吼奔而至，瓦欲为飞。未施抟水之威，浮水江豚时出拜；陡出障天之势，书天雁字不成行。助马当之轻帆，彼有取尔；牵瑶台之翠帐，于意云何？至于海鸟有灵，尚依鲁门以避；但使行人无恙，愿唤尤郎以归。古有贤豪，乘而破者万里；世无高士，御以行者几人？驾炮车之狂云，遂以夜郎自大；恃贪狼之逆气，漫以河伯为尊。姊妹俱受其催残，汇族悉为其蹂躏。纷红骇绿，掩苒何穷？擘柳鸣条，萧骚无际。雨零金谷，缀为藉客之裀；露冷华林，去作沾泥之絮。埋香瘗玉，残妆卸而翻飞；朱榭雕阑，杂珮纷其零落。减春光于旦夕，万点正飘愁；觅残红于东西，五更非错恨。翩翎江汉女，弓鞋漫踏春园；寂寞玉楼人，珠勒徒嘶芳草。斯时也：伤春者有难乎为情之怨；寻胜者作无可奈何之歌。尔乃趾高气扬，发无端之踔厉；摧蒙振落，动不已之阑珊。伤哉绿树犹存，簌簌者绕墙自落；久矣朱幡不竖，娟娟者贯涕谁怜？堕溷沾篱，毕芳魂于一日；朝荣夕悴，免荼毒于何年？怨罗裳之易开，骂空闻于子夜，讼狂伯之肆虐，章未报于天庭。诞告芳邻，学作蛾眉之阵；凡属同气，群兴草木之兵。莫言蒲柳无能，但须藩篱有志。且看莺俦燕侣，公覆夺爱之仇；请与蝶友蜂媒，共发同心之誓。兰桡桂楫，可教战于昆明；桑盖柳旌，用观兵于上苑。东篱处士，亦出茅庐；大树将军，应怀义愤。杀其气焰，洗千年粉黛之冤；歼尔豪强，销万古风流之恨！”

河间生

河间某生，场中积麦穰如丘，家人日取为薪，洞之。有狐居其中，常与主人相见，老翁也。一日，屈主人饮，拱生入洞。生难之，强而后入。入则廊舍华好。即坐，茶酒芳烈。但日色苍黄，不变中夕。筵罢既出，景物俱杳。翁每夜往夙归，人莫能迹。问之，则言友朋招饮。生请与俱，翁不可。固请之，翁始诺。挽生臂，疾如乘风，可炊黍时，至一城市。入酒肆，见座客良多，聚饮颇哗。乃引生登楼上。下视饮者，几案柈餐，可以指数。翁自下楼，任意取案上酒果，抔来供生，筵中曾莫之禁。移时，生视一朱衣人前列金橘，命翁取之。翁曰：“此正人，不可近。”生默念：狐与我游，必我邪也；自今以往，我必正！方一注想，觉身不自主，眩坠楼下。饮者大骇，相哗以妖。生仰视，竟非楼上，乃梁间耳。以实告众。众审其情确，赠而遣之。问其处，乃鱼台，去河间千里云。

云翠仙

梁有才，故晋人，流寓于济，作小负贩，无妻子田产。从村人登岱。岱，四月交，香侣杂沓。又有优婆夷塞，率众男子以百十，杂跪神座下，视香炷为度，名曰“跪香”。才视众中有女郎，年十七八而美，悦之。诈为香客，近女郎跪；又伪为膝困无力状，故以手据女郎足。女回首似嗔，膝行而远之。才又膝行近之；少间又据之。女郎觉，遽起不跪，出门去。才亦起亦出，履其迹，不知所往。心无望，快快而行。途中见女郎从媪，似为女也母者。才趋之。媪女行且语。媪云："汝能参礼娘娘，大好事！汝又无弟妹，但获娘娘冥加护，护汝得快婿，但能相孝顺，都不必贵公子、富王孙也。"才窃喜，渐渍，诘媪。媪自言为云氏，女名翠仙，其出也。家西山四十里。才曰："山路涩，母如此蹜蹜，妹如此纤纤，何能便至？"曰："日已晚，将寄舅家宿耳。"才曰："适言相婿，不以贫嫌，不以贱鄙，我又未婚，颇当母意否？"媪以问女，女不应。媪数问，女曰："渠寡福，又荡无行，轻薄之心，还易翻覆。儿不能为遢伎儿作妇！"才闻，朴诚自表，切矢皦日。媪喜，竟诺之。女不乐，勃然而已。母又强拍咻之。才殷勤，手于橐，觅山兜二，舁媪及女，己步从若为仆。遇隘，辄呵兜夫不得颠摇，意良殷。俄抵村舍，便邀才同入舅家。舅出翁，妗出媪也。云兄之嫂之。谓："才，吾婿。日适良，不须别择，便取今夕。"舅亦喜，出酒肴饵才。既，严妆翠仙出，拂榻促眠。女曰："我固知郎不义，迫母命，漫相随。郎若人也，当不须忧偕活。"才唯唯听受。明日早起，母谓才："宜先去，我以女继至。"才归，扫户闼。媪果送女至。入视室中，虚无有。便云："似此何能自给？老身速归，当小助汝辛苦。"遂去。次日，有男女数辈，各携服食器具，布一室满之。不饭俱去，但留一婢。才由此坐温饱，惟日引里中无赖，朋饮竞赌，渐盗女簪珥佐博。女劝之，不听；颇不耐之，惟严守箱奁似防寇。一日，博党款门访才，窥见女，适适然惊。问曰："子大富贵，何忧贫耶！"才问故。答曰："曩见夫人，实仙人也。适于子，家道不相称。货为媵，金可得百；为妓，可得千。千金在室，而听饮博无资耶？"才不言，而心然之。归，辄向女欷歔，时时言贫不可度。女不顾，才频频击桌，抛匕箸，骂婢，作诸恶态。一夕，女沽酒与饮，忽曰："郎以贫故，日焦心。我又不能御穷，分郎忧，中怀耿耿，岂不愧怍？但无长物，止有此婢，鬻之，可稍稍佐经营。"才摇首曰："其直几何！"又饮少时，女曰："妾与郎，有何不相承，但力竭耳。念一贫如此，便死相从，不过均此百年苦，有何发迹？不如以妾鬻贵家，两所便益，得直或较婢多。”才故愕言：“何得至此！”女固言之，色作庄。才喜曰：“容再计之。”遂缘中贵人货隶乐籍。中贵人亲诣才，见女大悦。恐不能即得，立券八百缗。事滨就矣，女曰：“母日以婿家贫，常常萦念，今义断矣，我将暂归省；且郎与妾绝，何得不告母？”才虑母阻。女曰：“我顾自乐之，保无差贷。”才从之。夜将半，始抵母家。挝阖入，见楼舍华好，婢仆辈往来憧憧。才日与女居，每请诣母，女辄止之，故为甥馆年余，曾未一临岳家。至此大骇，以其家巨，恐媵妓所不甘也。女引才登楼上。媪惊问夫妻何来。女怨曰：“我固道渠不义，今果然！”乃于衣底出黄金二锭置几上，曰：“幸不为小人赚脱，仍以还母。”媪骇问故。女曰：“渠将鬻我，故藏金无用处。”乃指才骂曰：“豺鼠子！曩日负肩担，面沾尘如鬼。初近我，熏熏作汗腥，肤垢欲倾塌，足手皴一寸厚，使人终夜恶。自我归汝家，安坐餐饭，鬼皮始脱。母在前，我岂诬耶？”才垂首，不敢少出气。女又曰：“自顾无倾城姿，不堪奉贵人。似若辈男子，我自谓犹相匹。有何亏负，遂无一念香火情？我岂不能起楼宇，买良沃？念汝儇薄骨、乞丐相，终不是白头侣！”言次，婢妪连衿臂，旋旋围绕之。闻女责数，便都唾骂，共言：“不如杀却，何须复云云！”才大惧，据地自投，但言知悔。女又盛气曰：“鬻妻子已大恶，犹未便是剧；何忍以同衾人赚作娼！”言未已，众眦裂，悉以锐簪剪刀股，攒刺胁踝。才大号，悲哀乞命。女止之曰：“可暂释却。渠便无仁义，我不忍其觳觫。”乃率众下楼去。才坐听移时，语声渐寂，思欲潜遁。忽仰视见星汉，东方已白，野色苍莽，灯亦寻灭。并无屋宇，身坐削壁上。俯瞰绝壑，深无底。骇绝，惧堕。身稍移，塌然一声，随石崩坠。壁半有枯藤横焉，罥不得堕。以枯受腹，手足无着。下视茫茫，不知几何寻丈。不敢转侧，嗥怖声嘶，一身尽肿，眼耳鼻舌身力俱竭。日渐高，始有樵人望见之；寻绠来，缒而下，取置崖上，奄将溘毙。舁归其家。至则门洞敞，家荒荒如败寺，床簏什器俱杳，惟有绳床败案，是己家旧物，零落犹存。嗒然自卧。饥时，日一乞食于邻。既而肿溃为癞。里薄其行，悉唾弃之。才无计，货屋而穴居。行乞于道，以刀自随。或劝以刀易饵，才不肯，曰："野居防虎狼，用自卫耳！"后遇向劝鬻妻者于途，近而哀语，遽出刀擎而杀之，遂被收。官廉得其情，亦未忍酷虐之，系狱中，寻瘐死。

异史氏曰："得远山芙蓉，与共四壁，与以南面王岂易哉！已则非人，而怨逢恶之友；故为友者，不可不知戒也。凡狭邪子，诱人淫博，为诸不义，其事不败，虽则不怨亦不德。迨于身无襦，妇无裤，千人所指，无疾将死，穷败之念，无时不萦于心；穷败之恨，无时不切于齿。清夜牛衣中，辗转不寐，夫然后历历想未落时，历历想将落时，又历历想致落之故，而因以及发端致落之人。至于此，弱者起，拥絮坐诅；强者愤，忍冻裸行，篝火索刀，霍霍磨之，不待终夜矣。故以善规人，如赠橄榄；以恶诱人，如馈漏脯也。听者固当省，言者可勿惧哉！"

大力将军

查伊璜，浙人。清明饮野寺中，见殿前有古钟，大于两石瓮；而上下土痕手迹，滑然如新。疑之。俯窥其下，有竹筐，受八升许，不知所贮何物。使数人抠耳力掀举之，无少动。益骇。乃坐饮以伺其人。居无何，有乞儿入，携所得糗糒，堆累钟下。乃以一手起钟，一手掬饵置筐内；往返数四始尽。已复合之，乃去。移时复来，探取食之，食已复探，轻若启椟。一座尽骇。查问："若个男儿胡行乞？"答以："啖啖多，无佣者。"查以其健，劝投行伍。乞人愀然虑无阶。查遂携归，饵之，计其食略倍五六人。为易衣履，又以五十金赠之行。后十余年，查犹子令于闽，有吴将军六一者，忽来通谒。款谈间，问："伊璜是君何人？"答言："为诸父行。与将军何处有素？"曰："是我师也。十年之别，颇复忆念。烦致先生一赐临也。"漫应之。自念：叔名贤，何得武弟子？会伊璜至，因告之。伊璜茫不记忆。因其问讯之殷，即命仆马，投刺于门。将军趋出，逆诸大门之外。视之，殊昧生平。窃疑将军误，将军伛偻益恭。肃客入，深启三四关。忽见女子往来，知为私廨，屏足立。将军又揖之。少间登堂，则卷帘者，移座者，并皆少姬。既坐，方拟展问，将军颐少动，一姬捧朝服至，将军遽起更衣。查不知其何为。众姬捉袖整襟讫，先命数人捺查座上不使动，而后朝拜，如觐君父。查大愕，莫解所以。拜已，以便服侍坐。笑曰："先生不忆举钟之乞人耶？"查乃悟。既而华筵高列，家乐作于下。酒阑，群姬列侍。将军入室请衽，阖扉乃去。查醉起迟，将军已于寝门外三问矣。查不自安，辞欲返。将军投辖下钥，锢闭之。见将军日无他作，惟点姬婢养厮卒，及骡马服用器具，督造记籍，戒无遗漏。查以将军家政，故未深叩。一日，执籍谓查曰："不才得有今日，悉出高厚之赐。一婢一物，所不敢私，敢一半奉先生。"查愕然不受。将军不听。出藏镪数万，亦两置之。按籍点照，古玩床几，堂内外罗列几满。查固止之，将军不顾。稽婢仆姓名已，即令男为治装，女为敛器，且嘱敬事先生。百声悚应。又亲视姬婢登舆，厩卒捉马骡，阗咽并发，乃返，别查。后查以修史一案，株连被收，卒得免，皆将军力也。

异史氏曰："厚施而不问其名，真侠烈古丈夫哉！而将军之报，亦慷慨豪爽，尤千古所仅见。如此胸襟，自不应老于沟渎。以是知两贤相遇，非偶然也。"

白莲教

白莲盗首徐鸿儒，得左道之书，能役鬼神。小试之，观者尽骇。走门下者如鹜。于是阴怀不轨。因出一镜，言能鉴人终身。悬于庭，令人自照，或幞头，或纱帽，绣衣貂蝉，现形不一。人益怪愕。由是道路摇播，踵求鉴者，挥汗相属。徐乃宣言："凡镜中文武贵官，皆如来佛注定龙华会中人。各宜努力，勿得退缩。"因以镜对众自照，则冕旒龙衮，俨然王者。众相视而惊，大众齐伏。徐乃建旗秉钺，罔不欢跃相从，冀符所照。不数月，聚党以万计，滕峄一带，望风而靡。后大兵进剿，有彭都司者，长山人，艺勇绝伦。寇出二垂髫女与战。女俱双刃，利如霜；骑大马，喷嘶甚怒。飘忽盘旋，自晨达暮，彼不能伤彭，彭亦不能捷也。如此三日，彭觉筋力俱竭，哮喘而卒。迨鸿儒既诛，捉贼党械问之，始知刃乃木刀，骑乃木凳也。假兵马死真将军，亦奇矣！

颜　氏

顺天某生，家贫。值岁饥，从父之洛。性钝，年十七，裁不能成幅；而丰仪秀美，能雅谑，善尺牍。见者不知其中之无有也。无何，父母继殁，孑然一身，受童蒙于洛汭。时村中颜氏有孤女，名士裔也。少慧。父在时尝教之读，一过辄记不忘。十数岁，学父吟咏。父曰："吾家有女学士，惜不弁耳。"钟爱之，期择贵婿。父卒，母执此志，三年不遂，而母又卒。或劝适佳士，女然之而未就也。适邻妇逾垣来，就与攀谈。以字纸裹绣线，女启视，则某手翰，寄邻生者。反复之而好焉。邻妇窥其意，私语曰："此翩翩一美少年，孤与卿等，年相若也。倘能垂意，妾嘱渠媒合之。"女脉脉不语，妇归，以意授夫。邻生故与生善，告之，大悦。有母遗金鸦镮，托委致焉。刻日成礼，鱼水甚欢。及睹生文，笑曰："文与卿似是两人，如此，何日可成？"朝夕劝生研读，严如师友。敛昏，先挑烛据案自哦，为丈夫率，听漏三下，乃已。如是年余，生制艺颇通；而再试再黜，身名蹇落，饔飧不给，抚情寂寞，嗷嗷悲泣。女诃之曰："君非丈夫，负此弁耳！使我易髻而冠，青紫直芥视之。"生方懊丧，闻妻言，睒睗而怒曰："闺中人，身不到场屋，便以功名富贵，似汝在厨下汲水炊白粥；若冠加于顶，亦犹人耳！"女笑曰："君勿怒。俟试期，妾请易装相代。倘落拓如君，当不敢复藐天下士矣。"生亦笑曰："卿自不知蘖苦，真宜使尝试之。但恐绽露，为乡邻笑耳。”女曰：“妾非戏语。君尝言燕有故庐，请男装从君归，伪为弟。君以襁褓出，谁得辨其非？”生从之。女入房，巾服而出，曰：“视妾可作男儿否？”生视之，俨然一顾影少年也。生喜，遍辞里社。交好者薄有馈遗，买一羸蹇，御妻而归。生叔兄尚在，见两弟如冠玉，甚喜，晨夕恤顾之。又见宵旰攻苦，倍益爱敬。雇一剪发雏奴，为供给使。暮后，辄遣去之。乡中吊庆，兄自出周旋；弟惟下帷读。居半年，罕有睹其面者。客或请见，兄辄代辞。读其文，瞲然骇异，或排闼而迫之，一揖便亡去。客睹丰采，又共倾慕。由此名大噪，世家争愿赘焉。叔兄商之，惟辗然笑。再强之，则言：“矢志青云，不及第，不婚也。”会学使按临，两人并出。兄又落。弟以冠军应试，中顺天第四；明年成进士，授桐城令，有吏治；寻迁河南道掌印御史，富埒王侯。因托疾乞骸骨，赐归田里。宾客填门，乞谢不纳。又自诸生以及显贵，并不言娶，人无不怪之者。归后，渐置婢，或疑其私；嫂察之，殊无苟且。无何，明鼎革，天下大乱。乃告嫂曰：“实相告，我小郎妇也。以男子阘茸，不能自立，负气自为之。深恐播扬，致天子召问，贻笑海内耳。”嫂不信，脱靴而示之足，始愕；视靴中，则败絮满焉。于是使生承其衔，仍闭门而雌伏矣。而生平不孕，遂出资购妾。谓生曰：“凡人置身通显，则买姬媵以自奉。我宦迹十年，犹一身耳。君何福泽，坐享佳丽？”生曰：“面首三十人，请卿自置耳。”相传为笑。是时生父母，屡受覃恩矣。缙绅拜往，尊生以侍御礼。生羞袭闺衔，惟以诸生自安，终生未尝舆盖云。

异史氏曰：“翁姑受封于新妇，可谓奇矣。然侍御而夫人也，何时无之？但夫人而侍御者少耳。天下冠儒冠、称丈夫者，皆愧死矣！”

木偶戏

商人白有功言：“在泺口河上，见一人荷竹簏，牵巨犬二。于簏中出木雕美人，高尺余，手目转动，艳妆如生。又以小锦鞯被犬身，便令跨坐。安置已，叱犬疾奔。美人自起，学解马作诸剧，镫而腹藏，腰而尾赘，跪拜起立，灵变不讹。又作昭君出塞：别取一木雕儿，插雉尾，披羊裘，跨犬从之。昭君频频回顾，羊裘儿扬鞭追逐，真如生者。”

邵士梅

邵进士，士梅，济宁人。初授登州教授，有二老秀才投刺，睹其名，似甚熟识。凝思良久，忽悟前身。便问斋夫：“某生居某村否？”又言其丰范，一一吻合。俄两生入，执手倾语，欢若平生。谈次，问高东海况。二生答：“瘐死二十余年矣，今一子尚存。此乡中细民，何以见知？”邵笑云：“我旧戚也。”先是，高东海素无赖；然性豪爽，轻财好义。有负租而鬻女者，倾囊代赎之。私一娼，娼坐隐盗，官捕甚急，逃匿高家。官知之，收高，备极搒掠，终不服，寻死狱中。其死之日，即邵生辰。后邵至某村，恤其妻子，远近皆知其异。此高少宰言之，即高公子冀良同年也。

王阮亭曰：“邵前生为栖霞人，与其妻三世为夫妇，事更奇也。高东海以病死，非瘐死，邵自述甚详。”

邵临淄

临淄某翁之女，太学李生妻也。未嫁时，有术士推其造，决其必受官刑。翁怒之，既而笑曰：“妄言一至于此！无论世家女必不至公庭，岂一监生不能庇一妇乎？”既嫁，悍甚，捶骂夫婿以为常。李不堪其虐，忿鸣于官。邑宰邵公准其词，签役立勾。翁闻之大骇，率子弟登堂，哀求寝息。弗许。李亦自悔，求罢。公怒曰：“公门内岂作辍尽由尔耶？必拘质审！”既到，略诘一二言，便曰：“真悍妇！”杖责三十，臀肉尽脱。

异史氏曰："公岂有伤心于闺闼耶？何怒之暴也！然邑有贤宰，里无悍妇矣。志之，以补'循吏传'之所不及者。"

狂　生

刘学师言："济宁有狂生某，善饮；家无儋石，而得钱辄沽，殊不以厄穷为意。值新刺史莅任，善饮无对。闻生名，招与饮而悦之，时共谈宴。生恃其狎，凡有小讼求直者，辄受薄贿，为之缓颊；刺史每可其请。生习为常，刺史心厌之。一日早衙，持刺登堂。刺史览之微笑。生厉声曰：'公如所请，可之；不如所请，否之。何笑也！闻之：士可杀不可辱。他固不能相报，岂一笑不能报耶！'言已，大笑，声震堂壁。刺史怒曰：'何敢无礼！宁不闻灭门令尹耶！'生掉臂竟下，大声曰：'生员无门之可灭！'刺史益怒，执之。访其家居，则并无田宅，惟携妻住城堞上。刺史闻而释之，但逐不令居城垣。朋友怜其狂，为买数尺地，购斗室焉。入而居之，叹曰：'今而后，畏令尹矣！'"

异史氏曰："士君子奉法守礼，不敢劫人于市，南面者奈我何哉！然仇之犹得而加者，徒以有门在耳；夫至无门可灭，则怒者更无以加之矣。噫嘻！此所谓'贫贱骄人'者耶！独是君子虽贫，不轻干人，乃以口腹之累，喋喋公堂，亦品斯下矣。虽然，其狂不可及也。"

辽阳军

沂水某，明季充辽阳军。会辽城陷，为乱兵所杀，头虽断，犹不甚死。至夜，一人执簿来，按点诸鬼。至某，谓其不宜死，使左右续其头而送之。遂共取头安项上，群扶之，风声簌簌，行移时，置之而去。视其地，则故里也。沂令闻之，疑其窃逃。拘讯而得其情，颇不信；又审其颈无少断痕，将刑之。某曰："言之无可凭信，但请寄狱中，头断可假，陷城不可假。设辽阳无恙，然后即刑未晚也。"令然之。数日，辽信至，时日一如所言，遂释之。

张贡士

安丘张贡士，寝疾，仰卧床头。忽见心头有小人出，长仅半尺，儒冠儒服，作俳优状。唱昆山曲，音调清澈，说白自道名贯，一与己同；所唱节末，皆其生平所遭。四折既毕，吟诗而没。张犹记其梗概，为人述之。

阮亭云："岂杞园耶？大奇。"

孙必振

孙必振渡江，值大风雷，舟船荡摇，同舟大恐。忽见金甲神立云中，手持金字牌，下示诸人。共仰视之，上书"孙必振"三字甚真。众谓："孙必振有犯天谴，请自为一舟，勿相累。"孙尚无言，众不待其肯可，视旁有小舟，共推置其上。孙既登舟，回视，则前舟覆矣。

元　宝

广东临江山崖巉岩，常有元宝嵌石上。崖下波涌，舟不可泊。或荡桨近摘之，则牢不可动。若其人数应得此，则一摘即落，回首已复生矣。

龙

袁宣四言："在苏州，值阴晦，霹雳大作。众见龙垂云际，鳞甲张动，爪中挎一人头，须眉毕现。移时，入云而没。后亦未闻有失其头者。”

砚　石

王仲超言：“洞庭君山间有石洞，高可容舟，深暗不测，湖水出入其中。尝秉烛泛舟而入，见两壁皆黑石，其色如漆，按之而软；出刀割之，如切硬腐。随意制为砚。既出见风，则坚硬过于他石。试之墨，大佳。估舟游楫，往来甚众，中有佳石，不知取用，亦赖好奇者之品题也。”

武　夷

武夷山有削壁千仞，人每于下拾沉香玉块焉。太守闻之，督数百人作云梯，将造顶以觇其异，三年始成。太守登之，将及巅，见大足伸下，一拇指粗于捣衣杵，大声曰：“不下，将堕矣！”大惊疾下，才至地，则架木朽折，崩坠无遗。

大　鼠

万历间，宫中有鼠，大与猫等，为害甚剧。遍求民间佳猫捕制之，辄被啖食。适异国来贡狮猫，毛白如雪。抱投鼠室，阖其扉，潜窥之。猫蹲良久，鼠逡巡自穴中出，见猫怒奔之。猫避登几上，鼠亦登，猫则跃下。如此往复，不啻百次。众咸谓猫怯，以为是无能为者。既而鼠跳掷渐迟，腹硕似喘，蹲地上少休。猫即疾下，爪掬项毛，口龁首领，展转争持间，猫声呜呜，鼠声啾啾。启扉急视，则鼠首已碎矣。然后知猫之避，非怯也，待其惰也。彼出则归，彼归则复，用此智耳。噫！匹夫按剑，何异鼠乎！

张不量

贾人某，至直隶界，忽大雨雹，伏禾中。闻空中云："此张不量田，勿伤其稼。"贾私念：张氏何人，既云"不良"，何反祐祐。既而雹止，贾行入村，访之，果有其人，因告所见，且问取名之义。盖张素积粟，家甚富，每春间，贫民皆就贷焉。偿时，多寡不较，悉内之，未尝执概取盈，故乡人名之"不量"。众趋田中，见禾穗摧折如麻，独张氏诸田无恙。

牧　竖

两牧竖入山，至狼穴，穴有小狼二，谋分捉之。各登一树，相去数十步。少顷，大狼至，入穴失子，意甚仓皇。竖于树上扭小狼耳蹄，故令嗥。大狼闻声仰视，怒奔树下，号且爬抓。其一竖又在彼树致小狼鸣急。狼辍声四顾，始望见之，乃舍此趋彼，跑号如前状。前树又鸣，又转奔之。足无停趾，口无停声，数十往复，奔渐迟，声渐弱，既而奄奄僵卧，久之不动。竖下视之，气已绝矣。今有豪强子，怒目按剑，若将搏噬，为所怒者，乃阖扉去。豪力尽声嘶，更无敌者，岂不畅然自雄？不知此禽兽之威，人故弄之以为戏耳。

富　翁

富翁某，商贾多贷其资。一日出，有少年从马后，问之，亦假本者。翁诺之。既至家，适几上有钱数十，少年无事，以手叠钱，高下堆垒之。翁谢去，竟不与资。或问故，曰："此必善博，非端人也。所熟之技，不觉形于手足矣。"访之果然。

王司马

新城王大司马霁宇，镇北边时，常使匠人铸一大杆刀，阔盈尺，重百钧。每按边，辄使四人扛之。卤簿所止，则置地上，故令北人捉之，力撼不可少动。司马阴以桐木依样为刀，宽狭大小无异，贴以银箔，时于马上舞动。诸部落望见，无不震悚。又于边外埋苇箔为界，横斜十余里，状若藩篱，扬言曰："此吾长城也。"北兵至，悉拔而火之。司马又置之。既而三火，乃以炮石伏机其下，北兵焚箔，药石尽发，死伤甚众。既遁去，司马设箔如前，北兵遥望皆却走，以故帖服若神。后司马既老，乞骸归。塞上复警，召再起；时司马八十有三，力疾陛辞。上慰之曰："但烦卿卧治耳。"于是司马复至边。每止处，辄卧幛中。北人闻司马至，皆不信，因假议和，将验真伪。启帘，见司马坦卧，皆望榻伏拜，挢舌而退。

阮亭曰："今抚顺东北，哈达城东，插柳以界蒙古，南至朝鲜，西至山海，长亘千里，名'柳条边'，私越者置重典，著为令。"

卷十二

杜　翁

杜翁，沂水人。偶自市中出，坐墙下以候同游。觉少倦，忽若梦，见一人持牒摄去。至一府署，从来所未经。一人戴瓦陇冠自内出，则青州张某，其故人也。见杜惊曰："杜大哥何至此?"杜言："不知何事，但有勾牒。"张疑其误，将为查验。乃嘱曰："谨立此，勿他适。恐一迷失，将难救挽。"遂去，久之不出。惟持牒人来，自认其误，释令归。杜别而行，途中遇六七女郎，容色娟好，悦而尾之。下道趋小径，行十数步。闻张在后大呼曰："杜大哥，汝将何往?"杜迷恋不已。俄见诸女入一圭窦，心识为王卖酒者之家。不觉探身门内，略一窥瞻，即见身在苙中，与诸小豭同伏。豁然自悟已化豕矣。而耳中犹闻张呼。大惧，急以首触壁。闻人言曰："小豕癫痫矣。"还顾已复为人。速出门，则张候于途，责曰："固嘱勿他往，何不听信? 几至坏事!"遂把手送至市门，乃去。杜忽醒，则身犹倚壁间。诣王氏问之，果有一豕自触死云。

小谢秋容

渭南姜部郎第，多鬼魅，常惑人。因徙去。留苍头门之而死，数易皆死；遂废之。里有陶生望三者，夙倜傥，好携妓，酒阑辄去。友人故使妓奔就，亦笑纳不拒；而实终夜无所沾染。常宿部郎家，有婢夜奔，生坚拒不乱；部郎以是契重之。家綦贫，又有"鼓盆之戚"，茅屋数椽，溽暑不堪其热，因请部郎假废第。部郎以其凶故，却之。生因作《续无鬼论》献部郎，且曰："鬼何能为!"部郎以其请之坚，诺之。生往除厅事。薄暮，置书其中；返取他物，则书已亡。怪之。仰卧榻上，静息以伺其变。食顷，闻步履声，睨之，见二女自房中出，所亡书，送还案上。一约二十，一可十七八，并皆姝丽。逡巡立榻下，相视而笑。生寂不动。长者翘一足踹生腹，少者掩口匿笑。生觉心摇摇若不自持，即急肃然端念，卒不顾。女近以左手捋髭，右手轻批颐颊，作小响。少者益笑。生骤起，叱曰："鬼物敢尔！"二女骇奔而散。生恐夜为所苦，欲移归，又耻其言不掩；乃挑灯读。暗中鬼影憧憧，略不顾瞻。夜将半，烛而寝。始交睫，觉人以细物穿鼻，奇痒大嚏，但闻暗处隐隐作笑声。生不语，假寐以伺之。俄见少女以纸条捻细股，鹤行鹭伏而至；生暴起诃之，飘窜而去。既寝，又穿其耳。终夜不堪其扰。鸡既鸣，乃寂无声，生始酣眠。终日无所睹闻。日既下，恍惚出现。生遂夜炊，将以达旦。长者渐曲肱几上，观生读。既而掩生卷。生怒捉之，即已飘散。少间，又掩之。生以手按卷读。少者潜于脑后交两手掩生目，瞥然去，远立以哂。生指骂曰："小鬼头！捉得便都杀却！"女子即又不惧。因戏之曰："房中纵送，我都不解，缠我无益。"二女微笑，转身向灶，析薪溲米，为生执爨。生顾而奖曰："两卿此为，不胜憨跳耶？"俄顷粥熟，争以匕箸陶碗置几上。生曰："感卿服役，何以报德？"女笑云；"饭中溲合砒鸩矣。"生曰："与卿夙无嫌怨，何至以此相加。"啜已复盛，争为奔走。生乐之，习以为常。日渐稔，接座倾语，审其姓名。长者云："妾秋容乔氏，彼阮家小谢也。"又研问所由来。小谢笑曰："痴郎！尚不敢一呈身，谁要汝问门第，作嫁娶耶？"生正容曰："相对丽质，宁独无情？但阴冥之气，中人必死。不乐与居者，行可耳；乐与居者，安可耳。如不见爱，何必玷两佳人？如果见爱，何必死一狂士？"二女相顾动容，自此不甚虐弄之。然时而探手于怀，捋袴于地，亦置不为怪。一日，录书未卒业而出，返则小谢伏案头，操管代录。见生，掷笔睨笑。近视之，虽劣不成书，而行列疏整。生赞曰："卿雅人也！苟乐此，仆教卿为之。"乃拥诸怀，把腕而教之画。秋容自外入，色乍变，意似妒。小谢笑曰："童时常从父学书，久不作，遂如梦寐。"秋容不语。生喻其意，伪为不觉者，遂抱而授以笔曰："我视卿能此否？"作数字而起曰："秋娘大好笔力！"秋容乃喜。生于是折两纸为范，俾共临摹；生另一灯读，窃喜其各有所事，不相侵扰。仿毕，祗立几前，听生月旦。秋容素不解读，涂鸦不可辨认。花判已，自顾不如小谢，有惭色。生奖慰之，颜始霁。二女由此师事生，坐为抓背，卧为按股，不惟不敢侮，争媚之。逾月，小谢书居然端好，生偶赞之。秋容大惭，粉黛淫淫，泪痕如线；生百端慰解之，乃已。因教之读，颖悟非常，指示一过，无再问者。与生竞读，常至终夜。小谢又引其弟三郎来，拜生门下。年十五六，姿容秀美。以金如意一钩为贽。生令与秋容执一经。满堂咿唔，生于此设鬼帐焉。部郎闻之喜，以时给其薪水。秋容与三郎皆能诗，时相酬唱。小谢阴嘱勿教秋容，生诺之；秋容阴嘱勿教小谢，生亦诺之。一日，生将赴试，二女涕泪持别。三郎曰："此行可以托疾免；不然，恐履不吉。"生以告疾为辱，遂行。先是，生好以诗词讥切时事，获罪于邑贵介，日思中伤之。阴赂学使，诬以行检，淹禁狱中。资斧绝，乞食于囚人，自分已无生理。忽一人飘忽而入，则秋容也。以馔具馈生。相向悲咽曰："三郎虑君不吉，今果不谬。三郎与妾同来，赴院申理矣。"数语而出，人不之睹，越日，部院出，三郎遮道声屈，收之。秋容入狱报生，返身往侦之。三日不返。生悲饿无聊，度一日如年岁。忽小谢至，怆惋欲绝，言："秋容归，经由城隍祠，被西廊黑判强摄去，逼充媵御。秋容不屈，今亦幽囚。妾驰百里，奔波颇殆；至北郭，被老棘刺透足心，痛彻骨髓，恐不能再至矣。"因示之足，血殷凌波焉。出金三两授生，跛踦而没。部院勘三郎，素非瓜葛，无端代控，将杖之，扑地遂灭。异之，览其状，情词悲恻。提生面鞫："三郎何人？"生伪为不知。部院悟其冤，释之。既归，竟夕无一人。更阑，小谢始至。惨然曰："三郎在部院，被廨神押赴冥司；冥王以三郎义，令托生富贵家。秋容久锢，妾以状投城隍，又被按阁不得入，且复奈何？"生忿曰："黑老魅何敢如此！明日仆其像，践踏为泥；数城隍而责之，案下吏暴横如此，渠在醉梦中耶！"悲忿相对，不觉四漏将残。秋容飘然忽至。两人惊喜急问。秋容泣下曰:“今为万苦矣!判日以刀杖相逼。今夕忽放妾归,曰:‘我无他,原以爱故;既不愿,固亦不曾污玷。烦告陶秋曹,勿见谴责。’”生闻少欢,欲与同寝,曰:“今日愿为卿死。”二女戚然曰:“向受开导,颇知义理,何忍以爱君者杀君乎?”执不可。然俯颈倾头,情均伉俪。二女以遭难故,妒念全消。会一道士途遇生,顾谓“身有鬼气”。生以言异,具告之。道士曰:“此鬼大好,不宜负他。”因书二符付生,曰:“归授两鬼,任其福命:如闻门外有哭女者,吞符急出,先到者可活。”生拜受,归嘱二女。后月余,果闻有哭女者。二女争奔而去。小谢忙急,忘吞其符。见有丧轝过,秋容直出,入棺而没;小谢不得入,痛哭而返。生出视,则富室郝氏殡其女。共见一女子入棺而去,方共惊疑。俄闻棺中有声,息肩发验,女已顿苏。因暂寄生斋外罗守之。忽开目问陶生。郝氏研诘之。答云:“我非汝女也。”遂以情告。郝未深信,欲舁归。女不从,竟入生斋,偃卧不起。郝乃识婿而去。生就视之,面庞虽异,而光艳不减秋容,喜惬过望,殷叙平生。忽闻呜呜鬼泣,则小谢哭于暗陬。心甚怜之,即移灯往,宽譬哀情,而衿袖淋浪,痛不可解。近晓始去。天明,郝以婢媪赍送香奁,居然翁婿矣。暮入帷房,则小谢又哭。如此六七夜,夫妇俱为惨动,不能成合卺之礼。生忧思无策。秋容曰:“道士,仙人也。再往求,倘得怜救。”生然之。迹道士所在,叩伏自陈。道士力言“无术”。生哀不已。道士笑曰:“痴生好缠人!合与有缘,请竭吾术。”乃从生来,索静室掩扉坐,戒勿相问。凡十余日,不饮不食。潜窥之,瞑若睡。一日晨兴,有少女搴帘入,明眸皓齿,光艳照人。微笑曰:“跋履终夜,惫极矣!被汝纠缠不了,奔驰百里外,始得一好庐舍,道人载与俱来矣。待见其人,便相交付耳。”敛昏,小谢至,女遽起迎抱之,翕然合为一体,仆地而僵。道士自室中出,拱手径去。拜而送之。及返,则女已苏。扶置床上,气体渐舒,但把足呻言趾股痠痛,数日始能起。后生应试得通籍。有蔡子经者,与同谱,以事过生,留数日。小谢自邻舍归,蔡望见之,疾趋相蹑;小谢侧身敛避,心窃怒其轻薄。蔡告曰:“有一事深骇物听,可相告否?”诘之,答曰:“三年前,少妹夭殒,经两夜而失其尸,至今疑念。适见夫人,何相似之甚也?”生笑曰:“山荆陋劣,何足以方君妹!然既系同谱,义即至切,何妨一献妻孥。”乃入内,使小谢衣殉装出。蔡大惊曰:“真吾妹也!”因而泣下。乃具述本末。蔡喜曰:“妹子未死,吾将速归,用慰严慈。”遂去。过数日,举家皆至。后往来如郝焉。

异史氏曰:“绝世佳人,求一而难之,何遽得两哉!事千古而一见,惟不私奔女者能遘之也。道士其仙耶?何术之神也!苟有其术,丑鬼可交耳。”

林 氏

济南戚安期,素佻达,喜狎妓。妻婉戒之,不听。妻林氏,美而贤。会北兵入境,被俘去。暮宿途中,欲相犯。林伪诺之,适兵佩刀系床头,急抽刀自刭死;兵举而委诸野。次日,拔舍去。有人传林死,戚痛悼而往。视之,有微息。负而归,目渐动,稍稍嚬呻;扶其项,以竹管滴沥灌饮,能咽。戚抚之曰:“卿万一能活,相负者必遭凶折!”半年,林平复如故;但首为颈痕所牵,常若左顾。戚不以为丑,爱恋逾于平昔。曲巷之游,从此绝迹。林自觉形秽,将为置媵;戚执不可。居数年,林不育,因劝纳婢。戚曰:“业誓不二,鬼神宁不闻之?即嗣续不承,亦吾命耳。若未应绝,卿岂老不能生者耶?”林乃托疾,使戚独宿,遣婢海棠,襆被卧其床下。既久,阴以宵情问婢,婢言无之,林不信。至夜,戒婢勿往,自诣婢所。卧少间,闻床上睡息已动,潜起登床扪之。戚醒问谁。林耳语曰:“我海棠也。”戚却拒曰:“我有盟誓,不敢更也。若似曩年,尚须汝奔就耶?”林乃下床去。戚自是孤眠。林使婢托己往就之。戚念妻生平曾未肯作不速之客,疑焉。摸其项无痕,知为婢,又咄之。婢惭而退。既明,以情告林，使速嫁婢。林笑云："君亦不必过执。倘得一丈夫子，亦幸甚。"戚曰："苟背盟誓，鬼责将及，尚望延宗嗣乎！"林翌日笑语戚曰："凡农家者流，苗与秀不可知，播种常例不可违。晚间耕耨之期至矣。"戚笑会之。既夕，林灭烛，呼婢使卧己衾中。戚入，就榻戏曰："佃人至矣。深愧钱镈不利，负此良田。"婢不语。既而举事，婢小语曰："私处小肿，颠猛不任。"戚体意温恤之。事已，婢伪起溺，以林易之。自此，时值落红，辄一为之，而戚不知也。未几，婢腹震。林每使静坐，不令给役于前。故谓戚曰："妾劝内婢，而君弗听。设尔日冒妾时，君误信之，交而得孕，将复如何？"戚曰："留犊鬻母。"林乃不言。无何，婢举一子。林暗买乳媪，抱养母家。移四五年，又产一子一女。长子名长生，已七岁，就外祖家读。林半月辄托归宁，一往看视。婢年益长，戚时时促遣之。林辄诺。婢日思儿女，林从其愿，窃为上鬟，送诣母所。谓戚曰："日谓我不嫁海棠。母家有义男，业配之。"又数年，子女俱长成。值戚初度，林先期治具，为候宾友。戚叹曰："岁月骛过，忽已半世。幸各强健，家亦不至冻馁。所阙者，膝下一点。"林曰："君执拗不从妾言，夫谁怨？然欲得男，两亦非难，何况一也。"戚解颜曰："既言不难，明日便索两男。"林言："易耳，易耳！"早起，命驾至母家，严妆子女，载与俱归。入门，令雁行立，呼父，叩祝千秋。拜已而起，相顾嬉笑。戚骇怪不解。林曰："君索两男，妾添一女。"始为详述本末，戚喜曰："何不早告？"曰："早告恐绝其母。今子已成立，尚可绝乎？"戚感极，涕不自禁。乃迎婢归，偕老焉。古有贤姬，如林者，可谓圣矣！

胡大姑

益都岳于九，家有狐祟，布帛器具，辄被抛掷邻堵。蓄细葛，将取作服，见捆卷如故，解视则边实而中虚，悉被剪去。诸如此类，不堪其苦。乱诟骂之。岳戒止云："恐狐闻。"狐在梁上曰："我已闻之矣。”由是祟益甚。一日，夫妻卧未起，狐摄衾服去。各白身蹲床上，望空哀祝之。忽见好女子自窗入，掷衣床头。视之，不甚修长，衣绛红，外袭雪花比甲。岳着衣，揖之曰：“上仙有意垂顾，即勿相扰。请以为女，如何？”狐曰：“我齿较汝长，何得妄自尊？”又请为姊妹，乃许之。于是命家人皆呼以胡大姑。时颜镇张八公子家，有狐居楼上，恒与人语。岳问：“识之否？”答云：“是吾家喜姨，何得不识！”岳曰：“彼喜姨曾不扰人，汝何不效之？”狐不听，扰如故。犹不甚祟他人，而专祟其子妇：履袜簪珥，往往弃道上；每食，辄于粥碗中埋死鼠或粪秽。妇辄掷碗骂骚狐，并不祷免。岳祝曰：“儿女辈皆呼汝姑，何略无尊长体耶？”狐曰：“教汝子出若妇，我为汝媳，便相安矣。”子妇骂曰：“淫狐不自惭，欲与人争汉子耶！”时妇坐衣笥上，忽见浓烟出尻下，熏热如笼。启视，藏裳俱烬；剩一二事，皆姑服也。又使岳子出其妇，子不应。过数日又促之，仍不应。狐怒，以石击之，额破裂，血流几毙。岳益患之。西山李成爻善符水，因币聘之。李以泥金写红绢作符，三日始成。又以镜缚梃上，捉作柄，遍照宅中。使童子随视，有所见，即急告。至一处，童言墙上若犬伏。李即戟手书符其处。既而，禹步庭中，咒移时，即见家中犬豕并来，帖耳戢尾，若听教命。李挥曰：“去！”即纷然鱼贯而去。又咒，群鸭即来，又挥去之。已而鸡至。李指一鸡，大叱之。他鸡俱去，此鸡独伏，交翼长鸣，曰：“予不敢矣。”李曰：“此物是家中所作紫姑也。”家人并言不曾作。李曰：“紫姑今尚在。”因共忆三年前，曾为此戏，怪异即自尔日始也。遍搜之，见刍偶犹在厩梁上。李取投火中。乃出一酒瓻，三咒三叱，鸡起竟去。闻瓻口言曰：“岳四狠哉！数年后，当复来。”岳乞付之汤火，李不可。或见其壁间挂数十瓶，塞口者皆狐也。言其依次纵之，出为祟，因此获聘金，居为奇货云。

细　侯

昌化满生，设帐于余杭。偶涉廛市，经临街阁下，忽有荔壳坠肩头。仰视，一雏姬凭阁上，妖姿婉妙，不觉目注发狂。姬俯哂而入。询之，知为娼楼贾氏女细侯也，其声价颇高，自顾不能适愿。归斋冥想，终宵不枕。明日，往投以刺，相见言笑甚欢，心志益迷。托故假贷同人，敛金如干，携以赴女，款洽臻至。即枕上口占一绝赠云："膏腻铜盘夜未央，床头小语麝兰香。新鬟明日重妆凤，无复行云梦楚王。"细侯蹙然曰："妾虽污贱，每愿得同心而事之。君既无妇，视妾可当家否？"生大悦，即叮咛，坚相约。细侯亦喜曰："吟咏之事，妾自谓无难，每于无人处，欲效作一首，恐未能便佳，为观听所讥。倘得相从，幸教妾也。"因问生家田产几何。答曰："薄田半顷，破屋数椽而已。"细侯曰："妾归君后，当长相守，勿复设帐为也。四十亩聊足自给，十亩可以种黍，织五匹绢，纳太平之税有余矣。闭户相对，君读妾织，暇则诗酒遣怀，千户侯何足贵！"生曰："卿身价略可几多？"曰："依媪贪志，何能盈也？多不过二百金足矣。可恨妾齿稚，不知重资财，得辄归母，所私蓄者，区区无多。君能办百金，过此即非所虑。"生曰："小生之落寞，卿所知也，百金何能自致。有同盟友令于湖南，屡相见招，仆以道远，故惮于行。今为卿故，当往谋之。计三四月可以归复，幸耐相候。"细侯诺之。生既弃馆南游，至则令已免官，以罣误居民舍，宦囊空虚，不能为礼。生落魄难返，就邑中授徒焉。三年，莫能归。偶笞弟子，弟子自溺死。东翁痛子而讼其师，因被逮囹圄。幸有他门人，怜师无过，时致馈遗，以是得无苦。细侯自别生，杜门不交一客。母诘知故，而志不可夺，亦姑听之。有富贾某，慕细侯名，托媒于媪，务在必得，不靳直。细侯不可。贾以负贩诣湖南，敬侦生耗。时狱已将解，贾以金赂当事吏，使久锢之。归告媪云："生已瘐死。"细侯疑其信不确。媪曰："无论满生已死，纵或不死，与其从穷措大，以椎布终也，何如衣锦而厌粱肉乎？"细侯曰："满生虽贫，其骨清也；守龌龊商，诚非所愿。且道路之言，何足凭信！"贾又转嘱他商，假作满生绝命书，寄细侯以绝其望。细侯得书，唯朝夕哀痛。媪曰："我自幼于汝，抚育良劬，汝成人二三年，所得报者，日亦无多。既不愿隶籍，即又不嫁，何以谋生活?”细侯不得已，遂嫁贾。贾衣服簪珥，供给丰侈。年余，生一子。无何，生得门生力，昭雪而出，始知贾之锢己也。然念素无郤，反复不得其由。门人义助资斧以归。既闻细侯已嫁，心甚激楚，因以所苦，托市媪卖浆者达细侯。细侯大悲。方悟前此多端，悉贾之诡谋。乘贾他出，杀抱中儿，携所有亡归满；凡贾家服饰，一无所取。贾归，怒，质于官。官原其情，置不问。呜呼！寿亭侯之归汉，亦复何殊？顾杀子而行，亦天下之忍人也！

狼三则

有屠人货肉归，日已暮。欻一狼来，瞰担中肉，似甚垂涎；步亦步，尾行数里。屠惧，示之以刃，则稍却；既走，又从之。屠无计，默念狼所欲者肉，不如姑悬诸树，而早取之。遂钩肉，翘足挂树间，示以空空。狼乃止。屠即竟归。昧爽往取肉，遥望树上悬巨物，似人缢死状，大骇。逡巡近之，则死狼也。仰首审视，见口中含肉，肉钩刺狼腭，如鱼吞饵。时狼革价昂，直十余金，屠小裕焉。缘木求鱼，狼则罹之，亦可笑已！

一屠晚归，担中肉尽，止有剩骨。途中两狼，缀行甚远。惧，投以骨。一狼得骨止，一狼仍从。复投之，后狼止而前狼又至。骨已尽，而两狼之并驱如故。屠大窘，恐前后受其敌。顾野有麦场，场主积薪其中，苫蔽成丘。屠乃奔倚其下，弛担持刀。狼不敢前，眈眈相向。少时，一狼竟去；其一犬坐于前，久之，目似瞑，意暇甚。屠暴起，以刀劈狼首，又数刀毙之。方欲行，转视积薪后，一狼洞其中，意将隧入以攻其后也。身已半入，止露尻尾。屠自后断其股，亦毙之。乃悟前狼假寐，盖以诱敌。狼亦黠矣！而顷刻两毙，禽兽之变诈几何哉，止益增笑耳！

一屠暮行，为狼所逼。道旁有夜耕者所遗行室，奔入伏焉。狼自苫中探爪入。屠急捉之,令不可去。顾无计可以死之。唯有小刀不盈寸,遂割破爪下皮,以吹猪之法吹之。极力吹移时,觉狼不甚动,方缚以带。出视,则狼胀如牛,股直不能曲,口张不得合。遂负之以归。非屠乌能作此谋哉!

三事皆出于屠,则屠人之残,杀狼亦可用也。

刘亮采

闻济南怀利仁言:刘公亮采,狐之后身也。初,太翁居南山,有叟造其庐,自言胡姓。问所居,曰:"只在此山中。闲处人少,惟我两人,可与数晨夕,故来相拜识。"因与接谈,词旨便利,悦之。治酒相欢,醺而后去。越日复来,愈益款厚。刘云:"自蒙下交,分即最深。但不识家何里焉?敢问里居。"胡曰:"不敢讳,实山中之老狐也。与若有夙因,故敢内交门下。固不能为君福,亦不敢为翁祸,幸相信勿骇。"刘亦不疑,更相契重。即叙年齿,胡作兄,往来如昆季。有小休咎亦以告。时刘乏嗣,叟忽云:"公勿忧,我当为君后。"刘讶其言怪。胡曰:"仆算数已尽,投生有期矣。与其他适,何如生故人家!"刘曰:"仙寿万年,何遂及此?"叟摇首云:"非汝所知。"遂去。夜果梦叟来,曰:"我今至矣。"既醒,夫人生男,是为刘公。公既长,身短,言词敏谐,绝类狐。少有才名,壬辰成进士。为人任侠,急人之急,以故秦楚燕赵之客,趾错于门;货酒卖饼者,门前成市焉。

蕙　芳

马二混,居青州东门内,以货面为业。家贫,无妇,与母共作苦。一日,媪独居,忽有美人来,年可十六七,椎而甚朴,而光华照人。媪惊顾穷诘。女笑曰:"我以贤郎诚笃,愿委身母家。"媪益惊曰:"娘子天人,有此一言,则折我母子数年寿!"女固请之。意必为侯门亡人，拒益力。女乃去。越三日，复来，留连不去。问其姓氏，曰："母肯纳我，我乃言；不然，固无庸问。"媪曰："贫贱佣保骨，得妇如此，不称亦不祥。"女笑坐床头，恋恋殊殷。媪辞之，言："娘子宜速去，勿相祸。"女乃出门，视之西去。又数日，西巷中吕媪，来谓马曰："邻女董蕙芳，孤而无依，自愿为贤郎妇，胡弗纳？"马以所疑虑具白之。吕曰："乌有此耶！如有乖谬，咎在老身。"马大喜，诺之。吕既去，媪扫室布席，将待子归往取之。日将暮，女飘然自至。入室参母，起拜尽礼。告媪曰："妾有两婢，未得母命，不敢进也。"媪曰："我母子守穷庐，不解役婢仆。日得蝇头利，仅足自给。今增新妇一人，娇嫩坐食，尚恐不温饱；益之二婢，岂吸风所能活耶！"女笑曰："婢来亦不费母度支，皆能自得食。"问："婢何在？"乃呼："秋月、秋松！"声未及已，忽如飞鸟堕，二婢已立于前。即令伏地叩母。既而马归，母迎告之。马喜入室，见翠栋雕梁，侔于宫殿；中设几屏帘幕，光耀夺目。惊极，不敢入。女下床迎笑，睹之若仙。益骇，却退。女挽之，坐与温语。马喜出非分，形色若不相属。即起，欲出行沽。女止曰："勿须。"因命二婢治具。秋月出一革袋，执向扉后，格格摇摆之。已而一手探入，壶盛酒，碗盛炙，触类熏腾。饮已而寝，则花罽锦裤，温腻非常。天明出门，则茅庐依旧。母子共奇之。媪诣吕所，将迹所由。入门，先谢其媒合之德。吕讶云："久不拜访，何邻女之曾托乎？"媪益疑，具言端委。吕大骇，即同媪来视新妇。女笑逆之，极道作合之义。吕见其慧丽，愕眙良久，即亦不辞，唯唯而已。女赠白木搔具一事，曰："无以报德，姑奉此为姥姥爬背耳。"吕受而归，审视则化为白金。马自得妇，顿更旧业，门户一新。笥中貂锦无数，任马取着；而出室门，则为布素，但轻暖耳。女所自衣亦然。积四五年，忽曰："我谪降人间十余载，因与子有缘，遂暂留止。今别矣。"马苦留之。女曰："请别择良偶，以承庐墓。我岁月当一至焉。"忽不见。马乃娶秦氏。后三年，七夕，夫妻方共语，女忽入笑曰："新偶良欢，不念故人耶？"马惊起，怆然曳坐，便道衷曲。女曰：

“我适送织女渡河，乘间一相望耳。”两相依依，语无休止。忽空际有人呼“蕙芳”。女急起作别。马问其谁。曰：“余适同双成姊来，彼不耐久伺矣。”马送之。女曰：“子寿八旬，至期，我来收尔骨。”言已遂逝。今马六十余矣。其人但朴讷，无他长。

异史氏曰：“马生，其名混，其业亵，蕙芳奚取哉？于此见仙人之贵朴讷诚笃也。余尝谓友人：若我与尔，鬼狐且弃之矣。所差不愧于仙人者，唯‘混’耳。”

萧　七

徐继长，临淄人，居城东之磨房庄。业儒未成，去而为吏。偶适姻家，道出于氏殡宫。薄暮醉归，过其处，见楼阁繁丽，一叟当户坐。徐酒渴思饮，揖叟求浆。叟起，邀客入，升堂授饮。饮已，叟曰：“曛暮难行，姑留宿，早旦而发如何也？”徐亦疲殆，乐遵所请。叟命家人具酒奉客，即谓徐曰：“老夫一言，勿嫌孟浪：郎君清门令望，可附婚姻。有幼女未字，欲充下陈，幸垂援拾。”徐踧踖不知所对。叟即遣伻告其亲族，又传语令女妆束。顷之，峨冠博带者四五辈，先后并至。女郎亦炫妆出，姿容绝俗。于是交坐宴会。徐神魂眩乱，但欲速寝。酒数行，坚辞不任。乃使小鬟引夫妇入帏，馆同爰止。徐问其族姓，女自言：“萧姓，行七。”又复细审门阀。女曰：“身虽贱陋，配吏胥当不辱寞，何苦研穷？”徐溺其色，款昵备至，不复他疑。女曰：“此处不可为家。审知汝家姊姊甚平善，或不拗阻。归除一舍，行将自至耳。”徐应之。既而加臂于身，奄忽就寐。既觉，则抱中已空。天色大明，松阴翳晓，身下藉黍穰尺许厚。骇叹而归。告妻。妻戏为除馆，设榻其中，阖门出曰：“新娘子今夜至矣。”因与共笑。日既暮，妻戏曳徐启门，曰：“新人得毋已在室耶？”既入，则美人华妆坐榻上。见二人入，跻起逆之。夫妻大愕，女掩口局局而笑，参拜恭谨。妻乃治具，为之合欢。女早起操作，不待驱使。一日谓徐曰：

“姊姨辈俱欲来吾家一望。”徐虑仓卒无以应客。女曰:“都知吾家不饶,将先赍馔具来,但烦吾家姊姊烹饪而已。”徐告妻,妻诺之。晨炊后,果有人荷酒馘来,释肩而去。妻为职庖人之役。晡后,六七女郎至,长者不过四十以来,围坐并饮,喧笑盈室。徐妻伏窗以窥,惟见夫及七姐相向坐,他客皆不可睹。北斗挂屋角,欢然始去。女送客未返,妻入视案上杯柈俱空。笑曰:“诸婢想俱饿,遂如狗舐砧。”少间,女还,殷殷相劳,夺器自涤,促嫡安眠。妻曰:“客临吾家,使自备饮馔,亦大笑谈。明日合另邀致。”逾数日,徐从妻言,使女复召客。客至,恣意饮啖,唯留四簋,不加匕箸。徐问之,群笑曰:“夫人谓吾辈恶,故留以待调人。”座间一女,年十八九,素舄缟裳,云是新寡。女呼为六姊。情态妖艳,善笑能口。与徐渐洽,辄以谐语相嘲。行觞政,徐为录事,禁笑谑。六姊频犯,连饮十余爵,酡然竟醉。芳体娇懒,荏弱难持。无何,亡去。徐烛而觅之,则酣寝暗帏中。近接其吻,亦不觉。以手探袴,私处坟起。心旌方摇,席中纷唤徐郎,乃急理其衣,见袖中有绫巾,窃之而出。迨于夜央,众客离席,六姊未醒。七姐入摇之,始呵欠而起,系裙理发,从众去。徐拳拳怀念,不释于心。将于空处展玩遗巾,而觅之已渺。疑送客时遗落途间,执灯细照阶除,都复乌有。意琐琐不自得。女问之,徐漫应之。女笑曰:“勿诳语,巾子人已将去,徒劳心目。”徐惊,以实告,且言怀思。女曰:“彼与君无夙分,缘止此耳。”问其故,曰:“彼前身曲巷中女;君为士人,见而悦之,为两亲所阻,志不得遂,感疾阽危。使人语之曰:‘我已不起,但得若来,获一扪其肌肤,死无憾!’彼感此意,诺如所请。适以冗羁未遽往;过夕而至,则病者已殒。是前世与君有一扪之缘也。过此即非所望。”后设筵再招诸女,惟六姊不至。徐疑女妒,颇有怨怼。女一日谓徐曰:“君以六姊之故,妄相见罪。彼实不肯至,于我何尤?今八年之好,行将别矣,请为君极力一谋,用解从前之惑。彼虽不来,宁禁我不往?登门就之,或人定胜天,不可知。”徐喜从之。女握手,飘若履虚。顷刻至其家,黄甓广堂,门户曲折，与初见时无少异。岳父母并出，曰："拙女久蒙温煦。老身以残年衰慵，有疏省问，或当不怪耶！"即张筵作会。女便问诸姊妹。母云："各归其家，惟六姐在耳。"即唤婢请六娘子来，久之不出。女入，曳之以出，俯首简默，不似前此之谐。少时，叟媪辞去。女谓六姊曰："姐姐高自重，使人怨我！"六姊微哂曰："轻薄郎何宜相近！"女执两人残卮，强使易饮，曰："吻已接矣，作态何为！"少时，七姐亡去，室中止余二人。徐遽起相逼，六姊宛转撑拒。徐牵衣长跪而哀之，色渐和，相携入室。才缓襦结，忽闻喊嘶动地，火光射闼。六姊大惊，推徐起曰："祸事忽临，奈何！"徐忙迫不知所为，而女郎已窜避无迹矣。徐怅然少坐，屋宇并失。猎者十余人，按鹰操刃而至，惊问："何人夜伏于此？"徐托言迷途，因告姓字。一人曰："适逐一狐，见之否？"答言："不见。"细认其处，乃于氏殡宫也。怏怏而归。犹冀七姐复至，晨占雀喜，夕卜灯花，而竟无消息矣。董玉玹谈。

乱离 二则

学师刘芳辉，京都人。有妹许聘戴生，出阁有日矣。值北兵入境，父子恐细弱为累，谋妆送戴家。修饰未竟，乱兵纷入，父子分窜。女为牛录俘去。从之数日，殊不少狎。夜则卧之别榻，饮食供奉甚殷。又掠一少年来，年与女相上下，仪采都雅。牛录谓之曰："我无子，将以汝继统绪，肯否？"少年唯唯。又指女谓曰："如肯，即以此为汝妇。"少年喜，愿从所命。牛录乃使同榻，浃洽甚乐。既而枕上各道姓氏，则少年即戴生也。

陕西某公，任盐秩，家累不从。值姜瓖之变，故里陷为盗薮，音信隔绝。后乱平，遣人探问，则百里绝烟，无处可寻消息。会以复命入都，有老班役丧偶，贫不能娶，公赍数金使买妇。时大兵凯旋，俘获妇口无算，插标市上，如卖牛马。遂携金就择之。自分金少，不敢问少艾。一媪甚整洁，遂赎以归。媪坐床上细认曰："汝非某班役耶?”问所自知。曰:“汝从我儿服役,胡不识!”班役大骇,急告公。公视之,果母也。因而痛哭,倍偿之。班役以金多,不屑谋媪。见一妇年三十余,风范超脱,因赎之。既行,妇且走且顾,曰:“汝非某班役耶?”又惊问之。曰:“汝从我夫服役,如何不识!”班役益骇,导见公。公视之,真其夫人。又悲失声。一日而母妻重聚,喜不可已。乃以百金为班役娶美妇焉。意必公有大德,所以鬼神为之感应。惜言者忘其姓字,秦中或有能道之者。

异史氏曰:“炎昆之祸,玉石不分,诚然哉! 若公一门,是以聚而传者也。董思白之后,仅有一孙,今亦不得奉其祭祀,亦朝士之责也。悲夫!”

菱　角

胡大成,楚人。其母素奉佛。成就塾师读,道由观音祠,母嘱过必入叩。一日,至祠,有少女挽儿,遨戏其中,发才掩额,而丰致娟然。时成年十四,心好之。问其姓氏。女笑云:“我祠西焦画工女菱角也。问将何为?”成又问:“有婿家否?”女酡然曰:“无也。”成言:“我为若婿,好否?”女惭云:“我不能自主。”而眉目澄澄,上下睨成,意似欣属焉。成乃出。女追而遥告曰:“崔尔成,吾父所善,用为媒,无不谐。”成曰:“诺。”因念其慧而多情,益倾慕之。归,向母实白心愿。母止此儿,常恐拂之,即浼崔作冰。焦责聘财奢,事已不就。崔极言清族才美,焦始许之。成有伯父,老而无子,授教职于湖北。妻卒任所,母遣成往奔其丧。数月将归,伯又病,亦卒。淹留既久,适大寇据湖南,家耗遂隔。成窜民间,吊影孤惶而已。一日,有媪年四十八九,萦回村中,日昃不去。自言:“离乱罔归,将以自鬻。”或问其价。言:“不屑为人奴,亦不愿为人妇,但有母我者,则从之,不较直。”闻者皆笑。成往视之,面目间有一二颇肖其母,触于怀而大悲。自念只身,无缝纫者,遂邀归,执子礼焉。炊饭织屦,劬劳若母。拂意辄谴之；而少有疾苦，则濡煦过于所生。忽谓曰："此处太平，幸可无虞。然儿长矣，虽在羁旅，大伦不可废。三两日，当为儿娶之。"成泣曰："儿自有妇，但间隔南北耳。"媪曰："大乱时，人事翻复，何可株守？"成又泣曰："无论结发之盟不可背，且谁以娇女付萍梗人？"媪不答，但为治帘幌衾枕，甚周备，亦不知所自来。一日，日既夕，戒成曰："烛坐勿寐，我往视新妇来也未。"遂出门去。三更既尽，媪不返。心大疑。俄闻门外喧哗，出视，则一女子坐庭中，蓬首啜泣。惊问："何人？"亦不语。良久，乃言曰："娶我来，即亦非福，但有死耳！"成大惊，不知其故。女曰："我少受聘于胡大成，不意湖北去，音信断绝。父母强以我归汝家。身可致，志不可夺也！"成闻而哭曰："即我是胡某。卿菱角耶？"女收涕而骇，不信。相将入室，即灯审顾，曰："得毋梦耶？"于是转悲为喜，相道离苦。先是，乱后，湖南百里，涤地无噍类。焦携家窜长沙之东，又受周生聘。乱中不能成礼，期以是夕送诸其家。女泣不盥栉，家人强置车中。至途次，女颠坠车下，遂有四人荷肩舆至，云是周家迎女者，即扶升舆，疾行若飞，至是始停。一老姥曳之入，曰："此汝夫家，但入勿哭。汝家婆婆旦晚将至矣。"乃去。成诘知情事，始悟媪神人也。夫妻焚香共祷，愿得母子复聚。母自戎马戒严，同侪人妇奔伏涧谷。一夜，噪言寇至，即并张皇四匿。有童子以骑授母。母急不暇问，扶肩而上，轻迅剽遬，瞬息至湖上。马踏水奔腾，蹄下不波。无何扶下，指一户云："此中可居。"母将拜谢，回视其马，化为金毛犼，高丈余，童子超乘而去。母以手挝门，豁然启扉。有人出问，怪其音熟。视之成也。母子抱哭，妇亦惊起，一门欢慰。疑媪为大士现身。由此持观音经咒益虔。遂流寓湖北，治田庐焉。

饿　鬼

马永，齐人。为人贪无赖，家卒屡空，乡人戏而名之"饿鬼"。

年三十余，日益窭，衣百结鹑，两手交其肩，在市上攫食。人尽弃之，不以齿。邑有朱叟者，少携妻居于五都之市，操业不雅。暮岁归其乡，大为士类所口；而朱洁行为善，人始稍稍礼貌之。一日，值马攫食不偿，为肆人所苦。怜之，代给其直。引归，赠以数百，俾作本。马去，不肯谋业，坐而食。无何，资复匮，仍蹈旧辙。而常惧与朱遇，去之临邑。暮宿学宫，冬夜凛寒，辄摘圣贤颠上旒而煨其板。学官知之，怒欲加刑。马哀免，愿为先生生财。学官喜，纵之去。马探某生殷富，登门强索资，故挑其怒；乃以刀自劙，诬而控诸学。学官勒取重赂，始免申黜。诸生因而共愤，公质县尹。尹廉得实，笞四十，梏其颈，三日毙焉。是夜，朱叟梦马冠带而入，曰："负公大德，今来相报。"既寤，妾举子。叟知为马，名以马儿。少不慧，喜其能读。二十余，竭力经纪，得入邑庠。后考试寓旅邸，昼卧床上，见壁间悉糊旧艺，视之，有《犬之性》四句题，心畏其难，读而志之。入场，适是此题，录之，得优等，食饩焉。六十余，补临邑训导。官数年，曾无一道义交。惟袖中出青蚨，则作鸲鹆笑；不则睫毛一寸长，棱棱若不相识。偶大令以诸生小故，判令薄惩，辄酷掠如治盗贼。有讼士子者，即富来叩门矣。如此多端，诸生不复可耐。而年近七旬，拥肿聋聩，每向人物色黑须药。有某生素狂，锉茜根给之。天明共视，如庙中所塑灵官状。大怒拘生，生已早夜亡去。以此愤气中结，数月而死，士林快之。

考弊司

闻人生，河南人。抱病经日，见一秀才入，伏谒床下，谦抑尽礼。已而请生少步，把臂长语，刺刺且行，数里外犹不言别。生伫足，拱手致辞。秀才云："更烦移趾，仆有一事相求。"生问之。答云："吾辈悉属考弊司辖，司主名虚肚鬼王。初见之，例应割髀肉，浼君一缓颊耳。"生惊问："何罪而至于此？"曰："不必有罪，此是旧例。若丰于贿者，可赎也。然而我贫。”生曰：“我素不稔鬼王，何能效力？”曰：“君前世是伊大父行，宜可听从。”言次，已入城郭。至一府署，廨宇不甚弘敞，惟一堂高广，堂下两碣东西立，绿书大于栲栳，一云“孝弟忠信”，一云“礼义廉耻”。躇阶而进，见堂上一扁，大书“考弊司”。楹间，板雕翠字，一联云：“曰校、曰序、曰庠，两字德行阴教化；上士、中士、下士，一堂礼乐鬼门生。”游览未已，官已出，鬈发鲐背，若数百年人，而鼻孔撩天，唇外倾，不承其齿。从一主簿吏，虎首人身。又十余人列侍，半狞恶若山精。秀才曰：“此鬼王也。”生骇极，欲却退。鬼王已睹，降阶揖生上，便问兴居。生但诺诺。又问：“何事见临？”生以秀才意具白之。鬼王色变曰：“此有成例，即父命所不敢承！”气象森凛，似不可入一词。生不敢言，骤起告别；鬼王侧行送之，至门外始返。生不归，潜入以观其变。至堂下，则秀才已与同辈数人，交臂历指，俨然在徽纆中。一狞人持刀来，裸其股，割片肉，可骈三指许。秀才大嗥欲嗄。生少年负义，愤不自持，大呼曰：“惨惨如此，成何世界！”鬼王惊起，暂命止割，跻履逆生。生忿然已出，遍告市人，将控上帝。或笑曰：“迂哉！蓝蔚苍苍，何处觅上帝而诉之冤也？此辈惟与阎罗近，呼之或可应耳。”乃示之途。趋而往，果见殿陛威赫。阎罗方坐，伏阶号屈。王召讯已，立命诸鬼绾绁提锤而去。少顷，鬼王及秀才并至。审其情确，大怒曰：“怜尔夙世攻苦，暂委此任，候生贵家，今乃敢尔！其去若善筋，增若恶骨，罚令生生世世不得发迹也！”鬼乃箠之仆地，颠落一齿，以刀割指端，抽筋出，亮白如丝。鬼王呼痛，声类斩豕。手足并抽讫，有二鬼押去。生稽首而出，秀才从其后，感荷殷殷。挽送过市，见一户垂朱帘，帘内一女子露半面，容妆绝美。生问：“谁家？”秀才曰：“此曲巷也。”既过，生低徊不能舍，遂坚止秀才。秀才曰：“君为仆来，而令踽踽以去，心何忍。”生固辞，乃去。生望秀才去远，急趋入帘内。女接见，喜形于色。入室促坐，相道姓名。女自言：“柳氏，小字秋华。”一妪出，为具肴酒。酒阑入帏，欢爱殊浓，切切订婚嫁。既曙，妪入曰:"薪水告竭,要耗郎君金资,奈何!"生顿念腰橐空虚,惶愧无声。久之,曰:"我实不曾携得一文,宜署券保,归即奉酬。"妪变色曰:"曾闻夜度娘索逋欠耶?"秋华频蹙,不作一语。生暂解衣为质。妪持笑曰:"此尚不能偿酒直耳。"呶呶不满志,与女俱入。生惭。移时,犹冀女出展别,再订前约。久候无音,潜入窥之,见妪与秋华,自肩以上,化为牛鬼,目睒睒相对立。大惧,趋出。欲归,则百道歧出,莫知所从。问之市人,并无知其村名者。徘徊廛肆之间,历两昏晓,凄意含酸,响肠鸣饿,进退无以自决。忽秀生过,望见之,惊曰:"何尚未归,而简亵若此?"生觍颜莫对。秀才曰:"有之矣,得毋为花夜叉所迷耶?"遂盛气而往,曰:"秋华母子,何遽不少施面目耶!"去少时,即以衣来付生,曰:"淫婢无礼,已叱骂之矣。"送生至家,乃别而去。生暴绝三日始苏,历历为家人言之。

大 人

长山李孝廉质君,诣青州,途中遇六七人,语音类燕。审视,两颊俱有瘢,大如钱。异之,因问何病之同。客自述:旧岁客云南,日暮失道,入大山中,绝壑巉岩,不可得出。谷中有大树一章,条数尺绵绵下垂,荫广亩余。诸客计无所之,因共系马解装,傍树栖止。夜既深,虎豹鹗鸱,次第嗥动,诸客抱膝相向,不能寐。忽见一大人来,高以丈许。客团伏,莫敢息。大人至,以手攫马而食,六七匹顷刻都尽。既而折树上长条,捉人首穿腮,如贯鱼状。贯讫,提行数步,条毳折有声。大人似恐坠落,乃屈条之两端,压以巨石而去。客觉其去远,出佩刀,自断贯条,负痛疾走。未数武,见大人又导一人俱来。客惧,伏丛莽中。见后来者更巨,至树下,往来寻视,似有所求而不得。已乃声啁啾,似巨鸟鸣,意甚怒,盖怒大人之绐己也。因以掌批其颊,大人伛偻顺受,无敢少争。俄而俱去。诸客始仓皇出。荒窜良久,遥见岭头有灯火,群趋之。至则一男子居石室中。客入环拜,兼告所苦。男子曳令坐，曰："此物殊可恨，然我亦不能箝制。待舍妹归，可与谋也。"居无何，一女子荷两虎自外入，问客何得至此。诸客叩伏而告以故。女子曰："久知两个为孽，不图凶顽若此！当即除之。"于石室中出铜锤，重三四百斤，出门遂逝。男子煮虎肉饷客。肉未熟，女子已返，曰："彼见我欲遁，追之数十里，断其一指而还。"因以指掷地，大于胫骨焉。众骇极，问其姓氏，即亦不言。少间，肉熟，客创痛不食。女以药屑遍糁之，痛顿止。既明，女子送客至树下，行李俱在。各负装行十余里，经昨夜斗处，女子指示之，石洼中残血尚存盆许。出山，女子始别而返。

向杲

向杲，字初旦，太原人。与庶兄晟，友于最敦。晟狎一妓，名波斯，有割臂之盟。以其母取直奢，所约不遂。适其母欲出籍为良，愿先遣波斯。有庄公子者，素善波斯，请赎为妾。波斯谓母曰："既愿同离水火，是欲出地狱而登天堂也。若妾媵之，相去几何矣！肯从奴志，向生其可。"母诺之，以意达晟。时晟丧偶未婚，喜，竭资聘波斯以归。庄闻，怒晟之夺所好也。途中偶逢，便大诟骂。晟不服。遂嗾从人折棰笞之，垂毙，乃去。杲闻奔视，则兄已死。不胜哀忿，具造赴郡。庄广行贿赂，使其理不得伸。杲隐忿中结，莫可控诉，惟思要路刺杀庄。日怀利刃，伏于山径之莽。久之，机渐泄。庄知其谋，出则戒备甚严。闻汾州有焦桐者，勇而善射，以多金聘为卫。杲计无所施，然犹日伺之。一日，方伏，雨暴作，上下沾濡，寒战颇苦。既而烈风四塞，冰雹继至，身忽忽然痛痒不能复觉。岭上旧有山神祠，强起奔赴。既入庙，则所识道士在焉。先是，道士尝行乞村中，杲辄饭之，道士以故识杲。见杲衣服濡湿，乃以布袍授之，曰："姑易此。"杲易衣忍冻，蹲若犬，自视则毛革顿生，身化为虎。道士已失所在。心中惊恨，转念：得仇人而食其肉，计亦良得。下至旧伏处，见己尸卧丛莽中，始悟前身已死；犹恐葬于乌鸢，时时逻守之。越日，庄适经此，虎暴出，于马上扑庄落，龁其首，咽之。焦桐返马而射，中虎腹，蹶然遂毙。杲在错楚中，恍若梦醒；又经宵，始能行步，厌厌以归。家人以其连夕不返，方共骇疑，见之，喜相慰问。杲但卧，蹇涩不能语。少间，闻庄信，争即床头庆告之。杲乃自言："虎即我也。"遂述其异。由此播传。庄子痛父之死也惨，闻而恶之，因讼杲。官以事诞而无据，置不理焉。

异史氏曰："壮士志酬，必不生返，此千古所悼恨也。借人之杀以为生，仙人之术何神哉！然天下事之指人发者多矣。使怨者常为人，恨不令暂作虎耳！"

董公子

青州董尚书可畏，家庭森肃，内外男女，不敢通一语。一日，有婢及仆调笑于中门之外，为公子所窥，怒叱之，各奔而去。及夜，公子偕僮卧斋中。时方盛暑，室门洞敞。更既深，僮闻床上有声甚厉，方惊醒。月影中，见前仆提一物出门去。以其家人，故弗深怪，遂复寐。忽闻靴声訇然，一伟丈夫，赤面长髯，似寿亭侯像，捉一人头入。僮惧，蛇行入床下。但闻床上支支格格，如振衣，如摩腹，移时始罢。靴声又响，乃去。僮伸头渐出，见棂上有晓光，以手扪床上，着手粘湿，嗅之血腥。大呼公子，公子方醒。告而火之，血盈枕席。大骇，不得其故。忽有官役叩门。公子出见之，役愕然，但言怪事。诘之，告曰："适衙前一人，神色迷罔，大声自言曰：'我杀主人矣！'众见其衣有血污，执而白之官。审知为公子家人。彼言已杀公子，埋首于关帝庙侧。往验之，穴土犹新，而首则无之。"公子骇异，趋赴公庭，见其人即前狎婢者也。因述其异。官甚惶惑，重责而释之。公子不欲结怨于小人，以前婢配之，令去。积数日，其邻堵者，夜闻仆房中一声振响若崩裂，急起呼之，不应。排闼入视，见夫妇及寝床，皆截然断而为两，木肉上俱有削痕，似一刀所断者。关公之灵迹最多，盖未有奇于此者也。

周　三

泰安张太华，富吏也。家有狐，扰不可堪，遣制罔效。陈其状于州尹，尹亦不能为力。时州之东亦有狐，居村民家，人共见之，一白发叟云。叟与居人通吊庆，一如人世礼。自言行二，都呼之胡二爷。适有诸生谒尹，间道其异。尹为吏策，使往问叟。时东村人有作隶者，吏即其家访之，事果不诬，便与俱往。即隶家设筵招胡。胡至，揖让酬酢，无异常人。吏因告以所求。胡言："我固悉之，但不能为君效力。仆友人周三，侨居岳庙，宜可降伏，当代求之。"吏喜，欠抑申谢。胡临别，与吏约，明日张筵于岳庙之东。吏如其教。胡果导周至。周虬髯铁面，服袴褶。饮数行，向吏曰："适胡二弟致尊意，事已尽悉。但此辈实繁有徒，不可善谕，难免用武。请即假馆君家，微劳所不敢辞。"吏闻之，自念：去一狐，得一狐，是以暴易暴也。游移不敢即应。周已知之，曰："得毋相畏耶？我非他比，且与君有喜缘。请勿疑。"吏诺之。周又嘱明日偕家人阖户坐室中，幸无哗。吏既归，悉听教言。俄闻庭中攻击刺斗之声，逾时始定。启关出视，血点点盈阶上。墀中有小狐首数枚，大如碗盏焉。又视所除舍，则周危坐其中，拱手笑曰："蒙重托，妖类已荡灭矣！"自是馆于其家，相见如主客焉。

鸽　异

鸽类甚繁，晋有坤星，鲁有鹤秀，黔有腋蝶，梁有翻跳，越有诸尖：皆异种也。又有靴头、点子、大白、黑石、夫妇雀、花狗眼之类，名不可屈以指，惟好事者能辨之也。邹平张公子幼量，癖好之，按经而求，务尽其种。其养之也，如保婴儿：冷则疗以粉草，热则投以盐颗。鸽善睡，睡太甚，有病麻痹而死者。张在广陵，以十金购一鸽，体最小，喜走，置地上，盘旋无已时，不至于死不休也，故常须人把握之；夜置群中，使惊诸鸽，可已痹股之病，是名“夜游”。齐鲁养鸽家，无如公子最；公子亦以鸽自诩。一夜，坐斋中，忽一白衣少年叩扉入，殊不相识。问之，答曰：“漂泊之人，姓名何足道。遥闻蓄鸽最盛，此生平之所好也，愿得寓目。”张乃尽出所有，五色俱备，灿若云锦。少年笑曰：“人言果不虚，公子可谓尽养鸽之能事矣。仆亦携有一两头，颇愿观之否？”张喜，从少年去。月色冥漠，野况萧条，心窃疑惧。少年指曰：“请勉行，寓屋不远矣。”又数武，见一道院，仅两楹。少年握手入，昧无灯火。少年立庭中，口中作鸽鸣。忽有两鸽出：状类常鸽，而毛纯白；飞与檐齐，且鸣且斗，每一扑，必作觔斗。少年挥之以肱，连翼而去。复撮口作异声，又有两鸽出：大者如鹜，小者才如拳；集阶上，学鹤舞。大者延颈立，张翼作屏，宛转鸣跳，若引之；小者上下飞鸣，时集其顶，翼翩翩如燕子落蒲叶上，声细碎类鼗鼓；大者伸颈不敢动。鸣愈急，声变如磬，两两相和，间杂中节。既而小者飞起，大者又颠倒引呼之。张嘉叹不已，自觉汪洋可愧，遂揖少年，乞求分爱。少年不许。又固求之。少年乃叱鸽去，仍作前声，招二白鸽来，以手把之，曰：“如不嫌憎，以此塞责。”接而玩之：睛映月作琥珀色，两目通透，若无隔阂，中黑珠圆于椒粒；启其翼，胁肉晶莹，脏腑可数。张甚奇之，而意犹未足，诡求不已。少年曰：“尚有两种未献，今不敢复请观矣。”方竞论间，家人燎麻炬，入寻主人。回视少年，化白鸽，大如鸡，冲霄而去。又目前院宇都渺，盖一小墓，树二柏焉。与家人抱鸽，骇叹而归。试使飞，驯异如初。虽未拔尤，人世亦绝少矣。于是爱惜臻至。积二年，育雌雄各三。虽戚好求之，弗得也。会父执某公，为贵官。一日，见公子，问：“畜鸽几许？”公子唯唯以退。疑某意爱好之也，思所以报，而割爱良难。又念：

长者之求，不可重拂。且不敢以常鸽应，选二白鸽，笼送之，自以千金之赠不啻也。他日，见某公，颇有德色；而某殊无一申谢语。心不能忍，问：“前禽佳否？”答云：“亦肥美。”张惊曰：“烹之乎？”曰：“然。”张大惊曰：“此非常鸽，乃俗所称‘鞑靼’者也。”某回思曰：“味亦殊无异处。”张叹恨而返。至夜，梦白衣少年来，责之曰：“我以君能爱之，故遂托以子孙。何以明珠暗投，致残鼎镬！今率若辈去矣。”言已，化为鸽，所养白鸽皆从之，飞鸣径去。天明视之，果俱亡矣。心甚恨之，遂以所畜，分赠知交，数日而尽。

异史氏曰：“物莫不聚于所好，诚然也。叶公好龙，则真龙入室；而况学士之于良友，贤君之于良臣乎！而独阿堵之物，好者更多，而聚者特少，亦以见鬼神之怒贪，而不怒痴也。”

向有友人馈朱鲫于孙公子禹年，家无慧仆，以老佣往。及门，倾水出鱼，索柈而进之。迨达主所，鱼已枯毙。公子但笑不言，以酒犒佣，即烹鱼以饷。既归，主人问：“公子得鱼颇欢慰否？”答言：“欢甚。”问：“何以知？”曰：“公子见鱼，便欣然有笑容，立命赐酒，且烹数尾，以犒小人。”主人骇甚，自念：所赠颇不粗劣，何至烹赐下人。因责之曰：“必汝蠢顽无礼，故公子迁怒耳。”佣扬手力辩曰：“我固陋拙，遂以为非人耶！登公子门，小心如许，犹恐筲斗不文，敬索柈出，一一匀排而后进之，有何不周详也！”主人骂而遣之。

灵隐寺僧某，以茶得名，铛臼皆精。然所蓄茶有数种，恒视客之贵贱以为烹献。其最上者，非贵客及知味者，不以奉也。一日，有贵官至，僧伏谒甚恭，出佳茶，手自烹进，冀得称誉。而贵官殊无一语。僧惑甚，又出最上一等，细细烹煎而后进之。饮已将尽，犹无赞语。急不能待，鞠躬曰：“茶何如？”贵官执盏一拱曰：“甚热。”此两事，可与张公子赠鸽，同一笑也。

聂 政

怀庆潞王，有昏德。时行民间，窥见好女子，辄夺之。有王生妻，为王所睹，遣舆马直入其第。女子号涕不伏，强舁而出。生亡去，隐身聂政之墓，冀妻经此过，得一遥诀。无何，妻至，望见丈夫，大哭投地。生恻动心怀，不觉失声。从人知其王生，执之，将加搒掠。忽墓中一丈夫出，手握白刃，气象威猛，厉声曰："我聂政也！良家子岂容强占！念汝辈非所自由，姑且宥恕。寄语无道主，若不改行，不日将决其首！"众大骇，弃车而走；丈夫亦入墓中而没。夫妻叩墓归，犹惧王命复临。过十余日，竟绝消息，心始安。王自此，淫威亦少杀云。

异史氏曰："余读刺客传，而独服膺于轵深井里也：其锐身而报知己，有豫之义；白昼而屠卿相，有鲊之勇；面皮自刑，不累骨肉，有曹之智。至于荆轲，力不足以谋无道秦，遂使绝裾而去，自取灭亡。轻借樊将军之头，何日可能还也？此千古之所恨，而聂政之所嗤者矣。闻之野史：其墓见掘于羊左之鬼。果尔，则生不成名，死犹丧义，其视聂之抱义愤而惩荒淫者，其为人之贤不肖何如哉！噫！聂之贤，于此益信。"

冷 生

平城冷生者，少最钝，年二十余，未能通一经。后忽有狐来，与之燕处。每闻其终夜语，即兄弟诘之，亦不肯泄一字。如是多日，忽得狂易病：每为文时，得题则闭门枯坐；少时，哗然大笑。往窥之，则手不停草，而一艺成矣。既而脱稿，文思精妙。是年入泮，明年食饩。每逢场作笑，响彻堂壁。由此"笑生"之名大噪。幸学使退休不闻。后值某学使规矩严肃，终日危坐堂上。忽闻笑声，怒执之，将以加责。执事官代白其颠。学使怒稍息，释之，而黜其名。从此佯狂诗酒，著有《颠草》四卷，超拔可诵。

异史氏曰："闭门一笑，与佛家顿悟时何殊间哉！大笑成文，亦一快事，何至以此褫革？如此主司，宁非悠悠！"

昔学师孙景夏先生，往访友人。至其窗外，不闻人语，但闻笑声嗤然，顷刻数作。意其与人戏耳。入视，则居之独也。怪之。始大笑曰："适无事，殆默温笑谈耳。"

邑宫生者，家畜一驴，性蹇劣。每途中逢独行之客，拱手谢曰："适忙遽，不遑下骑，勿罪！"言未已，驴已蹶然伏道上，屡试不爽。宫大惭恨，因与妻谋，使伪作客。自乃跨驴而周于庭，向妻拱手作遇客语。驴果伏。便以利锥毒刺之。适有友人相访，方欲款关，闻宫言于内曰："不遑下骑，勿罪！"少顷，又言之。中大怪异，叩扉而问其故，以实告，相与捧腹。

此二则可附冷生之笑以传矣。

药　僧

济宁某，偶于野寺外，见一游僧，向阳扪虱，杖挂葫芦，似卖药者。因戏曰："和尚亦卖房中丹否？"僧曰："有。弱者可强，微者可巨，立刻而效，不俟经宿。"某喜求之。僧解衲角，出药一丸，如黍大，令吞之。约半炊时，下部暴长，逾刻自扪，增于旧者三之一。心犹未满，窥僧起遗，窃解衲，拈二三丸并吞之。俄觉肤若裂，筋若抽，项缩腰橐，而阳长不已。大惧，无术。僧返，见其状，惊曰："子必窃吾药矣！"即与一丸，始觉休止。解衣自视，则几与两股鼎足而三矣。缩颈蹒跚而归，父母皆不能识。从此为废物，日卧街上，多见之者。

皂　隶

万历间，历城令梦城隍索人服役，即以皂隶八人，书姓名于牒，焚庙中。至夜，八人皆死。庙东有酒肆，肆主故与一隶有素。会夜来沽酒，问："款何客？"答云："僚友甚多，沽一尊少叙姓名耳。"质明，见他役，始知其人已死。入庙启扉，则瓶在焉，贮酒如故。归视所与钱，皆纸灰。令肖八像于庙。诸役得差，皆先酬之乃行。不然，必遭笞谴。

红毛毡

红毛国，旧许与中国相贸易。边帅见其众，不听登岸。红毛人固请："但赐一毡之地足矣。"帅思一毡所容无几，许之。其人置毡岸上，仅容二人；扯之，容四五人；且扯且登，顷刻毡大亩许，已数百人矣。短刃并发，出于不意，被掠数里而去。

抽　肠

莱阳民某，昼卧，见一男子与妇人握手入。妇黄肿，腰粗欲仰，意象愁苦。男子促之曰："来，来！"某意其苟合者，因假睡以窥所为。既入，似不见榻上有人，又促曰："速之！"妇便自袒胸怀，露其腹，腹大如鼓。男子出屠刀一口，用力刺入，从心下直剖至脐，蚩蚩有声。某大惧，不敢喘息。而妇人攒眉忍受，未尝少呻。男子口衔刀，入手于腹，捉肠挂肘际；且挂且抽，顷刻满臂。乃以刀断之，举置几上，还复抽之。几既满，悬椅上；椅又满，乃肘数十盘，如渔人举网状，望某首边一掷。觉一阵热腥，面目喉鬲覆压无缝。某不能复忍，以手推肠，大号起奔。肠堕榻前，两足被系，冥然而倒。家人趋视，但见身绕猪脏;既入审顾,则初无所有。众各自谓目眩,未尝骇异。及某述所见,始共奇之。而室中并无痕迹,惟数日血腥不散。

牛　飞

邑人某,购一牛,颇健。夜梦牛生两翼飞去,以为不祥,疑有丧失。牵市中,损价售之。以巾裹金,缠臂上。归至半途,见一鹰食残兔,近之,甚驯。遂以巾头絷鹰股,臂之。鹰屡摆扑,把捉稍疏,带巾腾去。某每谓定数不可逃,而不知不疑梦,不拾遗,走者何遽能飞哉!

卷十三

狐惩淫

某生者，购新第，常患狐。凡一切服物，多为所毁，又时以尘土置汤饵中。一日，有友过访，值生他适，至暮不归。生妻备馔具供客，已而偕婢啜食余饵。生素不羁，好蓄媚药，不知何时狐以药置粥中，妇食之，觉有脑麝气。问婢，婢答不知。食讫，觉欲焰上炽，不可暂忍；强自按抑，燥渴愈急。筹思家中无可奔者，独有客在，遂往叩斋。客问其谁，实告之。问何作，不答。客谢曰："我与若夫道义交，不敢为此兽行。"妇尚留连。客叱骂曰："某兄文章品行，被汝丧尽矣！"隔窗唾之。妇大惭，乃退。因自念：我何为若此？忽忆碗中香，得毋媚药耶？检包中药，果狼藉满案，盎盏中皆是也。稔知冷水可解，因就饮之。顷刻心下清醒，愧耻无以自容。辗转既久，更漏已残。愈恐天晓无以见人，乃解带自经。婢觉救之，气已渐绝。辰后始有微息。客夜间已遁。生晡后方归，见妻卧，问之，不言，但含清涕。婢以状告。大惊，苦诘之。妻遣婢去，始以实陈。生叹曰："此我之淫报也，于卿何尤？幸有良友，不然，何以为人！"遂从此痛伤往行，狐亦遂绝。

异史氏曰："居家者相戒勿蓄砒鸩，从无有相戒不蓄媚药者，亦犹人之畏兵刃而狎床笫也。宁知其毒有甚于砒鸩者哉！顾蓄之不过以媚内耳，乃至见嫉于鬼神；况人之纵淫有过于蓄药者乎？"

某生赴试自郡中归，日已暮，携有莲实菱藕，入室并置几上。又有藤津伪器一事，水浸盎中。诸邻人以其新归，携酒登堂，生仓促置床下而出，令内子经营供馔，与客薄饮。饮已入内，急烛床下，盎水已空。问妇。妇曰："适与菱藕并出供客，何尚寻也？"生回忆肴中有黑条杂错，举座不知何物。乃失笑曰："痴婆子！此何物事，可供客耶？"妇亦疑曰："我方怨子不言烹法，其状可丑，又不知何名，只得糊涂脔切耳。”生乃告之，相与大笑。今某生贵矣，相狎者犹以为戏。

山 市

奂山山市，邑景之一也。然数年恒不一见。孙公子禹年，与同人饮楼上，忽见山头有孤塔耸起，高插云冥。相顾惊疑，念近中无此禅院。无何，见宫殿数十所，碧瓦飞甍，始悟为山市。未几，高垣睥睨，连亘六七里，居然城郭矣。中有楼若者、堂若者、坊若者，历历在目，以亿万计。忽大风起，尘气莽莽然，城市依稀而已。既而风定天清，一切乌有；惟危楼一座，直接霄汉。楼五架，窗扉皆洞开；一行有五点明处，楼外天也。层层指数：楼愈高，则明渐小；数至八层，才如星点；又其上，则黯然飘缈，不可计其层次矣。而楼上人往来屑屑，或凭或立，不一状。逾时，楼渐低，可见其顶；又渐如常楼；又渐如高舍；倏忽如拳如豆，遂不可见。又闻有早行者，见山上人烟市肆，与世无别，故又名“鬼市”云。

江 城

临江高生，名蕃，少慧，仪容秀美。十四岁入邑庠。富室争女之，生选择良苛，屡梗父命。父仲鸿，年六十，止此子，宠惜之，不忍少拂。初，东村有樊翁者，授童蒙于市肆，携家僦生屋。翁有女，小字江城，与生同甲，时皆八九岁，两小无猜，日共嬉戏。后翁徙去，积四五年，不复闻问。一日，生于隘巷中见一女郎，艳美绝俗。从一小鬟，仅六七岁。不敢倾顾，但斜睨之。女停睇，若欲有言。细视之，江城也。顿大惊喜。各无所言，相视呆立，移时始别，两情恋恋。生故以红巾遗地而去。小鬟拾之，喜以授女。女入袖中，易以己巾，伪谓鬟曰：“高秀才非他人，勿得讳其遗物，可追还之。”小鬟果追付生。生得巾大喜。归见母，请与论婚。母曰："家无半间屋，南北流移，何足匹偶？"生言："我自欲之，固当无悔。"母中心摅拒不自决，以商仲鸿；鸿执不可。生闻之闷然，嗌不容粒。母大忧之，谓高曰："樊氏虽贫，亦非狙侩无赖者比。我请过诸其家，倘其女可偶也，即亦何害。"高诺之。母托烧香黑帝庙，诣之。见女明眸秀齿，居然娟好，心大爱悦。遂以金帛厚赠之，实告以意。樊媪谦抑而后受盟。归述其情，生始解颜为笑。逾岁，择吉迎女归，夫妻相得甚欢。而女善怒，反眼若不相识；词舌嘲啁，常常聒于耳。生以爱故，悉含忍之。翁妪稍有所闻，心弗善也，潜责其子。为女所闻，大恚，诟骂弥加。生稍稍反其恶声，女益怒，挞逐出户，阖其扉。生慑慑门外，不敢叩关，抱膝宿檐下。女自是视若仇。其初，长跪犹可以解，渐至屈膝无灵，而丈夫益苦矣。翁姑薄让之，女牴牾不可言状。翁姑忿怒，逼令大归。樊惭惧，浼交好者请于仲鸿；仲鸿不许。年余，生出遇岳；岳把袂邀归其家，谢罪不遑。妆女出见，夫妇相对，不觉恻楚。樊乃沽酒款婿，酬劝甚殷。无何日暮，坚止宿留，扫别榻，使夫妇并寝。既曙辞归，不敢以情告父母，惟掩饰而弥缝之。由此三五日，辄一寄岳家宿，而父母不知也。樊一日自诣仲鸿。初不见，迫而后见之。樊膝行而请。高不承，诿诸其子。樊言："婿昨夜宿仆家，不闻有异言。"高惊问："何时寄宿？"樊具以告。高赧谢曰："我固不之知耳。彼爱之，我独何仇乎？"樊既去，高呼子而骂。生但俯首，不少出气。言间，樊已送女至。高曰："我不能为儿女任过，不如各立门户，即烦主析爨之盟。"樊劝之，不听。遂别院居之，遣一婢给役焉。月余，颇相安，翁媪窃慰。未几，女渐肆，生面上时有指爪痕，父母明知之，亦忍置不问。一日，生不堪挞楚，奔避父所，芒芒然如鸟雀之被鹯殴者。翁媪方怪问，女已横梃追入，竟即翁侧，捉而箠之。翁姑沸噪，略不顾瞻。挞至数十，始悻悻以去。高逐子曰："我惟避嚣，故析尔。尔固乐此，又焉逃乎？"生被逐，徙倚殊无所归。母恐其挫折行死，令独居而给之食。又召樊来使教其女。樊入室，开谕万端，女终不听，反以恶言相苦。樊拂衣而行，誓相绝。无何，樊翁愤生病，与媪相继死。女恨之，亦不临吊，惟日隔壁噪骂，故使翁姑闻。高悉置不较。生自独居，若离汤火，但觉凄寂。暗以金啖媒媪李氏，纳妓斋中，往来皆以夜。久之，女微闻知，诣斋嫚骂。生力白其诬，矢以天日，女始归。自此，日伺生隙。李媪自斋中出，适为所遭，急呼之；媪神色变异，女益疑。谓媪曰："明告所作，或可宥免；若犹隐秘，撮毛尽矣！"媪战而告曰："半月来，惟勾栏李云娘过此两度耳。适公子言，曾于玉笋山见陶家妇，爱其双翘，嘱奴招致之。渠虽不贞，亦未便作夜度娘，成否固未必也。"女以其言诚，姑从宽恕。媪欲行，又强止之。日既昏，呵之曰："可先往灭其烛，便言陶家至矣。"媪如其言，女即遽入。生喜极，挽臂促坐，具道饥渴。女默不语。生暗中索其足，曰："自山上一觐仙容，介介独恋是耳。"女终不语。生曰："夙昔之愿，今始得遂，何可觌面而不识也？"躬自促火，一照，则江城也。大惧失色，堕烛于地，长跪觳觫，若兵在颈。女摘耳提归，以针刺两股殆遍，乃卧以床下，醒则数骂之。生以此畏若虎狼，即偶假以颜色，枕席之上，亦震慑不能为人。女批颊而叱去之，益厌弃不以人齿。生日在兰麝之乡，如犴狴中人，仰狱吏之尊也。女有两姊，俱适诸生。长姊平善，讷于口，常与女不相洽。二姊适葛氏，为人狡黠善辨，顾影弄姿，貌不及江城，而悍妒与埒。姊妹相逢无他语，惟各以阃威自鸣得意。以故二人最善。生适戚友，女辄嗔怒；惟适葛所，知之不禁也。一日，饮葛所。既醉，葛嘲曰："子何畏之甚？"生笑曰："天下事顾多不解：我之畏，畏其美也；乃有美不及内人，而畏与仆等者，惑不滋甚哉？"葛大惭不能对。婢闻，以告二姊。二姊怒，操杖遽出。生察其状凶，跺屣欲走。杖起，已中腰膂；三杖三蹶而不能起。误中颅，血流如沛。二姊乃去，生蹒跚而归。妻惊问之。初以迕姨故，不敢遽告；再三研诘，始具陈之。女以帛束生首，忿然曰："人家男子，何烦他挞楚耶！"更短袖裳，怀木杵，携婢径去。抵葛家，二姊笑语承迎。女不语，以杵击之，仆；裂袴而痛楚焉。齿落唇缺，遗矢溲便。女既返，二姊羞忿，遣夫赴诉于高。生趋出，极意温恤。葛私语曰："仆此来，不得不尔。悍妇不仁，幸假手而惩创之，我两人何嫌焉。"女已闻之，遽出指骂曰："龌龊贼！妻子亏苦，反窃窃与外人交好！此等男子，不宜打杀耶！"疾呼觅杖。葛大窘，夺门窜去。生由此往来全无一所。同窗王子雅过之，宛转留饮。饮间，以闺阁相谑，颇涉狎亵。女适窥客，伏听尽悉，暗以巴豆投汤中而进之。未几，吐利不可堪，奄存气息。女使婢问之曰："再敢无礼否？"始悟病之所自来，呻吟而哀之。则绿豆汤已储待矣。饮之乃止。从此同人相戒，莫敢饮于其家。王有酤肆，肆中多红梅，设宴招其曹侣。生托文社，禀白而往。日暮，既酣，王生曰："适有南昌名妓，流寓此间，可以呼来共饮。"众大悦，惟生离座兴辞。群曳之曰："阃中耳目虽长，亦听睹不至于此。"因相矢缄口。生乃复坐。少间，妓果出。年十七八，玉佩丁咚，云鬟掠削。问其姓，云："谢氏，小字芳兰。"出词吐气，备极风雅，举坐若狂。而芳兰犹属意生，屡以色授。为众所觉，故曳两人连肩坐。芳兰阴把生手，以指书掌作"宿"字。生于此时，欲去不忍，欲留不敢，心如乱丝，不可言喻。而倾头耳语，醉态益狂，榻上胭脂虎，亦并忘之。少旋，听更漏已动，肆中酒客愈稀；惟遥座一美少年，对烛独酌，有小僮捧巾侍焉。众窃议其高雅。无何，少年罢饮出门去。僮反身入，向生曰："主人相候一语。"众都不知何谁，惟生颜色惨变，不遑告别，匆匆便去。盖少年乃江城，僮即其家婢也。生从至家，伏受鞭扑。从此益禁锢之，吊庆皆绝。文宗下学，生以误讲降为青。一日，与婢语，女疑与私，以酒坛囊婢首而挞之。已而缚生及婢，以绣剪剪腹间肉互补之，释缚令其自束。月余，补处竟合为一云。女每以白足踏饼抛尘土中，叱生摭食之。如是种种。母以忆子故，偶至其家，见子柴瘠，既归，痛哭欲死。夜梦一叟告之曰："勿须忧烦，此是前世因。江城原静业和尚所养长生鼠，公子前身为士人，偶游其寺，误毙之。今作恶报，不可以人力回也。每早起，虔心诵观音咒一百遍，必当有效。"醒而述于仲鸿，鸿异之，夫妻咸遵其教。两月余，女横如故，益之狂纵。闻门外钲鼓，辄握发出，憨然引眺，千人共指不为怪。翁姑共耻之，然不能禁，腹诽而已。忽有老僧在门外宣佛果，观者如堵。僧吹鼓上革作牛鸣。女奔出，见人众无隙，命婢移行床，翘登其上。众目集视之，女为弗觉也者。逾时，僧敷衍将毕，索清水一盂，持向女而宣言曰："莫要嗔，莫要嗔！前世也非假，今世也非真。咄！鼠子缩头去，勿使猫儿寻。"宣已，吸水噀射女面，粉黛淫淫，下沾襟袖。众大骇，意女暴怒；女殊不语，拭面自归。僧亦遂去。女入室痴坐，嗒然若丧，终日不食，扫榻遽寝。中夜忽唤生醒。疑其将遗，捧进溺盆。女却之，暗把生臂，曳入衾。生承命，四体惊悚，若奉丹诏。女慨然曰："使君若此，何以为人！"乃以手抚扪生体，每至刀杖痕，嘤嘤啜泣，辄以指甲自掐，恨不即死。生见其状，意良不忍，所以慰藉之良厚。女曰："妾思和尚必是菩萨化身。清水一洒，若更肺腑。今回忆曩昔所为，都如隔世。妾向时得毋非人耶？有夫妇而不能欢，有姑嫜而不能事，是诚何心！明日可移家去，仍与父母同居，庶便定省。"絮语终夜，如话十年之别。昧爽即起，折衣敛器，婢携簏，躬襆被，促生前往叩扉。母出骇问，告以意。母迟回有难色，女已偕婢入。母从入。女伏地哀泣，但求免死。母察其意诚，亦泣曰："吾儿何遽如此？"生为细述前状，始悟曩昔之梦验也。喜唤厮仆，为除旧舍。女自是承颜顺志，过于孝子。见人，则觍如新妇。或戏述往事，则红涨于颊。且勤俭，又善居积；三年，翁姑不问家计，而富称巨万矣。生是岁乡捷。女每谓生曰："当日一见芳兰，今犹忆之。"生以不受荼毒，愿已至足，妄念所不敢萌，唯唯而已。会以应举入都，数月乃返。入室，见芳兰方与江城对弈。惊而问之，则女以数百金出其籍云。余于浙邸得晤王子雅，言之竟夜甚详。

异史氏曰："人生业果，饮啄必报，而惟果报之在房中者，如附骨之疽，其毒尤惨。每见天下贤妇十之一，悍妇十之九，亦以见人世之能修善业者少也。观自在愿力宏深，何不将盂中水洒大千世界耶?”

孙　生

余乡孙生者,娶故家女辛氏。初入门,为穷袴,多其带,浑身纠缠甚密,拒男子不与共榻。床头常设锥簪之器以自卫。孙屡被刺剟,因就别榻眠。月余不敢问鼎。即白昼相逢,女未尝假以言笑。同窗某知之,私谓孙曰:“夫人能饮否?”答云:“少饮。”某戏之曰:“仆有调停之法,善而可行。”问:“何法?”曰:“以迷药入酒,给使饮焉,则惟君所欲矣。”孙笑之,而阴服其策良。询之医家,敬以酒煮乌头置案上。入夜,孙酾别酒,独酌数觥而寝。如此三夕,妻终不饮。一夜,孙卧移时,视妻犹寂坐,孙故作齁声;妻乃下榻,取酒煨炉上。孙窃喜。既而满饮一杯;又复酌,约尽半杯许,以其余仍内壶中,拂榻遂寝。久之无声,而灯煌煌尚未灭也。疑其尚醒,故大呼:“锡檠熔化矣!”妻不应。再呼仍不应。白身往视,则醉睡如泥。启衾潜入,层层断其缚结。妻固觉之,不能动,亦不能言,任其轻薄而去。既醒,恶之,投缳自缢。孙梦中闻喘吼声,起而奔视,舌已出两寸许。大惊,断索,扶榻上,逾时始苏。孙自此殊厌恨之,夫妻避道而行,相逢则俯其首。积四五年,不交一语。妻或在室中与他人嬉笑,见夫至,则色立变,凛如霜雪。孙尝寄宿斋中,恒经岁无归时;即强之归,亦面壁移时,默然即枕而已。父母甚忧之。一日,有老尼至其家,见妇,亟加赞誉。母不言,但有浩叹。尼诘其故,具以情告。尼曰:“此易与耳。”母喜曰:“倘能回妇意,当不靳酬也。”尼窥室无人,耳语曰:“请购春宫一帧,三日后,为若魇之。”尼既去,母从其教,购以待之。三日,尼果来,嘱曰:“此须慎秘,勿令夫妇知。”乃剪下图中人,又针三枚,艾一撮,并以素纸包固,外绘数画如蚓状,使母赚妇出,窃取其枕,开其缝而投之;已而仍合之,返归故处。尼乃去。至晚,母强子归宿。佣媪知其情,窃往伏听。二更将残,闻妇呼孙小字，孙不答。少间，妇复语，孙厌气作恶声。质明，母入其室，见夫妇面首相背，知尼之术诬也。呼子于无人处，委谕之。孙闻妻名，便怒切齿。母怒骂之，不顾而去。越日，尼来，告之罔效。尼大疑。媪因述所听。尼笑曰："前言妇憎夫，故偏魇之。今妇意已转，所未转者男耳。请作两制之法，必有验。"母从之。索子枕如前缄置讫，又呼令归寝。更余，犹闻两榻上皆有转侧声，时作咳，都若不能寐。久之，闻两人在一床上唧唧语，但隐约不可辨。将曙，犹闻戏笑，吃吃不绝。媪以告母。母喜，尼来，厚馈之。由是，琴瑟好合，今皆三十余矣。生一男两女，十余年从无角口之事。同人私问其故。笑曰："前此顾影生怒，后此闻声而喜。自亦不解其何心也。"

异史氏曰："移憎而爱，术不亦神哉！然能令人喜者，亦能令人怒，术人之神，正术人之可畏也。先哲云；'六婆不入门。'有见矣夫！"

八大王

临洮冯生。传者忘其名字，盖贵介裔而凌夷矣。有渔鳖者，负其债不能偿，得鳖辄献之。一日献巨鳖，额有白点。生以其状异？放之。后自婿家归，至恒河之侧，日已就昏，见一醉者，从二三僮，颠踬而至。遥见生，便问："何人？"生漫应："行道者。"醉人怒曰："宁无姓名，胡言行道者？"生驰驱心急，置不答，竟过之。醉人益怒，捉袂使不得行，酒臭熏人。生益不耐，然力解莫能脱。问："汝何名？"呓然而对曰："我南都旧令尹也。将何为？"生曰："世间有此等令尹，辱寞世界矣！幸是旧令尹，假新令尹，将无途人耶！"醉人怒甚，势将用武。生大言："我冯某非受人挝打者！"醉人闻之，变怒为欢，踉跄下拜曰："是我恩主，唐突勿罪！"起唤从人，先归治具。生辞之不得。握手行数里，见一小村。既入，则廊舍华好，似贵人家。醉人醒稍解，生始询其姓字。曰："言之勿惊，我洮水八大王。适西山青童招饮，不觉过醉，有犯尊颜，实切愧悚。”生知其妖，以其情词殷渥，遂不畏怖。俄而设筵丰盛，促坐欢饮。大王饮最豪，连举数觥。生恐其复醉，再作萦扰，伪醉求寝。大王已喻其意，笑曰：“君得毋畏我狂耶？但请勿惧。凡醉人无行，谓隔夜不复记忆者，欺人耳。酒徒之不德，故犯者十九。仆虽不齿于侪偶，顾未敢以无赖之行，施之长者，何遂见拒如此？”生乃复坐，正容而谏曰：“既自知之，何勿改行？”大王曰：“老夫为令尹时，沉湎尤过于今日。自触帝怒，谪归岛屿，力反前辙者，十余年矣。今老将就木，潦倒不能横飞，故态复作，我自不解耳。兹敬闻命矣。”倾谈间，远钟已动。大王起捉臂曰：“相聚不久。蓄有一物，聊报厚德。此不可以久佩，如愿后，当见还也。”口中吐一小人，仅寸余。因以爪掐生臂，痛若肤裂；急以小人按捺其上，释手已入革里，甲痕尚在，而漫漫坟起，类痰核状。惊问之，笑而不答。但曰：“君宜行矣。”送生出，大王自返。回顾村舍全渺，惟一巨鳖，蠢蠢入水而没。错愕久之。自念所获必鳖宝也。由此目最明，凡有珠宝之处，黄泉下皆可见，即素所不知之物，亦随口而出其名。于寝室中掘得藏镪数百，用度颇充。后有货故宅者，生视其中有藏镪无算，遂以重金购居之。由此与王公埒富。火齐木难之类皆蓄焉。得一镜，背有凤钮，环水云湘妃之图，光射里余，须眉皆可数。佳人一照，则影留其中，磨之不能灭也；若改妆重照，或更一美人，则前影消矣。时肃府第三主绝美，雅慕其名。会主游崆峒，乃往伏山中，伺其下舆，照之而归，设置案头。审视之，见美人在中，拈巾微笑，口欲言而波欲动。喜而藏之。年余，为妻所泄，闻之肃府。王怒收之。追镜去，拟斩。生大赂中贵人，使言于王曰：“王如见赦，天下之至宝，不难致也。不然，有死而已，于王诚无所益。”王欲籍其家而徙之。三主曰：“彼已窥我，十死亦不足解此玷，不如嫁之。”王不许。主闭户不食。妃子大忧，力言于王。王乃释生囚，命中贵以意示生。生辞曰：“糟糠之妻不下堂，宁死不敢承命。王如听臣自赎，倾家可也。”王怒，复逮之。妃召生妻入宫，将鸩之。

既见，妻以珊瑚镜台纳妃，词意温恻。妃悦之，使参主。主亦悦之，订为姊妹，转使谕生。生告妻曰："王侯之女，不可以先后论嫡庶也。"妻不听，归修聘币纳王邸，赍送者以千人。珍石宝玉之属，王家亦不能知其名。王大喜，释生归，以主嫔焉。主仍怀镜归。生一夕独寝，梦大王轩然入曰："所赠之物，当见还也。佩之既久，耗人精血，损人寿命。"生诺之，即留宴饮。大王辞曰："自聆药石，戒杯中物已三年矣。"乃以口啮生臂，痛极而醒。视之，则核块消矣。后此遂如常人。

异史氏曰："醒则犹人，而醉则犹鳖，此酒人之大都也。顾鳖虽日习于酒狂乎，而不敢忘恩，不敢无礼于长者，鳖不过人远哉？若夫某氏，则醒不如人，而醉不如鳖矣。古人有龟鉴，盍以为鳖鉴乎？乃作'酒人赋'。赋曰：'有一物焉，陶情适口；饮之则醺醺腾腾，厥名为"酒"。其名最多，为功已久：以宴嘉宾，以速父舅，以促膝而为欢，以合卺而成偶；或以为"钓诗钩"，又以为"扫愁帚"。故麹生频来，则骚客之金兰友；醉乡深处，则愁人之逋逃薮。糟丘之台既成，鸱夷之功不朽。齐臣遂能一石，学士亦称五斗。则酒固以人传，而人或以酒丑。若夫落帽之孟嘉，荷锸之伯伦，山公之倒其接䍦，彭泽之漉以葛巾。酣眠乎美人之侧也，或察其无心；濡首于墨汁之中也，自以为有神。井底卧乘船之士，槽边缚珥玉之臣。甚至效鳖囚而玩世，亦犹非害物而不仁。至如雨宵雪夜，月旦花晨，风定尘短，客旧妓新，履舄交错，兰麝香沉，细批薄抹，低唱浅斟；忽清商兮一奏，则寂若兮无人。雅谑则飞花粲齿，高吟则戛玉敲金。总陶然而大醉，亦魂清而梦真。果尔，即一朝一醉，当亦名教之所不嗔。尔乃嘈杂不韵，俚词并进；坐起欢哗，呶呶成阵。涓滴忿争，势将投刃；伸颈攒眉，引杯吸鸩；倾渖碎觥，拂灯灭烬。绿醑葡萄，狼藉不靳；病叶狂花，觞政所禁。如此情怀，不如勿饮。又有酒隔咽喉，间不盈寸；呐呐呢呢，犹讥主吝；坐不言行，饮复不任；酒客无品，于斯为甚。甚有狂药下，客气粗；努石棱，磔髯须；袒两背，跃双趺。尘蒙蒙兮满面，哇浪浪兮沾裾；口狺狺兮乱吠，发蓬蓬兮若奴。其吁地而呼天也，似李郎之呕其肝肠；其扬手而掷足也，如苏相之裂于牛车。舌底生莲者，不能穷其状；灯前取影者，不能为之图。父母前而受忤，妻子弱而难扶。或以父执之良友，无端受骂于灌夫。婉言以警，倍益眩瞑。此名酒凶，不可救拯。惟有一术，可以解酩。厥术维何？只须一梃。絷其手足，与斩豕等。止困其臀，勿伤其顶，捶至百余，豁然顿醒。’”

罗　祖

罗祖，即墨人也。少贫纵。族中应出一丁戍北边，即以罗往。罗居边数年，生一子。驻防守备雅厚遇之。会守备迁陕西参将，欲携与俱去。罗乃托妻子于其友李某者，遂西。自此三年不得返。适参将欲致书北塞，罗乃自陈，请以便道省妻子。参将从之。罗至家，见妻子无恙，良慰。然床下有男子遗舄，心疑之。既而诣李申谢，李置酒殷勤；妻又道李恩义，罗感激不胜。明日，谓妻曰："我往致主命，暮不能归，勿伺也。"出门跨马去。匿身近处，更定却归。闻妻与李卧语，大怒，破扉。二人惧，膝行乞死。罗抽刃出，已复韬之，曰："我始以汝为人也，今若此，杀之污吾刀耳！与汝约：妻子而受之，籍名亦而充之，马匹器械具在。我逝矣。"遂去。乡人共闻之于官。官笞李，李以实告。而事无验见，莫可执凭，远近搜罗，则绝匿名迹。官疑其因奸致杀，益械李及妻；逾年，并桎梏以死。乃送其子归即墨。后石匣营有樵人入山，见一道士坐洞中，未尝求食。众以为异，赍粮供之。或有识者，盖即罗也。馈遗满洞，罗终不食，意似厌嚣，以故来者渐寡。积数年，洞外蓬蒿成材。或潜窥之，则坐处不曾少移。又久之，见其出游山上，就之已杳；往瞰洞中，则衣上尘蒙如故。益奇之。更数日而往，则玉柱下垂，坐化已久。土人为之建庙；每三月间，香楮相属于道。其子往，人皆呼以小罗祖，香税悉归之；今其后人，犹岁一往，收税金焉。沂水刘宗玉，向予言甚详。予笑曰："今世诸檀越，不求为圣贤，但望成佛祖。请遍告之：若要立地成佛，须放下刀子去。"

刘　姓

邑刘姓，虎而冠者也。后去淄居沂，习气不除，乡人咸畏恶之。有田数亩，与苗某连垅。苗勤，田畔多种桃。桃初实，子往攀摘；刘怒驱之，指为己有。子啼而告诸父。父方骇怪，刘已诟骂在门，且言将讼。苗笑慰之。怒不解，忿而去。时有同邑李翠石，作典商于沂，刘持状入城，适与之遇。以同乡，故相熟，问："作何干？"刘以告。李笑曰："子声望众所共知。我素识苗某甚平善，何敢占骗。将毋反言之耶？"乃碎其词纸，曳入肆，将与调停。刘恨恨不已，窃肆中笔，复造状，藏怀中，期以必告。未几，苗至，细陈所以，因哀李为之解免。言："我农人，半世不见官长。但得罢讼，数株桃，何敢执为己有。"李呼刘出，告以退让之意，刘犹指天画地，叱骂不休；苗惟和色卑词，无敢少辨。既罢，逾四五日，见其村中人传刘已死，李为惊叹。翼日他适，见杖而来者俨然刘也。比至，殷殷问讯，且请顾临。李逡巡问曰："日前忽闻凶讣，一何妄也？"刘不答，但挽入村，至其家，罗浆酒焉。乃言："前日之传非妄也。曩出门，见二人来，捉见官府。问何事，但言不知。自思出入衙门数十年，非怯见官长者，亦不畏怖。从去，至公廨，见南面者有怒容，曰：'汝即刘某耶？罪恶贯盈，不自悛悔，又以他人之物占为己有。此等横暴，合置铛鼎！'一人稽簿曰：'此人有一善，合不死。'南面者阅簿，色稍霁。便云：'暂送他去。'数十人齐声呵逐。余曰：'因何事勾我来？又因何事遣我去？还祈明示。'吏持簿下，指一条示之。上记：崇祯十三年，用钱三百，救一人夫妻完聚。吏曰；'非此则今日命当绝，宜堕畜生道。'骇极，乃从二人出。二人索贿。怒告曰：'不知刘某出入公门二十年，专勒人财者，何得向老虎讨肉吃耶！’二人乃不复言。送至村，拱手曰：‘此役不曾啖得一口水。’二人既去，入门遂苏，时气绝已隔日矣。”李闻而异之，因诘其善行颠末。初，崇祯十三年，岁大凶，人相食。刘时在淄，为主捕隶。适见男女哭甚哀，问之。答云：“夫妇聚才年余，今岁荒，不能两全，故悲耳。”少时，在油肆前复见之，似有所争。近诘之。肆主马姓者便云：“伊夫妇饿将死，日向我讨麻酱以为活。今又欲卖妇于我。我家中已买十余口矣。此何紧要？贱则售，否则已耳。如此可笑，生来缠人！”男子因言：“今粟贵如珠，自度非三百数，不足供逃亡之费。本欲两生，若卖妻而不免于死，何取焉？非敢言直，但求作阴骘行之耳。”刘怜之，便问马出几何。马言：“今日妇口，止直百许耳。”刘请勿短其数，且愿助以半价之资。马执不可。刘少负气，便谓男子：“彼鄙琐不足道，我请如数相赠。若能逃荒，又全夫妇，不更佳耶？”遂发囊与之。夫妻泣拜而去。刘述此事，李大加奖叹。刘自此前行顿改，今七旬犹健。去年，李诣周村，遇刘与人争．众围劝不能解。李笑呼曰：“汝又欲讼桃树耶？”刘茫然改容，呐呐敛手而退。

异史氏曰：“李翠石兄弟，皆称素封。然翠石尤醇谨喜为善，未尝以富自豪，抑然诚笃君子也。观其解纷劝善，其生平可知矣。古云：‘为富不仁。’吾不知翠石先仁而后富者耶，抑先富而后仁者耶？”

邵九娘

柴廷宾，太平人。妻金氏，不育，又奇妒。柴百金买妾，金暴遇之，经岁而死。柴忿出独宿，数月不践闺闼。一日，柴初度，金卑词庄礼，为丈夫寿。柴不忍拒，始通言笑。金设宴内寝招柴。柴辞以醉。金华妆自诣柴所，曰：“妾竭诚终日，君即醉，请一盏而别。”柴乃入，酌酒话言。妻从容曰：“前日误杀婢子，今甚悔之。何便仇忌，遂无结发情耶？后请纳金钗十二，妾不汝瑕疵也。”柴益喜，烛尽见拔，遂止宿焉。由此敬爱如初。金便呼媒媪来，嘱为物色佳媵，而阴使迁延勿报，己则故督促之。如是年余。柴不能待，遍嘱戚好，为之购致，得林氏之养女。金一见，喜形于色，饮食共之，脂泽花钏，任其所取。然林故燕产，不习女红，绣履之外，须人而成。金曰："我家素勤俭，非似王侯家买作画图看者。"于是授美锦使学制，若严师诲弟子。初犹诃骂，继以鞭楚。柴痛切于心，不能为地。而金之怜爱林，尤倍于昔，往往自为妆束，匀铅黄焉。但履跟稍有折痕，则以铁杖击双弯；发少乱，则批两颊。林不堪其虐，自经死。柴悲惨心目，颇致怨怼。妻怒曰："我代汝教娘子，有何罪过？"柴始悟其奸，因复反目，永绝琴瑟之好。阴于别业修房闼，思购丽人而别居之。荏苒半载，未得其人。偶会友人之葬，见二八女郎，光艳溢目，停睇神驰。女怪其狂顾，秋波斜转之。询诸人，知为邵氏。邵贫士，止此女，少聪慧，教之读，过目能了。尤喜读内经及冰鉴书。父爱溺之，有议婚者，辄令自择，而贫富皆少所可，故十七岁犹未字也。柴得其端末，知不可图，然心低徊之。又冀其家贫，或可利动。谋之数媪，无敢媒者，遂亦灰心，无所复望。忽有贾媪者，以货珠过柴。柴告所愿，赂以重金，曰："但求一通诚意，其成与否所勿责也。万一可图，千金不惜。"媪利其有，诺之。登门，故与邵妻絮语。睹女，惊赞曰："好个美姑姑！假到昭阳院，赵家姊妹何足数得！"又问："婿家阿谁？"邵妻答："尚未。"媪言："若个娘子，何愁无王侯作贵客也！"邵妻叹曰："王侯家所不敢望，只要个读书种子，便是佳耳。我家小孽冤，翻复遴选，十无一当，不解是何意向。"媪曰："夫人勿须烦怨。恁个丽人，不知前身修何福泽，才能消受得！昨一大笑事：柴家郎君云：'于某家茔边，望见颜色，愿以千金为聘。'此非饿鸱作天鹅想耶？早被老身诃斥去矣！"邵妻微哂未答。媪曰："便是秀才家难与较计；若在别个，失尺而得丈，宜若可为矣。"邵妻复笑不言。媪抚掌曰："果尔，则为老身计亦左也。日蒙夫人爱，登堂便促膝赐浆酒；若得千金，出车马，入楼阁，老身再到门，则阍者呵叱及之矣。”邵妻沉吟良久，起而去，与夫语；移时，唤其女；又移时，三人并出。邵妻笑曰：“婢子奇特，多少良匹悉不就，闻为贱媵则就之。但恐为儒林笑也！”媪曰：“倘入门得一小哥子，大夫人便如何耶！”言已，告以别居之谋。邵益喜，唤女曰：“试同贾姥言之。此汝自主张，勿后悔，致怼父母。”女觍然曰：“父母安享厚奉，则养女有济矣。况自顾命薄，若得佳偶，必减寿数，少受折磨，未必非福。前见柴郎亦福相，子孙必有兴者。”媪大喜，奔告柴。柴喜出非望，即置千金，备舆马，娶女于别业，家人无敢言者。女谓柴曰：“君之计，所谓燕巢于幕，不谋朝夕者也。塞口防舌，以冀不漏，何可得乎？请不如早归，犹速发而祸小。”柴虑摧残。女曰：“天下无不可化之人。我苟无过，怒何由起？”柴曰：“不然。此非常之悍，不可情理动者。”女曰：“身为贱婢，摧折亦自分耳。不然，买日为活，何可长也？”柴以为是，终踌躇而不敢决。一日，柴他往。女青衣而出，命苍头控老牝马，一妪携襆从之，竟诣嫡所，伏地自陈。妻始而怒；既念其自首可原，又见容饰谦卑，气亦稍平。乃命婢子出锦衣衣之。曰：“彼薄幸人播恶于众，使我横被口语。其实皆男子不义，诸婢无行，有以激之。汝试念背妻而立家室，岂复是人矣？”女曰：“细察渠亦稍悔之，但不肯下气耳。谚云：‘大者不伏小。’以礼论：妻之于夫，犹子之于父，庶之于嫡也。夫人若肯假以词色，则积怨可以尽捐。”妻云：“彼自不来，我何与焉？”即命婢媪为之除舍。心虽不乐，亦暂安之。柴闻女归，惊怛不已，窃意羊入虎群，狼藉已不堪矣。疾奔而至，见家中寂然，心始稳贴。女迎门而劝，令诣嫡所。柴有难色。女泣下，柴意少纳。女往见妻曰：“郎适归，自惭无以见夫人，乞夫人往一姗笑之也。”妻不肯行。女曰：“妾已言之：夫之于妻，犹嫡之于庶。孟光举案，而人不以为谄，何哉？分在则然耳。”妻乃从之。见柴曰：“汝狡兔三窟，何归为？”柴俯不对。女肘之，柴始强颜为笑。妻色稍霁，将返。女推柴从之，又嘱庖人备酌。自是夫妻复和。女早起，青衣往朝；盥已，授帨，执婢礼甚恭。柴入其室，苦辞之，十余夕始肯一纳。妻亦心贤之；然自愧弗如，积惭成忌。但女奉侍谨，无可蹈瑕；或薄施诃谴，女惟顺受。一夜，夫妻小有反唇，晓妆犹含盛怒。女捧镜，镜堕，破之。妻益恚，握发裂眦。女惧，长跪哀免。怒不解，鞭之至数十。柴不能忍，盛气奔入，曳女出。妻呶呶逐击之。柴怒，夺鞭反扑，面肤绽裂，始退。由此夫妻若仇。柴禁女勿往。女弗听，早起，膝行伺幕外。妻捶床怒骂，叱去不听前。日夜切齿，将伺柴出，而后泄忿于女。柴知之，谢绝人事，杜门不通吊庆。妻无如何，唯日挞婢媪以寄其恨。下人皆不可堪。自夫妻绝好，女亦莫敢当夕，柴于是孤眠。妻闻之，意亦稍安。有大婢素狡黠，偶与柴语，妻疑其私，暴之尤苦，婢辄于无人处，疾首怨骂。一夕，轮婢值宿，女嘱柴，禁无往，曰："婢面有杀机，叵测也。"柴如其言，招之来，诈问："何作？"婢惊惧无所措辞。柴益疑之，检其衣，得利刃焉。婢无言，唯伏地乞死。柴欲挞之。女止之曰："恐夫人闻知，此婢必无生理。彼罪固不赦，然不如鬻之，既全其生，我亦得直焉。"柴然之。会有买妾者，急货之。妻以其不谋故，罪柴，益迁怒女，诟骂益毒。柴忿顾女曰："皆汝自取。前此杀却，乌有今日。"言已而走。妻怪其言，遍诘左右，并无知者；问女，女亦不言。心益闷怒，捉裾浪骂。柴乃返，以实告。妻大惊，向女温语；而心转恨其言之不早。柴以为嫌郤尽释，不复作防。适远出，妻乃召女而数之曰："杀主者罪不赦，汝纵之何心？"女造次不能以词自达。妻烧赤铁烙女面，欲毁其容。婢媪皆为之不平。每号痛一声，则家人尽哭，愿代受死。妻乃不烙，以针刺胁二十余下，始挥去之。柴归，见面创，大怒，欲往寻之。女捉襟曰："妾明知火坑，而故蹈之者。当嫁君时，岂以君家为天堂耶？亦自顾命薄，聊以泄造化之怒耳。安心忍受，尚有满时；若再触焉，是坎已填而复掘之也。"遂以药糁患处，数日寻愈。忽揽镜喜曰："君今日宜为妾贺，彼烙断我晦纹矣！"朝夕事嫡，一如往日。金前见众哭，自知身同独夫，略有愧悔之萌，时时呼女共事，词色平善。月余，忽病呃逆，害饮食。柴恨其不死，略不顾问。数日，腹胀如鼓，日夜浸困。女侍伺不遑眠食,金益德之。女以医理自陈;金自觉畴昔过惨,疑其怨报,故谢之。金为人持家严整,婢仆悉就约束;自病后,皆散诞无操作者。柴躬自纪理,劬劳甚苦,而家中米盐,不食自尽。由是慨然兴中馈之思,聘医药之。金对人辄自言为气蛊,以故医脉之,无不指为气郁者。凡易数医,卒罔效,亦滨危矣。又将烹药,女进曰:"此等药,百裹无益,只增剧耳。"金不信。女暗撮别剂易之。药下,食顷三遗,病若失。遂益笑女言妄,呻而呼之曰:"女华陀,今如何也!"女及群婢皆笑。金问故,始实告之。泣曰:"妾日受子之覆载而不知也!今而后,请虽家政,听子而行。"无何,病痊,柴整设为贺。女捧壶侍侧;金自起夺壶,曳与连坐,爱异常情。更阑,女托故离席;金遣二婢曳还之,强与连榻。自此,事必商,食必偕,即姊妹无其和也。无何,女产一男。产后多病,金亲为调试,若奉其母。后金患心痗,痛起,则面目皆青,但欲觅死。女急市银针数枚,比至则气息濒尽,按穴刺之,划然痛止。十余日复发,复刺;过六七日又发。虽应手奏效,不至大苦,然心常惴惴,恐其复萌。夜梦至一处,似庙宇,殿中鬼神皆动。神问:"汝金氏耶?汝罪过多端,寿数合尽;念汝改悔,故仅降灾,以示微谴。前杀两姬,此其宿报。至邵氏何罪,而惨毒至此?鞭挞之刑,已有柴生代报,可以相准;所欠一烙二十三针,今三次只偿零数,便望病根除耶?明日又当作矣!"醒而大惧,犹冀妖梦之诬。食后果病,其痛倍苦。女至刺之,随手而瘥。疑曰:"技止此矣,病本何以不拔?请再灼之,此非烂烧不可,但恐夫人不能忍受。"金忆梦中语,以故无难色。然呻吟忍受之际,默思欠此十九针,不知作何变症,不如一朝受尽,庶免后苦。炷尽,求女再针。女笑曰:"针岂可以泛常施耶?"金曰:"不必论穴,但烦一十九刺。"女笑不可。金请益坚,起跪榻上。女终不忍。实以梦告,女乃约略经络,刺之如数。自此平复,果不复病。弥自忏悔,临下亦无戾色。子名曰俊,秀慧绝伦。女每曰:"此子翰苑相也。"八岁有神童之目;十五岁以进士授翰林。是时柴夫妇年四十,如夫人三十有二三耳。舆马归宁,乡里荣之。邵翁自鬻女后,家暴富,而士林羞与为伍;至是,始有通往来者。

异史氏曰:"女子狡妒,其天性然也。而为妾媵者,又复炫美弄机,以增其怒。呜呼!祸所由来矣。若以命自安,以分自守,百折而不移其志,此岂挺刃所能加乎?乃至于再拯其死,而始有悔悟之萌。呜呼!岂人也哉!如数以偿,而不增之息,亦造物之恕矣。顾以仁术作恶报,不亦慎乎!每见愚夫妇抱疴终日,即招无知之巫,任其刺肌灼肤而不敢呻,心尝怪之,至此始悟。"

闽人有纳妾者,夕入妻房,不敢便去,伪解履作登榻状。妻曰:"去休!勿作态!"夫尚徘徊,妻正色曰:"我非似他家妒忌者,何必尔尔。"夫乃去。妻独卧,辗转不得寐,遂起,往伏门外,潜听之。但闻妾声隐约,不甚了了,唯"郎罢"二字,略可辨识。郎罢,闽人呼父也。妻听逾刻,痰厥而踣,首触扉作声,夫惊起,启户,尸倒入。呼妾火之,则其妻也。急扶灌之。目略开,即呻曰:"谁家郎罢被汝呼!"妒情可哂。

巩　仙

巩道人,无名字,亦不知何里人。尝求见鲁王,阍人不为通。有中贵人出,揖求之。中贵见其鄙陋,逐去之;已而复来。中贵怒,且逐且扑。至无人处,道人笑出黄金百两,烦逐者复中贵:"为言我亦不要见王;但闻后苑花木楼台,极人间佳胜,若能导我一游,生平愿足矣。"又以白金赂逐者。其人喜,反命。中贵亦喜,引道人自厚载门入,诸景尽历。又从登楼上。中贵方凭窗,道人一推,但觉身堕楼外,有细葛绷腰,悬于空际;下视,则高深晕目,葛隐隐作断声。惧极,大号。无何,数监至,大骇。见其去地绝远,登楼共视,则葛端系棂上,欲解援之,则葛细不堪用力。遍索道人已杳矣。束手无计,奏知鲁王。王诣视,大奇之。命楼下藉茅铺絮,因而断之。铺垫甫毕,葛崩然自绝，去地乃不咫耳。相与失笑。王命访道士所在。闻馆于尚秀才家。往问之，则出游未复。既，遇于途，遂引见王。王赐宴坐，便请作剧。道士曰："臣草野之夫，无他庸能。既承优宠，敢献女乐为大王寿。"遂探袖中，出美人置地上，向王稽拜已。道士命扮"瑶池宴"本，祝王万年。女子吊场数语。道士又出一人，自言王母。少间，董双成，许飞琼，一切仙姬，次第俱出。末有织女来谒，献天衣一袭，金彩绚烂，光映一室。王意其伪，索观之。道士急言："不可！"王不听，卒观之，果无缝之衣，非人工所能制也。道士不乐曰："臣竭诚以奉大王，暂而假诸天孙，今为浊气所染，何以还故主乎？"王又意歌者必皆仙姬，思欲留其一二；细视之，则皆宫中乐妓耳。转疑此曲非所夙谙，问之，果茫然不自知。道士以衣置火烧之，然后纳诸袖中，再搜之，则已无矣。王于是深重道士，留居府内。道士曰："野人之性，视宫殿如藩笼，不如秀才家得自由也。"每至中夜，必还其所；时而坚留，亦遂宿止。辄于筵间颠倒四时花木为戏。王问曰："闻仙人亦不能忘情，果否？"对曰："或仙人然耳；臣非仙人，故心如枯木矣。"一夜，宿府中，王遣少妓往试之。入其室，数呼不应；烛之，则冥坐榻上。摇之，眸一闪即复合；再摇之，齁声作矣。推之，则随手而倒，酣卧如雷；弹其额，硬迕指，作铁金声。返以白王。王使刺以针，针弗入。推之，重不可摇，加十余人举掷床下，若千斤石堕地者。旦而视之，仍眠地上。醒而笑曰："一场恶睡，堕床下不觉耶！"后女子辈每于其坐卧时，按之以为戏，初按犹软，再按则铁石矣。道士舍秀才家，恒中夜不归。尚锁其户，及旦启扉，道士已卧室中。初，尚与曲妓惠哥善，矢志嫁娶。惠雅善歌，弦索倾一时。鲁王闻其名，召入供奉，遂绝情好。每系念之，苦无由通。一夕，问道士，"见惠哥否？"答言："诸姬皆见，但不知其谁何。"尚述其貌，道其年，道士乃忆之。尚求转寄一语。道士笑曰："我世外人，不能为君塞鸿。"尚哀之不已。道士展其袖曰："必欲一见，请入其中。"尚窥之，中大如屋。伏身入，则光明洞彻，宽若厅堂，几案床榻，无物不有。居其内，殊无闷苦，道士入府，与王对弈。望惠哥至，阳以袍袖拂尘，惠哥已纳袖中，而他人不之睹也。尚方独坐凝想，忽有美人自檐间堕，视之，惠哥也。两相惊喜，绸缪臻至。尚曰："今日奇缘，不可不志。请与卿联句。"书壁上曰："侯门似海久无踪。"惠续云："谁识萧郎今又逢。"尚曰："袖里乾坤真个大。"惠曰："离人思妇尽包容。"书甫毕，忽有五人入，八角冠，淡红衣，认之都与无素。默然不言，捉惠哥去。尚惊骇不知所由。道士既归，呼之出，问其情事，隐讳不以尽言。道士微笑，解衣反袂示之。尚审视，隐隐有字迹，细才如虮，盖即所题句也。后十数日，又求一入。前后凡三入。惠哥谓尚曰："腹中震动，妾甚忧之，常以紧帛束腰际。府中耳目较多，倘一朝临蓐，何处可容儿啼？烦与巩仙谋，见妾三叉腰时，便一拯救。"尚诺之。归见道士，伏地不起。道士曳之曰："所言，予已了了。但请勿忧，君宗祧赖此一线，何敢不竭绵薄。但自此不必复入。我所以报君者，原不在情私也。"后数月，道士自外入，笑曰："携得公子至矣。可速把襁褓来。"尚妻最贤，年近三十，数胎而存一子；适生女，盈月而殇。闻尚言，惊喜自出。道士探袖出婴儿，酣然若寐，脐梗犹未断也。尚妻接抱，始呱呱而泣。道士解衣曰："产血溅衣，道家最忌。今为君故，二十年故物，一旦弃之。"尚为易衣。道士嘱曰："旧物勿弃却，烧钱许，可疗难产，堕死胎。"尚从其言。居之又久，忽告尚曰："所藏旧衲，当留少许自用，我死后亦勿忘也。"尚谓其言不祥。道士不言而去。入见王。曰："臣欲死！"王惊问之。曰："此有定数，亦复何言。"王不信，强留之。手谈一局，急起；王又止之。请就外舍，从之。道士趋卧，视之已死。王具棺木，以礼葬之。尚临哭尽哀，始悟曩言盖先告之也。遗衲用催产，应如响，求者踵接于门。始犹以污袖与之；既而剪领襟，罔不效。及闻所嘱，疑妻必有产厄，断血布如掌，珍藏之。会鲁王有爱妃，临盆三日不下，医穷于术。或有以尚生告者，立召入，一剂而产。王大喜，赠白金、彩缎良厚，尚悉辞不受。王问所欲。曰："臣不敢言。"再请之。顿首曰："如推天惠，但赐旧妓惠哥足矣。"王召之来，问其年。曰："妾十八入府，今十四年矣。"王以其齿加长，命遍呼群姬，任尚自择；尚一无所好。王笑曰："痴哉书生！十年前订婚嫁耶？"尚以实对。乃盛备舆马，仍以所辞彩缎，为惠哥作妆，送之出。惠所生子，名之秀生，秀者袖也，是时年十一矣。日念仙人之恩，清明则上其墓。有久客川中者，逢道人于途，出书一卷曰："此府中物，来时仓猝，未暇璧返，烦寄去。"客归，闻道人已死，不敢达王。尚代奏之。王展视，果道士所借。疑之，发其冢，空棺耳。后尚子少殇，赖袖生承继，益服巩仙之前知云。

异史氏曰："袖里乾坤，古人之寓言耳，岂真有之耶？抑何其奇也！中有天地，有日月，可以娶妻生子，而又无催科之苦，人事之烦，则衲中虮虱，何殊桃源鸡犬哉！设容人常住，老于是乡可耳。"

二 商

莒人商姓者，兄富而弟贫，邻垣而居。康熙间，岁大凶，弟朝夕不自给。一日，日向午，尚未举火，枵腹踸踱，无以为计。妻令往告兄。商曰："无益。脱兄怜我贫也，当早有以处此矣。"妻固强之，商使其子往。少顷，空手而返。商曰："何如哉！"妻详问阿伯云何。子曰："伯踌蹰目视伯母；伯母告我曰：'兄弟析居，有饭各食，谁复能相顾也。'"夫妻无言，暂以残盎败榻，少易糠秕而生。里中三四恶少，窥大商饶足，夜逾垣入。夫妻惊寤，鸣盥器而号。邻共嫉之，无援者。不得已，疾呼二商。商闻嫂鸣，欲趋救。妻止之，大声对嫂曰："兄弟析居，有祸各受，谁复能相顾也。"俄，盗破扉，执大商及妇，炮烙之，呼声綦惨。二商曰："彼固无情，焉有坐视兄死而不救者！"率子越垣，大声疾呼。二商父子故武勇，人所畏惧，又恐惊致他援，盗乃去。视兄嫂，两股焦灼。扶榻上，招集婢仆，乃归。大商虽被创，而金帛无所亡失，谓妻曰："今所遗留，悉出弟赐，宜分给之。”妻曰：“汝有好兄弟，不受此苦矣！”商乃不言。二商家绝食，谓兄必有报；久之，寂不闻。妇不能待，使子捉囊往从贷，得斗粟而返。妇怒其少，欲反之；二商止之。逾两月，贫馁愈不可支。二商曰：“今无术可以谋生，不如鬻宅于兄。兄恐我他去，或不受券而恤焉，未可知；纵或不然，得十余金亦可存活。”妻以为然，遣子操券诣大商。商告妇曰：“弟即不仁，我手足也。彼去则我孤立，不如反其券而周之。”妻曰：“不然。彼言去，挟我也；果尔，则适堕其谋。世间无兄弟者，便都死却耶！我高葺墙垣，亦足自固。不如受其券，从所适，亦可以广吾宅。”计定，令二商押署券尾，付直而去。二商于是徙居邻村。乡中不逞之徒，闻二商去，又攻之。复执大商，搒楚并兼，梏毒参至，所有金资，悉以赎命。盗临去，开廪呼村中贫者，恣所取，顷刻都尽。次日，二商始闻，及奔视，则兄已昏愦不能语；开眸见弟，但以手抓床席而已。少顷遂死。二商忿诉邑宰。盗首逃窜，莫可缉获。盗粟者百余人，皆里中乡民，州守亦莫如何。大商遗幼子，才五岁，家既贫，往往自投叔所，数日不归；送之归，则涕不止。二商妇颇不加青眼。二商曰：“渠父母不义，其子何罪？”因市蒸饼数枚，自送之。过数日，又避妻子，阴负斗粟于嫂，使养儿。如此以为常。又数年，大商卖其旧宅，母子得直，足自给，二商乃不复至。后岁大饥，道馑相望。二商食指益繁，不能他顾。侄年十五，荏弱不能操作，使携篮从兄货胡饼。一夜，梦兄至，颜色惨戚，曰：“余惑于妇言，失手足之义。弟不念前嫌，增我汗羞。所卖故宅，今尚空闲，宜僦居之。屋后蓬颗下，藏有窖金。发之，可以小阜。使丑儿相从；长舌妇，余甚憾之，勿顾也。”既醒，异之。以重直啖第主，始得就，果发得五百金。从此，弃贱业，使兄弟设肆廛间。侄颇慧，记算无讹，又诚悫，凡出入，一锱铢必告。二商益爱之。一日，泣为母请粟。商妻欲勿与；二商念其孝，按月廪给之。数年，家益富，大商妇病死，二商亦老，乃析侄，家资割半与之。

异史氏曰：“闻大商一介不轻取予，亦狷洁自好者也。然妇言是听，愦愦不置一词，恝情骨肉，卒以吝死。呜呼！亦何怪哉！二商以贫始，以素封终，为人何所长？但不甚遵阃教耳。呜呼！一行不同，而人品遂异。”

沂水秀才

沂水秀才某，课业山中。夜有二美人入，含笑不语，各以长袖拂榻，相将坐，衣耎无声。少间，一美人起，以白绫巾展几上，上有草书三四行，亦未审其何词。一美人置白金一铤，可三四两许，秀才掇纳袖中。美人取巾，握手笑出，曰：“俗不可耐！”秀才扪金，则其中乌有矣。丽人在坐，投以芳泽，置不顾；而金是取，是乞儿相也，尚可耐哉！狐子可儿，雅态可想。

友人言此，因并思不可耐事，附志之：对酸俗客。市井人作文语。富贵态状。秀才装名士。信口谎言不掩。揖坐苦让上下。旁观谄态。财奴哭穷。歪诗文强人观听。醉人歪缠。作满洲调。任憨儿登筵抓肴果。市井恶谑。体气苦逼人语。歪科甲谈时文。语次频称贵戚。假人余威装模样。

梅　女

封云亭，太行人，偶至郡，昼卧寓所。时年少丧偶，岑寂之下，颇有所思。凝视间，见墙上有女子影，依稀如画。念必意想所致。而久之不动，亦不灭，异之。起视转真；再近之，俨然少女，容蹙舌伸，索环绣领。惊顾未已，冉冉欲下。知为缢鬼，然以白昼壮胆，不大畏怯。语曰：“娘子如有奇冤，小生可以极力。”影居然下，曰：“萍水之人，何敢遽以重务浼君子。但泉下槁骸，舌不得缩，索不得除，求断屋梁而焚之，恩同山岳矣。”诺之，遂灭。呼主人来，问所见状。主人言：“此十年前梅氏故宅，夜有小偷入室，为梅所执，送诣典史。

典史受盗钱五百，诬其女与通，将拘审验。女闻自经。后梅夫妻相继卒，宅归于余。客往往见怪异，而无术可以靖之。”封以鬼言告。主人计毁舍易楹，费不资，故难之；封乃协力助作。既就而复居之。梅女夜至，展谢已，喜气充溢，姿态嫣然。封爱悦之，欲与为欢。瞒然而惭曰：“阴惨之气，非但不为君利；若此之为，则生前之垢，西江不能濯矣。会合有时，今日尚未。”问：“何时？”但笑不言。封问：“饮乎？”答言：“不饮。”封曰：“坐对佳人，闷眼相看，亦复何味？”女曰：“妾生平戏技，惟谙打马。但两人寥落。夜深又苦无局。今长夜莫遣，聊与君为交线之戏。”封从之。促膝戟指，翻变良久，封迷乱不知所从；女辄口道而颐指之，愈出愈幻，不穷于术。封笑曰：“此闺房之绝技也。”女曰：“此妾自悟，但有双线，即可成文，人自不之察耳。”更阑颇怠，强使就寝，曰：“我阴人不寐，请君自休。妾少解按摩之术，愿尽技能，以侑清梦。”封从其言。女叠掌为之轻按，自顶及踵皆遍；手所经，骨若醉。既而握指细擂，如以团絮相触状，体畅舒不可言：擂至腰，口目皆慵；至股，则沉沉睡去矣。及醒，日已向巳，觉骨节轻活，殊于往日。心益爱慕，绕屋而呼之，并无响应。日夕，女始至。封曰：“卿居何所，使我呼欲遍？”曰：“鬼无常所，要在地下。”问：“地下有隙，可容身乎？”曰：“鬼不见地，犹鱼不见水也。”封握腕曰：“使卿而活，当破产购致之。”女笑曰：“勿须破产。”戏至半夜，封苦逼之。女曰：“君勿缠我。有浙娼爱卿者，新寓北邻，颇极风致。明夕，招与俱来，聊以自代，若何？”封允之。次夕，果与一少妇同至，年近三十以来，眉目流转，隐含荡意。三人狎坐，打马为戏。局终，女起曰：“嘉会方殷，我且去。”封欲挽之，飘然已逝。两人登榻，于飞甚乐。诘其家世，则含糊不以尽道。但曰：“郎如爱妾，当以指弹北壁，微呼曰：‘壶卢子’，即至。三呼不应，可知不暇，勿更招也。”天晓，入北壁隙中而去。次日，女来。封问爱卿。女云：“被高公子招去侑酒，以故不得来。”因而剪烛共话。女每欲有所言，吻已启而辄止；固诘之，终不肯言，欷歔而已。封强与作戏，四漏始去。自此二女频来，笑声常彻宵旦，因而城社悉闻。典史某亦浙之世族，嫡室以私仆被黜。继娶顾氏，深相爱好；期月夭殂，心甚悼之。闻封有灵鬼，欲以问冥世之缘，遂跨马造封。封初不肯承，某力求不已。封设筵与坐，诺为之招鬼妓。日既曛，叩壁而呼，三声未已，爱卿骤入。举头见客，色变欲走。封以身横阻之。某审视，大怒，投以巨碗，溘然而灭。封大惊，不解其故，方将致诘。俄，暗室中一老妪出，大骂曰："贪鄙贼！坏我家钱树子！三十贯索要偿也！"以杖击某，中颅。某抱首而哀曰："此顾氏我妻也。少年而殒，方切哀痛；不图为鬼不贞。于姥乎何与？"妪怒曰："汝本浙江一无赖贼，买得条乌角带，鼻骨倒竖矣！汝居官有何黑白？袖有三百钱，便而翁也！神怒人怨，死期已迫，汝父母代哀冥司，愿以爱媳入青楼，代汝偿贪债，不知耶？"言已又击。某婉转哀鸣。方惊诧无从救解，旋见梅女自房中出，张目吐舌，颜色变异，近以长簪刺其耳。封惊极，以身幛客。女愤不已。封劝曰："某即有罪，倘死于寓所，则咎在小生。请少存投鼠之忌。"女乃曳妪曰："暂假余息，为我顾封郎也。"某张皇鼠窜而去。至署，患脑痛，中夜遂毙。次夜，女出笑曰："痛快！恶气出矣！"问："何仇怨？"女曰："曩已言之：受贿诬奸，衔恨已久。每欲浼君，一为昭雪，自愧无纤毫之德，故将欲言而辄止。适闻纷拏，窃以伺听，不意其仇人也。"封讶曰："此即诬卿者耶？"曰："彼典史于此，十有八年；妾冤殁十六寒暑矣。"问："妪为谁？"曰："老娼也。"又问爱卿，曰："卧病耳。"因輾然曰："妾昔谓会合有期，今真不远矣。君常愿破家相赎，犹记否？"封曰："今日犹此心也。"女曰："实告君：妾殁日，已投生延安展孝廉家。徒以大怨未伸，故迁延于是。请以新帛作鬼囊，俾妾得附君以往，就展氏求婚，计必允谐。"封虑势分悬殊，恐将不遂。女曰："但去无忧。"封从其言。女嘱云："途中慎勿相唤；待合卺之夕，以囊挂新人首，急呼曰：'勿忘勿忘！"封诺之。才启囊，女跳身已入。携至延安，访之，果有展孝廉，生一女，貌极端好；但病痴，又常以舌出唇外，类犬喘日。年十六岁，无问名者。父母忧念成癖。封到门投刺，具通族阅。既退，托媒。展喜，赘封于家。女痴绝，不知为礼，使两婢扶曳归所。群婢既去，女解襟露乳，对封憨笑。封覆囊而呼之。女停眸审顾，似有疑思。封笑曰："卿不识小生耶？"举囊而示之。女乃悟，急掩襟，喜共燕笑。诘旦，封入谒岳。展慰之曰："痴女无知，既承青眷，君倘有意，家中慧婢不乏，仆不靳相赠。"封力辨其不痴。展疑之。无何，女至，举止皆佳，因大惊异。女但掩口微笑。展细诘之，女进退而惭于言；封为略述梗概。展大喜，爱悦逾于平时。使子大成与婿同学，供给丰备。年余，大成渐厌薄之，因而郎舅不相能；厮仆亦刻疵其短。展惑于浸润，礼稍懈。女觉之，谓封曰："岳家不可久居；凡久居者，尽阘茸也。及今未大决裂，宜速归。"封然之，告展。展欲留女，女不可。父兄尽怒，不给舆马。女自出妆资贳马归。后展招令归宁，女固辞不往。后封举孝廉，始通庆好。

异史氏曰："官卑者愈贪，其常情然乎？三百诬奸，夜气之牿亡尽矣。夺佳偶，入青楼，卒用暴死。吁！可畏哉！"

康熙甲子，贝丘典史最贪诈，民咸怨之。忽其妻被狡者诱与偕亡。或代悬招状云："某官因自己不慎，走失夫人一名。身无余物，止有红绫七尺，包裹元宝一枚，翘边细纹，并无阙坏。"亦风流之小报也。

梁　彦

徐州梁彦，患鼽嚏，久而不已。一日，方卧，觉鼻奇痒，遽起大嚏。有物突出落地，状类屋上瓦狗，约指顶大。又嚏，又一枚落。四嚏，凡落四枚。蠢然而动，相聚互嗅。俄而强者啮弱者以食；食一枚，则身暴长。瞬息吞并，止存其一，大于鼫鼠矣。伸舌周匝，自舐其吻。梁大愕，踏之。物缘袜而上，渐至股际。捉衣而撼摆之，粘据不可下。顷入襟底，爬抓腰胁。大惧，急解衣掷地。扪之，物已贴伏腰间。推之不动，掐之则痛，竟成赘疣；口眼已合，如伏鼠然。

卷十四

郭秀才

东粤士人郭某，暮自友人归，入山迷路，窜榛莽中。约更许，闻山头笑语，急趋之。见十余人藉地饮。望见郭，哄然曰："坐中正欠一客，大佳，大佳！"郭既坐，见诸客半儒巾，便请指迷。一人笑曰："君真酸腐！舍此明月不赏，何求道路耶？"即飞一觥来。郭饮之，芳香射鼻，一引遂尽。又一人持壶倾注。郭故善饮，又复奔驰吻燥，一举十觞。众人大赞曰："豪哉，真吾友也！"郭放达善谑，能学禽语，无不酷肖。离坐起溲，窃作燕子鸣。众疑曰："夜半何得此耶？"又效杜鹃，众益疑。郭坐，但笑不言。方纷议间，郭回首为鹦鹉鸣曰："郭秀才醉矣，送他归也！"众惊听，寂不复闻。少顷，又作之。既而悟其为郭，始大笑。皆撮口从学，无一能者。一人曰："可惜青娘子未至。"又一人曰："中秋还集于此，郭先生不可不来。"郭敬诺。一人起曰："客有绝技，我等亦献踏肩之戏，若何？"于是哗然并起。前一人挺身矗立，即有一人飞登肩上亦矗立；累至四人，高不可登；继至者攀肩踏臂，如缘梯状。十余人顷刻都尽，望之可接霄汉。方惊顾间，挺然倒地，化为修道一线。郭骇立良久，遵道得归。翌日，腹大痛；溺绿色似铜青，着物能染，亦无溺气，三日乃已。往验故处，则肴骨狼藉，四围丛莽，并无道路。至中秋，郭欲赴约，朋友谏止之。设斗胆再往一会青娘子，必更有异，惜乎其见之摇也！

阿　英

甘玉，字璧人，庐陵人。父母早丧。遗弟珏，字双璧。始五岁，从兄鞠养；玉性友爱，抚弟如子。后珏渐长，丰姿秀出，又慧能文。玉益爱之，每曰："吾弟表表，不可以无良匹。"然简拔过刻，姻卒不就。适读书匡山僧寺，夜初就枕，闻窗外有女子声。窥之，见三四女郎席地坐，数婢陈肴酒，皆殊色也。一女曰："秦娘子！恁良宵，阿英何不来？"下座者曰："昨自函谷来，被恶人伤右臂，不能同游，方用恨恨。"一女曰："前宵一梦大恶，今犹汗悸。"下座者摇手曰："莫道莫道！今夕姊妹欢会，言之吓人不快。"女笑曰："婢子何胆怯尔尔！便有虎狼衔去耶？若要勿言，须歌一曲，为娘行侑酒。"女低吟曰："闲阶桃花取次开，昨日踏青小约未应乖。嘱咐东邻女伴少待莫相催，着得凤头鞋子即当来。"吟罢，一座无不叹赏。谈笑间，忽一伟丈夫，岸然自外入，鹘睛荧荧，其貌狞丑。众啼曰："妖至矣！"仓卒哄然，殆如鸟散。惟歌者婀娜不前，被执哀啼，强与支撑。丈夫吼怒，龁手断指，就便嚼食。女郎踣地若死。玉怜恻不可复忍，乃急抽剑拔关出，挥之中股；股落，负痛逃去。扶女入室，面如尘土，血淋襟袖；验其手，则右拇断矣。裂帛代裹之。女始呻曰："拯命之德，将何以报？"玉自初窥时，心已隐为弟谋，因告以意。女曰："狼疾之人，不能操箕帚，当别为贤仲图之。"诘其姓氏，答言："秦氏。"玉乃展衾，俾暂休养；自乃襆被他所。晓而视之，则床上已空；意其自归。而访察近村，殊少此姓；广托戚朋，并无确耗。归与弟言，悔恨若失。珏一日偶游涂野，遇一二八女郎，姿致娟娟，顾之微笑，似将有言。因以秋波四顾而后问曰："君甘家二郎否？"曰："然。"曰："君家尊曾与妾有婚姻之约。何今日欲背前盟，另订秦家？"珏曰："小生幼孤，夙好都不曾闻，请言族阀，归当问兄。"女曰："无须细道，但得一言，妾当自至。"珏以未禀兄命为辞。女笑曰："呆郎君！遂如此怕哥子耶？既如此，妾陆氏，居东山望村。三日内，当候玉音。"乃别而去。珏归，述诸兄嫂。兄曰："此大谬语！父殁时，我二十余岁，倘有是说，那得不闻？"又以其独行旷野，遂与男儿交语。愈益鄙之。因问其貌。珏红彻面颈，不出一言。嫂笑曰："想是佳人。"玉曰："童子何辨妍媸？纵美，必不及秦。待秦氏不谐，图之未晚。"珏默而退。逾数日，玉在途，见一女子，零涕前行。垂鞭按辔而微睨之，人世殆无其匹。使仆诘焉。答曰："我旧许甘家二郎，因家贫远徙，遂绝耗问。近方归，复闻郎家二三其德，背弃前盟。往问伯伯甘璧人，焉置妾也？"甘惊喜曰："甘璧人，即我是也。先人曩约，实所不知。去家不远，请即归谋。"乃下骑授辔，步御以归。女自言："小字阿英。家无昆季，惟外姊秦氏同居。"始悟丽者所言，即其人也。玉欲告诸其家，女固止之。窃喜弟得佳妇，然恐其佻达招议。久之，女殊矜庄，又娇婉善言。母事嫂，嫂亦雅爱慕之。值中秋，夫妻方狎宴，嫂苦招之。珏意帐惘。女遣招者先行，约以继至；而端坐笑言，良久殊无去志。珏恐嫂待久，故促之。女但笑，卒不复去。质旦，晨妆甫竟，嫂自来抚问："夜来相对，何尔怏怏？"女微哂之。珏觉有异，质对参差。嫂大骇："苟非妖物，何得有分身术？"玉亦惧，隔帘而告之曰："家世积德，曾无怨仇。如其妖也，请速行，幸勿杀吾弟！"女觍然曰："妾本非人，只以阿翁夙盟，故秦家姊以此劝驾。自分不能育男女，常欲辞去，所以恋恋者，为兄嫂待我不薄耳。今既见疑，请从此诀。"转眼化为鹦鹉，翩然逝矣。初，甘翁在时，蓄一鹦鹉，甚慧，尝自投饵。珏时四五岁，问："饲鸟何为？"父戏曰："将以为汝妇。"间虑鹦鹉乏食，则呼珏云："不将饵去，饿煞媳妇矣！"家人亦皆以此相戏。后断锁亡去。始悟旧约盖谓此也。然珏明知非人，而思之不置；嫂悬情尤切，旦夕啜泣。玉悔之而无如何。后二年，为弟聘姜氏女，意终不自得。有表兄为粤司李，玉往省之，久不归。适土寇为乱，近村里落，半为丘墟。珏大惧，率家人避难山谷。山上男女颇杂，都不知其谁何。忽闻女子小语，绝类英。嫂促珏近验之，果英。珏喜极，捉臂不释。女乃谓同行者曰："姊且去，我望嫂嫂来。"既至，嫂望见悲哽。女慰劝再三。又谓："此非乐土。"因劝令归。众惧寇至，女固言："不妨。"乃相将俱归。女撮土拦户，嘱安居勿出。坐数语，反身欲去。嫂急握其腕，又令两婢捉左右足；女不得已，止焉。然不甚归私室。珏订之三四，始为之一往。嫂每谓新妇不能当叔意。女遂早起，为姜理妆，梳竟，细匀铅黄，人视之，艳增数倍；如此三日，居然丽人。嫂奇之，因言："我又无子。欲购一妾，姑未遑暇。不知婢辈可涂泽否？"女曰："无人不可转移。但质美者易为力耳。"遂遍相诸婢，惟一黑丑者有宜男相。乃唤与洗濯，已而以浓粉杂药末涂之。如是三日，面色渐黄；四七后，脂泽沁入肌里，居然可观。日惟闭门作笑，并不计及兵火。一夜，噪声四起，举家不知所谋。俄闻门外人马鸣动，纷纷俱去。既明，始知村中焚掠殆尽；盗纵群队穷搜，凡伏匿岩穴者，悉被杀掳。遂益德女，目之以神。女忽谓嫂曰："妾此来，徒以嫂义难忘，聊分离乱之忧。阿伯行至，妾在此，如谚所云，非李非柰，可笑人也。我姑去，当乘间一相望耳。"嫂问："行人无恙乎？"曰："近中有大难。此无与他人事，秦家姊受恩奢，意必报之，固当无妨。"嫂挽之过宿，未明已去。玉自东粤归，闻乱，兼程进。途遇寇，主仆弃马，各以金束腰间，潜身丛棘中。一秦吉了飞集棘上，展翼覆之。视其足，缺一指，心异之。俄而群盗四合，绕莽殆遍，似寻之。二人气不敢息。盗既散，鸟始翔去。既归，各道所见，始知秦吉了即所救丽者也。后值玉他出不归，英必暮至；计玉将归则早去。珏或会于嫂所，间邀之，则诺而不赴。一夕，玉他往，珏意阿英必至，潜伏候之。未几，英果来，暴起，要遮而归于室。女曰："妾与君情缘已尽，强合之，恐为造物所忌。少留有余，时作一面之会如何？"珏不听，卒与狎。天明诣嫂，嫂怪之。女笑云："中途为强寇所劫，劳嫂悬望矣。"数语趋出。居无何，有巨狸衔鹦鹉，经寝门过。嫂骇绝，固疑是英。时方沐，辍洗急号，群起噪击，始得之。左翼沾血，奄存余息。抱置膝头，抚摩良久，始渐醒。自以喙理其翼。少旋，飞绕室中，呼曰："嫂嫂，别矣！吾怨珏也。"振翼遂去，不复来。

橘　树

陕西刘公，为兴化令。有道士来献盆树；视之，则小橘，细才如指，摈弗受。刘有幼女，时六七岁，适值初度。道士云："此不足供大人清玩，聊祝女公子福寿耳。"乃受之。女一见，不胜爱悦，置诸闺闼，朝夕护之唯恐伤。刘任满，橘盈把矣。是年初结实。简装将行，以橘重赘，谋弃去。女抱树娇啼。家人绐之曰："几日而不复来。"女信之，涕始止。又恐为大力者负之而去，立视家人移栽墀下，乃行。女归受庄氏聘。庄丙戌登进士，释褐为兴化令。夫人大喜。窃意十余年橘不复存。及至，则橘已十围，实累累以千计。问之故役，皆云："刘公去后，橘甚茂而不实，此其初结也。"更奇之。庄任三年，繁实不懈；第四年，憔悴无少华。夫人曰："君任此不久矣。"至秋，果解任。

异史氏曰："橘其有夙缘于女与？何遇之巧也！其实也似感恩，其不华也似伤离。物犹如此，而况于人乎！"

牛成章

牛成章，江西之布商也。娶郑氏，生子女各一。牛三十三岁病死。子名忠，时方十二；女八九岁而已。母不能贞，货产入囊，改醮而去。遗两孤，难以存济。有牛从嫂，年已六帙，贫寡无归，遂与居处。数年，妪死，家益替。而忠渐长，思继父业，而苦无资。妹适毛姓，毛富贾也。女哀婿假数十金付兄。兄从人适金陵，途中遇寇，资斧尽丧，飘荡不能归。偶趋典肆，见主肆者绝类其父。出而潜察之，姓字皆符。骇异不喻其故。唯日流连其旁，以窥意旨，而其人亦略不顾问。如是三日，觇其言笑举止，真父无讹。即又不敢拜识；乃自陈于群小，求以同乡之故，进身为佣。立券已，主人视其里居姓名，似有所动，问所从来。忠泣诉父名。主人怅然若失。久之，问："而母无恙乎？"忠又不敢谓父死，婉应曰："我父六年前，经商不返，母醮而去。幸有伯母抚育，不然，葬沟渎久矣！"主人惨然曰："我即是汝父也。"于是握手悲哀。又导入参其后母。后母姬，年三十余，无出，得忠喜，设宴寝门。牛终欷歔不乐，即欲一归故里。妻虑肆中乏人，故止之。牛乃率子纪理肆务；居之三月，乃以诸籍委子，趣装西归。既别，忠实以父死告母。姬乃大惊，言："彼负贩于此，曩所与交好者留作当商；娶我已六年矣。何言死耶？"忠又细述之，相与疑念，不喻其由。逾一昼夜，而牛已返。携一妇人，头如蓬葆。忠视之，则其所生母也。牛摘耳顿骂："何弃吾儿！"妇慑伏不敢少动。牛以口龁其项。妇呼忠曰："儿救吾！儿救吾！"忠大不忍，横身蔽隔其间。牛犹忿怒，妇已不见。众大惊，相哗以鬼。旋视牛，颜色惨变，委衣于地，化为黑气，亦寻灭矣。母子骇叹，举衣冠而瘗之。忠席父业，富有万金。后归家问之，则嫁母于是日死，一家皆见牛成章云。

青　娥

霍桓，字匡九，晋人也。父官县尉。早卒。遗生最幼，聪慧绝人。十一岁，以神童入泮。而母过于爱惜，禁不令出庭户，年十三尚不能辨伯叔甥舅焉。同里有武评事者，好道，入山不返。有女青娥，年十四，美异常伦。幼时窃读父书，慕何仙姑之为人。父既隐，立志不嫁。母无奈之。一日，生于门外瞥见之。童子虽无知，只觉爱之极而不能言；直告母，使委禽焉。母知其不可，故难之。生郁郁不自得。母恐拂儿意，遂托往来者致意武，果不谐。生行思坐筹，无以为计。会有一道士在门，手握小镵，长裁尺许。生借阅一过，问："将何用？"答曰："此劚药之具；物虽小，坚石可入。"生未深信。道士即以斫墙上石，应手落如腐。生大异之，把玩不释于手。道士笑曰："公子爱之，即以奉赠。"生大喜，酬之以钱，不受而去。持归，历试砖石，略无隔阂。顿念穴墙，则美人可见，而并不知其非法也。更定，逾垣而出，直至武第；凡穴两重垣，始达中庭。见小厢中尚有灯火，伏窥之，则青娥卸晚妆矣。少顷，烛灭，寂无声。穿墉入，女已熟眠。轻解双履，俏然登榻；又恐女郎惊觉，必遭诃逐，遂潜伏绣衾之侧，略闻香息，心愿窃慰。而半夜经营，疲殆颇甚，少一合眸，不觉睡去。女醒，闻鼻气休休；开目，见穴隙亮入。大骇，急起，暗摇婢醒，拔关轻出，敲窗唤家人妇，共爇火操杖以往。则见一总角书生，酣眠绣榻；细审，识为霍生。抗之始觉，遽起，目灼灼如流星，似亦不大畏惧，但靦然不作一语。众指为贼，恐呵之。始出涕曰："我非贼，实以爱娘子故，愿一近芳泽耳。"众又疑穴数重垣，非童子所能者。生出镵以言其异，共试之，骇绝，讶为神授，将共告诸夫人。女俯首沉思，意似不以为可。众窥知女意，因曰："此子声名门第，殊不辱玷。不如纵之使去，俾复求媒焉。诘旦。假盗以告夫人，如何？"女不答。众乃促生行，生索镵，共笑曰："呆儿童！犹不忘凶器耶！"生觑枕边有凤钗一股，阴纳袖中。已为婢子所窥，急白之，女不言，亦不怒。一媪拍颈曰："莫道他呆，若小意念乖绝也。"乃曳之，仍自窦中出。既归，不敢实告母，但嘱母复媒致之。母不忍显拒，唯遍托媒氏，急为别觅良姻。青娥知之，中情皇急，阴使腹心者风示媪。媪悦，托媒往。会小婢漏泄前事，武夫人辱之，不胜恚愤。媒至，益触其怒，以杖画地，骂生并及其母。媒惧窜归，具述其状。生母亦怒曰："不肖所为，我都懵懵，何遂以无礼相加。当交股时，何不将荡儿淫女一并杀却！"由是见其亲属，辄便披诉。女闻，愧欲死。武夫人大悔，而不能禁之使勿言也。女阴使人婉致生母，且矢之以不他，其词悲切；母感之，乃不复言。而论亲之谋，亦遂辍矣。会秦中欧公宰是邑，见生文，深器之，时召入内署，极意优宠。一日，问生："婚乎？"答言："尚未。"诘之，对曰："夙与故武评事女，小有盟约；后以微嫌，遂致中寝。"问："犹愿之否？"生靦然不言。公笑曰："我当为子成之。"即委县尉、教谕，纳币于武夫人。夫人喜，婚乃定。逾岁，娶女归。女入门，乃以镵掷地曰："此寇盗物，可将去！"生笑曰："勿忘媒妁。"珍佩之，恒不去身。女为人温良寡默，一日三朝其母，余惟闭门寂坐，不甚留心家务。母或以吊庆他往，则事事经纪，罔不井井。二年余，生一子孟仙，一切委之乳保，似亦不甚顾惜。又四五年，忽谓生曰："欢爱之缘，于兹八载。今离长会短，可将奈何！"生惊问之，即已默默，盛妆拜母，返身入室。追而诘之，则仰眠榻上而气绝矣。母子痛悼，购良材而葬之。母已衰迈，每每抱子思母，如摧肺肝，由是遘疾，遂惫不起。逆害饮食，但思鱼羹，而近地无鱼，百里外始可购致。时厮骑皆被差遣；生性纯孝，急不可待，怀资独往，昼夜无停趾。返至山中，日已沉冥，两足跛踦，步不能咫。后一叟至，问曰："足得毋泡乎？"生唯唯。叟便曳坐路侧，敲石取火，以纸裹药末，熏生两足讫。试使行，不惟痛止，兼益矫健。感极申谢。叟问："何事汲汲？"答以母病，因历道所由。叟问："何不另娶？"答云："未得佳者。"叟遥指山村曰："此处有一佳人，倘能从我去，仆当为君作伐。"生辞以母病待鱼，姑不遑暇。叟乃拱手，约以异日，入村但问老王，乃别而去。生归，烹鱼献母。母略进，数日寻瘳。乃命仆马往寻叟，至旧处，迷村所在。惆怅移时，夕暾渐坠；山谷甚杂，又不可以极望。乃与仆分上山头，以瞻里落；而山径崎岖，不可复骑，跋履而上，昧色笼烟矣。蹀躞四望，更无村落，方将下山，而归路已迷，心中燥火如烧。荒窜间，冥堕绝壁。幸数尺下有一线荒台，坠卧其上，阔仅容身。下视，黑不见底；惧极，不敢少动。又幸崖边皆生小树，约体如栏。定移时，见足旁有小洞口，心窃喜；以背着石，螬行而入。意稍稳，冀天明可以呼救。少顷，深处有光如星点。渐近之，约二三里许，忽睹廊舍，并无缸烛，而光明若昼。一丽人自房中出，视之，则青娥也。见生，惊曰："郎何能来？"生不暇陈，把袪呜恻，女劝止之。问母及儿，生悉述苦况，女亦惨然。生曰："卿死年余，此得毋冥间耶？"女曰："非也，此乃仙府。曩实非死，所瘗，一竹杖耳。郎今来，仙缘有分也。"因导令朝父，则一修髯丈夫，坐堂上，生趋拜。女白："霍郎来。"翁惊起，握手略道平素。曰："婿来大好，分当留此。"生辞以母望，不能久留。翁曰："我亦知之，但迟三数日，即亦何伤。"乃饵以肴酒，即令婢设榻于西堂，施锦裀焉。生既退，约女同寝。女却之曰："此何处，可容狎亵？"生捉臂不舍。窗外婢子笑声嗤然，女益惭。方争拒间，翁入，叱曰："俗骨污吾洞府！宜即去！"生素负气，愧不可忍，作色曰："儿女之情，人所不免，长者何当窥伺？我无难即去，但令女须便将随。"翁无词，招女随之，启后户送之；赚生离门，父子阖扉去。回头则峭壁巉岩，无少隙缝，只影茕茕，罔所归适。视天，斜月高揭，星斗已稀。怅怅良久，悲已而恨，面壁叫号，迄无应者。愤极，腰中出镵，凿石攻进，且攻且骂。瞬息洞入三四尺许，隐隐闻人语曰："孽障哉！"生奋力，凿益急。忽洞底豁开二扉，推青娥出曰："可去，可去！"壁即复合。女怨曰："既爱我为妇，岂有待丈人如此者！是何处老道士授汝凶器，将人缠混欲死！"生得女，意愿已慰，不复置辨，但忧路险难归。女折两枝，各跨其一，即化为马，行且驶，俄顷至家。时失生已七日矣。初，生之与仆相失也，觅之不得，归而告母。母遣人穷搜山谷，并无踪绪。正忧惶间，闻子自归，欢喜承迎。举首见妇，几骇绝。生略述之，母益欣慰。女以形迹诡异，虑骇物听，求母播迁。母从之。异郡有别业，刻期徙往，人莫之知。偕居十八年，生一女，适同邑李氏。后母寿终，女谓生曰："吾家茅田中，雉抱八卵，其地可葬，汝父子扶榇归窆。儿已成立，宜即留守庐墓，无庸复来。"生从其言，葬后自返。月余，孟仙往省之，而父母俱杳。问之老奴，则云："赴葬未还。"心知其异，浩叹而已。孟仙文名甚噪，而困于场屋，四旬不售。后以拔贡入北闱，遇同号生，年可十七八，神采俊逸，爱之。视其卷，注顺天廪生霍仲仙。瞪目大骇，因自道姓名。仲仙亦异之，便问乡贯，孟仙悉告之。仲仙喜曰："弟赴都时，父嘱：文场中如逢山右霍姓者，吾族也，宜与款接，今果然矣。顾何以名字相同如此？"孟仙因诘高、曾并严、慈姓讳，已而惊曰："是我父母也！"仲仙疑年齿不类。孟仙曰："我父母皆仙人，何可以貌信其年岁乎！"因述往迹，仲仙始信。场后不暇休息，命驾同归。才到门，家人迎告：是夜失太翁及夫人所在。两人大惊，仲仙入而询诸妇，妇言："昨夕尚共杯酌。母谓：'汝夫妇少不更事。明日大哥来,吾无虑矣。'早旦入室,则阒无人矣。"兄弟闻之,顿足悲哀。仲仙犹欲追觅,孟仙以为无益,乃止。是科,仲仙领乡荐。以晋中祖墓在,从兄而归。犹冀父母尚居人间,随在探访,而终无踪迹矣。

异史氏曰:"钻穴眠榻,其意则痴;凿壁骂岳,其行则狂。仙人之撮合之者,唯欲以长生报其孝耳。然既混迹人间,狎生子女,则居而终焉,亦何不可?乃三十年而屡弃其子,抑独何哉?异已!"

镜　听

益都郑氏兄弟,皆文学士。大郑早知名,父母尝过爱之,又因子并及其妇;二郑落拓,不甚为父母所欢,遂恶次妇,至不齿礼:冷暖相形,颇存芥蒂。次妇每谓二郑:"等男子耳,何遂不能为妻子争气?"遂摈不与同宿。于是二郑感愤,勤心锐思,亦遂知名。父母稍稍优顾之,然终杀于兄。次妇望夫綦切,是岁大比,窃于除夜以镜听卜。有二人初起,相推为戏,云:"汝也凉凉去!"妇归,凶吉不可解,亦置之。闱后,兄弟皆归。时暑气犹盛,两妇在厨下,炊饼饷耕者,其热正苦。忽有骑登门,报大郑捷。母入厨唤大妇曰:"大男中式矣!汝可凉凉去。"次妇愤恻,泣且炊。俄又有报二郑捷者。次妇力掷饼杖而起,曰:"侬也凉凉去!"此时中情所激,不觉出之于口,既而思之,始知镜听之言验也。

异史氏曰:"贫穷则父母不子,有以也哉!庭帏之中,固非愤激之地,然二郑妇激发男儿,亦与怨望无赖者,殊不同科。投杖而起,真千古之快事也!"

牛　癀

陈华封,蒙山人。以盛暑烦热,枕籍野树下。忽一人奔波而来,首着围领,疾趋树阴,掬石为座,挥扇不停,汗下如流渖。陈起坐,笑曰:“若除围领,不扇可凉。”客曰:“脱之易,再着难也。”就与倾谈,颇极蕴藉。既而曰:“此时无他想,但得冰浸凉酝,一道冷芳,度下十二重楼,暑气可清一半。”陈笑曰:“此愿易遂,仆当为君偿之。”因握手曰:“寒舍伊迩,请即迂步。”客笑而从之。至家,出藏酒于石洞,其凉震齿。客大悦,一举十觞。日已就暮,天忽雨,于是张灯于室,客乃解除领巾,相与磅礴。语次,见客脑后,时漏灯光,疑之。无何,客酩酊眠榻上。陈移灯窃窥之,见耳后有巨穴,如盏大;数道厚膜,间隔如棂;棂外耎革垂蔽,中似空空。骇极,潜抽髻簪,拨膜觇之,有一物,状类小牛,随手飞出,破窗而去。益骇,不敢复拨。方欲转步,而客已醒。惊曰:“子窥见吾隐矣!放牛瘟出,将为奈何?”陈拜诘其故。客曰:“今已若此,尚复何讳。实相告:我六畜瘟神耳。适所纵者牛瘟,恐百里内牛无种矣。”陈故以养牛为业,闻之大恐,拜求术解。客曰:“余且不免于罪,其何术之能解?唯苦参散最效,其广传此方,勿存私念可也。”言已,谢别出门。又掬土堆壁龛中,曰:“每用一合亦效。”拱手即不复见。居无何,牛果病,瘟疫大作。陈欲专利,秘其方,不肯传,惟传其弟。弟试之神验。而陈自锉啖牛,殊罔所效。有牛二百蹄躈,倒毙殆尽;遗老牝牛四五头,亦逡巡就死。中心懊恼,无所用力。忽忆龛中掬土,念未必效,姑妄投之。经夜,牛乃尽起。始悟药之不灵,乃神罚其私也。后数年,牝牛繁育,渐复其故。

金姑夫

会稽有梅姑祠。神故马姓,族居东莞,未嫁而夫早死,遂矢志不醮,三旬而卒。族长祠之,谓之梅姑。丙申,上虞金生,赴试经此,入庙徘徊,颇涉冥想。至夜,梦青衣来,传梅姑命招之。从去。入祠,梅姑立候檐下,笑曰:“蒙君宠顾,实切依恋。不嫌陋拙,愿以身为姬侍。”金唯唯。梅姑送之曰:“君且去,设座成,当相迓耳。”醒而恶之。是夜，居人梦梅姑曰："上虞金生，今为吾婿，宜塑其像。"诘旦，村人语梦悉同。族长恐玷其贞，以故不从。未几，一家俱病。大惧，为肖像于左。既成，金生告妻子曰："梅姑迎我矣。"衣冠而死。妻痛恨，诣祠，指女像秽骂，又升座批颊数四乃去。今马氏呼为金姑夫云。

异史氏曰："未嫁而守，不可谓不贞矣。为鬼数百年，而始易其操，抑何其无耻也！大抵贞魂烈魄，未必即依于土偶，其庙貌有灵，惊世而骇俗者，皆鬼狐凭之耳。"

仙人岛

王勉，字黾斋，灵山人。有才思，累冠文场，心气颇高，善诮骂，多所凌折。偶遇一道士，视之曰："子相极贵，然被'轻薄孽'折除几尽矣。以子智慧，若反身修道，尚可登仙籍。"王嗤曰："福泽诚不可知，然世上岂有仙人！"道士曰："子何见之卑？无他求，即我便是仙耳。"王益笑其诬。道士曰："我何足异，能从我去，真仙数十，可立见之。"问："在何处？"曰："咫尺耳。"遂以杖夹股间，即以一头授生，令如己状。嘱合眼，呵曰："起！"觉杖粗于五斗囊，凌空翕飞，潜扪之，鳞甲齿齿焉。骇惧，不敢复动。移时，又呵曰："止！"即抽杖去，落巨宅中，重楼延阁，类帝王居。有台高丈余，台上殿十一楹，宏丽无比。道士曳客上，即命僮子设筵招宾。殿上列数十筵，铺张炫目。道士易盛服以俟。少顷，诸客自空中来，所骑或龙、或虎、或鸾凤，不一其类。又各携乐器，有女子，有丈夫，皆赤其两足。中独一丽者，跨彩凤，宫样妆束，有侍儿代抱乐器，长五尺以来，非琴非瑟，不知何名。酒既行，珍肴杂错，入口甘芳，并异常馐。王默然寂坐，惟目注丽者，心爱其人，而又欲闻其乐，窃恐其终不一弹也。酒阑，一叟倡言曰："蒙崔真人雅召，今日可云盛会，自宜尽欢。请以器之同者，共队为曲。"于是各合配旅。丝竹之声，响彻云汉。独有跨凤者，乐伎无偶。群声既歇，侍儿始启绣囊，横陈几上。女乃舒玉腕，如掐筝状，其亮数倍于琴，烈足开胸，柔可荡魄。弹半炊许，合殿寂然，无有咳者。既阕，铿尔一声，如击清磬。共赞曰："云和夫人绝调哉！"大众皆起告别，鹤唳龙吟，一时并散。道士设宝榻锦衾，备生寝处。王初睹丽人，心情已动；闻乐之后，涉想尤劳。念己才调，自合拾芥青紫，富贵后何求弗得。顷刻百绪，乱如蓬麻。道士似已知之，谓曰："子前身与我同学，后缘意念不坚，遂堕尘网。仆不自它于君，实欲拔出恶浊；不料迷悔已深，梦梦不可提悟。今当送君行，未必无复见之期，然作天仙，须再劫矣。"遂指阶下长石，令闭目坐，坚嘱勿视。已，乃以鞭驱石，石飞起，风声灌耳，不知所行几许。忽念下方景界，未审何似；将两眸微开一线，则见大海茫茫，浑无边际。大惧，即复合，而身已随石俱堕，砰然一响，汩没若鸥。幸夙近海，略谙泅浮。闻人鼓掌曰："美哉跌乎！"危殆方急，一女子援登舟上，且曰："吉利，吉利，秀才'中湿'矣！"视之，年可十七八，颜色艳丽。王出水寒栗，求火燎衣。女子曰："从我至家，当为处置。苟适意，勿相忘。"王曰："是何言哉！我中原才子，偶遭狼狈，过此图以身报，何但不忘！"女子以棹催艇，疾如风雨，俄已近岸。于舱中携所采莲花一握，引与俱去。半里入村，见朱户南开，进历数重门，女子先驰入。少间，一丈夫出，是四十许人，揖王升阶，命侍者取冠袍袜履，为王更衣。既，询邦族，王曰："某非相欺，才名略可听闻。崔真人切切眷爱，招升天阙，自分功名反掌，以故不愿栖隐。"丈夫起敬曰："此名仙人岛，远绝人世。文若姓桓，世居幽僻，何幸得觐名流。"因而殷勤置酒，又从容而言曰："仆有二女，长者芳云，年十六矣，抵今未遭良匹。欲以奉侍高人，如何？"王意必采莲人，离席称谢。桓命于邻党中，招二三齿德来。顾左右，立唤女郎。无何，异香浓麝，美姝十余辈，拥芳云出，光艳明媚，若芙蕖之映朝日。拜已即坐，群姝列侍，则采莲人亦在焉。酒数行，一垂髫女自内出，仅十余龄，而姿态秀曼，笑依芳云肘下，秋波流动。桓曰："女子不在闺中，出作何务？"

乃顾客曰："此绿云，即仆幼女，颇慧，能记坟典。"因令对客吟诗，遂诵竹枝词三章，娇婉可听。便令傍姊隅坐，桓因谓："王郎天才，宿构必富，可使鄙人得闻教否？"王慨然诵近体一作，顾盼自雄。中二句云："一身剩有须眉在，小饮能使块磊消。"邻叟再三诵之。芳云低告曰："上句是孙行者离火云洞，下句是猪八戒过子母河也。"一座抚掌，桓请其他。王述水鸟诗云："潴头鸣格磔……"忽忘下句。甫一沉吟，芳云向妹，呫呫耳语，遂掩口而笑。绿云告父曰："渠为姊夫续下句矣。云：'狗腚响弸巴。'"合席粲然，王有惭色。桓顾芳云，怒之以目。王色稍定，桓复请其文艺。王意世外人，必不知八股业，乃炫其冠军之作，题为孝哉闵子骞二句，破云："圣人赞大贤之孝……"绿云顾父曰："圣人无字门人者，'孝哉……'一句，即是人言。"王闻之，意兴索然。桓笑曰："童子何知！不在此，只论文耳。"王乃复诵。每数句，姊妹必相耳语，似是月旦之词，但嗫嚅不可辨。王诵至佳处，兼述文宗评语，有云："字字痛切。"绿云告父曰："姊云：'宜删"切"字。'"众都不解。桓恐其语嫚，不敢研诘。王诵毕，又述总评，有云："羯鼓一挝，则万花齐落。"芳云又掩口语妹，两人皆笑不可仰。绿云又告曰："姊云：'羯鼓当是四挝。'"众又不解。绿云启口欲言，芳云忍笑诃之曰："婢子敢言，打杀矣！"众大疑，互有猜论。绿云不能忍，乃曰："去'切'字，言'痛'则'不通'，鼓四挝，其声云'不通又不通'也。"众大笑。桓怒诃之，因而自起泛卮，谢过不遑。王初以才名自诩，目中实无千古；至此，神气沮丧，徒有汗淫。桓谀而慰之曰："适有一言，请席中属对焉：'王子身边，无有一点不似玉。'"众未措想，绿云应声曰："黾翁头上，再着半夕即成龟。"芳云失笑，呵手扭胁肉数四。绿云解脱而走，回顾曰："何预汝事！汝骂之频频，不以为非，宁他人一句便不许耶？"桓咄之，始笑而去，邻叟辞别。诸婢导夫妻入内寝，灯烛屏榻，陈设精备，又视洞房中，牙签满架，靡所不有。略致问难，响应无穷。王至此，始觉望洋堪羞。女唤"明珰"，则采莲者趋应，由是始识其名。屡受诮辱，自恐不见重于闺闼；幸芳云语言虽谑，而房帏之内，犹相爱好。王安居无事，辄复吟哦。女曰："妾有良言，不知肯嘉纳否？"问："何言？"曰："从此不作诗，亦藏拙之一法也。"王大惭，遂绝笔。久之，与明珰渐狎，告芳云曰："明珰与小生有拯命之德，愿少假以辞色。"芳云许之。每作房中之戏，招与共事，两情益笃，时色授而手语之。芳云微觉，责词重叠；王惟喋喋，强自解免。一夕，对酌，王以为寂，劝招明珰，芳云不许。王曰："卿无书不读，何不记'独乐乐'数语？"芳云曰："我言君不通，今益验矣。句读尚不知耶？'独要，乃乐与人要；问乐，孰要乎？曰：不。'"一笑而罢。适芳云姊妹赴邻女之约，王得间，急引明珰，绸缪备至。当晚，觉小腹微痛；痛已，而前阴尽缩。大惧，以告芳云。云笑曰："必明珰之恩报矣！"王不敢隐，实供之。芳云曰："自作之殃，实无可以方疗，既非痛痒，听之可矣。"数日不瘳，忧闷寡欢。芳云知其意，亦不问讯，但凝视之，秋水盈盈，朗若曙星。王曰："卿所谓'胸中正，则眸子了焉。'"芳云笑曰："卿所谓'胸中不正，则了子眸焉。'"盖"没有"之"没"，俗读似"眸"，故以此戏之也。王失笑，哀求方剂。曰："君不听良言，前此未必不疑妾为妒，不知此婢原不可近。曩实相爱，而君若东风之吹马耳，故唾弃不相怜。无已，为若治之。然医师必审患处。"乃探衣而咒曰："'黄鸟黄鸟，无止于楚！'"王不觉大笑，笑已而瘳。逾数月，王以亲老子幼，每切怀思。以意告女，女曰："归即不难，但会合无日耳。"王涕下交颐，哀与同归。女筹思再三，始许之。桓翁张筵祖饯。绿云提篮入，曰："姊姊远别，莫可持赠。恐至海南，无以为家，夙夜代营宫室，勿嫌草创。"芳云拜而受之。近而审谛，则用细草制为楼阁，大如橼，小如橘，约二十余座，梁栋榱题，历历可数。其中供帐床榻，类麻粒焉。王儿戏视之，而心窃叹其工。芳云曰："实与君言，我等皆是地仙，因有夙分，遂得陪从。本不欲践红尘，徒以君有老父，故不忍违。待父天年，须复还也。"王敬诺。桓问："陆耶？舟耶？"王以风涛险，愿陆。出则车马已候于门。谢别言迈，行踪骛驶。俄至海岸，王心虑其无途，芳云出素练一匹，望南抛去，化为长堤，其阔盈丈。瞬息驰过，堤亦渐收。至一处，潮水所经，四望辽邈。芳云止勿行，下车，取篮中草具，偕明珰数辈，布置如法，转眼化为巨第。并入解装，则与岛中无少差殊，洞房内几榻宛然。时已昏暮，因止宿焉。早旦，命生迎养。生命骑趋诣故里，至则居宅已属他姓。问之里人，始知母及妻皆已物故，唯老父尚存。子善博，田产并尽，祖孙莫可栖止，暂僦居于西村。王初归，尚有功名之念，不恝于怀；及闻此况，沉痛大悲，念富贵纵可携取，与空花何异。驱马至西村，见父衣服垢敝，衰老堪怜。相见，哭各失声。问不肖子，则出赌未归。王乃载父而还。芳云朝拜已，燂汤请浴，进以锦裳，寝以香舍。又邀致故老，与之谈宴，享奉过于世家。子一日寻至其处，王绝之，不听入，但与以廿金，使人传语曰："可持此买妇，以图生业。再来，则鞭挞立毙矣！"子泣而去。王自归，不甚与人通礼，然故人偶至，必延接盘桓，㧑抑过于平时。独有黄子介，夙与同门学，亦名士之坎坷者，王留之甚久，时与秘语，赂遗甚厚。居三四年，王翁卒，王万钱卜兆，营葬尽礼。时子已娶妇，妇束男子严，子赌亦少间矣。是日临丧，始得拜识姑嫜。芳云一见，许其能家，赐三百金为田产之费。翌日，黄及子同往省视，则舍宇全渺，不知所在。

异史氏曰："佳丽所在，人且于地狱中求之，况享寿无穷乎？地仙许携姝丽，恐帝阙下虚无人矣。轻薄减其禄籍，理固宜然，岂仙人遂不之忌哉？彼妇之口，抑何其虐也！"

阎罗薨

巡抚某公，父先为南服总督，殂谢已久。公一夜梦父来，颜色惨栗，告曰："我生平无多孽愆，只有镇师一旅，不应调而误调之，途逢海寇，全军尽覆；今讼于阎君，刑狱酷毒，实可畏凛。阎罗非他，明日有经历解粮至，魏姓者是也。当代哀之，勿忘！"醒而异之，意未深信。既寐,又梦父让之曰:“父罹厄难,尚弗镂心,犹妖梦置之耶?”公大异之。明日,留心审阅,果有魏经历,转运初至,即刻传入,使两人捺坐,而后起拜,如朝参礼。拜已,长跽涟洏而告以故。魏初不自任,公伏地不起。魏乃云:“然,其有之。但阴曹之法,非若阳世懵懵,可以上下其手,即恐不能为力。”公哀之益切。魏不得已,诺之。公又求其速理。魏筹回虑无静所。公请为粪除宾廨,许之,公乃起。又求一往窥听,魏不可。强之再四,嘱曰:“去即勿声。且冥刑虽惨,与世不同,暂置若死,其实非死。如有所见,无庸骇怪。”至夜,潜伏廨侧,见阶下囚人,断头折臂者,纷杂无数。墀中置火铛油镬,数人炽薪其下。俄见魏冠带出,升座,气象威猛,迥与曩殊。群鬼一时都伏,齐鸣冤苦。魏曰:“汝等命戕于寇,冤自有主,何得妄攀官长?”众鬼哗言曰:“例不应调,乃被妄檄前来,遂遭凶害,谁贻之冤?”魏又曲为解脱,众鬼嗥冤,其声汹动。魏乃唤鬼役:“可将某官赴油鼎,略入一燡,于理亦当。”察其意,似欲借此一泄众忿。言一出,即有牛首执公父至,即以利叉刺入油鼎。公见之,中心惨怛,痛不可忍,不觉失声一号,而庭中寂然,万形俱灭矣。公叹诧而归。及明,视魏,则已死于廨中。松江张禹定言之,以非佳名,故讳其人。

颠道人

颠道人,不知姓名,寓蒙山寺。歌哭不常,人莫之测,或见其煮石为饭者。会重阳,有邑贵载酒登临,舆盖而往,宴毕过寺,甫及门,则道人赤足着破衲,自张黄盖,作警跸声而出,意近玩弄。邑贵惭怒,挥仆辈逐骂之,道人笑而却走。逐急弃盖,共毁裂之,片片化为鹰隼,四散群飞。众始骇。盖柄转成巨蟒,赤鳞耀目。众哗欲奔。有同游者止之曰:“此不过翳眼之幻术耳,乌能噬人!”遂操刃直前。蟒张吻怒逆,吞客咽之。众益骇,拥贵人急奔,息于三里之外。使数人逡巡往探,渐入寺,则人蟒俱无。方将返报,闻老槐内喘急如驴,骇甚。初不敢前,潜踪移近之,见树朽中空,有窍如盘。试一攀窥,则斗蟒者倒植其中,而孔大仅容两手,无术可以出之。急以刀劈树,比树开而人已死。逾时少苏,舁归。道士不知所之矣。

异史氏曰:"张盖游山,厌气浃于骨髓。仙人游戏三昧,一何可笑!余乡殷生文屏,毕司农之妹丈也,为人玩世不恭。章丘有周生者,以寒贱起家,出必驾肩而行,亦与司农有瓜葛之旧。值太夫人寿,殷料其必来,先候于道,着猪皮袜,公服持手本。俟周舆至,鞠躬道左,唱曰:'淄川生员接章丘生员!'周惭,下舆,略致数语而别。少间,同聚于司农之堂,冠裳满座,视其服色,无不窃笑,殷傲睨自若。既而筵终出门,各命舆马。殷亦大声呼:'殷老爷独龙车何在?'有二健仆,横扁杖于前,腾身跨之。致声拜谢,飞驰而去。殷亦仙人之流亚也。"

胡四娘

程孝思,剑南人,少慧能文。父母俱早丧,家赤贫,无衣食业,求佣为胡银台司笔札。胡公试使文,大悦之,曰:"此不常贫,可妻也。"银台有三子四女,皆褓中论亲于大家;止有少女四娘,孽出,母早亡,笄年未字,遂赘程。或非笑之,以为惛髦之乱命,而公弗之顾也。除馆馆生,供备丰隆。群公子鄙不与同食,婢仆咸揶揄焉。生默默不较短长,研读甚苦。众从旁厌讥之,程读弗辍;群又以鸣钲锽聒其侧,程携卷去,读于闺中。初,四娘之未字也,有神巫知人贵贱,遍观之,都无谀词,惟四娘至,乃曰:"此真贵人也!"及赘程,诸姊妹皆呼之"贵人"以嘲笑之。而四娘端重寡言,若罔闻知。渐至婢媪,亦相率呼。四娘有婢名桂儿,意颇不平,大言曰:"何知吾家郎君,便不作贵官耶?"二姊闻而嗤之曰:"程郎如作贵官,当抉我眸子去!"桂儿怒而言曰:"到尔时,恐不舍得眸子也!"二姊有婢春香,曰:"二娘食言,我以两睛代之。"桂儿益恚,击掌为誓曰:"管教两丁盲也!”二姊忿其语侵,立批之,桂儿号哗。夫人闻知,即亦无所可否,但微哂焉。桂儿噪诉四娘,四娘方绩,不怒亦不言,绩自若。会公初度,诸婿皆至,寿仪充庭。大妇嘲四娘曰:“汝家祝仪何物?”二妇曰:“两肩荷一口耳!”四娘坦然,殊无惭怍。人见其事事类痴,愈益狎之。独有公爱妾李氏,三姊所自出也,恒礼重四娘,往往相顾恤。每谓三娘曰:“四娘内慧外朴,聪明浑而不露,诸婢子皆在其包罗中,而不自知。况程郎昼夜攻苦,夫岂久为人下者! 汝勿效尤,宜善之,他日好相见也。”故三娘每归宁,辄加意相欢。是年,程以公力得入邑庠。明年,学使科试士,而公适薨,程缞哀如子,未得与试。既离苫块,四娘赠以金,使趋入“遗才”籍。嘱曰:“曩久居所以不被呵逐者,徒以有老父在,今万分不可矣! 倘能吐气,庶回时尚有家耳。”临别,李氏及三娘赂遗优厚。程入闱,砥志研思,以求必售。无何,放榜,竟落孙山。愿乖气结,难于旋里,幸囊资小泰,携卷入都。时妻党多任京秩,恐见诮讪,乃易旧名,诡托里居,求潜身于大人之门。东海李兰台见而器之,收诸幕中,资以膏火,为之纳贡,使应顺天举,连战皆捷,授庶吉士。自乃实言其故,李公假千金,先使纪纲赴剑南,为之治第。时胡大郎以父亡空匮,货其沃墅,因购焉。既成,然后鸢舆马往迎四娘。先是,程擢第后,有邮报者,举宅皆恶闻之;又审其名字不符,叱去之。适三郎完婚,戚眷登堂为馔,姊妹诸姑咸在,惟四娘不见招于兄嫂。忽一人驰入,呈程寄四娘函信;兄弟发视,相顾失色。筵中诸眷客,始请见四娘。姊妹惴惴,惟恐四娘衔恨不至。无何,翩然竟来。申贺者,促坐者,寒暄者,喧杂满屋。耳有听,听四娘;目有视,视四娘;口有道,道四娘也;而四娘凝重如故。众见其靡所短长,稍就安帖,于是争把盏酌四娘。方宴笑间,门外啼号甚急。群致怪问。俄见春香奔入,面血沾染。共诘之,哭不对。二娘诃之,始泣曰:“桂儿逼索眼睛,非解脱,几抉去矣。”二娘大惭,汗粉交下。四娘漠然,合座寂无一语,客始告别。四娘盛妆,独拜李夫人及三姊,出门登车而去。众始知买墅者即程也。四娘初至墅，什物多阙。夫人及诸郎各以婢仆器具相赠遗，四娘一无所受；惟李夫人赠一婢，受之。居无何，程假归展墓，车马扈从如云，诣岳家礼公柩，次参李夫人。诸郎衣冠既竟，已升舆矣。胡公殁，群公子日竞赀财，柩置不问。故数年灵寝漏败，渐将以华屋作山丘矣。程睹之悲愤，竟不谋于诸郎，刻期营葬，事事尽礼。殡日，冠盖相属，里中咸嘉叹焉。程十余年历秩清显，凡遇乡党厄急，罔不周给。二郎适以人命被逮，直指巡方者，为程同谱，风规甚烈。大郎浼妇翁王观察函致之，殊无裁答。益惧，欲往求妹，而自觉无颜，乃持李夫人手书往。至都，不敢遽进，觇程入朝，而后诣之。冀四娘念手足之义，而忘睚眦之嫌。阍人既通，即有旧媪出，导入厅事，具酒馔，亦颇草草。食毕，四娘出，颜色温霁，问："大哥人事大忙，万里何暇枉顾？"大郎五体投地，泣述所来。四娘扶而笑曰："大哥好男子，此何大事，直得尔尔？妹子一女流，几曾见呜呜向人！"大郎乃出李夫人书。四娘曰："诸兄家娘子，都是天人，各求父兄即亦可了，何至奔波到此？"大郎无词，但固哀之。四娘作色曰："我以为跋涉来省妹子，乃以大讼来求贵人耶？"拂袖径入。大郎惭愤而出。归家详述，大小罔不诟詈；李夫人亦谓其忍。逾数日，二郎释放宁家，众大喜，方笑四娘之徒取怨谤也。俄白四娘遣价候李夫人。唤入，仆陈金币，言："夫人为二舅事，遣发甚急，未遑字覆。聊寄微仪，以代函信。"众始知二郎之归，乃程力也。后三娘家渐贫，程施报逾于常格，又以李夫人无子，迎养若母焉。

僧　术

黄生，故家子。才情颇赡，夙志高骞。村外兰若，有居僧某，素与分深。既而僧云游去，十余年复归。见黄，叹曰："谓君腾达已久，今尚白纻耶？想福命固薄耳。请为君贿冥中主者。能置十千否？"答言："不能。"僧曰："请勉办其半，余当代假之。三日为约。"

黄诺之，竭力典质如数。三日，僧果以五千来付黄。黄家旧有汲井，水深不竭，云通河海。僧命束置井边，戒曰："约我到寺，即推堕水中。候半炊时，有一钱泛起，当拜之。"乃去。黄不解何术，转念效否未定，而十千可惜。乃匿其九，而以一千投之。少间，巨泡突起，铿然而破，即有一钱浮出，大如车轮。黄大惊，既拜，又取四千投焉。落下，击触有声，为大钱所隔，不得沉。日暮，僧至，谯让之曰："胡不尽投？"黄云："已尽投矣。"僧云："冥中使者止将一千去，何乃妄言也？"黄实告之。僧叹曰："鄙吝者必非大器。此子之命合以明经终，不然，科甲立致矣。"黄大悔，求再禳之，僧固辞而去。黄视井中钱犹浮，以绠钓上，大钱乃沉。是岁，黄以副榜准贡，卒如僧言。

异史氏曰："岂冥中亦开捐纳之科耶？十千而得一第，值亦廉矣。然一千准贡，犹昂贵耳。明经不第，何值一钱！"

柳　生

周生，顺天宦裔也，与柳生善。柳得异人传，精袁许之术。尝谓周曰："子功名无分，万钟之资，尚可以人谋。然尊阃薄相，恐不能佐君成业。"未几，妇果亡。家室萧条，不可聊赖。因诣柳，将以卜姻。入客舍，坐良久，柳归内不出。呼之再三，始出，曰："我日为君物色佳偶，今始得之。适在内作小术，求月老系赤绳耳。"周喜，问之，答曰："甫有一人携囊出，遇之否？"曰："遇之。褴褛若丐。"曰："此君岳翁，宜敬礼之。"周曰："缘相交好，遂谋隐秘，何相戏之甚也！仆即式微，犹是世裔，何至下婚于市侩？"柳曰："不然。犁牛尚有子，何害？"周问："曾见其女耶？"曰："未也。我素与无旧，姓名亦问讯知之。"周笑曰："尚未识犁牛，何知其子？"柳曰："我以数信之，其人凶而贱，然当生厚福之女。但强合之，必有大厄，容复禳之。"周既归，未肯以言为信，诸方觅之，迄无一成。一日，柳忽至，曰："有一客，我已代折简矣。"问："为谁？"曰："但勿问，宜速作黍。"周不谕其故，如命治具。俄客至，盖傅姓营卒也。心内不合，阳浮道誉之。而柳生承应甚恭。少间，酒肴既陈，柳起告客："公子向慕已久，每托某代访，曩夕始得晤。又闻不日远征，立刻相邀，可谓仓卒主人矣。"饮间，傅忧马病不可骑，柳亦俯首为之筹思。既而客去，柳让周曰："千金不买此友，何乃视之漠漠！"借马骑归，因假周命，登门持赠傅。周既知，稍稍不快，已无如何。过岁，将如江西，投臬司幕。诣柳问卜，柳言："大吉！"周笑曰："我意无他，但薄有所猎，当购佳妇，几幸前言之不验也，能否？"柳云："并如君愿。"乃至江西。值大寇叛乱，三年不得归。后稍平，选日遵路，中途为土寇所掠，同难七八人，皆劫其金资，释令去，惟周被掳至巢。盗首诘其家世，因曰："我有息女，欲奉箕帚，当即无辞。"周不答。盗怒，立命枭斩。周惧，思不如暂从其请，因从容而弃之。遂告曰："小生所以踟蹰者，以文弱不能从戎，恐益为丈人累耳。如使夫妇相将俱去，恩莫厚焉。"盗曰："我方忧女子累人，此何不可从也。"引入内，妆女出见，年可十八九，盖天人也。当夕合卺，深过所望。细审姓名，乃知其父即当年荷囊人也。因述柳言，为之感叹。过三四日，将送之行，忽大军掩至，全家皆就执缚。有将官三员监视，已将妇翁斩讫，寻次及周。周自分已无生理，一员审视曰："此非周某耶！"盖傅卒已以军功授副将军矣。谓僚曰："此吾乡世家名士，安得为贼！"解其缚，问所从来。周诡曰："适江臬娶妇而归，不意途陷盗窟。幸蒙拯救，德戴二天！但室人离散，求借洪威，更赐瓦全。"傅命列诸俘，令其自认，得之。饷以酒食，助以资斧，曰："曩受解骖之惠，旦夕不忘。但抢攘间不遑修礼，请以马二匹、金五十两，助君北旋。"又遣二骑持信矢护送之。途中，女告周曰："痴父不听忠告，母氏死之。知有今日久矣，所以偷生旦暮者，以少时曾为相者所许，冀他日能收亲骨耳。某所窖藏巨金，可以发赎父骨，余者携归，尚足谋生产。"嘱骑者候于途，两人至旧处，庐舍已烬。于灰火中，取佩刀掘尺许，果得金，尽装入橐，乃返。以百金赂骑者，使瘗翁尸，又引拜母冢，始行。

至直隶界,厚赠骑者而去。周久不归,家人谓其已死,恣意侵冒,粟帛器具,荡无存者。闻主人归,大惧,哄然尽逃;只有一妪、一婢、一老奴在焉。周以出死得生,不复追问。及访柳,则不知所适矣。女持家逾于男子,择醇笃者授以资本,而均其息。每诸商会计于檐下,女垂帘听之;盘中误下一珠,辄指其讹。内外无敢欺。数年夥商盈百,家数十百万矣。乃遣人移亲骨,厚葬之。

异史氏曰:“月老可以贿嘱,无怪媒妁之同于牙侩矣。乃盗也,而有是女耶！培塿无松柏,此鄙人之论耳。妇人女子犹失之,况以相天下士哉!”

冤 狱

朱生,阳谷人。少年佻达,喜诙谑。因丧偶,往求媒媪,遇其邻人之妻,睨之美。戏谓媪曰:“适睹尊邻,雅妙丽,若为我求凰,渠可也。”媪亦戏曰:“请杀其男子,我为若图之。”朱笑曰:“诺。”更月余,邻人出责负,被杀于野。邑令拘邻保,血肤取实,究无端绪,惟媒媪述所戏谑之词,以此疑朱。捕至,百口不承。令又疑邻妇与私,搒掠之,五毒参至。妇不能堪,诬服。又讯朱,朱曰:“细嫩不任苦刑,所言皆妄。既使冤死,而又加以不节之名,纵鬼神无知,予心何忍乎!我实供之可矣:欲杀夫而娶其妇,皆我之为,妇实不之知也。”问:“何凭?”答言:“血衣可证。”及使人搜诸其家,竟不可得。又掠之,死而复苏者再。朱乃云:“此母不忍出证据死我耳,待自取之。”因押归告母曰:“予我衣,死也;即不予,亦死也。均之死,故迟也不如其速也。”母泣入室,移时,取衣出付之。令审其迹确,拟斩。再驳再审,无异词。经年余,决有日矣。令方据囚,忽一人直上公堂,努目视令而大骂曰:“如此愦愦,何足临民!”隶役数十辈,将共执之。其人振臂一挥,颓然并仆。令惧,欲逃。其人大言曰:“我关帝前周将军也。昏官若动，即便诛却！”令战惧踧听。其人曰：“杀人者乃宫标也，于朱某何与？”言已倒地，气若绝。少顷而苏，面无人色。及问其名，则宫标也。榜之，尽服其罪。盖宫素不逞，知某讨负而归，意腰橐必富，及杀之，竟无所得。闻朱诬服，窃自幸。是日身入公门，殊不自知。令问朱血衣所自来，朱亦不之知。唤其母鞫之，则割臂所染，验其左臂，刀痕犹未平也。令亦愕然。后以此被参揭免官，罚赎羁留而死。年余，邻母欲嫁其妇，妇感朱义，遂嫁之。

异史氏曰：“讼狱乃居官之首务，培阴骘，灭天理，皆在于此，不可不慎也。躁急污暴，固乖天和；淹滞因循，亦伤民命。一人兴讼，则数农违时；一案既成，则十家荡产：岂故之细哉！余尝谓为官者，不滥受词讼，即是盛德。且非重大之情，不必羁候；若无疑难之事，何用徘徊？即或乡里愚民，山村豪气，偶因鹅鸭之争，致有雀角之忿，此不过借官宰之一言，以为平定而已，无用全人，只须两造，笞杖立加，葛藤悉断。所谓神明之宰非耶！每见今之听讼者矣：一票既出，若故忘之。摄牒者入手未盈，不令消见官之票；承刑者润笔不饱，不肯悬听审之牌。蒙蔽因循，动经岁月，不及登长吏之庭，而皮骨已尽矣！而俨然而民上也者，偃息在床，漠若无事。宁知水火狱中，有无数冤魂，伸颈延息，以望拔救耶？在奸民之凶顽，固无足惜；而在良民之株累，亦复何堪？况且无辜之干连，往往奸民少而良民多；而良民之受害，且更倍于奸民。何以故？奸民难虐，而良民易欺也。皂隶之所殴骂，胥徒之所需索，皆相良者而施之暴。身入公门，如陷汤火。早结一日之案，则早安一日之生，有何大事，而顾奄奄堂上若死人，似恐溪壑之不遽饱，而故假之以岁时也者！虽非酷暴，而其实厥罪维均矣。尝见一词之中，其急要不可少者，不过三数人；其余皆无辜之赤子，妄被罗织者也。或平昔以睚眦开嫌，或当前以怀璧致罪。故兴讼者，以其全力谋正案，而以其余毒复小仇。带一名于纸尾，遂成附骨之疽；受万罪于公门，竟属切肤之痛。人跪亦跪，状若乌集；人出亦出，还同猱系。而究之官问不及，吏诘不至，其实一无所用，只足以破产倾家，饱蠹役之贪囊；鬻子质妻，泄小人之私愤而已。深愿为官者，每投到时，略一审诘；当逐，逐之；不当逐，芟之。不过一濡毫，一动腕之间耳。便保全多少身家，培养多少元气。从政者曾不一念及此，又何必桁杨刀锯能杀人哉！”

农　妇

邑西磁窑坞，有农人妇，勇健如男子，辄为乡中排难解纷。与夫异县而居。夫家高苑，距淄百余里，偶一来，信宿便去。妇日赴颜山，贩陶器为业。有赢余，则施丐者。一夕与邻妇语，忽起曰：“小腹微痛，想孽障欲离身也。”遂去。天明往探之，则见肩荷酿酒巨瓮二，方将入门，随至其室，则有婴儿绷卧。骇问之，盖娩后已负重归里矣。故与北庵尼善，订为姊妹。后闻尼有秽行，忿然操杖，将往挞楚，众苦劝而止。一日，遇尼于途，遽批之。问：“何罪？”亦不答，拳石交施，至不能号，乃释而去。

异史氏曰：“世言女中丈夫，犹自知非丈夫也，妇并忘为巾帼矣。其豪爽自快，与古剑仙何以少殊，毋亦其夫亦磨镜者流耶！”

安期岛

长山刘中堂青岳先生，同武弁某出使朝鲜。闻安期岛神仙所居，欲命舟往游。国中臣僚佥谓不可，令待小张。盖安期不与世通，惟有弟子小张，岁辄一两至。欲至岛者，须先自白。如以为可，则一帆可至；否则飓风覆舟。逾一二日，国王召见。入朝，见坐上一人，佩剑冠棕笠，年三十许，仪容修洁。问之，即小张也。刘因自述向往之意，小张许之。但言：“副使不可行。”又出，遍视从人，惟二人可以从游。遂命舟导刘俱往。水程不知远近，但觉微风习习，如驾云雾，移时已抵其境。时方严寒，既至，则气候温煦，山花遍岩谷。导入洞府，见三叟趺坐。东西者睹客入，漠若罔知；惟中座者起逆客，相为礼。既坐，呼茶。有僮将盘去。洞外石壁有铁锥，锐没石中；僮拔锥，水即溢射，以盏承之；满，复塞之。既而托至，其色淡碧。试之，其凉震齿。刘畏寒不饮。叟顾僮颐示之。僮取盏去，呷其残者；仍于故处拔锥，溢取而返，则芳烈蒸腾，如初出于鼎。窃异之。问以休咎，笑曰："世外人岁月不知，何解人事？"问以却老术，曰："此非富贵人所能为者。"刘兴辞，小张仍送之归。既至朝鲜，备述其异。国王叹曰："惜未饮其冷者。是先天玉液，一盏可延百龄。"刘将归，王赠一物，纸帛重裹，嘱近海勿开视。既离海，急取拆视，去尽数百重，始见一镜；审之，则鲛宫龙族，历历在目。方凝注间，忽见潮头高于楼阁，汹汹已近。大骇，极驰；潮从之，疾若风雨。大惧，以镜投之，潮乃顿落。

沅　俗

李季霖，摄篆沅江，初莅任，见猫犬盈堂，讶之。僚属曰："此乡中百姓瞻仰风采者。"少间，人畜已半；移时，都复为人，纷纷并去。一日，出谒客，肩舆在途。忽一夫急呼曰："小人吃害矣！"即倩役代荷，伏地乞假。怒诃之，役不听，疾奔而去。遣人尾之。役奔入市，觅得一叟，便求按视。叟相之曰："是汝吃害矣。"乃以手揣其肤肉，自上而下，力推之；推至少股，见皮肉坟然，以利刃破之，取出石子一枚，曰："愈矣。"乃奔而返。后闻其俗，有身卧室中，手即飞出，入人房闼，窃取财物。设被主觉，絷不令去，则此人一臂无用矣。

蛤

东海有蛤，饥时浮岸边，两壳开张；中有小蟹，赤线系之，出离壳数尺，猎食既饱，乃归，壳始合。或潜断其线，两物皆死。亦物理之奇也。

陵县狐

陵县李太史家，每见瓶鼎古玩之物，移列案边，势危将坠。疑断仆所为，辄怒谴之。仆辈称冤，而亦不知其由。乃严扃斋扉，天明复然。心知其异，暗觇之。一夜，光明满室，讶为盗。两仆近窥，则一狐卧椟上，光自两眸出，晶莹四射。恐其遁，急入捉之。狐啮腕肉欲脱，仆持益坚，因共缚之。举视，则四足皆无骨，随手摇摇，若带垂焉。太史念其通灵，不忍杀；覆以柳器，狐不能出，戴器而走。乃数其罪而放之，怪遂绝。

彭二挣

禹城韩公甫，自言："与邑人彭二挣并行于途，忽回首不见之，惟空蹇随行。但闻号救甚急，细听则在被囊中。近视，囊内累然，虽则偏重，亦不得堕。欲出之，则囊口缝纫甚密；以刀断线，始见彭犬卧其中。既出，问何以入，亦茫不自知。盖其家有狐为祟，事如此类甚多云。"

卷十五

甄 后

洛城刘仲堪,少钝而淫于典籍,恒杜门攻苦,不与世通。一日,方读,忽闻异香满室;少间,珮声甚繁。惊顾之,有美人入,簪珥光彩,从者皆宫妆。刘惊伏地下,美人扶之曰:“子何前倨而后恭也!”刘益惶恐曰:“何处天仙,未曾拜识。前此几时有侮?”美人笑曰:“相别几何,遂尔懵懵!危坐磨砖者,非子耶?”乃展锦荐,设瑶浆,促坐对饮。与论古今事,博洽非常。刘茫茫不知所对。美人曰:“我止赴瑶池一回宴耳,子历几生,聪明顿尽矣!”遂命侍者,以汤沃水晶膏进之。刘受饮讫,忽觉心神澄彻。既而曛暮,从者尽去,息烛解襦,曲尽欢好。未曙,诸姬已复集。美人起,妆容如故,鬓发修整,不再理也。刘依依苦诘姓字,答曰:“告即不妨,恐益君疑耳。妾,甄氏,君公干后身。当日以妾故罹罪,心实不忍。今日之会,亦聊以报情痴也。”问:“魏文安在?”曰:“丕,不过贼父之庸子耳。妾偶从游戏富贵者数载,过此即不复置念。彼曩以阿瞒故,久滞幽冥,今未闻知。反是陈思为帝典籍,时一见之。”旋见龙舆止于庭中,乃以玉脂盒赠刘作别,遂登车,云拥雾覆而去。刘自是文思大进。然追念美人,凝思若痴,历数月,渐近羸殆。母不知其故,忧之。家一老妪,忽谓刘曰:“郎君意颇有所思否?”刘以其言微中,不能隐,应曰:“唯唯!”妪言:“郎作尺一书,我能邮致之。”刘惊喜曰:“子有异术,向日昧于物色。果能之,不敢忘也。”折简为函,付妪便去。半夜而返曰:“幸不误事。初至门,门者以我为妖,欲加縶系。出郎君书,乃将去。少顷唤入,夫人亦欷歔,自言不能复会,便欲裁答。我言:‘郎君羸惫,非一字所能瘳也。’夫人少沉思,乃释笔云:‘烦先报刘郎,当即送一佳妇去。’临行又嘱:‘适所言,乃百年之计,但无妄传,便能永久。’”刘喜伺之。明日,果有老姥率一女郎,诣母所,容色绝世,自言:“陈氏,女其所出,名司香,愿求作妇。”母爱之,议聘更不索资,坐待成礼而去。惟刘心知其异,阴问女:“系夫人何人?”答云:“妾,铜雀故妓也。”刘疑其为鬼,女曰:“非也。妾与夫人俱隶仙籍,偶以罪过,谪堕人间。夫人已复旧位;妾谪限未满,夫人请之天曹,暂使给役。去留皆在夫人,故得长侍床箦耳。”一日,有瞽媪牵黄犬,丐食其家,拍板俚歌。女出窥,立未定,犬断索咋女。女骇走,罗衿已断。刘以杖逐击之。犬犹怒龁断幅,顷刻碎嚼如麻。瞽媪捉领毛,缚之去。刘入视女,惊颜未定,曰:“卿仙人,何乃畏犬?”女曰:“君自不知:犬乃老瞒所化,盖怒妾不守分香戒也。”刘欲买犬杖毙之,女曰:“不可。上帝所罚,何得擅诛!”居二年,见者皆惊其艳,而审所从来,殊涉恍惚,于是共疑为妖。母诘刘,刘亦微道其异。母大惧,戒使绝之,刘不听。母阴觅术士来,作法于庭。方规地为坛,女惨然曰:“本期白首,今老母见疑,分义绝矣。要我去,亦复匪难,而岂禁咒所能遣耶!”乃束薪爇火,抛阶下。瞬息烟迷房屋,对面相失。有声震击如雷,已而烟灭,见术士七窍流血而死。入室,则女已渺。呼妪问之,亦不知所之矣。刘始告母:“妪盖狐也。”

异史氏曰:“始于袁,终于曹,而复注意于公干,仙人不应若是。然平心而论,奸瞒之篡子,何必有贞妇哉?犬睹故妓,应大悟分香卖履之痴,固犹然妒之耶?呜呼!奸雄不暇自哀,而后人哀之矣!”

宦 娘

温如春,秦之世家也。少癖嗜琴,虽逆旅未尝暂舍。客晋,经由古寺,系马门外,将暂憩止。入,则有布衲道人,趺坐廊间,筇杖倚壁,花布囊琴。温触所好,因问:“亦善此耶?”道人云:“顾不能工,愿就善者学之耳!”遂脱囊授温。温视之,纹理佳妙,略一勾拨,清越异常。喜为抚一短曲,道人微笑,似未许可。温乃竭尽所长,道人哂曰:“亦佳,亦佳!但未足为贫道师也。”温以其言夸,转请之。道人接置膝上，才拨动，觉和风自来；又顷之，百鸟群集，庭树为满。温惊极，拜请受业。道人三复之，温侧耳倾心，稍稍会其节奏。道人试使弹，点正疏节，曰："此尘间已无对矣。"由是，温精心刻画，遂称绝技。后归程，离家数十里，日已暮，暴雨，莫可投止。路旁有小村，趋之。不遑审择，见一门，匆匆遽入。登其堂，阒若无人。俄一女郎出，年十七八，貌类神仙。举首见客，惊而走入。温时未偶，系情殊深。俄一老媪出问客，温道姓名，兼求寄宿。媪言："宿当不妨，但少床榻；不嫌屈体，便可藉藁。"少旋，以烛来，展草铺地，意良殷。问其姓氏，答云："赵姓。"又问："女郎何人？"曰："此宦娘，老身之犹子也。"温曰："不揣寒陋，欲求援系，何如？"媪颦蹙曰："此即不敢应命。"温诘其故，但云难言，怅然遂罢。媪既去，温视藉草腐湿，不堪卧处，因危坐鼓琴，以消永夜。雨既歇，冒夜遂归。邑有林下部郎葛公，喜文士。温偶诣之，受命弹琴。帘内隐约有眷客窥听，忽风动帘开，见一及笄人，丽绝一世。盖公有一女，小字良工，善词赋，有艳名。温心动，归与母言，媒通之；而葛以温势式微，不许。然女自闻琴以后，心窃倾慕，每冀再聆雅奏；而温以姻事不谐，志乖意沮，绝迹于葛氏之门矣。一日，女于园中，拾得旧笺一折，上书惜余春词云："因恨成痴，转思作想，日日为情颠倒。海棠带醉，杨柳伤春，同是一般怀抱。甚得新愁旧愁，划尽还生，便如青草。自别离，只在奈何天里，度将昏晓。今日个蹙损春山，望穿秋水，道弃了已拚弃了！芳衾妒梦，玉漏惊魂，要睡何能睡好？漫说长宵似年，侬视一年，比更犹少：过三更已是三年，更有何人不老！"女吟咏数四，心悦好之。怀归，出锦笺，庄书一通，置案间。逾时索之不可得，窃意为风飘去。适葛经闺门，拾之；谓良工作，恶其词荡，火之而未忍言，欲急醮之。临邑刘方伯之子，适来问名，心善之，而犹欲一睹其人。公子盛服而至，仪容秀美。葛大悦，款筵优渥。既而告别，座下遗女舄一钩，心顿恶其儇薄，因呼媒而告以故。公子亟辨其诬，葛弗听，卒绝之。先是，葛有绿菊种，吝不传，良工以植闺中。温庭菊忽有一二株化为绿，同人闻之，辄造庐观赏，温亦宝之。凌晨趋视，于畦畔得笺，写惜余春词，反复披读，不知其所自至，以“春”为己名，益惑之，即案头细加丹黄，评语亵嫚。适葛闻温菊变绿，讶之，躬诣其斋，见词便取展读。温以其评亵，夺而挼莎之。葛仅读一两句，盖即闺门所拾者也。大疑，并绿菊之种，亦猜为良工所赠。归告夫人，使逼诘良工。良工涕欲死，而事无验见，莫可取实。夫人恐其迹彰，计不如以女归温。葛然之，遥致温，温喜极。是日招客为绿菊之宴，焚香弹琴，良夜方罢。既归寝斋，僮闻琴自作声，初以为僚仆之戏也；既知其非人，始白温。温自诣之，果不妄。其声梗涩，似将效己而未能者。爇火暴入，杳无所见。温携琴去，则终夜寂然。因意为狐，固知其愿拜门墙也者，遂每夕为奏一曲，而设弦任操，若为师，夜夜潜伏听之。至六七夜，居然成曲，雅足听闻。温既亲迎，各述曩词，始知缔好之由，而终不知所由来。良工闻琴鸣之异，往听之，曰：“此非狐也，调凄楚，有鬼声。”温未深信。良工因言其家有古镜，可鉴魑魅。翌日，遣人取至，伺琴声既作，握镜遽入；火之，果有女子，仓惶室隅，莫能复隐。细审之，赵氏之宦娘也。大骇，穷诘之。泫然曰：“代作蹇修，不为无德，何相逼之甚也？”温请去镜，约勿避。诺之。乃囊镜。女遥坐曰：“妾太守之女，死百年矣。少喜琴筝。筝已颇能谙之，独此技未得嫡传，重泉犹以为憾。惠顾时，得聆雅奏，倾心向往；又恨以异物不能奉裳衣，阴为君耏合佳偶，以报眷顾之情。刘公子之女舄，惜余春之俚词，皆妾为之也。酬师者不可谓不劳矣。”夫妻咸拜谢之。宦娘曰：“君之业，妾思过半矣，但未尽其神理，请为妾再鼓之。”温如其请，又曲陈其法。宦娘大悦，曰：“妾已尽得之矣！”乃起辞欲去。良工故善筝，闻其所长，愿一披聆。宦娘不辞，其调其谱，并非尘世所能。良工击节，转请受业。女命笔为绘谱十八章，又起告别。夫妻挽之良苦，宦娘凄然曰：“君琴瑟之好，自相知音；薄命人乌有此福。如有缘，再世可相聚耳。”因以一卷授温曰：“此妾小像。如不忘媒妁，当悬之卧室，快意时，焚香一炷，对鼓一曲，则妾身受之矣。”出门遂没。

阿　绣

海州刘子固，十五岁时，至盖，省其舅。见杂货肆中一女子，姣丽无双，心爱好之。潜至其肆，托言买扇。女子便呼其父。父出，刘意沮，故折阅之而返。遥睹其父他往，又诣之。女将觅父，刘止之曰：“无须，但言其价，我不靳直耳。”女如言，故昂之。刘不忍争，脱贯竟去。明日复往，又如之。行数武，女追呼曰：“返来，适伪言耳，价奢过当。”因以半价返之。刘益感其诚，蹈隙辄往，由是益熟。女问：“郎君何所？”以实对。转诘之，自言：“姚氏。”临行，所市物，女以纸代裹完好，已而以舌舐粘之。刘怀归不敢复动，恐乱其舌痕也。积半月，为仆所窥，阴与舅立要之归。意惓惓不自得。以所市香帕脂粉等类，密置一箧，无人时，辄阖户自检一过，触类凝想。次年，复至盖，装甫解，即趋女所。至则肆宇阖焉，失望而返。犹意偶出未复，早又诣之，阖如故。问诸邻，始知姚原广宁人，以贸易无重息，故暂归去，又不审何时可复来。神志乖丧。居数日，怏怏而归。为之卜婚，刘屡梗母议。母怪怒之。仆私以曩情告母，母益防闲之，盖之途由是绝。刘忽忽遂减眠食。母忧思无计，念不如从其志。于是刻日办装使如盖，转寄语舅，谋合之。舅承命诣姚。逾时而返，谓刘曰：“事不谐矣！阿绣已字广宁人。”刘低头丧气，心灰望绝。既归，捧箧啜泣，而徘徊痴念，冀天下有似之者。适媒来，艳称复州黄氏女。刘恐不确，命驾至复。入西门，见北向一家，两扉半开，内一女郎，怪似阿绣；再属目之，且行且盼而入，真是无讹。刘大动，因僦居东邻，细诘知为李氏。反复疑念：天下宁有如此酷肖者耶？居数日，莫可夤缘，惟日眈眈候其门，以冀女或复出。一日，日方夕，女果出。忽见刘，即返身掩扉，以手指其后，又覆掌及额而入。刘喜极，但不能解。凝思移时，信步诣舍后，见荒园寥廓，西有短垣，略可及肩。

豁然顿悟，遂蹲伏露草中。久之，有人自墙上露其首，小语曰："来乎？"刘诺而起。细视，真阿绣也。因大恫，涕堕如绠。女隔堵探身，以巾拭其泪，深慰之。刘曰："百计不遂，自谓今生已矣，何期复有今夕。顾卿何以至此？"曰："李氏，妾表叔也。"刘请逾垣。女曰："君先归，遣从人他宿，妾当自至。"刘如言，坐伺之。少间，女悄然入，妆饰不甚炫丽，袍袴犹昔。刘挽坐，备道艰苦。因问："卿已字，何未醮也？"女曰："言妾受聘者，妄也。家君以道里赊远，不愿附公子婚，此或托舅氏诡词，以绝君望耳。"既就枕席，宛转万态，款接之欢，不可言喻。四更遽起，过墙而去。刘自是不复措意黄氏矣。旅居忘返，经月不归。一夜，仆起饲马，见室中灯犹明，窥之，见阿绣，大骇。顾不敢诘主人，旦起访诸市肆，始返而诘刘曰："夜与往还者，何人也？"刘初讳之。仆曰："此地岑寂，鬼狐之薮，公子宜自爱。彼姚家女郎，何为而至此？"刘始觍然曰："西邻是其表叔，有何疑沮？"仆言："我已访之最审：东邻止一孤媪，西家一子尚幼，别无密戚。所遇当是鬼魅；不然，焉有数年之衣尚未易者？且其面色过白，两颊少瘦，笑处无微涡，不如阿绣美。"刘反复回思，乃大惧曰："然！且奈何？"仆谋伺其来，操兵入共击之。至暮，女至，谓刘曰："知君见疑，然妾亦无他，不过了此夙分耳。"言未已，仆排闼入。女呵之曰："可弃兵！速具酒来，当与若主别。"仆便自投，若或夺焉。刘益恐，强设酒馔。女谈笑如常，举首向刘曰："君心事方将图效绵薄，何竟伏戎？妾虽非阿绣，颇自谓不亚，君视之犹昔否耶？"刘毛发俱竖，噤不语。女听漏三下，把盏一呷，起立曰："我且去，待花烛后，再与新妇较优劣也。"转身遂杳。刘信狐言，竟如盖。怨舅之诳已也，不舍其家；寓近姚氏，托媒自通，啖以重赂。姚妻乃言："小郎为觅婿广宁，若翁以是故去，就否未可知。须旋日，方可计较。"刘闻之，彷徨无以自主，惟坚守以俟其归。逾十余日，忽闻兵警，犹疑讹传；久之，信益急，乃趋装行。中途遇乱，主仆相失，为侦者所掠。以刘文弱，疏其防，盗马亡去。至海州界，见一女子，蓬鬓垢耳，步履蹉跌不可堪。刘驰过之，女遽呼曰："马上人非刘郎乎？"刘停鞭审顾，则阿绣也，心仍讶其为狐。曰："汝真阿绣耶？"女问："何为出此言？"刘述所遇。女曰："妾真阿绣也。父携妾自广宁归，遇兵被俘，授马屡堕。忽一女子握腕，趋遁荒窜，军中亦无诘者。女子健步若飞隼，苦不能从，百步而履屡褪焉。久之，闻号嘶渐远，乃释手曰：'别矣！前皆坦途，可缓行。爱汝者将至，宜与同归。'"刘知为狐，感之。因述其留盖之故。女言其叔为择婿于方氏，未委禽而乱适作。刘始知其舅言非妄。携女马上，叠骑而归。入门则老母无恙，大喜。系马入，俱道所由。母亦喜，为之盥濯，妆竟，容光焕发。母抚掌曰："无怪痴儿魂梦不置也！"遂设裀褥，使从己宿。又遣人赴盖，寓书于姚。不数日，姚夫妇俱至，卜吉成礼乃去。刘出藏箧，封识俨然。有粉一函，启之，化为赤土。刘异之。女掩口曰："数年之盗，今始发觉矣。尔日见郎任妾包裹，更不审及真伪，故以此相戏耳。"方嬉笑间，一人搴帘入曰："快意如此，当谢蹇修否？"刘视之，又一阿绣也，急呼母。母及家人悉集，无有能辨识者。刘回眸亦迷；注目移时，始揖而谢之。女子索镜自照，赧然趋出，索之已杳。夫妇感其义，为位于室而祀之。一夕，刘醉归，室暗无人，方自挑灯，而阿绣至。刘挽问："何之？"笑曰："醉臭熏人，使人不堪！如此盘诘，谁作桑中逃耶？"刘笑捧其颊，女曰："郎视妾与狐姊孰胜？"刘曰："卿过之。然皮相者不辨也。"已而阖扉相狎。俄有叩门者，女起笑曰："君亦皮相者也。"刘不解。趋启门，则阿绣入，大愕。始悟适与语者狐也。暗中犹闻笑声。夫妻望空而祷，祈求现像。狐曰："我不愿见阿绣。"问："何不另化一貌？"曰："我不能。"问："何故不能？"曰："阿绣，吾妹也，前世不幸夭殂。生时，与余从母之天宫，见西王母，心窃爱慕，归即刻意效之。妹较我慧，一月神似；我学三月而后成，然终不及妹。今已隔世，自谓过之，不意犹昔耳。我感汝两人诚，故时复一至，今去矣。"遂不复言。自此三五日辄一来，一切疑难悉决之。值阿绣归宁，尝数日住，家人皆惧避之。每有亡失，则华妆端坐，插玳瑁簪长数寸。朝家人而庄语之："所窃物，夜当送至某所；不然，头痛大作，悔无及！"天明，果于某所获之。三年后，绝不复来。偶失金帛，阿绣效其妆，吓家人，亦屡效焉！

小　翠

王太常，越人。总角时，昼卧榻上。忽阴晦，巨霆暴作。一物大于猫，来伏身下，展转不离。移时晴霁，物即径出。视之，非猫，始怖，隔房呼兄。兄闻喜曰："弟必大贵，此狐来避雷霆劫也。"后果少年登进士，以县令入为侍御。生一子名元丰，绝痴，十六岁不能知牝牡，因而乡党无与为婚者。王忧之。适有妇人率少女登门，自请为妇。视其女，嫣然展笑，真仙品也。喜问姓名。自言："虞氏，女小翠，年二八矣。"与议聘金。曰："是从我糠覈不得饱，一旦置身广厦，役婢仆，厌粱肉，彼意适，我愿慰矣，岂卖菜也而索直乎！"夫人悦，优厚之。妇即命女拜王及夫人，嘱曰："此尔翁姑，奉侍宜谨。我大忙，且去，三数日当复来。"王命仆马送之，妇言："里巷不远，无烦多事。"遂出门去。小翠殊不悲恋，便即奁中翻取花样。夫人亦爱乐之。数日，妇不至。以居里问女，女亦憨然不能言其道路。遂治别院，使夫妇成礼。诸戚党闻拾得贫家儿作新妇，共姗笑之。见女皆惊，群议始息。女又甚慧，能窥翁姑喜怒。王公夫妇，宠惜过于常情，然惕惕焉惟恐其憎子痴，而女殊欢笑，不为嫌。第善谑，刺布作圆，蹋蹴为笑，着小皮靴，蹴去数十步，绐公子奔拾之，公子及婢恒流汗相属。一日，王偶过，圆䃥然来，直中面目。女与婢俱敛迹去，公子犹踊跃奔逐之。王怒，投之以石，始伏而啼。王以告夫人，夫人往责女，女俯首微笑，以手刓席。既退，憨跳如故，以脂粉涂公子作花面如鬼。夫人见之，怒甚，呼女诟骂。女倚几弄带，不惧亦不言。夫人无奈，因杖其子。元丰大号，女始色变，屈膝乞宥。夫人怒顿解，释杖去。女笑拉公子入室，代扑衣上尘，拭眼泪，摩挲杖痕，饵以枣栗。公子乃收涕以忻。女阖庭户，复装公子作霸王，作沙漠人；己乃艳服束细腰，婆娑作帐下舞；或髻插雉尾，拨琵琶，丁丁缕缕然，喧笑一室，日以为常。王公以子痴，不忍过责妇；即微闻焉，亦若置之。同巷有王给谏者，相隔十余户，然素不相能；时值三年大计，吏忌公握河南道篆，思中伤之。公知其谋，忧虑无所为计。一夕，早寝，女冠带饰冢宰状，剪素丝作浓髭，又以青衣饰两婢为虞侯，窃跨厩马而出，戏云："将谒王先生。"驰至给谏之门，即又以鞭挞从人，大言曰："我谒侍御王，宁谒给谏王耶！"回辔而归。比至家门，门者误以为真，奔白王公。公急起承迎，方知为子妇之戏。怒甚，谓夫人曰："人方蹈我之瑕，反以闺阁之丑，登门而告之。余祸不远矣！"夫人怒，奔女室诟让之。女惟笑听，并不一置词。挞之，不忍；出之，则无家。夫妻懊怨，终夜不寐。时冢宰某公赫甚，其仪采服从，与女伪妆无少殊别，王给谏亦误为真。屡侦公门，中夜而客未出，疑冢宰与公有阴谋。次日早朝，见而问曰："夜相公至君家耶？"公疑其相讥，惭颜唯唯，不甚响答。给谏愈疑，谋遂寝。由此益交欢公。公探知其情，窃喜，而阴嘱夫人劝女改行，女笑应之。逾岁，首相免，适有以私函致公者，误投给谏。给谏大喜，先托善公者往假万金。公拒之。给谏自诣公所。公觅巾袍，并不可得；给谏侍候久，怒公慢，忿将行。忽见公子衮衣旒冕，有女子自门内推之以出。大骇；已而笑抚之，脱其服冕，襆之而去。公急出，则客去已远。闻其故，惊颜如土，大哭曰："此祸水也！指日赤吾族矣！"与夫人操杖往。女已知之，阖扉任其诟詈。公怒，斧其门。女在内含笑而告曰："翁无怒！有新妇在，刀锯斧钺，妇自受之，必不令贻害双亲。翁若此，是欲杀妇以灭口耶？"公乃止。给谏归，果抗疏揭王不轨，衮冕作据。上惊验之，其旒冕乃粱秸心所制，袍则败布黄袱也。上怒其诬。又召元丰至，见其憨状可掬，笑曰："此可以作天子耶？"乃下之法司。给谏又讼公家有妖人，法司严诘臧获，并言无他，惟颠妇痴儿，日事戏笑，邻里亦无异词。案乃定，以给谏充云南军。王由是奇女，又以母久不至，意其非人。使夫人探诘之,女但笑不言。再复穷问,则掩口曰:“儿玉皇女,母不知耶!”无何,公擢京卿。五十余,每患无孙。女居三年,夜夜与公子异寝,似未尝有所私。夫人舁榻去,嘱公子与妇同寝。过数日,公子告母曰:“借榻去,悍不还!小翠夜夜以足股加腹上,喘气不得;又惯掐人股里。”婢妪无不粲然。夫人呵拍令去。一日,女浴于室,公子见之,欲与偕;女笑止之,谕使姑待。既出,乃更泻热汤于瓮,解其袍袴,与婢扶入之。公子觉蒸闷,大呼欲出。女不听,以衾蒙之。少时无声,启视已绝。女坦笑不惊,曳置床上,拭体干洁,加复被焉。夫人闻之,哭而入,骂曰:“狂婢何杀吾儿!”女辴然曰:“如此痴儿,不如无有。”夫人益恚,以首触女。婢辈争曳劝之。方纷噪间,一婢告曰:“公子呻矣!”夫人辍涕抚之,则气息休休,而大汗浸淫,沾浃茵褥。食顷,汗已,忽开目四顾,遍视家人,似不相识,曰:“我今回忆往昔,都如梦寐,何也?”夫人以其言不痴,大喜,如获异宝。至晚,还榻故处,更设衾枕以觇之。公子入室,尽遣婢去。早窥之,则榻虚设。自此痴颠皆不复作,而琴瑟静好,如形影焉。年余,公为给谏之党奏劾免官,小有罣误。旧有广西中丞所赠玉瓶,价累千金,将出以贿当路。女爱而把玩之,失手堕碎,惭而自投。公夫妇方以免官不快,闻之怒,交口呵骂。女忿而出,谓公子曰:“我在汝家,所保全者不止一瓶,何遂不少存面目?实与君言:我非人也。以母遭雷霆之劫,深受而翁庇翼;又以我两人有五年夙分,故以我来报曩恩、了夙愿耳。身受唾骂,擢发不足以数。所以不即行者,以五年之爱未盈,今何可以暂止乎!”盛气而出,追之已杳。公爽然自失,而悔无及矣。公子入室,睹其剩粉遗钩,痛哭欲死;寝食不甘,日就羸悴。公大忧,急为胶续以解之,而公子不乐。惟求良工画翠小像,日夜浇祷其下,几二年。偶以故自他里归,明月已皎,村外有公家园亭,骑马经墙外过,闻笑语声,停辔,使厩卒捉鞚,登鞍一望,则二女郎遨戏其中。云月昏蒙,不甚可辨。但闻一翠衣者曰:“婢子当逐出门!”一红衣者曰:“汝在吾家园亭,反逐阿谁?”翠衣人曰:“婢子不羞,不能作妇,被人驱遣,犹冒认物产耶?”红衣人曰:“索胜老大婢无主顾者!”听其音,酷类小翠,疾呼之。翠衣人去曰:“姑不与若争,汝汉子来矣!”既而红衣人来,果翠。喜极。女令登垣,承接而下之,曰:“二年不见,骨瘦一把矣!”公子握手泣下,具道相思。女言:“妾亦知之,但无颜复见家门。今与大姊游戏,又相邂逅,足知前因不可逃也。”请与同归,不可;请止园中,许之。公子遣仆奔白夫人。夫人惊起,驾肩而往,启钥入亭。女趋下迎拜;夫人捉臂流涕,力白前过,几不自容,曰:“若不少记榛梗,请偕归慰我迟暮。”女峻辞不可。夫人虑野亭荒寂,谋以多人服役。女曰:“我诸人悉不愿见,惟前两婢朝夕相从,不能无眷注耳。外惟一老仆应门,余都无所复须。”夫人悉如其言。托公子养疴园中,日供食用而已。女每劝公子别婚,公子不从。后年余,女眉目音声,渐与曩异,出像质之,迥若两人。大怪之。女曰:“视妾今日,何如畴昔美?”公子曰:“今日美则美矣,然较畴昔,则似不如。”女曰:“噫!妾老矣!”公子曰:“二十余岁,何得速老。”女笑而焚图,救之已烬。一日,谓公子曰:“昔在家时,阿翁谓妾抵死不作茧。今亲老君孤,妾实不能产育,恐误君宗嗣,请娶妇于家,早晚奉侍翁姑。君往来于两间,亦无所不便。”公子然之,纳币于钟太史之家。吉期将近,女为新人制衣履,赍送母所。及新人入门,则言貌举止,与小翠无毫发之殊,大奇之。往至园亭,则女已不知所在。问婢,婢出红巾曰:“娘子暂归宁,留此贻公子。”展巾,则结玉玦一枚,心知其不返,遂携婢俱归。虽顷刻不忘小翠,幸而对新人如睹旧好焉。始悟钟氏之姻,女预知之,故先化其貌,以慰他日之思云。

异史氏曰:“一狐也,以无心之德,而犹思所报;而身受再造之福者,顾失声于破甑,何其鄙哉!月缺重荣,从容而去,始知仙人之情,亦更深于流俗也!”

金和尚

金和尚，诸城人。父无赖，以数百钱鬻于五莲山寺。小顽钝，不能肄清业，牧猪赴市若佣保。后本师死，稍有遗金，卷怀离寺，作负贩去。饮羊、登垄，计最工。数年暴富，买田宅水坡里。弟子繁有徒，食指日千计。绕里膏田千百亩。里中起第数十处，皆僧无人；即有，亦贫无业，携妻子僦屋佃田者也。每一门内，四缭连屋，皆此辈列而居。僧舍其中：前有厅事，梁楹节棁，绘金碧，射人眼；堂上几屏，晶光可鉴；又其后为内寝，朱帘绣幕，兰麝充溢喷人；螺钿雕檀为床，床上锦茵褥，褶叠厚尺有咫；壁上美人山水诸名迹，悬粘几无隙处。一声长呼，门外数十人，轰应如雷。细缨革靴者，皆乌集鹄立；受命皆掩口语，侧耳以听。客仓卒至，十余筵可咄嗟办，肥醴蒸薰，纷纷狼藉如雾霈。但不敢公然蓄歌妓，而狡童十数辈，皆慧黠能媚人，皂纱缠头唱艳曲，听睹亦颇不恶。金若一出，前后数十骑，腰弓矢相摩戛。奴辈呼之皆以爷；即邑之人民，或祖之，伯叔之，不以师，不以上人，不以禅号也。其徒出，稍稍杀于金，而风鬃雾辔，亦略与贵公子等。金又广结纳，即千里外呼吸亦可通，以此挟方面长短，偶气触之，辄惕惕自惧。而其为人，鄙不文，顶趾无雅骨。生平不奉一经持一咒，迹不履寺院，室中亦未尝蓄铙鼓，此等物，门人辈弗及见，并弗及闻。凡僦屋者，妇女浮丽如京都，脂泽金粉，皆取给于僧；僧亦不之靳，以故里中不田而农者以百数。时而恶佃决僧首瘗床下，亦不甚穷诘，但逐去之，其积习然也。金又买异姓儿，私子之。延儒师教帖括业。儿聪慧能文，因令入邑庠；旋援例作太学生。未几，赴北闱，领乡荐。由是金之名以太公噪。向之爷之者太之，膝席者皆垂手执儿孙礼。无何，太公僧薨。孝廉缞绖卧苫块，北向称孤；诸门人释杖满床榻；而灵帏后嘤嘤细泣，惟孝廉夫人一而已。士大夫妇咸华妆来，搴帷吊唁，冠盖舆马塞道路。殡日，棚阁云连，幡幢翳日。

殉葬刍灵，饰以金帛，舆盖仪仗数十事，马千匹，美人百袂，皆如生。方弼、方相，以纸壳制巨人，皂帕金铠，空中而横以木架，纳活人入，负之行。设机转动，须眉飞舞，目光烁闪，如将叱咤；观者惊怪，或小儿女遥望之，辄啼走。冥宅壮丽如宫阙，楼阁房廊，连垣数十亩，千门万户，入者迷不可出。祭品象物，多难持名。会葬者盖相摩，上自方面，皆伛偻入，起拜如朝仪；下至贡监簿史，则手据地以叩，不敢劳公子，劳诸师叔也。当是时，倾国瞻仰，男女喘汗属于道；携妇襁儿，呼兄觅妹者，声鼎沸。杂以鼓乐喧豗，百戏鞺鞳，人语都不可闻。观者自肩以下皆隐不见，惟万顶攒动而已。有孕妇痛急欲产，诸女伴张裙为幄罗守之；但闻儿啼，不暇问雌雄，断幅绷怀中，或扶之，或曳之，蹩躠以去。奇观哉！葬后，以金所遗资产，瓜分而二之，子一，门人一。孝廉得半，而居第之南之北之东西，尽缁党，皆兄弟叙，痛痒犹相关云。

异史氏曰："此一派也，两宗未有，六祖无传，可谓独辟法门者矣。抑闻之：五蕴皆空，六尘不染，是谓'和尚'；口中说法，座上参禅，是谓'和样'；鞋香楚地，笠重吴天，是谓'和撞'；鼓钲锽聒，笙管敖曹，是谓'和唱'；狗苟钻缘，蝇营淫赌，是谓'和幛'。金也者，尚耶？样耶？唱耶？撞耶？抑地狱之'幛'耶？"

役　鬼

山西杨医，善针灸之术，又能役鬼。一出门，则捉骡操鞭者皆鬼物也。尝夜自他归，与友人同行。途中见二人来，修伟异常。友人大骇，杨便问："何人？"答云："长脚王、大头李，敬迓主人。"杨曰："为我前驱。"二人旋踵而行，蹇缓，则立候之，若奴隶然。

细　柳

细柳娘，中都之士人女也。或以其飘袅可爱，戏呼之"细柳"

云。柳少慧，解文字，喜读相人书。而生平简默，未尝言人臧否；但有问名者，必求一亲窥其人。阅人甚多，俱言未可，而年十九矣。父母怒曰："天下迄无良匹，汝将以丫角老耶？"女曰："我实欲以人胜天，顾久而不就，亦吾命也。今而后，请惟父母之命是听。"时有高生者，世家名士，闻细柳之名，委禽焉。既醮，夫妇甚得。生前室有遗孤，小字长福，时五岁，女抚养周至。女或归宁，福辄号啼从之，呵谴所不能止。年余，女产一子，名之长怙。生问命名之义，答言："无他，但望其长依膝下耳。"女于女红，疏略常不留意；而于亩之南东，税之多寡，按籍而问，惟恐不详。久之，谓生曰："家中事请置勿顾，待妾自为之，不知可当家否？"生如言，半载而家无废事，生亦贤之。一日，生赴邻村饮酒，适有追逋赋者，打门而谇；遣奴委之，不去，乃趋童招生归。隶既去，生笑曰："细柳，今始知慧女不若痴男耶？"女闻之，俯首而哭。生惊挽而劝之，女终不乐。生不忍以家政累之，仍欲自任，女不肯。晨兴夜寐，经纪弥勤。每先一年，即储来岁之赋，以故终岁未尝见催租者一至其门。又以此法计衣食，由此用度益舒。于是生乃大喜，尝戏之曰："细柳何细哉：眉细、腰细、凌波细，且喜心思更细！"女对曰："高郎诚高矣：品高、志高、文字高，但愿寿数尤高！"村中有货美材者，女不惜重价致之；价不能足，又多方乞贷于戚里。生以其不急之物，固止之，卒弗听。蓄之年余，富室有丧者，以倍资赎诸其门。生因利而谋诸女，女不可。问其故，不语；再问之，莹莹欲涕。心异之，然不忍重拂焉，乃罢。又逾岁，生年二十五，女禁不令远游，归稍晚，童仆招请者相属于道。于是同人咸戏谤之。一日，生如友人饮，觉体不快而归，至中途坠马，遂卒。时方溽暑，幸衣衾皆所夙备。里中始共服细柳娘智。福年十岁，始学为文。父既殁，娇惰不肯读，辄亡去从牧儿遨。谯诃不改，继以夏楚，而冥顽如故。母无奈之何，因呼而谕之曰："既不愿读，亦复何能相强？但贫家无冗人，便更若衣，使与童仆共操作，不然，鞭挞无悔！"于是衣以败絮，使牧豕，归则自掇陶器，与诸仆啖饭粥。数日，苦之，泣跪庭下，愿仍读。母返身向壁，置不闻。不得已，执鞭啜泣而出。裄无衣，足无履，冷雨沾濡，缩头如丐。里人见而怜之。纳继室者，皆引细柳娘为戒，啧有烦言。女亦稍稍闻之，而漠不为意。福不堪其苦，弃豕逃去。女亦任之，殊不追问。积数月，乞食无术，憔悴自归；不敢遽入，哀求邻媪往白母。女曰："若能受百杖，可来见；不然，早复去。"福闻之，骤入痛哭，愿受杖。母问："今知改悔乎？"曰："悔矣！"曰："既知悔，无须挞楚，可安分牧豕，再犯不宥！"福大哭曰："愿受百杖，请复读。"女不听，邻妪怂恿之，始纳焉。濯发授衣，令与弟怙共师。勤身锐虑，大异往昔，三年游泮。中丞杨公，见其文而器之，月给常廪，以助灯火。怙最钝，读数年不能记姓名。母令弃卷而农。怙游闲惮于作苦，母怒曰："四民各有本业，既不能读，又不能耕，宁不沟瘠死耶？"立杖之。由是率奴辈耕作，一朝晏起，则诟骂之。而衣服饮食，母辄以美者归兄。怙虽不敢言，而心窃不能平。农工既毕，母出资使学负贩。怙淫赌，入手丧败，诡托盗贼，连数以欺其母。母觉之，杖责濒死。福长跪哀乞，愿以身代，怒始解。自是一出门，母辄探察之。怙行稍敛，而非其心之所得已也。一日，请诸母，将从诸贾入洛，实借远游以快所欲，而中心惕惕，惟恐不遂所请。母闻之，殊无疑虑，即出碎金三十两，为之具装；末又以铤金一枚付之，曰："此乃祖宦囊之遗，不可用去，聊以压装，备急可耳。且汝初学跋涉，亦不敢望重息，只此三十金，得无亏负足矣。"临行又嘱之。怙诺而出，欣欣意自得。至洛，谢绝客侣，宿名娼李姬之家。凡十余夕，散金渐尽，自以巨金在橐，初不以空匮自虑。及取而斫之，则伪金耳。大骇失色。李媪见其状，冷语侵客。怙心不自安，然囊空无所向往，犹冀姬念夙好，不即绝之。俄有二人握索入，骤系项领。惊惧不知所为。哀问其故，则姬已窃伪金，去首公庭矣。至官，不能置辞，梏掠几死。收狱中，又无资斧，大为狱吏所虐，乞食于囚，苟延余息。初，怙之行也，母谓福曰："记取二十日后，当遣汝之洛。我事繁，恐忽忘之。"福请所谓，黯然欲悲，不敢复请而退。

过二十日而问之。叹曰："汝弟今日之浮荡，犹汝昔日之废学也。我不冒恶名，汝何以有今日？人皆谓我忍，但泪浮枕簟，而人不知耳。"因泣下。福侍立敬听，不敢研诘。泣已，乃曰："汝弟荡心不死，故授之伪金以挫折之，今度已在缧绁中矣。中丞待汝厚，汝往求焉，可以脱其死难，而生其愧悔也。"福立刻而发。比入洛，则怙被逮已三日矣。即狱中而望之，怙奄然面如鬼，见兄涕不可仰。福亦哭。时福为中丞所宠异，故遐迩皆知其名。邑宰知为怙兄，急释之。怙至家，犹恐母怒，膝行而前。母顾曰："汝愿遂耶？"怙零涕不敢复作声。福亦同跪，母始叱之起。由是痛自悔，家中诸务，经理维勤；即偶惰，母亦不呵问之。凡数月，并不与言商贾。怙欲自请而不敢，以意告兄。母闻而喜，并力质贷而付之，半载而息倍焉。是年，福秋捷，又三年登第；弟货殖累巨万矣。邑有客洛者，窥见太夫人，年四旬，犹若三十许人，而衣妆朴素，类常家云。

异史氏曰："黑心符出，芦花变生，古与今如一丘之貉，良可哀也！或有避其谤者，又每矫枉过正，至坐视儿女之放纵，而不一置问，其视虐遇者几何哉？独是日挞所生，而人不以为暴；施之异腹儿，则指摘从之矣。夫细柳，非独忍于前子也，然使所出贤，亦何能出此心以自白于天下？而乃不引嫌，不辞谤，卒使二子一贵一富，表表于世。此无论闺阁，当亦丈夫之铮铮者矣！"

画　马

临清崔生，家屡贫。围垣不修。每晨起，辄见一马卧露草间，黑质白章；惟尾毛不整，似火燎断者。逐去，夜复来，不知其所自至。崔有善友，官于晋，每欲往就之，而苦无健步，遂捉马施勒，乘之而去。嘱家人曰："倘有寻马者，当如晋以告。"既就途，马骛驶，瞬息百里。夜不甚啖刍豆，意其病。次日紧衔不令驰，而马蹄嘶喷沫，健怒如昨。复纵之，午已达晋。时骑于市廛，观者无不称叹。晋王闻之，以重直购之。崔恐为失者所寻，以故不敢售。居半年，家中无耗，遂以八百金货于晋邸，乃自市健骡以归。后王以急务，遣校尉骑赴临清。马逸，追至崔之东邻，入门不可复见。索诸主人。主人曾姓，实莫之睹。及入其堂，见壁间挂子昂画马一帧，内一匹毛色浑似，尾处为香炷所烧，始悟马，画妖也。校尉难复王命，因讼曾。时崔得马资，居积盈万，自愿以其直代曾付校尉而去。曾甚德之，而不知即当年之售主也。

局诈 三条

某御史家人，偶立市间，有一人衣冠华好，近与攀谈。渐问主人姓字，又审官阀，家人并告之。其人自言："王姓，贵主家之内史也。"语渐款洽，因曰："官途险恶，显者皆附于贵戚之门，尊主人所托何人也？"答言："无之。"王曰："此所谓惜小费而忘大祸者也。"家人曰："何托而可？"王曰："公主待人以礼，又能覆翼人。某侍郎亦仆阶进。倘不惜千金贽，见公主当亦非难。"家人喜，问其居止。便指一门曰："日同巷不知耶？"家人归告御史。御史喜，即张盛筵，使家人往邀王。王欣然来。筵间道公主情性，及起居琐事甚详。且言："非同巷之谊，即赐百金赏，不肯效牛马。"御史益佩戴之。临别订约，王曰："公但备物，仆乘间言之，旦晚当有以报命。"越数日始至，骑骏马甚都。谓御史曰："可速治装行。公主事大烦，投谒者踵日相接，自晨及夕，常不得一闲。今得少隙，宜急往，误则相见无期矣。"御史乃出兼金重币，从之而去。曲折十余里，始至公主第，下骑祗候。王先持贽入，久之出，宣言："主召某御史。"即有数人接递传呼。御史伛偻而入，见高堂上坐丽人，姿貌如仙，服饰炳耀；侍姬皆着锦衣，罗列成行。御史伏谒尽礼，传命赐坐檐下，金碗进茗。主略致温旨，御史肃而退。自内传赐缎靴貂帽。既归，深德王，持刺谒谢，则门阖无人。疑其侍主未复。三日三诣，终不复见。使人询诸贵主之门，则高扉扃锢。访之居人，并言：“此间从无贵主。前有数人僦屋而居，今去已三日矣。”使反命，主仆丧气而已。

副将军某，负资入都，将图握篆，苦无阶。一日，有裘马者谒之，自言：“内兄为天子近侍。”茶已，请间云：“目下有某处将军缺，倘不吝重金，仆嘱内兄游扬圣主之前，此任可致，大力者不能夺也。”某疑其唐突涉妄。其人曰：“此无须踟蹰。某不过欲抽小数于内兄，于将军锱铢无所望。言定若干数，署券为信。待召见后方求实给，不效，则汝金尚存，谁将怀中而攫之耶？”某乃喜，诺之。次日复来，引某去见其内兄，云：“姓田。”烜赫如侯家。某参谒，殊傲睨不甚为礼。其人持券向某曰：“适与内兄议，率非万金不可，请即署券尾。”某从之。田曰：“人心叵测，事后虑有翻覆。”其人笑曰：“兄虑之过矣。既能予之，宁不能夺之耶？且朝中将相，有愿纳交而不可得者。将军前程方远，应不丧心至此。”某亦力矢而出。其人送之，曰：“三日即复公命。”逾两日，日方西，数人吼奔而入，曰：“圣上坐待矣！”某惊甚，疾趋入朝。见天子坐殿上，爪牙森立。某拜舞已，上命赐坐，慰问殷勤，顾左右曰：“闻某武烈非常，今见之，真将军才也！”因曰：“某处险要地，今已委卿，勿负朕意，候封有日耳。”某拜恩出。即有前日裘马者从至客邸，依券兑付而去。于是高枕待授，日夸荣于亲友。过数日，探访之，则前缺已有人矣。大怒，忿争于兵部之堂，曰：“某承帝简，何得授之他人？”司马怪之。及述宠遇，半如梦境。司马怒，执下廷尉。始供其引见者之姓名，则朝中并无此人。又耗万金，始得革职而去。异哉！武弁虽呆，岂朝门亦可假耶？疑其中有幻术存焉，所谓“大盗不操矛弧”者也。

李生，嘉祥人，喜琴。偶适东郊，见工人掘土得古琴，遂以贱直得之。拭之，有异光，安弦而操，清烈非常。喜极，若获拱璧，贮以锦囊，藏之密室，虽至戚不以示也。邑丞程氏，新莅任，投刺谒李。李故寡交游，而以其先施故，报之。过数日，又招饮，固请乃往。程为人风雅绝俗，议论潇洒，李悦焉。越日，折柬酬之，欢笑益洽。由是月夕花晨，未尝不相共也。年余，偶于丞廨中，见绣囊裹琴置几上。李便展玩。程问："亦谙此否？"李言："非所长，而生平好之。"程讶曰："知交非一日，绝技胡不一闻？"拨炉爇沉香，请为小奏。李敬如教。程曰："大高手！愿献薄技，勿笑小巫也。"遂鼓"御风曲"，其声泠泠然，有绝世出尘之意。李更倾倒，愿师事之。自此二人以琴交，情分益笃。年余，尽传其技。然程每诣李，李但以常琴供之，未肯泄所藏也。一夕，薄醉。丞曰："某新肄一曲，兄愿闻之乎？"为奏《湘妃曲》，幽怨若泣。李极赞之。丞曰："可恨无良琴；若得良琴，音调益胜。"李欣然曰："仆蓄一琴，颇异凡品。今遇钟期，何敢终秘？"乃启椟负囊而出。程以袍袂拂尘，凭几载鼓，刚柔应节，工妙入神。李闻之，击节不置。丞曰："区区拙技，负此良琴。若得荆人一奏，当有一两声可听者。"李惊曰："公闺中亦精之耶？"丞笑曰："适此操乃传自细君者。"李曰："恨在闺阁，小生不及闻耳。"丞曰："我辈通家，原不以形迹相限。明日，请携琴去，当使隔帘为君奏之。"李悦。次日，抱琴而往，丞即治具欢饮。少间，将琴入，旋出即坐。俄见帘内隐隐有丽妆，顷之，香流户外。又少时，弦声细作；听之不知何曲，但觉荡心媚骨，令人魂魄飞越。曲终便来窥帘，竟二十余绝代之姝也。丞以巨白劝釂，内复改弦为《闲情之赋》，李神形益惑。倾饮过醉，离席辞谢，即便索琴。丞曰："醉后惧有蹉跌。请明日复临，当令闺人尽其所长。"李乃归。次日诣之，则廨舍寂然，惟一老隶应门。问之，云："五更携眷去，不知何作，言往复可三日耳。"如期往伺之，日既暮，并无音耗。吏皂皆疑，以白令，破扃而窥其室，室尽空，惟几榻犹存耳。达之上台，并不测其何说。李丧琴，寝食俱废，不远数千里访诸其家。丞故楚产，三年前以捐资授嘉祥丞。执其姓名，询其里居，楚中并无其人。或言："有道士程姓者，善鼓琴，又传其有点金之术。三年前，忽去不复见。"疑即其人。又细审年甲容貌，吻合不谬。乃知道士之纳官，皆为琴也。知交年余，并不言及音律；渐而出琴，渐而献技，又渐而惑以佳丽；浸渍三年，得琴而去。道士之癖，更甚于李生也。天下之骗机多端，若道士者，犹骗中之风雅者矣。

钟　生

钟庆余，辽东名士也。应济南乡举。闻藩邸有道士知人休咎，心向往之。二场后，至趵突泉，适相值。年六十余，须长过胸，一皤然道人也。集问灾祥者如堵，道士悉以微词授之。于众中见生，忻与握手曰："君心术德行可敬也！"挽登阁上，屏人语，因问："莫欲知将来否？"曰："唯唯。"曰："子福命至薄，然今科乡举可望。但荣归后，恐不复见尊堂矣。"钟生至孝，闻之涕下，遂欲不试而归。道士曰："若过此一往，一榜亦不可得矣。"生云："母死不见，且不可复为人，贵为卿相何加焉？"道士曰："某夙世与君有缘，今日必合尽力。"乃以一丸授之曰："可遣人夙夜将去，服之可延七日。场毕而行，母子犹及见也。"生藏之，匆匆而出，神志丧失。因计终天有期，早归一日，则多得一日之奉养，携仆贳驴，即刻东迈。驰里许，驴忽返奔，鞭之不驯，控之则蹶。生无计，燥汗如雨。仆劝止之，生不听。又贳他驴，又如之。日已衔山，莫知为计。仆又劝曰："明日即完场矣，何争此一朝夕乎？请即先主而行，计亦良得。"不得已，从之。次日，草草竣事，立时遂发，不遑啜息，星驰而归。则母病绵惙，下丹药渐就痊可。入视之，就榻泫泣。母摇手止之，执手喜曰："适梦至阴司，见王者颜色霁和，谓稽尔生平，无大罪恶；今念汝子纯孝，赐寿一纪。"生亦喜。历数日，果平健如故。未几闻捷，辞母如济。因赂内监，致意道士。道士欣然出，生便伏谒。道士曰："君既高捷，太夫人又增寿数，此皆盛德所致，道人何力焉！"生又讶其预知，因而拜问终身。道士云："君无大贵，但得耄耋足矣。君前身与我为僧侣，以石投犬，误毙一蛙，今已投生为驴。论前定数，君当横折；今孝德感神，已有解星入命，固当无恙。但夫人前世，为妇不贞，数应少寡。今君以德延寿，非其所偶，恐岁后瑶台倾也。"生恻然良久，问继室所在。曰："在中州，今十四岁矣。"临别嘱曰："倘遇危急，宜奔东南。"后年余，妻果病死。生舅令于江西，母遣往省，即以便途过中州，将应继室之谶。偶适一村，值临河优戏，士女甚杂。方欲整辔趋过，有一失勒牡驴，随之而行，致骡蹄趹。生回首，以鞭击驴耳；驴惊，大奔。时有王世子方六七岁，乳媪抱坐堤上。驴冲过，扈从不及防，挤堕河中。众大哗，欲执之。生纵骡绝驰，顿忆道士言，极力趋东南。约三十余里，入一山村，有叟在门，下骑揖之。叟邀入，自言"方姓"，便诘所来。生叩伏在地，具以情告。叟言："不妨。请即寄居此间，当使徼者去。"至晚得耗，始知为世子。叟大骇曰："他家可以为力，此真爱莫能助矣！"生哀不已。叟筹思曰："不可为也。请过宵听其缓急，或可再谋。"生愁怖，终夜不枕。次日侦听，则已行牒讥察，收藏者弃市。叟有难色，无言而入。生疑惧，无以自安。中夜，叟来叩扉入，少坐，便问："夫人年几何矣？"生以鳏对。叟喜曰："吾谋济矣！"问之，答云："姊夫慕道，挂锡南山；姊又谢世，遗有孤女，从仆鞠养，亦颇慧，以奉箕帚何如？"生喜符道士之言，而又冀亲戚密迩，可以得其周谋，曰："小生诚幸矣。但远方罪人，深恐贻累丈人。"叟曰："此即为君谋也。姊夫道术颇神，但久不与人事矣。合卺后，自与甥女筹之，必合有计。"生益喜，赘焉。女十六岁，艳绝无双。生每对之欷歔。女曰："妾即陋，何遂遽见嫌恶？"生谢曰："娘子仙人，相偶为幸。但有祸患，恐致乖违。"因以实告。女怨曰："舅乃非人！此弥天之祸，不可为谋，乃不明言，而陷我于坎窞！"生长跪曰："是小生以死命哀舅，舅慈悲而穷于术，知卿能生死人而肉白骨也。某诚不足称好逑，然家门幸不辱寞。倘得再生，香花供养有日耳。"女叹曰："事已至此，夫复何辞？然父自削发招提，儿女之爱已绝。无已，同往哀之，恐担挫辱不浅也。"乃一夜不寐，以毡绵厚作蔽膝，夫妻隐着衣底。然后唤肩舆，入南山十余里。山径拗折绝险，不复可乘，下舆。女跬步甚艰，生挽臂曳扶，竭蹶始得上达。不远即见山门，共坐少憩。女喘汗淫淫，粉黛交下。生见之，情不可忍，曰："为某事，遂使卿罹此苦！"女愀然曰："恐此尚未是苦。"困少苏，相将入兰若，礼佛而进。曲折入禅堂，见老僧趺坐，目若瞑，一童执拂侍之。方丈中，扫除光洁；而坐前悉布沙砾，密如星宿。女不敢择，入跪其上；生亦从诸其后。僧开目一视，即复瞑去。女参白："久不定省。今女已嫁，故偕婿来。"僧久之，启视曰："妮子大累人！"即不复言。夫妻跪良久，筋力俱殆，沙砾将压入骨，痛不可支。又移时，乃言曰："将骡来未？"女答言："未。"曰："夫妻即去，可速将来。"二人拜而起，狼狈而行。既归，谨如其命，不解其意，但伏听之。过数日，相传罪人已得，伏诛讫。夫妻相庆。无何，山中遣童来，以断杖付生云："代死者，此君也。"便嘱葬祭，以解竹木之冤。生视之，断处有血痕焉。乃祝而葬之。夫妻不敢久居，星宿归辽阳。

医 术

张氏者，沂之贫民。途中遇一道士，善风鉴，相之曰："子当以术业富。"张曰："宜何从？"又顾之曰："医可也。"张曰："我仅识之无耳，乌能是？"道士笑曰："迂哉！名医何必多识字乎！但行之耳。"既归，贫无业，乃摭拾海上方，即市廛中除地作肆，设鱼牙蜂房，谋升斗于口舌之间，而人亦未之奇也。会青州太守病嗽，牒檄所属征医。沂故山僻，少医工。而令惧无以塞责，因责里中使自报。于是共举张，令立召之。张方痰喘不能自疗，闻命大惧，固辞。令弗听，卒邮送之去。路经深山，渴极，咳愈甚。入村求水，而山中水价与玉液等，遍乞之，无与者。见一妇漉野菜，菜多水寡，盎中浓浊如涎。张燥急难堪，便乞余沛，饮之。少间渴解，嗽亦顿止。阴念：殆良方也。比至郡，诸邑医工已先施治，并未痊减。张入，求密所，伪作药目，传示内外；复遣人于民间索诸藜藿，如法淘汰讫，以汁进太守。一服，病良已。太守大悦，赐赉甚厚，旌以金匾。由此，名大噪，门常如市，应手无不悉效。有病伤寒者，言症求方。张适醉，误以疟剂予之。醒而悟,不敢以告人。三日后,有盛仪造门而谢者,问之,则伤寒之人,大吐大下而愈矣。此类甚多。张由此称素封,益以声价自重,聘者非重资安舆不至焉。

益都韩公,名医也。其未著时,货药于四方。暮无宿所,投止一家,则其子伤寒将死,因请施治。韩思不治则去此莫适,而治之诚无术。往复跳度,以手搓体,而汗垢成片,捻之如丸。顿思以此给之,当亦无所害。晓而不愈,已赚得寝食安饱矣。遂付之。中夜,主人挝门甚急。意其子死,恐被侵辱,惊起,逾垣疾遁。主人追之数里,韩无所逃,始止。乃知病者汗出而愈矣。挽回,款宴丰隆;临行,厚赠之。

鸿

天津弋人得一鸿,其雄者随至其家,哀鸣翱翔,抵暮始去。次日,弋人早出,则鸿已至,飞号从之,既而集其足下。弋人将并捉之。见其伸颈俯仰,吐出黄金半铤。弋人悟其意,乃曰:“是将以赎妇也。”遂释雌。两鸿徘徊,若相悲喜,遂双飞而去。弋人称金,得二两六钱。噫!禽鸟何知,而钟情若此!悲莫悲于生离别,物亦然耶?

象

广中有猎兽者,挟矢入山。偶卧憩息,不觉沉眠,被象鼻摄而去。自分必遭残害。未几,释置大树下,顿首一鸣,群象纷至,四面旋绕,若有所求。前象伏树下,仰视树而俯视人,似欲其登。猎者会意,即以足踏象背,攀援而升。虽至树巅,亦不知其意向所存。少间,有狻猊来,众象皆伏。狻猊择一肥者,意将抟噬。象战栗,无敢逃者,惟共仰树上,似求怜拯。猎者因望狻猊发一弩,狻猊立殪。诸象瞻空,意若拜舞。猎者乃下。象复伏,以鼻牵衣,似欲其乘。猎者遂跨身其上。象乃行。至一处，以蹄穴地，得脱牙无算。猎人下，束置已，象乃负送出山始返。

周克昌

淮上贡生周天仪，年五旬，止一子，名克昌，爱昵之。至十三四岁，丰姿益秀；而性不喜读，辄逃塾，从群儿戏，恒终日不返。周亦听之。一日，既暮不归，始寻之，殊竟乌有。夫妻号跳，几不欲生。年余，昌忽自至。言："为道士迷去，幸不见害。值其他出，得逃归。"周喜极，亦不追问。及教以读，慧悟倍于曩畴。逾年，文思大进，既入郡庠试，遂知名。世族争婚，昌颇不愿。赵进士女有姿，周强为娶之。既入门，夫妻调笑甚欢；而昌恒独宿，若无所私。逾年，秋战而捷。周益慰。然年渐暮，日望抱孙，故常隐讽昌。昌漠若不解。母不能忍，朝夕多絮语。昌变色，出曰："我久欲亡去，所不遽舍者，顾复之情耳。实不能探讨房帷，以慰所望。请仍去。彼顺志者且复来矣。"追曳之，已踣，衣冠如脱。大骇，疑昌已死，是必其鬼也。悲叹而已。次日，昌忽仆马而至，举家惶骇。近诘之，亦言：为恶人掠卖于富商之家；商无子，子焉。得昌后，忽生一子。昌思家，遂送之归。问所学，则顽钝如昔，乃知此为真昌；其入泮乡捷者，鬼之假也。然窃喜其事未泄，即使袭孝廉之名。入房，妇甚狎熟；而昌觍然有怍色，似新婚。甫周年，生子矣。

异史氏曰："古言庸福人，必鼻口眉目之间具有少庸，而后福随之；其精光陆离者，鬼所弃也。庸之所在，桂籍可以不入闱而通，佳丽可以不亲迎而致；而况少有凭借，益之钻窥者乎！"

王货郎

济南业酒某翁，遣子小二如齐河索贯价。出西门，见兄阿大。——时大死已久。二惊问："哥那得来？"答云："冥府一疑案，须弟一证之。"二作色怨讪。大指后一人如皂状者，曰："官役在此，我岂自由耶！"但引手招之，二不觉从去，尽夜狂奔，至泰山下。忽见官衙，方将并入，见群众纷出。皂拱问："事何如矣？"一人曰："勿须复入，结矣。"皂乃释二令归。大忧弟无资斧。皂思良久，即引二去，走二三十里，入村，至一家檐下。嘱云："如有人出，便使相送；如其不肯，便道王货郎言之矣。"遂去。二冥然而僵。既晓，第主出，见一人死门外，大骇。守移时，微苏。扶入饵之，始言里居，即求资送，主人难之，二如皂言。主人惊绝，急赁骑送之归。偿之不受，问其故，亦不言而别。

罢　龙

胶州王侍御，出使琉球。舟行海中，忽自云际堕一巨龙，激水高数丈。龙半浮半沉，仰其首，以舟承颔；睛半启，嗒然若丧。阖舟大恐，停桡不敢少动。舟人曰："此天上行雨之疲龙也。"王悬敕于上，焚香共祝之。移时，悠然遂逝。舟方行，又一龙堕如前状。日凡三四。又逾日，舟人命多备白米，戒曰："去清水潭不远矣。如有所见，但糁米于水，寂无哗。"俄至一处，水清澈底。下有群龙，五色，如盆如瓮，条条尽伏。有蜿蜒者，其鳞鬣爪牙，历历可数。众神魂俱丧，闭息合眸，不惟不敢窥，并不能动。惟舟人握米自撒。久之，见海底深黑，始有呻者。因问掷米之故，答曰："龙畏蛆，恐入其甲。白米类蛆，故龙见辄伏，舟行其上，可无害也。"

冯木匠

抚军周有德，改创故藩邸为部院衙署。时方鸠工，有木作匠冯明寰直宿其中。夜方就寝，忽见纹窗半开，月明如昼。遥见短墙上立一红鸡;注目间,鸡已飞抢至地。俄一少女露半身来相窥。冯疑为同辈所私;静听之,众已熟眠。私心怔忡,窃望其误投也。少间,女果越窗过,径入己怀。冯喜,默不一言。欢毕,女亦遂去。自此夜夜至。初犹自隐,后遂明告。女曰:“我非误就,敬相投耳。”两人情日密。既而工满,冯欲归,女已候于旷野。冯所居村,离郡不甚远,女遂从去。既入室,家人皆莫之睹,始知其非人。迨数月,精神渐减,心益惧,延师镇驱,卒无少验。一夜,女艳妆来,向冯曰:“世缘俱有定数:当来推不去,当去亦挽不住。今与子别矣。”遂去。

某　甲

某甲私其仆妇,因杀仆纳妇,生二子一女。阅十九年,巨寇破城,劫掠一空。一少年贼,持刀入甲家。甲视之,酷类死仆。自叹曰:“吾合休矣!”倾囊赎命,迄不顾,亦不一言,但搜人而杀,共杀一家男女二十七口而去。甲头未断,寇去少苏,犹能言之,三日寻毙。呜呼!果报之不爽,可畏也哉!

衢州三怪

张握仲从戎衢州,云:“衢州夜静时,人莫敢独行。钟楼上有鬼,头上一角,象貌狞恶,闻人行声即下。人骇奔,鬼亦遂去。而见之辄病,多死者。又城中一塘,夜出白布一疋,如匹练横地上。过者拾之,即卷入水。又有鸭鬼,夜既定,塘边寂无一物,若闻鸭声即病。”

拆楼人

何冏卿,平阴人。初令秦中,一卖油者有薄罪,其言憨,何怒,杖毙之。后仕至铨司，家资富饶。建一楼，上梁日，亲宾称觞为贺。忽见卖油者入，阴自骇疑。俄报妾生子。愀然曰："楼工未成，拆楼人已至矣！"人谓其戏，而不知其实有所见也。后子既长，最顽，荡其家。佣为人役，每得钱数文，辄买香油食之。

大 蝎

明彭将军宏，征寇入蜀。至深山中，有大禅院，云已百年无僧。询之土人，则谓寺中有妖，入者辄死。彭恐伏寇，率兵斩茅而入。前殿中有皂雕，夺门飞去；中殿无异；又进之，则佛阁，周视亦无所见，而入者皆头痛不能禁。彭亲入，亦然。少顷，有大蝎如琵琶，自板上蠢蠢而下，一军惊走。彭遂火其寺。

司札吏

游击官某，妻妾甚众。最讳其小字，呼年曰岁，生曰硬，马曰大驴；又讳安为放，败为胜。虽简札往来，不甚避忌，而家人道之，则怒。一日，司札吏白事误犯。大怒，以砚击之，立毙。三日后，醉卧，见吏持刺入。问："何为？"吏白："马子安来拜。"忽悟其鬼，急起拔刀挥之。吏微笑，掷刺几上，泯然而没。取刺视之，书云："岁家眷硬大驴子放胜。"暴谬之夫，为鬼揶揄，可笑甚已！

牛首山一僧，自名铁汉，又名铁屎。有诗四十首，见者无不绝倒。自镂印章二：一曰"混账行子"；一曰"老实泼皮"。秀水王司直梓其诗，名曰"牛山四十屁"。款云："混账行子、老实泼皮放。"不必读其诗，其标名已足解颐。

卷十六

嫦 娥

太原宗子美,从父游学,流寓广宁。父与红桥下林妪有素。一日,父子过红桥遇之,固请过诸其家,瀹茗共话。有女在旁,殊色也。翁极赞之,妪顾宗曰:"大郎温婉如处子,福相也。若不鄙弃,便奉箕帚,如何?"翁笑,促子离席,使拜妪曰:"一言千金矣!"先是妪独居,女忽自至,告诉孤苦。问其小字,则名嫦娥。妪爱而留之,实将奇货居之也。是时宗年十四,睨女窃喜,意翁必媒定之,而翁归若忘。心灼热,以白母。翁闻而笑曰:"曩与贫婆子戏耳。彼不知将卖黄金几何矣,此何可易言!"逾年,翁媪并卒。子美不能忘情嫦娥,服将阕,托人示意林妪。妪初不承,宗忿曰:"我生平不轻折腰,何媪视之不值一钱?若负前盟,须见还也!"妪乃云:"曩或与而翁戏约,容有之。但无成言,即都忘却。今既云云,我岂留嫁天王耶?要日日妆束,实望易千金。今请半焉,可乎?"宗自度难办,亦遂置之。适有寡媪,僦居西邻,有女及笄,小名颠当。偶窥之,雅丽不减嫦娥。向慕之,每以馈遗阶进。久之渐熟,往往送情以目,而欲语无间。一夕,逾垣乞火,宗喜挽之,遂相燕好。约为嫁娶,辞以兄负贩未归。由此蹈隙往来,影迹周密。一日偶经红桥,见嫦娥适在门内,疾趋过之。嫦娥望见,招之以手,宗驻足。女又招之,遂入。女以背约让宗,宗述其故。女便入室,取黄金一铤付之。宗不受,辞曰:"自分永与卿绝,遂他有所要。受金而为卿谋,是负人也;受金而不为卿谋,是负卿也。诚不敢有所负。"女默良久曰:"君所约妾颇知之,其事必无成。即令成之,妾不怨君之负心也。其速行,媪将至矣。"宗仓卒无以自主,受之而归,心绪勃乱,进退罔知所从。隔夜以告颠当。颠当深然其言,但劝宗专意嫦娥。宗不语,颠当愿下之,宗乃悦。即遣媒纳金林妪,妪无词,以嫦娥归宗。入门后,悉述颠当言。嫦娥微笑，阳怂恿之。宗喜，急欲一白颠当，而颠当迹久绝。嫦娥知其为己，因暂归宁，故与之间，嘱宗窃其佩囊。已而颠当果至，与商所谋，但言勿急。既而解襟狎笑，胁下有紫荷囊，将便摘取。女觉之，变色起曰："君与人一心而与妾二，负心郎，请从此绝！"宗屈意挽解，不听竟去。一日，过门探察之，已另有吴客僦居其中，盖颠当子母徙去已久，影灭迹绝，莫可问讯，怨叹而已。宗自娶嫦娥，家暴富，连阁长廊，弥亘街路。嫦娥善谐谑，适见美人画卷，宗曰："吾自谓如卿，天下无两，但不曾见飞燕杨妃耳。"女笑曰："若欲见之，即亦不难。"乃执卷细审一过，便趋入室，对镜修妆，效飞燕舞风，既又学杨妃带醉。长短肥瘦，随时变更；风情意态，对卷逼真。方作态时，有婢自外至，不复能识，惊问其僚。既而审注，恍然始笑。宗喜曰："吾得一美人，而千古之美人，皆在床闼矣！"一夜方熟寝，数人撬扉而入，火光射壁。女急起，惊言盗入。宗初醒，即欲鸣呼。一人以白刃加颈，惧不敢喘。又一人掠嫦娥负背上，哄然而去。宗始号，家役毕集，室中珍玩无少亡者。宗大悲，惘然失图，无复情地。告官追捕，殊无音息。荏苒三四年，郁郁常不聊赖，因假赴试入都。居半载，占验询察，靡计不施。偶过姚巷，值一女子垢面羸衣，匡襄如丐。停趾相之，颠当也。骇曰："卿何憔悴至此？"答曰："别后南迁，老母即世，为恶人掠卖旗下，挞辱冻馁，所不忍言。"宗泣下，问："可赎否？"曰："难矣！耗费繁多，不能为力。"宗曰："实告卿：年来颇称小有，惜客中资斧有限，倾装货马，所不敢辞。如所需过奢，当归家营办之。"女约明日出西城，相会丛柳下。嘱独往，勿以人从。宗诺之。次日早往，则女先在，袿衣鲜明，大非前状。惊问之。笑曰："曩试君心耳，幸绨袍之意犹存。请至敝庐，宜必得当一报。"北行步武，即至其家，遂出肴酒，相与谈晏。宗约与俱归。女曰："妾多俗累，不能终从。嫦娥消息，固颇闻之。"宗急询："何所？"女曰："其行踪缥缈，妾亦不能深悉。西山有老尼，一目眇，问之，当自知。"遂止宿其家，天明示以径。宗至其处，有古寺，周墉尽颓，丛竹内有茅屋半间，老尼缀衲其中。睹客至，漫不为礼。宗揖之，尼始举头致问。因告姓氏，即白所求。尼曰："八十老瞽，与世暌绝，何处知佳人消息？"宗固求之，气益下，乃曰："我实不知，有二三戚属来夕相过，或小女子辈识之未可知。汝明夕可来。"宗乃出。次日再至，则尼他出，败扉扃焉。伺之既久，更漏已催，明月高揭，夜鸟悲啼，恇惧无所复之。方徘徊间，遥见二三女郎自外入，则嫦娥在焉。宗喜极，突起，急揽其袪。嫦娥曰："莽郎君！吓煞妾矣！可恨颠当饶舌，乃教情欲缠人。"宗曳坐，执手款曲，历诉艰难，不觉恻楚。女曰："实相告：妾实嫦娥被谪，浮沉俗间，其限已满。托为寇劫，所以绝君望耳。尼亦王母守府者，妾初谴时，蒙其收恤，故暇时常一临存。君如释妾，当为代致颠当。"宗不听，垂首陨涕。女遥顾曰："姊妹辈来矣。"宗方回顾，而嫦娥已杳。宗大哭失声，不欲复活，因解带自缢。恍惚觉神已出舍，伥伥靡之。俄见嫦娥来，捉而提之，足离于地；入寺，取树上尸推挤之，唤曰："痴郎，痴郎！嫦娥在此。"忽若梦醒。少定，女恚曰："颠当贱婢！害妾而杀郎君，我不能恕之也！"下山赁舆而归。既命家人治装，乃返身出西城，诣谢颠当。至则舍宇全非，愕叹而返。窃幸嫦娥不知。入门，嫦娥迎笑曰："君见颠当耶？"宗愕然不能答。女曰："君背嫦娥，乌得颠当？请坐待之，当自至。"未几，颠当果至，仓皇伏榻下。嫦娥叠指弹之，曰："小鬼头陷人不浅哉！"颠当叩头，但求赊死。嫦娥曰："推人坑中而欲脱身天外耶？广寒十一姑不日下嫁，须绣枕百幅、履百双，可从我去，相共操作。"颠当恭白："但求分工，按时赍送。"女不许，谓宗曰："君若缓颊，即便放却。"颠当目宗，宗笑不语。颠当目怒之。乃乞还告家人，许之，遂去。宗问其生平，乃知其西山狐也。买舆待之。次日果来，遂俱归。或有问者，宗诡对之。然嫦娥重来，恒持重不轻谐笑。宗强使狎戏，惟密教颠当为之。颠当慧绝工媚。嫦娥乐独宿，每辞不当夕。一夜，漏三下，犹闻颠当房中吃吃不绝。使婢窃听之。婢还，不以告，但请夫人自往。伏窗一窥，则见颠当凝妆作己状，宗拥抱，呼以嫦娥。女哂而退。未几，颠当心暴痛，急褫衣，曳宗诣嫦娥所，入门便伏。嫦娥曰："我岂医巫魇胜者耶？汝自欲捧心效西子耳。"颠当顿首，但言知罪。女曰："愈矣。"遂起，失笑而去。颠当私谓宗曰："吾能使娘子学观音。"宗不信，因戏相赌。嫦娥每趺坐，眸含若瞑。颠当俏以玉瓶插柳置几上；自乃垂发合掌侍立其侧，樱唇半启，瓠犀微露，睛不少瞬。宗笑之。嫦娥开眸始问，颠当曰："我学龙女侍观音耳。"嫦娥笑骂之，罚使学童子拜。颠当束发，遂四面朝参之，伏地翻转，逞诸变态，左右侧折，袜能磨乎其耳。嫦娥解颐，坐而蹴之。颠当仰首，口衔凤钩，微触以齿。嫦娥方嬉笑间，忽觉媚情一缕，自足趾而上，直达心舍，意荡思淫，若不能自主。乃急敛神，呵曰："狐奴当死！不择人而惑之耶？"颠当释口投地，嫦娥又厉责之，众都不解。嫦娥谓宗曰："颠当狐性不改，适间几为其所迷。若非夙根深者，堕落何难矣！"自是见颠当，每严御之。颠当惭惧，告宗曰："妾于娘子一肢一体，无不亲爱。爱之极，不觉媚之甚。谓妾有异心，不惟不敢，抑不忍。"宗因以告嫦娥，嫦娥遇之如初。然以嬉戏无节，数戒宗，宗不能从。因而大小婢妇竞相狎戏。一日，二人扶一婢效作杨妃。二人以目会意，赚婢懈骨作酣态，两手遽释；婢暴颠墀下，声若倾堵。众方大哗；近抚之，而妃子已作马嵬薨矣。众惧，急白主人。嫦娥惊曰："祸作矣！我言何如哉！"往验之，已不可救。使人告诸其父。父某甲，素无行，号奔而至，负尸入厅事，叫骂万端。宗闭户惴恐，莫知所措。嫦娥自出，责之曰："主即虐婢至死，律无偿法。且邂逅暴殂，乌知其不再苏？"甲噪言："四肢已冰，焉有生理！"嫦娥曰："勿哗。纵不活自有官在。"乃入厅抚尸，而婢已苏，曳之随手而起。嫦娥反身责曰："幸婢不死，贼奴何得无状！可以草索絷送官府！"甲无词，长跪哀免。嫦娥曰："汝既知罪，暂免究处。但小人无赖，反复何常，留汝女终为祸胎，宜即将去。原价若干数，当速为措置。"遣人押出，俾浼二三村老券证。署券已，乃唤婢至前，使甲自问之："无恙乎？"答云："无恙。"而后付之以去。已，乃朝诸婢数责遍扑。又呼颠当为之厉禁。谓宗曰:“今而知为人上者,一笑嚬亦不可轻。谑端开之自妾,而流弊遂不可止。凡哀者属阴,乐者属阳。阳极阴生,此循环之定数。婢子之祸,是鬼神告之以渐也。荒迷不悟,则倾覆及之矣。”宗敬听之。颠当泣求拔脱。嫦娥乃掐其耳,逾刻释手;颠当怃然为间,忽若梦醒,据地自投,欢喜欲舞。由此闺阁清肃,无敢哗者。婢至其家,无疾暴死。甲以赎金莫偿,浼村老代求怜恕,许之。又以服役之情,施以材木而去。宗常患无子。嫦娥腹中忽闻儿啼,遂以刀破左胁出之,果男。无何复有身,又破右胁而出一女。男酷类父,女酷类母,皆论婚于世家。

异史氏曰:“阳极阴生,至言哉!然室有仙人,幸能极我之乐,消我之灾,长我之生,而不我之死。是乡乐,老焉可矣,而仙人顾忧之耶?夫循环之数,理固宜然,而世之长困而不一亨者,又何以为解哉?昔宋人有求仙不得者,每曰:‘作一日仙人而死亦无憾。’我不复能笑之也。”

褚 生

顺天陈孝廉,十六七岁时,尝从塾师读于僧寺,徒侣甚繁。内有褚生,自言东山人,攻苦讲求,略不暇息,且寄宿斋中,未尝一见其归。陈与最善,因诘之。答曰:“仆家贫,办束金不易,即不能惜寸阴,而加以夜半,则我二日可当人三日。”陈感其言,欲携榻来与共寝。褚止之曰:“且勿,且勿!我视先生,学非吾师也。阜城门有吕先生,年虽耄,可师,请与俱迁之。”盖都中设帐者多以月计,月终束金完,任其留止。于是两生同诣吕。吕,越之宿儒,落魄不能归,因授童蒙,实非其志也。得两生甚喜,而褚又最慧,过目辄了,故尤器重之。两人情好款密,昼同几,夜亦共榻。月终,褚忽假归,十余日不复至。共疑之。一日,陈有故至天宁寺,遇褚廊下,劈苘淬硫,作火具焉。见陈,忸怩不自安。陈问:“何遽废读?”褚握手请间,戚然曰："实相告，家贫无以遗先生，必半月贩，始能一月读。"陈感慨良久，曰："但往读，自合极力。"命从人收其业，同归塾。戒陈勿泄，但托故以告先生。陈父固肆贾，居物致富，陈辄窃父金代褚遗师。父以亡金责陈，陈实告之。父以为痴，遂使废学。褚大惭，别师欲去。吕知其故，让之曰："子既贫，胡不早告？"乃悉以金反陈父，止褚读如故，与共饔飧，若子焉。陈虽不入馆，然每邀褚过酒家饮。褚固以避嫌不往，而陈要之弥坚，往往泣下，褚不忍绝，遂与往来无间。逾二年，陈父死，复求受业。吕感其诚，纳之；而废学既久，较褚悬绝矣。居半年，吕长子自越来丐食寻父。门人辈敛金助装，褚惟洒涕依恋而已。吕临别，嘱陈师事褚。陈从之，馆褚于家。未几陈入邑庠，即以"遗才"应试。陈虑不能终幅，褚请代之。至期，褚偕一人来，云是表兄刘天若，嘱陈暂从去。陈方出，褚忽自后曳之，身欲踣，刘急挽之而去。览眺一过，相携宿于其家。家无妇女，即馆客于内舍。居数日，忽已中秋。刘曰："今日李皇亲园中游人甚夥，当往一豁积闷，相便送君归。"使人荷茶鼎酒具而往。但见水肆梅亭，喧啾不得入。过水关，则老柳之下，横一画桡，相将登舟。酒数行，苦寂。刘顾僮曰："梅花馆近有新妓，不知在家否？"僮去少时，与姬俱来，盖勾栏李遏云也。李，都中名妓，工诗善歌，陈曾与友人一饮其家，故识之。相见略道温凉，姬戚戚有忧容。刘命之歌，为歌《蒿里》。陈不悦，曰："主客即不当卿意，何至对生人歌死曲？"姬起谢，强颜为笑，乃歌艳曲。陈喜捉腕曰："卿向日《浣溪纱》读之数过，今并忘之。"姬吟曰："泪眼盈盈对镜台，搴帘忽见小姑来，低头转侧看弓鞋。强解绿娥开笑靥，频将红袖拭香腮，小心犹恐被人猜。"陈反复数四。已而泊舟，过长廊，见壁上题咏甚多，即命笔记词其上。日已薄暮，刘曰："闱中人将出矣。"遂送陈归。入门，即别去。陈见室暗无人，俄延间，褚生已入。细审之，却非褚。方自惊疑，客遽近身而仆。家人曰："公子惫矣！"共扶曳之。转觉仆者非他，即己也。既起，见褚生在旁，惚惚若梦。屏人而研究之。褚曰："告之勿惊，我实鬼也,久当投生。所以因循于此者,高谊所不能忘,故附君体以代捉刀。三场毕,此愿了矣。”陈复求赴春闱,曰:“君先世福薄,悭吝之骨,诰赠所不戡也。”问:“将何适?”曰:“吕先生与仆有父子分,系念常不能置。表兄刘为冥司典簿,求白地府主者,或当有说。”遂别而去。陈异之。天明访妓,将以问泛舟之事,则姬死数日矣。又至皇亲园,见题句犹存,而淡墨依稀,若将没灭。始悟题者为魂,作者为鬼。至夕,褚喜而至曰:“所谋幸成,敬与君别。”遂伸两手,命陈书褚字于上以志之。陈将置酒为饯,摇手曰:“勿须。君如不忘旧好,放榜后勿惮修阻。”陈挥涕送之。见一人伺候于门,褚方依依,其人以手按其顶,随手而匾,掬入囊,负之而去。过数日,陈果捷。于是治装如越。吕妻断育几十年,五旬余忽生一子,两手握固不可开。陈至,请相儿,便谓掌中当有文曰“褚”。吕不深信。儿见陈,十指自开,视之果然。惊问其故,具告之,共相叹异。陈厚贻之,乃返。后吕以岁贡试入都,舍于陈。则儿十三岁已入泮矣。

异史氏曰:“吕日教门人,而不知即自教其子。呜呼!作善于人而降祥于己,一间也哉!褚生者,未以身报师,而先以魂报友,其志其行,可贯日月,岂以其鬼故奇之与!”

霍　女

朱大兴,彰德人。家富有而吝啬已甚,非儿女婚嫁,座无宾,厨无肉。然佻达喜渔色,色所在沉费不惜。每夜逾垣过村从荡妇眠。一夜,遇少妇独行,知为亡者,强胁之,引与俱归。烛之,美绝。自言霍氏。细致研诘,女不悦,曰:“既加收齿,何复盘察?如恐相累,不如早去。”朱不敢问,留与寝处。顾女不能安粗粝,又厌见肉臛,必燕窝或鸡心鱼肚白作羹汤,始能饫饱。朱无奈,竭力奉之。又善病,自言:“日须参汤一碗。”朱初不肯,女呻吟垂绝,不得已投之,病若失。遂以为常。女衣必锦绣,数日即厌其故。如是月余,计所费不资，朱渐不供。女啜泣不食，但求复去。朱惧，又委曲顺承之。每苦闷，辄令十数日，一招优伶为戏。戏时，朱设凳帘外，抱儿坐观之。女以无客，数相诮骂，朱亦不甚分解。居二年，家渐落。向女婉言求少贬；女许之，用度皆损其半。久之，仍不给，女不得已，以肉糜相安，又渐而不珍亦御矣。朱窃喜。忽一夜，启后阁亡去。朱怊怅若失，遍访之，乃知在邻村何氏家。何大姓，世胄也，豪纵好客，灯火达旦。忽有丽人半夜入闺闼。诘之，则朱家之逃妾也。朱为人，何素藐之，又悦女美，遂竟纳焉。绸缪数日，益惑之，穷极奢欲，供奉一如朱。朱得耗，坐索之，何殊不为意。朱质于官，官以其姓名来历都不分晓，置不理。朱货产行赇，乃准拘质。女谓何曰："妾在朱家，亦非采礼媒定者，胡畏之！"何喜，将与质成。座客顾生，独云不可，谓："收纳逃逋，已干国纪。况此女入门，日费无度，即千金之家，何能久也？"何大悟，罢讼，以女归朱。过一二日，女又逃。有黄生者，故贫士无偶。女叩扉入，自言所来。黄怀刑自爱，艳丽忽投，惊惧不知所为，固却之。女不去。应对间，娇婉无那。黄心动留之，而虑其不能安贫。女早起，躬操家苦，劬劳过旧室焉。黄为人蕴藉潇洒，工于内媚，恨相得晚，止恐风声露泄，为欢不久。而朱自讼后家益贫，又度女终不能安，遂置不究。女从黄数岁，亲爱綦笃。一日，忽欲归宁，要黄御送之。黄曰："向言无家，何前后之舛也？"曰："曩漫言之：妾镇江人。昔从荡子流落江湖，遂至于此。妾家亦颇裕，君竭资而往，必无相亏。"黄从其言，赁舆同去。至扬州境，泊舟江际。女适凭窗，有巨商子过，惊其艳，反舟缀之，而黄不知也。女忽曰："君家綦贫，今有一疗贫之方，不知能从否？"黄诘之，女曰："妾相从数年，未能为君育男女，亦一不了事。妾虽陋，幸未老髦，有能以千金相赠者，便鬻妾去，此中妻室田庐皆备焉。此计如何也？"黄失色，不知何因。女笑曰："君勿急，天下固多佳人，谁肯以千金买妾者？其戏言于外以觇有无。卖不卖固自在君耳。"黄不肯。女自与榜人妇言之，妇目黄，黄漫应焉。妇去无几，返言："邻舟有商人子愿出八百。”黄故摇首以难之。未几，复来，便言如命，即请过船交兑。黄微哂。女曰：“教渠姑待，我嘱黄郎，即令去。”女谓黄曰：“妾日以千金躯事君，今始知耶？”黄问：“以何词遣之？”女曰：“请即往署券，去不去固自在我耳。”黄不可。女逼促之。黄不得已，诣焉。立刻兑付，黄令封志之，曰：“结发之情，遂以贫故，遽相割舍。倘室人必不肯从，仍以原金璧赵。”方运金至舟，则见女已从榜人妇，从舟尾已登商舟，遥顾作别，并无凄恋。黄惊魂离舍，嗌不能言。俄商舟解缆，去如箭激。黄大号欲追之，榜人不从，开舟南渡矣。瞬息达镇江，运资上岸，榜人急解舟去。黄守装闷坐，无所适归，望江水之滔滔，如万镝之丛体。方掩泣间，忽闻娇声呼：“黄郎！”愕然四顾，则女已在前途。喜极，负装从之，问：“卿何遽得来？”女笑曰：“再迟数刻，则君有疑心矣。”黄乃疑其非常人，固诘其情。女笑曰：“妾生平于吝者则破之，于邪者则诳之也。若实与君谋，君必不肯，何处可致千金者？错囊充牣而合浦珠还，君幸足矣，穷问何为？”乃雇役荷装，相将俱去。至水门内，一宅南向，径入。俄而翁媪男妇纷出相迎，皆曰：“黄郎来也！”黄入参公姥，有两少年揖坐与语，是女兄弟大郎三郎也。筵间味无多品，玉柈四枚，方几已满。鸡蟹鹅鱼，皆脔为个。少年以巨碗行酒，谈吐豪放。已而引入别院，俾夫妇同处。衾枕滑耎，而床则以熟革代棕藤焉。日有婢媪馈致三餐，女或时竟日不至。黄独居颇觉闷苦，屡言归，女固止之。一日谓黄曰：“今为君谋，请买一人为子嗣计。然买婢媵则价奢，当伪为妾也兄者，使父与论婚，良家子不难致。”黄不可。女弗听。有张贡士之女新寡，议聘金百缗，女强为娶之。新妇小名阿美，亦颇婉妙。女嫂呼之，黄瑟踧不自安，而女殊坦坦。他日谓黄曰：“妾将与大姊至南海一省阿姨，月余可返，请夫妇安居。”遂去。夫妇独居一院，按时给食饮，亦甚隆备。然自入门后，曾无人复至其室。每晨阿美入觐媪，一两言辄退。娣姒在旁，惟相视一笑，即留连久坐，亦不款曲。黄见翁，亦如之。偶值诸郎聚语，黄至，即都寂然。黄疑闷，莫可告语。阿美觉之，诘曰："君既与诸郎伯仲，何以月来都如生客？"黄仓猝不能致对，吃吃而言曰："我十年于外，今始归耳。"美又细审翁姑阀阅及妯娌里居。黄大窘，不能复隐，底里尽露。女泣曰："妾家虽贫，无作贱媵者，无怪诸宛若鄙不齿数矣！"黄惶怖失守，莫知筹计，惟长跽而前，一听女命。美收涕挽之，转请所处。黄曰："仆何敢他谋，计惟孑身自去耳。"女曰："既嫁复归，于情何忍？渠虽先从，私也。妾虽后至，公也。不如姑俟其归，问彼既出此谋，将何以置妾也？"居数月，女竟不返。一夜，闻客舍喧饮。黄潜往窥之，见二客戎装上座：一人裹豹皮巾，凛若天神；东首一人，以虎头革作兜牟，虎口衔额，鼻耳悉具焉。惊异而返，以告阿美，竟莫测霍父子何人。夫妇疑惧，谋欲僦寓他所，又恐生其猜度。黄曰："实告卿：即南海人还，折证一定，仆亦不能家此也。今欲携卿去，又恐尊大人别有异言。不如姑别，二年中当复至。卿能待，待之。如他适者，亦自任也。"阿美欲告父母而从之，黄不可。阿美流涕，要以信誓，乃别而归。黄入辞公姥。时诸郎皆他出，翁挽留以待其归，黄不听而行。登舟凄然，形神丧失。至瓜州，忽回首见片帆来，驶如飞。渐近，则船头按剑而坐者，霍大郎也。遥谓曰："君欲遄返，胡再不谋？遗夫人去，二三年谁复能待也！"言次，舟已逼近。阿美自舟中出，大郎挽登黄舟，跳身径去。先是，阿美既归，方向父母泣诉，忽大郎将舆登门，按剑相胁，逼女风走。一家慑息，莫敢遮问。女述其状，黄不解何意，而得美良喜，开舟遂发。至家，出资营业，颇称富有。阿美悬念父母，欲黄一往探之；又恐以霍女来，嫡庶复有参差。居无何，张公访至，见屋宇修整，心颇慰。谓女曰："汝出门后，遂诣霍探问，见门户已扃，第主亦不之知，半年竟无消息。汝母日夜零涕，谓被奸人赚去，不知流离何所。今幸无恙耶？"黄实告以情，因相猜为神。后阿美生子，取名仙赐。至十余岁，母遣诣镇江，至扬州界，休于旅舍，从者皆出。有女子来，挽儿入他室，下帘，抱诸膝上，笑问何名。儿告之。问："取名何义？"答云："不知。"女言："归问汝父当自知。"乃为挽髻，自摘髻上花代簪之，出金钏束腕上。又以黄金内袖中，曰："将去买书读。"儿问其谁，曰："儿不知更有一母耶？归告汝父：朱大兴死无棺木，当助之，勿忘也。"老仆归舍失少主，寻至他室，闻与人语，窥之，则故主母。帘外微嗽，将有咨白。女推儿榻上，恍惚已杳。问之舍主，并无知者。数日自镇江归，语黄，又出所赠。黄感叹不已。及询朱，则死才三日，露尸未葬，厚恤之。

异史氏曰："女其仙耶？三易其主不为贞。然为吝者破其悭，为淫者速其荡，女岂无心者耶？然破之，则不必其怜之矣，贪淫鄙吝之骨，沟壑何惜焉？"

司文郎

平阳王平子，赴试北闱，赁居报国寺。寺中有余杭生先在，王以比屋居，投刺焉，生不之答。朝夕遇之，多无状。王怒其狂悖，交往遂绝。一日，有少年游寺中，白服裙帽，望之傫然。近与接谈，言语谐妙，心爱敬之。展问邦族，云："登州宋姓。"因命苍头设座，相对噱谈。余杭生适过，共起逊坐。生居然上座，更不㧑挹。率然问宋："尔亦入闱者耶？"答云："非也。驽骀之才，无志腾骧久矣。"又问："何省？"宋告之。生曰："竟不进取，足知高明。山左右并无一字通者。"宋曰："北人固少通者，然不通者未必是小生。南人固多通者，然通者亦未必是足下。"言已鼓掌。王和之，因而哄堂。生惭忿，轩眉攘腕而大言曰："敢当前命题一较文艺乎？"宋他顾而哂曰："有何不敢！"便趋寓所，取经授王。王随手一翻，指曰："'阙党童子将命。'"生起，求笔札。宋曳之曰："口占可也。我破已成：'于宾客往来之地，而见一无所知之人焉。'"王捧腹大笑。生怒曰："全不能文，徒事嫚骂，何以为人！"王力为排难，请另命佳题。又翻曰："'殷有三仁焉。'"宋立应曰："三子者不同道，其趋一也。夫一者何也？曰：仁也。君子亦仁而已矣，何必同？"生遂不作，起曰："其为人也小有才。"遂去。王以此益重宋。邀入寓室，款言移晷，尽出所作质宋。宋流览绝疾，逾刻已尽百首，曰："君亦深沉于此道者，然命笔时无求必得之念，而尚有冀幸得之心，即此已落下乘。"遂取阅过者一一诠说。王大悦，师事之。使庖人以蔗糖作水角。宋啖而甘之，曰："生平未解此味，烦异日更一作也。"由此相得甚欢。宋三五日辄一至，王必为之设水角焉。余杭生时一遇之，虽不甚倾谈，而傲睨之气顿减。一日以窗艺示宋。宋见诸友圈赞已浓，目一过，推置案头，不作一语。生疑其未阅，复请之。答已览竟，生又疑其不解。宋曰："有何难解？但不佳耳！"生曰："一览丹黄，何知不佳？"宋便诵其文如夙读者，且诵且訾。生跼蹐汗流，不言而去。移时，宋去。生入，坚请王作。王拒之，生强搜得，见文多圈点，笑曰："此大似水角子！"王故朴讷，觍然而已。次日宋至，王具以告。宋怒曰："我谓'南人不复反矣'，伧楚何敢乃尔！当有以报之！"王力陈轻薄之戒以劝之，宋深感佩。既而场后以文示宋，宋颇相许。偶与涉历殿阁，见一瞽僧坐廊下，设药卖医。宋讶曰："此奇人也！最能知文，不可不一请教。"因命归寓取文。遇余杭生，遂与俱来。王呼师而参之。僧疑其问医者，便诘症候。王具白请教之意。僧笑曰："是谁多口，无目何以论文？"王请以耳代目。僧曰："三作两千余言，何暇久听！不如焚之，我视以鼻可也。"王从之。每焚一作，僧嗅而颔之曰："君初法大家，虽未逼真，亦近似矣。我适受之以脾。"问："可中否？"曰："亦中得。"余杭生未深信。先以古大家文烧试之。僧再嗅曰："妙哉此文！我心受之矣，非归、胡何解办此！"生大骇，始焚己作。僧曰："适领一艺，未窥全豹，何忽另易一人来也？"生托言："朋友之作，止彼一首；此乃小生作也。"僧嗅其余灰，咳逆数声曰："勿再投矣！格格而不能下，强受之以膈。再焚，则作恶矣。"生惭而退。数日榜放，生竟领荐。王下第。宋与走告僧。僧叹曰："仆虽盲于目，不盲于鼻。帘中人并鼻盲矣。"俄余杭生至，意气发舒，曰："盲和尚，汝亦啖人水角耶？今竟何如？"僧笑曰："我所论者文耳，不谋与君论命。君试寻试官之文,各取一首焚之,我便知孰为尔师。”生与王并搜之,止得七八人。生曰:“如有舛错,以何为罚?”僧曰:“剜我盲瞳去!”生焚之。每一首都言非是。至第六篇,忽向壁大呕,下气如雷。众皆粲然。僧拭目向生曰:“此真汝师也!初不知而骤嗅之,刺于鼻,棘于腹,膀胱所不能容,直从下部出矣!”生大怒去,曰:“明日自见,勿悔勿悔!”越二三日竟不至,已移去矣。乃知即某门生也。宋慰王曰:“凡吾辈读书人,不当尤人,但当克己。不尤人则德益弘,能克己则学益进。当前踧落,固是数之不偶。平心而论,文亦未便登峰。其由此砥砺,天下自有不盲之人。”王肃然起敬。又闻次年再行乡试,遂不归,止而受教。宋曰:“都中薪桂米珠,勿忧资斧。舍后有窖镪,可以发用。”即示之处。王谢曰:“昔窦、范贫而能廉,今某幸能自给,敢自污乎?”王一日醉眠,仆及庖人窃发之。王初觉,闻舍后有声,出窥则金堆地上。情见事露,并相慑服。方诃责间,见有金爵,类多镌款,审视,皆大父字讳。盖王祖曾为南部郎,入都寓此,暴病而卒,金其所遗也。王乃喜,秤得金八百余两。明日告宋,且示之爵,欲与瓜分,固辞乃已。以百金往赠瞽僧,僧已去。积数月,敦习益苦。及试,宋曰:“此战不捷,始真是命矣!”俄以犯规被黜。王尚无言,宋大哭不能自止,王反慰解之。宋曰:“仆为造物所忌,困顿至于终身,今又累及良友。其命也夫!其命也夫!”王曰:“万事固有数在,如先生乃无志进取,非命也。”宋拭泪曰:“久欲有言,恐相惊怪,某非生人,乃飘泊之游魂也。少负才名,不得志于场屋。佯狂至都,冀得知我者传诸著作。甲申之年,竟罹于难,岁岁飘蓬。幸蒙相爱,故极力为他山之攻,生平未酬之愿,实欲借良友以快之耳。今文字之厄若此,谁复能漠然哉!”王亦感泣。问:“何淹滞?”曰:“去年上帝有命,委宣圣及阎罗王核查劫鬼,上者备诸曹任用,余者即俾转轮。贱名已录,所未投到者,欲一见飞黄之快耳。今请别矣!”王问:“所考何职?”曰:“梓橦府中缺一司文郎,暂令聋僮署篆,文运所以颠倒。万一幸得此职,当使圣教昌明。”明日,忻忻而至曰："愿遂矣！宣圣命作《性道论》，视之喜，谓可司文。阎罗稽簿，欲以'口孽'见弃，宣圣争之乃得就。某伏谢已，又呼近案下嘱云：'今以怜才，拔充清要，宜洗心供职，勿蹈前愆。'此可知冥中重德行，更甚于文学也。君必修行未至，但积善勿懈可耳。"王曰："果尔，余杭生其德行何在？"曰："此即不知。要冥司赏罚皆无少爽。即前日瞽僧亦一鬼也，也是前朝名家，以生前抛弃字纸过多，罚作瞽，彼自欲医人疾苦以赎前愆，故托游廛肆耳。"王命置酒。宋曰："勿须。终岁之扰尽此一刻，再为我设水角足矣。"王悲怆不食，坐令自啖。顷刻已过三盛，捧腹曰："此餐可饱三日，吾以志君德耳。向所食都在舍后，已生菌矣，藏作药饵，可益儿慧。"王问后会，曰："既有官责，当引嫌也。"又问："梓橦祠中以相酬祝，可能达否？"曰："此都无益。九天甚远，但洁身力行，自有地司牒文相报，则某必与知之。"言已，作别而没。王视舍后果生紫菌，采而藏之。旁有新土坟起，则水角宛然在焉。王归，弥自刻厉。一夜，梦宋舆盖而至曰："君向以小忿，误杀一婢，削去禄籍。今笃行已折除矣。然命薄，不足仍仕进也。"是年捷于乡，明年春闱又胜，遂不复仕。生二子，其一绝钝，啖以菌，遂大慧。后以故诣金陵，遇余杭生于旅次，极道契阔，深自降抑，然鬓毛斑矣。

异史氏曰："余杭生公然自诩，意其为文，未必尽无可观，而骄诈之意态颜色，遂使人顷刻不可复忍。天人之厌弃已久，故鬼神皆玩弄之。脱能增修厥德，则帘内之刺鼻棘心者，遇之正易，何所遭之仅也。"

丑　狐

穆生，长沙人。家清贫，冬无絮衣。一夕枯坐，有女子入，衣服炫丽而颜色黑丑。笑曰："得毋寒乎？"生惊问之，曰："我狐仙也。怜君枯寂，聊与共温寒榻耳。"生惧其狐而又厌其丑，大号。女以元宝置几上曰："若谐，以此相赠。"生悦而从之。床无裀褥，女代以袍。将晓，起而嘱曰："所赠可急市软绵作卧具，余者絮衣作馔皆足矣。倘得永好，勿忧贫也。"遂去。生告妻，妻亦喜，即市帛为之缝纫。女夜至，见卧具一新，喜曰："君家娘子劬劳哉！"遂留金以酬之。从此至无虚夕，每去必有所遗。年余屋庐修洁，内外皆衣文绣，居然素封。女赂贻渐少，生由此心厌之。聘术士至，画符于门。女来，啮折而弃之，入指生曰："背德负心，至君已极！然此奈我何！若相厌薄，我自去耳。但情义既绝，受于我者须当偿也！"忿然而去。生惧以告术士。术士作坛，陈设未已，忽颠地下，血流满颊。视之，则割去一耳。众大惧奔散，术士亦掩耳窜去。室中掷石如盆，门窗釜甑无复全者。生伏床下，蓄缩骇汗。俄见女抱一物入，猫首猧尾，置床下，嗾之曰："嘻嘻！可嚼奸人足。"物即龁履，齿利于刃。生大惧，将屈藏之，四肢不能少动。物嚼指爽脆有声，生痛极哀祝。女曰："所有金珠，尽出无隐。"生应之。女曰："呵呵！"物乃止。生不能起，但告以处。女自往搜括，珠钿衣服之外，止得二百余金。女少之，又曰："嘻嘻！"物复嚼，生哀鸣求恕。女限十日偿金六百。生诺之，女乃抱物去。久之，家人渐至，从床下曳生出，足血淋漓，丧其二指。视室中财物俱空，惟当年破被存焉。遂以覆生令卧。又惧十日复来，乃货鬻田产以盈其数。至期女果至。急付之，无言而去。自此遂绝。生足疮，医药半年始愈，而家清贫如初矣。狐适近村于氏。于农家不中资，三年间援例纳粟，夏屋连蔓，所衣华服半生家物。生见之亦不敢问。偶适野，遇女于途，长跽道左。女无言，但以素巾裹五六金遥掷之，返身径去。后于氏早卒，女犹时至其家，家中金帛辄亡去。于子睹其来，拜参之，遥祝曰："父即去世，儿辈皆若子，纵不抚恤，何忍坐令贫也。"女遂去，不复至。

异史氏曰："邪物之来，杀之亦壮；而既受其德，即鬼物不可负也。既贵而杀赵孟，则贤豪非之矣。夫人非其心之所好，即万钟何动焉？观其见金色喜，其亦利之所在，丧身辱行而不惜者与？伤哉贪人，卒取残败。”

吕无病

洛阳孙公子，名麒，娶蒋太守女，甚相得，二十夭殂，悲不自胜。离家，居山中别业。适阴雨，昼卧，室无人。忽见复室帘下露妇人足，疑而问之。有女子搴帘出，年约十八九，衣服洁而微黑多麻，类贫家女。意必村中僦屋者，呵曰：“所须宜白家人，何得轻入！”女微笑曰：“妾非村中人，祖籍山东，吕姓。父文学士。妾小字无病，从父客迁，早离顾复。慕公子世家名士，愿为康成文婢。”孙笑曰：“卿意良佳，然仆辈杂居，实所不便，容旋里后，当舆聘之。”女次且曰：“自揣陋劣，何敢遂望敌体！聊备案前驱使，当不至倒捧册卷。”孙曰：“纳婢亦须吉日。”乃指架上，使取通书第四卷，盖试之也。女翻检得之，先自涉览而后进之，笑曰：“今日河魁不曾在房。”孙意少动，留匿室中。女闲居无事，为之拂几整书，焚香拭鼎，满室光洁。孙悦之，至夕，遣仆他宿。女俯眉承睫，殷勤臻至。命之寝，始持烛去。中夜睡醒，则床头似有卧人。以手探之，知为女，捉而撼焉。女惊寤，起立榻下。孙曰：“何不别寝，床头岂汝卧处！”女曰：“妾善惧。”孙怜之，俾施枕床内。忽闻气息之来，清如莲蕊。异之，呼与共枕，不觉心荡，渐与同衾，大悦之。念避匿非策，又恐同归招议。孙有母姨，近隔十余门，谋令遁诸其家，而后舆致之。女称善，便言：“阿姨，妾熟识之，无容先达，请即去。”孙送之，逾垣而去。孙母姨，寡媪也。凌晨启户，女掩入。媪诘之，答云：“若甥遣问阿姨。公子欲归，路赊乏骑，留奴暂寄此耳。”媪信之，遂止焉。孙归。矫谓姨家有婢欲相赠，遣人舁之而还，坐卧皆以从。久益嬖之，纳为小妻。世家论婚皆勿许，殆有终焉之志。女知之，苦劝另娶，乃娶于许，而终嬖爱无病。许甚贤，略不争夕，而无病事许益恭，以此嫡庶谐好。许举一子阿坚，无病爱抱如己出。儿甫三岁，辄离乳媪从无病宿，许唤之不去也。无何，许病寻卒。临诀嘱孙曰："无病最爱儿，即令子之可也，即正位焉亦可也。"既葬，孙将践其言，告诸宗党，佥谓不可。女亦固辞，遂止。邑有王天官女，新寡，来求姻。孙雅不欲娶，王再请之。媒道其美，宗族仰其势，共怂恿之。孙惑焉，又娶之。色果艳，而骄已甚，衣服器用多厌嫌，辄加毁弃。孙以爱敬故，不忍有所拂。入门数月，擅宠专房，而无病至前，笑啼皆罪。时怒迁夫婿，数相斗阋。孙患苦之，以故多独宿。妇又怒。孙不能堪，托故之都，逃妇难也。妇又以远游咎无病。无病鞠躬屏气，承望颜色，而妇终不快。夜使直宿床下，儿奔与俱。每唤起给使，儿辄啼，妇厌骂之。无病急呼乳媪来，抱之不去，强之益号。妇怒起，毒挞无算，始从乳媪去。儿以是病悸不食。妇禁无病不令见之。儿终日啼，妇叱媪使弃诸地。儿气竭声嘶，呼而求食，妇戒勿与。日既暮，无病窥妇不在，潜饮儿。儿见之，弃水捉襟，嗷啕不止。妇闻之，意气汹汹而出。儿闻声辄啼，一跃遂绝。无病大哭。妇怒曰："贱婢丑态，岂以儿死胁我耶！无论孙家襁褓物，即杀王府世子，王天官女亦能任之！"无病乃抽息忍涕，请为葬具。妇不许，立命弃之。妇既去，窃抚儿四体犹温，隐语媪曰："可速将去，少待于野，我当继至。其死也共弃之，活也共抚之。"媪曰："诺。"无病入室，携簪珥出，追及之。共视儿已苏。二人喜，谋趋别业，往依姨。媪虑其纤步为累，无病乃先趋以示之，疾若飘风，媪力奔始能及。约二更许，儿病危不复可前。遂斜行入村，至田叟家，倚门待晓，扣扉借室，出簪珥易资，巫医并治，病卒不瘳。女掩泣曰："媪好视儿，我往寻其父也。"媪方惊其谬妄，而女已杳矣。骇诧不已。是日孙在都，方憩息床上，女悄然入。孙惊起曰："才眠已入梦耶！"女握手哽咽，顿足不能出声，久之，方失声而言曰："妾历千辛，与儿逃于杨……"句未终，声纵大哭，倒地而灭。孙骇绝，犹疑为梦，唤从人共视，衣履宛然，大异不解。即刻趋装，星驰而归。既闻儿死妾遁，抚膺大悲。语侵妇，妇反唇相稽。孙忿出白刃，婢妪遮救不得近。遥掷之，刀脊中额，额破血流，披发嗥叫而出，将以奔告其家。孙捉还，杖挞无数，衣皆若缕，伤痛不可转侧。孙命舁诸房中护养之，将待其瘥而后出之。妇兄弟闻之怒，率多骑登门；孙亦集健仆械御之。两相叫骂，竟日始散。王未快意，讼之。孙捍卫入城，自诣质审，诉妇恶状。宰不能屈，送广文惩戒以悦王。广文朱先生，世家子，刚正不阿。廉得情，怒曰："堂上公以我为天下之龌龊教官，勒索伤天害理之钱，以吮人痈痔者耶！此等乞丐相，我所不能。"竟不受命。孙公然归。王无奈之，乃示意朋好为之调停，欲生一谢过其家。孙不肯，十返不能决。妇创渐平，欲出之，又恐王氏不受，因循而安之。妾亡子死，夙夜伤心，思得乳媪一问其情。因忆无病言"逃于杨"，近村有杨家疃，疑其在是；往问之，并无知者。或言五十里外有杨谷，遣骑诣讯，果得之。儿渐平复，相见各喜，载与俱归。儿望见父，嗷然大啼，孙亦泪下。妇闻儿尚存，盛气奔出，将致诮骂。儿方啼，开目见妇，惊投父怀，若求藏匿，抱而视之，气已绝矣。急呼之，移时始苏。孙恚曰："不知何如酷虐，遂使吾儿至此！"乃立离婚书，送妇归。王果不受，又舁还孙。孙不得已，父子别居一院，不与妇通。乳媪乃备述无病情状，孙始悟其为鬼。感其义，葬其衣履，题碑曰："鬼妻吕无病之墓。"无何，妇产一男，交手于项而死。孙益忿，复出妇。王又舁还之。孙无所为计，具状控诸上台，皆以天官故，置不理。后天官卒，孙控不已，乃判令大归。孙由此不复娶，纳婢焉。妇既归，悍名噪甚，居三四年无问名者。妇顿悔，而已不可复挽。有孙家旧媪适至其家，妇优待之，对之流涕，揣其情，似念故夫。妪归告孙，孙笑置之。又年余，妇母又卒，孤无所依，诸娣姒颇厌嫉之。妇益失所，日辄涕零。一贫士丧偶，兄议厚其奁妆而遣之，妇不肯。每阴托往来者致意孙，泣告以悔；孙不听，终置之。一日，妇率一婢，窃驴跨之，竟奔孙。孙方自内出，迎跪阶下，泣不可止。孙欲去之，妇牵衣复跪之。孙固辞曰："如复相聚，常无间言则已耳。一朝有他，汝兄弟如虎狼，再求离逷，其可复得！"妇曰："妾窃奔而来，万无还理，留则留之，否则死之。且妾自二十一岁从君，二十三岁被出，诚有十分恶，宁无一分情？”乃脱一腕钏并两足而束之，袖覆其上曰：“此时香火之誓，君宁不忆之耶？”孙乃荧眦欲泪，使人挽扶入室。而犹疑王氏诈谖，欲得其兄弟一言为证据。妇曰：“妾私出，何颜复求兄弟？如不相信，妾藏有死具在此，请断指以自明。”遂于腰中出利刃，就床边伸左手一指断之，血溢如涌。孙大骇，急为束缚。妇容色痛变，而更不呻吟，笑曰：“妾今日黄粱之梦已醒，特借斗室为出家计，何用相猜？”孙乃使子及妾另居一所，而己朝夕往来于两间。又日求良药医指创，月余寻愈。妇由此不茹荤酒，闭户诵佛而已。居久之，见家政废弛，谓孙曰：“妾今此来，本欲置他事于不问，今见如此用度，恐子孙有孳饿者矣。无已，再觍颜以经纪之。”乃集婢媪，按日责其绩织。家人以其自投也，慢之，无人时窃相诮讪，而妇若罔闻知。既而课工惰者，鞭挞不贷，众始惧。又垂帘课主计仆，综理微密。孙乃大喜，使儿及妾皆朝见之。阿坚已九岁，妇每加意温恤。朝入塾，常留甘饵以待其归。儿亦渐亲爱之。一日，儿以石投雀，妇适过，中颅而仆，逾刻不语。孙大怒挞儿，妇苏，力止之，且喜曰：“妾昔虐儿，中心每不自释，今幸消一罪案矣。”孙益嬖爱之，妇每拒，使就妾宿。居数年，屡产屡殇，曰：“此昔日杀儿之报也。”阿坚既娶，遂以外事委儿，内事委媳。一日，曰：“妾某日当死。”孙不信。妇自理葬具，至日更衣入棺而卒，颜色如生，异香满室。既殓，香始渐减。

异史氏曰：“心之所好，原不在妍媸也。毛嫱西施，焉知非自爱之者美之乎？然不遭悍妒，其贤不彰，几令人与嗜痂者并笑矣。至锦屏之人，其夙根原厚，故豁然一悟，立证菩提。若地狱道中，皆富贵而不经艰难者也。”

钱卜巫

夏商，河间人。其父东陵，豪富侈汰。每食包子，辄弃其角，狼藉满地。人以其肥重，呼之“丢角太尉”。暮年家綦贫，日不给餐，两肱瘦，垂革如囊，人又呼“募庄僧”，谓其挂袋也。临终谓商曰：“余生平暴殄天物，上干天怒，遂至饥冻以死。汝当惜福力行，以盖父愆。”商恪遵治命，诚朴无二，躬耕自给，乡人咸爱敬之。富人某翁，哀其贫，假以资，使学负贩，辄亏其母。愧无以偿，请为佣，翁不肯。商瞿然不自安，尽货其田宅往酬翁。翁诘得情，益直之，强为赎还旧业；又益贷以重金，俾作贾。商辞曰：“十数金尚不能偿，奈何结来生驴马债也！”翁乃招他贾与偕。数月而返，仅能不亏。翁不收其息，使复之。年余货资盈辇。归至江，遭飓，舟几覆，物半丧失。归计所有，略可偿主。遂语贾曰：“天之所贫，谁能救之？此皆我累君也。”乃稽簿付贾，奉身而退。翁再强之，必不可，躬耕如故。每自叹曰：“人生世上，皆有数年之亨，何遂落拓如此？”会有外来巫，以钱卜，悉知人运数。敬诣之。巫，老妪也。寓室精洁，中设神座，香气常薰。商入朝拜讫，巫便索资。商授百钱，巫尽纳木筒中，执跪坐下，摇响如祈祷状。已而起，倾钱入手，而后于案上次第摆之。其法以字为否，幕为亨，数至五十八皆字，以后则尽幕矣。遂问：“庚甲几何？”答：“二十八岁。”巫摇首曰：“早矣，早矣！官人现行者先人运，非本身运。五十八岁方交本身运，始无盘错也。”问：“何谓先人运？”曰：“先人有善，其福未尽，则后人享之；先人有不善，其祸未尽，则后人亦受之。”商屈指曰：“再三十年，齿已老髦，行就木矣！”巫曰：“五十八以前便有回闰，略可营谋，然仅免饥寒耳。五十八之年，当有巨金自来，不须力求。官人生无过行，再世享之不尽也。”别巫而返，疑信半焉。然安贫自守，不敢妄求。后至五十三岁，留意验之。时方东作，病痁不能耕。既痊，天大旱，早禾尽枯。近秋方雨，家无别种，田数亩悉以种谷。既而又旱，荞菽半死，惟谷无恙。后得雨勃发，其丰倍焉。来春大饥，得以无馁。商以此信巫，从翁贷资，小权子母，辄小获。或劝作大贾，商不肯。迨五十七岁，偶葺墙垣，掘地得铁釜，揭之，白气如絮，惧不敢发。移时，气尽，白镪满瓮。

夫妻共运之，秤计一千三百二十五两，窃议巫术小舛。邻人妻入商家，窥见之，归告夫。夫忌焉，潜告邑宰。宰最贪，拘商索金。妻欲隐其半，商曰："非所宜得，留之贾祸。"尽献之。宰得金，恐其漏匿，又追贮器，以金实之，满焉，乃释商。居无何，宰迁南昌同知。逾岁，商以懋迁至南昌，则宰已死，妻子将归。货其粗重，有桐油若干篓。商以直贱，买之以归。既抵家，器有渗漏，泻注他器，则内白金二铤，遍探皆然。兑之，适得前掘镪之数。商由此暴富，益赡贫穷，慷慨不吝。妻劝积贻子孙，商曰："此即所以遗子孙也。"邻人赤贫至为丐，欲有所求，而心自愧。商闻而告之曰："昔日事，乃我时数未至，故鬼神假子手以败之，于汝何尤？"遂周给之，邻人感泣。商寿八十，子孙承继，数世不衰。

异史氏曰："汰侈已甚，王侯不免，况庶人乎！生暴天物，死无含饭，可哀矣哉！幸而鸟死鸣哀，子能干蛊，穷败七十年，卒以中兴。不然，父孽累子，子复累孙，不至乞丐相传不止矣！何物老巫，遂发先天之秘？呜呼，怪哉！"

姚　安

姚安，临洮人，美丰标。同里宫姓，有女字绿娥，艳而知书，择偶不嫁。母语人曰："门族丰采，必如姚某始字之。"姚闻，绐妻窥井，挤堕之，遂娶绿娥。雅甚亲爱。然以其美也，故疑之。闭户相守，步辄缀焉。女欲归宁，则以两肘支袍，覆翼以出，入舆封志，而后驰随其后，越宿促与俱归。女心不能善，忿曰："若有桑中约，岂琐琐所能止也！"姚以故他往，则扃女室中。女益厌之，俟其去，故以他钥置门外以疑之。姚见大怒，问所自来。女忿言："不知！"姚愈疑，伺察弥严。一日自外至，潜听久之，乃开锁启扉，惟恐其响，悄然掩入。见一男子貂冠卧床上，忿怒，取刀奔入，力斩之。近视，则女昼眠畏寒，以貂覆面也。大骇，顿足自悔。宫翁忿质于官。官收姚，褫衿苦械。姚破产，以巨金赂上下，得不死。由此精神迷惘，若有所失。适独坐；见女与髯丈夫狎亵榻上，恶之，操刀而往，则没矣。反坐，又见之。怒甚，以刀击榻，席褥断裂。愤然执刀，近榻以伺之，见女面立，视之而笑。遽斫之，立断其首。既坐，女不移处而笑如故。夜间灭烛，则闻淫溺之声，亵不可言。日日如是，不可复忍，于是鬻其田宅，将卜居他所。至夜，偷儿穴壁入，劫金而去。自此贫无立锥，忿恚而死，里人藁葬之。

异史氏曰："爱新而杀其旧，忍乎哉！人止知新鬼为厉，而不知故鬼之夺其魄也。呜呼！截指而适其屦，不亡何待！"

崔　猛

崔猛，字勿猛，建昌世家子。性刚毅。幼在塾中，诸童蒙稍有所犯，辄奋拳殴击。师屡戒不悛。名、字皆先生所赐也。至十六七，强武绝伦，又能持长杆跃登夏屋。喜雪不平，以是乡人共服之，求诉禀白者盈阶满室。崔抑强扶弱，不避怨嫌，稍忤之，石杖交加，肢体为残。每盛怒，无敢劝者。惟事母孝，母至则解。母谴责备至，崔唯唯听命，出门辄忘。比邻有悍妇，日虐其姑。饿濒死，子窃啖之。妇知，诟厉万端，声闻四院，崔怒，逾垣而过，鼻耳唇舌尽割之，立毙。母闻之大骇，呼邻子极意温恤，配以少婢，事乃寝。母愤泣不食，崔惧，跽请受杖，且告以悔。母泣不顾。崔妻周，亦与并跪。母乃杖子而又以针刺其背，作十字纹，朱涂之，俾勿灭。崔并受之，母乃食。母喜饭僧道，往往餍饱之。适一道士在门，崔过之，道士目之曰："郎君多凶横之气，恐难保其令终。积善之家，不宜有此。"崔新受母戒，闻之，起敬曰："某亦自念之，但一见不平，苦不自禁，力改之或可免否？"道士笑曰："姑勿问可免不可免，请先自问能改不能改。但当痛自抑，如有万分一，我告君以解救之术。"崔平生不信魇禳，但笑不言。道士曰："我固知君不信，但我所言，不类巫觋，行之亦盛德事。即其不效，亦不足有所妨。”崔请之，乃曰：“适门外一后生，宜厚结之，即犯死罪，此子能活之也。”呼崔出，指示其人，盖赵氏儿，名僧哥。赵，南昌人，以岁祲饥，侨寓建昌。崔由是深相结，请赵馆于其家，供给优厚。僧哥年十二，登堂拜母，约为昆弟。逾岁东作，赵携家去，音问遂绝。崔母自邻妇死，戒子益切，有赴诉者，辄摈斥之。一日，崔母弟卒，从母往吊，途遇数人縶一男子，呵骂促步，加以捶扑。观者塞途，舆不得进。崔问之。识崔者竞相拥告。先是，有巨绅子某甲者，豪横一乡，窥李某妻有色，欲夺之，道无由。命家人诱与博赌，贷以资而重其息，要使署妻于券，资尽复给。终夜负债数千，半年计子母三十余千。李不能偿，强以多人篡取其妻。李哭诸其门。某怒，拉系树上，搒笞刺剟，逼立“无悔状”。崔闻之，气涌如山，鞭马前向，意将用武。母搴帘而呼曰：“嘻！又欲尔耶！”崔乃止。既吊而归，不语亦不食，兀坐直视，若有所嗔。妻诘之，不答。至夜，和衣卧榻上，辗转达旦，次夜复然。忽启户出，辄又还卧，如此三四，妻不敢诘，惟慑息以听之。既而迟久乃返，掩扉熟寝矣。是夜，有人杀某甲于床上，刳腹流肠。李妻亦裸尸床下。官疑李，捕治之。横被残梏，踝骨皆见，卒无词，积年余不能堪，诬服论辟。会崔母死，既殡，告妻曰：“杀某甲者实我也。徒以有老母在，故不敢泄。今大事已了，奈何以一身之罪殃他人！我将赴有司死耳！”妻惊挽之，绝裾而去，自首于庭。官愕然，械送狱，释李。李不可，坚以自承。官不能决，两收之。戚属皆诮让李。李曰：“公子所为，是我欲为而不能者。彼代我为之，而忍坐视其死乎！今日即谓公子未出也可。”执不异词，固与崔争。久之，衙门皆知其故，强出之，以崔抵罪，濒就决矣。会恤刑官部郎案临，阅囚至崔名，屏人而唤之。崔入，仰视堂上，僧哥也。悲喜实诉。赵徘徊良久，仍令下狱，卒善视之。寻以自首减等，充云南军。李为服役而去。未期年，援赦而归，皆赵力也。既归，李终从不去，代为纪理生业，予之资，不受。缘橦技击之术，颇以关怀。崔厚遇之，买妇受田焉。崔由此力改前行，每抚臂上刺痕，泫然流涕。以故乡邻有事，李辄矫命排解，不相承禀。有王监生者，家豪富，四方无赖不仁之辈出入其门。邑中殷实者多被劫掠，或忤之，辄遣盗杀诸途。子亦淫暴。王有寡婶，父子俱烝之。妻仇氏，屡沮王，王缢杀之。仇兄弟质诸官，王赇嘱以告者坐诬。兄弟怨愤莫伸，诣崔求诉。李绝之使去。过数日，客至，适无使，使李瀹茗。李默而出，告人曰："我与崔猛朋友耳。从徙万里，不可谓不至矣。曾无廪给而役同厮养，所不甘也。"遂忿而去。或以告崔，崔讶其改节，而亦未之奇也。李忽讼于公堂，谓崔三年不给佣价。崔大异之，亲与对状。李忿相争，官不直之，责逐而去。又数日，李忽夜入王家，将其父子婶妇并杀之。粘纸于壁，自书姓名。及追捕之，则亡命无迹。王家疑崔主使，官不信。崔始悟前之讼，盖恐杀人之累己也。关行附近州邑，追捕甚急。会闯贼犯顺，其事遂寝。无何，明鼎革，李携家归，复与崔善如初。时土寇啸聚，王有从子得仁，集叔所招无赖，据山为盗，焚掠村疃。一夜倾巢而至，以复仇为名。崔适他出。李破扉始觉，越墙伏暗中。贼搜崔、李不得，掳崔妻，括财物而去。李归，止有一仆，忿急不能为地，乃断绳数十段，以短者付仆，长者自怀之。嘱仆越贼巢登半山，以火爇绳，散挂荆棘，即返勿顾。仆诺而去。李窥贼皆腰束红带，帽系红缨，遂效其装。有老牝马初生驹，贼弃诸门外。李乃缚驹跨马，衔枚而去，直至贼巢。贼据一大村。李系马村外，逾垣入，见贼纷纭操戈未释。李窃问诸贼，知崔妻在王某所。俄闻传令，俾各休息，轰然噉应。忽一人报东山有火，众贼共望之。初犹一二点，既而多类星宿。李坌息亟呼东营有警。王大惊，束装率众而出。李乘间漏出其后，反身入内。见两贼守帐，绐之曰："王将军遗佩刀。"两贼竞觅，李自后斫之。一贼踣；其一回顾，李又斩之。竟负崔妻越垣而出。解马授辔曰："娘子不知途，纵马可也。"马恋驹奔驶，李从之。出一隘口，李灼火于绳，遍悬之，乃归。次日崔还，以为大辱，形神跳躁，欲单骑往平贼。李谏止之。集村人而谋之，众恇怯莫敢应。解谕再四，得敢往二十余人。又苦无兵。适于得仁族姓家获奸细二，崔欲杀之，李不可。命二十人各持白梃，具列于前，乃割其耳而纵之。众怨曰："此等兵旅方惧知，而反示之。脱其倾队而来，阖村不保矣。"李曰："吾正欲其来也。"执匿盗者诛之，遣人四出，各假弓矢火铳，又诣邑借巨炮二。日暮，率壮士至隘口，置炮当其冲，使二人匿火而伏，嘱见贼乃发。又至谷东口，伐树置崖上。已而与崔各率十余人，分岸伏之。一更向尽，遥闻马嘶，暗觇之，贼果大至，络绎不绝。俟尽入谷，乃推堕树木以断归途。俄而炮发，喧腾号叫之声，震动山谷。贼骤退，自相践踏。至东口，不得出，集无隙地。两岸铳矢夹攻，势如风雨，断头折足，枕藉沟中。遗二十余人，长跽乞命。乃遣人絷送以归。乘胜直抵其穴，守巢者闻风奔窜，搜其辎重而返。崔大喜，问其设火之谋。曰："设火于东，恐其西追也。短，欲其速尽，恐侦知其无人也。既而设于谷口，口甚隘，一夫可以断之。彼即追来，见火必惧：皆一时犯险之下策也。"取贼鞫之，果追入谷，见火惊退。二十余贼，尽劓刖而放之。由此威声大震，远近避乱者，从之如市。得土团三百余人，各处强寇无敢犯，一方赖之以安。

异史氏曰："快牛必能破车，崔之谓哉！志气慷慨，盖鲜俪矣。然欲使天下无不平之事，宁非意过其中者与？李某一介细民，遂能济美。缘橦飞入，剪禽兽于深闺；断路夹攻，荡幺魔于隘谷。使得假五丈之旗，为国效命，乌在不南面而王哉！"

喷水鬼

莱阳宋玉叔先生为部曹时，所僦第甚荒落。一夜，二婢奉太夫人宿厅上，闻院内哼哼有声，如缝工之喷水者。太夫人促婢起，穴窗窥视，见一老妪，短身驼背，白发如帚，冠一髻，长二尺许。周院环走，悚急作鹤步行，且行且喷，水出不穷。婢愕返白，太夫人亦惊。两婢扶窗下聚观之。妪忽逼窗直喷棂内，窗纸破裂，三人尽仆，而家人不之知也。东曦既上，家人毕集，叩门不应，方骇。撬扉入，见一主二婢并死一室。一婢膈下犹温，扶灌之，移时而醒，乃述所见。先生至，哀愤欲死。细穷没处，掘深三尺余，渐露白发，又掘之，得一尸，如所见状，面肥肿如生。令击之。骨肉皆烂，皮内尽清水。

王阮亭云："玉叔襁褓失恃，此事恐属传闻之讹。"

鹰虎神

郡城东岳庙在南郭，大门左右神高丈余，俗名"鹰虎神"，狰狞可畏。庙中道士任姓，每鸡鸣辄起焚诵。有偷儿预匿廊间，伺道士起，潜入寝室，搜括财物。奈室无长物，惟于荐底得钱三百，纳腰中。拔关而出，将登千佛山。南窜许时，方至山下，见一巨丈夫自山上来，左臂苍鹰，适与相遇。近视之，面铜青色，依稀似庙门中所习见者。大恐，蹲伏而战。神诧曰："盗钱安往？"偷儿益惧，叩不已。神揪令还入庙，使倾所盗钱跪守之。道士课毕，回顾骇愕。盗历历自述。道士收其钱而遣之。

金世成

金世成，长山人，素不检。忽出家作头陀。类颠，啖不洁以为美。犬羊遗秽于前，辄伏啖之，自号为佛。愚民妇异其所为，执弟子礼者以千万计。金诃食矢，无敢违者。创殿阁所费不资，人咸乐输之。邑令南公，恶其怪，执而笞之，使修圣庙。门人竞相告曰："佛遭难！"争募救之。宫殿旬月而成，其金钱之集，尤捷于酷吏之追呼也。

异史氏曰："予闻金道人，人皆就其名而呼之，谓为'今世成佛'。夫佛品至啖秽，极矣。笞之不足辱，罚之适有济，南令公处法何良也！然学宫圮而烦妖道，亦士大夫之羞矣。"

卷十七

诗 谳

青州居民范小山，贩笔为业，行贾未归。四月间，妻贺氏独宿，为人所杀。是夜微雨，泥中遗诗扇一握，乃王晟之赠吴蜚卿者。晟，不知何人。吴，益都之素封，与范同里，平日颇有佻达之行，故里党共信之。郡县拘质，坚不服，而惨被械梏，遂以成案。驳解往复，历十余官，更无异议。吴亦自分必死，嘱其妻罄竭所有以济茕独。有向其门诵佛千者，给以絮裤，万者絮袄。于是乞丐如市，佛号声闻十余里。因而家骤贫，惟日货田产以给资斧，阴赂监者市鸩。夜梦神人告之曰："子勿死，曩日'外边凶'，目下'里边吉'矣。"再睡，又言，于是不果死。无何，周元亮先生分守是道，录囚至吴，若有所思。因问："吴某杀人有何确据？"范以扇对。先生熟视扇，便问："王晟何人？"并云不知。又将爰书细审一过，立命脱其死械，自监移至仓。范力争之。怒曰："而欲妄杀一人便了却耶？抑将得仇人而甘心耶？"众疑先生私吴，即莫敢言。先生标朱签，立拘南郭某肆主人。主人惧，罔知所以。至则问曰："肆壁有东莞李秀才诗，何时题耶？"答："自旧岁提学案临，有二三秀才饮醉题留，不知所居何里。"遂遣人至日照，坐拘李秀才。数日，秀才至。怒之曰："既作秀才，奈何谋杀人？"秀才顿首错愕，但言："无之。"先生掷扇下，令其自视，曰："明系尔作，何诡托王晟？"秀才审视云："诗真某作，字实非某书。"曰："既知汝诗，当即汝友，谁书者？"秀才曰："迹似沂州王佐。"乃遣役关拘王佐。佐至，呵之，一如诘李状。佐言："此益都铁商张诚索某书者，云晟其表兄也。"先生曰："盗在是矣。"执诚至，一讯遂伏。先是诚窥贺氏美，欲挑之恐不谐。念托于吴，必人所共信，故伪为吴扇执而往。谐则自认，不谐则嫁祸于吴，而实不期至于杀也。逾垣入，逼妇。妇以独居，常以刀自卫。既觉，捉诚衣，操刀而起。诚惧，夺其刀。妇力挽，令不得脱，且号。诚益窘，遂杀之，委扇而去。三年冤狱，一朝而雪，无不诵神者。吴始悟“里边吉”乃“周”字也。然终莫解其故。后邑绅乘间请之，笑曰：“此甚易知。细阅爰书，贺被杀在四月上旬；是夜阴雨，天气犹寒，扇乃不急之物，岂有忙迫之时，反携此以增累者？其嫁害可知。向避雨南郭，见题壁诗与箑头之作，口角相类，故妄度李生，果因是而得真盗。幸中耳。”闻者叹服。

异史氏曰：“天下事入之深者，当其无事，常为有事之用。词赋文章，华国之具也，而先生以相天下士，称孙阳焉。岂非入其中者深乎？而不谓相士之道，移于折狱。易曰：‘知几其神。’先生有之矣。”

邢子仪

滕有杨某，从白莲教党，得左道之术。徐鸿儒诛后，杨幸漏脱，遂挟术以遨。家中田园楼阁，颇称富有。至泗上某绅家幻法为戏。妇女出窥，杨睨其女美。既归，谋摄取之。其继室朱氏亦风韵，饰以华装，伪为仙姬。又授木鸟，教之作用，乃自楼头推堕之。朱觉身轻如叶，飘飘然凌云而行，无何至一处，云止不前，知已至矣。是夜，月明清洁，俯视甚了，取木鸟投之，鸟振翼飞去，直达女室。女见彩禽翔入，唤婢扑之。鸟自冲帘出，女追之。鸟堕地作鼓翼声。近逼之，扑入裙底。展转间负女飞腾，直冲霄汉。婢大号。朱在云中言曰：“下界人勿须惊怖，我月府姮娥也。渠是王母第九女，偶谪尘世。王母日切怀念，暂招去一相会聚，即送还耳。”遂与结襟而行。方及泗水之界，适有放飞爆者，斜触鸟翼。鸟惊堕，牵朱亦堕，落一秀才家。秀才邢子仪，赤贫而性方梗。曾有邻妇夜奔，拒不纳，妇衔愤去，谮诸其夫，诬为挑引。夫固无赖，晨夕登门诟辱之。邢因货产，僦居别村。闻相士顾某，善决人福寿，踵门叩之。顾望见笑曰：“君富足千钟,何着败絮见人,岂谓某无瞳耶?”邢嗤妄之。顾细审曰:“是矣!虽固萧索乎,然金穴不远矣。”邢又妄之。顾曰:“不惟暴富,且得丽人。”邢终不以为信。顾推之出曰:“且去且去!验后方索谢耳。”是夜独坐月下,忽二女自天降,视之皆丽姝。诧为妖,因致诘问,初不肯言。邢将号召邻里。朱惧,始以实告,且嘱勿泄,愿终从焉。邢思世家女不与妖人妇等,遂遣人告诸其家。其父母自女飞升,零涕惶惑;忽得报书,惊喜过望,立刻命舆马,星驰而去,报邢百金,携女归。邢得艳妻,方忧四壁,得金甚慰,往谢顾。顾又审曰:“尚未尚未。泰运已交,百金何足言!”遂不受谢。先是,绅归,请于上官捕杨。杨预遁不知所之,遂籍其家,发牒追朱。朱惧,牵邢饮泣。邢亦计窘,姑贿承牒者,赁车骑携朱诣绅,哀求解脱。绅感其义,为极力营谋,得赎免。留夫妻于别馆,欢如戚好。绅女幼受刘聘。刘,一时显秩也,闻女寄邢家信宿,以为辱,反姻书与女绝婚。绅将议姻他族,女告父母誓从邢。邢闻之喜,朱亦喜,自愿下之。绅忧邢无家,时杨居从官货,因代购之。夫妻遂归,出囊金粗治器具,蓄婢仆,旬日间耗费已尽。但冀女来,当复得其资助。一夕,朱谓邢曰:“孽夫杨某,曾以千金埋楼下,惟妾知之。适视其处,砖石依然,或窖藏无恙未可知。”往共发之,果得金。因信顾术之神,厚报之。后女于归,装资丰盈,不数年富甲一郡矣。

异史氏曰:“白莲歼灭而杨独不死,又附益之,几疑恢恢者疏而近于漏矣。而孰知天之留之也,盖为邢也。不然,邢虽否极而泰,亦恶能仓卒起楼阁、累巨金哉?不爱一色,而天辄报之以两。呜呼!造物无言,而意可知矣。”

陆押官

赵公,湖广武陵人。官宫詹,致仕归。有少年伺门下,求司笔札。公召入,见其人秀雅如书生。诘其姓名,自言“陆押官”,不索佣价。公留之，慧过凡仆。往来笺奏，辄任意裁答，无不工妙。又主人与客弈，陆睨之，指点辄胜。赵由是益优宠之。诸僚仆见其得主人青顾，咸相戏，索俾作筵。押官诺，因问："僚属几何？"会别业主计者皆至，约三十余人。众悉告之数以难之。押官云："此大易。但客多仓卒不能遽办，肆中可也。"遂遍邀诸侣赴临街店。既坐，酒甫行，有按壶起者曰："诸君姑勿酌，请问今日东道谁主？宜先出资为质，始可放情饮啖。不然，一举数千，哄然都散，于何取偿也？"众悉目押官。押官笑曰："得毋谓我无钱耶？我固有钱。"乃起，向盆中捻湿面如拳，碎掐置几上，随掷随化为鼠，窜动满案。押官任捉一头，裂之，啾然腹破，得小金。再捉，亦如之。顷刻鼠尽，碎金满前，乃告众曰："是不足吾饮耶？"众异之，乃共恣饮。既毕，会直三两余。众秤金，适符其数。众思白其异于主人，遂索一枚怀之。既归，告赵，赵命取金，搜之已亡。反质肆主，则偿资悉化蒺藜。仆还白赵，赵诘之。押官曰："我非赚酒食者。某村麦穰中，再一簸扬，可得麦二石，足偿酒价有余也。"因挽一人同去。某村主计者将归，遂与偕往，至则净麦数斛，已堆场中矣。众以此益奇押官。一日，赵赴友筵，堂中有盆兰甚茂，爱之。既归，犹赞叹之。押官曰："诚爱此兰，无难致者。"赵犹未信。凌晨至斋，忽闻异香蓬勃，则有兰花一盆，箭叶多寡，宛如所见。因疑其窃，故审之。押官曰："臣家所蓄不下千百，何须窃为？"赵妄之。适某友至，见兰惊曰："何酷似寒家物也？"赵曰："余适购之，亦不识所自来。但君今出门时见兰花尚在否？"某曰："我实不曾至斋，有无故不可知。然何以至此？"赵视押官，押官曰："此无难辨。公家盆破有补缀处，此盆无也。"验之始信。夜告主人曰："向言某家花卉颇多，都疑妄谬，今屈玉趾，乘月往观。但诸人皆不可从，惟阿鸭无害。"鸭，宫詹之僮仆也，遂如所请。既出，已有四人荷肩舆，伏候道左。赵乘之，疾如奔马。俄顷入山，但闻奇香沁骨。无何，至一洞府，见舍宇华耀，迥异人间。随处皆设花石，精盆佳卉，流光散馥。即兰花一种，约有数十余盆，无不茂美。观已，如前命驾归。押官从赵十余年，后赵无疾终，遂与阿鸭俱出，不知所往。

顾 生

江南顾生，客稷下，眼暴肿，昼夜呻吟，罔所医药。十余日，痛少减，而合眼时辄睹巨宅，凡四五进，门皆洞辟，最深处有人往来，但遥睹不可细认。一日方凝注之，忽觉身入宅中，三历门户，绝无人迹。有南北厅事，内以红毡贴地。略窥之，见满屋婴儿，坐者，卧者，膝行者，不可数计。愕疑间，一人自舍后出，见之曰："小王子谓有远客在门，果然。"便邀之。顾不敢入，强之乃入。问："此何所?"曰："九王世子居，世子疟病初瘥。今日亲宾作贺，先生有缘也。"言未已，有奔至者督促速行。俄至一处，雕榭朱栏，一殿北向，凡九楹。历阶而升，则客已满座。见一少年北面坐，知是王子，便伏堂下。满堂尽起。王子曳顾东向坐。酒既行，鼓乐暴作，诸妓升堂，演"华封祝"。才过三折，逆旅主人及仆唤进午膳，就床头频呼之。耳闻甚真，心恐王子知，然并无闻者，遂托更衣而出。仰视，日之中夕，则见仆立床前，始悟未离旅邸。心怅怅犹欲急返，因遣仆阖扉去。甫交睫，见宫舍依然。急遁故道而入，路经前婴儿处，并无婴儿，有数十蓬首鲐背，坐卧其中。望见顾，出恶声曰："谁家无赖子来此窥伺?"顾惊惧不敢置辨，疾趋后庭，升殿即坐。见王子颔下添髯尺余矣。见顾笑问："何往? 剧本过七折矣。"因以巨觥示罚。移时曲终，又呈齣目。顾点"彭祖娶妇"。妓即以椰瓢行酒，可容五斗许。顾离席辞饮，言："臣目疾，不敢过醉。"王子曰："君患目，有太医在此，便合诊视。"东座一客即离座来，两指启双眦，以玉簪点白膏如脂，嘱合眸少睡。王子命侍儿引入复室，令卧。卧片时，觉床帐香耎，因而熟眠。居无何，忽闻鸣钲锽聒，即复惊醒，疑是优戏未毕。开目视之，则旅舍中狗舐油铛也。然目病若失，再闭之，一无所睹矣。

陈锡九

陈锡九，邳人。父子言，为邑名士。富室周某，仰其声望，订为婚姻。陈累举不第，而家萧索，游学于秦。数年无耗，阴有悔心。以少女适王孝廉为继室。王聘仪丰盛，仆马甚都，以此益憎锡九贫，坚意绝婚。问女，女不从。周怒，以恶服饰遣锡九。日不举火，周亦不甚顾恤。一日，使佣媪以榼饷女，入门向母曰："主人使某视小姑姑饿死否。"女恐母惭，强笑以乱其词，因出榼中肴饵列母前。媪止之曰："无须尔！自小姑入人家，何曾交换出一杯温凉水。吾家物，料姥姥亦无颜啖啖得。"母大恚，声色俱变。媪不服，恶语相侵。纷纭间，锡九自外入，讯知大怒，撮毛批颊，挞逐出门而去。次日，周来逆女，女不肯归。明日复来，增其人数，众口呶呶，如将寻斗。母强劝女去。女潸然拜母，登车而去。过数日，又使人来逼索离婚书。母强锡九与之，惟望子言归，以图别处。周家有人自西安来，久知子言已死，陈母哀忿成疾，寻卒。锡九哀迫之中，犹冀妻临，久之渺然，悲愤益切。薄田数亩，鬻治葬具。葬已，乞食赴秦，以求父骨。至西安，遍访居人，或言数年前有书生死于逆旅，葬之东郊，今冢已没。锡九无策，惟朝丐市廛，暮宿野寺，冀有知者。会晚经丛葬处，有数人遮道，逼索饭价。锡九曰："我异乡人，乞食城郭，何处少人饭价？"共怒，捽之仆地，以败絮塞其口；力尽声嘶，渐就危殆。忽共惊曰："何处官府至矣！"释手寂然。俄有车马至，便问："卧者何人？"即有数人扶至车下。车中人曰："是吾儿也。孽鬼何敢尔！可悉缚来，勿致漏脱。"锡九觉有人去其塞，少定细认，真其父也。大哭曰："我为父骨良苦，今固尚在人间耶！"父曰："我非人，太行总管也。此来亦为吾儿。"锡九哭益哀。父稍稍慰谕之。锡九泣述岳家离婚，父曰："无忧！今新妇亦在母所。母念儿甚，可暂一往。"遂与同车，驰如风雨。移时，至一官署，下车入重门，则母在焉。锡九痛欲绝，父止之。锡九啜泣听命，见妻在母侧，问母曰："儿妇在此，得毋泉下物耶？"母曰："非也。是汝父接将来，待汝归后，当便送去。"锡九曰："儿侍父母，不愿归矣。"母曰："辛苦跋涉而来，为父骨耳。汝不归，初志云何也？且汝孝行已达天帝，赐汝金万斤。夫妻享受正远，何言不归？"锡九垂泣。父数数促行，锡九哭失声。父怒曰："汝不行耶？"锡九惧，收泪始询葬所。父挽之曰："子行，我告之处，去丛葬处百余步，有子母白榆是也。"挽之甚急，竟不遑别母。门外有健仆，捉马待之。既超乘，父嘱曰："日所宿处有少资斧，可速办装归，向岳索妇，不得妇勿休也。"锡九诺而行。马绝驶，鸡鸣至西安。仆扶下，方将拜致父母，而人马已杳。寻至旧宿处，倚壁假寐，以待天明。坐处有卷石碍股，晓而视之，白金也。市棺赁舆，寻双榆下，得父骨而归。合厝既毕，家仍四壁，幸里中怜其孝，共饭之。将往索妇，自度不能用武，与族兄十九往。及门，门者绝之。十九素无赖，出词秽亵。周使人劝锡九归，愿即送女去，锡九乃还。初，女之归也，周对之骂婿及母。女不语，但向壁零涕。陈母死，亦不使闻，得离书，掷向女曰："陈家出汝矣！"女曰："我不曾悍逆，出我何为也？"欲归质其故，又禁闭之。后锡九如西安，遂造凶讣以绝女志。此信一播，遂有杜中翰来议姻，竟许之。亲迎有日，女始知。遂泣不食，以被韬面，气如游丝。周正无所方计，忽闻锡九至，发语不逊，意料女必死，遂舁归锡九，意将待女死以泄其忿。锡九归，而送女者已至；犹恐锡九见其病而不纳，甫入门，委之而去。邻里代忧，共谋舁还。锡九不听，扶置榻上而气已绝，始大恐。正遑迫间，周子率数人持械入，门窗尽毁。锡九逃匿，苦搜之。乡人尽为不平。十九纠十余人，锐身急难。周子兄弟皆被夷伤，始鼠窜而去。周益怒，讼于官，捕锡九、十九等。锡九将行，以女尸嘱邻媪。忽闻榻上若息，近视之，秋波微动矣。少时已能转侧。大喜，诣官自陈。宰怒周讼诬。周惧，啖以重赂，始得免。锡九归，夫妻相见，悲喜交并。先是，女绝食奄卧，自矢必死。忽有人提起曰："我，陈家人也，速从余去，夫妻可以相见。不然,无及矣。”不觉身已出门,两人扶登肩舆。顷刻至官廨,见翁姑俱在。问:“此何所?”母言:“不必问,容当送汝归。”一日,见锡九至,窃喜。一见遽别,心颇疑怪。翁不知何事,恒数日不归。昨夕忽归,曰:“我在武彝,迟归二日,难为保儿矣。可速送儿妇去。”遂以舆马送女。忽见家门,遂如梦醒。女与锡九共述曩事,相与惊喜。由此夫妻相聚,但朝夕无以自给。锡九于村中设童蒙帐,兼自攻苦,每私语曰:“父言天赐黄金,今四堵空空,岂训读所能发迹耶?”一日,自塾中归,遇二人问之曰:“君陈某耶?”锡九然之,二人即出铁索絷之。锡九不解其故。少间,村人毕集,共诘之,始知为郡盗所牵。众怜其冤,醵钱赂役,以是途中得无苦。至郡见太守,历数家世,太守愕然曰:“此名士之子,温文尔雅,乌能作贼?”命脱缧绁,取盗严酷之,始供为周某贿嘱。锡九又诉翁婿反面之由,太守益怒,立刻拘提。即延锡九至署,与论世好,盖太守旧邳宰,韩公之子,故子言受业门人也。赠灯火之费以百金,又以二骡代步,使不时趋郡,以课文艺。转于各上官游扬其孝,自总制而下皆有馈遗。锡九裘马而归,夫妻慰甚。一日,妻母哭至,见女伏地不起。女骇问之,始知周已被械在狱矣。女哀哭自咎,但欲觅死。锡九不得已,诣郡为之缓颊。太守释令自赎,罚谷一百石,批赐孝子陈锡九。既归,出仓粟杂糠秕而辇运之。锡九谓女曰:“而翁以小人之心度君子矣。乌知我必受之,而琐琐杂糠覈也?”因笑却之。锡九家虽少有,而墙垣陋敝。一夜群盗入,仆觉大号,止窃两骡而去。后半年余,锡九夜读,闻挝门声,问之寂然。呼仆起共视之,门一启,两骡跃入,则向所亡也。直奔枥下,咻咻汗喘。烛之,各负革囊,解视则白镪满中。大异,不知其所自来。后闻是夜大寇劫周,盈装出,适防兵追急,委其捆载而去。骡志故主,遂奔至也。周自狱中归,刑创犹剧,又遭盗劫,大病寻卒。女夜梦父囚系而至曰:“吾生平所为,悔之不及。今受冥谴,非若翁莫能解脱,为我代求婿致一函焉。”醒而呜泣。诘之,具以告。锡九久欲一诣太行,即日遂发。既至,备牲物酹祝之，露宿其处，冀有所见，终夜无异，遂归。周死，子母益贫，仰给于次婿。王孝廉考补县尹，以墨败，举家徙沈阳，益无所归。锡九时顾恤之。

异史氏曰："善莫大于孝。鬼神通之，理固宜然，使为尚德之达人也者。即终贫，犹将取之，乌论后此之必昌哉？或以膝下之娇女，付诸颁白之叟而扬扬曰：'某贵官，吾东床也。'呜呼！宛宛婴婴者如故，而金龟婿以谕葬归，其惨已甚矣；而况以少妇从军乎？可慨也夫！"

于去恶

北平陶圣俞，名下士。顺治间赴乡试，寓居郊郭。偶出户，见一人负笈侄儴，似卜居未就者。略诘之，遂释负于道，相与倾谈，言论有名士风。陶大悦之，请与同居。客喜，携囊入，遂同栖止。客自言顺天人，姓于，字去恶。以陶差长，兄之。于性不喜游瞩，常独坐一室，而案头无书卷。陶不与谈，则默卧而已。陶疑之，搜其囊箧，则笔砚之外更无长物。怪而问之，笑曰："吾辈读书，岂临渴掘井耶？"一日，就陶借书去，闭户抄甚疾，终日五十余纸，亦不见其折叠成卷。窃窥之，则每一稿脱，辄烧灰吞之，愈益怪焉。诘其故，曰："我以此代读耳。"便诵所抄书，顷刻数篇，一字无讹。陶悦，欲传其术，于以为不可。陶疑其吝，词涉诮让。于曰："兄诚不谅我之深矣！欲不言，则此心无以自剖；骤言之，又恐惊为异物，奈何？"陶固谓："不妨！"于曰："我非人，实鬼耳。今冥中以科目授官。七月十四日奉诏考帘官。十五日士子入闱。月尽，榜放矣。"陶问："考帘官何为？"曰："此上帝慎重之意，无论鸟吏鳖官皆考之。能文者以内帘用，不通者不得与焉。盖阴之有诸神，犹阳之有守令也。得志诸公，目不睹坟典，不过少年持敲门砖，猎取功名。门既开则弃去。再司簿书十数年，即文学士，胸中尚有字耶！阳世所以陋劣幸进，而英雄失志者,惟少此一考耳。"陶深然之,由是益加敬畏。一日,自外来,有忧色,叹曰:"仆生而贫贱,自谓死后可免,不谓迍邅先生相从地下矣!"陶请其故,曰:"文昌奉命都罗国封王,帘官之考遂罢。数十年游神耗鬼,杂入衡文,吾辈宁有望耶?"陶问:"此辈皆谁何人?"曰:"即言之,君亦不识,略举一二人,大概可知:乐正师旷,司库和峤是也。仆自念命不可凭,文不可恃,不如休耳。"言已怏怏,遂将治任。陶挽而慰之乃止。至中元之夕,谓陶曰:"我将入闱,烦于昧爽时,持香炷于东野,三呼去恶,我便至。"乃出门去。陶沽酒烹鲜以待之。东方既白,敬如所嘱。无何,于偕一少年来。问其姓字,于曰:"此方子晋,是我良友,适与场中相遇,闻兄盛名,深欲拜识。"同至寓,秉烛为礼。少年亭亭似玉,意度谦婉,陶甚爱之。便问:"子晋佳作,当大快意。"于曰:"言之可笑,闱中七则,作过半矣。细审主司姓名,裹具径出,奇人也!"陶扇炉进酒,因问:"闱中何题?去恶魁解否?"于曰:"书艺经论各一,夫人而能之。策问:'自古邪僻固多,而世风至今日,奸情丑态,愈不可名。不惟十八狱所不得尽,抑非十八狱所能容。是果何术而可?或谓宜量加一二狱,然殊失上帝好生之心。其宜增与、否与,或别有道以清其源,尔多士其悉言勿隐。'弟策虽不佳,颇谓痛快。表:'拟天魔殄灭,赐群臣龙马天衣有差。'次则《瑶台应制诗》、《西池桃花赋》。此三种自谓场中无两。"言已鼓掌。方笑曰:"此时快心,放兄独步矣;数辰后不痛哭始为男子也。"天明,方欲辞去。陶留与同寓,方不可,但期暮至。三日竟不复来,陶使于往寻之。于曰:"无庸。子晋拳拳,非无意者。"日既夕,方果至,出一卷授陶曰:"三日失约,敬录旧艺百余作,求一品题。"陶捧读大喜,一句一赞,略尽一二首,遂藏诸笥。谈至更深,方遂留,与于共榻寝。自此为常,方无夕不至,陶亦无方不欢也。一夕仓皇而入,向陶曰:"地榜已揭,于五兄落第矣。"于方卧,闻言惊起,泫然流涕。二人极意慰藉,涕始止。然相对默默,殊不可堪。方曰:"适闻大巡环张桓侯将至,恐失志者之造言也。不然,文场尚有翻覆。”于闻之,色喜。陶询其故,于曰:“桓侯翼德,三十年一巡阴曹,三十五年一巡阳世。两间之不平,待此老而一消也。”乃起,拉方俱去。两夜始返,方谓陶曰:“君不贺五兄耶?桓侯前夕至,裂碎地榜,榜上名字,止存三之一。遍阅遗卷,得五兄甚喜,荐作交南巡海使,旦晚舆马可到。”陶大喜,置酒称贺。酒数行,于问陶曰:“君家有闲舍否?”问:“将何为?”曰:“子晋孤无乡土,又不忍恝然于兄。弟意欲假馆相依。”陶喜曰:“如此为幸多矣。即无多屋宇,同榻何碍?但有严君,须先关白。”于曰:“审知尊大人慈厚可依。兄场闱有日,子晋如不能待,先归如何?”陶留伴逆旅,以待同归。次日方暮,有车马至门,接于莅任。于起,握手曰:“从此别矣。一言欲告,又恐阻锐进之志。”问:“何言?”曰:“君命淹蹇,生非其时。此科之分十之一。后科桓侯临世,公道初彰,十之三。三科始可望也。”陶闻欲中止。于曰:“不然!此皆天数,即明知不可,而注定之艰苦,亦要历尽耳。”又顾方曰:“勿淹滞。今朝年月日时皆良,即以舆盖送君归。仆驰马自去。”方忻然拜别。陶中心迷乱,不知所嘱,但挥涕送之。见舆马分途,顷刻都散,始悔子晋北旋,未致一字,而已无及矣。三场毕,不甚满志,奔波而归。入门问子晋,家中并无知者,因为父述之。父喜曰:“若然,则客至久矣。”先是,陶翁昼卧,梦舆盖止于其门,一美少年自车中出,登堂展拜。讶问所来,答云:“大哥许假一舍,以入闱不得偕来,我先至矣。”言已,请入拜母。翁方谦却,适家媪入白:“夫人产公子矣!”恍然而醒,大奇之。是日陶言适与梦符,乃知儿即子晋后身也。父子各喜,名之小晋。儿初生,善夜啼,母苦之。陶曰:“倘是子晋,我见之,啼当止。”俗忌客忤,故不令陶见。母患啼不可止,乃呼陶入。陶鸣之曰:“子晋勿尔,我来矣。”儿啼正急,闻声辄止,停睇不瞬,如审顾状。陶摩顶而去,自是竟不复啼。数月后,陶不敢见之,一见则折腰索抱,走去则啼不可止。陶亦狎爱之。四岁离母,辄就兄眠。兄他出,则假寐以俟其归。兄于枕上教毛诗,诵声呢喃,夜尽四十余行。以子晋遗文授之,欣然乐读，过口成诵，试之他文不能也。七八岁眉目朗澈，宛然一子晋矣。陶两入闱皆不第。丁酉文场事发，帘官多遭诛谴，贡举之途一肃，乃张巡环力也。陶下科中副车，寻贡。遂灰志前途，隐居教弟，常语人曰："吾有此乐，翰苑不易也。"

异史氏曰："余每至张夫子庙堂，瞻其须眉凛凛有生气，又其生平喑哑如霹雳声，矛马所至，无不大快，出人意表。世以将军好武，遂置与绛、灌伍。宁知文昌事繁，需侯固多哉！呜呼！三十五年，来何暮也。"

王阮亭曰："数科来关节公行，非啖名即垄断，脱有桓侯，亦无如何矣。悲哉！"

凤　仙

刘赤水，平乐人。少颖秀，十五入郡庠。父母早亡，遂以游荡自废。家不中资，而性好修饰，衾榻皆精美。一夕被人招饮，忘灭烛去。酒数行，始忆之，急返。闻室中小语，伏窥之，见少年拥丽者眠榻上。宅临贵家废第，恒多怪异，心知其狐，即亦不恐。入而叱曰："卧榻岂容鼾睡！"二人遑遽，抱衣赤身遁去。遗紫纨裤一，带上系针囊。大悦，恐其窃去，藏衾中而抱之。俄一蓬头婢自门罅入，向刘索取。刘笑要偿。婢请遗以酒，不应；赠以金，又不应。婢笑而去。旋还，曰："大姑言如赐还，当以佳偶为报。"刘问："伊谁？"曰："吾家皮姓。大姑小字八仙，共卧者胡郎也。二姑水仙，适富川丁官人。三姑凤仙，较两姑尤美，自无不当意者。"刘恐失信，请坐待好音。婢去久之，复返曰："大姑寄语官人，好事岂能猝合？适与之言，反遭诟厉，但缓时日以待之。吾家非轻诺寡信者。"刘付之，过数日，渺无信息。薄暮自外归，闭门甫坐。忽双扉自启，两人以被承女郎，手捉四角而入曰："送新人至矣！"笑置榻上而去。近视之，酣睡未醒，酒气犹芳，赪颜醉态，倾绝人寰。喜极，为之捉足解袜，抱体缓裳，而女已微醒。开目见刘，四肢不能自主，但恨曰："八仙淫婢卖我矣！"刘狎抱之，女嫌肤冰，微笑曰："今夕何夕，见此良人！"刘曰："子兮子兮，如此良人何！"遂相欢爱。既而曰："婢子无耻，玷人床寝，而以妾换袴耶，必小报之。"从此靡夕不至，绸缪甚殷。袖中出金钏一枚曰："此八仙物也。"又数日，怀绣履一双来，珠嵌金绣，工巧绝伦，且嘱刘暴扬之。刘出夸示亲宾，求观者皆以资酒为贽，由此奇货居之。女夜来忽作别语。怪问之，答云："姊以履故恨妾，欲携家远去，隔绝我好。"刘惧，愿还之。女云："不必！彼方以此挟我，如还之，中其机矣。"刘问："何不独留？"曰："父母远去，一家十余口俱托胡郎经纪。若不从去，恐长舌妇造黑白也。"从此不复至。逾二年，思念綦切。偶在途中遇女郎骑款段马，老仆鞚之，磨肩过；反启幛纱相窥，丰姿艳绝。顷一少年后至，曰："女子何人？似颇佳丽。"刘亟赞之。少年拱手笑曰："太过奖矣！此即山荆也。"刘惶愧谢过。少年曰："此何妨。但南阳三葛，君得其龙，区区者又何足道！"刘疑其言。少年曰："君不认窃眠卧榻者耶？"刘始悟为胡，叙僚婿之谊，嘲谑甚欢。少年曰："岳新归，将以省觐，可同行否？"刘喜，从入萦山，山上故有邑人避乱之宅。女下马入。少间，数人出望曰："刘官人亦来矣！"入门谒见翁妪，又一少年先在，靴袍炫美。翁曰："此富川丁婿。"并揖即坐。少时，酒炙纷纭，谈笑颇洽。翁曰："今日三婿并临，可称佳集。又无他人，可唤儿辈来，作一团圞之会。"俄，姊妹俱出，翁命设座，各傍其婿。八仙见刘，惟掩口而笑。凤仙辄与嘲弄。水仙貌少亚，而沉重温文，满座倾谈，惟把酒含笑而已。于是履舄交错，兰麝熏人，饮酒乐甚。刘视床头乐具毕备，遂取玉笛请为翁寿。翁喜，命善者各执一艺，因而合座争取，惟丁与凤仙不取。八仙曰："丁郎不谙可也，汝宁指屈不伸者。"因以拍板掷凤仙怀中，便串繁响。翁悦曰："家人之乐极矣！儿辈俱能歌舞，何不各尽所长？"八仙起捉水仙曰："凤仙从来金玉其音，不敢相劳。我两人可歌'洛妃'一曲。"二人歌舞方已，适婢以金盘进果，都不知其何名。翁曰："此自真腊携来，所谓'田婆罗'也。"因掬数枚送丁前。凤仙不悦曰："婿岂以贫富为爱憎耶?"翁微哂未言。八仙曰："阿爹以丁郎异县，故是客耳。若论长幼，岂独凤妹妹有拳大酸婿耶?"凤仙终不快，解华妆，以鼓拍授婢，唱"破窑"一折，声泪俱下。既阕，拂袖径去，一座为之不欢。八仙曰："婢子乔性犹昔。"乃追之，不知所往。刘无颜，亦辞而归。至半途，见凤仙坐路旁，呼与并坐，曰："君一丈夫，不能为床头人吐气耶？黄金屋自在书中，愿好为之。"举足云："出门匆遽，棘刺破复履矣。所赠物在身边否?"刘出之，女取而易之。刘乞其敝者。辴然曰："君亦大无赖矣！几见自己衾枕之物，亦要怀藏者？如相见爱，一物可以相赠。"遂出一镜付之曰："欲见妾，当于书卷中觅之。不然，相见无期矣。"言已不见，惆怅自归。视镜，则凤仙背立其中，如望去人于百步之外者。因念所嘱，谢客下帷。一日，见镜中人忽现正面，盈盈欲笑，益爱重之。无人时辄一共对，月余锐志渐衰，游恒忘返。归见镜影，惨然若涕。隔日再视，则背立如初矣，始悟为己之废学也。乃闭户研读，昼夜不辍，月余则影复向外。自此验之，每有事荒废，则其容戚；数日攻读，则其容笑。于是朝夕悬之，如对师保。如此二年，一举而捷。喜曰："今可以对我凤仙矣。"览镜视之，见画黛弯长，瓠犀微露，喜容可掬，宛在目前。爱极，停睇不已。忽镜中人笑曰："'影里情郎，画中爱宠'，今之谓矣。"惊喜四顾，则凤仙已在座后。握手问翁媪起居，曰："妾别后不曾归家，伏处岩穴，聊与君分苦耳。"刘赴宴郡中，女请与俱，共乘而往，人对面不相窥。既而将归，阴与刘谋，伪为娶于郡也者。女既归，始出见客，经理家政。人皆惊其美，而不知其狐也。刘属富川令门人，往谒之，遇丁，殷殷邀至其家，款礼优渥，言："岳父母近又他徙，内人归宁将复，当寄信往，并诣申贺。"刘初疑丁亦狐，及细审邦族，始知富川大贾子也。初，丁自别业暮归，遇水仙独步，见其美，微睨之。女请附骥以行。丁喜，载至斋，与同寝处。棂隙可入，始知为狐。女言："郎勿见疑。妾以君诚笃，故愿托之。"

丁嬖之，竟不复娶。刘归，假贵家广宅，备客燕寝，洒扫光洁，而苦无供帐；隔夜视之，则陈设焕然矣。过数日，果有三十余人，赍旗采酒礼而至，舆马缤纷，填溢街巷。刘揖翁及丁、胡入客舍，凤仙逆妪与两姨入内寝。八仙曰："婢子今贵，不怨冰人矣。钏履犹存否？"女搜付之，曰："履则犹是也，而被千人看破矣。"八仙以履击背，曰："挞汝寄语刘郎。"乃投诸火，祝曰："新时如花开，旧时如花卸。珍重不曾着，姮娥来相借。"水仙亦代祝曰："曾经笼玉笋，着出万人称。若使姮娥见，应怜太瘦生。"凤仙拨灰，曰："夜夜上青天，一朝去所欢。留得纤纤影，遍与世人看。"遂以灰捻柈中，堆作十余分。望见刘来，托以赠之。但见绣履满柈，悉如故款。八仙急出，推柈坠地，地上犹有一二只存者，又伏吹之，其迹始灭。次日，丁以道远，夫妇先归。八仙贪与妹戏，翁及胡屡督促之，停午始出，与众俱去。初来仪从甚盛，观者如市。有两寇窥见丽人，魂魄丧失，因谋劫诸途。侦其离村，尾之而去。相隔不盈一矢，马急奔不能及。至一处，两崖夹道，舆行稍缓，追及之，持刀吼咤，人众都奔。下马启帘，则老妪坐焉。方疑误掠其母，才他顾而兵伤右臂，顷已被缚。凝眸视之，崖并非崖，乃平乐城门也。舆中则李进士母，自乡中归耳。一寇后至，亦被断马足而絷之。门丁执送太守，一讯而伏。时有大盗未获，诘之，即其人也。明春，刘及第，凤仙以招祸故，悉辞内戚之贺。刘亦更不他娶。及为郎官，纳妾，生二子。

异史氏曰："嗟乎！冷暖之态，仙凡固无殊哉！少不努力，老大徒伤。惜无好胜佳人，作镜影悲笑耳。吾愿恒河沙数仙人，并遣娇女婚嫁人间，则贫穷海中，少苦众生矣。"

佟 客

董生，徐州人。好击剑，每慷慨自负。偶在途中遇一客，跨蹇同行。与之语，谈吐豪迈。诘其姓字，云："辽阳佟姓。"问："何往？"

曰:"余出门二十年,适自海外归耳。"董曰:"君遨游四海,阅人綦多,曾见异人否?"佟问:"异人何等?"董乃自述所好,恨不得异人之传。佟曰:"异人何地无之,要必忠臣孝子,始得传其术也。"董又奋然自许,即出佩剑弹之而歌,又斩路侧小树以矜其利。佟掀髯微笑,因便借观。董授之,展玩一过,曰:"此铁甲所铸,为汗臭所蒸,最为下品。仆虽未闻剑术,然有一剑颇可用。"遂于衣底出短刃尺许以削董剑,毳如瓜瓠,应手斜断如马蹄。董骇极,亦请过手,再三拂拭而后反之。邀佟过诸其家,坚留信宿。叩以剑法,谢不知。董按膝雄谈,惟敬听而已。更既深,忽闻隔院纷拏。隔院为生父居,心惊疑。近壁凝听,但闻人作恶声曰:"教汝子速出即刑,便赦汝。"少顷,似加搒掠,呻吟不绝者,真其父也。生提戈欲往,佟止之曰:"此去恐无生理,宜审万全。"生遑然请教。佟曰:"盗坐名相索,必将甘心焉。君无他骨肉,宜嘱后事于妻子。我启户为君警厮仆。"生诺。入告其妻,妻牵衣泣。生壮念顿消,遂共登楼,寻弓觅矢以备盗攻。仓皇未已,闻佟在楼檐上笑曰:"贼幸去矣!"烛之已杳。逡巡出,则见翁赴邻饮,笼烛始归。惟庭前多编菅遗灰焉。乃知佟异人也。

异史氏曰:"忠孝,人之血性;古来臣子而不能死君父者,其初岂遂无提戈壮往时哉,要皆一转念误之耳。昔解大绅与方孝孺相约以死,而卒食其言;安知矢约归家后,不听床头人呜泣而止哉?"

邑有快役某,每数日不归,妻遂与里中无赖通。一日归,适值少年自房中出。大疑,苦诘其妻。妻坚不服。既于床头得少年遗物,妻窘无词,惟长跽哀乞。某怒甚,掷以绳逼令自经。妻请妆服而死,许之。妻乃入室理妆;某自酌以待之,呵叱频催。俄妻炫服出,含涕拜曰:"君果忍令奴死耶?"某盛气咄之。妻返走入房,方将结带,某掷盏锵然曰:"咍!返矣。一顶绿头巾,或不能压人死耳。"遂为夫妇如初。此亦大绅者类也,一笑。

爱　奴

河间徐生，设教于恩。腊初归，途遇一叟，审视曰："徐先生彻帐矣。明岁授教何所？"应曰："仍旧。"叟曰："敬业姓施，有舍甥延求明师，适托某至东疃聘吕子廉，渠已受贽稷门。君如苟就，束仪请倍于恩。"徐以成约为辞。叟曰："信行，君子也。然去新岁尚远，敬以黄金一锭为贽，暂留教之，明岁另议，何如？"徐可之。叟下骑呈礼函，且曰："敝里不遥矣。宅綦隘，饲畜为艰，请即遣仆马去，散步亦佳。"徐从之，以行李寄叟马上。行三四里许，日既暮，始抵其宅。沤钉兽环，宛然世家。呼生出拜，十三四岁童子也。叟曰："妹夫蒋南川，旧为指挥使。止遗此儿，颇不钝，但娇惯耳。得先生一月善诱，当胜十年。"未几设筵，备极丰美，而行酒下食，皆以婢媪。一婢执壶侍立，年十五六以来，风致韵绝，心窃动之。席既终，叟命安置床寝，始辞而去。天未明，儿出就学。徐方起，即有婢来捧巾侍盥，即执壶人也。日给三餐悉此婢。至夕，又来扫榻。徐问："何无僮仆？"婢但笑不言，布衾径去。次夕复至。入以游语，婢笑不拒，遂与狎。因告曰："吾家并无男子，外事则托施舅。妾名爱奴。夫人雅敬先生，恐诸婢不洁，故以妾来。今日但须缄密，恐发觉两无颜也。"一夜共寝忘晓，为公子所遭，徐惭怍不自安。至夕，婢来曰："幸夫人重君，不然败矣！公子入告，夫人急掩其口，若恐君闻。但戒妾勿得久留斋馆而已。"言已，遂去。徐甚德之。然公子不喜读，诃责之，则夫人辄为缓颊。初犹遣婢传言。渐亲出，隔户与先生语，往往零涕。顾每晚必问公子日课。徐颇心厌，作色曰："既从儿懒，又责儿工，此等师我不惯作。请辞！"夫人遣婢谢过，徐乃止。自入馆以来，每欲一出登眺，辄锢闭之。一日，醉中怏闷，呼婢问故，婢言："无他，恐废学耳。如必欲出，但请以夜。"徐怒曰："受人数金，便当掩禁死耶！教我夜窜何之乎？久以素餐为耻，贽固犹在囊中耳。”遂出金置几上，治装欲行。夫人出，脉脉不语，惟掩袂哽咽。使婢反金，启钥送之。徐觉门户逼仄，走数步，日光射入，则身自陷冢中出。四望荒凉，一古墓也。大骇，而心感其义，乃卖所赐金，封堆植树而后去之。过岁，复经其处，展拜而行。遥见施叟，笑致温凉，邀之殷切。心知其鬼，而欲一问夫人起居，遂相将入村，沽酒共酌。不觉日暮，叟起偿酒价，便言：“寒舍不远，舍妹亦适归宁，望移玉趾，为老夫祓除不祥。”出村数武，又一里落。叩扉入，秉烛向客。俄，蒋夫人自内出，始审视之，盖四十许丽人也。拜谢曰：“式微之族，门户零落。先生泽及枯骨，真无计可以偿之。”言已泣下。既而呼爱奴，向徐曰：“此婢，妾所怜爱。今以相赠，聊慰客中寂寞。凡有所须，渠亦略能解意。”徐唯唯。少间，兄妹俱去，婢留侍寝。鸡初唱，叟即来促装送行。夫人亦出，嘱婢善事先生。又谓徐曰：“从此尤宜谨密，彼此遭逢诡异，恐好事者造言也。”徐诺而别。与婢共骑至馆，独处一室，与同栖止。或客至，婢不避，人亦不之窥也。偶有所欲，意一萌而婢已致之。又善巫，一挪莎而疴立愈。清明归，至墓所，婢辞而下。徐嘱代谢夫人，诺之遂没。数日返，方拟展墓，见婢华妆坐树下，因与俱发。终岁往返，如此为常。欲携同归，执不可。岁杪，辞馆归，相订后期。婢送至前坐处，指石堆曰：“此妾墓也。夫人未出阁时便从服役，夭殂瘗此。如再过，以炷香相吊，当得复会。”既别而归，怀思颇苦，敬往祝之，殊无影响。乃市榇发冢，意将载骨归葬，以寄恋慕。穴开自入，则见颜色如生。然肤虽未朽而衣败若灰，头上玉饰金钏都如新制。又视腰间，裹黄金数铤，卷怀之。始解袍覆尸，抱入棺木，赁舆载归。停诸别第，饰以绣裳，独宿其旁，冀有灵应。忽爱奴自外入，笑曰：“劫坟贼在此耶！”徐惊喜慰问。婢曰：“向从夫人往东昌，三日既归，则舍宇已空。频蒙相邀，所以不肯相从者，以少受夫人重恩，不忍离逷耳。今既劫我来，即速瘗葬，便见厚德。”徐问：“古人有百年复生者，今芳体如故，何不效之？”叹曰：“此有定数，世传灵迹，半涉幻妄。要欲复起动履，亦复何难！但不能遂类生人，故不必也。”乃启棺入，尸即自起，亭亭可爱。探其怀则冷若冰雪。遂将入棺复卧，徐强止之。婢曰：“妾过蒙夫人宠眷，主人自异域来，得黄金数万，妾窃取之，亦不甚追问。后濒危，又无戚属，遂藏以自殉。夫人痛妾夭谢，又以宝饰入殓。身所以不朽者，不过得金宝之余气耳。若在人世，岂能久乎？必欲如此，切勿强以饮食，若使灵气一散，则游魂亦消矣。”徐乃构精舍，与共寝处。笑语一如常人，但不食不息，不见生人耳。年余，徐饮薄醉，执残沥强灌之，立刻倒地，口中血水流溢，终日而尸已变。哀悔无及，遂厚葬之。

异史氏曰：“夫人教子，无异人世，而所以待师者何厚也！岂不亦贤乎？余谓艳尸不如雅鬼，乃以措大之俗莽，致灵物不享其年，惜哉！”

章丘朱生，性刚鲠，设帐于某贡士家。每谴子弟，内辄遣婢媪出为乞免，颇不听之。一日，亲诣窗外与朱关说，朱怒，操戒方大骂而出。妇惧而奔。朱追之，自后横击臀股，锵然作皮肉声。一何可笑。

长山某翁，每岁延师，必以一年束金，合终岁之盈虚，计每日得若干数；又以师离斋归斋之日，详记为籍。岁终，则公同按日而乘除之。马生馆其家，初见操珠盘来，得故甚骇。既而暗生一术，反嗔为喜，听其扣算不少较。翁于是大悦，坚订来岁之约。马假辞以故。有某生号乖谬，马因荐以自代。既就馆，动辄诟骂。翁无奈，悉含忍之。岁杪携珠盘至。生勃然忿不可支，姑听其算。翁又以途中日尽归于西，生不受，拨珠归东。两争不决，操戈相向，两人破头烂额而赴公庭焉。

单父宰

青州民某，五旬继娶少妇。二子恐其复育，乘父醉，割睾丸而药糁之。父觉，托病不言。久之，创渐平。忽入室，刀缝绽裂，血溢不止，寻毙。妻知其故，讼于官。官械其子，果伏。骇曰："余今为'单父宰'矣！"并诛之。

邑有王生者，娶月余而出其妻。妻父讼之。时辛公宰淄，问王："何故出妻？"答云："不可说。"固诘之，曰："以其不能产育耳。"公曰："妄哉！月余新妇，何知不能产？"忸怩久之，告曰："其阴甚偏。"公笑曰："是则偏之为害，而家之所以不齐也。"此可与单父宰并传一笑。

邑　人

邑有乡人，素行无赖。一日晨起，有二人摄之去。至市头，见屠人以半猪悬架上，二人便极力推挤之，遂觉身与肉合，二人亦径去。少间，屠人卖肉，操刀断割，遂觉一刀一痛，彻于骨髓。后有邻公来市肉，苦争低昂，添脂搭肉，片片碎割，其苦更惨。肉尽乃寻途归，归时日已向辰。家人谓其晏起，乃细述所遭。呼邻问之，则市肉方归。言其片数、斤数，毫发不爽。崇朝之间，已受凌迟一度，不亦奇哉！

岳　神

扬州提同知，夜梦岳神召之，词色愤怒。仰见一人侍神侧，少为缓颊，醒而恶之。早诣岳庙，默作祈禳。既出，见药肆一人，绝肖所见。问之，知为医生。既归，暴病，特遣人聘之。既至，出方为剂，暮服之，中夜而卒。或言阎罗王与东岳天子，日遣侍者男女十万八千众，分布天下作巫医，名"勾魂使者"。用药者不可不察也。

小　梅

蒙阴王慕贞，世家子也。偶游江浙，见媪哭于途，诘之。言：

“先夫止遗一子，今犯死刑，谁有能出之者？”王素慷慨，志其姓名，出橐中金为之斡旋，竟释其罪。其人出，闻王之救己也，而茫然不解其故。访诸旅邸，感泣谢问。王言：“无他，即怜汝老母耳。”其人大骇，自言母故已久。王亦异之。抵暮，媪来申谢，王咎其谬诬。媪曰：“实相告，我东山老狐也。二十年前曾与儿父有一夕之好，故不忍其儿之馁也。”王悚然起敬。再欲诘之，已失所在。先是，王妻贤而好佛，不茹荤酒，治洁室悬观音像，以无子嗣，日日焚祷其中。而神又最灵，辄示梦教人趋避，以故家中事皆取决焉。后有疾，綦笃，移榻其中。又别设锦裀于内室而扃其户，若有所伺。王以为惑，而以其疾势昏瞀，不忍伤之。卧病二年，恶嚣，常屏人独宿。潜听之，似与人语；启门视之，则寂然矣。病中他无所虑，有女十四岁，惟日催治妆遣嫁。既醮，呼王至榻前，执手曰：“今诀矣！初病时，菩萨告我，命当速死，念不了者，幼女未嫁，因赐少药，俾延息以待。去岁，菩萨将回南海，留案前侍女小梅，为妾服役。今将死，薄命人又无所出。保儿，妾所怜爱，恐娶悍妒之妇，令其子母失所。小梅姿容秀美，又温淑，即以为继室可也。”盖王有妾，生一子，名保儿。王以其言荒唐，曰：“卿素敬者神，今出此言，不已亵乎？”答云：“小梅事我年余，相忘形体，我已婉求之矣。”问：“小梅何处？”曰：“室中非耶？”方欲再诘，瞑目已逝。王夜守灵帏，闻室中隐隐啜泣。大骇，疑为鬼。唤诸婢妾启钥视之，则二八丽人，缞服在室。众以为神，共罗拜之。女敛涕扶掖。王凝注之，俯首而已。王曰：“如果亡室之言非妄，请即上堂受儿女朝谒。如其不可，仆亦不敢妄想，以取罪过。”女觍然出，竟登北堂。王使婢为设座南向。王先拜，女亦答拜。下而长幼卑贱，以次伏叩。女庄容坐受，惟妾至则挽之。自夫人卧病，婢惰奴偷，家久替。众参已，肃肃列侍。女曰：“我感夫人诚意，羁留人间。又以大事相委，汝辈宜各洗心，为主效力，从前愆尤，悉不较计。不然，莫谓室无人也！”共视座上，真如悬观音图像，时被微风吹动者。闻言悚惕，哄然并诺。女乃排拨丧务，一切井井，由是大小无敢懈者。女终日经纪内外。王将有作，亦禀白而行。然虽一夕数见，并不交一私语。既殡，王欲申前约，不敢径告，嘱妾微示意。女曰："妾受夫人谆嘱，义不容辞。但匹配大礼，不得草草。年伯黄先生，位尊德重，求使主秦晋之盟，则惟命是听。"时沂水黄太仆致仕闲居，于王为父执，往来最善。王即亲诣以实告。黄奇之，即与同来。女闻，即出展拜。黄一见，惊为天人，逊谢不敢当礼。既而助妆优厚，成礼乃去。女馈遗枕履，若奉舅姑，由此交益亲。合卺后，王终以神故，亵中带肃，时研诘菩萨起居。女笑曰："君亦太愚，焉有正直之神而下婚尘世者？"王力审所自。女曰："不必研穷，既以为神，朝夕供养，自无殃咎。"女御下常宽，非笑不语。然婢贱戏狎时遥见之，则默默无声。女笑谕曰："岂尔辈尚以我为神耶？我何神哉！实为夫人姨妹，少相交好。姊病见思，阴使南村王媪招我来。第以日近姊夫，有男女之嫌，故托为神道，闭内室中，其实何神？"众犹不信，而日侍其旁，见其举动，不少异于常人，浮言渐息。然即顽钝之婢，王素挞楚所不能化者，女一言无不乐于奉命。皆云："并不自知，实非畏之。但睹其貌则心自柔，故不忍拂其意耳。"以此百废具举，数年中田地连阡，仓禀万石矣。又数年，妾产一女，女举一子，子生左臂有朱点，因字小红。弥月，女使王盛筵招黄。黄贺仪丰渥，但辞以耄，不能远涉；女遣两媪强邀之，黄始至。抱儿出，袒其左臂，以示命名之意，又再三问其吉凶。黄笑曰："此喜红也，可增一字，名喜红。"女大悦，更出展拜。是日，鼓乐充庭，贵戚如市。黄留三日始去。忽门外有舆马来，逆女归宁。向十余年并无瓜葛，共议之，而女若不闻。理妆竟，抱子于怀，要王相送，王从之。至二三十里许，寂无行人，女停舆，呼王下骑，屏人语曰："王郎王郎，会短离长，谓可悲否？"王惊问其故。女曰："君谓妾何人也？"答以"不知"。女曰："江南拯一死罪有之乎？"曰："有。"曰："哭于路者吾母也，感义而思所报。乃因夫人好佛，附为神道，实将以妾报君也。今幸生此襁褓物，此愿已慰。妾视君晦运将来，此儿在家恐不能育，故借归宁解儿厄难。君记取家有死口时,当于晨鸡初唱,诣西河柳堤上。见有挑葵花灯来者,遮道苦求,可免灾难。”王诺之。因问归期,女曰:“不可预定。要当牢记吾言,后会亦不远也。”临别执手,怆然交涕。俄登舆疾若风,王望之不见始返。经六七年,绝无音问。忽四乡瘟疫流行,死者甚众。一婢病三日死。王念曩嘱,颇以关心。是日与客饮,大醉而睡。既醒,闻鸡鸣,急起,至堤头,见灯光闪烁,适已过去。急追之,止隔百步许,益追益远,渐不可见,懊恨而返。数日暴病,寻卒。王族多无赖,共凭凌其孤寡,田禾树木,公然伐取,家日凌替。逾岁,保儿又殇,一家更无所主。族人益横,割裂田产,厩中牛马俱空。又欲瓜分第宅,以妾居故,遂将数人来,强夺鬻之。妾恋幼女,母子环泣,惨动邻里。方危难间,俄闻门外有肩舆入,共觇之,则女引小郎自车中出。四顾人纷如市,问:“此何人?”妾哭诉其由。女颜色惨变,便唤从来仆役,关门下钥。众欲抗拒,而手足若痿。女令一一收缚,系诸廊柱,日与薄粥三瓯。即遣老仆奔告黄公,然后入堂哀泣。泣已,谓妾曰:“此天数也。已期前月来,适以母病耽延,遂至于今,不谓转盼间已成丘墟!”问旧时婢媪,则皆被族人掠去,又益欷歔。越日,婢仆闻女至,悉自遁归,相见无不流涕。所絷族人共噪儿非慕贞体胤,女亦不置辨。既而黄公至,女引儿出迎。黄握儿臂,便捋左袂,见朱记宛然,因袒示众人,以证其确。乃细审失物,登簿记名,亲诣邑令。令拘无赖辈,各笞四十,械禁严追。不数日,田地牛马,并归故主。黄将归,女引儿泣拜曰:“妾非世间人,叔父所知也。今以此子委叔父矣。”黄曰:“老夫一息尚在,无不悉为区处。”黄去。女盘查就绪,托儿于妾,乃具馔为夫妇祭扫。半日不返。视之,则杯馔犹陈,而人杳矣。

异史氏曰:“不绝人嗣者,人亦不绝其嗣。此人也而实天也。至座有良朋,车裘可共,迨宿莽既滋,妻子凌夷,则车中人望望然去之矣。死友而不忍忘,感恩而思所报,独何人哉!狐乎!倘尔多财,吾为尔宰。”

于中丞

于中丞成龙，按部至高邮。适巨绅家将嫁女，妆奁甚富，夜被穿窬席卷而去。刺史无术。公令诸门尽闭，止留一门放行人出入，吏目守之，严搜装载。又出示谕阖城户口各归第宅，候次日查点搜掘，务得赃物所在。乃阴嘱吏目：设有城门中出入至再者捉之。过午，得二人，一身之外并无行装。公曰："此真盗也。"二人诡辨不已，公令解衣搜之，见袍服内着女衣二袭，皆奁中物也。盖恐次日大搜，急于移置，而物多难携，故密着而屡出之也。

又公为宰时，至邻邑，早旦经郭外，见二人以床舁病人，覆大被，枕上露发，发上簪凤钗一股，侧眠床上。有三四健男夹随，时更番以手拥被令压身底，似恐风入。少顷，息肩路侧，又使二人更相为荷。于公过，遣隶回问之，云是妹子垂危，将送归夫家。公行二三里，又遣隶回，视其所入何村。隶尾之，至一村舍，两男子迎之而入。还以白公。公谓其邑宰："城中得毋有劫寇否?"宰云："无之。"时功令严，上下讳盗，故即被盗贼劫杀，亦隐忍而不敢言。公就馆舍，嘱家人细访之，果有富室被强寇入家，炮烙死矣。公唤其子来诘其状，子固不承。公曰："我已代捕巨寇在此，非有他也。"子乃顿首哀泣，求为死者雪恨。公叩关往见邑宰，差健役四鼓离城，直至村舍，捕得八人，一鞫尽伏其罪。诘其病妇何人，盗供："是夜同在勾栏，故与妓女合谋，置金床上，令抱卧至窝顿处，始瓜分耳。"共服于公之神。或问所以能知之故，公曰："此甚易解，但人不关心耳。岂有少妇在床，而容入手衾底者？且易肩而行，其势甚重，交手护之，则知其中之有物矣。若病妇昏瞆而至，必有妇人倚门而迎；止见男子，并不惊问一言，是以确知为盗也。"

绩　女

绍兴有寡媪夜绩，忽一少女推扉入笑曰："老姥无乃劳乎？"视之，年十八九，仪容秀美，袍服炫丽。媪惊问："何来？"女曰："怜媪独居，故来相伴。"媪疑为侯门亡人，苦相诘。女曰："媪无惧，妾之孤亦犹媪也。我爱媪洁，故相就，两免岑寂，固不佳耶？"媪又疑为狐，默然犹豫。女竟升床代绩，曰："媪无忧，此等生活，妾优为之，定不以口腹相累。"媪见其温婉可爱，遂安之。夜深谓媪曰："携来衾枕尚在门外，出溲时烦代捉入。"媪出，得衣一裹，女解陈榻上，不知是何锦绣，香滑无比。媪亦设布被，与之共榻。罗衿甫解，异香满室。既寝，媪私念遇此佳人，可惜身非男子。女于枕上笑曰："姥七旬犹妄想耶？"媪云："无之。"女曰："既不妄想，奈何欲作男子？"媪益知为狐，大惧。女又笑曰："愿作男子何心？而又惧我耶！"媪益恐，股战摇床。女曰："嗟哉！胆如此大，还欲作男子？实相告：我真仙人，然非祸汝者。但须谨言，衣食自足。"媪早起拜于床下，女出臂挽之。臂腻如脂，热香喷溢，肌一着人，觉皮肤松快。媪心动，复涉遐想。女哂曰："婆子战栗才止，心又何处去矣？使作丈夫，当为情死！"媪曰："使是丈夫，今夜哪得不死！"由是两心浃洽，日同操作。视所绩匀细生光，织为布，晶莹如锦，价较常三倍。媪出则扃其户。有访媪者，辄于他室应之。居半载无知者。后媪渐泄于所亲，里中姊妹行皆托媪以求见。女让曰："汝言不慎，我将不能久居矣。"媪悔失言，深自责，而人之求见者日益众，至有以势迫媪者。媪涕泣自陈，女曰："若诸女伴，见亦无妨，恐有轻薄儿，将见狎侮。"媪复哀恳，始许之。越日，老妪少女，香烟相属于道。女厌其烦，无贵贱，悉不交语，惟默然端坐以听朝参而已。乡中少年闻其美，神魂倾动，媪悉绝之。有费生者，邑之名士，倾其产以重金啖媪，媪诺为之请。女已知之，责曰："汝卖我耶！"媪伏地自投。女曰："汝贪其赂，我感其痴，可以一见，然而缘分尽矣。”媪又伏叩。女约以明日。生闻之喜，具香烛而往，入门长揖。女帘内与语，问：“君破产相见，将何以教妾也？”生曰：“实不敢他有所干，只以毛嫱、西子，徒得传闻，如不以冥顽见弃，俾得一阔眼界，下愿已足。若休咎自有定数，非所乐闻。”忽见帘幕之中，容光射露，翠黛朱樱，无不毕现，似无帘幌之隔者。生意眩神驰，不觉倾拜。拜已而起，则厚幕沉沉，闻声不见矣。悒怅间，窃恨未睹下体。俄见帘下绣履双跷，瘦不盈指。生又拜，帘中语曰：“君归休，妾体惰矣。”媪延生别室，烹茶为供。生题“南乡子”一调于壁云：“隐约画帘前，三寸凌波玉笋尖；点地分明，莲瓣落纤纤，再着重台更可怜。花衬凤头弯，入握应知软似绵；但愿化为蝴蝶去裙边，一嗅余香死亦甘。”题毕而去。女览题不快，谓媪曰：“我言缘分已尽，今不妄矣。”媪伏地请罪。女曰：“罪不尽在汝，我偶堕情障，以色身示人，遂被淫词污亵。此皆自取，于汝何尤？若不速迁，恐陷身情窟，转劫难出矣。”遂襆被出，媪追挽之，转瞬已失。

司　训

教官某，甚聋，而与一狐善。狐耳语之，即能闻。每见上官亦与狐俱，人不知其重听也。积五六年，狐别而去，嘱曰：“君如傀儡，非挑弄之，则五官俱废。与其以聋取罪，不如早自高也。”某恋禄，不能从其言，应对屡乖。学使欲逐之，某又求当道者为之缓颊。一日，执事文场。唱名毕，学使退与诸教官燕坐。教官各扪籍靴中，呈进关说。已而学使笑问：“贵学何独无所呈进？”某茫乎不解。近坐者肘之，以手入靴示之势。某为亲戚寄卖房中伪器，辄藏靴中，随在求售。因学使笑语，疑索此物，鞠躬起对曰：“有八钱者最佳，下官不敢呈进。”一坐匿笑。学使叱出之，遂免官。

异史氏曰：“平原独无，亦中流之砥柱也。学使而求呈进，固当奉之以此。由是得免，冤哉！”

朱公子青“耳录”云：“东莱一明经迟某，司训沂水。性颠痴，凡同人咸集时，皆默无语；迟坐片时，不觉五官俱动，笑啼并作，旁若无人焉者。若闻人笑声则顿止。日俭鄙自奉，积金百余两，自埋斋房，妻子亦不使知。一日独坐，忽手足自动。少刻云：‘作恶结怨，受冻忍饥，好容易积蓄者，今在斋房。倘有人知，竟如何？’如此再四。一门斗在旁，殊亦不觉。次日，迟出，门斗入，掘取而去。过二三日，心不自宁，发穴验视，则已空空。顿足抚膺，叹恨欲死。”教职中可云千态万状矣。

黑　鬼

胶州李总镇，买二黑鬼，其黑如漆。足革粗厚，立刃为途，往来其上，毫无所损。总镇配以娼妇，生子而白，僚仆戏之，谓非其种。黑鬼亦自疑，因杀子，骨则尽黑，始悔焉。公每令两鬼对舞，神情亦可观也。

土化兔

张靖逆侯勇，镇兰州时，出猎获兔甚多，中有半身或两股尚为土质。故一时秦中争传土能化兔。此亦物理不可解者。

卷十八

张鸿渐

张鸿渐，永平人。年十八为郡名士。时卢龙令赵某贪暴，人民共苦之。有范生被杖毙，同学忿其冤，将鸣部院，求张为刀笔之词，约其共事。张许之。妻方氏美而贤，闻其谋，谏曰："大凡秀才作事，可以共胜而不可以共败。胜则人人贪天功，一败则纷然瓦解，不能成聚。今势力世界，曲直难以理定。君又孤，脱有反复，急难者谁也！"张服其言，悔之，乃婉谢诸生，但为创词而去。质审一过，无所可否。赵以巨金纳大僚，诸生坐结党被收，又追捉刀人。张惧亡去，至凤翔界，资斧断绝。日既暮，踟躇旷野，无所归宿。欻睹小村，趋之。老妪方出阖扉，见之，问所欲为。张以实告，妪曰："饮食床榻，此都细事。但家无男子，不便留客。"张曰："仆亦不敢过望，但容寄宿门内，得避虎狼足矣。"妪乃令入。闭门，授以草荐，嘱曰："我怜客无归，私容止宿，未明宜早去，恐吾家小娘子闻知，将便怪罪。"妪去，张倚壁假寐。忽有笼灯晃耀，见妪导一女郎出。张急避暗处，微窥之，二十许丽人也。及门，睹草荐，诘妪。妪实告之，女怒曰："一门细弱，何得容纳匪人！"即问："其人焉往？"张惧，出伏阶下。女审诘邦族，色稍霁曰："幸是风雅士，不妨相留。然老奴竟不关白，此等草草，岂所以待君子！"命妪引客入舍。俄顷罗列酒浆，品物精洁；既而设锦裀于榻。张甚德之，因私询其姓氏。妪言："吾家施氏，太翁夫人俱谢世，止遗三女。适所见长姑舜华也。"妪既去，张视几上有"南华经注"，因取就枕上伏榻翻阅。忽舜华推扉入。张释卷，搜觅冠履，女即榻捺坐曰："无须，无须！"因近榻坐，觍然曰："妾以君风流才士，欲以门户相托，遂犯瓜履之嫌。得不相遐弃否？"张皇然不知所对，但云："不敢相诳，小生家中固有妻耳。"女笑曰："此亦见君诚笃，顾亦不妨。既不嫌憎，明日当烦媒妁。"言已欲去。张探身挽之，女亦遂留。未曙即起，以金赠张曰："君持作临眺之资。向暮，宜晚来，恐旁人所窥。"张如其言，早出晏归，半年以为常。一日，归颇早，至其处，村舍全无，不胜惊怪。方徘徊间，闻妪云："来何早也！"一转盼则院落如故，身固已在室中矣。益异之。舜华自内出，笑曰："君疑妾耶？实对君言，妾狐仙也，与君固有夙缘。如必见怪，请即别。"张恋其美，亦安之。夜谓女曰："卿既仙人，当千里一息耳。小生离家三年，念妻孥不去心，能携我一归乎？"女似不悦，谓："琴瑟之情，妾自分于君为笃；君守此念彼，是相对绸缪者皆妄也。"张谢曰："卿何出此言！谚云：'一日夫妻，百年恩义。'后日归念卿时，亦犹今日之念彼也。设得新忘旧，卿何取焉！"女乃笑曰："妾有褊心：于妾，愿君之不忘；于人，愿君之忘之也。然欲暂归，此复何难！君家固咫尺耳。"遂把袂出门，见道路昏暗，张逡巡不前。女曳之，走无几时，曰："至矣。君归，妾且去。"张停足细认，果见家门。逾垝垣入，见室中灯火犹荧。近以两指弹扉，内问为谁，张具道所来。内秉烛启关，真方氏也。两相惊喜，握手入帷。见儿卧床上，慨然曰："我去时儿才及膝，今身长如许矣。"夫妇偎倚，恍如梦寐。张历述所遭，问及讼狱，始知诸生有瘐死者，有远徙者，益服妻之远见。方纵体入怀曰："君有佳耦，想不复念孤衾中有零涕人矣。"张曰："不念，胡以来也？我与彼虽云情好，终非同类。独其恩义难忘耳。"方曰："君以我何人也？"张审视，竟非方氏，乃舜华也。以手探儿，一竹夫人耳，大惭无语。女曰："君心可知矣。分当自此绝交，犹幸未忘恩义，差足自赎。"过二三日，忽曰："妾思痴情恋人，终无意味。君日怨我不相送，今适欲至都，便道可以同去。"乃向床头取竹夫人共跨之。令闭两眸，觉离地不远，风声飕飕，移时寻落。女曰："从此别矣。"方将订嘱，女去已渺。怅立少时，闻村犬鸣吠，苍茫中见树木屋庐，皆故里景物，循途而归。逾垣叩户，宛若前状。方氏惊起，不信夫归，诘证确实，始挑灯呜咽而出。既相见，涕不可仰，张犹疑舜华之幻弄也。又见床头儿卧，一如昨夕，因笑曰："竹夫人又携入耶？"方氏不解，变色曰："妾望君如岁，枕上啼痕固在也。甫能相见，全无悲恋情，何以为心矣！"张察其情真，始执臂欷歔，具言其详。问讼案所结，并如舜华言。方相感慨，闻门外有履声，问之不应。盖里中有恶少，久窥方艳，是夜自别村归，遥见一人逾垣入，谓必赴淫约者，尾之而入。甲故不甚识张，但伏听之。及方氏亟问，乃曰："室中何人也？"方讳言："无之。"甲言："窃听已久，敬将执奸耳。"方不得已，以实告。甲曰："张鸿渐大案未结，即使归家，亦当缚送官府。"方苦哀之，甲词益狎逼。张忿火中烧，不可制止，把刀直出，剁甲中颅。甲踣犹号，又连剁之，遂毙。方曰："事已至此，罪益加重，君速逃。妾请任其辜。"张曰："丈夫死则死耳，焉肯辱妻累子以求活耶！卿无顾虑，但令此子勿断书香，目即瞑矣。"天渐明，赴县自首。赵以钦件中人，姑薄惩之。寻由郡解都，械禁颇苦。途中遇女子跨马过，一老妪捉鞚，盖舜华也。张呼妪欲语，泪随声堕。女返辔手启幛纱，讶曰："此表兄也，何至此？"张略述之。女曰："依兄平昔，便当掉头不顾，然余不忍也。寒舍不远，即邀公役同临，亦可少助资斧。"从去二三里，见一山村，楼阁高整。女下马入，令妪启舍延客。既而酒炙丰美，似所夙备。又使妪出曰："家中适无男子，张官人即向公役多劝数觞，前途倚赖多矣。遣人措办数十金，为官人作费，兼酬两客，尚未至也。"二役窃喜，纵饮，不复言行。日渐暮，二役径醉矣。女出，以手指械，械立脱。曳张共跨一马，驶如飞。少时，促下，曰："君止此。妾与妹有青海之约，又为君逗留一晌，久劳盼注矣。"张问："后会何时？"女不答。再问之，推堕马下而去。既晓，问其地，太原也。遂至郡，赁屋授徒焉。托名宫子迁，居十年，访知捕亡浸怠，乃复逡巡东向。既近里门，不敢遽入，俟夜深而后入。及门，则墙垣高固，不复可越，只得以鞭挝门。久之，妻始出问。张低语之，喜极纳入，作呵叱声曰："都中少用度，即当早归。何得遣汝半夜来？"入室，各道情事，始知二役逃亡未返。言次，帘外一少妇频来，张问伊谁，曰："儿妇耳。"问："儿安在?”曰:“赴郡大比未归。”张涕下曰:“流离数年,儿已成立,不谓能继书香,卿心血殆尽矣。”话未已,子妇已温酒炊饭,罗列满几。张喜慰过望。居数日,隐匿房榻,惟恐人知。一夜方卧,忽闻人语腾沸,捶门甚厉,大惧并起。闻人言曰:“有后门否?”益惧,急以门扇代梯,送张度垣而出。然后诣门问故,乃报新贵者也。方大喜,深悔张遁,不可追挽。张是夜越莽穿榛,急不择途。及明,困殆已极。初念本欲向西,问之途人,则去京都通衢不远。遂入乡村,意将质衣而食。见一高门,有报条粘壁上,近视知为许姓,新孝廉也。顷之,一翁自内出,张迎揖而告以情。翁见仪貌都雅,知非赚食者,延入相款,因诘所往。张托言设帐都门,归途遇寇。翁留诲其少子。张略问官阀,乃京堂林下者,孝廉其犹子也。月余,孝廉携一同榜归,云是永平张姓,十八九少年也。张以乡谱俱同,暗中疑是其子,然邑中此姓良多,姑默之。至晚解装,出“齿录”,急借披读,真子也。不觉泪下。共惊问之,乃指名曰:“张鸿渐即我是也。”备言其由。张孝廉抱父大哭。许叔侄慰劝,始收悲以喜。许即以金帛函字,致告各宪,父子乃同归。方自闻报,日以张在亡为悲,忽白孝廉归,感伤益痛。少时,父子并入,骇如天降,询知其故,始共悲喜。甲父见其子贵,祸心不敢复萌。张益厚遇之,又历述当年情状,甲父感愧,遂相交好。

太　医

万历间,孙评事少孤。母十九岁守柏舟之节。孙举进士,而母已死。常语人曰:“我必博诰命以光泉壤,始不负萱堂苦节。”忽得暴病,綦笃。素与太医善,使人招致之。使者出门而疾益剧。张目曰:“生不能扬名显亲,何以见老母地下乎!”遂卒,目不瞑。无何,太医至,闻哭声,即入临吊,见其状异之。家人告以故,太医曰:“欲得诰赠,即亦不难。今皇后旦晚临盆矣,但活十余日,诰命可得。”

立命取艾灸尸一十八处，炷将尽，床上已呻。急灌以药，居然复生。嘱曰：“切记勿食熊虎肉。”共志之，然以此物不常有，颇不关意。既而三日平复，仍从朝贺。过六七日，果生太子，召赐群臣。宴中使出异品，遍赐文武。白片朱丝，甘美无比。孙啖之不知何物。次日访诸同僚，曰：“熊膰也。”大惊失色，即刻而病，至家遂卒。

王子安

王子安，东昌名士，困于场屋。入闱后，期望甚切。近放榜时，痛饮大醉，归卧内室。忽有人白：“报马来。”王踉跄起曰：“赏钱十千！”家人因其醉，诳而安之曰：“但请自睡，已赏之矣。”王乃眠。俄又有入者曰：“汝中进士矣！”王自言：“尚未赴都，何得及第？”其人曰：“汝忘之耶？三场毕矣。”王大喜，起而呼曰：“赏钱十千！”家人又诳之曰：“请自睡，已赏之矣。”又移时，一人急入曰：“汝殿试翰林，长班在此。”果见二人拜床下，衣冠修洁。王呼赐酒食，家人又绐之，暗笑其醉而已。久之，王自念不可不出耀乡里，大呼长班，凡数十声无应者。家人笑曰：“暂卧候，寻他去。”又久之，长班果复来。王捶床顿足，大骂：“钝奴焉往！”长班怒曰：“措大无赖，向与尔戏耳，而真骂耶？”王怒，骤起扑之，落其帽。王亦倾跌。妻入扶之曰：“何醉至此！”王曰：“长班可恶，我故惩之，何醉也！”妻笑曰：“家中只有一媪，昼为汝炊，夜为汝温足耳。何处长班，伺汝穷骨？”子女粲然皆笑。王醉亦稍解，忽如梦醒，始知前此之妄。然犹记长班帽落，寻至门后，得一缨帽如盏大，共异之。自笑曰：“昔人为鬼揶揄，吾今为狐奚落矣。”

异史氏曰：“秀才入闱，有七似焉。初入时，白足提篮似丐。唱名时，官呵吏骂似囚。其归号舍也，孔孔伸头，房房露脚，似秋末之冷蜂。其出闱场也，神情惝恍，天地异色，似出笼之病鸟。迨望报也，草木皆惊，梦想亦幻。时作一得意想，则顷刻而楼阁俱成；作一失意想，则瞬息而骸骨已朽。此际行坐难安，则似被縶之猱。忽然而飞骑传人，报条无我，此时神色猝变，嗒然若死，则似饵毒之蝇，弄之亦不觉也。初失志，心灰意败，大骂司衡无目，笔墨无灵，势必举案头物而尽炬之；炬之不已，而碎踏之；踏之不已，而投之浊流。从此披发入山，面向石壁，再有以'且夫'、'尝谓'之文进我者，定当操戈逐之。无何，日渐远，气渐平，技又渐痒，遂似破卵之鸠，只得衔木营巢，从新另抱矣。如此情况，当局者痛哭欲死，而自旁观者视之，其可笑孰甚焉。王子安方寸之中，顷刻万绪，想鬼狐窃笑已久，故乘其醉而玩弄之。床头人醒，宁不哑然自笑哉？顾得志之况味不过须臾；词林诸公不过经两三须臾耳，子安一朝而尽尝之，则狐之恩与荐师等。"

刁 姓

里有刁姓者，家无生产，每出卖许负之术，实无术也。而数月一归，则金帛盈橐。共异之。会里人有客于外者，遥见高门内一人冠华阳巾，言语啁嗻，众妇丛绕之。近视，则刁。因从旁微窥之。少间，有问者曰："吾等众中有一夫人，能辨之乎？"盖有一贵人妇微服其中，将以验其术也。里人代为之窘。刁从容望空横指曰："此何难辨？试观贵人顶上，自有云气环绕。"众妇不觉集视一人，觇其云气。刁乃指其人曰："此真贵人！"众惊服，群以为神。里人归述其诈慧。然后知虽小道，亦必有过人之才；不然，亦乌能欺耳目、赚金钱，无本而殖哉！

金陵乙

金陵卖酒人某乙，每酿成，投水而置毒焉。即善饮者，不过数盏，便醉如泥。以此得"中山"之名，富致巨金。早起，见一狐醉卧槽边。缚其四股，方将觅刃，狐已醒，哀曰：“勿见害，请如所求。”遂释之，辗转已化为人。时巷中孙氏，其长妇患狐为祟，因以问之。答云：“是即我也。”乙窥妇娣尤美，求狐携往。狐难之，乙固求之。狐邀乙去，入一洞中，取褐衣授之曰：“此先兄所遗，着之当可去。”既服而归，家人皆不之见，袭常衣而出始见之。大喜，与狐同诣孙氏家，见墙上贴巨符，画蜿蜒如龙。狐惧曰：“和尚大恶，我不往矣。”遂退而去。乙逡巡近之，则真龙盘壁上，昂首欲飞，大惧亦出。盖孙觅一异域僧为之厌胜，授符先归，僧犹未至也。次日僧来，设坛作法。邻人共观之，乙亦杂处其中。忽变色急奔，状如被捉；至门外，踣地化为狐，四体犹着人衣。将杀之，妻子叩请。僧命牵去，日给饮食，数月寻毙。

郭　安

孙五粒，有僮仆独宿一室，恍惚被人摄去。至一宫殿，见阎罗在上，视之曰：“误矣，此非是。”因遣送还。既归，大惧，移宿他所。遂有僚仆郭安者，见榻上空闲，因就宿焉。又一仆李禄，与僮有夙怨，久将甘心，是夜操刀入，扪之，以为僮也，竟杀之。郭父鸣于官。时陈其善为邑宰，殊不苦之。郭哀号，言：“半生止此子，今将何以聊生！”陈即判李禄为之子。郭含冤而退。此不奇于僮之见鬼，而奇于陈之折狱也。

王阮亭曰：“新城令陈端庵，性仁柔无断。王生与哲，典居宅于人，久之，不给直。讼之官，陈不能决，但曰：‘《毛诗》有云：“维鹊有巢，维鸠居之。”生为鹊可也。’”

今日济之西邑有杀人者，其妇讼之。邑令怒，立拘凶犯至，拍案骂曰：“人家好好夫妇，直令寡耶！即以汝配之，亦令汝妻寡守。”遂判合之。此等明决，皆是甲科所为，他途不能也。而陈亦尔尔，何途无才！

折 狱

邑之西崖庄有贾某，被人杀于途。隔夜，其妻亦自经死。贾弟鸣于官。时浙江费公祎祉令淄，亲诣验之。见布袱裹银五钱，尚在腰中，知非为财也者。拘两村邻保，审质一过，殊少端绪，并未搒掠，释放归农。但命约地细察，十日一关白而已。逾半年，事渐懈，贾弟怨公仁柔，上堂屡噪。公怒曰："汝既不能指名，欲我以桎梏加良民耶？"呵逐而出。贾弟无所伸诉，愤葬兄嫂。一日，以赋役故逮数人至。内一人周成，惧责，上言钱粮措办已足，即于腰中出银袱，禀公验视。公验已，便问："汝家何里？"答云："某村。"又问："去西崖几里？"答云："五六里。"问："去年被杀贾某系汝何亲？"答云："不识其人。"公勃然曰："汝杀之，尚云不识耶？"周力辨，不听，严梏之，果伏其罪。先是，贾妻王氏将诣姻家，惭无钗饰，聒夫使假于邻。夫不肯，自假之，颇甚珍重。归途，卸而裹诸袱，内袖中；既至家，探袖已亡。不敢告夫，又无力偿邻，懊恼欲死。是日，周适拾之，知为贾妻所遗。窥贾他出，半夜逾垣，将执以求合。时溽暑，王氏卧庭中，周潜就淫之。王氏觉，大号。周急止之，留袱纳钗。事已，妇嘱曰："后勿来，吾家男子恶，犯恐俱死。"周怒曰："我挟勾栏数宿之资，宁一度可偿耶？"妇慰之曰："我非不愿相交，渠常善病，不如从容以待其死。"周乃去，于是杀贾。夜诣妇曰："今某已被人杀，请如所约。"妇闻大哭，周惧而逃，天明妇死矣。公廉得情，以周抵罪。共服其神，而不知所以能察之故。公曰："事无难辨，要在随处留心耳。初验尸时，见银袱刺万字文，周袱亦然，是出一手也。及诘之，又云无旧，词貌诡变，是以确知其情也。"

异史氏曰："世之折狱者，非悠悠置之，则缧系数十人而狼藉之耳。堂上肉鼓吹，喧阗旁午，遂频蹙曰：'我劳心民事也。'云板三敲，则声色并进，难决之词，不复置诸念虑。专待升堂时，祸桑树以烹老龟耳。呜呼！民情何由得哉！余每谓：‘智者不必仁，而仁者则必智。盖用心苦则机关出也。’‘随在留心’之言，可以教天下之宰民社者矣。”

邑人胡成，与冯安同里，世有郤。胡父子强，冯屈意交欢，胡终猜之。一日，共饮薄醉，颇倾肝胆。胡大言：“勿忧贫，百金之产不难置也。”冯以胡家不丰，故嗤之。胡正色曰：“实相告：昨途遇大商载厚装来，我颠越于南山眢井中矣。”冯又笑之。时胡有妹夫郑伦，托为说合田产，寄数百金于胡家，遂尽出以炫冯。冯信之。既散，阴以状报邑令。拘胡对勘，胡言其实。问郑及产主皆不讹。乃共验诸眢井，一役缒下，则果有无首之尸在焉。胡大骇，莫可置辨，但称冤苦。公怒，击喙数十曰：“确有证据，尚叫屈耶！”以死囚具械制之。尸戒勿出，惟晓示诸村，使尸主投状。逾日有妇人抱状，言为亡者妻，言：“夫何甲，揭数百金出作贸易，被胡杀死。”公曰：“井有死人，恐未必即是汝夫。”妇执言甚坚。公又命出尸于井，视之果不妄。妇不敢近，却立而号。公曰：“真犯已得，但骸躯未全。汝暂归，待得死者首，即招报令其抵偿。”遂自狱中唤胡出，呵曰：“明日不将头至，当械折股！”役押去终日而返，诘之，但有号泣。乃以梏具置前作刑势，即又不刑，曰：“想汝当夜扛尸忙迫，不知坠落何处，奈何不细寻之？”胡哀免，祈容急觅，公乃问妇：“子女几何？”答言：“无之。”问：“甲有何戚属？”但言：“有堂叔一人。”慨然曰：“少年丧夫，伶仃如此，其何以为生矣！”妇乃哭，叩求怜悯。公曰：“杀人之罪已定，但得全尸，此案即消。消案后速醮可也。汝少妇，勿复出入此门。”妇感泣，叩头而下。公即票示里人代觅其首。经宿，即有同村王五报称已获。问验既明，赏以千钱。唤甲叔至曰：“大案已成，然人命重大，非积岁不能得结。侄既无出，少妇亦难存活，早令适人。此后亦无他务，但有上台检驳，止须汝应声耳。”甲叔不肯，飞两签下。再辨，又一签下。甲叔惧，应之而出。妇闻，诣公谢恩。公极意慰谕之。又谕：“有买妇者，当堂关白。”既下，即有投婚状者，盖即报人头之王五也。公唤妇上曰:“杀人之真犯汝知之乎?”答以胡成。公曰:“非也。汝与王五乃真犯耳!”二人大骇,力辨冤诬。公曰:“我久知其情。所以迟迟而发者,恐有万一之屈耳。尸未出井,何以确信为汝夫?盖先知其死矣。且甲死犹衣败絮,数百金何所自来!”又谓王五曰:“头之所在,汝何知之熟也?所以如此其急者,意在速合耳!”两人惊颜如土,不能强置一词,并械之,果吐其实。盖王五与妇私已久,谋杀其夫,而适值胡成之戏也。乃释胡罪。冯以诬告重笞,徒三年。事既结,并未妄刑一人。

异史氏曰:“我夫子有仁爱名,即此一事,亦以见仁人之用心苦矣。方宰淄时,松才弱冠,过蒙器许,而驽钝不才,竟以不舞之鹤为羊公辱。是我夫子生平有不哲之一事,则某实贻之也。悲夫!”

义　犬

周村有贾某,贸易芜湖,获重资,赁舟将归。见堤上有屠人缚犬,倍价赎之,豢养舟上。舟人固积寇也。窥客装丰,荡舟入莽,操刀欲杀。贾哀赐全尸,盗乃以毡裹置江中。犬见之,哀鸣投水,口衔裹具与共沉浮,流荡不知几远,浅搁乃止。犬泅出,至有人处,狺狺哀鸣。或以为异,从之而往。见毡束水中,引出,断其绳。客固未死,始言其情。复哀舟人载还芜湖,将以伺盗船之归。登舟失犬,心甚悼焉。抵关三四日,估楫如林,而盗船不见。适有同乡贾将携俱归,忽犬自来,望客鸣嗥,唤之却走。客下舟趁之。犬奔上一舟,啮人胫股,挞之不解。客近呵之,则所啮即前盗也。衣服与舟皆易,故不得而认之矣。缚而搜之,则囊金犹在。呜呼!一犬也,而报恩如是,世无心肝者,其亦愧此犬也夫!

杨大洪

大洪杨先生涟,微时为楚名儒,自命不凡。科试后,闻报优等者，时方食，含哺出问："有杨某否？"答以："无有！"不觉嗒然自丧，咽食入鬲，遂成病块，噎阻甚苦。众劝驾令赴遗才录。公患无资，众醵十金送之行，乃强就道。夜梦一人告之云："前途有人能愈君疾，宜苦求之。"临去，赠以诗，有"江边柳下三弄笛，抛向江心莫叹息"之句。明日途次，果见道士坐柳下，因便叩请。道士笑曰："子误甚矣，我何能疗病乎？请为三弄可也。"因出笛吹之。公触所梦，拜求益切，且倾囊献之。道士接金掷诸江流。公以所来不易，哑然惊惜。道士曰："君未能恝然耶？金在江边，请自取之。"公诣视果然，又益奇之，呼为仙。道士漫指曰："我非仙，彼处仙人来矣。"赚公回顾，力拍其顶曰："俗哉！"公受拍，张吻作声，喉中呕出一物，堕地堷然，俯而破之，赤丝中裹饭犹存。病若失，回视道士已杳。

异史氏曰："公生为河岳，没为日星，何必长生乃为不死哉！或以未能免俗不作天仙，因而为公悼惜。余谓天上多一仙人，不如世上多一圣贤，解者必不议余说之傎也。"

查牙山洞

章丘查牙山，有石窟如井，深数尺许。北壁有洞门，伏而引领望见之。会近村数辈，九日登临，饮其处，共谋入探之。三人受灯，缒而下。洞高敞与夏屋等。入数武稍狭，即忽见底。底际一窦，蛇行始可入。烛之，漆漆然暗深不可测。两人馁而却退，一人夺其火而嗤之，锐身塞而进。幸隘处仅厚于堵，即又顿高顿阔，乃立乃行。顶上石参差，危将坠不坠。两壁嶙嶙峋峋然，类寺庙山塑，都成鸟兽人鬼形：鸟若飞，兽若走，人若坐若立。鬼魅魍魉，示现忿怒，奇奇怪怪，类多丑少妍。心凛然作怖畏。喜径夷，无少陂。逡巡几百步，西壁开石室，门左一怪石，鬼面人身而立，目怒口箕张，齿舌狞恶。左手作拳触腰际，右手叉五指欲扑人。心大恐，毛森森以立。遥望门中有爇灰，知有人曾至焉者，乃稍壮，强入之。见地上列碗盏，泥垢其中;然皆近今物,非古窑也。旁植锡壶四,心利之,解带缚项系腰间。即又旁瞩,一尸卧西隅,两肱及股四布以横。骇极。渐审之,足蹑锐屣,梅花刻底犹存,知是少妇。人不知何里,毙不知何年。衣色黯败,莫辨青红。发蓬蓬似筐许,乱丝粘着髑髅上。目、鼻孔各二,瓠犀两行白巉,意是口也。存想首颠当有金宝珠饰,以火近脑,似有口气嘘灯,灯摇摇无定,纁黄,衣动掀掀。大惧,手摇颤,灯即顿灭。忆路急奔,不敢手索壁,恐触鬼物也。头触石,仆,即复起。冷湿浸额颊,知是血,不觉痛,抑不敢呻。坌息奔至窦,方将伏,似有人捉发住,晕然遂绝。众坐井上候久,疑之,又缒二人下,探身入窦,见发罥石上,血淫淫尸僵。二人失色,不敢入,兀坐愁叹。俄井上又使二人下,中有勇者,始健进,曳之以出。置山上,半日方苏,言之缕缕。所恨未穷其底,极穷之,必更有佳境也。后章令闻之,以泥丸封窦,不可复入矣。

康熙二十六七年间,养母峪之南石崖崩,现洞口。望之,钟乳林林如密笋然,深险无敢入者。忽有道士至,自称钟离弟子,言:"师遣先至,粪除洞府。"居人供以膏火,道士携之而下,坠石笋上,贯腹而死。报令,令封其洞。其中必有奇境,惜道士尸解,无回音矣。

云萝公主

安大业,卢龙人。生而能言,母饮以犬血始止。既长,韶秀,顾影无俦,又慧能读,世家争婚之。母梦曰:"儿当尚主。"信之。至十五六,迄无验,亦渐自悔。一日,安独坐,忽闻异香,俄一美婢奔入,曰:"公主至!"即以长毡贴地,自门外直至榻前。方骇疑间,一女郎扶婢肩入,服色荣光,映照四堵。婢即以绣垫设榻上,扶女郎坐。安仓皇不知所为,鞠躬便问:"何处神仙?劳降玉趾。"女郎微笑,以袍袖掩口。婢曰:"此圣后府中云萝公主也。圣后属意郎君,欲以公主下嫁,故使自来相宅。"安惊喜,不知置词;女亦俯首,相对寂然。

安故好弈，楸枰常置座侧。一婢以红巾拂尘，移诸案上，曰："主日耽此，不知与粉侯孰胜？"安移坐近案，主笑从之。甫三十余着，婢竟乱之，曰："驸马负矣！"敛子入盒，曰："驸马当是俗间高手，主仅能让六子。"乃以六黑子实局中，主亦从之。主坐次，辄使婢伏座下，以背受足，左足踏地，则更一婢右伏。又两小鬟夹持之；每值安凝思时，辄曲一肘伏肩上。局未结，小鬟笑云："驸马又负矣。"婢进曰："主惰，宜且退。"女乃倾身与婢耳语。婢出，少顷而还，以千金置榻上，告生曰："适主言居宅湫鄙，烦以此少致修饰，落成相会也。"一婢曰："此月犯天刑，不宜建造，月后吉。"女起，生遮止闭门。婢出一物，状类皮排，就地鼓之，云气突出，俄顷四合，冥不见物，索之已杳。母知，疑以为妖。而生神驰梦想，不能复舍。急于落成，无暇禁忌；刻日敦迫，廊舍一新。先是，有滦州生袁大用，侨寓邻坊，投刺于门。生素寡交，托他出，又视其亡而报之。后月余，门外适相值，二十许少年也。宫绢单衣，丝带乌履，意甚雅。略与倾谈，颇甚温谨，悦之。揖而入，请与对弈，互有盈亏。已而设酒流连，谈笑大欢。明日，邀生至其寓所，珍肴杂进，相待殷渥。有小童十二三许，拍板清歌，又跳掷作剧。生大醉，不能行，便令负之。生以其纤弱，恐不胜，袁强之。僮绰有余力，荷送而归。生奇之，次日，犒以金，再辞乃受。由此交情款密，三数日辄一过从。袁为人简默而慷慨好施。市有负债鬻女者，解囊代赎无吝色。生以此益重之。过数日，诣生作别，赠楠珠、象箸等十余事，白金五百，用助兴作。生反金受物，报以束帛。后月余，乐亭有仕宦而归者，橐资充牣。盗夜入，执主人，烧铁钳灼，劫掠一空。家人识袁，行牒追捕。邻院屠氏与生家积不相能，因其土木大兴，阴怀疑忌。适有小仆窃象箸卖诸其家，知袁所赠，因报大尹。尹以兵绕舍，值生主仆他出，执母而去。母衰迈受惊，仅存气息，二三日不复饮食。尹释之。生闻母耗，急奔而归，则母病已笃，越宿遂卒。收殓甫毕，为捕役执去。尹见其年少温文，窃疑诬枉，故恐喝之。生实述其交往之由。尹问："何以暴富？"生曰:“母有藏镪,因欲亲迎,故治婚室耳。”尹信之,具牒解郡。邻人知其无事,以重金赂监者,使杀诸途。路经深山,被役曳近削壁,将推堕之。计逼情危,时方急难,忽一虎自丛莽中出,啮二役皆死。衔生去,至一处,重楼叠阁,虎入,置之。见云萝扶婢出,凄然慰吊,曰:“妾欲留君,但母丧未卜窀穸。可怀牒去,到郡自投,保无恙也。”因取生胸前带,连结十余扣,嘱云:“见官时,拈此结而解之,可以弭祸。”生如其教,诣郡自投。太守喜其诚信,又稽牒,知其枉,销名令归。至中途遇袁,下骑执手,备言情况。袁忿然作色,默不一语。生曰:“以君风采,何自污也。”袁曰:“其所杀,皆不义之人,所取皆非义之财。不然,即遗于路者不拾也。君教我固自佳,然如君家邻,岂可留在人间耶!”言已,超乘而去。生归殡母已,杜门谢客。忽一夜,盗入邻家,父子十余口尽行杀戮,止留一婢。席卷资物,与僮分携之。临去执灯谓婢曰:“汝认之,杀人者我也,与他人无涉。”并不启关,飞檐越壁而去。明日告官,疑生知情,又捉生去。邑宰词色俱厉。生上堂握带,且辨且解,宰不能屈。又释之。既归,益自韬晦,读书不出,一跛妪执炊而已。服既阕,日扫阶庭,以待好音。一日,异香满院,登阁视之,内外陈设焕然矣。悄揭画帘,则公主凝妆坐,急拜之。女挽手曰:“君不信数,遂使土木为灾。又以苫块之戚,迟我三年琴瑟,是急之而反以得缓,天下事大抵然也。”生将出资治具,女曰:“勿复须。”婢探椟,肴羹如新出于鼎,酒亦芳洌。酌移时,日已投暮,足下踏婢,渐都亡去。女四肢娇惰,足股曲伸似无所着。生狎抱之。女曰:“君暂释手。今有两道,请君自择。”生揽项问故,曰:“若为棋酒之交,可得三十年聚首。若作床笫之欢,可六年谐和耳。君焉取?”生曰:“六年后再商之。”女乃默然,遂相燕好。女曰:“妾固知君不免俗道,此亦数也。”因使生蓄婢媪,别居南院,炊爨纺绩以作生计。北院中并无烟火,惟棋枰酒具而已。户常阖,生推之则自开,他人不得入也。然南院人作事勤惰,女辄知之。每使生往谴责,无不具服。女无繁言,无响笑,与有所谈,但俯首微哂。每骈肩坐，喜斜倚人。生举而加诸膝上，轻如抱婴。生曰："卿轻若此，可作掌上舞。"曰："此何难，但婢子之为，所不屑耳。飞燕原九姊侍儿，屡以轻佻获罪，怒谪尘间，又不肯守女子之贞，今已幽之矣。"阁上以锦荐布满，冬未尝寒，夏未尝热。女严冬皆着轻縠。生为制鲜衣，强使着之。逾时解去，曰："尘浊之物，几于压骨成痨！"一日抱诸膝上，忽觉沉倍曩时，异之。笑指腹曰："此中有俗种矣。"过数日，颦黛不食，曰："近病恶阻，颇思烟火之味。"生乃为具甘旨。从此饮食，遂不异于常人。一日，曰："妾质单弱，不任生产。婢子樊英颇健，可使代之。"乃脱衷服衣英，闭诸室。少顷，闻儿啼。启扉视之，男也。喜曰："此儿福相，大器也。"因名大器，绷纳生怀，俾付乳媪，养诸南院。女自娩身，腰细如初，不食烟火矣。忽辞生，欲暂归宁。问返期，答以："三日"。鼓皮排如前状，遂不见。至期不来。积年余，信音全渺，亦已绝望。生键户下闱，遂领乡荐。终不肯娶。每独宿北院，沐其余芳。一夜，辗转在榻，忽见灯火射窗，门亦自开。群婢拥公主入。生喜，起问爽约之故。女曰："妾未愆期，天上二日半耳。"生得意自诩，告以秋捷，意主必喜。女愀然曰："乌用是傥来者为！无足荣辱，止折人寿数耳。三日不见，入俗幛又深一层矣。"生由是不复进取。过数月，又欲归宁。生殊凄恋。女曰："此去定早还，无烦穿望。且人生合离，皆有定数，樽节之则长，恣纵之则短也。"既去，月余即返。从此一年半载辄一行，往往数月即还。生习为常，亦不之怪。又生一子，女举之曰："豺狼也！"立命弃之。生不忍而止。名曰"可弃"。甫周岁，急为卜婚。诸媒接踵，问其甲子，皆谓不合，曰："吾欲为狼子治一深圈，竟不可得。当令倾败六七年，亦数也。"嘱生曰："记取四年后，侯氏生女，左胁有小赘疣，此乃儿妇。当婚之，勿较其门第也。"即令书而志之。后又归宁，竟不复返。生每以所嘱告亲友。果有侯氏女，生有赘疣。侯贱而行恶，众咸不齿，生竟媒定焉。大器十七岁及第，娶云氏，夫妻皆孝友，父钟爱之。可弃渐长，不喜读，辄偷与无赖博赌，恒盗物偿戏债。父怒挞之，卒不改。相戒提防，不使有所得。遂夜出，小为穿窬。为主所觉，缚送邑宰。宰审其姓氏，以名刺送之归。父兄共縶之，楚掠惨棘，几于绝气。兄代哀免，始释之。父忿怒得疾，食锐减。乃为二子立析产书，楼阁沃田，悉归大器。可弃怨怒，夜持刀入室，将杀兄，误中嫂。先是，主有遗袴，绝轻耎，云拾作寝衣。可弃斫之，火星四射，大惧奔去。父知，病益剧，数月寻卒。可弃闻父死，始归。兄善视之，而可弃益肆。年余，所分田产略尽，赴郡讼兄。官审知其人，斥逐之。兄弟之好遂绝。又逾年，可弃二十有三，女十五矣。兄忆母言，欲急为婚娶，召至家，除佳宅与居，迎妇入门。以父遗良田，悉登籍交之，曰："数顷薄产，为若蒙死守之，今悉相付。吾弟无行，寸草与之，皆弃也。此后成败在于新妇，能令改行，无忧冻馁。不然，兄亦不能填无底壑也。"侯虽小家女，然固慧丽，可弃雅畏爱之，所言无敢违。每出，限以晷刻；过期，则诟厉不与饮食，可弃以此少敛。年余，生一子。妇曰："我以后无求于人矣。膏腴数顷，母子何患无温饱？无夫焉，亦可也。"会可弃盗粟出赌，妇知之，弯弓于门以拒之。大惧，避去。窥妇入，逡巡亦入。妇操刀起。可弃返奔，妇逐斫之，断幅伤臀，血沾袜履。忿极往诉兄，兄不礼焉，冤惭而去。过宿复至，跽嫂哀泣，求先容于妇，妇决绝不纳。可弃怒，将往杀妇，兄不语。可弃忿起，操戈直出。嫂愕然欲止之，兄目禁之。俟其去，乃曰："彼故作此态，实不敢归也。"使人觇之，已入家门。兄始色动，将奔赴之，而可弃已坌息返。盖可弃入家，妇方弄儿，望见之，掷儿床上，觅得厨刀。可弃惧，曳戈反走，妇逐出门外始返。兄已得其情，故诘之；可弃不言，惟向隅泣，目尽肿。兄怜之，亲率之去。妇乃纳之。俟兄出，罚使长跪，要以重誓，而后以瓦盆赐之食。自此改行为善。妇持筹握算，日致丰盈，可弃仰成而已。后年七旬，子孙满前，妇犹时捋白须，使膝行焉。

异史氏曰："悍妻妒妇，遭之者如疽附于骨，死而后已，岂不毒哉！然砒附天下之至毒也，苟得其用，瞑眩大瘳，非参苓所能及也。

而非仙人洞见脏腑，又乌敢以毒药贻子孙哉！”

章丘李孝廉善迁，少通侻不泥，丝竹词曲之属皆精之。两兄皆登甲榜，而孝廉益佻脱。娶夫人谢，稍稍禁制之，遂亡去，三年不返，遍觅不得。后得之临清勾栏中。家人入，见其南向坐，少姬十数左右侍，盖皆学音艺而拜门墙者也。临行，积衣累笥，悉诸妓所贻。既归，夫人闭置一室，投书满案。以长绳縶榻足，引其端自棂内出，贯以巨铃，系诸厨下。凡有所需，则蹑绳，绳动铃响则应之。夫人躬设典肆，垂帘纳物估其值，左持筹，右握管，老仆供奔走而已。由此居积致富。每耻不及诸姒贵。锢闭三年而孝廉捷。喜曰：“三卵两成，吾以汝为毈矣，今亦尔耶？”

又耿进士崧生，亦章丘人。夫人每以绩火佐读。绩者不辍，读者不敢息也。或朋旧相诣，辄窃听之：论文则瀹茗作黍；若咨谐谑，则恶声逐客矣。每试得平等，不敢入室门，超等始笑逆之。设帐得金，悉内献，丝毫不听隐匿。故东主馈遗，恒面较锱铢。人或非笑之，而不知其销算良难也。后妇翁延教内弟。是年游泮，翁谢仪十金。耿受榼返金。夫人知之曰：“彼虽固亲，然舌耕何为也？”追之返而受之。耿不敢争，而心终歉焉，思暗偿之。于是每岁馆金，皆短其数以报夫人。积二年余，得如干数。忽梦一人告之曰：“明日登高，金数即满。”次日试一临眺，果拾遗金，恰符缺数，遂偿岳。后成进士，夫人犹诃谴之。耿曰：“今一行作吏，何得复尔？”夫人曰：“谚云：‘水长则船亦高。’即为宰相便大耶？”

鸟　语

中州境有道士募食乡村。食已，闻鹂鸣，因告主人使慎火。问故，答曰：“鸟云：‘大火难救，可怕！’”众笑之，竟不备。明日果火，延烧数家，始惊其神。好事者追及之，称为仙。道士曰：“我不过知鸟语耳，何仙为？”适有皂花雀鸣树上，众问：“何语？”曰：“雀言：‘初六养之，初六养之，十四、十六殇之。'想此家双生矣。今日为初十，不出五六日，当俱死也。"询之，果生二子。无何，并死，其日悉符。邑令闻其奇，招之，延为客。时群鸭过，因问之。对曰："明公内室必相争也。鸭云：'罢罢！偏向他！'"令大服，盖妻妾反唇，令适被喧聒而出也。因留居署中，优礼之。时辨鸟言，多奇中。而道士朴野，多肆言，辄无所忌。令最贪，一切供用诸物，皆折为钱以入之。一日方坐，群鸭复来，令又诘之，答曰："今日所言，不与前同，乃为明公会计耳。"问："何计？"曰："彼云蜡烛一百八，银硃一千八。"令惭，疑其相讥。道士求去，令不许。逾数日宴客，忽闻杜宇，客问之，答曰："鸟云：'丢官而去。'"众愕然失色。令大怒，立逐而出。未几，令果以墨败。呜呼！此仙人儆戒之，而惜乎危厉熏心者不之悟也！

齐俗呼蝉曰"稍迁"，其色绿者曰"都了"。邑有父子俱青、社生，将赴岁试，忽有蝉落襟上。父喜曰："'稍迁'，吉兆也。"一僮视之曰："何物'稍迁'，'都了'而已。"父子不悦。已而果皆被黜。

天 宫

郭生，京都人，年二十余，仪容秀美。一日薄暮，有老妪贻尊酒。怪其无因，妪笑曰："无须问，但饮之自有佳境。"遂径去。揭尊微嗅，洌香四射，遂饮之。忽大醉，冥然罔觉。及醒，则与一人并枕卧。抚之，肤腻如脂，麝兰喷溢，盖女子也。问之不答，遂与交。交已，以手扪壁，壁皆石，阴阴有土气，酷类坟冢。大惊，疑为鬼迷，因问女子："卿何神也？"女曰："我非神，乃仙耳。此是洞府，与卿有夙缘，勿相讶，但安心居之。再入一重门，有漏光处，可以溲便。"既而女起，闭户而去。久之腹馁，遂有女僮来，饷以面饼、鸭臛，便扪索而啖之，黑漆不知昏晓。无何，女子来寝，始知夜矣。郭曰："昼无天日，夜无灯火，食炙不知口处；常常如此，则姮娥何殊于罗刹，天堂何别于地狱哉?”女笑曰:“为尔俗中人,多言喜泄,故不欲以形色相见。且暗中摸索,妍媸亦当有别,何必灯烛!”居数日,忧闷异常,屡请暂归。女曰:“来夕与君一游天宫,便即为别。”次日,忽有小鬟笼灯入曰:“娘子伺郎久矣。”从之出,星斗光中,但见楼阁无数,经几曲画廊,始至一处,堂上垂珠帘,烧巨烛如昼。入,则美人华妆南向坐,年约二十许,锦袍炫目,头上明珠,翘颤四垂。地下皆设短烛,裙底皆照,诚天人耶。郭迷乱失次,不觉屈膝。女令婢扶曳入坐。俄顷,八珍罗列。女行酒曰:“饮此以送君行。”郭鞠躬曰:“向觌面不识仙人,实所惶惑;如容自赎,愿收为没齿不二之臣。”女顾婢微笑,便命移席卧室。室中流苏绣帐,衾褥香软,使郭就榻坐。饮次,女屡言:“君离家久,暂归亦无所妨。”更尽一筹,郭不言别。女唤婢笼烛送之。郭不言,伪醉眠榻上,抁之不动。女使诸婢扶裸之。一婢私嘘曰:“个男子容貌温雅,此物何不文也!”举置床上,大笑而去。女亦寝,郭乃转侧。女问:“醉乎?”曰:“小生何醉!甫见仙人,神志颠倒耳。”女曰:“此是天宫,未明宜早去。如嫌洞中怏闷,不如早别。”郭曰:“今有人夜得名花,闻香扪干,而苦无灯烛,此情何以能堪?”女笑允给灯火。漏下四点,呼婢笼烛抱衣而送之。入洞,见丹垩精工,寝处褥革棕毡尺许厚。郭解履拥衾,婢徘徊不去。郭凝视之,风致娟好,戏曰:“谓我不文者卿耶?”婢笑,以足蹴枕曰:“子宜僵矣!勿复多言。”视履端嵌珠如巨椒。捉而曳之,婢仆于怀,遂相狎,而呻楚不胜。郭问:“年几何矣?”答云:“十七。”问:“处子亦知情乎?”曰:“妾非处子。然荒疏已三年矣。”郭研诘仙人姓氏,及其清贯、尊行。婢曰:“勿问!即非天上,亦异人间。若必知其确耗,恐觅死无地矣。”郭遂不敢复问。次夕,女果以烛来,相就寝食,以此为常。一夜,女入曰:“期以永好,不意人情乖阻,今将粪除天宫,不能复相容矣。请以卮酒为别。”郭泣下,请得脂泽为爱。女不许,赠以黄金一斤、珠百颗。三盏既尽,忽已昏醉。既醒,觉四体如缚,纠缠甚密,股不得伸,首不得出。极力转侧,晕堕床下。出手摸之,则锦被囊裹,细绳束焉。起坐凝思,略见窗棂,始知为己斋中。时离家已三月,家人谓其已死。郭出,初不敢明言,惧被仙谴,然心疑怪之。窃间一告知交,莫有测其故者。被置床头,香盈一室;拆视,则湖绵杂香屑为之,因珍藏焉。后某达官闻而诘之,笑曰:"此贾后之故智也。仙人乌得如此?虽然,此事宜慎秘;泄之,族矣!"有巫尝出入贵家,言其楼阁形状,绝似严东楼家。郭闻之大惧,携家亡去。未几,严伏诛,始归。

异史氏曰:"高阁迷离,香盈绣帐。雏奴蹀躞,履缀明珠。非权奸之淫纵,豪势之骄奢,乌有此哉?顾淫筹一掷,金屋变而长门;唾壶未干,情田鞠为茂草。空床伤臆,暗烛销魂。含颦玉台之前,凝眸宝幄之内。遂使糟丘台上,路入天宫;温柔乡中,人疑仙子。伧楚之帷簿,固不足羞,而广田自荒者,亦足戒已!"

乔　女

平原乔生,有女黑丑:壑一鼻,跛一足。年二十五六,无问名者。邑有穆生,四十余,妻死,贫不能续,因聘焉。三年,生一子。未几,穆生卒,家亦索,大困,则乞怜其母。母颇不堪之。女亦忿不复返,惟以纺绩自给。有孟生丧偶,遗一子名乌头,才周岁,以乳哺乏人,急于求配。然媒数言,辄不当意。忽见女,大悦之,阴使人风示女。女辞焉,曰:"饥冻如此,从官人得温饱,夫宁不愿?然残丑不如人,所可自信者,德耳。又事二夫,官人何取焉!"孟益贤之,向慕尤殷,使媒者函金加币而说其母。母悦,自诣女所,固要之。女志终不夺。母惭,愿以少女字孟,家人皆喜,而孟殊不愿。居无何,孟暴卒。女往,临哭尽哀。孟故无戚党,死后,村中无赖辈悉凭凌之,家具携取一空。方谋瓜分其田产,家人亦各草窃以去,惟一妪抱儿哭帷中。女问得故,大不平。闻林生与孟善,乃踵门而告曰:"夫妇朋友,人之大伦也。妾以奇丑,为世不齿,独孟生能知我,前虽固拒之,然固已心感之矣。今身死子幼，自当有以报知己。然存孤易，御侮难，若无兄弟父母，遂坐视其子死家灭而不一救，则五伦中可以无朋友矣。妾无所多需于君，但以片纸告邑宰。抚孤，则妾不敢辞。”林曰：“诺！”女别而归。林将如其所教；无赖辈怒，咸欲以白刃相仇。林大惧，闭户不敢复行。女听之数日寂无音；及问之，则孟氏田产已尽矣。女忿甚，锐身自诣官。官诘女系孟何人，女曰：“公宰一邑，所凭者理耳。如其言妄，即至戚无所逃罪；如非妄，即道路之人可听也。”官怒其言戆，诃逐而出。女冤忿无以自伸，哭诉于缙绅之门。某先生闻而义之，代剖于宰。宰按之，果真。穷治诸无赖，尽反所取。或议留女居孟第抚其孤，女不肯。扃其户，使妪抱乌头，从与俱归，另舍之。凡乌头日用所需，辄同妪启户出粟，为之营办；己锱铢无所沾染，抱子食贫，一如曩日。积数年，乌头渐长，为乌头延师教读，己子则使学操作。妪劝使并读，女曰：“乌头之费，其所自有。我耗人之财以教己子，此心何以自明？”又数年，为乌头积粟数百石，乃聘于名族，治其第宅，析令归，乌头泣，要回同居，女乃从之。然纺绩如故，乌头夺其具，女曰：“我母子坐食，心何安矣？”遂早暮为之经理，使其子巡行阡陌，若为佣然。乌头夫妇少有过，辄斥谴不少贷；稍不悛，则怫然欲去。夫妇跽道悔词，始止。未几，乌头入泮，又辞欲归。乌头不可，捐聘币为穆子完婚。女乃析子令归，乌头留之不得，阴使人于近村，为市恒产百亩而后遣之。后女疾求归，乌头不听。病益笃，嘱曰：“必以我归葬。”乌头诺。既卒，阴以金啖穆子，俾合葬于孟。及期，棺重，三十人不能举。穆子忽仆，七窍出血，自言曰：“不肖儿，何得遂卖汝母！”乌头惧，拜祝之，始愈。乃复停数日，修治穆墓已，始合厝焉。

异史氏曰：“知己之感，许之以身，此烈男子之所为也。彼女子何知，而奇伟如是？若遇九方皋，直牡视之矣。”

刘夫人

廉生者，彰德人。少笃学，然早孤，家綦贫。一日他出，暮归失途。入一村，有媪来问曰："廉公子何之，夜得毋深乎？"生方惶惧，更不暇问其谁何，便求假榻。媪引去，入一大第。有双鬟笼灯，导一妇人出，年四十余，举止大家。媪迎白："廉公子至！"生趋拜。妇喜曰："公子秀发，何但作富家翁乎！"即设筵，妇侧坐，劝釂甚殷，而自己举杯未尝饮，举箸亦未尝食。生惶惑，屡审阀阅。笑曰："再尽三爵告君知。"生如命饮已。妇曰："亡夫刘氏，客江右，遭变遽殒。未亡人独居荒僻，日就零落。虽有两孙，非鸱鸮即驽骀耳。公子虽异姓，亦三生骨肉也；且至性纯笃，故遂觍然相见。无他烦，薄藏数金，欲倩公子持泛江湖，分其赢余，亦胜案头萤枯死也。"生辞以少年书痴，恐负重托。妇曰："读书之计，先于谋生。公子聪明，何之不可？"遣婢运资出，交兑八百余两。生惶恐固辞，妇曰："妾亦知公子未惯贸迁，但试为之，当无不利。"生虑重金非一人可任，谋合商侣。妇云："勿须。但觅一诚悫谙练之仆，为公子服役足矣。"遂轮纤指以卜之曰："伍姓者吉。"命仆马囊金送生出，曰："腊尽涤盏，候洗宝装矣。"又顾仆曰："此马调良，可以乘御，即赠公子，勿须将回。"生归，夜才四鼓，仆系马自去。明日，多方觅役，果得伍姓，因厚价招之。伍老于行旅，又为人戆拙不苟，资财悉倚付之。往涉荆襄，岁杪始得归，计利三倍。生以得伍力多，于常格外，另有馈赏，谋同飞洒，不令主知。甫抵家，妇已遣人将迎，遂与俱去。见堂上华筵已设，妇出，备极慰劳。生纳资讫，即呈簿籍；妇置不顾。少顷即席，歌舞鞺鞳，伍亦赐筵外舍，尽醉方归。因生无家室，留守新岁。次日，又求稽盘。妇笑曰："后无须尔，妾会计久矣。"乃出册示生，登志甚悉，并给仆者亦载其上。生愕然曰："夫人真神人也。"过数日，馆谷丰盛，待若子侄。一日，堂上设席，一东面，一南面；堂下一筵西向。谓生曰："明日财星临照，宜可远行。今为主价粗设祖帐，以壮行色。"少间，伍亦呼至，赐坐堂下。一时鼓钲鸣聒。女优进呈曲目，生命唱"陶朱"。妇笑曰："此先兆也，当得西施作内助矣。"宴罢，仍以全金付生曰："此行不可以岁月计，非获巨万勿归也。妾与公子，所凭者在福命，所信者在腹心。勿劳计算，远方之盈绌，妾自知之。"生唯唯而退。往客淮上，进身为鹾贾。逾年，利又数倍。然生嗜读，操筹不忘书卷，所与游者皆文士。所获既盈，隐思止足，渐谢任于伍。桃源薛生与最善，适过访之，薛一门俱适别业，昏暮无所复之，阍人延生入，扫榻作炊。细诘主人起居。盖是时方讹传朝廷欲选良家女犒边庭，民间骚动。闻有少年无妇者，不通媒妁，竟以女送诸其家，至有一夕而得两妇者。薛亦新婚于大姓，犹恐舆马喧动，为大令所闻，故暂迁于乡。生既留，初更向尽，方将拂榻就寝，忽闻数人排闼入，阍人不知何语。但闻一人云："官人既不在家，秉烛者何人？"阍人答："是廉公子，远客也。"俄而问者已入，袍帽光洁，略一举手，即诘邦族。生告之，喜曰："吾同乡也。岳家谁氏？"答云："无之。"益喜趋出，即招一少年同入，敬与为礼。卒然曰："实告公子：某慕姓。今夕此来，将送舍妹于薛官人，至此方知无益。进退维谷之际，适逢公子，宁非数乎！"生以未悉其人，故踌躇不敢应。慕竟不听其致词，急呼送女者。少间，二媪扶女郎入，坐生榻上。睨之，年十五六，佳妙无双。生喜，始整巾向慕展谢。又嘱阍人行沽，略尽款洽。慕言："先世彰德人，母族亦世家，今凌夷矣。闻外祖遗有两孙，不知家况何似？"生问："伊谁？"曰："外祖刘，字晖若。闻在郡北三十里。"生曰："仆郡城东南人，去北里颇远。年又最少，无多知交。郡中此姓最繁，止知郡北有刘荆卿，亦文学士，未审是否？然贫矣。"慕曰："某祖墓尚在彰郡，每欲扶两榇归葬故里，以资斧未办，姑犹迟迟。今妹子从去，归计益决矣。"生闻之，锐然自任。二慕俱喜，酒数行辞去。生却仆移灯，琴瑟之爱，不可胜言。次日，薛已知之，趋入城，除别院馆生。生诣淮，交盘已，留伍居肆，装资返桃源，同二墓启岳父母骸骨，两家细小，载与俱归。入门安置已，囊金诣主。前仆已候于途，从去。妇逆见色喜曰："陶朱公载得西子来矣！前日为客，今日吾甥婿也。"置酒迎尘，倍益亲爱。生服其先知，因问："夫人与岳母远近？"妇云："勿问，久自知之。"乃堆金案上，瓜分为五，自取其二。曰："吾无用处，聊贻长孙。"生以过多，辞不受。凄然曰："吾家零落，宅中乔木，被人伐作薪。孙子去此颇远，门户萧条，烦公子一营办之。"生诺，而金止受其半。妇强内之，送生出，挥涕而返。生疑怪间，回视第宅，则为墟墓，始悟妇即妻之外祖母也。既归，赎墓田一顷，封植伟丽。刘有二孙：长即荆卿，次玉卿，饮博无赖，皆贫。兄弟诣生申谢，生悉厚赠之。由此往来最稔。生颇道其经商之由，玉卿窃意冢中多金，夜合博徒数辈，发墓搜之，剖棺露胔，竟无少获，失望而散。生知墓被发，以告荆卿。诣生同验之，入圹，见案上累累，前所分金具在。荆卿欲与生共取之。生曰："夫人原留此以待兄也。"荆卿乃囊运而归，告诸邑宰，访缉甚严。后一人卖坟中玉簪，获之，穷讯其党，始知玉卿为首。宰将治以极刑。荆卿代哀，仅得赊死。墓内外两家并力营缮，较前益坚美，由此廉、刘皆富，惟玉卿如故。生及荆卿常河润之，而终不足供其博赌。一夜，盗入生家，执索金资，生所藏金，皆以千五百为个，发示之。盗取其二，止有鬼马在厩，用以运之而去。使生送诸野，乃释之。村众望盗火未远，噪逐之。贼惊遁。共至其处，则金委路侧，马已倒为灰烬，始知马亦鬼也。是夜，止失金钏一枚而已。先是，盗执生妻，悦其美，将就淫之。一盗带面具，力呵止之，声似玉卿。盗释生妻，但脱腕钏而去。生以是疑玉卿，然心窃德之。后盗以钏质赌，为捕役所获，诘其党，果有玉卿。宰怒，备极五毒。兄与生谋，欲以重贿脱之，谋未成而玉卿已死。生犹时恤其妻子。生后登贤书，数世皆素封焉。呜呼！"贪"字之点画形象，甚近乎"贫"。如玉卿者，可以鉴矣！

公孙夏

保定有国学生某,将入都纳资,谋得县尹。方趋装而病,月余不起。忽有僮入白客至,某亦自忘其病,趋出逆客。客华服类贵者,三揖入舍。叩所自来,客曰:“仆公孙夏,十一皇子座客也。闻治装将图县秩,既有是志,太守不更佳耶?”某逊谢,但言资薄,不敢有奢愿。客请效力,俾出半资,约于任所取盈。某喜求策,客曰:“督抚皆某昆季之交,暂得五千缗,其事济矣。目前正定缺员,便可急图。”某讶其本省。客笑曰:“君迂矣!但有孔方在,何问吴越桑梓耶!”某终踌躇,疑其不经。客曰:“无须疑惑。实相告:此冥中城隍缺也。君寿终,已注死籍。乘此营办,尚可以致冥贵。”即起告别曰:“君且自谋,三日当复会。”遂出门跨马去。某忽开眸,与妻子永诀。命出藏镪,市楮锭万提,郡中是物为空。堆积庭中,杂刍灵鬼马,日夜焚之,灰高如山。三日,客果至。某出资交兑,客即导至部署,见贵官坐殿上,某便伏拜。贵官略审姓名,便勉以“清廉谨慎”等语。乃取凭文,唤至案前与之。某稽首出署。自念监生卑贱,非车服炫耀,不足震慑曹属。于是益市舆马,又遣鬼役,以采舆迓其美妾。区画方已,正定卤簿已至。途百余里,一道相属,意甚得。忽前导者钲息旗靡。惊疑间骑者尽下,悉伏道周,人小径尺,马大如狸。车前者骇曰:“关帝至矣!”某惧,下车亦伏。遥见帝君从四五骑,缓辔而至。须多绕颊,不似世所模肖者;而神采威猛,目长几近耳际。马上问:“此何官?”从者答:“正定守。”帝君曰:“区区一郡,何直得如此张皇!”某闻之,洒然毛悚,身暴缩,自顾如六七岁儿。帝君令起,随马迹行。道旁有殿宇,帝君入南向坐,命授笔札,俾自书乡贯姓名。某书已,呈进。帝君视之,怒曰:“字讹误不成形象!此市侩耳,何足以任民社!”又命稽其德籍。旁一人跪奏,不知何词。帝君厉声曰:“干进罪小,卖爵罪重!”旋见金甲神绾锁去。遂有二人捉某，褫去冠服，笞五十，臀肉几脱，逐出门外。四顾车马尽空，痛不能步，偃息草间。细认其处，离家尚不甚远。幸身轻如叶，一昼夜始抵家。豁若梦醒，床上呻吟。家中集问，但言“股痛”。盖冥然若死者已七日矣。至是始寤，便问：“阿怜何不来？”盖妾小字也。先是，阿怜方坐谈，忽曰：“彼为正定太守，差役来接我矣。”乃入室严妆，妆竟而卒，才隔夜耳。家人述其异，某悔恨爬胸，命停尸勿葬，冀其复还。数日杳然，乃葬之。某病渐瘳，但股创大剧，半年始起。每曰：“官资尽耗而横被冥刑，此尚可忍；但爱妾不知舁向何所，清夜所难堪耳。”

异史氏曰：“市侩固不足南面哉！冥中既有线索，恐夫子马迹所不及到，作威福者，正不胜诛耳。吾乡郭华野先生，传有一事，与此颇类，亦人中之神也。先生以清鲠受主知，再起总制荆楚。行李萧然，惟四五人从之，衣履皆敝陋，途中人竟不知为贵官也。适有新令赴任，道与相值。驼车二十乘，前车数十骑，驺从以百计。先生亦不知其何官，时先之，时后之，时以数骑杂其伍。彼前马者怒其扰，辄诃却之。先生亦不顾瞻。无何，至一巨镇，两俱休止。乃使人潜访之，则一国学生加纳赴任湖南者也。乃遣一价召之使来。令闻呼骇疑，反诘官阀，始知为先生，悚惧无以为地，冠带匍伏而前。先生问：‘汝即某县县尹耶？’答曰：‘然。’先生曰：‘蕞尔一邑，何能养如许驺从？履任则一方涂炭矣！不可使殃民社，可即旋归勿前矣。’令叩首曰：‘下官尚有文凭。’先生即令取凭，审验已，曰：‘此亦细事，代若缴之可耳。’令伏拜而出。归途不知何以为情，而先生行矣。世有未莅任而已受考成者，实所创闻。先生奇人，故信其有此快举耳。”

鬼　隶

历城二隶，奉邑宰韩丞宣命，营干他郡，岁暮方归。途中遇二人，服装亦类公役，同行半日，近与话言。二人自称郡役，隶曰："济城快皂，相识者十有八九，二君殊昧生平。"其人云："实相告，我乃城隍之鬼隶也。今将以公文投东岳。"隶问："函中何事？"答云："济南大劫，所报者杀人之名数也。"惊问其数，曰："亦不甚悉，恐近百万。"隶益骇，因问其期，答以"正朔"。二隶相顾，计到郡则岁已除，恐罹于难；迟之惧贻谴责。鬼曰："违误限期罪小，入逢劫数祸大。宜他避，姑无往。"隶从之，各趋岐路遁归。无何，北兵大至，屠济南，扛尸百万。二人亡匿得免。

果　报

安丘某生，通卜筮之术，而其为人邪荡不检，每有钻穴逾墙之行则卜之。一日，忽病，药之不愈，曰："吾实有所见，冥中怒我狎亵天数，将重谴矣，药何能为？"亡何，目暴瞽，两手无故自折。

某甲者，伯无嗣，利其有，愿为之后。伯既死，田产悉为所有，遂背前盟。又有一叔，家颇裕，亦无子。甲又父之。叔卒，又背之。于是并三家之产，称富一乡。忽暴病若狂，自言曰："汝欲享富厚而生耶？"遂以利刃自割肉，片片掷地。又曰："汝绝人后，尚欲有后耶？"剖腹流肠遂毙。未几，其子亦死，产业归他人矣。果报如此，可畏也夫！

卷十九

真 生

长安士人贾子龙，偶过邻巷，见一客，风度洒如。问之，则真生，咸阳僦寓者也。心慕之。明日，往投刺，适值其亡。凡三谒，皆不遇。乃阴使人窥其在舍而后过之。真走避不出；贾搜之，始出。促膝倾谈，大相知悦。贾就逆旅遣僮行沽；真又善饮，能雅谑，乐甚。酒欲尽，真搜箧，出饮器。玉卮无当，注杯酒其中，盎然已满；以小盏挹取入壶，并无少减。贾异之，坚求其术。真曰："我不愿相见者，君无他短，但贪心未净耳。此乃仙家隐术，何能相授！"贾曰："冤哉！我何贪？间萌奢想者，徒以贫耳！"一笑而散。由是往来无间，形骸尽忘。每值乏窘，真辄出黑石一块，吹咒其上，以磨瓦砾，立刻化为白金，便以赠生；仅足所用，未尝赢余。贾每求益，真曰："我言君贪，如何，如何？"贾思：明告，必不可得，将乘其醉睡，窃石而要之。一日，饮既卧，贾潜起，搜诸衣底。真觉之，曰："子真丧心，不可处矣。"遂辞别，移居而去。后年余，贾游河干，见一石黝然莹洁，绝类真生物。拾之，珍藏若宝。过数日，真忽至，瞭然若有所失。贾慰问之，真曰："君前所见，乃仙人点金石也。曩从抱真子游，彼怜我介，以此相贻。醉后失去，隐卜当在君所。如有还带之恩，不敢忘报。"贾笑曰："仆生平不敢欺朋友，诚如所卜。但知管仲之贫者，莫如鲍叔。君且奈何？"真请以百金为赠。贾曰："百金非少，但授我口诀，一亲试之。无憾矣。"真恐其寡信。贾曰："君自仙人，岂不知贾某宁失信于朋友者？"真授其诀。贾顾砌上有巨石，将试之。真掣其肘，不听前。贾乃俯掬半砖，置砧上曰："若此者，非多耶。"真乃听之。贾不磨砖而磨砧。真变色，欲与争，而砧已化为浑金。反石于真，真叹曰："业如此，复何言。然妄以福禄加人，必遭天谴。如逭我罪，施材百具、絮衣百领，肯之乎？"贾曰："仆所以欲得钱者，原非欲窖藏之也。君尚视我为守财虏耶?”真喜而去。贾得金,且施且贾,不三年,施数已满。真忽至,握手曰:“君信义人也!别后被福神奏帝,削去仙籍,蒙君博施,今幸以功德消罪。愿勉之勿替也。”贾问真:“系天上何曹?”曰:“我乃有道之狐耳。出身綦微,不堪孽累。故生平自爱,一毫不敢妄作。”贾为设酒,遂与欢饮如初。贾至九十余,狐犹时至其家。

长山某,卖解信药,即垂危,灌之无不活;然秘其方,即戚好不传也。一日,以株累被逮。妻弟饷食狱中,隐置信焉。坐待食已而后告之。甲不信,少顷,腹中溃动,始大惊,骂曰:“畜产速行!家中虽有药末,恐道远难俟。急于城中物色薛荔为末,清水一盏,速将来!”妻弟如其教。迨觅至,某已呕泻欲死。急投之,立刻而安。其方自此遂传。此亦犹狐之秘其石也。

布　商

布商某,至青州境,偶入废寺,见其院宇零落,叹悼不已。僧在侧曰:“今如有善信,暂起山门,亦佛面之光。”客慨然自任。僧喜,邀入方丈,款待殷勤。既而举内外殿阁,并请装修。客辞以不能。僧固强之,词色悍怒。客惧,请即倾囊;于是倒装而出,悉授僧。将行,僧止之曰:“君竭资,实非所愿,得毋甘心于我乎!不如先之。”遂握刀相向。客哀之切,弗听;请自经,许之。逼置暗室而迫促之。适有防海将军经寺外,遥自缺墙中,望见一红裳女子入僧舍,疑之。下马入寺,前后冥搜,竟不可得。至暗室所,严扃双扉。僧不肯开,托以妖异。将军怒,斩关入,则见客缢梁上。救之,片时复苏。诘得其情,又械问女子所在,实属乌有,盖神佛现化也。杀僧,财物仍以归客。客益募修庙宇。由此,香火大盛。赵孝廉丰原,言之最悉。

何　仙

长山王公子瑞亭,能以乩卜。乩神自称何仙,为纯阳弟子,或谓是吕祖所跨鹤云。每降,辄与人论文作诗。李太史质君师事之,丹黄课艺,理绪明切。太史揣摩成,赖何仙力居多。因之文学士多皈依之。然为人决疑难事,多凭理,不甚言休咎。辛未岁,朱文宗案临济南,试后,诸友请决等第。何仙索试艺,悉月旦之。座中有与乐陵李忭相善者,李固好学深思之士,众属望之,因出其文,代为之请。乩注云一等。少间云:"适评李生,据文为断,然此生运数大晦,应犯夏楚。异哉!文与数适不相符,岂文宗不论文耶?诸公少待,试一往探之。"少顷,又书云:"我适至提学署中,见文宗公事旁午,所焦虑者殊不在文也,一切置付幕客。客六七人,粟生、例监都在其中,前世全无根气,大半饿鬼道中游魂,乞食于四方者也。曾在黑暗狱中八百年,损其目之精气;如人久在洞中,乍出,则天地异色,无正明也。中有一二为人身所化者,阅卷分曹,恐不能适相值耳!"众问挽回之术。书云:"其术至实,人所共晓,何必问?"众会其意,以告李。李惧,以文质孙太史子未,且诉以兆。太史赞其文,因解其惑。李以太史海内宗匠,心益壮,乩语不复置怀。后案发,竟居四等。太史大骇,取其文复阅之,殊无疵谪,评云:"石门公祖素有文名,必不悠谬至此。是必幕中醉汉,不识句读者所为。"于是众益服何仙之神,共焚香祝谢之。乩书曰:"李生勿以暂时之屈,遂怀惭怍,当多写试卷,益暴之,明岁可得优等。"李如其教。久之,署中颇闻,悬牌特慰之。次岁果列前名,其灵应如此。

异史氏曰:"幕中多此辈客,无怪京都丑妇巷中至夕无闲床也。呜呼!"

神　女

米生者，闽人，传者忘其郡邑、名字。偶入郡，醉过市廛，闻高门中箫鼓如雷。问之居人，云是开寿筵者，然门庭亦殊清寂。听之，笙歌繁响。醉中雅爱乐之，并不问其何家，即街头市祝仪，投晚生刺焉。或见其衣冠朴陋。便问："君系此翁何亲？"答言："无之。"或言："此流寓者侨居于此，不审何官，甚贵倨也。既非亲属，将何求？"生闻而悔之，而刺已入矣。无何，两少年出逆客，华裳眩目，丰采都雅，揖生入。见一叟南向坐，东西列数筵，客六七人，皆似贵胄；见生至，尽起为礼，叟亦杖而起。生久立，待与周旋，而叟殊不离席。两少年致词曰："家君衰迈，起拜良艰。愚兄弟代谢高贤之见枉也。"生逊谢而罢，遂增一筵于上，与叟接席。未几，女乐作于下；座后设琉璃屏以幛内眷；鼓吹大作，座客不复可以倾谈。筵将终，两少年起，各以巨杯劝客。杯可容三斗，生有难色；然见客受，亦受。顷刻四顾，主客尽釂。生不得已，亦强尽之。少年复斟，生觉惫甚，起而告退。少年强挽其裾。生大醉，逷地，但觉有人以冷水洒面，恍然若寤。起视，宾客尽散，惟一少年捉臂送之，遂别而归。后再过其门，则已迁去矣。自郡归，偶适市，一人自肆中出，招之饮。视之，不识；姑从之入，则座上先有里人鲍庄在焉。问其人，乃诸姓，市中磨镜人也。问："何相识？"曰："前日上寿者，君识之否？"生言："不识。"诸言："予出入其门最稔。翁，傅姓，但不知何籍、何官。先生上寿时，我方在墀下，故识之也。"日暮，饮散。鲍庄夜死于途。鲍父不识诸，执名讼生。检得鲍庄体有重伤，生以谋杀论死，备历械梏；以诸未获，罪无申证，项系之。年余，直指巡方，廉知其冤，出之。家中田产荡尽，而衣巾革褫，冀其可以辨复，于是携囊入郡。日将暮，步履颇殆，休于路侧。遥见小车来，二青衣夹随之。既过，忽命停舆。车中不知何言。俄一青衣问生："君非米姓乎？"生惊起，诺之。问："何贫窭至此?"生告以故。又问："安之?"又告之。青衣去向车中语。俄,复返;请生至车前。车中以纤手搴帘。微睨之,乃绝代佳人也。谓生曰："君不幸得无妄之祸,闻之太息。今日学使署中,非白手可出入者,途中无可解赠……"乃于髻上摘珠花一朵,授生曰："此物可鬻百金,请缄藏之。"生下拜,欲问官阀,车行甚疾,其去已远。不解何人,执花悬想:上缀明珠,非凡物也。珍藏而行。至郡,投状。上下勒索甚苦。出花展视,不忍置去,遂归。归而无家,依于兄嫂。幸兄贤,为之经纪,贫不废读。过岁,赴郡应童子试,误入深山。会清明节,游人甚众。有数女骑来,内一女郎,即曩年车中人也。见生停骖,问其所往。生具以对。女惊曰："君衣顶尚未复耶?"生惨然,于衣下出珠花曰："不忍弃此,故犹童子也。"女郎晕红上颊。既,嘱"坐待路隅",款段而去。久之,一婢驰马来,以裹物授生曰："娘子言,今日学使之门如市。赠白金二百,为进取之资。"生辞曰："娘子惠我多矣!自分掇芹非难,重金所不敢受。但告以姓名,绘一小像,焚香供之足矣。"婢不顾,委地下而去。生由此用度颇充,然终不屑夤缘。后,入邑庠第一。以金授兄。兄善居积,三年旧业尽复。适闽中巡抚为生祖门人,优恤甚厚,兄弟称巨家矣。然生素清鲠,虽属大僚通家,而未尝有所干谒。一日,有客裘马至门,都无识者。出视,则傅公子也。揖而入,各道间阔,治具相款。客辞以冗,然亦不竟言去。已而,肴酒既陈,公子起而请间。相将入内,拜伏于地。生惊问："何事?"怆然曰："家君适罹大祸,欲有求于抚台,非兄不可。"生辞曰："渠虽世谊,而以私干人,生平所不为也。"公子伏地哀泣。生厉色曰："小生与公子,一饮之知交耳,何遂以丧节强人!"公子大惭,起而别去。越日,方独坐,有青衣人入。视之,即山中赠金者,生方惊起。青衣曰："君忘珠花否?"生曰："唯唯,不敢忘。"曰："昨公子,即娘子胞兄也。"生闻之,窃喜,伪曰："此难相信。若得娘子亲见一言,则油鼎可蹈耳。不然,不敢奉命。"青衣出,驰马而去。更尽,复返,扣扉入曰："娘子来矣。"言未已,女郎惨然人，向壁而哭，不作一语。生拜曰："小生非卿，无以有今日。但有驱策，敢不惟命！"女曰："受人求者常骄人，求人者常畏人。中夜奔波，生平何解此苦！只以畏人故耳，亦复何言！"生慰之曰："小生所以不遽诺者，恐过此一见为难耳。使卿夙夜蒙露，吾知罪矣。"因挽其袪，隐抑搔之。女怒曰："子诚敝人也！不念畴昔之义，而欲乘人之厄，予过矣！予过矣！"忿然而出，登车欲去。生追出，谢过，长跽而要遮之。青衣亦为缓颊。女意稍解，就车中谓生曰："实告君，妾非人，乃神女也。家君为南岳都理司，偶失礼于地官，将达帝听，非地都人官印信不可解也。君如不忘旧义，以黄纸一幅为妾求之。"言已车发，遂去。生归，悚惧不已；乃假驱祟，言于巡抚。巡抚谓其事近巫蛊，不许。生以厚金赂其腹心，诺之，而未得其便也。既归，青衣候门，生具告之，默然退去。意似怨其不忠。生追送之曰："归告娘子，如事不谐，我以身命殉之。"既归，终夜辗转，不知计之所出。适院署有宠姬购珠，乃以珠花献之。姬大悦，窃印为之嵌纸。生怀归，青衣适至。笑曰："幸不辱命，然数年来贫贱乞食所不忍鬻者，今还为主人弃之矣。"因告以情，且曰："黄金抛置，我都不惜。寄语娘子，珠花须要偿也。"逾数日，傅公子登堂申谢，纳黄金百两。生作色曰："所以然者，为令妹之惠我无私耳。不然，即万金岂足易名节哉！"再强之，生色益厉。公子惭而去，曰："此事殊未了。"翌日，青衣奉女郎命，进明珠百颗，曰："此足以偿珠花耶？"生曰："重花者非贵珠也。设当日赠我万镒之宝，直须卖作富家翁耳！什袭而甘贫贱，何为乎？娘子神人，小生何敢他望！幸得报洪恩于万一，死无憾矣！"青衣置珠案间。生朝拜而后却之。越数日，公子又至。生命治肴酒。公子使从人入厨下，自行烹调。相对纵饮，欢若一家。有客馈苦糯，公子饮而美之。引尽百盏，面颊微赪，乃谓生曰："君贞介士，愚兄弟不能早知君，有愧裙钗多矣。家君感大德，无以相报，欲以妹子附为婚姻，恐以幽明见嫌也。"生喜惧非常，不知所对。公子辞而出曰："明夜七月初九，新月钩辰，天孙有少女下嫁，吉期也，可备青庐。”次夕，果送女郎至，一切无异常人。三日后，女自兄嫂以及仆婢，皆有馈赏。又最贤，事嫂如姑。数年不育，劝纳副室，生不肯；适兄贾于江淮，为买少姬而归。姬顾姓，小字博士，貌亦清婉。夫妇皆喜。见髻上插珠花，甚似当年故物；摘视，果然。异而诘之，答云：“昔有巡抚爱妾死，其婢盗出鬻于市；先人廉其直，买而归。妾爱之。先人无子，生妾一人，故所求无不得。后，父死家落，妾寄养于顾媪之家。顾妾姨行，见珠，屡欲售去。妾投井觅死，故至今犹存也。”夫妇叹曰：“十年之物，复归故主，岂非数哉！”女另出珠花一朵曰：“此物久无偶矣！”因并赐之，亲为簪于髻上。姬退，问女郎家世甚悉。家人皆讳言之。阴告生曰：“妾视娘子非人间人也，其眉目间有神气。昨簪花时，得以近视，其美丽出于肌里，非若凡人以黑白位置中见长耳。”生笑之。姬曰：“君勿言，妾将试之。如其神，但有所需，无人处焚香以求，彼当自知。”女郎绣袜精工，博士爱之，而未敢言，乃即闺中焚香祝之。女早起，忽检箧中，出袜，遣婢赠博士。生见之而笑。女问故，以实告。女曰：“黠哉！婢乎！”因其慧，益怜爱之。然博士益恭，昧爽时，必熏沐以朝。后博士一举两男，两人分字之。生年八十，女貌犹如处子。生抱病，女鸠匠为材，令宽大倍于寻常；既死，女不哭；男女他适，则女已入材中死矣。因并葬之，至今传为“大材冢”云。

异史氏曰：“女则神矣，博士而能知之，是遵何术欤？乃知人之慧，固有灵于神者矣。”

湘　裙

晏仲，陕西延安人，与兄伯同居，友爱敦笃。伯三十而卒，无嗣，妻亦继亡。仲痛悼之。每思生二子，则以一子为兄后。甫举一男，而仲妻又死。仲恐继室不恤其子，将购一妾。邻村有货婢者，仲往相之，略不称意，情绪无聊；被友人留酌，醺醉而归。途中遇故窗友梁生，握手殷殷，邀过其家。醉中忘其已死，从之而去。入其门，并非旧第。疑而问之。答云："新移此耳。"入而谋酒，则家酿已竭。嘱仲坐待，洁瓶往沽。仲出立门外以俟之。见一妇人控驴而过，有童子随之，年可八九岁，面目神色绝类其兄。心恻然动念，急尾缀之，便问："童子何姓？"答云："姓晏。"仲益惊。又问："汝父何名？"答言："不知。"言次，已至其门。妇人下驴入。仲执童子曰："汝父在家否？"童诺而入。顷刻，一媪出窥，真其嫂也。讶叔何来。仲大悲，随之而入，见庐落亦复整顿。因问："兄何在？"曰："责负未归。"问："跨驴者何人？"曰："此汝兄妾甘氏，生两男矣。长阿大赴市未返；汝所见者阿小。"坐久，酒渐解，始悟所见皆鬼。以兄弟情切，即亦不惧。嫂温酒治具。仲急欲见兄，促阿小觅之。良久，哭而归曰："李家负欠不还，反与父闹。"仲闻之，与阿小奔而去，见有两人，方摔兄地上。仲怒，奋拳直入，当者尽踣。急救兄起，敌已俱奔。追捉一人，捶楚无算。始执兄手，顿足哀泣。兄亦泣。既归，举家慰问。乃具酒食，兄弟相庆。居无何，一少年入，年约十六七。伯呼阿大，令拜叔。仲挽之，哭向兄曰："大哥地下有两男子，而坟墓不扫；弟又子少而鳏，奈何？"伯亦凄恻。嫂谓伯曰："遣阿小从叔去亦得。"阿小闻之，依叔肘下，眷恋不去。仲抚之，倍益酸辛，问："汝乐从去否？"答云："乐从。"仲念鬼虽非人，慰情亦胜无也，因为解颜。伯曰："从去，但无娇惯，宜啖以血肉，驱向日中曝之，午过乃已。六七岁儿，历春及夏，骨肉更生，可以娶妻育子；但恐不寿耳。"言间，有少女在门外窥听，意致温婉。仲疑为兄女，便以问兄。兄曰："此名湘裙，吾妾妹也，孤而无归，寄养十年矣。"问："已字否？"伯云："尚未。近有媒议东村田家。"女在窗外小语曰："我不嫁田家牧牛子。"仲颇有动于中，而未便明言。既而伯起，设榻于斋，止弟宿。仲雅不欲留，而意恋湘裙，将设法以窥兄意，遂别兄就榻。时方初春，气候犹寒，斋中夙无烟火，森然粟栗。对烛冷坐，思得小饮。俄而阿小推扉入，以杯羹斗酒置案上。仲喜极，问："谁之为？"答云："湘姨。"酒将尽，又以灰覆盆火，掷床下。仲问：“爷娘寝乎？”曰：“睡已久矣。”“汝寝何所？”曰：“与湘姨共榻耳。”阿小俟叔眠，乃掩门去。仲念湘裙慧而解意，益爱慕之，又以其能抚阿小，欲得之心益坚。辗转床头，终夜不寐。早起，告兄曰：“弟孑然无偶，烦大哥留意焉。”伯曰：“吾家非一瓢一担者，物色当自有人。地下即有佳丽，恐于弟无所利益。”仲曰：“古人亦有鬼妻，何害？”伯似会意，便言：“湘裙亦佳。但以巨针刺‘人迎’，血出不止者，便可为生人妻，何得草草！”仲曰：“得湘裙抚阿小亦得。”伯但摇首。仲求之不已。嫂曰：“试捉湘裙，强刺验之，不可乃已。”遂握针出门外。遇湘裙，急捉其腕，则血痕犹湿。盖闻伯言时，早自试之矣。嫂释手而笑，反告伯曰：“渠作有意乔才久矣，尚为之代虑耶！”妾闻之，怒；趋近湘裙，以指刺眶而骂曰：“淫婢不羞，欲从阿叔奔去耶！我定不如其愿！”湘裙愧愤，哭欲觅死，举家腾沸。仲乃大惭，别兄嫂，率阿小而出。兄曰：“弟姑去，阿小勿使复来，恐损其生气也。”仲诺之。既归，伪增其年，托言“兄卖婢之遗腹子”。众以其貌酷类，亦信为伯遗体。仲教之读，辄遣抱一卷，就日中诵之。初以为苦，久而渐安。六月中，几案灼人，而儿戏且读，殊无少怨。儿甚慧，日尽半卷；夜与叔抵足，恒背诵之。仲甚慰。又以不忘湘裙，故不复作“燕楼”想矣。一日，双媒来为阿小议姻。中馈无人，心甚燥急。忽甘嫂自外入曰：“阿叔勿怪，吾送湘裙至矣。缘婢子不识羞，我故挫辱之。叔如此表表，而不相从，更欲从何人者！”见湘裙立其后，心甚欢悦。肃嫂坐，具述有客在堂，乃趋出。少间，复入，则甘氏已去。湘裙卸妆入厨下，刀砧盈耳矣。俄而肴胾罗列，烹饪得宜。客去，仲入，见湘裙凝妆坐室中，遂与交拜成礼。至晚，女仍欲与阿小共宿。仲曰：“我欲以阳气温之，不可离也。”因置女别室，惟晚间杯酒一往欢会而已。湘裙抚前子如己出，仲益贤之。一夕，夫妇款洽，仲戏问：“阴世有佳人否？”女思良久，答言：“未见。惟邻女葳灵仙，群以为美，顾貌亦犹人，要善修饰耳！与妾往还最久，心中窃鄙其荡也。如欲见之，顷刻可致。但此等人未可招惹。”仲急欲一见。女把笔似欲作书，既而掷管曰：“不可，不可！”强之再四，乃曰：“毋为所惑。”仲诺之。遂裂纸作数画若符，于门外焚之。少时，帘动钩鸣，吃吃作笑声。女起，曳入。高髻云翘，殆类画图。扶坐床头，酌酒相叙间阔。初见仲，犹以红袖掩口，不甚纵谈；数盏后，嬉狎无忌，渐伸一足压仲衣。仲心迷乱，不知魂之所舍，目前惟碍湘裙。湘裙又故防之，顷刻不离于侧。葳灵仙忽起，搴帘而出。湘裙从之，仲亦从之。葳灵仙辄握仲手，趋入他室。湘裙甚恨，而无可如何，忿然归室，听其所为而已。既而仲入，湘裙责之曰：“不听我言，后恐却之不得耳！”仲疑其妒，不乐而散。次夕，葳灵仙不召自来。湘裙甚厌见之，傲不为礼。仙竟与仲相将而去。如此数夕，女望其来，则诟辱之，而亦不能却也。月余，仲病不起，始大悔。唤湘裙与共寝处，冀可避之；昼夜防稍懈，则人鬼已在阳台。湘裙操杖逐之，鬼忿与争。湘裙荏弱，手足皆为所伤。仲寖以沉困。湘裙泣曰：“吾何以见吾姊乎！”又数日，仲冥然遂死。初见二隶执牒入，不觉从去。至途，患无资斧，邀隶便道过兄所。兄见之，惊骇失色，问弟：“近何作？”仲曰：“无他，但有鬼病耳。”实告之。兄曰：“是矣！”乃出白金一裹，谓隶曰：“姑笑纳之。吾弟罪不应死，请释归，我使豚儿从去，或无不谐。”便唤阿大陪隶饮；反身入家，便告以故，乃令甘氏隔壁唤葳灵仙。俄至，见仲，欲遁。伯揪返，骂曰：“淫婢生为荡妇，死为贱鬼，不齿群众久矣，又祟吾弟耶！”立批之，云鬟蓬飞，妖容顿减。久之，一妪来，伏地哀恳。伯又责妪纵女宣淫，诃詈移时，始令与女俱去。伯乃送仲出。飘忽间已抵家门，直达卧室，豁然若寤，始知适间之已死也。伯责湘裙曰：“我与若姊谓汝贤能，故使从吾弟，反欲促吾弟死耶！设非名分之嫌，便当挞楚。”湘裙惭惧啜泣，望伯伏谢。伯顾阿小，喜曰：“儿居然生人矣。”湘裙欲出作黍。伯辞曰：“弟事未办，我不遑暇。”阿小年十三，渐知恋父，见父出，零涕从之。父曰：“从叔最乐，我行复来耳。”转身遂逝，自此不复通闻问矣。后阿小娶妇，生一子，亦年三十而卒。仲抚其孤，如侄生时。仲年八十，其子二十余矣，乃析之。湘裙无所出，一日谓仲曰：“我先驱狐狸于地下可乎？”盛妆上床而殁。仲亦不哀，半年寻卒。

异史氏曰：“天下之友爱如仲，几人哉！宜其不死而益之以年也。阳绝阴嗣，此皆不忍死兄之诚心所格。在人无此理，在天宁有此数乎！地下生子，愿承前业者，想亦不少，恐承绝产之贤兄弟不肯收恤耳！”

三 生

湖南某，能记前生三世。一世为令尹，闱场入帘。有名士兴于唐被黜落，愤懑而卒，至阴司，执卷讼之。此状一投，其同病死者以千万计，推兴为首，聚散成群。某被摄去，相与对质。阎罗便问：“某既衡文，何得黜佳士而进凡庸？”某辨言：“上有总裁，某不过奉行之耳。”阎罗即发一签，往拘主司。久之，勾至。阎罗即述某言，主司曰：“某不过总其大成，虽有佳章，而房官不荐，吾何由而见之也？”阎罗曰：“此不得相诿，其失职均也，例合笞！”方将施刑，兴不满志，戛然大号；两墀诸鬼万声鸣和。阎罗问故。兴抗言曰：“笞罪太轻，是必抉其双睛，以为不识文之报。”阎罗不肯，众呼益厉。阎罗曰：“彼非不欲得佳文，特其所见鄙耳。”众又请剖其心。阎罗不得已，使人褫其袍服，以白刃劙胸。两人沥血鸣嘶。众始大快，皆曰：“吾辈抑郁泉下，未有能一伸此气者，今得兴先生，怨气都消矣。”哄然遂散。某受剖已，押投陕西为庶人子。年二十余，值土寇大作，陷入贼中。有兵巡道往平贼，俘掳甚众，某亦在中。心犹自揣非贼，冀可辨释。及见堂上官亦年二十余，细视，乃兴生也。惊曰：“吾合尽矣！”既而俘者尽释，惟某后至，不容置辨，竟斩之。某至阴司，投状讼兴。阎罗不即拘，待其禄尽。迟之三十年，兴始至。面质之，兴以草菅人命，罚作畜。稽某所为，曾挞其太父母，其罪维均；某恐来生再报，请为大畜。阎罗判为大犬，兴为小犬。某生于北顺天府市肆中。一日，卧街头，有客自南中来，携一金毛犬，大如狸。某视之，兴也。心易其小，龁之。小犬咬其喉下，系缀如铃，大犬摆扑嗥窜。市人解之不得。俄顷，俱毙。并至冥司，互有争论。阎罗曰："冤冤相报，何时可已？今为若解之。"乃判兴来世为某婿。某生庆云，二十八举于乡，生一女，娴静娟好。世族争委禽焉。某皆弗许。偶过临郡，值学使发落诸生；其第一卷李姓，实兴也。遂挽至旅舍，优厚之。问其家，适无偶，遂订姻好。人皆谓其怜才，而不知有夙因也。既而娶女去，相得甚欢。然婿恃才，辄侮翁，恒隔岁不一至其门。翁亦颔之。后婿中岁淹蹇，苦不得售；翁百计为之营谋，始得志于名场。由此和好如父子焉。

异史氏曰："一被黜而三世不解，怨毒之甚至此哉！阎罗之调停固善；然墀下千万众如此纷纷，勿亦天下之爱婿，皆冥中之悲鸣号动者耶！"

长　亭

石太璞，泰山人，好厌禳之术。有道士遇之，赏其慧，纳为弟子。启牙签，出二卷：上卷驱狐，下卷驱鬼。乃以下卷授之曰："虔奉此书，衣食佳丽皆有之。"问其姓名，曰："吾汴城北村元帝观王赤城也。"留数日，尽传其诀。石由此精于符箓，委贽者踵接于门。一日，有叟来，自称翁姓，炫陈币帛，谓其女鬼病已殆，必求亲诣。石闻病危，辞不受贽，姑与俱往。十余里，入山村，至其家，廊舍华好。入室，见少女卧縠幛中，婢以钩挂幛。望之，年十四五许，支缀于床，形容已槁。近临之，忽开目云："良医至矣。"举家皆喜，谓其不语已数日矣。石乃出，因诘病状。叟言："白昼见少年来，与共寝处，捉之已杳，少间，复至。意其为鬼。"石曰："其鬼也，驱之非难；恐其是狐，则非余所敢知。"叟云："必非，必非。"石授以符。是夕，宿于其家。夜分，有少年人，衣冠整肃。石疑是主人眷属，起而问之。曰："我鬼也。翁家尽狐。偶悦其女红亭，姑止焉。鬼为狐祟，阴骘无伤。君何必离人之缘而护之也！女之姊长亭，光艳尤绝，敬留全璧，以待高贤。彼如许字，方可为之施治。尔时，我当自去。"石诺之。是夜，少年不复至，女顿醒。天明，叟喜以告石，请石入视。石焚旧符，乃坐诊之。见绣幕有女郎，丽若天人，心知其长亭也。诊已，索水洒幛。女郎急以碗水付之，蹀躞之间，意动神流。石生此际，心殊不在鬼矣。出辞叟，托制药去，数日不返。鬼益肆，除长亭外，子妇婢女俱被淫惑。又以仆马招石，石托疾不赴。明日，叟自至。石故作病股状，扶杖而出。叟拜问故，曰："此鳏之难也。曩夜婢子登榻倾跌，堕汤夫人，泡两足耳。"叟问："何久不续？"石曰："恨不得清门如君者。"叟默而出。石走送曰："病瘥，当自至，无烦玉趾也。"又数日，叟复来，石跛而见之。叟慰问三数语，便曰："顷与荆人言，君如驱鬼去，使举家安枕，小女长亭，年十七矣，愿遣奉事君子。"石喜，顿首于地，乃谓叟："雅意若此，病躯何敢复爱！"立刻出门，并骑而去。入视祟者既毕，石恐背约，请与媪盟。媪遽出曰："先生何见疑也！"即以长亭所插金簪授石为信。石朝拜之。已，乃遍集家人，悉为袚除，惟长亭深匿无迹。遂写一佩符，使人持赠之。是夜寂然，鬼影尽灭，惟红亭呻吟未已，投以法水，所患若失。石欲辞去，叟挽止殷恳。至晚，肴核罗列，劝酬殊切。漏二下，主人乃辞客去。石方就枕，闻叩扉甚急。起视，则长亭掩入，辞气仓皇，言："吾家欲以白刃相仇，君可急遁。"言已，返身竟去。石战惧无色，越垣急窜。遥见火光，疾奔而往，则里人夜猎者也。喜待猎毕，乃与俱归。心怀怨忿，无之可伸，思欲之汴寻赤城，而家有老父，病废已久。日夜筹思，莫决进止。忽一日，双舆至门，则翁媪送长亭至。谓石曰："曩夜之归，胡再不谋？"石见长亭，怨恨都消，故亦隐而不发。媪促两人庭拜讫，石将设筵。辞曰："我非闲人，不能坐享甘旨。我家老子昏髦，倘有不悉，郎肯为长亭一念老身，为幸多矣。"登车遂去。盖杀婿之谋，媪不之闻；及追之不得而返，媪始知之；颇不能平，与叟日相诟谇。长亭亦饮泣不食。媪强送女来，非翁意也。长亭入门，诘之，始知其故。过两三月，翁家取女归宁。石料其不返，禁止之。女自此时一涕零。年余，生一子，名慧儿，买乳媪哺之。然儿善啼，夜必归母。一日，翁家又以舆来，言媪思女甚，长亭益悲。石不忍复留之。欲抱子去，石不可，长亭乃自归。别时以一月为期，既而半载无耗。遣人往探之，则向所僦宅久空。又二年余，望想都绝，而儿啼终夜，寸心如割。既而石父病卒，倍益哀伤；因而病惫，苫次弥留，不能受宾朋之吊。方昏瞆间，忽闻妇人哭入。视之，则缞绖者长亭也。石大悲，一恸遂绝。婢惊呼，女始辍泣。抚之良久始渐苏。自疑已死，谓相聚于冥中。女曰："非也。妾不孝，不能得严父心；尼归三载，诚所负心。适家人由东海经此，得翁凶闻。妾遵严命而绝儿女之情，不敢循乱命而失翁媳之礼。妾来时，母知而父不知也。"言间，儿投怀中。女抚之，泣曰："我有父，儿无母矣。"儿亦嗷啕，一室掩泣。女起，经理家政，柩前牲盛洁备。石乃大慰，而病久，急切不能起。女乃请石外兄款洽吊客。丧既闭，石始杖而能起，相与营谋斋葬。葬已，女欲辞归，以受背父之谴。夫挽儿号，隐忍而止。未几，有人来告母病。乃谓石曰："妾为君父来，君不为妾母放令去耶?"石许之。女使乳媪抱儿他适，涕洟出门而去。去后，数年不返。石父子渐亦忘之。一日，昧爽启扉，则长亭飘入。石方骇问，女戚然坐榻上，叹曰："生长闺阁，视一里为遥，今一日夜而奔千里，殆矣！"细诘之，女欲言复止。请之不已，哭曰："今为君言，恐妾之所悲，而君之所快也。迩年徙居晋界，僦居赵缙绅之第。主客交最善，以红亭妻其公子。公子数逋荡，家庭颇不相安。妹归告父；父留之半年不令还。公子忿恨，不知何处聘一恶人来，遣神绾锁缚老父去。一门大骇，顷刻四散矣。"石闻之，笑不自禁。女怒曰："彼虽不仁，妾之父也，妾与君琴瑟数年，止有相好，而无相尤。今日人亡家败，百口流离。即不为父伤，宁不为妾吊乎！闻之忭舞，更无片语相慰藉。何不义也！”拂袖而出。石追谢之，亦已渺矣。怅然自悔，拚已决绝。过二三日，媪与女俱来。石喜慰问，母子俱伏。惊而询之，母子俱哭。女曰：“妾负气而去，今不能自坚，又欲求人，复何颜矣！”石曰：“岳固非人，母之惠，卿之情，所不忘也。然闻祸而乐，亦犹人情，卿何不能暂忍！”女曰：“顷于途中遇母，始知系吾父者，盖君师也。”石曰：“果尔，亦大易。然翁不归，则卿之父子离散；恐翁归，则卿之夫泣儿悲也。”媪矢以自明，女亦誓以相报。石乃即刻治任如汴。询至元帝观，则赤城归未久。入而参之，便问：“何来？”石视厨下一老狐，孔前股而系之，笑曰：“弟子之来，为此老魅。”赤城诘之，曰：“是吾岳也。”因以实告。道士谓其狡诈，不肯轻释。固请，乃许之。石因备述其诈。狐闻之，塞身入灶，似有惭状。道士笑曰：“彼羞恶之心未尽亡也。”石起，牵之而出。以刀断索，抽之。狐痛极，齿龈龈然。石不遽抽而顿挫之，笑问曰：“翁痛乎？勿抽可也。”狐睛睒闪，似有愠色。既释，摇尾出观而去。石辞归。三日前，已有人报叟信，媪先去，留女待石。石至，女逆而伏。石挽之曰：“卿如不忘琴瑟之情，不在感激也。”女曰：“今复迁还故居矣！村舍邻迩，音问可以不梗。妾欲归省，三日可旋，君信之否？”曰：“儿生而无母，未便殇折。我日日鳏居，习已成惯。今不似赵公子，而反德报之，所以为卿者尽矣。如其不还，在卿为负义。道里虽近，当亦不复过问，何不信之与有？”女次日去，二日即返。问：“何速？”曰：“父以君在汴曾相戏弄，未能忘怀，言之絮絮；妾不欲复闻，故早来也。”自此闺中之往来无间，而翁婿间尚不通问讯云。

异史氏曰：“狐情反复，诡诈已甚。悔婚之事，两女而一辙，诡可知矣！然要而婚之，是启其悔者已在初也。且婿既爱女而救其父，止宜置昔怨而仁化之；乃复狎弄于危急之中，何怪其没齿不忘也？天下之有冰玉而不相能者，类如此。”

席方平

席方平，东安人。其父名廉，性戆拙，因与里中富室羊姓有郤。羊先死。数年，廉病垂危，谓人曰："羊某今贿嘱冥使搒我矣。"俄而身赤肿，号呼遂死。席惨怛不食，曰："我父朴讷，今见凌于强鬼，我将赴地下代伸冤气耳。"自此不复言，时坐时立，状类痴，盖魂已离舍矣。席觉初出门，莫知所往，但见路有行人，便问城邑。少旋，入城，其父已收狱中。至狱门，遥见父卧檐下，似甚狼狈。举目见子，潸然涕流，便谓："狱吏悉受赇嘱，日夜搒掠，胫股摧残。"席怒，大骂狱吏："父如有罪，自有王章，岂汝等死魅所能操也！"遂出，抽笔为词，值城隍早衙，喊冤以投。羊惧，内外贿通，始出质理。城隍以所告无据，颇不直席。席忿气无所复伸，冥行百余里，至郡。以官役私状，告之郡司，迟之半月，始得质理。郡司扑席，仍批城隍复案。席至邑，备受械梏，惨冤不能自舒。城隍恐其再讼，遣役押送归家。役至门辞去。席不肯入，遁赴冥府，诉郡邑之酷贪。冥王立拘质对。二官密遣腹心与席关说，许以千金。席不听，过数日，逆旅主人告曰："君负气已甚，官府求和而执不从；今闻于王前各有函进，恐事殆矣。"席以道路之口，犹未深信。俄有皂衣人唤入；升堂，见冥王有怒色，不容置词，命笞二十。席厉声问："小人何罪？"冥王漠若不闻。席受笞，喊曰："受笞允当，谁教我无钱耶！"冥王益怒，命置火床。两鬼捽席下。见东墀有铁床，炽火其下，床面通赤。鬼脱席衣，掬置其上，反复揉捺之。痛极，骨肉焦黑，苦不得死。约一时许，鬼曰："可矣。"遂扶起，促使下床着衣，犹幸跛而能行。复至堂上，冥王问："敢再讼乎？"席曰："大怨未伸，寸心不死！若言不讼，是欺王也。必讼！"又问："讼何词？"席曰："身所受者，皆言之耳！"冥王又怒，命以锯解其体。二鬼拉去。见立木，高八九尺许，有木板二，仰置其上，上下凝血模糊。方将就缚，忽堂上大呼"席某"。二鬼即复押回。冥王又问:“尚敢讼否?”答云:“必讼!”冥王命:“捉去速解!”既下,鬼乃以二板夹席,缚木上。锯方下,觉顶脑渐辟,痛不可禁,顾亦忍而不号。闻鬼曰:“壮哉此汉!”锯隆隆然,寻至胸下。又闻一鬼云:“此人大孝,无辜。锯令稍偏,勿损其心。”遂觉锯锋曲折而下,其痛倍苦。俄顷,半身辟矣;板解,两身俱仆。鬼上堂大声以报,堂上传呼:“令合身来见!”二鬼即推令复合,曳使行。席觉锯缝一道,痛欲复裂,半步而踣。一鬼于腰间出丝带一条授之,曰:“赠此以报汝孝。”受而束之,一身顿健,殊无少苦,遂升堂而伏。冥王复问如前。席恐再罹酷毒,便答:“不讼矣。”冥王立命送还阳界。隶率出北门,指示归途,反身遂去。席念阴曹之暗昧,尤甚于阳间,奈无路可达帝听。世传灌口二郎为帝勋戚,其神聪明正直,诉之当有灵异。窃喜二隶已去,遂转身南向。奔驰间,有二人追至曰:“王疑汝不归,今果然矣。”捽回,复见冥王。窃疑冥王益怒,祸必更惨;而王殊无厉容,谓席曰:“汝志诚孝,但汝父冤,我已为若雪之矣。今已往生富贵家,何用汝鸣呼为!今送汝归,予以千金之产,期颐之寿,汝愿足乎?”乃往籍中箝以巨印,使席亲视之。席谢而下。鬼与俱出,至途,驱而骂曰:“奸猾贼!频频翻复,使人奔波欲死!再犯,当捉入大磨中,细细研之。”席张目叱曰:“鬼子胡为者!我性禁刀锯,不禁挞楚耶!请反见王,王如令我自归,亦复何劳相送!”乃返奔。二鬼惧,温语劝回。席故蹇缓,行数步,辄憩路侧。鬼含怒,不敢复言。约半日,至一村,一门半辟,鬼引与共坐,席便据门阈。二鬼乘其不备,推入门中。惊定自视,身已生为婴儿,愤啼不乳,三日遂殇。魂摇摇不忘灌口,约奔数十里,忽见羽葆来,幡戟横路。越道避之,因犯卤簿,为前马所执,絷送车前。仰见车中一少年,丰仪瑰玮,问席“何人”。席冤愤正无所出,且意是必巨官,或当能作威福,因缅诉毒苦。车中人命释其缚,使随车行。俄至一处,官府十余员迎谒道左,车中人各有问讯。已而指席目一官曰:“此下方人,正欲往诉,宜即为之剖决。”席询之从者,始知车中即上帝殿下九王,所嘱即二郎也。席视二郎，修躯多髯，不类世间所传。九王既去，席从二郎至一官廨，则其父与羊姓并衙隶俱在。少顷，槛车中有囚人出，则冥王及郡司城隍也。当堂对勘，席所言皆不妄。三官战栗，状若伏鼠。二郎援笔立判。顷之，传下判语，令案中人共视之。判云："勘得冥王者：职膺王爵，身受帝恩。自应贞洁以率群僚，不当贪墨以速官谤。而乃繁缨棨戟，徒夸品秩之尊；羊狠狼贪，竟玷人臣之节。斧敲斫，斫入木，妇子之皮骨皆空；鲸吞鱼，鱼食虾，蝼蚁之微生可悯。当掬西江之水，为尔煎肠；即烧东壁之床，请君入瓮。城隍群司：为小民父母之官，司上帝牛羊之牧。虽则职居下列，而尽瘁者不辞折腰；即或势逼大僚，而有志者亦应强项。乃上下其鹰鸷之手，既罔念夫民贫；且飞扬其狙狯之奸，更不嫌乎鬼瘦。惟受赃而枉法，真人面而兽心。是宜剔髓伐毛，暂罚冥死；所当脱皮换革，仍令胎生。隶役者：既在鬼曹，便非人类。只宜公门修行，庶还落蓐之身；何得苦海生波，益造弥天之孽。飞扬跋扈，狗脸生六月之霜；隳突叫号，虎威断九衢之路。肆淫威于冥界，咸知狱吏为尊；助酷虐于昏官，共以屠伯是惧。当于法场之内，剁其四肢。更向汤镬之中，捞其筋骨。羊某：富而不仁，狡而多诈。金光盖地，因使阎摩殿上尽是阴霾；铜臭熏天，遂教枉死城中全无日月。馀腥犹能役鬼，大力直可通神。宜籍羊氏之家，以偿席生之孝。即押赴东岳施行。"又谓席廉："念汝子孝义，汝性良懦，可再赐阳寿三纪。"因使两人送之归里。席乃抄其判词，途中，父子共读之。既至家，席先苏。令家人启棺视父，僵尸犹冰；俟之终日，渐温而活。及索抄词，则已无矣。自此家日益丰，三年间良沃遍野；而羊氏之子孙微矣，楼阁田产，尽为席有。里人或有治其产者，夜梦神人叱之曰："此席家物，汝乌得有之！"初未深信，既而种作，则终年升斗无获。于是，复鬻归席。席父九十余岁而卒。

异史氏曰："人人言净土，而不知生死隔世，意念都迷。且不知其所以来，又乌知其所以去；而况死而又死，生而复生者乎！忠孝志定，万劫不移，异哉席生，何其伟也！”

素　秋

俞慎，字谨庵，顺天旧家子。赴试入都，舍于郊郭。时见对户一少年，美如冠玉。心好之，渐近与语，风雅尤绝。大悦，捉臂邀至寓所，便相款宴。审其姓氏，自言：“金陵人，姓俞，名士忱，字恂九。”公子闻与同姓，益加亲爱，因订为昆仲。少年遂以名减字为忱。明日，过其家，书舍光洁；然门庭寂落，更无厮仆。引公子入内，呼妹出拜。年十三四以来，肌肤莹澈，粉玉无其白也。少顷，托茗献客，似家中亦无婢媪。公子异之，数语遂出。由是，友爱如胞。恂九无日不来，或留共宿，则以弱妹无伴为词。公子曰：“吾弟流寓千里，曾无应门之僮，兄妹纤弱，何以为生矣？计不如从我去，有斗舍可供栖止。如何？”恂九喜，约以闱后。试毕，恂九邀公子去，曰：“中秋月明如昼，妹子素秋，具有蔬酒，勿违其意。”竟挽入内。素秋出，略道温凉，便入复室，下帘治具。少间，自出行炙。公子起曰：“妹子奔波，情何以忍！”素秋笑入。顷之，搴帘出，则一青衣婢捧壶，又一媪托柈进烹鱼。公子讶曰：“此辈何来？不早从事，而烦妹子？”恂九微笑曰：“妹子又弄怪矣！”但闻帘内吃吃作笑声，公子不解其故。既而宴终，婢媪撤器。公子适嗽，误堕婢衣。婢随唾而倒，碎碗流炙。视婢，则帛剪小人，仅四寸许。恂九大笑。素秋笑出，拾之而去。俄而，婢复出，奔走如故。公子大异之。恂九曰：“此不过妹子幼时卜紫姑之小技耳！”公子因问：“弟妹都已长成，何未婚姻？”答云：“先人即世，去留尚无定所，故此迟迟。”遂与商定行期，鬻宅携妹，与公子俱西。既归，除舍舍之，又遣一婢为之服役。公子妻，韩侍郎之犹女也，尤怜爱素秋，饮食共之。公子与恂九亦然。而恂九又最慧，目下十行，试作一艺，老宿不能及之。公子劝赴童子试。恂九曰：“姑为此业者，聊与君分苦耳。自审福薄，不堪仕进；且一入此途，遂不能不戚戚于得失，故不为也。”居三年，公子又下第。恂九大为扼腕，奋然曰：“榜上一名，何遂艰难若此！我初不欲为成败所惑，故宁寂寂耳。今见大哥不能自发舒，不觉中热，十九岁老童，当效驹驰也。”公子喜，试期送入场，邑、郡、道皆第一。益与公子下帷攻苦。逾年，科试，并为郡、邑冠军。恂九名大噪，远近争婚之，恂九悉却去。公子力劝之，乃以场后为解。无何，试毕，倾慕者争录其文，相与传诵；恂九亦自觉第二人不屑居也。榜既放，兄弟皆黜。时方对饮，公子尚强作噱；恂九失色，酒盏倾堕，身仆案下。扶置榻上，病已困殆。急呼妹至，张目谓公子曰：“吾两人情虽如胞，实非同族。弟自分已登鬼箓，衔恩无可相报。素秋已长成，既蒙嫂氏抚爱，媵之可也。”公子作色曰：“是真吾弟之乱命也。其将谓我人头畜鸣者耶?”恂九泣下。公子即以重金为购良材。恂九命舁至，力疾而入，嘱妹曰：“我没后即阖棺，无令一人开视。”公子尚欲有言，而目已瞑矣。公子哀伤，如丧手足；然窃疑其嘱异，俟素秋他出，启而视之，则棺中袍服如脱。揭之，有蠹鱼径尺，僵卧其中。骇异间，素秋促入，惨然曰：“兄弟何所隔阂！所以然者，非避兄也；但恐传布飞扬，妾亦不能久居耳。”公子曰：“礼缘情制；情之所在，异族何殊焉！妹宁不知我心乎？即闺中当无漏言，请无虑。”遂速卜吉期，厚葬之。初，公子欲以素秋论婚于世家，恂九不欲；既没，公子以商素秋，素秋不应。公子曰：“妹年已二十矣，长而不嫁，人其谓我何?”对曰：“若然，但惟兄命。然自顾无福相，不愿入侯门，寒士而可。”公子曰：“诺。”不数日，冰媒相属，卒无所可。先是，公子之妻弟韩荃来吊，得窥素秋，心爱悦之，欲购作小妻。谋之姊，姊急戒勿言，恐公子知。韩去，终不能释；托媒风示公子，许为买乡场关节。公子闻之，大怒，诟骂，将致意者批逐出门。自此，交往遂绝。适有故尚书之孙某甲，将娶而妇忽卒，亦遣冰来。其甲第云连，公子之所素知，然欲一见其人。因与媒约，使甲躬谒。及期，垂帘于内，令素秋自相之。甲至，裘马驺从，炫耀闾里。又视其人，秀雅如处子。公子大悦，见者咸赞美之，而素秋殊不乐。公子不听，竟许之；盛备奁妆，计费不赀。素秋固止之，但讨一老大婢，供给使而已。公子亦不之听，卒厚赠焉。既嫁，琴瑟甚敦。然兄嫂常系念之，每月辄一归宁。来时，奁中珠绣，必携数事，付嫂收贮。嫂未知其意，亦姑从之。甲少孤，止有寡母，溺爱过于寻常；日近匪人，渐诱淫赌，家传书画鼎彝，皆以鬻偿戏债。而韩荃与有瓜葛，因招饮而窃探之，愿以两妾及五百金易素秋。甲初不肯；韩固求之，甲意似摇，恐公子不甘。韩曰："彼与我至戚，此又非其支系；若事已成，则彼亦无如我何。万一有他，我身任之。有家君在，何畏一俞谨庵哉！"遂盛装两姬出行酒，且曰："果如所约，此即君家人矣。"甲惑之，约期而去。至日，虑韩诈谖，夜候于途，果有舆来。启帘验照不虚，乃导二姬去，姑置斋中。韩仆以五百金交兑俱明。甲奔入，伪告素秋，言公子暴病相呼。素秋未遑理妆，草草遂出。舆既发，夜迷不知何所；逴行良远，殊不可到。忽有二巨烛来，众窃喜其可以问途。无何，至前，则巨蟒两目如灯。众大骇，人马俱窜，委舆路侧。将曙复集，则空舆存焉。意必葬于蛇腹，归告主人，垂首丧气而已。数日后，公子遣人诣妹，始知为恶人赚去。初不疑其婿之伪也；取婢归，细诘情迹，微窥其变；忿甚，遍诉郡邑。甲惧，求救于韩。韩以金妾两亡，正复懊丧，斥绝不为力。甲呆憨，无所复计；各处勾牒至，但以赂嘱免行。月余，金珠服饰，典货一空。公子于宪府究理甚急，邑官皆奉严令。甲知不可复匿，始出；至公堂，实情尽吐。蒙宪票拘韩对质。韩惧，以情告父。父时休致，怒其所为不法，执付隶。既见诸官府，言及遇蟒之变，悉谓其词支。家人榜掠殆遍，甲亦屡被敲楚。幸母日鬻田产，上下营救，刑轻得不死，而韩仆已瘐毙矣。韩久困囹圄，愿助甲赂公子千金，哀求罢讼。公子不许。甲母又请益以二姬，但求姑存疑案，以待寻访；妻又承叔母命，朝夕解免，公子乃许之。甲家綦贫，货宅办金，而急切不能得售。因先送姬来，乞其延缓。逾数日，公子夜坐斋头，素秋偕一媪蓦然忽入。公子骇问："妹固无恙耶？"笑曰："蟒变，乃妹之小术耳。当夜窜入一秀才家,依于其母。彼自言识兄,今在门外,请入之。”公子倒屣而出。烛之,非他,乃周生,宛平之名士也。素以声气相善。把臂入斋,款洽臻至。倾谈既久,始知颠末。初,素秋昧爽款周门,母纳入;诘之,知为公子妹,便将驰报,素秋止之。因与母居,慧能解意,母悦之。以子无妇,窃属意素秋;微言之,素秋以未奉兄命为辞。生亦以公子交契,故不肯作无媒之合,但频频使人侦探。知讼事已有关说,素秋乃告母欲归。母遣生率一媪送之,即嘱媪媒焉。公子以素秋居生家久,窃有心而未言也。及闻媪言,大喜,即与生面订为好。先是,素秋夜归,将使公子得金,而后宣之。公子不可,曰:“向愤无所泄,故索金以败之耳。今复见妹,万金何能易哉!”即遣人告诸两家,顿罢之。又念生家故不甚丰,道赊远,亲迎殊艰,因移生母来,居以恂九旧第。生亦备币帛鼓乐,婚嫁成礼。一日,嫂戏素秋:“今得新婿,曩年枕席之爱,犹忆之否?”素秋微笑,因顾婢曰:“忆之否?”嫂不解,研问之。盖三年床第,皆以婢代。每夕,以笔画其两眉,驱之去,即对烛而坐,婿亦不之辨也。益奇之,求其术,但笑不言。次年大比,生将与公子偕往,素秋以为不必。公子强挽之而去。是科,公子荐于乡;生落第归,隐有退志。逾年,母卒,遂不复言进取矣。一日,素秋告嫂曰:“向问我术,固未肯以此骇物听也。今远别,行有日矣,请秘授之,亦可以避兵燹。”惊而问之。答云:“三年后,此处当无人烟。妾荏弱,不堪惊恐,将蹈海滨而隐。大哥富贵中人,不可以偕,故言别也。”乃以术悉授嫂。数日,又告公子,留之不得,至于泣下。问“往何所”,即亦不言。鸡鸣早起,携一白须奴,控双卫而去。公子隐使人尾送之。至胶莱之界,尘雾幛天。既晴,已迷所往。三年后,闯寇犯顺,村舍为墟。韩夫人剪帛置门内,寇至,见云绕韦驮,高丈余,遂骇走,以是得无恙焉。后村中有贾客至海上,遇一叟似老奴,而髭发尽黑,猝不敢认。叟停足而笑曰:“我家公子尚健耶?借口寄语,秋姑亦甚安乐。”问其居何里。曰:“远矣,远矣!”匆匆遂去。公子闻之,使人于所在遍访之，竟无踪迹焉。

异史氏曰："管城子无食肉相，其来旧矣。初念甚明，而乃持之不坚，宁如糊眼主司，固衡命不衡文耶！一击不中，冥然遂死，蠹鱼之痴，一何可怜！伤哉！雄飞不如雌伏。"

贾奉雉

贾奉雉，平凉人，才名冠一时，而试辄不售。一日，途中遇一秀才，自言郎姓，风格洒然，谈言微中。因邀俱归，出课艺就正。郎读罢，不甚称许，曰："足下文，小试取第一则有余，闱场取榜尾则不足。"贾曰："奈何？"郎曰："天下事，仰而跂之则难，俯而就之甚易。此何须鄙人言哉！"遂指一二人、一二篇，以为标准，大率贾所鄙弃而不屑道者。闻之，笑曰："学者立言，贵乎不朽，即味列八珍，当使天下不以为泰耳！如此猎取功名，虽登台阁，犹为贱也。"郎曰："不然。文章虽美，贱则弗传。君欲抱卷以终也则已；不然，帘内诸官，皆以此等物事进身，恐不能因阅君文，另换一副眼睛肺肠也。"贾终默然。郎起而笑曰："少年盛气哉！"遂别而去。是秋入闱，复落；悒悒不得志，颇思郎言，遂取前所指示者强读之；未至终篇，昏昏欲睡，心惶惑无以自主。又三年，闱场将近，郎忽至。相见甚欢，因出所拟七题，使贾作之。越日，索文而阅，不以为可，又令复作。作已，又訾之。贾戏于落卷中，集其葛冗泛滥不可告人之句，联缀成文，俟其来而示之。郎喜，曰："得之矣！"因使熟记，坚嘱勿忘，贾笑曰："实相告，此言不由中，转瞬即去，便受夏楚，不能复忆之也。"郎坐案头，强令自诵一过；因使袒背，以笔写符而去，曰："只此已足，可以高阁群书矣！"验其符，濯之不下，深入肌里。至场中，七题无一遗者。回思诸作，茫不记忆；惟戏缀之文，历历在心。然把笔终以为羞，欲少窜易，而颠倒苦思，竟不能复更一字。日已西坠，真录而出。郎候之已久，问："何暮也？"贾以实告，即求拭符，视之，已漫灭矣。再忆场中文，遂如隔世，大奇之。因问："何不自谋？"笑曰："某惟不作此等想，故能不读此等文也。"遂约明日过诸其寓。贾诺之。郎既去，贾取文稿自阅之，大非本怀，怏怏不自得，不复访郎，嗒丧而归。未几，榜发，竟中经魁。又阅旧稿，一读一汗；读竟，重衣尽湿。自言曰："此文一出，何以见天下士乎！"方惭怍间，郎忽至，曰："求中即中矣，何其闷也！"曰："仆适自念，以金盆玉碗贮狗矢，真无颜出见同人，行将遁迹山林，与世长绝矣。"郎曰："此亦太高，但恐不能耳。果能之，仆引见一人，长生可得，并千载之名亦不足恋，况傥来之富贵乎！"贾悦，留与共宿。曰："容某思之。"天明，谓郎曰："予志决矣。"不告妻子，飘然遂去。渐入深山，至一洞府，其中别有天地。叟坐堂上，郎使参之，呼以师。叟曰："来何早也？"郎白："此人道念已坚，望加收齿。"叟曰："汝既来，须将此身并置度外始得。"贾唯唯听命。郎送至一院，安其寝处，又投以饵始去。房亦精洁，但户无扉，窗无棂，内惟一几一榻。贾解屦登床，月明穿射矣。觉微饥，取饵啖之，甘而易饱。窃意郎当复至，坐久寂然，杳无声响；但觉清香满室，脏腑空明，脉络皆可指数。忽闻有声甚厉，似猫抓痒，自牖视之，则虎蹲檐下。乍见甚惊，因忆师言，即复收神凝坐。虎似知有人，寻入近榻，气咻咻，遍嗅足股。少顷，闻庭中嗥动如鸡受缚，虎即趋出。又坐少时，一美人入，兰麝扑人，悄然登榻，附耳小言曰："我来矣！"一言之间，口脂散馥。贾瞑然不少动。又低声曰："睡乎？"声音颇类其妻。心微动，又念曰："此皆师相试之幻术也。"瞑如故。美人笑曰："鼠子动矣！"初，夫妻与婢同室，狎亵惟恐婢闻，私约一谜：曰"鼠子动"，则相欢好。忽闻是语，不觉大动。开目凝视，真其妻也。问："何能来？"答云："郎生恐君岑寂思归，遣一婢导我来。"言次，因贾出门不相告语，偎傍之际，颇有怨怼。贾慰藉良久，始得嬉笑为欢。既毕，夜已向晨，闻叟谯诃声渐近庭院。妻急起，无地自匿，遂越短垣而去。俄顷，郎从叟入。叟对贾杖郎，便令逐客。郎亦引贾自短墙出，曰："仆望君奢，不免躁进。不图情缘未断，累受扑责，从此暂别，相见行有日也。”指示归途，拱手遂别。贾俯视，故村在目中矣。意妻弱步，必滞途间；疾趋里余，已至家门。但见房垣零落，旧景全非，村中老幼，竟无一相识者，心始骇异。忽念刘阮返自天台，情景真似，不敢入门，于对户憩坐。良久，有老翁曳杖出。贾揖之，问：“贾某家何所？”翁指其第曰：“此即是也。得毋欲闻奇事耶？仆悉知之。相传此公闻捷即遁，其子才七八岁。后至十四五岁，母忽大睡不醒。子在时，寒暑为之易衣。迨殁，两孙穷踧，房舍拆毁，惟以木架苫覆蔽之。月前，夫人忽醒，屈指百余年矣。远近闻其异，皆来访视，近日稍稀矣。”贾豁然顿悟，曰：“公不识贾奉雉？即某是也。”翁大骇，走报其家。时长孙已死，次孙祥，年五十余矣，以贾年少，疑有诈伪。少间，夫人出，始识之。双涕霪霪，呼与俱去；苦无屋宇，暂入孙舍。大小男妇，奔入盈侧，皆其曾、元，率陋劣少文。长孙妇吴氏沽酒具藜藿，又使少子杲及妇与己共室，除舍舍祖翁姑。贾入舍，烟埃儿溺，杂气熏人。居数日，懊惋殊不可过。两孙家分供餐饮，调饪尤乖。里中以贾新归，日日招饮，而夫人恒不得一饱。吴氏故士人女，颇娴闺训，承顺不衰。祥家给奉渐疏，或嘑尔与之。贾怒，携夫人去，设帐东里。每谓夫人曰：“吾甚悔此一返，而已无及矣。不得已，复理旧业，若心无愧耻，富贵不难致也。”居年余，吴氏犹时馈赠，而祥父子绝迹矣。是岁试入邑庠，邑令重其文，厚赠之。由此家稍裕。祥稍稍来近就之。贾唤入，计曩所耗费，出金偿之，斥绝令去。遂买新第，移吴氏共居之。吴二子，长者留守旧业；次杲颇慧，使与门人辈共笔砚。贾自山中归，心思益明澈，无何，连捷，登进士第。又数年，以御史出巡两浙，声名赫奕，歌舞楼台，一时称盛。贾为人鲠峭，不避权贵，朝中大僚思中伤之。贾屡疏求退，未蒙俞旨。未几而祸作矣。先是，祥六子皆无赖，贾虽摈斥不齿，然皆窃余势以作威福，横占田宅。乡人共患之。有某乙娶新妇，祥次子篡取为妾。乙故狙诈，乡人敛金助讼，以此闻于都。于是当道者交章攻贾，贾殊无以自剖。被收经年，祥及次子皆瘐死。贾奉旨充辽阳军。时杲入泮已久，为人颇仁厚，有贤声。夫人生一子，年十六，遂以属杲；夫妻携一仆一媪而去。贾曰："十余年之富贵，曾不如一梦之久。今始知荣华之场，皆地狱境界。悔比刘晨、阮肇多造一重孽案耳。"数日，抵海岸。遥见巨舟来，鼓乐殷作，虞侯皆如天神。既近，舟中一人出，笑请侍御过舟少憩。贾见惊喜，踊身而过，押隶不敢禁。夫人急欲相从，而舟去已遥，遂愤投海中。漂泊数步，见一人垂练于水，引救而去。隶命篙师荡舟，且追且号。但闻鼓声如雷，与轰涛相间，瞬息已杳。仆识其人，盖郎生也。

异史氏曰："世传陈大士在闱中，书艺既成，吟诵数四，叹曰：'亦复谁人识得！'遂弃去更作，以故闱墨不及诸稿。贾生羞而遁去，此盖有仙骨焉。乃再返人世，遂以口腹自贬，贫贱之中人甚矣哉！"

上　仙

癸亥三月，与高季文赴稷下，同居逆旅。季文忽病。会高振美亦从念东先生至郡，因谋医药。闻袁鳞公言：南郭梁氏家有狐仙，善"长桑之术"。遂共诣之。梁，四十以来女子也，致绥绥有狐意。入其舍，复室中挂红幕。探幕以窥：壁间悬观音像；又两三轴，跨马操矛，驺从甚沓；北壁下有案；案头小座，高不盈尺，贴小锦褥，云仙人至，则居此。众焚香列揖，妇击磬三，口隐约有词。祝已，肃客就外榻坐。妇立帘下，理发支颐，与客语，具道仙人灵迹。久之日渐曛，众恐碍夜难归，烦再祝请。妇乃击磬重祷，转身复立曰："上仙最爱夜谈，他时往往不得遇。昨宵有候试秀才，携肴酒来，与上仙饮。上仙亦出良酝酬诸客，赋诗欢笑。散时，更漏向尽矣。"言未已，闻室中细细繁响，如蝙蝠飞鸣。方凝听间，忽案上若堕巨石，声甚厉。妇转身曰："几惊怖杀人！"便闻案上作叹咤声，似一健叟。妇以蕉扇隔小座。座上大言曰："有缘哉，有缘哉！"抗声让坐，又似拱手为礼。已而问:“客何所谕教?”高振美遵念东先生意,问:“见菩萨否?”答曰:“南海是我熟径,如何不见!”又问:“阎罗亦更代否?”曰:“与阳世等耳!”问:“阎罗何姓?”曰:“姓曹。”已,乃为季文求药。曰:“归当夜祀茶水,我于大士处讨药奉赠,何恙不已!”众各有问,悉为剖决。乃辞而归。过宿,季文少愈。余与振美治装先归,遂不暇造访矣。

卷二十

胭　脂

东昌卞氏，业牛医者，有女小字胭脂，才姿慧丽。父宝爱之，欲占凤于清门，而世族鄙其寒贱，不屑缔盟，以故及笄未字。对户龚姓之妻王氏，佻脱善谑，女闺中谈友也。一日，送至门，见一少年过，白服裙帽，丰采甚都。女意似动，秋波萦转之。少年俯其首，趋而去。去既远，女犹凝眺。王窥其意，戏之曰："以娘子才貌，得配若人，庶可无恨。"女晕红上颊，脉脉不作一语。王问："识得此郎否？"答云："不识。"王曰："此南巷鄂秀才秋隼，故孝廉之子。妾向与同里，故识之，世间男子无其温婉。衣素，以妻服未阕也。娘子如有意，当寄语使委冰焉。"女无言，王笑而去。数日无耗，心疑王氏未暇即往；又疑宦裔不肯俯拾。邑邑徘徊，萦念颇苦，渐废饮食，寝疾惙顿。王氏适来省视，研诘病因。答言："自亦不知，但尔日别后，即觉忽忽不快，延命假息，朝暮人也。"王小语曰："我家男子负贩未归，尚无人致声鄂郎。芳体违和，非为此否？"女赪颜良久。王戏之曰："果为此，病已至是，尚何顾忌！先令夜来一聚，彼岂不肯？"女叹息曰："事至此，已不能羞，但渠不嫌寒贱，即遣冰来，病当愈。若私约，则断断不可！"王颔之，遂去。王幼时与邻生宿介通；既嫁，宿侦夫他出，辄寻旧好。是夜，宿适来，因述女言为笑，戏嘱致意鄂生。宿久知女美，闻之窃喜，幸其机之可乘也。将与妇谋，又恐其妒。乃假无心之辞，问女家闺闼甚悉。次夜，逾垣入，直达女所，以指叩窗。内问："谁何？"答以鄂生。女曰："妾所以念君者，为百年，不为一夕。郎果爱妾，但宜速倩冰人。若言私合，不敢从命。"宿姑诺之，苦求一握纤腕为信。女亦不忍过拒，力疾启扉。宿遽入，即抱求欢。女无力撑拒，仆地上，气息不续。宿急曳之。女曰："何来恶少，必非鄂郎。果是鄂郎，其人温驯，知妾病由，当相怜恤，何遂狂暴如此！

若复尔尔，便当呜呼，品行亏损，两无所益！”宿恐假迹败露，不敢复强，但请后会。女以亲迎为期。宿以为远，又请之。女厌纠缠，约待病愈。宿求信物，女不许。宿捉足，解绣履而出。女呼之返，曰：“身已许君，复何吝惜！但恐画虎成狗，致贻污谤。今亵物已入君手，料不可反。君如负心，但有一死！”宿既出，又投宿王所。既卧，心不忘履，阴揣衣袂，竟已乌有。急起篝灯，振衣冥索。诘之，不应，疑妇藏匿。妇故笑以疑之。宿不能隐，实以情告。言已，遍烛门外，竟不可得。懊恨归寝，窃幸深夜无人，遗落当犹在途也。早起寻之，亦复杳然。先是，巷中有毛大者，游手无籍，尝挑王氏，不得；知宿与洽，思掩执以胁之。是夜，过其门，推之，未扃，潜入。方至窗外，踏一物，耎若絮绵；拾视，则巾裹女舄。伏听之，闻宿自述甚悉；喜极，抽息而出。逾数夕，越墙入女家；门户不悉，误诣翁舍。翁窥窗，见男子，察其音迹，知为女来者。心忿怒，操刀直出。毛大骇，反走；方欲攀垣，而卞追已近，急无所逃，反身夺刃。媪起，大呼。毛不得脱，因而杀之。女稍痊，闻喧始起。共烛之，翁脑裂不复能言，俄顷已绝。于墙下得绣履，媪视之，胭脂物也。逼女，女哭而实告之。但不忍贻累王氏，言鄂生之自至而已。天明，讼于邑，邑宰拘鄂。鄂为人谨讷，年十九岁，见客羞涩如童子；被执，骇绝。上堂，不知置词，惟有战栗。宰益信其情真，横加梏械。书生不堪痛楚，以是诬服。既解郡，敲扑如邑。生冤气填塞，每欲与女面相质。及相遇，女辄诟詈，遂结舌不能自伸，由是论死。往来复讯，经数官，无异词。后委济南府复案。时吴公南岱守济南，一见鄂生，疑其不类杀人者；阴使人从容私问之，俾得尽其词。公以是益知鄂生冤，筹思数日，始鞫之。先问胭脂：“订约后，有知者否？”答言：“无之。”“遇鄂生时，别有人否？”亦答：“无之。”乃唤生上，温语慰之。生自言：“曾过其门，但见旧邻妇王氏与一少女出，某即趋避，过此并无一言。”吴公叱女曰：“适言侧无他人，何以有邻妇也？”欲刑之。女惧曰：“虽有王氏，与彼实无关涉。”公罢质，命拘王氏。数日已至，又禁不与女通，立刻出审。便问王:“杀人者谁?”王对:“不知。”公诈之曰:“胭脂供言,杀卞某汝悉知之。胡得隐匿!”妇呼曰:“冤哉!淫婢自思男子,我虽有媒合之言,特戏之耳!彼自引奸夫入院,我何知焉!”公细诘之,始述其前后相戏之词。公呼女上,怒曰:“汝言彼不知情,今何以自供撮合哉!”女流涕曰:“自己不肖,致父惨死。讼结不知何年,又累他人,诚不忍耳。”公问王氏:“既戏后曾语何人?”王供:“无之。”公怒曰:“夫妻在床,应无不言者,何得云无?”王供:“丈夫久客未归。”公曰:“虽然,凡戏人者,皆笑人之愚,以炫己之慧,更不向一人言,将谁欺?”命梏十指。妇不得已,实供曾与宿言。公于是释鄂拘宿。宿至,自供:“不知。”公曰:“宿妓者,必无良士!”严械之。宿自供:“赚女是真。自失履后,未敢复往。杀人实不知情。”公怒曰:“逾墙者,何所不至!”又械之。宿不任凌籍,遂以自承。招成报上,无不称吴公之神。铁案如山,宿遂延颈以待秋决矣。然宿虽放纵无行,故东国名士,闻学使施公愚山贤能称最,又有怜才恤士之德;因以一词控其冤枉,言词怆恻。公讨其招供,反复凝思之,拍案曰:“此生冤也!”遂请于院司,移案再鞫。问宿生:“鞋遗何所?”供言:“忘之,但叩妇门时犹在袖中。”转诘王氏:“宿介之外,奸夫有几?”供言:“无之。”公曰:“淫乱之人,岂得专私一人?”供言:“身与宿介稚齿交合,故未能谢绝。后非无见挑者,身实未敢相从。”因使指其人以实之。供云:“同里毛大,屡挑而屡拒之矣。”公曰:“何忽贞白如此!”命搒之。妇顿首出血,力辨无有。乃释之。又诘:“汝夫远出,宁无有托故而来者?”曰:“有之。某甲、某乙,皆以借贷、馈赠,曾一二次入小人家。”盖甲、乙皆巷中游荡子,有心于妇而未发者也。公悉籍其名,并拘之。既集,公赴城隍庙,使尽伏案前,便言:“曩梦神人相告,杀人者不出汝等四五人中,今对神明,不得有妄言。如肯自首,尚可原宥。虚者,廉得无赦!”同声言无杀人之事。公以三木置地,将并夹之。括发裸股,齐鸣冤苦。公命释之,谓曰:“既不自招,当使鬼神指之。”使人以毡褥悉幛殿窗,令无少隙;袒诸囚背,驱入暗中,始授盆水,一一命自盥讫,系诸壁下,戒令:"面壁勿动!杀人者,当有神书其背。"少间,唤出验视,指毛曰:"此真杀人贼也。"盖公先使人以灰涂壁,又以烟煤濯其手,杀人者恐神来书,故匿背于壁而有灰色;临出,以手护背而有烟色也。公固疑是毛,至此益信。施以毒刑,尽吐其实。判曰:"宿介:蹈盆成括杀身之道,成登徒子好色之名。只缘两小无猜,遂野鹜如家鸡之恋;为因一言有漏,致得陇兴望蜀之心。将仲子而逾园墙,便如鸟堕;冒刘郎而入洞口,竟赚门开。感帨惊尨,鼠有皮胡若此?攀花折树,士无行其谓何!幸而听病燕之娇啼,犹为玉惜;怜弱柳之憔悴,未似莺狂。而释么凤于罗中,尚有文人之意;乃劫香盟于袜底,宁非无赖之尤!蝴蝶过墙,隔窗有耳;莲花瓣卸,堕地无踪。假中之假以生,冤外之冤谁信?天降祸起,酷械至于垂亡;自作孽盈,断头几于不续。彼逾墙钻隙,固有玷夫儒冠;而僵李代桃,诚难消其冤气。是宜稍宽笞扑,折其已受之惨;姑降青衣,开其自新之路。若毛大者:刁猾无籍,市井凶徒。被邻女之投梭,淫心不死;伺狂童之入巷,贼智忽生。开户迎风,喜得履张生之迹;求浆置酒,妄思偷韩掾之香。何意魄夺自天,魂摄于鬼。浪乘槎木,直入广寒之宫;径返渔舟,错认桃源之路。遂使情火息焰,欲海生波。刀横直前,投鼠无他顾之意;寇穷安往,急兔起反噬之心。越壁入人家,止期张有冠而李借;夺兵遗绣履,遂教鱼脱网而鸿罹。风流道乃生此恶魔,温柔乡何有此鬼蜮哉!即断首领,以快人心。胭脂:身犹未字,岁已及笄。以月殿之仙人,自应有郎似玉;原霓裳之旧队,何愁贮屋无金!而乃感关雎而念好逑,竟绕春婆之梦;怨摽梅而思吉士,遂离倩女之魂。为因一线缠萦,致使群魔交至。争妇女之颜色,恐失胭脂;惹鸷鸟之纷飞,并托秋隼。莲钩摘去,难保一瓣之香;铁限敲来,几破连城之玉。嵌红豆于骰子,相思骨竟作厉阶;丧乔木于斧斤,可憎才真成祸水。葳蕤自守,幸白璧之无瑕;缧绁苦争,喜锦衾之可覆。嘉其入门之拒,犹洁白之情人;遂其掷果之心,亦风流之雅事。仰彼邑令,作尔冰人。"案既结,遐迩传颂焉。自吴公鞫后，女始知鄂生冤。堂下相遇，覥然含涕，似有痛惜之词，而未可言也。生感其眷恋之情，爱慕殊切；而又念其出身微贱，且日登公堂，为千人所窥指，恐娶之为人姗笑。日夜萦回，无以自主，判牒既下，意始安帖。邑令为之委禽，送鼓吹焉。

异史氏曰："甚哉！听讼之不可以不慎也！纵能知李代为冤，谁复思桃僵亦屈！然事虽暗昧，必有其间，要非深思研察，不能得也。呜呼！人皆服哲人之折狱明，而不知良工之用心苦矣。世之居民上者，棋局消日，绸被放衙，下情民艰，曾不肯一劳方寸；至鼓动衙开，巍然高坐，彼哓哓者直以桎梏靖之，何怪覆盆之下多沉冤哉！"

愚山先生，吾师也。方见知时，余犹童子。窃见其奖进士子，拳拳如恐不尽；小有冤抑，必委曲呵护之；曾不肯作威学校，以媚权要。真宣圣之护法，不止一代宗匠，衡文无屈士已也。而爱才如命，尤非后世学使虚应故事者所及。尝有名士入场，作《宝藏兴焉》文，误犯下"水"字，录毕而后悟之。料无不黜之理，作词曰："宝藏在山间，误认却在水边。山头盖起水晶殿，瑚长峰尖，珠结树巅。这一回，崖中跌死撑船汉。告苍天，留点蒂儿，好与朋友看。"先生阅文至此，和之曰："宝藏将山夸，忽然见在水涯。樵夫漫说渔翁话。题目虽差，文字却佳。怎肯放在他人下？尝见他登高怕险，那曾见会水淹杀！"此亦风雅之一斑，怜才之一事也。

阿 纤

奚山者，高密人，贸贩为业，往往客蒙沂间。一日，途中阻雨，及至所常宿处，而夜已深。遍叩肆门，无有应者。徘徊庑下，忽二扉豁开。一叟出，便纳客入，山喜从之。絷蹇登堂，堂上迄无几榻。叟曰："我怜客无归，故相容纳，我实非卖食沽饮者。家中无多手指，惟有老荆弱女，眠熟矣。虽有宿肴，苦无烹瀹，勿嫌冷啜也。"言已，便入。少顷，以足床来置地上，促客坐；又入，携一短足几至。拔来报往，蹀躞甚劳。山起坐不自安，曳翁暂息。少间，一女郎出行酒。叟顾曰："我家阿纤兴矣。"视之，年十六七，窈窕秀弱，风致嫣然。山有少弟未婚，窃属意焉。因问叟清贯尊阀，答："名士虚，姓古。子孙皆夭折，剩有此女。适不忍搅其酣睡，想老荆唤起矣。"问："婿家阿谁？"答言："未字。"山窃喜。既而品味杂陈，似所宿具。食已，致恭而言曰："萍水之人，遂蒙宠惠，没齿所不敢忘。缘翁盛德，乃敢遽陈朴鲁：仆有幼弟三郎，十七岁矣。读书肄业，颇不冥顽。欲求援系，不嫌寒贱否？"叟喜曰："老夫在此，亦是侨寓。倘得相托，便假一庐，移家而往，庶免悬念。"山都应之，遂起展谢。叟殷勤安置而去。鸡既唱，叟已出，呼客盥沐。束装已，酬以饭金。固辞曰："留客一饭，万无受金之理；矧附为婚姻乎！"既别，客月余乃返。去村里余，遇老媪率一女郎，冠服尽素。既近，疑似阿纤。女郎亦频转顾，因把媪袂，附耳不知何词。媪便停步，向山曰："君奚姓耶？"山唯唯。媪惨然曰："不幸老翁压于败堵。今将上墓，家虚无人，请少待路侧，行即还也。"遂入林去，移时始来。途已昏冥，遂与偕行。道其孤弱，不觉哀啼，山亦酸恻。媪曰："此处人情，大不平善，孤孀难以过度。阿纤既为君家妇，过此恐迟时日，不如早夜同归。"山可之。既至家，媪挑灯供客已，谓山曰："意君将至，储粟都已粜去；尚存二十余石，远莫致之。北去四五里，村中第一门有谈二泉者，是吾售主。君勿惮劳，先以尊乘运一囊去。叩门而告之，但道'南村古姥有数石粟，粜作路用，烦驱蹄躈一致之也。'"即以囊粟付山。山策蹇去，叩户，一硕腹男子出。告以故，倾囊先归。俄有两夫以五骡至，媪引山至粟所，乃在窖中。山下，为操量执概；母放，女收，顷刻盈装，付之以去。凡四返，而粟始尽。既而以金授媪。媪留其一人二畜，治任遂东。行二十里，天始曙。至一市，市头赁骑，谈仆乃返。既归，山以情告父母，相见甚喜。即以别第馆媪，卜吉为三郎完婚。媪治奁妆甚备。阿纤寡言少怒，或与语，但有微笑，昼夜绩织无停晷。以是，上下悉怜悦之。嘱三郎曰："寄语大伯，再过西道，勿言吾母子也。”居三四年，奚家益富，三郎入泮矣。一日，山宿古之旧邻，偶及曩年无归，投宿翁媪之事。主人曰：“客误矣！东邻为阿伯别业，三年前，居者辄睹怪异，故空废甚久。有何翁媪相留？”山甚讶之，而未深信。主人又曰：“此宅向空，十年无敢入者。一日，第后墙倾。伯往视之，则石压巨鼠如猫，尾在外犹动摇。急归，呼众共往，则已渺矣。群疑是物为妖。后十余日，复入视，寂无形声。又年余，始有居人。”山益奇之。归家私语，窃疑新妇非人，阴为三郎虑；而三郎笃爱如常。久之，家中人纷相猜议。女微察之，夜中语三郎曰：“妾从君数年，未尝少失妇德；今置之不以人齿，请赐离婚书，听君自择良耦。”因泣下。三郎曰：“区区寸心，宜所夙知。自卿入门，家日益丰，咸以福泽归卿，乌得有异言？”女曰：“君无二心，妾岂不知；但众口纷纭，恐不免秋扇之捐。”三郎再四慰解乃已。山终不释，日求善捕之猫，以觇其意。女虽不惧，然蹙蹙不快。一夕，谓媪小恙，辞三郎省侍之。天明，三郎往讯，则室内已空。骇极，使人于四途踪迹之，并无消息。中心营营，寝食都废。而父兄皆以为幸，交慰藉之。将为续婚，而三郎殊不怿。俟之年余，音问已绝；父兄辄相诮责，不得已，以重金买妾；然思阿纤不衰。又数年，奚家日渐贫，由是咸忆阿纤。有叔弟岚，以故至胶，迂道宿表戚陆生家。夜闻邻哭甚哀，未遑诘也。既返，复闻之，因问陆。陆云：“数年前，有寡母孤女僦居于此，月前姥死，女独处，无一线之亲，是以哀耳。”问：“何姓？”曰：“姓古。常闭户不与里社通，故未悉其家世。”岚惊曰：“是吾嫂也！”因往款扉。有人挥涕出，隔扉问曰：“客何人？我家故无男子。”岚隙窥而遥审之，果嫂。便曰：“嫂启关，我是叔家阿遂。”女闻之，拔关纳入，诉其孤苦，益凄怆悲怀。岚曰：“三兄忆念颇苦。夫妻即有乖忤，何遂远遁至此！”即欲赁舆同归。女怆然曰：“我以人不齿数，故遂与母偕隐；今又返而依人，谁不加白眼者！如欲复还，当与大兄分炊。不然，行乳药求死耳！”岚归，以告三郎。三郎星夜驰去。夫妻相见，各有涕洟。次日，告其屋主。屋主谢监生窥女美，阴欲图致为妾，数年不取其直；频风示媪，媪绝之。媪死，窃幸可谋，而三郎忽至；通计房租以留难之。三郎家故不丰，闻金多，颇有忧色。女言："不妨。"引三郎视仓储，约粟三十余石，偿租有余。三郎喜，以告谢。谢不受粟，故索金。女叹曰："此皆妾身之恶幛也。"遂以情告三郎。三郎怒，将讼于邑。陆氏止之，为散粟于里党，敛资偿谢；以车送两人归。三郎实告父母，与兄析居。阿纤出私金，日建仓廪，而家中尚无儋石。共奇之。年余，验视，则仓中盈积。不数年，家大富，而山苦贫。女移翁姑自养，辄以金粟周兄，狃以为常。三郎喜曰："卿可云不念旧恶矣。"女曰："彼自爱弟耳；且非渠，妾何缘识三郎哉！"后亦无甚怪异。

瑞　云

瑞云，杭之名妓，色艺无双。年十四岁，其母蔡媪，将使出应客。瑞云告曰："此奴终身发轫之始，不可草草。价由母定，客则听奴自择之。"媪曰："诺。"乃定价十五金，逐日见客。客求见者必以贽。贽厚者，接以奕，酬以画；薄者，留一茶而已。瑞云名噪已久，自此，富商贵介，日接踵于门。余杭贺生，才名夙著，而家仅中资。素仰瑞云，固未敢拟同鸳梦，亦竭微资，冀得一睹芳泽。窃恐其阅人既多，不以寒酸在意。及至相见一谈，而款接殊殷。坐语良久，眉目含情，作诗赠生曰："何事求浆者，蓝桥叩晓关？有心寻玉杵，端只在人间。"生得之，狂喜。更欲有言，忽小鬟来白："客至。"仓猝遂别。既归，吟玩诗词，梦魂萦扰。过一二日，情不自已，修贽复往。瑞云接见良欢。移坐近生，悄然曰："能图一宵之聚否？"生曰："穷踧之士，惟有痴情可献知己。一丝之贽，已竭绵薄。得近芳容，意愿已足；若肌肤之亲，何敢作此梦想！"瑞云闻之，戚然不乐，相对遂无一语。生久坐不出，媪频唤瑞云以促之，生乃归。心甚悒悒，思欲罄家以博一欢，转恐金尽而别，此情复何以堪！筹思及此，热念都消。由是，音息遂绝。瑞云择婿数月，更不得一当。媪颇恚，将强夺之而未发也。一日，有秀才来，投贽坐语，少时便起，以一指按女额曰："可惜，可惜！"遂去。瑞云送客返，共视额上有指印，黑如墨，濯之益真。过数日，墨痕渐阔；年余，连颧彻准矣。见者辄笑，而车马之迹以绝。媪斥去妆饰，使与婢辈伍。瑞云又荏弱，不任驱使，日益憔悴。贺闻而过之，见蓬首厨下，丑状类鬼。举目见生，面壁自隐。贺怜之，与媪言，愿赎作妇。媪许之。贺货田倾装，买之而归。入门，牵衣揽涕，且不敢以伉俪自居，愿备妾媵以俟来者。贺曰："人生所重者知己。卿盛时犹能知我，我岂以衰故忘卿哉！"遂不复娶。闻者共姗笑之，而生情益笃。居年余，偶至苏，有和生与同主人，忽问："杭有名妓瑞云，近如何矣？"贺以"适人"对。又问："何人？"曰："其人率与仆等。"和曰："若能如君，可谓得人矣。不知价几何许。"贺曰："缘有奇疾，姑从贱售耳。不然，如仆者，何能于勾栏中买佳丽哉！"又问："其人果能如君否？"贺以其问之异，因反诘之。和笑曰："实不相欺，昔曾一觐芳仪，甚惜其以绝世之姿，而流落不偶，故以小术晦其光而保其璞，留待怜才者之真鉴耳。"贺急问曰："君能点之，亦能涤之否？"和笑曰："乌得不能！但须其人一诚求耳！"贺起拜曰："瑞云之婿，即某是也。"和喜曰："天下惟真才人为能多情，不以妍媸易念也。请从君归，便赠一佳人。"遂与同返。既至，贺将命酒。和止之曰："先行吾法，当先令治具者有欢心也。"即令以盥器贮水，戟指而书之，曰："濯之当愈。然须亲出一谢医人也。"贺笑捧而去，立俟瑞云自頮之。随手光洁，艳丽一如当年。夫妇共德之，同出展谢，而客已渺矣。遍觅之不可得，意者其仙欤？

仇大娘

仇仲，晋人也，忘其郡邑。值大乱，为寇俘去。二子福、禄俱幼；继室邵氏抚双孤，遗业幸能温饱；而岁屡祲，豪强者复凌藉之，遂至食息不保。仲叔尚廉利其嫁，屡劝驾，而邵氏矢志不摇。廉阴券于大姓，欲强夺之。关说已成，而他人不之知也。里人魏名，夙狡狯，与仲家积不相能，事事思中伤之。因邵寡，伪造浮言以相败辱。大姓闻之，恶其不德而止。久之，廉之阴谋与外之飞语，邵渐闻之；冤结胸怀，朝夕陨涕，四体渐以不仁，委身床榻。福甫十六岁，因缝纫无人，遂急为毕姻。妇姜秀才屺瞻之女，颇称贤能，百事赖以经纪。由此，用渐裕，仍使禄从师读。魏忌嫉之，而阳与善，频招福饮。福倚为腹心交。魏乘间告曰："尊堂病废，不能理家人生产；弟坐食一无所操作。贤夫妇何为作马牛哉！且弟买妇，将大费金钱。为君计，不如早析，则贫在弟，而富在君也。"福归，谋诸妇。妇咄之。奈魏日以微言相渐渍，福惑焉，直以己意告母。母怒，诟骂之。福益恚，辄视金粟为他人之物而委弃之。魏乘机诱与博赌。仓粟渐空，妇知而未敢言。既至粮绝，母骇问，始以实告。母忿怒而无如何，遂析之。幸姜女贤，旦夕为母执炊，奉事一如平日。福既析，益无顾忌，大肆淫赌。数月间，田产悉偿戏债，而母与妻皆不及知。福资既罄，无所为计，因券妻贷资，而苦无受者。邑人赵阎王，原漏网之巨盗，武断一乡，固不畏福之食言也，慨然假资。福持去，数日复空。意踟蹰，将背券盟，赵横目相加。福大惧，赚妻付之。魏闻窃喜，急奔告姜，实将倾败仇也。姜怒，讼兴。福惧甚，亡去。姜女至赵家，始知为婿所卖，大哭，但欲觅死。赵初慰谕之，不听；既而威逼之，益骂。大怒，鞭挞之，终不肯服，因拔笄自刺其喉。急救，已透食管，血溢出。赵急以帛束其项，犹冀从容而挫折焉。明日，拘牒已至。赵行行殊不置意。官验女伤重，命笞之。隶相顾无敢用刑者。官久闻其横暴，至此益信。大怒，唤家人出，立毙之。姜遂舁女归。自姜之讼也，邵氏始知福不肖状，一号几绝，冥然大渐。禄时年十五，茕茕无以自主。先是，仲有前室女大娘，嫁于远郡；性刚猛，每归宁，馈赠不满其志，辄忤父母，往往以愤去。仲以是怒恶之，又因道远，遂数载不一存问。邵氏垂危，魏欲招之来，而启其争。适有贸贩者与大娘同里,便托寄语大娘,且歆以家之可图。数日,大娘果与少子来。入门,见幼弟侍病母,景象惨淡,不觉怆恻,因问弟福。禄备告之。大娘闻之,忿气塞吭,曰:"家无成人,遂任人蹂躏至此!吾家田产,诸贼何得赚去!"因入厨下,爇火炊糜。先供母,而后呼弟及子共啖之。啖已,忿出诣邑投状,讼诸博徒。众惧,敛金赂大娘。大娘受其金,而仍讼之。邑令拘甲、乙等,各加杖责,田产殊置不问。大娘愤不已,率子赴郡。郡守最恶博者,大娘力陈孤苦及诸恶局骗之状,情词慷慨。守为之动,判令邑宰追田给主;仍惩仇福以儆不肖。既归,邑宰奉令敲比,于是故田尽反。大娘时已久寡,乃遣少子归,且嘱从兄务业,勿得复来。大娘由此止母家,养母教弟,内外有条。母大慰,病渐瘥,家务悉委大娘。里中豪强,少见凌暴,辄握刃登门,侃侃争论,罔不屈服。居年余,田产日增,时市药饵珍肴馈遗姜女。又见禄渐长成,频嘱媒为之觅姻。魏告人曰:"仇家产业,悉属大娘,恐将来不可复返矣。"人咸信之,故无肯与论婚者。有范公子子文,家中名园为晋第一。园中名花夹路,直通内室;或不知而误入之,值公子私宴,怒执为盗,杖几死。会清明,禄自塾中归,魏引与游遨,遂至园所。魏故与园丁有旧,放令入,周历亭榭。俄至一处,溪水汹涌,有画桥朱槛,通一漆门。遥望门内,繁花如锦,盖即公子内斋也。魏绐之曰:"君请先入,我适欲私焉。"禄信之,循桥入户,至一院落,闻女子笑声。方停步间,一婢出窥,见之,旋踵即返。禄始骇奔。无何,公子出,叱家人绾索逐之。禄大窘,自投溪中。公子反怒为笑,命诸仆引出;见其容裳秀雅,便令易其衣履,曳入一亭,诘其姓氏;蔼容温语,意甚亲昵。俄,趋入内;旋出,笑握禄手,过桥,渐达曩所。禄不解其意,逡巡不敢入。公子强曳入之。见花篱内隐隐有美人窥伺。既坐,则群婢行酒。禄辞曰:"童子无知,误践闺闼,得蒙赦宥,已出非望。但愿释令早归,受恩匪浅。"公子不听。俄顷,肴炙纷纭。禄又起,辞以醉饱。公子捺坐,笑曰:"仆有一乐拍名,若能对,即放君行。"禄唯唯请教。公子云:"拍名'浑不似'。"禄默思良久,对曰:“银成‘没奈何’。”公子大笑曰:“真石崇也。”禄殊不解。盖公子有女名蕙娘,美而知书,日择良偶,夜梦一人告之曰:“石崇,汝婿也。”问:“何在?”曰:“明日落水矣。”早告父母,共以为异。禄适符梦兆,故邀入内舍,使夫人女婢共觇之也。公子闻对而喜,乃曰:“拍名乃小女所拟,屡思而无其偶,今得属对,亦有天缘。仆欲以息女奉箕帚,寒舍不乏第宅,更无烦亲迎耳。”禄逡然逊谢,且以母病不能入赘为辞。公子姑令归谋,遂遣圉人负湿衣,送之以马。既归告母,母惊为不祥。于是始知魏氏险;然因凶得吉,亦置不仇,但戒子远绝而已。逾数日,公子又使人致意母。母终不敢应。大娘应之,即倩双媒纳采焉。未几,禄赘入公子家。年余,游泮,才名籍甚。妻弟长成,敬少弛。禄怒,携妇而归。母已杖而能行。频岁赖大娘经纪,第宅亦颇完好。新妇既归,婢仆如云,宛有大家风焉。魏又见绝,嫉妒益深,恨无瑕之可蹈;乃引旗下逃人诬禄寄资。国初立法甚严,禄依令徙口外。范公子上下贿托,仅以蕙娘免行,田产尽没入官。幸大娘执析产书,锐身告理,新增良沃若干顷,悉挂福名,母女始得安居。禄自分不返,遂书离婚字付岳家,伶仃自去。行数日,至都北,饭于旅肆;有丐子怔憆户外,貌绝类兄。近致讯诘,果兄。禄因自述,兄弟悲惨。禄解复衣,分数金,嘱令归。福泣受而别。禄至关外,寄将军帐下为奴。因禄文弱,俾主文籍,与诸仆同栖止。仆辈研问家世,禄悉告之。内一人惊曰:“是吾儿也!”盖仇仲初为寇家牧马,后寇投诚,卖仲旗下,时从主屯关外。向禄缅述,始知真为父子。抱首悲哀,一室为之酸辛。已而愤曰:“何物逃东,敢诈吾儿!”因泣告将军。将军即命禄摄书记,函致亲王,付仲诣都。仲伺车驾出,先投冤状。亲王为之婉转,遂得昭雪,命地方官赎业归仇。仲返,父子各喜。禄细问家口,为赎身计,乃知仲入旗下,两易配而无所出,时方鳏也。禄遂治任返。初,福别弟归,匍匐自投。大娘奉母坐堂上,操杖问之:“汝愿受扑责,便可姑留;不然,汝田产既尽,亦无汝啖饭处,请仍去。”福涕泣伏地,愿受笞。大娘投杖曰:“卖妇之人，亦不足惩。但宿案未消，再犯首官可也。”即使人往告姜。姜女骂曰：“我是仇氏何人，而相告耶？”大娘频述告福，而揶揄之。福惭愧，不敢出气。居半年，大娘虽给奉周备，而役同厮养。福操作无怨词；托以金钱，辄不苟。大娘察其无他，乃白母，求姜女复归。母意其不可复挽。大娘曰：“不然，渠如肯事二主，楚毒岂肯自罹？要不能不有此忿耳！”遂率福躬往负荆。岳父母诮让良切。大娘叱使长跪，然后请见姜女。请之再四，坚避不出。大娘搜捉以出。女乃指福唾骂，福惭汗无以自容。姜母始曳令起。大娘请问归期，女曰：“向受姊惠綦多，今承尊命，岂复有异言！但恐不能保其不再卖也。且恩义已绝，更何颜与黑心子共生活哉！请别营一室，妾往奉侍老母，较胜披削足矣！”大娘代白其悔，为翌日之约而别。次朝，以乘舆取归，母逆于门而跽拜之。女伏地大哭。大娘劝止，置酒为欢。命福坐案侧，乃执爵而言曰：“我苦争者，非自利也。今弟悔过，贞妇复还，请以簿籍交纳。我以一身来，仍以一身去耳！”夫妇皆兴席改容，罗拜哀泣。大娘乃止。居无何，昭雪之命下，不数日，田产悉还故主。魏大骇，不知其自，恨无术可以复施。适西邻有回禄之变，魏托救焚而往，暗以编菅爇禄第，风又暴作，延烧几尽；止遗福居两三屋，举家依聚其中。未几，禄至，相见悲喜。初，范公子得离书，持商蕙娘，蕙娘痛哭，碎而投诸地。父从其志，不复强。禄归，闻其未嫁，喜如岳所。公子知其灾，欲留之。禄不可，遂辞而退。大娘幸有藏金，出葺败堵。福负锸营筑，掘见窖镪。夜，与弟共发之，石池盈丈，满中皆不动尊也。由是鸠工大作，楼舍群起，壮丽拟于世胄。禄感将军义，备千金往赎父。福请行，因遣仆辅之以去。禄乃迎蕙娘归。未几，父兄同归，一门欢腾。大娘自居母家，禁子省视，恐人议其私也。父既归，坚辞欲去。兄弟不忍，父乃析产而三之，子得二，女得一也。大娘固辞，兄弟皆泣曰：“吾等非姊，乌有今日！”大娘乃安之，遣人招子，移家共居焉。或问大娘：“异母兄弟，何遂关切如此？”大娘曰：“知有母而不知有父者，惟禽兽如此耳！岂以人而效之!”福、禄闻之皆流涕,使工人治其第,皆与己等。魏自计:十余年祸之,而益以福之,深自愧悔;又仰其富,思交欢之。因以贺仲阶进,备物而往。福欲却之;仲不忍拂,受鸡酒焉。鸡以布缕缚足,逸入灶,灶火燃布;往栖积薪,僮婢皆见而未顾也。俄而薪焚灾舍,一家惶骇。幸手指众多,一时扑灭,而厨中百物俱空矣。兄弟皆谓其物不祥。后值父寿,复馈牵羊,却之不得,系羊庭树。夜有僮被扑殴,忿趋树下,解羊索自经死。兄弟叹曰:“其福之,不如其祸之也。”自是,魏虽殷勤,竟不敢受其寸缕,宁厚酬之而已。后魏老,贫而作丐,每周以布粟而德报之。

异史氏曰:“噫嘻!造物之殊不由人也。益仇之而益福之,彼机诈者,无谓甚矣。顾受其爱敬,而反以得祸,不更奇哉!此可知盗泉之水,一掬亦污也。”

曹操冢

许城外,有河水汹涌,近崖深暗。盛夏时,有人入浴,忽然若被刀斧,尸断浮出;后一人亦如之。转相惊怪。邑宰闻之,遣多人闸断上流,竭其水。见崖下有深洞,中置转轮,轮上排利刃如霜。去轮攻入,有小碑,字皆汉篆。细视之,则曹孟德墓也。破棺散骨,所殉金宝尽取之。

异史氏曰:“后贤诗云:‘尽掘七十二疑冢,必有一冢葬君尸。’宁知在七十二冢之外乎!奸哉瞒也!然千余年而朽骨不保,变诈亦复何益!呜呼!瞒之智正瞒之愚耳!”

龙飞相公

安庆戴生,少薄行,无检幅。一日,自他醉归,途中遇故表兄季生。醉后昏眊,亦忘其死。问:“向在何所?”季曰:“仆已异物,君忘之耶?”戴始恍然,而醉亦不惧,问:“冥间何作?”答云:“近在转轮王殿下司录。”戴曰:“人世祸福当知之。”季曰:“吾职也,乌得不知!但过繁,非甚关切,不能尽记耳。三日前,偶阅册,尚睹君名。”戴急问其何词。季曰:“不敢欺,尊名在黑暗狱中。”戴大惧,酒亦醒,苦求拯拔。季曰:“此非所能效力,惟善可以已之。然君恶籍盈指,非大善不可复挽。穷秀才有何大力?即日行一善,非年余不能相准,今已晚矣。但从此砥行,则地狱中或有出时。”戴闻之泣下,伏地哀恳,及仰首而季已杳矣,悒悒而归。由此洗心改行,不敢差跌。先是,戴私其邻妇,邻人闻知而不肯发,思掩执之。而戴自改行,永与妇绝;邻人伺之不得,以为恨。一日,遇于田间,阳与语,绐窥眢井,因而堕之。井深数丈,计必死。而戴中夜苏,坐井中,大号,殊无知者。邻人恐其复生,过宿,往听之;闻其声,急投石。戴移避洞中,不敢复作声。邻人知其不死,劚土填井,几满之。洞中冥黑,真与地狱无少异者。况空洞无所得食,计无生理。匍匐渐入,则三步外皆水;无所复之,还坐故处。初觉腹馁,久竟忘之。因思重泉下无善可行,惟长宣佛号而已。既见磷火浮游,荧荧满洞,因而祝之曰:“闻青磷悉为冤鬼。我虽暂生,固已难返,如可共话,亦慰寂寞。”但见诸磷渐浮水来;磷中皆有一人,高约人身之半。诘所自来,答云:“此古煤井。主人攻煤,震动古墓,被龙飞相公决地海之水,溺死四十三人。我等皆其鬼也。”问:“相公何人?”曰:“不知也。但相公文学士,今为城隍幕客。彼亦怜我无辜,三五日辄一施水粥。但我辈冷水浸骨,超拔无日。君倘再履人世,祈捞残骨葬一义冢,则惠及泉下者多矣。”戴曰:“如有万分之一,此即何难!但深在重泉,安望重睹天日乎!”因教诸鬼使念佛,捻块作珠,记其藏数。不知时之昏晓,倦则眠,醒则坐而已。忽见深处有笼灯,众喜曰:“龙飞相公施食矣!”邀戴同往。戴虑水阻,众强扶曳以行,飘若履空。曲折半里许,至一处,众释令自行。步益上,如升数仞之阶。阶尽,睹房廊,堂上烧明烛一枝,大如臂。戴久不见火光,喜极,趋上。上坐一叟,儒服儒巾，戴辍步不敢前。叟已睹之，讶问："生人何来?"戴上，伏地自陈。叟曰："我耳孙也。"因令起，赐之坐。自言："戴潜，字龙飞。曩因不肖孙堂，连结匪类，近墓作井，使老夫不安于夜室，故以海水没之。今其后续如何矣?"盖戴近宗凡五支，堂居长。初，邑中大姓赂堂，攻煤于其祖茔之侧。诸弟畏其强，莫敢争。无何，地水暴至，采煤人尽死井中。诸死者家群兴大讼，堂及大姓皆以此贫，堂子孙至无立锥。戴乃堂弟裔也，曾闻先人传其事，因告翁。翁曰："此等不肖，其后乌得昌！汝既来此，当毋废读！"因饷以酒馔，遂置卷案头，皆成、弘制艺，迫使研读。又命题课文，如师授徒。堂上烛常明，不剪亦不灭。倦时辄眠，莫辨晨夕。翁时出，则以一僮给役。历时觉有数年之久，然幸无苦。但无别书可读，惟制艺百首，首四千余遍矣。翁一日谓曰："子孽报已满，合还人世。余冢邻煤洞，阴风刺骨；得志后，迁我于东原。"戴敬诺。翁乃唤集群鬼，仍送至旧坐处。群鬼罗拜再嘱。戴亦不知何计可出。先是，家中失戴，搜访既穷；母告官，系累多人，并少踪绪。积三四年，官离任，缉察亦弛。戴妻不安于室，遣嫁去。会里中人复治旧井，入洞见戴，抚之未死，大骇，报诸其家。舁归经日，始言其端末。自戴入井，邻人殴杀其妇，为妇翁所讼；驳审年余，仅存皮骨而归。闻戴复生，大惧，亡去。宗人议究治之，戴不许，且谓："曩时实所自取，此冥中之谴，于彼何与焉?"邻人察其意无他，始逡巡而归。井水既涸，戴买人入洞拾骨，俾各为具，市棺设地，葬丛冢焉。又稽宗谱，名潜，字龙飞，先设品物祭诸其冢。学使闻其异，又赏其文，是科以优等入闱，遂捷于乡。既归，营兆东原，迁龙飞，厚葬之；春秋上墓，岁岁不衰。

异史氏曰："余乡有攻煤井者，洞没于水，十余人沉溺其中。竭水求尸，两月余始得涸，而十余人并无死者。盖水大至时，共泅高处，得不溺。缒而上之，见风始绝，一昼夜乃渐苏。始知人在地下，如蛇鸟之蛰，急切未能死也，然未有至数年者。苟非至善，三年地狱中，乌得有生人哉！"

珊　瑚

安生大成，重庆人。父孝廉，早卒。弟二成，幼。生娶陈氏，小字珊瑚，性娴淑。而生母沈，悍谬不仁，遇之虐。珊瑚无怨色，每早旦靓妆往朝。值生疾，母谓其诲淫，诟责之。珊瑚退，毁妆以进。母益怒，投颡自挞。生素孝，鞭妇。母少解，自此益憎妇。妇虽奉事惟谨，终不与交一语。生知母怒，亦寄宿他所，示与妇绝。久之，母终不快，触物类而骂之，意皆在珊瑚。生曰："娶妻以奉姑嫜，今若此，何以妻为？"遂出珊瑚，使老妪送诸其家。方出里门，珊瑚泣曰："为女子不能作妇，归何以见双亲？不如死！"袖中出剪刀刺喉。急救之，血溢沾襟。扶归生族婶家。婶王氏，寡居无偶，遂止焉。妪归，生嘱隐其情，而心窃恐母知。过数日，探知珊瑚创渐平，登王氏门，使勿留珊瑚。王召之入；不入，但盛气逐珊瑚。无何，王率珊瑚出，见生，便问："珊瑚何罪？"生责其不能事母。珊瑚脉脉不作一言，惟俯首呜泣，泪皆赤，素衫尽染。生惨恻，不能尽词而退。又数日，母已闻之，怒诣王，恶言诮让。王傲不相下，反数其恶，且言："妇已出，尚属安家何人？我自留陈氏女，非留安氏妇也。何烦强与他家事！"母怒甚而穷于词，又见其意气汹汹，惭沮大哭而返。珊瑚意不自安，思他适。先是，生有母姨于媪，即沈姊也，年六十余，子死，止一幼孙及寡媳，又尝善视珊瑚。遂辞王往投媪。媪诘得故，极道妹子昏暴，即欲送之还。珊瑚力言其不可，兼嘱勿言。于是与于媪居，类姑妇焉。珊瑚有两兄，闻而怜之，欲移之归而嫁之。珊瑚执不肯，惟从于媪纺绩以自度。生自出妇，母多方为子谋婚，而悍声流播，远近无与为偶。积三四年，二成渐长，遂先为毕姻。二成妻臧姑，骄悍戾沓，尤倍于母，母或怒以色，则臧姑怒以声。二成又懦，不敢为左右袒。于是母威顿减，莫敢撄，反望色笑而承迎之，犹不能得臧姑欢。臧姑役母若婢，生不敢言，惟身代母操作，涤器汛扫之事皆与焉。母子恒于无人处相对饮泣。无何，母以郁积病，委顿在床，便溺转侧皆须生。生昼夜不得寐，两目尽赤。呼弟代役，甫入门，臧姑辄唤去之。生于是奔告于媪，冀媪临存。入门泣且诉；诉未毕，珊瑚自帏中出。生大惭，禁声欲出。珊瑚以两手叉门。生窘极，自肘下冲出而归，亦未敢以告母。无何，于媪至，母止之。由此媪家无日不以人来，来辄以甘旨饷媪。媪寄语寡媳："此处不饿，后无复尔。"而家中馈遗卒无少间。媪不肯少尝食，缄留以进病者。母病亦渐瘥，媪幼孙又以母命将佳饵来问疾。沈叹曰："贤哉妇乎！姊何修者！"媪曰："妹以去妇何如人？"曰："嘻！诚不至夫臧氏之甚也。然乌如甥妇贤！"媪曰："妇在，汝不知劳；汝怒，妇不知怨。恶乎弗如？"沈乃泣下，且告之悔。曰："珊瑚嫁也未者？"答云："不知，然访之。"又数日，病良已，媪欲别。沈泣曰："恐姊去我仍死耳！"媪乃与生谋，析二成居。二成告臧姑，臧姑不乐，语侵兄，兼及媪。生愿以良田悉归二成，臧姑乃喜。立析产书已，媪始去。明日，以车来迎沈。沈至其家，先求见甥妇，亟道甥妇德。媪曰："小女子百善，何遂无一疵？余固能容之。子即有妇如吾妇，恐亦不能享也！"沈曰："呜呼冤哉！谓我木石鹿豕耶？具有口鼻，岂有触香臭而不知者？"媪曰："被出如珊瑚，不知念子作何语？"曰："骂之耳！"媪曰："诚反躬无可骂，亦恶乎而骂之？"曰："瑕疵人所时有，惟其不能贤，是以知其骂也。"媪曰："当怨者不怨，则德焉者可知；当去者不去，则抚焉者可知。向之所馈遗而奉事者，固非予妇也，而妇也。"沈惊曰："何如？"曰："珊瑚寄此久矣。向之所供，皆渠夜绩之所贻也。"沈闻，泣数行下，曰："我何以见吾妇矣！"媪乃呼珊瑚。珊瑚含涕而出，伏地下。母惭痛自挞，媪力劝始止，遂为姑媳如初。十余日偕归。家中薄田数亩，不足自给，惟恃生以笔耕，妇以针耨。二成称饶足，然兄不之求，弟亦不之顾也。臧姑以嫂之出也鄙之；嫂亦恶其悍，置不齿。兄弟隔院居，臧姑时有凌虐，一家尽掩其耳。臧姑无所用虐，虐夫及婢。婢一日自经死。婢父讼臧姑，二成代妇质理，大受扑责，仍坐拘臧姑。生上下为之营脱，卒不免。臧姑械十指，肉尽脱。官贪暴，索望良奢。二成质田贷资，如数内入，始得释。而债家责负日亟，不得已，悉以良田鬻于村中任翁。翁以田半属大成所让，要生署券。生往，翁忽自言："我安孝廉也，任某何人，敢市吾业！"又顾生曰："冥间感汝夫妇孝，故使我暂归一面。"生出涕曰："父有灵，急救吾弟！"曰："逆子悍妇，不足惜也！归家速办金，赎吾血产。"生曰："母子仅自存活，安得多金？"曰："紫薇树下有藏金，可以取用。"欲再问之，翁已不语；少时而醒，茫不自知。生归告母，亦未深信。臧姑已率数人往发窖，坎地四五尺，止见砖石，并无所谓金者，失意而去。生闻其掘藏，戒母及妻勿往视。后知其无所获，母窃往窥之，见砖石杂土中，遂返。珊瑚继至，则见土内悉白镪；呼生往验之，果然。生以先人所遗，不忍私，召二成均分之。数适得揭取之二，各囊之而归。二成与臧姑共验之，启囊则瓦砾满中，大骇，疑二成为兄所愚。使二成往窥兄，兄方陈金几上，与母相庆。因实告兄，生亦骇，而心甚怜之，举金而并赐之。二成乃喜，往酬债讫，甚德兄。臧姑曰："即此，益知兄诈。若非自愧于心，谁肯以瓜分者复让人乎？"二成疑信半之。次日，债主遣仆来，言所偿皆伪金，将执以首官。夫妻皆失色。臧姑曰："如何哉？我固谓兄贤不至于此，是将以杀汝也。"二成惧，往哀债主。主怒不释，二成乃券田于主，听其自售，始得原金而归；细视之，见断金二铤，仅裹真金一韭叶许，中尽铜耳。臧姑因与二成谋，留其断者，余仍反诸兄以觇之，且教之言曰："屡承让德，实所不忍。薄留二铤，以见推施之义。所存物产，尚与兄等。余无庸多田也，业已弃之，赎否在兄。"生不知其意，固让之。二成辞甚决，生乃受。称之，少五两余，命珊瑚质奁妆以满其数，携付债主。主疑似旧金，以剪刀断验之，纹色俱足，无少差谬；遂收金，与生易券。二成还金后，意其必有参差；既闻旧业已赎，大奇之。臧姑疑发掘时，兄先隐其真金，忿诣兄所，责数诟詈。生乃悟反金之故。珊瑚逆而笑曰："产固在耳，何怒为！"使生出券付之。二成一夜梦父责之曰："汝不孝不弟，冥限已迫，寸土皆非己有，占赖将以奚为！”醒告臧姑，欲以田归兄。臧姑嗤其愚。是时，二成有两男，长七岁，次三岁。无何，长男病痘死。臧姑始惧，使二成退券于兄。言之再三，生不受。未几，次男又死，臧姑益惧，自以券置嫂所。春将尽，田芜秽不耕，生不得已，种治之。臧姑自此改行，定省如孝子，敬嫂亦至。未半年而母病卒。臧姑哭之恸，至勺水不入口，向人曰：“姑早死，使我不得事，是天不许我自赎也。”产十胎，皆不育，遂以兄子为子。夫妻皆寿终。生有三子，举两进士，人以为孝友之报云。

异史氏曰：“不遭跋扈之恶，不知靖献之忠。家与国有同情哉！逆妇化而母死，盖一堂孝顺，无德以堪之也。臧姑自克，谓天不许其自赎，非悟道者何能为此言乎！然应迫死，而以寿终，天固已恕之矣。生于忧患，有以矣夫！”

五　通

南有五通，犹北之有狐也。然北方狐祟，尚百计驱遣之；至于江浙五通，民家有美妇，辄被淫占，父母兄弟皆莫敢息，为害尤烈。有赵弘者，吴之典商也。妻阎氏，颇风格。一夜，有丈夫岸然自外入，按剑四顾，婢媪尽奔。阎欲出，丈夫横阻之，曰：“勿相畏，我五通神四郎也。我爱汝，不为汝祸。”因抱腰，如举婴儿，置床上。裙带自脱，遂狎之；而伟岸甚不可堪，迷惘中呻楚欲绝。四郎亦怜惜，不尽其器。既而下床，曰：“我五日当复来。”乃去。弘于门外设典肆，是夜婢奔告之。弘知其五通，不敢问。质明，视妻惫不起，心甚羞之，戒家人勿播。妇三四日始就平复，而惧其复至。婢媪不敢宿内室，悉避外舍；惟妇对烛含愁以伺之。无何，四郎偕两人入，皆少年蕴藉；有僮列肴酒，与妇共饮。妇羞缩低头，强之饮，亦不饮，心惕惕然，恐更番为虐，则命合尽矣。三人互相劝酬，或呼大兄，或呼三弟。饮至中夜，上座二人并起曰：“今日四郎以美人见招，会当邀二郎、五郎，醵酒为贺。”遂辞而去。四郎挽妇入帏。妇哀免，四郎强合之。血液流漓，昏不知人，四郎始去。妇奄卧床榻，不胜羞愤，思欲自尽，而投缳则带自绝，屡试皆然，苦不得死。幸四郎不常至，约妇痊可始一来。积两三月，一家俱不聊生。有会稽万生者，赵之表弟，刚猛善射。一日过赵，时已暮，赵以客舍为家人所集，遂引客宿内院。万久不寐，闻庭中有人行声，伏窗窥之，见一男子入妇室；疑之，捉刀而潜视之，见男子与阎氏并肩坐，肴陈几上矣。忿火中腾，奔而入。男子惊起，急觅剑，刀已中颅；颅裂而踣。视之，则一小马，大如驴。愕问妇，妇具道之，且曰：“诸神将至，为之奈何？”万摇手，禁勿声；灭烛，持弓矢伏暗中。未几，有四五人自空飞堕。万急发一矢，首者殪。三人吼怒，拔剑搜射者。万握刃倚扉后，寂不少动。一人入，剁颅，亦殪。仍倚扉后，久之无声，乃出，叩关告赵。赵大惊，共烛之，一马两豕死室中。举家相庆。犹恐二物复仇，留万于家，炰豕烹马而供之；味美，异于常馐。万生之名，由是大噪。居月余，其怪竟绝，乃辞欲去。有木商某苦要之。先是，某有女未嫁，忽五通昼降，是二十余美丈夫，言将聘作妇，委金百两，约吉期而去。计期已迫，阖家惶惧；闻万生名，坚请过诸其家。恐万有难词，隐其情，不以告。盛筵既罢，妆女出拜客，年十六七，是好女子。万错愕不解其故，离坐伛偻。某捺坐而实告之。万初闻而惊，而生平意气自豪，故亦不辞。至日，某乃悬采于门，使万坐室中。日昃不至，窃疑新郎已在诛数。未几，见檐间忽如鸟堕，则一少年盛服入。见万，反身而奔。万追出，但见黑气欲飞，以刀跃挥之，断其一足，大嗥而去。伏视，则巨爪大如手，不知何物；寻其血迹，入于江中。某大喜，闻万无耦，是夕，即以所备床寝，使与女合卺焉。于是，素患五通者，皆拜请一宿其家。居年余，始携妻而去。自是，吴中止有一通，不敢公然为害矣。

异史氏曰：“五通、青蛙，惑俗已久，遂至任其淫乱，无人敢私议一语。万生真天下之快人也！”

又

金生，字王孙，苏州人。设帐于淮，馆缙绅园中。园中屋宇无多，花木丛杂。夜既深，僮仆尽散，孤影彷徨，意绪良苦。一夜，三漏将残，忽有人以指弹扉。急问之，对以“乞火”，音类馆僮。启户纳之，则二八丽者，一婢从诸其后。生意为妖魅，穷诘甚悉。女曰：“妾以君风雅之士，枯寂可怜，不畏多露，相与遣此良宵。恐言其故，妾不敢来，君亦不敢纳也。”生又疑为邻之奔女，惧丧行检，敬谢之。女横波一顾，生觉魂魄都迷，忽颠倒不能自主。婢已知之，便云：“霞姑，我且去。”女颔之，既而呵曰：“去则去耳，甚得云耶、霞耶！”婢既去，女笑曰：“适室中无人，遂借婢从来；无知如此，遂以小字令君闻矣。”生曰：“卿深细如此，故仆惧有祸机。”女曰：“久当自知。保不败君行止，勿忧也。”上榻，缓其妆束，见臂上腕钏，以条金贯火齐，衔双明珠；烛既灭，光照一室。生益骇，终莫测其所自至。事甫毕，婢来叩窗。女起，以钏照径，入丛树而去。自此无夕不至。生于去时遥尾之，女似已觉，遂蔽其光，树浓叶茂，昏不见掌而返。一日，生诣河北，笠带断绝，风吹欲落，辄于马上以手自按。至河，坐扁舟上，风飘堕笠，随波竟去，意颇自失。既渡，见大风飘笠，团转空际，渐落；一手承之，则带已续矣，异之。归斋向女缅述。女不言，但微哂之。生疑女所为，曰：“卿果神人，当相明告，以祛烦惑。”女曰：“岑寂之中，得此痴情人为君破闷，妾自谓不恶。纵令妾能为此，亦相爱耳。苦致诘难，欲见绝耶？”生不敢复言。先是，生养甥女，既嫁，为五通所惑，心忧之，而未以告人，缘与女狎昵既久，肺鬲无不倾吐。女曰：“此等物事，家君能驱除之。顾何敢以情人之私告诸严君？”生苦哀求计。女沉思曰：“此亦易除，但须亲往。若辈皆我家奴隶，若令一指得着肌肤，则此耻西江不能濯也。”生哀求无已。女曰：“当即图之。”次夕，女至，曰：“妾为君遣婢南下矣。婢子弱，恐不能便诛却耳！”次夜方寝，婢来叩户，生急起纳入。女问：“如何？”答云：“力不能擒，已宫之矣。”笑问其状。曰：“初以为郎家也，既到，始知其非。比至婿家，灯火已张，入见娘子坐灯下，隐几若寐。我敛其魂覆瓿中；少时物至，入室急退，曰：‘何得寓生人？’审视无他，乃复入。我阳若迷，彼启衾入。又惊曰：‘何得有兵气？’本不欲以秽物污指，奈恐缓而生变，遂急捉而阉之。物惊嗥遁去，乃起启瓿。娘子若醒，而婢子行矣。”生喜谢之。女与俱去。后半月余，女绝不复至，亦已绝望。岁暮，解馆欲归，女忽至。生喜逆之曰：“卿久见弃，念必何处获罪，幸不终绝耶！”女曰：“终岁之好，分手未有一言，终属缺事。闻君撤帐，故窃来一告别耳。”生请偕归，女叹曰：“难言之矣！今将别，情不忍昧：妾实金龙大王之女，缘与君有夙分，故来相就。不合遣婢江南，致江湖流传，言妾为君阉割五通。家君闻之，以为大辱，忿欲赐死。幸婢以身自任，怒乃稍解，杖婢以百数。妾一跬步，皆以保母从之。投隙一至，不能尽此衷曲，奈何！”言已欲别，生挽之而泣。女曰：“君勿尔，后三十年可复相聚。”生曰：“仆三十年矣。又三十年，皤然一老，何颜复见？”女曰：“不然，龙宫无白叟也。且人生寿夭，不在容貌，如求驻颜，固亦大易。”乃书一方于卷头而去。生旋里，甥女始言其异，云：“当晚若梦，觉一人捉塞盎中。既醒，则血殷床褥而怪绝矣。”生曰：“我曩祷河伯耳。”群疑始解。后生六十余，貌犹类三十许人。一日，渡河，遥见上流浮莲叶大如席，一丽人坐其上，近视则神女也。跃从之，人随荷叶俱小，渐之如钱而灭。此事与赵弘一则，俱明季事，不知孰前孰后，若在万生用武之后，则吴下仅遗半通，宜其不足为害也。

申　氏

泾河之侧，有士人子申氏者，家屡贫，竟日恒不举火。夫妻相对，无以为计。妻曰：“无已，子其盗乎？”申曰：“士人子，不能亢宗而辱门户，贻羞先人。跖而生，不如夷而死。”妻忿曰：“子欲活而恶辱耶？世不田而农者止两途。汝既不能盗，我无宁娼耳！”申怒，与妻语相侵。妻含忿而眠。申念：为男子不能谋两餐，至使妻欲娼，固不如死。潜起，投缳庭树间。但见父来警曰：“痴儿！何至于此！”断其绳，嘱曰：“盗可一为，须择禾黍深处伏之。此行可富，勿庸再矣。”妻闻堕地声，惊寤；呼夫不应，爇火觅之；见树上缳绝，申死其下，大骇。抚捺之，移时而苏，扶卧床上。妻忿气少平。既明，托夫病，乞邻，得稀酏饵申。申啜已，出而去。至午，负一囊米至。妻问所从来，曰：“余父执皆世家，向以摇尾为羞，故不屑以相求也。今且将作盗，何顾焉？可速炊，我将从卿言，往行劫。”妻疑其未忘前言之忿，含忍之；因淅米作糜。申饱食讫，急寻坚木，斧作梃，持之欲出。妻察其意似真，曳而止之。申曰：“子教我为，事败相累，当无悔！”绝裾而去。日暮，抵邻村，违村里许伏焉。忽暴雨，上下淋湿。遥望浓树，将以投止。而电光一照，已近村垣，远处似有行人。恐为所窥，见垣下禾黍蒙密，疾趋而入，蹲避其中。无何，一男子来，身躯壮伟，亦投禾中。申惧，不敢少动。幸男子斜行去。微窥之，入于垣中。默意垣内为富室亢氏第，此必梁上君子，伺其重获而出，当合瓜分。又念其人雄健，倘善取不予，必至用武。自度力不敌，不如乘其无备而颠之。计已定，伏伺良久。直将鸡鸣，始越垣出；足未及地，申暴起，梃中腰膂，踣然倾跌。视之非人，则一巨龟，喙张如盆。大惊，又连击之，遂毙。先是，亢翁有女，绝慧美，父母皆怜爱之。一夜，有丈夫入室，狎逼为欢。欲号，则舌已入口，昏不知人，听其所为而去。羞以告人，惟多集婢媪，严扃门户而已。夜既寝，更不知扉何自而开。入室，则群众皆迷，婢媪遍淫之。于是相告各骇，以告翁。翁戒家人操刃环绣闼，室中人烛而坐。约近夜半，内外人一时都瞑，忽若梦醒，见女白身卧，状类痴，良久始寤。翁甚恨之，而无如何。积数月，女柴瘠颇殆。每语人有能驱遣者，谢金三百。申平时亦悉闻之。是夜得龟，因悟祟翁女者，必是物也。遂叩门求赏。翁喜，延之上座，使人舁龟于庭而脔割之。留申过夜，其怪果绝，乃如数赠之。负金而归。妻以其隔宿不归，方切忧盼；见申入，急问之。申不言，以金置榻上。妻开视，几骇绝，曰："子真为盗耶？"申曰："汝逼我为此，又作是言。"妻泣曰："前特以相戏耳。今犯断头之罪，我不能受贼人累也，请先死。"乃奔。申逐出，笑曳而返之，具以实告，妻乃喜。自此谋生产，称素封焉。

异史氏曰："人不患贫，患无行耳。其行端者，虽饿不死；不为人怜，亦有鬼佑也。世之贫者，利所在忘义，食所在忘耻，人且不敢以一文相托，而何以见谅于鬼神乎！"

邑有贫民某乙，残腊向尽，身无完衣，自念何以卒岁？不敢与妻言，暗操白梃，出伏墓中，冀有孤身而过者，劫其所有。悬望甚苦，渺无人迹；而松风刺骨，不复可忍。意濒绝矣，忽一人伛偻来。心窃喜，持梃遽出。则一叟负囊道左，哀曰："一身实无长物，家绝食，适于婿家乞得五升米耳。"乙夺米，复欲褫其絮袄。叟苦哀之。乙怜其老，释之，负米而归。妻诘其故，诡以"赌债"对。阴念此策良佳，次夜复往。居无几时，见一人荷梃来，亦投墓中，蹲踞眺望，意似同道。乙乃逡巡自冢后出。其人惊问："谁何？"答云："行道者。"问："何不行？"曰："待君耳。"其人失笑。各以意会，并道饥寒之苦。夜既深，无所猎获。乙欲归，其人曰："子虽作此道，然犹雏也。前村有嫁女者，营办中夜，举家必殆。从我去，得当均之。"乙喜，从去。至一门，隔壁闻炊饼声，知未寝，伏伺之。无何，一人启关荷杖出行汲，二人乘间掩入。见灯辉北舍，他屋皆暗黑。闻一媪曰："大姐可向东舍一瞩，汝奁妆悉在椟中，忘扃镉未也？"闻少女作娇惰声，二人窃喜，潜趋东舍，暗中摸索，得卧椟；启覆探之，深不见底。其人谓乙曰："入之。"乙果入，得一裹，传递而出。其人问："尽矣乎？"曰："尽矣。"又给之曰："再索之。"乃闭椟加锁而去。乙在其中，窘急无计。未几，灯火亮入，先照椟。闻媪曰："谁已扃矣！"于是母女上榻息烛。乙急甚，乃作鼠啮物声。女曰："椟中有鼠。"媪曰："勿坏而衣。我疲顿已极,汝宜自觇之。”女振衣起,发扃启椟。乙突出,女惊仆。乙拔关奔去,虽无所得,而窃幸得免。嫁女家被盗,四方流播。或议乙。乙惧,东遁百里,为逆旅主人赁作佣。年余,浮言稍息,始取妻同居,不业白梃矣。此其自述,因类申氏,故附之。

龙

北直界有龙堕入村。其行重拙,入某绅家。其户仅可容躯,塞而入。家人尽奔,登楼哗噪,铳炮轰然。龙乃出门外,停贮潦水,浅不盈尺。龙入,转侧其中,身尽泥涂,极力腾跃,尺余辄堕。泥蟠三日,蝇集鳞甲。忽大雨,乃霹雳拏空而去。

房生与友人登牛山,入寺游瞩。忽椽间一黄砖堕。砖上盘小蛇,细才如蚓;忽旋一周,如指;又一周,已如带。共惊,知为龙,群趋而下,方至山半,闻寺中霹雳一声,震动山谷。天上黑云如盖,一巨龙夭矫其中,移时始没。

章丘小相公庄,有民妇适野,值大风,尘砂扑面。觉一目眯,如含麦芒,揉之吹之,迄不愈,启睑而审视之,睛固无恙,但有赤线蜿蜒于肉分。或曰:“此蛰龙也。”妇忧惧欲死。积三月余,天暴雨,忽巨霆一声,裂眦而去。妇无少损。

卷二十一

恒　娘

洪大业，都中人，妻朱氏，姿致颇佳，两相爱悦。后洪纳婢宝带为妾，貌远逊朱，而洪嬖之。朱不平，辄以此反目。洪虽不敢公然宿妾所，然益嬖宝带，疏朱。后徙居，与帛商狄姓者为邻。狄妻恒娘，先过院谒朱。恒娘三十许，姿仅中人，而言词轻倩。朱悦。次日答拜，见其室亦有小妻，年二十以来，甚娟好。邻居几半年，并不闻其诟谇一语；而狄独钟爱恒娘，副室则虚员而已。朱一日见恒娘而问之曰："余向为良人之爱妾，为其为妾也，每欲易妻之名呼作妾，今乃知不然。夫人何术？如可授，愿北面为弟子。"恒娘曰："嘻！子则自疏，而尤男子乎！朝夕而絮聒之，是为丛殴爵矣，其离滋甚耳！子归，益纵之，即男子自来，勿纳也。一月后，当再为子谋之。"朱从其言，益饰宝带，使从丈夫寝。洪一饮食，亦使宝带共之。洪时一周旋朱，朱拒之益力。于是共称朱氏贤。如是月余，朱往见恒娘。恒娘喜曰："得之矣！子归，毁若妆，勿华服，勿脂泽，垢面敝履，杂家人操作。一月后，可复来。"朱从之，衣敝补衣，故为不洁清，而纺绩外无他问。洪怜之，使宝带分其劳。朱不受，辄叱去之。如是者一月，又往见恒娘。恒娘曰："孺子真可教也！后日为上巳节，欲招子踏春园。子当尽去敝衣，袍袴袜履，崭然一新，早过我。"朱曰："诺。"至日，揽镜细匀铅黄，一一如恒娘教。妆竟，过恒娘。恒娘喜曰："可矣！"又代挽凤髻，光可鉴影；袍袖不合时制，拆其缝，更作之；谓其履样拙，更于笥中出业履，共成之。成讫，即令易着。游后临别，饮以酒，嘱曰："归去一见男子，即早闭户寝。渠来叩关，勿听也。三度呼，可一度纳。口索舌，手索足，皆吝之。半月后当复来。"朱归，炫妆见洪。洪上下凝睇之，欢笑异于平时。朱少话游览，便支颐作惰态，日未昏，即起入房，阖扉眠矣。未几，洪果来款关。朱坚卧不起，洪始去。次夕复然。明日，洪让之。朱曰："独眠习惯，不堪复扰。"日既夕，洪入闺坐守之。灭烛登床，如调新妇，绸缪甚欢。更为次夜之约，朱不可，与洪约以三日为率。半月许，复诣恒娘。恒娘阖门与语曰："从此可以擅专房矣。然子虽美，不媚也。子之姿，一媚可夺西施之宠，况下者乎！"于是试使睨，曰："非也！病在外眦。"试使笑，又曰："非也，病在左颐。"乃以秋波送娇，又冁然瓠犀微露，使朱效之。凡数十作，始略得其仿佛。恒娘曰："子归矣！揽镜而娴习之，术无余矣。至于床笫之间，随机而动之，因所好而投之，此非可以言传者也。"朱归，一如恒娘教。洪大悦，形神俱惑，惟恐见拒。日将暮，则相对调笑，跬步不离闺闼，日以为常，竟不能却之使去。朱益善遇宝带，每房中之宴，辄呼与共榻坐。而洪视宝带益丑，不终席，遣去之。朱赚夫入宝带房，扃闭之，洪终夜无所沾染。于是宝带恨洪，对人辄怨谤。洪益厌怒之，渐施鞭楚。宝带忿，不自修饰，拖敝垢履，头类蓬葆，更不复可言人矣。恒娘一日谓朱曰："我术何如矣？"朱曰："道则至妙。然弟子能由之，而终不能知之也。纵之，何也？"曰："子不闻乎？人情厌故而喜新，重难而轻易。丈夫之爱妾，非必其美也，甘其所乍获，而幸其所难遘也。纵而饱之，则珍错亦厌，况藜藿乎！""毁之，而复炫之，何也？"曰："置不留目，则似久别；忽睹艳妆，则如新至。譬贫人骤得粱肉，则视脱粟非味矣。而又不易与之，则彼故而我新，彼易而我难。此即子易妻为妾之法也。"朱大悦，遂为闺中之密友。积数年，忽谓朱曰："我两人情同一体，当自不昧生平，向欲言而恐疑之也。行相别，敢以实告：妾乃狐也。幼遭继母之变，鬻妾都中。良人遇我厚，故不忍遽绝，恋恋以至于今。明日，老父尸解，妾往省觐，不复还矣。"朱把手唏嘘。早旦往视，则举家惶骇，而恒娘杳矣。

异史氏曰："买珠者不贵珠而贵椟，新旧难易之情，千古不能破其惑；而变憎为爱之术，遂得以行乎其间矣。古佞臣事君，勿令见人，勿使窥书，乃知容身固宠，皆有心传也。"

葛巾

常大用，洛人，癖好牡丹。闻曹州牡丹甲齐鲁，心向往之。适以他事如曹，因假缙绅之园居焉。而时方二月，牡丹未华，惟徘徊园中，目注勾萌，以望其拆；作怀牡丹诗百绝。未几，花渐含苞，而资斧将匮；寻典春衣，流连忘返。一日凌晨，趋花所，则一女郎及老妪在焉。疑是贵家宅眷，亦遂遄返。暮而往，又见之，从容避去。微窥之，宫妆艳绝。眩迷之中，忽转一想：此必仙人，世上岂有如此女子！急返身而搜之，骤过假山，适与妪遇。女郎方坐石上，相顾失惊。妪以身幛女，叱曰："狂生何为？"生长跽曰："娘子必是神仙。"妪咄之曰："如此妄言，自当系送令尹！"生大惧。女郎微笑曰："去之。"遂过假山而去。生返复不能徙步，意女郎归告父兄，必有诟辱之来。偃卧空斋，自悔孟浪；窃幸女郎无怒容，或当不复置念。悔惧交集，终夜而病。日已向晨，喜无问罪之师，心渐宁帖。而回忆声容，转惧为想。如是三日，憔悴欲死。秉烛夜分，仆已熟眠；妪忽入，持瓯而进曰："吾家葛巾娘子，手和鸩汤，其速饮！"生闻而骇，既而曰："仆与娘子，夙无怨嫌，何至赐死？既为娘子手调，与其相思而病，不如仰药而死。"遂饮而尽之。妪笑，接瓯而去。生觉药气香冷，似非毒者；俄觉肺鬲宽舒，头颅清爽，酣然睡去。既醒，红日满窗。试起，病若失，心益信其为仙。无可夤缘，但于无人时仿佛其立处、坐处，虔拜而默祷之。一日，行去，忽于深树内觌面遇女郎；幸无他人，大喜，投地。女郎近曳之。忽闻异香竟体，即以手握玉腕而起，指肤软腻，使人骨节欲酥。正欲有言，老妪忽至。女令隐身石后，南指曰："夜以花梯度墙，四面红窗者，即妾居也。"匆匆遂去。生怅然，魂魄飞散，莫能知其所往。至夜，移梯登南垣，则垣下已有梯在，喜而下，果见红窗。室中闻敲棋声，伫立不敢复前，姑逾垣归。少间，再过之，子声犹繁；渐近窥之，则女郎与一素衣美人相对着，老妪亦在坐，一婢侍焉。又返。凡三往复,三漏已催。生伏梯上,闻妪出云:"梯也!谁置此?"呼婢共移去之。生登垣,欲下无阶,恨悒而返。次夕复往,梯先设矣。幸寂无人,入,则女郎兀坐,若有所思。见生,惊起,斜立含羞。生揖曰:"自谓福薄,恐于天人无分,亦有今夕耶?"遂狎抱之。纤腰盈掬,吹气如兰。女撑拒曰:"何遽尔!"生曰:"好事多魔,迟为鬼妒。"言未及已,遥闻人语。女急曰:"玉版妹子来矣,君可姑伏床下。"生从之。无何,一女子入,笑曰:"败军之将,尚可复言战否?业已烹茗,敢邀为长夜之欢。"女郎辞以困惰。玉版固请之,女郎坚坐不行。玉版曰:"如此恋恋,岂藏有男子在室耶?"强拉之出门而去。生膝行而出;恨绝,遂搜枕簟,冀一得其遗物。而室内并无香奁,只床头有水晶如意,上结紫巾,芳洁可爱。怀之,越垣归。自理襟袖,体香犹凝,倾慕益切。然因伏床之恐,遂有怀刑之惧,筹思不敢复往,但珍藏如意,以冀其寻。隔夕,女郎果至,笑曰:"妾向以君为君子也,而不知寇盗也。"生曰:"良有之!所以偶不君子者,第望其如意耳!"乃揽体入怀,代解裙结。玉肌乍露,热香四流,偎抱之间,觉鼻息汗熏,无气不馥。因曰:"仆固意卿为仙人,今益知不妄。幸蒙垂盼,缘在三生。但恐杜兰香之下嫁,终成离恨耳。"女笑曰:"君虑亦过。妾不过离魂之倩女,偶为情动耳。此事要宜慎密,恐是非之口,捏造黑白,君不能生翼,妾不能乘风,则祸离更惨于好别矣。"生然之,而终疑为仙,固诘姓氏。女曰:"既以妾为仙,仙人何必以姓名传!"问:"妪何人?"曰:"此桑姥,妾少时受其露覆,故不与婢辈同。"遂起欲去,曰:"妾处耳目多,不可久羁,蹈隙当复来。"临别索如意,曰:"此非妾物,乃玉版所遗。"问:"玉版为谁?"曰:"妾叔妹也。"付钩乃去。去后衾枕皆染异香。由此三两夜辄一至,生惑之,不复思归。而囊橐既空,欲货马。女知之,曰:"君以妾故,泻囊质衣,情所不忍,又去代步,千余里将何以归?妾有私蓄,聊可助装。"生辞曰:"以卿情好,抚臆誓肌,不足论报;又贪鄙以耗卿财,何以为人矣!"女固强之,曰:"姑假君。"遂捉生臂,至一桑树下,指一石曰:“转之!”生从之。又拔头上簪,刺土数十下,曰:“爬之!”生又从之。则瓮口已见。女探手入,出白镪近五十两许。生把臂止之,不听,又出十余铤。生强反其半,而后掩之。一夕,谓生曰:“近日微有浮言,势不可长,此不可不预谋也。”生惊曰:“且为奈何? 小生素迂谨,今为卿故,如寡妇之失守,不复能自主矣。一惟卿命,刀锯斧钺,亦所不遑顾耳。”女谋偕亡,命生先归,约会于洛。生治任旋里,拟先归而后逆之;比至,则女郎车已至门。登堂朝家人,四邻惊贺,而并不知其窃而逃也。生窃自危。女殊坦然,谓生曰:“无论千里外非逻察所及,即或知之,妾世家女,卓王孙当无如长卿何也!”生弟大器,年十七。女顾之曰:“是有慧根,前程尤胜于君。”完婚有期,妻忽夭殒。女曰:“妾妹玉版,君固尝窥见之,貌颇不恶,年亦相若,作夫妇,可称佳偶。”生闻之而笑,戏请作伐。女曰:“必欲致之,即亦匪难。”喜问:“何术?”曰:“妹与妾最相善,两马驾轻车,费一妪之往返耳!”生惧前情俱发,不敢从其谋。女固言:“无害!”即命车遣桑妪去。数日至曹,将近里门,妪下车,使御者止而候于途,乘夜入里;良久偕女子来,登车遂发。昏暮即宿车中,五更复行。女郎计其时日,使大器盛服而逆。五十里许乃相遇,御轮而归;鼓吹花烛,起拜成礼。由此,兄弟皆得美妇,而家又日以富。一日,有大寇数十骑突入第。生知有变,举家登楼。寇入,围楼。生俯问:“有仇否?”答言:“无仇。但有两事相求:一则闻两夫人世间所无,请赐一见;一则五十八人,各乞金五百。”聚薪楼下,为纵火计以胁之。生允其索金之请。寇不满志,欲焚楼。家人大恐。女欲与玉版下楼。止之,不听。炫妆而下,阶未尽者三级,谓寇曰:“我姊妹皆仙媛,暂时一履尘世,何畏寇盗! 欲赐汝万金,恐汝不敢受也。”寇众一齐仰拜,诺声“不敢”。姊妹欲退。一寇曰:“此诈也。”女闻之,反身伫立,曰:“意欲何作,便早图之,尚未晚也。”诸寇相顾,默无一言,姊妹从容上楼而去。寇仰望无迹,哄然始散。后二年,姊妹各举一子,始渐自言:“魏姓,母封曹国夫人。”生疑曹无魏姓世家,又且大姓失女，何得一置不问？未敢穷诘，而心窃怪之，遂托故复诣曹。入境谘访，世族并无魏姓。于是仍假馆旧主人。忽见壁上有赠曹国夫人诗，颇涉骇异，因诘主人。主人微笑，即请往观曹夫人。至，则牡丹一本，高与檐等。问所由名，则以此花为曹第一，故同人戏封之。问其“何种”，曰：“葛巾紫也。”心益骇，遂疑女为花妖。既归，不敢质言，但述赠夫人诗以觇之。女蹙然变色，遽出，呼玉版抱儿至，谓生曰：“三年前感君见思，遂呈身相报；今见猜疑，何可复聚？”因与玉版举儿遥掷之，儿堕地并没。生方骇顾，则二女俱渺矣。悔恨不已。后数日，堕儿处生牡丹二株，一夜径尺，当年而花，一紫一白，朵大如盘，较寻常之葛巾、玉版，瓣尤繁碎。数年茂荫成丛，移分他所，更变异种，莫能识其名。自此，牡丹之盛，洛下无双焉。

异史氏曰：“怀之专一，鬼神可通，偏反者亦不可谓无情也。少陵寂寞，以花当夫人。况真能解语，何必力穷其原哉！惜常生之未达也！”

黄　英

马子才，顺天人。世好菊，至才尤甚。闻有佳种，必购之，千里不惮。一日，有金陵客寓其家，自言其中表亲有一二种，为北方所无。马欣动，即刻治装，从客至金陵。客多方为之营求，得两芽，裹藏如宝。归至中途，遇一少年跨蹇，从油碧车，丰姿洒落。渐近与语，少年自言“陶姓”，谈言骚雅。因问马所自来，马实告之。少年曰：“种无不佳，培溉在人。”因与论艺菊之法。马大悦，问：“将何往？”答云：“姊厌金陵，欲卜居河朔耳。”马欣然曰：“仆虽固贫，茅庐可以寄榻，不嫌荒陋，无烦他适。”陶趋车前，向姊咨禀。车中人推帘语，乃二十许绝世美人也。顾弟言：“屋不厌卑，而院宜得广。”马代诺之，遂与俱归。第南有荒圃，仅小室三四椽。陶喜居之，日过北院为马治菊。菊已枯，拔根再植之，无不活。然家清贫，陶日与马共饮食，而察其家，似不举火。马妻吕，亦爱陶姊，不时以升斗馈恤之。陶姊小字黄英，雅善谈，辄过吕所，与共纫绩。陶一日谓马曰："君家固不丰，仆日以口腹累知交，胡可为常！为今计，卖菊亦足谋生。"马素介，闻陶言，甚鄙之，曰："仆以君风流高士，当能安贫。今作是论，则以东篱为市井，有辱黄花矣。"陶笑曰："自食其力不为贪，贩花为业不为俗。人固不可苟求富，然亦不必务求贫也。"马不语，陶起而出。自是，马所弃残枝劣种，陶悉掇拾而去。由此不复就马寝食，招之，始一至。未几，菊将开，闻其门嚣喧如市，怪之，过而窥焉。见市人买花者，车载肩负，道相属也。其花皆异种，目所未睹。心厌其贪，欲与绝，而又恨其私秘佳种，遂款其扉，将就诮让。陶出，握手曳入，见荒庭半亩皆菊畦，数椽之外无旷土。劚去者，则折别枝插补之；其蓓蕾在畦者，罔不佳妙。而细认之，皆向所拔弃也。陶入屋，出酒馔，设席畦侧，曰："仆贫，不能守清戒，连朝幸得微资，颇足供醉。"少间，房中呼"三郎"，陶诺而去。俄献佳肴，烹饪良精。因问："贵姊胡以不字？"答云："时未至。"问："何时？"曰："四十三月。"又诘："何说？"但笑不言。尽欢始散。过宿，又诣之，新插者已盈尺矣。大奇之，苦求其术。陶曰："此固非可言传；且君不以谋生，焉用此？"又数日，门庭略寂，陶乃以蒲席包菊，捆载数车而去。逾岁，春将半，始载南中异卉而归，于都中设花肆，十日尽售，复归艺菊。问之去年买花者，留其根，次年尽变而劣，乃复购于陶。陶由此日富，一年增舍，二年起夏屋。兴作从心，更不谋诸主人。渐而旧日花畦，尽为廊舍；更于墙外买田一区，筑墉四周，悉种菊。至秋，载花去，春尽不归。而马妻病卒。意属黄英，微使人风示之。黄英微笑，意似允许，惟专候陶归而已。年余，陶竟不至。黄英课仆种菊，一如陶。得金益合商贾，村外治膏田二十顷，甲第益壮。忽有客自东粤来，寄陶生函信。发之，则嘱姊归马。考其寄书之日，即马妻死之日；回忆园中之饮，适四十三月也，大奇之。以书示英，请问"致聘何时"，英辞不受采。又以故居陋，欲使就南第居，若赘焉。

马不可，择日行亲迎礼。黄英既适马，于间壁开扉通南第，日过课其仆。马耻以妻富，恒嘱黄英作南北籍，以防淆乱。而家中所需，黄英辄取诸南第。不半岁，家中触类皆陶家物。马立遣人一一赍还之，戒勿复取。未浃旬，又杂之。凡数更，马不胜烦。黄英笑曰："陈仲子毋乃劳乎？"马惭，不复稽，一切听诸黄英。鸠工庀料，土木大作，马不能禁。经数月，楼舍连亘，两第竟合为一，不分疆界矣。然遵马教，闭门不复业菊，而享用过于世家。马不自安，曰："仆三十年清德，为卿所累。今视息人间，徒依裙带而食，真无一毫丈夫气矣。人皆祝富，我愿祝穷耳！"黄英曰："妾非贪鄙；但不少置丰盈，遂令千载下人，谓渊明贫贱骨，百世不能发迹，故聊为我家彭泽解嘲耳！然贫者愿富，为难；富者求贫，固亦甚易。床头金任君挥去之，妾不靳也。"马曰："捐他人之金，抑亦良丑。"黄英曰："君不愿富，妾亦不能贫也。无已，析君居，清者自清，浊者自浊，何害？"乃于园中筑茅茨，择美婢往侍焉。马安之。然过数日，苦念黄英。招之，不肯至；不得已，反就之。隔宿辄至，以为常。黄英笑曰："东食西宿，廉者当不如是。"马亦自笑，无以对，遂复合居如初。会马以事客金陵，适逢菊秋。早过花肆，见肆中盆列甚繁，款朵佳胜，心动，疑类陶制。少间，主人出，果陶也。喜极，具道契阔，遂止宿焉。要之归，陶曰："金陵，吾故土，将婚于是。积有薄资，烦寄吾姊。我岁杪当暂去。"马不听，请之益苦，且曰："家幸充盈，但可坐享，无须复贾。"坐肆中，使仆代论价，廉其值，数日尽售。逼促囊装，赁舟遂北。入门，则姊已除舍，床榻裀褥皆设，若预知弟也归者。陶自归，解装课役，大修园亭，惟日与马共棋酒，更不复结一客。为之择婚，辞不愿。姊遣两婢侍其寝处，居三四年，生一女。陶饮素豪，从不见其沉醉。有友人曾生，量亦无对，适过马。马使与陶共较饮。二人纵饮甚欢，相得恨晚。自辰以讫四漏，计各尽百壶。曾烂醉如泥，沉睡座间。陶起归寝，出门践菊畦，玉山倾倒，委衣于侧，即地化为菊，高如人，花十余朵，皆大如拳。马大骇，告黄英。英急往，拔置地上，曰："胡醉至此！”覆以衣，要马俱去，戒勿视。既明而往，则陶卧畦边。马乃悟姊弟皆菊精也，益爱敬之。而陶自露迹，饮益放，恒自折柬招曾，因与莫逆。值花朝，曾来造访，以两仆舁药浸白酒一坛，约与共尽。坛将竭，二人犹未甚醉。马潜以一瓻续入之，二人又尽之。曾醉已惫，诸仆负之以去。陶卧地，又化为菊。马见惯不惊，如法拔之，守其旁，以观其变。久之，叶益憔悴。大惧，始告黄英。英闻，骇曰：“杀吾弟矣！”奔视之，根株已枯。痛绝，掐其梗，埋盆中，携入闺中，日灌溉之。马悔恨欲绝，甚怨曾。越数日，闻曾已醉死矣。盆中花渐萌，九月既开，短干粉朵，嗅之，有酒香，名之“醉陶”，浇以酒则茂。后陶女长成，嫁于世家。黄英终老，亦无他异。

异史氏曰：“青山白云人，遂以醉死，世尽惜之，而未必不自以为快也。植此种于庭中，如见良友，如对丽人，不可不物色之也。”

书　痴

彭城郎玉柱，其先世官至太守，居官廉，得俸不治生产，积书盈屋。至玉柱，尤痴。家苦贫，无物不鬻，惟父藏书，一卷不忍置。父在时，曾书《劝学篇》，粘其座右，郎日讽诵，又幛以素纱，惟恐磨灭。非为干禄，实信书中真有金粟。昼夜研读，无间寒暑。年二十余不求婚配，冀卷中丽人自至。见宾亲，不知温凉，三数语后，则诵声大作。客逡巡自去。每文宗临试，辄首拔之，而苦不得售。一日，方读，忽大风飘卷去。急逐之，踏地陷足；探之，穴有腐草；掘之，乃古人窖粟，朽败已成粪土。虽不可食，而益信“千钟”之说不妄，读益力。一日，梯登高架，于乱卷中得金辇径尺，大喜，以为“金屋”之验。出以示人，则镀金而非真金，心窃怨古人之诳己也。居无何，有父同年观察是道，性好佛。或劝郎献辇为佛龛。观察大悦，赠金三百、马二匹。郎喜，以为金屋、车马皆有验，因益刻苦。然行年已三十矣。或劝其娶，曰：“‘书中自有颜如玉’，我何忧无美妻乎！”又读二三年，迄无效，人咸揶揄之。时民间讹言：天上织女私逃。或戏郎："天孙窃奔，盖为君也。"郎知其戏，置不辨。一夕，读《汉书》至八卷，卷将半，见纱剪美人夹藏其中，骇曰："书中颜如玉，其以此应之耶？"心怅然自失。而细视美人，眉目如生，背隐隐有细字云"织女"。大异之，日置卷上，反复瞻玩，至忘食寝。一日，方注目间，美人忽折腰起，坐卷上微笑。郎惊绝，伏拜案下。既起，已盈尺矣。益骇，又叩之。下几亭亭，婉然绝代之姝。拜问："何神？"美人笑曰："妾颜氏，字如玉，君固相知已久。日垂青盼，脱不一至，恐千载下无复有笃信古人者。"郎喜，遂与寝处。然枕席间亲爱倍至，而不知为人。每读，必使女坐其侧。女戒勿读，不听。女曰："君所以不能腾达者，徒以读耳。试观春秋榜上，读如君者几人？若不听，妾行去矣。"郎暂从之。少顷，忘其教，吟诵复起。逾刻索女，不知所在。神志丧失，祝而祷之，殊无影迹。忽忆女所隐处，取《汉书》细检之，直至旧所，果得之。呼之，不动；伏以哀祝，女乃下，曰："君再不听，当相永绝！"因使治棋枰、樗蒲之具，日与遨戏。而郎殊不属，觑女不在，则窃卷浏览。恐为女觉，阴取《汉书》第八卷，杂溷他所以迷之。一日，读酣，女至，竟不之觉；忽睹之，急掩卷，而女已亡矣。大惧，冥搜诸卷，渺不可得；既，仍于《汉书》八卷中得之，页数不爽。因再拜祝，矢不复读。女乃下，与之弈，曰："三日不工，当复去。"至三日，忽一局赢女二子，女乃喜；授以弦索，限五日工一曲。郎手营目注，无暇他及；久之，随指应节，不觉鼓舞。女乃日与博饮，郎随乐而忘读。女又纵之出门使结客，由此倜傥之名暴著。女曰："子可以出而试矣。"郎一夜谓女曰："凡人男女同居则生子；今与卿居久，何不然也？"女笑曰："君日读书，妾固谓无益；今即夫妇一章，尚未了悟；枕席二字有工夫。"郎惊问："何工夫？"女笑不言。少间，潜迎就之。郎乐极，曰："我不意夫妇之乐，有不可言传者。"于是逢人辄道，无有不掩口者。女知而责之，郎曰："钻穴逾墙者，始不可以告人，天伦之乐，人所皆有，何讳焉！"过八九月，女果举一男，买媪抚字之。一日，谓郎曰："妾从君二年，业生子，可以别矣。久恐为君祸，悔之已晚。"郎闻言泣下，伏地不起，曰："卿不念呱呱者耶？"女亦凄然，良久曰："必欲妾留，当举架上书尽焚之。"郎曰："此卿故乡，乃仆性命，何出此言！"女不之强，曰："妾亦知其有数，不得不预告耳。"先是，亲族或窥见女，无不骇绝，而又未闻其缔姻何家，共诘之。郎不能作伪语，但默不言。人益疑，邮传几遍，闻于邑宰史公。史，闽人，少年进士，闻声倾动，窃欲一睹丽容，因而拘郎及女。女闻知，遁匿无迹。宰怒收郎，斥革衣巾，梏械备加，务得女所自往。郎垂死无一言。械其婢，略能道其仿佛。宰以为妖，命驾亲临其家。见书卷盈屋，多不胜搜，乃焚之。庭中烟结不散，暝若阴霾。郎既释，远求父门人书，得从辨复。是年秋捷，次年举进士。而衔恨切于骨髓，为颜如玉之位，朝夕而祝曰："卿如有灵，当佑我官于闽。"后果以直指巡闽。居三月，访史恶款，籍其家。时有中表为司理，逼纳爱妾，托言买婢寄署中。案既结，郎即日自劾，取妾而归。

异史氏曰："天下之物，积则招妒，好则生魔。女之妖，书之魔也。事近怪诞，治之未为不可，而祖龙之虐，不已惨乎！其存心之私，更宜得怨毒之报。呜呼！何怪哉！"

齐天大圣

许盛，兖人，从兄成，贾于闽。货未居积，客言大圣灵著，将祷诸祠。盛未知大圣何神，与兄俱往。至，则殿阁连蔓，穷极宏丽。入殿瞻仰，神猴首人身，盖齐天大圣孙悟空云。诸客肃然起敬，无敢有惰容。盛素刚直，窃笑世俗之陋。众焚奠叩祝，盛潜去之。既归，兄责其慢。盛曰："孙悟空乃丘翁之寓言，何遂诚信如此！如其有神，刀槊雷霆，余自受之。"逆旅主人闻呼大圣名，皆摇首失色，若恐大圣闻。盛见其状，益哗辨之，听者皆掩耳而走。至夜，盛果病，头痛大作。或劝诣祠谢罪，盛不听。未几，头小愈，股又痛；竟夜生巨疽，连足尽肿，寝食俱废。兄代祷，迄无验。或言神遣须自祝，盛卒不信。月余，创渐敛，而又一疽生，其痛倍苦。医来以刀割腐肉，血溢盈碗；恐人神其词，故忍而不呻。又月余，始就平复。而兄又大病。盛曰："何如矣？敬神者亦复如是。足征余之疾非由悟空也。"兄闻其言益恚，谓神迁怒，责弟不为代祷。盛曰："兄弟犹手足，前日肢体糜烂而不之祷，今岂以手足之病而易吾守乎！"但为延医锉药，而不从其祷。药下，兄暴毙。盛惨痛结于心腹，买棺殓兄已，投祠指神而数之曰："兄病谓汝迁怒，使我不能自白。倘尔有神，当令死者复生，余即北面称弟子，不敢有异词。不然，当以汝处三清之法，还处汝身，庶以破吾兄地下之惑。"至夜，梦一人招之去。入大圣祠，仰见大圣有怒色，责之曰："因汝无状，以菩萨刀穿汝胫股；犹不自悔，啧有烦言。本宜送拔舌狱，念汝一念刚鲠，姑置宥赦。汝兄病，乃汝以庸医夭其寿数，于人何尤？今不少施法力，益令狂妄者引为口实。"乃命青衣使请命于阎罗。青衣白："三日后，鬼籍已报天庭，恐难为力。"神取方版，命笔不知何辞，使青衣执之而去。良久乃返，成与俱来，并跪堂上。神问："何迟？"青衣白："阎罗不敢擅专，又持大圣旨上咨斗宿，是以来迟。"盛趋上拜谢神恩。神曰："可速与兄俱去，若能向善，当为汝福。"兄弟悲喜，相将俱归。醒而异之，急起，启棺觇视，兄果已苏。扶出，极感大圣力。盛由此诚服，信奉更倍于流俗。而兄弟资本，病中已耗其半；兄又未健，相对长愁。一日，偶游郊外，忽一褐衣人相之曰："子何忧也？"盛方苦无所诉，因而备述其遭。褐衣人曰："有一佳境，暂往瞻瞩，亦足破闷。"问："何所？"但云："不远。"从之，出郭半里许，褐衣人曰："予有小术，顷刻可到。"因命以两手抱腰，略一点首，遂觉云生足下，腾踔而上，不知几百由旬。盛大惧，闭目不敢少启。顷之，曰："至矣。"忽见琉璃世界，光明异色。讶问："何处？"曰："天宫也。"信步而行，上上益高。遥见一叟，喜曰："适遇此老，子之福也。"举手相揖，叟邀过诸其所；烹茗献客，止两盏，殊不及盛。褐衣人曰："此吾弟子，千里行贾，敬造仙署，求少赠馈。”叟命童出白石一抔，状类雀卵，莹澈如冰，使盛自取之。盛念携归可作酒枚，遂取其六。褐衣人以为过廉，代取六枚付盛，并裹之，嘱纳腰橐。拱手曰：“足矣。”辞叟出，仍令附体而下。俄顷及地，盛稽首请示仙号。笑曰：“适即所谓觔斗云也。”盛恍然悟为大圣，又求佑护。曰：“适所会财星，赐利十二分，何须多求。”盛又拜之。起视，已渺。既归，喜而告兄。解取共视，则融入腰橐矣。后辇货而归，其利倍蓰。自此屡至闽，必祷大圣。他人之祷，时不甚验。盛所求，无不应者。

异史氏曰：“昔士人过寺，画琵琶于壁而去。比返，则其灵大著，香火相属焉。天下事固不必实有其人；人灵之，则既灵焉矣。何以故？人心所聚，而物或托焉耳。若盛之方鲠，固宜得神明之祐，岂真耳内绣针，毫毛能变；足下觔斗，碧落可升哉？卒为邪惑，抑其见之不真也？”

青蛙神

江汉之间，俗事蛙神最虔。祠中蛙，不知几百千万，有大如笼者。或犯神怒，家中辄有异兆：蛙游几榻，甚或攀缘滑壁不得堕，其状不一。此家当凶，人则大恐，斩牲禳祷之，神喜则已。楚有薛昆生者，幼慧，美姿容，六七岁时，有青衣媪至其家，自称神使，坐致神意：愿以女下嫁昆生。薛翁性朴拙，雅不欲，辞以儿幼。虽固却之，而亦未敢议婚他姓。迟数年，昆生渐长，委禽于姜氏。神告姜曰：“薛昆生，吾婿也。何得近禁脔！”姜惧，反其仪。薛公忧之，洁牲往祷，自言：“不敢与神相匹偶。”祝已，见肴酒中皆有巨蛆浮出，蠢然扰动；倾弃，谢罪而归。心益惧，亦姑听之。一日，昆生在途，有使者迎宣神命，苦邀移趾。不得已，从与俱往。入一朱门，楼阁华好。有叟坐堂上，类七八十岁人。昆生伏谒，叟命曳起之，赐坐案旁。少间，婢媪集视，纷纭满侧。叟顾曰：“入言薛郎至矣。”数婢奔入。移时，一媪率女郎出，年十六七，丽绝无俦。叟指曰："此小女十娘，自谓与君可称佳偶。君家尊乃以异类见拒。此自百年事，父母止主其半，是在君耳。"崑生目注十娘，心爱好之，默然不言。媪曰："我固知郎意良佳。请先归，当即送十娘往也。"崑生曰："诺。"趋归告翁。翁仓遽无所为计，乃授之词，使返谢之，崑生不肯行。方诮让间，舆已在门，青衣成群，而十娘入矣。上堂朝拜，翁姑见之皆喜。即夕合卺，琴瑟甚谐。由此神翁神媪时降其家。视其衣，赤为喜，白为财，必见。以故，家日兴。自婚于神，门堂藩溷皆蛙，人无敢诟蹴之。惟崑生少年任性，喜则忘，怒则践毙，不甚爱惜。十娘虽谦逊，但善怒，颇不善崑生所为，而崑生不以十娘故敛抑之。十娘语侵崑生。崑生怒曰："岂以汝家翁媪能祸人耶？丈夫何畏蛙也！"十娘甚讳言"蛙"，闻之恚甚，曰："自妾入门为汝家妇，田增粟，贾增价，亦复不少。今老幼皆已温饱，遂如鸮鸟生翼，欲啄母睛耶！"崑生益愤，曰："吾正嫌所增污秽，不堪贻子孙，请不如早别。"遂逐十娘。翁媪既闻之，十娘已去；呵崑生，使急往追复之。崑生盛气不屈。至夜，母子俱病，郁冒不食。翁惧，负荆于祠，词意殷切。过三日，病寻愈。十娘亦自至，夫妻欢好如初。十娘日辄凝妆坐，不操女红。崑生衣履，一委诸母。母一日忿曰："儿既娶，仍累媪！人家妇事姑，吾家姑事妇！"十娘适闻之，负气登堂曰："儿妇朝侍食，暮问寝，事姑者，其道如何？所短者，不能吝佣钱，自作苦耳！"母无言，渐沮自哭。崑生入，见母涕痕，诘得故，怒责十娘。十娘执辨不相屈。崑生曰："娶妻不能承欢，不如无有！便触老蛙怒，不过横灾死耳！"复出十娘。十娘亦怒，出门径去。次日，居舍灾，延烧数屋，几案床榻，悉为煨烬。崑生怒，诣祠责数曰："养女不能奉翁姑，略无庭训，而曲护其短！神者至公，有教人畏妇者耶？且盎盂相敲，皆臣所为，无所涉于父母。刀锯斧钺，即加臣身。如其不然，我亦焚汝居室，聊以相报。"言已，负薪殿下，爇火欲举。居人集而哀之，始愤而归。父母闻之，大惧失色。至夜，神示梦于近村，使为婿家营宅。及明，赍财鸠工，共为崑生建造。辞之，不止。日数百人相属于道，不数日，第舍一新，床幕器具悉备焉。修除甫竟，十娘已至，登堂谢过，言词温婉，转身向崑生展笑。举家变怒为喜。自此，十娘性益和，居二年，无间言。十娘最恶蛇。崑生戏函小蛇，给使启之。十娘色变，诟崑生。崑生亦转笑生嗔，恶相抵。十娘曰："今番不待相迫逐，请从此绝。"遂出门去。薛翁大恐，杖崑生，请罪于神。幸不祸之，亦寂无音。积有年余，崑生怀念十娘，颇自悔；窃诣神所哀十娘，迄无声应。未几，闻神以十娘字袁氏，心中失望，亦求婚他族；而历相数家，并无如十娘者，于是益思十娘。往探袁氏，则已垩壁涤庭，候鱼轩矣。心愧愤不能自已，废食成疾。父母忧惶，不知所处。忽昏愦中有人抚之曰："大丈夫频欲断绝，又作此态！"开目，则十娘也。喜极，跃起曰："卿何来？"十娘曰："以轻薄人相待之礼，止宜从父命，另醮而去。固久受袁家采币，妾千思万思而不忍也。卜吉已在今夕，父又无颜反币，妾亲携而置之矣。适出门，父走送曰：'痴婢！不听吾言，后受薛家凌虐，纵死亦勿归也！'"崑生感其义，为之流涕。家人皆喜，奔告翁媪。媪闻之，不待往朝，奔入子舍，执手呜泣。由此，崑生亦老成，不作恶谑，于是情好益笃。十娘曰："妾向以君儇薄，未必遂能相白首，故不敢留孽种于人世。今已靡他，妾将生子。"居无何，神翁神媪着朱袍，降临其家。次日，十娘临蓐，一举两男。由此往来无间。居民或犯神怒，辄先求崑生；乃使妇女辈盛妆入闺，朝拜十娘。十娘笑则解。薛氏苗裔甚繁，人名之"薛蛙子家"，近人不敢呼，远人呼之。

又

青蛙神往往托诸巫以为言。巫能察神嗔喜，告诸信士曰"喜矣"，福则至；"怒矣"，妇子兀坐愁叹，有废餐者。流俗然哉？抑神实灵，非尽妄也？有富贾周某，性吝啬。会居人敛金修关圣祠，贫富皆与有力，独周一毛不拔。久之，工不就，首事者无所为谋。适众赛蛙神，巫忽言："周将军仓命小神司募政，其取簿籍来！"众从之。巫曰："已捐者，不复强；未捐者，量力自注。"众唯唯敬听，各注已。巫视众曰："周某在此否？"周方混迹其后，惟恐神知，闻之失色，次且而前。巫指籍曰："注金百。"周益窘。巫怒曰："淫债尚酬二百，况好事耶！"盖周私一妇，为夫掩执，以金二百自赎，故讦之也。周益惭惧，不得已，如命注之。既归，告妻。妻曰："此巫之诈耳！"巫屡索，卒弗与。一日，方昼寝，忽闻门外如牛喘。视之，则一巨蛙，室门仅容其身，步履蹇缓，塞两扉而入。既入，转身卧，以阈承颔，举家尽惊。周曰："此必讨募金也。"焚香而祝，愿先纳三十，其余以次赍送，蛙不动；请纳五十，身忽一缩，小尺许；又加二十，益缩如斗；请全纳，缩如拳，从容出，入墙罅而去。周急以五十金送监造所，人皆异之，周亦不言其故。积数日，巫又言："周某欠金五十，何不催并？"周闻之惧，又送十金，意将以此完结。一日，夫妇方食，蛙又至，如前状，目作努；少间，登其床，床摇撼欲倾；加喙于枕而眠，腹隆起如卧牛，四隅皆满。周惧，即完百数与之。验之，仍不少动。半日间，小蛙渐集，次日益多，穴仓登榻，无处不至。大于碗者，升灶啜蝇，糜烂釜中，以致秽不可食。至三日，庭中蠢蠢，更无隙处。一家惶骇，不知计之所出。不得已，请教于巫。巫曰："此必少之也。"遂祝之。益以二十金，首始举；又益之，起一足；直至百金，四足尽起，下床出门。狼犺数步，复反身卧门内。周惧，问巫。巫揣其意，欲周即解囊。周无奈，如数付巫，蛙乃行，数步外，身暴缩，杂众蛙中，不可辨认，纷纷然亦渐散矣。祠既成，开光赛神，更有所需。巫忽指首事者曰："某宜出若干数。"共十五人，止遗二人。众祝曰："吾等与某某，已同捐过。"巫曰："我不以贫富为有无，但以汝等所侵渔之数为多寡。此等金钱，不可自肥，恐有横灾。念汝等首事勤劳，故代汝消之也。除某某廉正无所苟且外，即我家巫，我亦不少私之，便令先出，以为众倡。"即奔入家，搜括箱椟。妻问之，亦不答，尽卷囊蓄而出，告众曰："某私克银八两，今使倾橐。"与众共衡之，秤得六两余，使人志其欠数。众愕然，不敢置辨，悉如数内入。巫过此茫不自知。或告之，大惭，质衣以盈之。惟二人亏其数，事既毕，一人病月余，一人患疔瘇，医药之费，浮于所欠，人以为私克之报云。

异史氏曰："老蛙司募，无不可与为善之人，其胜刺钉拖索者，不既多乎？又发监守之盗而消其灾，则其现威猛，正其行慈悲也。神矣！"

任　秀

任建之，鱼台人，贩毡裘为业。竭资赴陕，途中逢一人，自言："申竹亭，宿迁人。"话言投契，盟为弟昆，行止与俱。至陕，任病不起，申善视之。积十余日，疾大渐，谓申曰："吾家故无恒产，八口衣食，皆恃一人犯霜露。今不幸殂谢异域。君，我手足也，两千里外，更有谁何？囊金二百余，一半君自取之，为我小备殓具，剩者可助资斧；其半寄吾妻子，俾辇吾榇而归。如肯携残骨归故里，则装资无计矣。"乃伏枕为书付申，至夕而卒。申以五六金为市薄材。殓已，主人催其移榇。申托寻寺观，竟遁不返。任家年余方得确耗。任子秀，时年十七，方从师读，由此废学，欲往寻父柩。母怜其幼，秀哀涕欲死，遂典资装治任，俾老仆佐之行，半年始还。殡后，家贫如洗。幸秀聪颖，释服，入鱼台泮。而佻达善博，母教戒綦严，卒不改。一日，文宗案临，试居四等。母愤，泣不食。秀惭惧，对母自矢。于是闭户年余，遂以优等食饩。母劝令设帐，而人终以其荡无检幅，咸诮薄之。有表叔张某，贾京师，劝使赴都，愿携与俱，不耗其资。秀喜，从之。至临清，泊舟关外。时盐航舣集，帆樯如林。卧后，闻水声人声，聒耳不寐。更既静，忽闻邻舟骰声清越，入耳萦心，不觉旧技复痒。窃听诸客皆已酣寝，囊中自备千文，思欲过舟一戏。潜起解囊，捉钱踟蹰，回思母训，即复束置。既睡，心怔忡，苦不得眠；又起，又解，如是者三。兴勃发，不可复忍，携钱竟去。至邻舟，则见两人对博，钱注丰美。置钱几上，即求入局。二人喜，即与共掷。秀大胜，一客钱尽，即以巨金质舟主，渐以十余贯作孤注。赌方酣，又有一人登舟来，眈视良久，亦倾橐出百金质主人，入局共博。张中夜醒，觉秀不在舟；闻骰声，心知之；因诣邻舟，欲挠阻之。至，则秀胯侧积资如山，乃不复言，负钱数千而返。呼诸客并起，往来移运，尚存十余千。未几，三客俱败，一舟之钱俱空。客欲赌金，而秀欲已盈，故托非钱不赌以难之。张在侧，又促逼令归。三客燥急。舟主利其盆头，转贷他舟，得百余千。客得钱，赌更豪。无何，又尽归秀。天已曙，放晓关矣，共运资而返。三客亦去。主人视所质二百余金，尽箔灰耳。大惊，寻至秀舟，告以故，欲取偿于秀。及问姓名、里居，知为建之之子，缩颈羞汗而退。过访榜人，乃知主人即申竹亭也。秀至陕时，亦颇闻其姓字；至此，鬼已报之，故不复追其前隙矣。乃以资与张合业而北，终岁获利倍蓰，遂援例入监。益权子母，十年间，财雄一方。

晚　霞

五月五日，吴越间有斗龙舟之戏。刳木为龙，绘鳞甲，饰以金碧；上为雕甍朱槛；帆旌皆以锦绣；舟末为龙尾，高丈余；以布索引木板下垂，有童坐板上，颠倒滚跌，作诸巧剧。下临江水，险危欲堕。故其购是童也，先以金啖其父母，预调驯之，堕水死，勿悔也。吴门则载美姬，较不同耳。镇江有蒋氏童阿端，方七岁，便捷奇巧，莫能过，声价益起，十六岁犹用之。至金山下，堕水死。蒋媪止此子，哀鸣而已。阿端不自知死，有两人导去，水中别有天地；回视，则流波四绕，屹如壁立。俄入宫殿，见一人兜牟坐。两人曰；“此龙窝君也。”便使拜伏。龙窝君颜色和霁，曰：“阿端伎巧，可入柳条部。”遂引至一所，广殿四合。趋上东廊，有诸少年，出与为礼，率十三四岁。

即有老妪来，众呼解姥。坐令献伎，已，乃教以钱塘飞霆之舞，洞庭和风之乐。但闻鼓钲喤聒，诸院皆响。既而诸院皆息。姥恐阿端不能即娴，独絮絮调拨之，而阿端一过殊已了了。姥喜曰："得此儿，不让晚霞矣。"明日，龙窝君按部，诸部毕集。首按夜叉部，鬼面鱼服。鸣大钲，围四尺许；鼓可四人合抱，声如巨霆，叫噪不复可闻。舞起，则巨涛汹涌，横流空际；时堕一点，大如盆，着地消灭。龙窝君急止之，命进乳莺部，皆二八姝丽。笙歌细作，一时清风习习，波声俱静，水渐凝如水晶世界，上下通明。按毕，俱退立西墀下。次按燕子部，皆垂髫人。内一女郎，年十四五，振袖倾鬟，作散花舞，翩翩翔起，襟袖袜履间，皆出五色花朵，随风飏下，飘泊满庭。舞毕，随其部亦下西墀。阿端旁睨，雅爱好之，问之同部，即晚霞也。无何，唤柳条部，龙窝君特试阿端。端作前舞，喜怒随腔，俯仰中节。龙窝君嘉其慧悟，赐五文袴褶，鱼须金束发，上嵌夜光珠。阿端拜赐，亦趋西墀，各守其伍。端于众中遥注晚霞，晚霞亦遥注之。少间，端逡巡出部而北，晚霞亦渐出部而南；相去数武，而法严不敢乱部，相视神驰而已。既按蛱蝶部，童男女皆双舞。身长短，年大小，服色黄白，皆取诸同。诸部按已，鱼贯而出。柳条在燕子部后，端疾出部前，而晚霞已缓滞在后。回首见端，故遗珊瑚钗，端急纳袖中。既归，凝思成病，眠餐顿废。解姥辄进甘旨，日三四省，抚摩殷切，病不少瘥。姥忧之，罔所为计，曰："吴江王寿期已促，且为奈何！"薄暮，一童子来，坐榻上与语，自言："隶蛱蝶部。"从容问曰："君病为晚霞否？"端惊问："何知？"笑曰："晚霞亦如君耳。"端凄然起坐，便求方计。童问："尚能步否？"答云："勉强尚能自力。"童挽出，南启一户，折而西，又辟双扉。见莲花数十亩，皆生平地上，叶大如席，花大如盖，落瓣堆梗下盈尺。童引入其中，曰："姑坐此。"遂去。少时，一美人拨莲花而入，则晚霞也。相见惊喜，各道相思，略述生平。遂以石压荷盖令侧，雅可幛蔽；又匀铺莲瓣而藉之，忻与狎寝。既订后约，日以夕阳为候，乃别。端归，病亦寻愈。由此，两人日一会于莲亩。过数日，随龙窝君往寿吴江王。称寿已，诸部悉还，独留晚霞及乳莺部一人在宫中教舞。数月更无音耗，端怅惘若失。惟解姥日往来吴江府；端托晚霞为外妹，求携去，冀一见之。留吴江门下数日，宫禁森严，晚霞苦不得出，怏怏而返。积月余，痴想欲绝。一日，解姥入，凄然相吊曰："惜乎！晚霞投江矣！"端大骇，涕下不能自止。因毁冠裂服，藏金珠而出，意欲相从俱死。但见江水若壁，以首力触，不得入。念欲复还，惧问冠服，罪将增重。意计穷蹙，汗流接踵。忽睹壁下有大树一章，乃猱攀而上，渐至端杪，猛力跃堕，幸不沾濡，而竟已浮水上。不意之中，恍睹人世，遂飘然泅去。移时得岸，少坐江滨，顿思老母，遂趁舟而去。抵里，四顾居庐，忽如隔世。次且至家，忽闻窗中有女子曰："汝子来矣。"音声甚似晚霞。俄，与母俱出，果晚霞也。斯时，两人喜胜于悲，而媪则悲疑惊喜，万状俱作矣。初，晚霞在吴江，觉腹中震动，龙宫法严，恐旦夕身娩，横遭挞楚；又不得一见阿端，但欲求死，遂潜投江水。身泛起，沉浮波中。有客舟拯之，问其居里。晚霞故吴名妓，溺水不得其尸；自念衏衏不可复投，遂曰："镇江蒋氏，吾婿也。"客因代贳扁舟，送诸其家。蒋媪疑其错误，女自言不误，因以其情详告媪。媪以其风格韵妙，颇爱悦之。第虑年太少，未必肯终寡也。而女孝谨，顾家中贫，便脱珍饰，售数万。媪察其志无他，良喜。然无子，恐一旦临蓐，不见信于戚里。以谋女，女曰："母但得真孙，何必求人知。"媪亦安之。会端至，女喜不自已。媪亦疑儿不死；阴发儿冢，骸骨俱存，因以此诘端，端始爽然自悟；但恐晚霞恶其非人，嘱母勿复言。母然之，遂告同里，以为当日所得非儿尸。然终虑其不能生子。未几，竟举一男，捉之无异常儿，始悦。久之，女渐觉阿端非人，乃曰："胡不早言？凡鬼衣龙宫衣，七七则魂魄坚凝，生人不殊矣。若得宫中龙角胶，可以续骨而生肌肤，惜不早购之也。"端货其珠，有贾胡出资百万，家由此巨富。值母寿，夫妻歌舞称觞，遂传闻王邸。王欲强夺晚霞。端惧，见王自陈夫妇皆鬼。验之无影而信，遂不之夺。但遣宫人就别院传其技。

女以龟溺毁容，而后见之。教三月，终不能尽其技而去。

白秋练

直隶有慕生，小字蟾宫，商人慕小寰之子，聪慧喜读。年十六，翁以文业迂，使去而学贾。从父至楚，每舟中无事，辄便吟诵。抵武昌，父留居逆旅，守其居积。生乘父出，执卷哦诗，音节铿锵。辄见窗影憧憧，似有人窃听之，而亦未之异也。一夕，翁赴饮，久不归，生吟益苦。有人徘徊窗外，月映甚悉。怪之，遽出窥觇，则十五六倾城之姝。望见生，急避去。又二三日，载货北旋，暮泊湖滨。父适他出，有媪入曰："郎君杀吾女矣。"生惊问之，答云："妾白姓。有息女秋练，颇解文字。言在郡城，得听清吟，于今结想，至绝眠餐，意欲附为婚姻，不得复拒。"生心实爱好，第虑父嗔，因直以情告。媪不实信，务求盟约。生不肯，媪怒曰："人世姻好，有求委禽而不得者。今老身自媒，反不见纳，耻孰甚焉！请勿想北渡矣。"遂去。少间，父至。善其词以告之，隐冀垂纳。而父以涉远，又薄女子之怀春也，笑置之。泊舟处，水深没棹，夜忽沙碛拥起，舟滞不得动。湖中，每岁客舟，必有留住守洲者；至次年，桃花水溢，他货未至，舟中物当百倍于原直也。以故，翁未甚忧怪；独计明岁南来，尚须揭资。于是留子自归。生窃喜，悔不诘媪居里。日既暮，媪与一婢扶女郎至，展衣卧诸榻上，向生曰："人病至此，莫高枕作无事者。"遂去。生初闻而惊，移灯视女，则病态含娇，秋波自流，略致讯诘，嫣然微笑。生强其一语。曰："为郎憔悴却羞郎，可为妾咏。"生狂喜，欲近就之，而怜其荏弱；探手于怀，接脑为戏。女不觉欢然展谑，乃曰："君为妾三咏王建《罗衣叶叶》之作，病当愈。"生从其言。甫两过，女揽衣起坐曰："妾愈矣。"再读，则娇颤相和。生神志益飞，遂灭烛共寝。女未曙已起，曰："老母将至矣。"未几，媪果至。见女凝妆欢坐，不觉欣慰；邀女去，女俯首不语。媪即自去，曰："汝乐与郎君戏，亦自任也。”于是生研问居止。女曰：“妾与君不过倾盖之交，婚嫁尚不可必，何须令知家门。”然两人互相爱悦，要誓良坚。女一夜早起挑灯，忽开卷凄然泪莹。生急起问之，女曰：“阿翁行且至。我两人事，妾适以卷卜，展之，得李益《江南曲》，词意非祥。”生慰解之曰：“首句‘嫁得瞿塘贾’，即已大吉，何不祥之与有？”女乃稍欢，起身作别曰：“暂请分手，天明则千人指视矣。”生把臂呜咽，问：“好事如谐，何处可以相报？”曰：“妾常使人侦探之，谐否无不闻也。”生将下舟送之，女力辞而去。无何，慕果至。生渐吐其情，父疑其招妓，怒加诟厉。细审舟中财物，并无亏损，谯诃乃已。一夕，翁不在舟，女忽至，相见依依，莫知决策。女曰：“低昂有数，且图目前。姑留君两月，再商行止。”临别，以吟声作为相会之约。由此，值翁他出，遂高吟，则女自至。四月行尽，物价失时，诸贾无策，敛资祷湖神之庙。端阳后，雨水大至，舟始通。生既归，凝思成疾。慕忧之，巫医并进。生私告母曰：“病非药祷可痊，惟有秋练至耳。”翁初怒之。久之，支离益惫，始惧；赁车载子，复如楚。泊舟故处，访居人，并无知白媪者。会有媪操柁湖滨，即出自任。翁登其舟，窥见秋练，心窃喜，而审诘邦族，则浮宇泛宅而已。因实告子病由，冀女登舟，姑以解其沉痼。媪以婚无成约，弗许。女露半面，殷殷窥听，闻两人言，眦泪欲堕。媪视女面，因翁哀请，即亦许之。是夜，翁出，女果至，就榻呜泣曰：“昔年妾状，今到君耶？此中况味，要不可不使君知。然羸顿如此，急切何能便瘳？妾请为君一吟。”生亦喜。女亦吟王建前作。生曰：“此卿心事，医二人何得效？然闻卿声，神已爽矣。试为我吟‘杨柳千条尽向西’。”女从之。生赞曰：“快哉！卿昔诵诗余，有《采莲子》云：‘菡萏香莲十顷波’，心尚未忘。烦一曼声度之。”女又从之。甫阕，生跃起曰：“小生何尝病哉！”遂相狎抱，沉痾若失。既而问：“父见媪何词？事得谐否？”女已察知翁意，直对：“不谐。”既而女去，父来。见生已起，喜甚，但慰勉之。因曰：“女子良佳，然自总角时把柁棹歌，无论微贱，抑亦不贞。”生不语。翁既出，女复来。

生述父意，女曰：“妾窥之审矣！天下事，愈急则愈远，愈迎则愈距。当使意自转，反相求。”生问计，女曰：“凡商贾，志在利耳！妾有术知物价。适视舟中物，并无少息，为我告翁：居某物利三之，某物十之；归家，妾言验，则妾为佳妇矣。再来时，君十八，妾十七，相欢有日，何忧为？”生以所言物价告父。父颇不信，姑以余资半从其教。既归，所自置货，资本大亏；幸少从女言，得厚息，略相准。以是服秋练之神。生益夸张之，谓女自言能使己富。翁于是益揭资而南。至湖，数日不见白媪；过数日，始见其泊舟柳下，因委禽焉。媪悉不受，但涓吉送女过舟。翁另赁一舟，为子合卺。女乃使翁益南，所应居货，悉籍付之。媪乃邀婿去，家于其舟。翁三月而返；物至楚，价已倍蓰。将归，女求载湖水；既归，每食必加少许，如用醯酱焉。由是，每南行，必为致数坛而归。后三四年，举一子。一日，涕泣思归。翁乃偕子及妇俱如楚。至湖，不知媪之所在。女扣舷呼母，神形丧失；促生沿湖问讯。会有钓鲟鳇者，得白鱀。生近视之，巨物也，形全类人，乳阴毕具。奇之，归以告女。女大骇，谓夙有放生愿，嘱生赎放之。生往商钓者，钓者索直昂。女曰：“妾在君家，谋金不下巨万，区区者，何遂靳直也！如必不从，妾即投湖水死耳！”生惧，不敢告父，盗金赎放之。既反，不见女，搜之不得，更尽始至。问：“何往？”曰：“适至母所。”问：“母何在？”觍然曰：“今不得不实告矣，适所赎即妾母也。向在洞庭，龙君命司行旅。近宫中欲选嫔妃，妾被浮言者所称道，遂敕妾母，坐相索。妾母实奏之，龙君不听，放母于南滨，饿欲死，故罹前难。今难虽免，而罚未释。君如爱妾，代祷真君可免。如以异类见憎，请以儿掷还君，妾自去。龙宫之奉，未必不百倍君家也。”生大惊，虑真君不可得见。女曰：“明日未刻，真君当至。见有跛道士，急拜之，入水亦从之。真君喜文士，必合怜允。”乃出鱼腹绫一方，曰：“如问所求，即出此，求书一‘免’字。”生如言候之。果有道士蹩躠而至，生伏拜之。道士急走，生从其后。道士以杖投水，跃登其上。生竟从之而登，则非杖也，舟也。又拜之。道士问：

“何求?”生出罗求书。道士展视曰:“此白鱀翼也。子何遇之?”蟾宫不敢隐,详陈颠末。道士笑曰:“此物殊风雅,老龙何得荒淫!”遂出笔草书“免”字如符形。返舟令下,则见道士踏杖浮行,顷刻已渺。归舟,女喜,但嘱勿泄于父母。归后二三年,翁南游数月不归。湖水既罄,久待不至,女遂病,日夜喘急。嘱曰:“如妾死,勿瘗;当于卯午酉三时,一吟杜甫《梦李白》诗,死当不朽。候水至,倾注盆内,闭门缓妾衣,抱入浸之,宜得活。”喘息数日,奄然遂毙。后半月,慕翁至,生急如其教。浸一时许,女渐苏。自是,每思南旋。后翁死,生从其意,迁于楚。

王　者

湖南巡抚某翁,遣州佐押解饷金六十万赴京。途中被雨,日暮愆程,无所投宿。远见古刹,因诣栖止。天明,视所解金,荡然无存。众骇怪,莫可取咎。回白抚公,公以为妄,将置之法。及诘众役,并无异词。公责令仍返故处,缉察端绪。至庙前,见一瞽者,形貌奇异,自榜云:“能知心事。”因求卜筮。瞽曰:“是为失金者。”州佐曰:“然。”因诉前苦。瞽者便索肩舆,云:“但从我去,当自知。”遂如其言,官役皆从之。瞽曰:“东。”东之。曰:“北。”北之。凡五日,入深山,忽睹城郭,居人辐辏。入城,走移时,瞽曰:“止。”因下舆,以手南指曰:“见有高门西向,可款关自问之。”拱手自去。州佐从其教,果见高门,渐入之。一人出,衣冠汉制,不言姓名。州佐诉所自来,其人云:“请留数日,当与君谒当事者。”遂导去,令独居一所,给以食饮。暇时闲步,至第后,见一园亭。入涉之,老松翳日,细草如毡。数转廊榭,又一高亭,历阶而入,见壁上挂人皮数张,五官俱备,腥气流熏,不觉毛发森竖,疾退归舍。自分留鞹异域,已无生望,因念进退一死,亦姑听之。明日,衣冠者召之去,曰:“今日可见矣。”州佐唯唯。衣冠者乘怒马甚驶,州佐步驰从之。俄,至一辕门,俨如制府衙署，皂衣人罗列左右，规模凛肃。衣冠者下马，导入又一重门。见有王者，珠冠绣绂，南面坐。州佐趋上伏谒。王者问：“汝湖南解官耶？”州佐诺。王者曰：“银俱在此。是区区者，汝抚君即慨然见赠，未为不可。”州佐泣诉：“限期已满，归必就刑，禀白何所申证？”王者曰：“此即不难。”遂付以巨函，云：“以此复之，可保无恙。”又遣力士送之。州佐慑息不敢辨，受函而返。山川道路，悉非来时所经。既出山，送者乃去。数日，抵长沙，敬白抚公。公益妄之，怒不容辨，命左右飞索以绢。州佐解襆出函，公拆视未竟，面如灰土，命释其缚。但云：“银亦细事，汝姑出。”于是急檄属官，设法补解讫。数日，公疾，寻卒。先是，公与爱姬共寝，既醒，而姬发尽失。阖署惊怪，莫测其由。盖函中即其发也。外有书云：“汝自起家守令，位极人臣，赇赂贪婪，不可悉数。前银六十万，业已验收在库，当自发贪囊，补充旧额。解官无罪，不得妄加谴责。前取姬发，略示微警，如复不遵教令，旦晚取汝首领。姬发附还，以作明信。”公卒后，家人始传其书。后，属员遣人寻其处，则皆重岩绝壑，更无径路矣。

异史氏曰：“红线金合以儆贪婪，良亦快异。然桃源仙人，不事劫掠，即剑客所集，乌得有城郭衙署哉！呜呼！是何神与？苟得其地，恐天下之赴诉者无已时矣。”

外国人

己巳秋，岭南从外洋飘一巨艘来。上有十一人，衣鸟羽，文采璀璨。自言：“吕宋国人。遇风覆舟，数十人皆死；惟十一人附巨木，飘至大岛得免。凡五年，日攫鸟虫而食；夜伏石洞中，织羽为帆。忽又飘一舟至，橹帆皆无，亦海中破于风者。于是附之将还，又被大风引至澳门。”巡抚题疏，送之还国。

蝎　客

南商贩蝎者，岁至临朐，收买甚多。土人持木钳入山，探穴发石搜捉之。一岁复至，寓于客肆，忽觉心动，毛发森悚，急告主人曰："伤生既多，今见怒于虿鬼，将杀我矣！急垂援救！"主人顾室中有巨瓮，乃使蹲伏，而以瓮覆之。无何，一人奔入，黄发狞丑，便问主人："南客何在？"答以："他出。"其人入室四顾，鼻作嗅声者三，遂出门去，主人曰："幸可无恙矣。"往启瓮，则客已化血水。

鸟　使

苑城史乌程家居，忽有鸟集屋上，香色类鸦。史见之，告家人曰："夫人遣鸟使告我矣，急备后事，某日当死。"至日果卒。殡日，鸦复至，随槥缓飞，由苑之新，至殡宫始不复见。长山吴木欣目睹之。

李象先

李象先，寿光之闻人也。前世为某寺执爨僧，无疾而化。魂出栖坊上，下见市上行人，皆有火光出颠上，盖体中阳气也。夜既昏，念坊上不可久居，但诸舍暗黑，不知所之。惟一家灯火犹明，飘赴之。到门，则身已婴儿。母乳之，见乳恐惧。腹不胜饥，闭目强吮。逾三月余，即不复乳；乳之，则惊惧而啼。母以米沛间枣栗杂哺之，得以长成。是为象先。儿时至某寺，见寺僧，皆能呼其名。至老犹畏乳。

异史氏曰："象先学问渊博，海岱之清士。其子早贵，而身以文学终。此佛家所云福业未修者耶？其弟亦知名士，生有隐疾，数月始一动；动时急起，不顾宾客，自外呼而入，于是媪婢尽避；使及门复痿，则不入室而返。兄弟皆奇人也。”

狮　子

暹罗贡狮，每止处，观者如堵。其形状，与世传绣画者迥异，毛黑黄色，长数寸。或投以鸡，先以爪抟而吹之；一吹，则毛尽落如扫。亦事理之奇也。

蛙　曲

王子巽言：在都时，曾见一人作剧于市，携木盒作格，凡十有二孔，每孔伏蛙。以细杖敲其首，辄哇然作鸣。或与金钱，则乱击蛙顶，如拊云锣，宫商词曲，了了可辨。

卷二十二

陈云栖

真毓生，楚夷陵人，孝廉之子。能文，美丰姿，弱冠知名。儿时，相者曰：“后当娶女道士为妻。”父母共以为笑。而为之论婚，低昂苦不能就。生母臧夫人，祖居黄冈，生以故诣外祖母，闻时人语曰：“黄冈‘四云’，少者无伦。”盖郡有吕祖庵，庵中女道士皆美，故云。庵去臧氏村仅十余里，生因窃往。扣其关，果有女冠三四人，谦喜承迎，度皆雅洁。中一最少者，旷世真无其俦，心好而目注之。女以手支颐，但他顾。诸道士觅盏烹茶。生乘间问姓字，答云：“云栖，姓陈。”生戏曰：“奇矣！小生适姓潘。”陈赪颜发赪，低头不语，起而去。少间，瀹茗进佳果。各道姓字：一白云深，年三十许；一盛云眠，二十已来；一梁云栋，约廿有四五，却为弟。而云栖不至。生殊怅惘，因问之。白曰：“此婢惧生人。”生乃起别，白力挽之，不留而出。白曰：“如欲见云栖，明日可复来。”生归，思恋綦切，次日又诣之。诸道士俱在，独少云栖，未便遽问。诸道士治具留餐，生力辞，不听。白拆饼授箸，劝进良殷。既问：“云栖何在？”答云：“自至。”久之，日势已晚，生欲归。白捉腕留之，曰：“姑止此，我捉婢子来奉见。”生乃止。俄，挑灯具酒，云眠亦去。酒数行，生辞以醉。白曰：“饮三觥则云栖出矣。”生果饮如数。梁亦以此诀劝之，生又尽之，覆盏告辞。白顾梁曰：“吾等面薄，不能劝饮，汝往曳陈婢来，便道潘郎待妙常已久。”梁去，少时而返，具言：“云栖不至。”生欲去而夜已深，乃佯醉仰卧。两人代裸之，递就淫焉。终夜不堪其扰。天既明，不睡而别，数日不敢复往，而心念云栖不忘也，但不时于近侧探侦之。一日，既暮，白出门与少年去。生喜，不甚畏梁，急往款关。云眠出应门。问之，则梁亦他适。因问云栖，盛导去，又入一院，呼曰：“云栖，客至矣！”但见室门阒然而合。盛笑曰：“扉闭矣。”生立窗外，似将有言，盛乃去。云栖隔窗曰："人皆以妾为饵，钓君也，频来则身命殆矣。妾不能终守清规，亦不敢遂乖廉耻，欲得如潘郎者而事之耳。"生乃以白头相约。云栖曰："妾师抚养，即亦非易。果相见爱，当以廿金赎妾身。妾候君三年。如望为桑中之约，所不能也。"生诺之。方欲自陈，而盛复至，从与俱出，遂别而归。中心怊怅，思欲委曲夤缘，再一亲其娇范，适有家人报父病，遂星夜而还。无何，孝廉卒。夫人庭训最严，心事不敢使知，但克减金资，日积之。有议婚者，辄以服阕为辞。母不听。生婉告曰："曩在黄冈，外祖母欲儿婚陈氏，诚心所愿。今遭大故，音耗遂梗，久不如黄省问；旦夕一往，如不果偕，从母所命。"夫人许之。乃携所积而去。至黄，诣庵中，则院宇荒凉，大异畴昔。渐入之，惟一老尼炊灶下，因就问讯。尼曰："前年老道士死，'四云'星散矣。"问："何之？"曰："云深、云栋从恶少遁去；向闻云栖寓居郡北；云眠消息不知也。"生闻之，悲叹，命驾即诣郡北，遇观辄询，并少踪绪。怅恨而返，伪告母曰："舅言：陈翁如岳州，待其归，当遣伻来。"逾半年，夫人归宁，以事问母，母殊茫然。夫人怒子诳，媪疑甥与舅谋，而未以闻也。幸舅远出，莫从稽其妄。夫人以香愿登莲峰，斋宿山下。既卧，逆旅主人扣扉，送一女道士寄宿同舍，自言"陈云栖"。闻夫人家夷陵，移坐就榻，告诉坎坷，词旨悲恻。末言："有表兄潘生，与夫人同籍，烦嘱子侄辈一传口语，但道某寄栖鹤观师叔王道成所，朝夕厄苦，度日如岁。令早一临存，恐过此以往，未之或知也。"夫人审潘名字，即又不知。但云："既在学宫，秀才辈想无不闻也。"未明早别，殷殷再嘱。夫人既归，向生言及。生长跽曰："实告母：所谓潘生，即儿是也。"夫人诘知其故，怒曰："不肖子宣淫寺观，以道士为妇，何颜见亲宾乎！"生垂头不敢出词。会生以赴试入郡，窃命舟访王道成。至，则云栖半月前出游不返。既归，悒悒而病。适臧媪卒，夫人往奔其丧，殡后迷途，至京氏家，问之则族妹也。便相邀入。见有少女在室，年可十八九，姿容曼妙，目所未睹。夫人每思得一佳妇，俾子不怼，见女心动，因诘生平。妹云:"此王氏女,京氏甥也。怙恃俱失,暂寄此耳。"问:"婿家谁?"曰:"无之。"把手与语,意致娇婉。母大悦,为之过宿,私以己意告妹。妹曰:"良佳。但其人高自位置;不然,胡蹉跎至今也? 容商之。"夫人招与同榻,谈笑甚欢,自愿母夫人。夫人悦,请同归荆州,女益喜。次日,同舟而还。既至,则生疾未起。母欲慰其沉疴,使婢阴告曰:"夫人为公子载丽人至矣。"生未信,伏窗窥之,较云栖尤艳绝也。因念三年之约已过,出游不返,则玉容必已有主。得此佳丽,心怀颇慰。于是軃然动色,病亦寻瘳。母乃招两人相拜见。生出,夫人谓女:"亦知我同归之意乎?"女微笑曰:"妾已知之。但妾所以同归之初志,母不知也。妾少字夷陵潘氏,音耗阔绝,必已另有良匹。果尔,则为母也妇;不尔,则终为母也女,报母有日也。"夫人曰:"既有成约,即亦不强。但前在五祖山时,有女冠问潘氏,今又云潘氏,固知夷陵世族无此姓也。"女惊曰:"卧莲峰下者即母耶? 询潘者即我是也。"母始恍然悟,笑曰:"若然,则潘生固在此矣。"女问:"何在?"夫人命婢导去问生。生惊曰:"卿云栖耶?"女问:"何知?"生言其情,始知以潘郎为戏。女知为生,羞与终谈,急返告母。母问其"何复姓王"。答云:"妾本姓王,道士见爱,遂以为女,从其姓耳。"夫人亦喜,涓吉为之成礼。先是,女与云眠俱依王道成。道成居隘,云眠遂去之汉口。女娇痴不能作苦,又羞出操道士业,道成颇不善之。会舅京氏如黄冈,女遇之流涕,因与俱去,俾改女子妆,将论婚士族,故讳其曾隶道士籍。而问名者,女辄不愿,舅及妗皆不知其意向,心厌嫌之。是日,从夫人归,得所托,如释重负焉。合卺后,各述所遭,喜极而泣。女孝谨,夫人雅怜爱之;而弹琴好弈,不知理家人生业,夫人颇以为忧。积月余,夫人遣夫妻如京氏,留数日而归。泛舟江流,欻一舟过,中一女冠,近之,则云眠也。云眠独与女善。女喜,招与同舟,相对酸辛。问:"将何之?"盛云:"久切悬念。远至栖鹤观,闻依京舅,故将诣黄冈一奉探耳。竟不知意中人已得相聚。今视之如仙。剩此漂泊人,不知何时已矣!"

因而欷歔。女设一谋，令易道妆，伪作姊，携伴夫人，徐择佳偶。盛从之。既归，女先白夫人，盛乃入。举止大家，谈笑间练达世故。母既寡，苦寂，得盛良欢，惟恐其去。盛早起，代母劬劳，不自作客。母益喜，阴思纳女姊，以掩女冠之名，而未敢言也。一日，忘某事未作，急问之，则盛代备已久。因谓女曰："画中人不能作家，亦复何为？新妇若大娘者，吾无忧矣。"不知女存心久，但惧母嗔。闻母言，笑对曰："母既爱之，新妇欲效英、皇何如？"母不言，亦辗然笑。女退，告生曰："老母首肯矣。"乃另洁一室，告盛曰："昔在观中共枕时，姊言：'但得一能知亲爱之人，我两人当共事之。'犹忆之否？"盛不觉双眦莹莹，曰："妾所谓亲爱者非他：如日日经营，曾无一人知其甘苦；数日来略有微劳，即烦老母恤念，则心中冷暖顿殊矣。若不下逐客令，俾得长伴老母，于愿斯足，亦不望前言之践也。"女告母。母令姊妹焚香，各矢无悔词，乃使生与行夫妇礼。将寝，告生曰："妾乃二十三岁老处女也。"生犹未信。既而落红殷褥，始奇之。盛曰："妾所以乐得良人者，非不能甘岑寂也；诚以闺阁之身，觍然酬应如勾栏，所不堪耳。借此一度，挂名君籍，当为君奉事老母作内纪纲。若房帏之乐，请别与人探讨之。"三日后，襆被从母，遣之不去。女早之母所，占其床寝，不得已，乃从生去。由是三两日辄一更代，习为常。夫人故善弈，自寡居不暇为之，自得盛经理井井，昼日无事，辄与女弈。挑灯瀹茗，听两妇弹琴，夜分始散。每与人曰："儿父在时，亦未能有此乐也。"盛司出纳，每记籍报母，母疑曰："儿辈常言幼孤，作字弹琴谁教之？"女笑以实告。母亦笑曰："我初不欲为儿娶一道士，今竟得两矣。"忽忆童时所卜，始信定数不可逃也。生再试不第。夫人曰："吾家虽不丰，薄田三百亩，幸得云眠纪理，日益温饱。儿但在膝下，率两妇与老身共乐，不愿汝求富贵也。"生从之。后云眠生男女各一，云栖女一男三。母八十余岁而终。孙皆入泮；长孙云眠所出，已中乡选矣。

织 成

洞庭湖中，往往有水神借舟。遇有空船，缆忽自解，飘然游行。但闻空中音乐并作，舟人蹲伏一隅，瞑目听之，莫敢仰视，任所往。游毕仍泊旧处。有柳生落第归，醉卧舟上。笙乐忽作，舟人摇生不得醒，急匿艎下。俄有人捽生。生醉甚，随手堕地，眠如故，即亦置之。少间，鼓吹鸣聒。生微醒，闻兰麝充盈，睨之，见满船皆佳丽，心知其异，目若瞑。少间，传呼织成。即有侍儿来，立近颊际，翠袜，紫绡履，细瘦如指。心好之，隐以齿啮其袜。少间，女子移动，牵曳倾踣。上问之，因白其故。在上者怒，命即行诛。遂有武士入，捉缚而起。见南面一人，冠服类王者。因行且语曰："闻洞庭君为柳氏，臣亦柳氏；昔洞庭落第，今臣亦落第；洞庭得遇龙女而仙，今臣醉戏一姬而死；何幸不幸之悬殊也！"王者闻之，唤回，问："汝秀才下第者乎？"生诺。便授笔札，令赋"风鬟雾鬓"。生固襄阳名士，而构思颇迟，捉笔良久。上诮让曰："名士何得尔？"生释笔自白："昔'三都赋'十稔而成，以是知文贵工而不贵速也。"王者笑听之。自辰至午，稿始脱。王者览之，大悦曰："真名士也！"遂赐以酒。顷刻异馔纷纭。方问对间，一吏捧簿进曰："溺籍告成矣。"问："人数几何？"曰："一百二十八人。"问："签差何人矣？"答云："毛、南二尉。"生起拜辞，王者赠黄金十斤，又水晶界方一握，曰："湖中小有劫数，持此可免。"忽见羽葆人马，纷立水面，王者下舟登舆，遂不复见，久之寂然。舟人始自艎下出，荡舟北渡，风逆不得前。忽见水中有铁猫浮出。舟人骇曰："毛将军出现矣！"各舟商客俱伏。无何，湖中一木直立，筑筑动摇。益惧曰："南将军又至矣！"少时，波浪大作，上翳天日，四顾湖舟，一时尽覆。生举界方，危坐舟中，万丈洪涛，近舟顿灭，以是得全。既归，每向人语其异，言："舟中侍儿，虽未悉其容貌，而裙下双钩，亦人世所无。"后以故至武昌，有崔媪卖女，千金不售;蓄一水晶界方,言:“有能配此者,嫁之。”生异之,怀界方而往。媪忻然承接,呼女出见,年十五六已来,媚曼风流,更无伦比,略一展拜,反身入帏。生一见,魂魄动摇,曰:“小生亦蓄一物,不知与老姥家所藏颇相称否?”因各出相较,长短不爽。媪喜,便问寓所,请生即归命舆,界方留作信。生不肯留。媪笑曰:“官人亦大小心,老身岂为一界方抽身窜去耶?”生不得已,留之。出即赁舆急返,而媪室已空。大骇。遍问居人,迄无知者。日已向西,燥燠若丧,悒悒而返。中途值一舆过,忽搴帘曰:“柳郎来何迟也?”视之,则崔媪,喜问:“何之?”媪笑曰:“必将疑老身掠骗者矣。别后适有便舆,顿念官人亦侨居,措办亦艰,故遂送女归耳。”生邀回车,媪必不可。生怆惶不能确信,急奔入舟,女果及一婢在焉。见生入,含笑承迎。见翠袜紫履,与舟中侍儿妆饰,更无少别。心异之,徘徊凝注。女笑曰:“眈眈注目,生平所未见耶?”生益俯窥之,则袜后齿痕宛然。惊曰:“卿织成耶?”女掩口微哂。生长揖曰:“卿果神人,早请直言,以祛烦惑。”女曰:“实告君:前舟中所遇,即洞庭君也。仰慕鸿才,便欲以妾相赠;因妾过为王妃所爱,故归谋之。妾之来,从妃命也。”生喜,沐手焚香,望湖朝拜乃归。后诣武昌,女求同去,将便归宁。既至洞庭,女拔钗掷水,忽见一小舟自湖中出,女跃登如鸟飞集,转瞬已渺。生坐船头,于没处凝盼之。遥遥一楼船至,既近窗开,忽如一彩禽翔过,则织成至矣。一人自窗中递掷金帛珍物甚多,皆妃赐也。自是,岁一两觐以为常。故生家富有珠宝,每出一物,世家所不识焉。

相传唐时柳毅遇龙女,洞庭君以为婿。后逊位于毅。又以毅貌文,不能摄服水怪,付以鬼面,昼戴夜除;久之渐习忘除,遂与面合为一。毅揽镜自惭,故行旅泛湖,或以手指物,则疑为指己;以手覆额,则疑其窥己也:风波辄起,舟多覆。故初登舟,舟人必以此告戒之。不则设牲牢祭享乃得渡。许真君偶至湖,浪阻不得行。真君怒,执毅付郡狱。狱吏检囚,恒多一人,莫测其故。一夕,毅示梦郡伯,哀求拔救。郡伯以幽冥异路,谢辞之。毅云:“真君于某日临境,但为求恳,必合有济。”既而真君果至,因代求之,遂得释。嗣后湖禁稍平。

竹　青

鱼容,湖南人,谈者忘其郡邑。家綦贫,下第归,资斧断绝。羞于行乞,饿甚,暂憩吴王庙中,因以愤懑之词拜祷神座。出卧廊下,忽一人引去见吴王,跪白:“黑衣队尚缺一卒,可使补缺。”吴王可,即授黑衣。既着,身化为乌,振翼而出。见乌群集,相将俱去,分集帆樯。舟上客旅,争以肉饵抛掷,群于空中接食之。因亦尤效,须臾果腹。翔栖树梢,意亦甚得。逾二三日,吴王怜其无偶,配以雌,呼之“竹青”,雅相爱乐。鱼每取食,辄驯无机,竹青恒劝谏之,卒不能听。一日,有满兵过,弹之中胸,幸竹青衔去之,得不被擒。群乌怒,鼓翼扇波,波涌起,舟尽覆。竹青乃摄饵哺鱼,鱼伤甚,终日而毙。忽如梦醒,则身卧庙中。先是,居人见鱼死,不知谁何,抚之未冰,故不时以人逻察之。至是,讯知其由,敛资送归。后三年,复过故所,参谒吴王。设食唤乌,乌下集群啖,乃祝曰:“竹青如在,当止。”食已,并飞去。后领荐归,复谒吴王庙,荐以少牢。已,乃大设以飨群乌,又祝之。是夜宿于湖村,秉烛方坐,忽几前如飞鸟飘落,视之,则二十许丽人,輾然曰:“别来无恙乎?”鱼惊问之,曰:“君不识竹青耶?”鱼喜,诘所来。曰:“妾今为汉江神女,返故乡时常少。前乌使两道君情,故来一相聚也。”鱼益欣感,宛如夫妻之久别,不胜欢恋。生将偕与俱南,女欲邀与俱西,两谋不决。寝初醒,则女已起。开目见高堂中巨烛荧煌,竟非舟中。惊起,问:“此何所?”女笑曰:“此汉阳也。妾家即君家,何必南!”天渐晓,婢媪纷集,酒炙已进。就广床上设矮几,夫妇对酌。鱼问仆之所在,答:“在舟上。”生虑舟人不能久待。女言:“不妨,妾当助君报之。”于是日夜谈宴,乐而忘归。

舟人梦醒，忽见汉阳，骇绝。仆访主人，杳无信兆。舟人欲他适，而缆结不解，遂共守之。积两月余，生忽忆归，谓女曰："仆在此，亲戚断绝。且卿与仆，名为琴瑟，而不一认家门，奈何？"女曰："无论妾不能往；纵能之，君家自有妇，将何以处妾也？不如置于此，为君别院可耳。"生恨道远不能时至，女出黑衣曰："君旧衣尚在。如念妾时，衣此可至，至时为君解之。"乃大设肴珍，为生祖饯。既醉而寝，醒则身在舟中。视之，洞庭旧泊处也。舟人及仆俱在，相视大骇，诘其所往，生故怅然自惊。枕边一袱，检视，则女赠新衣袜履，黑衣亦折置其中。又有绣橐维絷腰际，探之，则金资充牣焉。于是南发，达岸，厚酬舟人而去。归家数月，苦忆汉水，因潜出黑衣着之，两胁生翼，翕然凌空，经两时许，已达汉水。回翔下视，见孤屿中有楼舍一簇，遂飞堕。有婢子已望见之，呼曰："官人至矣！"无何，竹青出，命众手为之缓结，觉羽毛划然尽脱。握手入舍，曰："郎来恰好，妾旦夕临蓐矣。"生戏问曰："胎生乎？卵生乎？"女曰："妾今为神，则皮骨已更，应与曩异。"至数日，果产，胎衣厚裹，如巨卵然，破之，男也。生喜，名之"汉产"。三日后，汉水神女皆登堂以服食珍物相贺。并皆佳妙，无三十以上人。俱入室就榻，以拇指按儿鼻，名曰："增寿"。既去，生问："皆谁何？"女曰："此皆妾辈。其末后着藕白者，所谓'汉皋解珮'，即其人也。"居数月，女以舟送之，不用帆楫，飘然自行。抵陆，已有人絷马道左，遂归。由此往来不绝。后数年，汉产益秀美，生珍爱之。妻和氏苦不育，每思一见汉产。生以情告女，女乃治任，送儿从父归。约以三月。既归，和爱之过于己出，过十余月，不忍令返。一日，暴病而殇，和氏悼痛欲死。生乃诣汉告女。入门，则汉产赤足卧床上，喜以问女。女曰："君久负约，妾思儿，故招之也。"生因述和氏爱儿之故。女曰："待妾再育，放汉产归。"又年余，女双生男女各一：男名"汉生"女名"玉珮"。生遂携汉产归。然岁恒三四往，不以为便，因移家汉阳。汉产十二岁入郡庠。女以人间无美质，招去为之娶妇，始遣归。妇名"卮娘"，亦神女产也。后和氏卒,汉生及妹皆来躄踊。葬毕,汉生遂留,生携玉珮去,自此不返。

段 氏

段瑞环,大名之富翁也。四十无子。妻连氏又最妒,欲买妾而不敢。私一婢,连觉之,挞婢数百,鬻诸河间栾氏之家。段日益老,诸侄朝夕乞贷,一言不相应,怒征声色。段思不能给其求,而欲嗣一侄,则群侄阻挠之,连之悍亦无所施,始大悔。忿曰:"翁年六十余,安得不能生男!"遂买两妾,听夫临幸,不之问。居年余,二妾皆有娠,举家皆喜。于是气息渐舒,凡诸侄有所强取,辄恶声梗拒之。无何,一妾生女,一妾生男而殇,夫妻失望,漫冀将来而已。又年余,段中风不起,诸侄益肆,牛马什物,竞自取去。连诟斥之,辄反唇相激,无所为计,朝夕鸣哭。段由是病益剧,寻死。诸侄集柩前,议析遗产。连虽痛切,然不能禁止之。但留沃墅一所,赡养老稚,侄辈不肯。连曰:"汝等寸土不留,将令老妪及呱呱者饿死耶!"日不决,惟忿哭自捶。忽有客入吊,直趋灵前,俯仰尽哀。哀已,便就苫次。众不知其谁,诘之。客曰:"亡者吾父也。"众益骇。客始从容自陈。先是,婢嫁栾氏,逾五六月,生子怀,栾抚之等诸男。十八岁入泮。后栾卒,诸兄析产,置不与诸栾齿。怀问母,始知其故,曰:"既属两姓,各有宗祧,何必在此承人百亩田哉!"乃命骑诣段,而段已死。言之凿凿,确可信据。连方忿痛,闻之大喜,直出曰:"我今亦复有儿!诸所假去牛马什物,可好自送还;不然,有讼兴也!"诸侄相顾无色,渐引去。怀乃移妻来共居父忧。诸段不平,共谋逐怀。怀知之,曰:"栾不以为栾,段复不以为段,我安适归乎!"忿欲质官,诸戚党为之排解,群谋亦寝。而连以牛马故,不肯已,怀劝置之。连曰:"我非为牛马也,杂气积满胸,汝父以愤死,我所以吞声忍泣者,为无儿耳。今有儿,何畏哉!前事汝不知状,待予自质审。"怀固止之，不听，具词赴邑宰。宰拘诸段口对状，连气直词恻，吐陈泉涌。宰为动容，并惩诸段，追物给主。既归，其兄弟之子有不与党谋者，招之来，以所追物尽散给之。连七十余岁，将终，呼女及孙媳曰："汝等志之：如三十不育，便当典质钗珥，为婿纳妾，无子之情状难堪也。"

异史氏曰："连氏虽妒，而能疾转，宜天以有后伸其气也。观其慷慨激发，吁！亦杰哉！"

济南蒋稼，其妻毛，不育而妒。嫂每劝谏之，毛不听，曰："宁绝嗣，不令送眼流眉者忿气人也。"年近四旬，颇以嗣续为念。欲继兄子，弟与兄言兄诺，妇与嫂言嫂亦诺，然故悠忽之。儿每至叔所，夫妻曲意抚儿，饵以甘脆而问之曰："肯来吾家乎？"儿亦应之。兄私嘱儿曰："倘再问，答以不肯。如问何故不肯，答云：'待汝死后，何愁田产不为吾有。'"一日，稼远出行贾。儿至其家，毛又问，儿果对如父教。毛大怒，逐儿曰："妻孥在家，固日日算吾田产耶！其计左矣！"急不能待夫归，立招媒媪为夫买妾。时有卖婢者，其直昂，倾资不能取盈，势将不就。兄恐其迟焉而悔，窃以金付媒媪，伪为媪所转贷者。毛大喜，购婢而归。稼既还，毛以情告，稼亦忿，遂与兄绝。年余，妾生子，夫妻共喜。毛曰："媪不知假资何人，年余竟不置问。此德不可忘。岂子已生，尚不偿母价耶！"稼乃囊金诣媪。媪曰："当谢大官人，无谢老身矣。老身贫如水，谁贷一金者。"因以实告。稼始悟，归与妻言，相为感泣。遂治具邀兄至，夫妻皆膝行，出金偿兄，兄不受，尽欢而散。后稼生三子。

狐　女

伊衮，九江人。夜有女来，相与寝处。心知为狐，而恋其美，讳不告人，即父母不知也。久之，行体支离，父母始穷其故，伊实告之。父母大忧，使人更代伴寝，兼施敕勒，卒不能禁。翁自与同寝，则狐不至;易以他人,则又至。伊问之,狐曰:“世俗符咒,何能靳我!然俱有伦理,岂有对翁行淫者!”翁闻之,益伴子不去,狐遂绝。后值叛寇横恣,村人尽窜,一家相失。伊奔入昆仑山,四顾荒凉,又无同侣。日既暮,心益惴恐。忽见一女子来,谓是避难者,急近就之,则狐女也。离乱之中,相见忻慰。女曰:“日已西下,势无复之,君姑止此。我相佳地,暂创一室,以避虎狼。”乃北行数武,遂蹲莽中,不知何作。少刻返,握伊手南去,约十余步,又曳之回。忽见大树千章,绕一高亭,铜墙铁柱,顶类金箔;近视则墙可及肩,四周并无门户,而墙上密排坎窞。女以足踏之而过,伊亦从之。既入,疑金屋非人工可造,因问所自来。女笑云:“君自居之,明日即以相赠。金铁各千万计,半生吃着不尽矣。”既而告别,伊苦留之,乃止。曰:“被人厌弃,已拚永绝;今又不能自坚矣。”既醒,狐女不知何时已去。天明逾垣而出。回视卧处,并无亭屋,惟四针插指环内,覆脂合其上;大树则丛荆老棘也。

张氏妇

凡大兵所至,其害甚于盗贼:盗贼人犹得而仇之,兵则人所不敢仇也。其少异于盗者,惟不甚敢轻于杀人耳。甲寅岁,三逆作乱,南征之士,养马兖郡,鸡犬庐舍一空,妇女皆被淫污。时遭霪雨,田中潴水为湖,民无所匿,遂乘桴入高粱丛中。兵知之,裸体乘马,入水冥搜,搒掠奸淫,鲜有遗脱。惟张氏妇独不伏,公然在家中,有厨舍一间,夜与夫掘坎深数尺,积茅焉;覆以薄,加席其上,若可寝处。自炊灶下。有兵至,则出门应之。二蒙古兵强与淫。妇曰:“此等事岂对人可行者!”其一微笑啁嗻而出。妇与入室,指席使先登。薄折,兵陷。妇又另取席及薄覆其上,故立坎边以诱来者。少间,其一复入,闻坎中号,不知何处。妇以手笑招之曰:“在此矣。”兵踏席又陷。妇乃益投以薪,掷火其中。火大炽,屋焚。妇乃呼救。火既熄,燔尸焦臭。或问之，妇曰：“两家恐害于兵，故纳坎中耳。”由此离村数里，相大道旁并无树木处，携女红往坐烈日中。村去郡远，兵来率乘马，顷刻数至。笑语啁啾，虽多不解，大约调弄之语。而去道不远，无一物可以蔽身，辄去，数日无恙。一日，一兵至，殊无少耻，欲就妇烈日中。妇含笑不甚拒，而隐以针刺其马，马辄喷嘶，兵遂系马股际，然后拥妇。妇出巨锥猛刺马项，马负痛骇奔。缰系股不得脱，曳驰数十里，同伍始代捉之。首躯不知何处，缰上一股，俨然在焉。

异史氏曰：“巧计六出，不失身于悍兵。贤哉妇乎，慧而能贞！”

于子游

海滨人言：“一日，海中忽有高山耸出，居人骇异。一秀才寄宿渔舟，沽酒独酌。夜既深，一少年人，儒服儒冠，自称‘于子游’，言词风雅。秀才悦，便与欢饮。饮中夜，离席言别。秀才曰：‘君家何许？元夜茫茫，亦太自苦。’答云：‘仆非不欲盘桓，但以序近清明，将随大王上墓。眷口先行，大王姑留憩息，明日辰刻发矣。宜归早治任也。’秀才亦不知大王何人。送至艤首，跃身入水，拨刺而去，乃知为鱼之妖也。次日辰刻，见山峰浮动，顷刻已没。始知山为大鱼，即所云大王也。”俗传清明前，海中大鱼携儿女往拜其墓，信有之乎？

康熙初，莱郡潮出大鱼，鸣号数日，其声如牛。既死，荷担割肉者一道相属。鱼大盈亩，翅尾皆备，独无目珠。眶深如井，水满之，割肉者误堕其中，辄溺死。或云：海中贬大鱼则去其目，以目则夜光珠云。

男　妾

一官绅在扬州买妾，连相数家，悉不当意。惟一媪寄居卖女，女十四五，丰姿姣好，又善诸艺。大悦，以重金购得之。至夜入衾，肤腻如脂。喜扪私处，则男子也。骇极，方致穷诘。盖买好童，加意修饰，设局以欺人耳。黎旦，遣家人奔赴媪所，则已遁去无踪。中心懊丧，进退莫决。适浙中同年某来，因与告诉，某便索观，一见大悦，以原金赎之而去。

异史氏曰："苟遇知音，即予以南威不易也。何事无知婆子，多作一伪境哉！"

汪可受

湖广黄梅县汪可受，能记三生：一世为秀才，读书僧寺。僧有牝马产骡驹，爱而夺之。后死，冥王稽籍，怒其贪暴，罚使为骡偿寺僧。既生，僧爱护之，欲死无间。稍长，辄思投身涧谷，又恐负豢养之恩，冥罚益甚，遂安之。数年孽满自毙，生一农人家。堕蓐能言，父母以为不祥，杀之，乃生汪秀才家。秀才近五旬，得男甚喜。汪生而了了，但忆前生以早言死，遂不敢言。至三四岁，人皆以为哑。一日，父方为文，适有友人过访，投笔出应客。汪入见父作，不觉技痒，代成之。父返见之，因问："何人来？"家人启白："无之。"父大疑。次日，敬书一题置几上，旋出。少间即返，翳行窃步而入。则见儿伏案间，稿已数行，忽睹父至，不觉出声，跪求免死。父喜，握手曰："吾家止汝一人，既能文，家门之幸，何自匿为？"由是益教之读。少年成进士，后至大同巡抚。

王　大

李信，邑之博徒也。昼卧假寐，忽见昔年博友王大、冯九来，邀与遨戏。李亦忘其为鬼，忻然从之。既出，王大往约村中周子明，冯乃导李先行，入村东庙中。少顷，周果同王至。冯出叶子约与撩零。

李曰："仓卒无博资，辜负盛约，奈何？"周亦云然。王曰："燕子谷黄八官人放利债，同往贷之，宜必诺允。"于是四人相将俱去。飘忽间至一大村。村中甲第连亘，王指一门曰："此黄公子家。"内一老仆出，王告以意。仆即入白。旋出，奉公子命，请王、李相会。入见公子，年十八九已来，笑语蔼然。便以大钱一提付李，曰："固知君悫直，无妨假贷。周子明我不能信之也。"王委曲代为之请。公子要李署保，李不肯。王从旁怂恿之，李乃诺。亦授一千而出，便以付周，且述公子之意以激其必偿。出谷口，见一妇人来，则村中赵氏妻，素喜争善骂。冯曰："此处无人，悍妇宜小祟之。"遂与王捉返入谷，妇大号。冯掬土塞其口。周赞曰："此等妇，只宜椓杙阴中！"冯乃捋袴，以长石强纳之。妇若死。众乃散去，复入庙，相与博赌。自午至夜分，李大胜，冯、周资尽空。李因以原资增息付王，使代偿黄公子。王又分给周、冯，局复合。居无何，闻人声纷拏，一人奔入曰："城隍老爷亲捉博者，今至矣！"众失色。李舍钱逾垣而逃；众顾资皆被缚。既出，果见一神人坐马上，马后系博徒二十余人。天未明，已至邑城，门启而入。至衙署，城隍南面坐，唤人犯上，执籍呼名。呼已，并令以利斧斫去将指，乃以墨朱各涂两目，游市三周讫。押者索贿而后去其墨朱，众皆赂之。周独不肯，辞以囊空。押者约送至家而后酬之，亦不许。押者指之曰："汝真铁豆，炒之不能爆也。"遂拱手去。周出城，以唾湿袖，且行且拭。及河自照，墨朱未去，掬水盥之，坚不可下，悔恨而归。先是，赵氏妇以故至母家，日暮不归。夫往逆之，至谷口，见妇卧道周。睹状，知其遇鬼，去其泥塞，负之而归。渐苏能言，始知阴中有物，宛转抽拔而出。乃述所遭。赵怒，遽赴邑宰，讼李及周。牒下，李初醒，周尚沉睡，状类死。宰以其诬控，笞赵械妇，夫妻皆无理以自伸。越日周醒，目眶忽变一赤一黑，大呼指痛，视之，筋骨已断，惟皮连之，数日寻堕。目上墨朱，深入肌里，见者无不掩笑。一日，见王大来索负，周厉声但言无钱，王忿而去。家人问之，始知其故。共以神鬼无情，劝偿之。周龃龉不可，且曰：

"今日官宰皆左袒赖债者,阴阳应无二理,况赌债耶!"次日,有二鬼来,谓黄公子具呈在邑,拘赴质审;李信亦见牒来,取作见证:二人一时并死。至村外相见,王、冯俱在。李谓周曰:"君尚带赤黑眼,敢见官耶?"周仍以前言告。李知其吝,乃曰:"汝既昧心,我请见黄八官人,为汝还之。"遂共诣公子所。李入而告以故,公子不可,曰:"负欠者谁,而取偿于子?"出以告周,因谋出资假周进之。周益忿,语侵公子。鬼乃拘与俱行。无何,至邑,入见城隍。城隍呵曰:"无赖贼涂眼犹在,又赖债耶!"周曰:"黄公子出利债诱某博赌,遂被惩创。"城隍唤黄家仆上,怒曰:"汝主人开场诱赌,尚讨债耶?"仆白:"取资时,公子不知其赌。公子家燕子谷,捉获博徒在观音庙,相去十余里。公子从无设局场之事。"城隍顾周曰:"取资悍不还,反被捏造。人之无良,至汝而极!"欲笞之。周又诉其息重。城隍曰:"偿几分矣?"答云:"实未有所偿。"城隍怒曰:"本资尚欠,而论息耶?"笞三十,立押偿主。二鬼押至家,索贿,不令即活,缚诸厕内,令示梦家人。家人焚楮锭二十提,火既灭,化为金二两、钱二千。周乃以金酬债,以钱赂押者,遂释令归。既苏,臀创突起,脓血崩溃,数月始痊。后赵氏妇不敢复骂;而周以四指带赤黑眼,赌如故。以此知博徒之非人矣。

异氏史曰:"世之不平,皆由为官者矫枉之过正也。昔日富豪以倍称之息,拆夺良家子女,人无敢息者;不然,函刺一投,则官以三尺法左袒之。故昔之民社官,皆为世家役耳。迨后贤者鉴其弊,又悉举而大反之。有舆人重资作巨商者,衣锦餍粱肉,家中起楼阁、买良沃。而竟忘所自来。一取偿则怒目相向。质诸官,官则曰:'我不为人役也。'呜呼!是何异懒残和尚,无工夫为俗人拭涕哉!余尝谓昔之官谄,今之官谬。谄者固可诛,谬者亦可恨也。放资而薄其息,何尝专有益于富人乎?"

张石年宰淄时,最恶博。其涂面游城亦如冥法。刑不至堕指,而赌以绝。盖其为官甚得钩距法。方簿书旁午时,每一人上,公偏暇豫，问里居、年齿、家口、生业甚详。问已，始劝勉令去。有一人完税缴单，自分无事，呈单欲下。公止之，细问一过，曰：“汝何博也？”其人力辨生平不解博。公笑曰：“腰中尚有博具。”搜之果然。人以为神，而并不知其何术。

乐　仲

乐仲，西安人。父早丧，母遗腹生仲。母好佛，不茹荤。仲既长，嗜饮善啖，窃腹非母，每以肥甘劝进，母辄咄之。后母病弥留，苦思肉。仲急无所得肉，刲左股献之。病稍瘥，悔破戒，不食而死。仲哀悼益切，以利刃又刲右股见骨。家人共救之，裹帛敷药，寻愈。心念母苦节，又痛母愚，遂焚所供佛像，立主祀母。醉后辄对哀哭。年二十始娶，身犹童子。娶三日，谓人曰：“男女居室，天下之至秽，我实不为乐！”遂去妻。妻父顾文渊，浼亲求返，请之三四，仲必不可。迟之半年，顾遂醮女。仲鳏居二十年，行益不羁：奴隶优伶皆与饮；里党乞求，不靳与；有言嫁女无釜者，便即灶头举赠之，自乃从邻借釜炊。诸无行者知其性，咸朝夕骗赚之。或以博赌无资，故对之欷歔，言追呼急，将以鬻子。仲自措税金若干数，倾囊与之。未几，诟租吏登门，始典质营办。以是故家益落。先是，仲殷饶，同堂子弟争奉事之。家中所有，任其取携，亦莫之较。及仲蹇落，存问绝少。幸仲达，不为意。值母忌辰，仲适病，不能上墓，将遣子弟代祀，仆造诸门，皆辞以故。仲乃酹诸室中，对主号痛，无嗣之戚，颇以萦怀。因而病益剧。瞀乱中觉有人抚摩之，目微启，则母也。惊问：“何来？”曰：“缘家中无人上墓，故来就飨，即视汝病。”问：“向居何所？”答以南海。摩抚既已，四体生凉。开目四顾，渺无一人，而病良瘥。既起，思朝南海，苦无侣。会邻村有结香社者，卖田十亩，挟资投之。而社中人以其不洁清，共摈绝之。求同行，乃许之。及诸途，牛酒薤蒜，熏腾满屋，众益恶之，乘其醉睡，不告而去。仲于是独行，至闽界，遇友人邀饮，有名妓琼华在座。适言南海之游，琼华愿相附以行。仲喜，即待趋装，遂与俱发，寝食共之，而实一无所私。既至南海，社中人清醮方毕，见其载妓而至，益非笑之，鄙不与同朝。仲与琼华窥其意，俟其既拜而后拜之。众拜已，恨无所现示，中有泣者。二人方投地，忽见遍海皆莲花，花上璎珞垂珠；琼华见为菩萨，仲视之，朵上皆其母。急奔呼母，跃入从之。众见万朵莲花，悉变霞彩，障海如锦。少间，云静波澄，一切都杳，而仲犹身在海岸。亦不自解其何以得出，衣履并无沾濡。望海大哭，声震岛屿。琼华挽劝之；怆然下刹，命舟北渡。途中有豪家招琼华去，仲独憩逆旅。有童子方八九岁，丐食肆中，貌不类乞儿。细诘之，则被逐于继母。心怜之。儿依依左右，苦求拔拯，仲遂携与俱归。问其姓氏，自言："阿辛，姓雍，母顾氏。尝闻母言：适雍六月遂生余。余本乐姓。"仲大惊。自疑生平一度，不应有子。因问乐居何乡，答云："不知。但母没时，付书一函，嘱无遗脱。"仲急索书，辛启荷囊取付仲。仲视之，则当年与顾家离婚书也。惊曰："真吾儿也！"审其年貌良确，颇慰心愿。然家计日疏，居二年，割亩渐尽，竟不能童仆。一日，父子方自炊，忽有丽人入，视之，则琼华也。惊问所自，笑曰："业作假夫妻，何又问也？向不即从者，徒以有老媪在，今媪已死。顾念不从人，则无以自庇；从人，则又无以自洁：计两全无如从君者，是以不惮千里。"遂解妆，代儿炊。仲良喜。至夜，父子同寝如故，另洁一舍舍琼华。儿母之，琼华亦善抚儿。戚党闻之，皆馔仲，两人皆乐受之。客至治具，琼华悉为营备，仲亦不问所自来。琼华渐出金珠赎故产，因而婢仆马牛日益繁盛。仲每谓琼华曰："仆醉时，卿当避匿，勿使我见。"琼华笑诺之。一日大醉，急唤琼华，琼华艳妆出。仲睨之良久，忽大喜，蹈舞若狂，曰："吾悟矣！"酒顿醒，觉世界光明，所居庐舍，尽为玉宇琼楼，移时始已。由此不复饮市上，惟对琼华饮。琼华茹素，以茶茗侍。一日微醺，命琼华为之按股，见股上封痕，化为两朵赤萏，隐起肉际。奇之。仲笑曰："卿视此花放后，二十年假夫妻分手矣。”琼华益信之。既为阿辛完婚，琼华渐以家付新妇，与仲别院居。子及妇日三朝，非疑难事不以闻。役二婢：一温酒，一瀹茗而已。一日，琼华至儿所，新妇多所咨白，良久而返，辛亦从往朝父。入门，见仲白足坐榻上。闻声，开眸微笑曰：“母子来大好！”即复瞑。琼华大惊曰：“君欲何为？”视其股上莲花大放，试之，气已绝。急以两手捻合其花。且祝曰：“妾千里从君，大非容易。为君教子训妇，亦有微劳。即差二三年，何不一少待也？”一炊黍时，忽开眸笑曰：“卿自有卿事，何必又牵一人作伴也？无已，姑为卿留。”琼华释手，则花已复合。于是居处言笑如初。积三年余，琼华年近四旬，犹窈窕如二十许人。忽谓仲曰：“凡人死后，被人捉头舁足，殊不雅洁。”遂命工治双椁。辛骇问之，答云：“非汝所知。”工既竣，沐浴妆竟，谓子及妇曰：“我将死矣。”辛泣曰：“数年赖母经纪，始不冻馁。母尚未得一享安逸，何遂舍儿而去？”曰：“父种福而子享，奴婢牛马，皆骗债者填偿汝父，我无功焉。我本散花天女，偶涉凡念，遂谪人间三十余年，今限已满。”遂登椁自入。再呼之，双目已含。辛哭告父，父不知何时已僵，衣冠俨然。号痛欲绝。入棺并停堂中，数日未殓，冀其复返。光明生于股际，照彻四壁。琼华棺内则异香喷溢，近舍皆闻。棺既合，香光始渐敛。既殡，乐氏诸子弟觊觎其有，共谋逐辛，讼诸官。官莫能辨，拟以田产半给诸乐。辛不服，以词质郡，久不决。初，顾嫁女于雍，经年余，雍流寓于闽，音耗遂绝。顾老无子，苦忆女，遂诣婿所，则女死而甥亦逐。忿质公庭。雍惧，重赂之；顾不受，必欲得甥。雍穷觅郡邑，半年不得。夫妻皆被刑辱。顾偶于途中见彩舆过，斜避道左，舆中一美人呼曰：“彼非顾翁耶？”顾诺。美人曰：“汝甥即吾子，现在乐家，勿讼也。甥方有难，宜急往！”顾欲详诘，舆去已远。顾乃受赂，诣西安，至则讼方沸腾。顾即自投至官，言女大归日、再醮日及生子年月，历历甚悉。诸乐皆被杖逐，案遂结。既归，言其见美人之日，即琼华没日，此时讼犹未兴也。辛为顾移家来，授庐赠婢，六十余生一子，辛亦时顾恤之。

异史氏曰:"断荤远室,佛之似也。烂熳天真,佛之真也。乐仲对丽人,直视之为香洁道伴,不作温柔乡观也。寝处三十年,若有情,若无情,此为菩萨真面目,世中人乌得而测之哉!"

香 玉

劳山下清宫,耐冬高二丈,大数围,牡丹高丈余,花时璀璨如锦。胶州黄生,筑舍其中而读焉。一日,遥自窗中见女郎素衣,掩映花间,心疑观中乌得有此。趋出,已遁去。由此屡见之。遂隐身丛树中以伺其至。无何,女郎又携一红裳者来,遥望之,艳丽双绝。行渐近,红裳者却退曰:"此处有人!"生乃暴起。二女惊奔,袖裾飘拂,香风流溢。追过短墙,寂然已杳。爱慕殷切,因题树上云:"无限相思苦,含情对短窗。恐归沙吒利,何处觅无双?"归斋冥想。女郎忽入,惊喜承迎。女笑曰:"君汹汹似强寇,使人恐怖;君竟骚士,无妨相亲。"略叩生平,曰:"妾小字香玉,隶籍平康巷。被道士闭置山中,实非所愿。"生问:"道士何名?当为卿一涤此垢。"女曰:"不必,彼亦未敢相逼,借此与风雅士长作幽会亦佳。"问:"红衣者谁?"曰:"此名绛雪,亦妾义姊。"遂相狎寝。既醒,曙色已红。女急起曰:"贪欢忘晓矣。"着衣易履,且曰:"妾酬君作,口占勿笑也:'良夜更易尽,朝暾已上窗。愿如梁间燕,栖处自成双。'"生握腕曰:"卿秀外惠中,使人爱而忘死。顾一日之去,如千里之别。卿乘间当来,勿待夜也。"女诺之。由此夙夜必谐。每使邀绛雪来,辄不至,生以为恨。女曰:"绛姊性殊落落,不似妾情痴也。当从容劝驾,不必过急。"一夕,女惨然入曰:"君陇不能守,尚望蜀耶?今长别矣。"问:"何之?"以袖拭泪曰:"此有定数,难为君言。昔日佳什,今成谶语矣。'佳人已属沙吒利,义士今无古押衙。'可为妾咏。"诘之不言,但有呜咽。竟夜不眠,早旦而去。生怪之。次日,有即墨蓝氏,入宫游瞩,见牡丹,悦之,掘移径去。生始悟香玉乃花妖也,怅惋不已。

过数日,闻蓝氏移花至家,日就萎悴。恨极,作哭花诗五十首,日日临穴,涕洟其处。一日,凭吊而返,遥见红衣人挥涕穴侧。从容而近就之,女亦不避。生因把袂,相向汍澜。已而挽请入室,女亦从之。叹曰:“童稚姊妹,一朝断绝!闻君哀伤,弥触妾恸。泪堕九泉,或当感诚再作;然死者魂气已散,仓猝何能与吾两人共谈笑也?”生曰:“小生薄命,妨害情人,当亦无福消双美。曩频烦香玉道达微忱,胡再不临?”女曰:“妾以年少书生,什九薄幸,不知君固至情人也。然妾与君交,以情不以淫。若昼夜狎昵,则妾所不能矣。”言已告别。生曰:“香玉长别,使人寝食俱废。赖卿少留,慰此怀思,何决绝如是!”女乃止,过宿而去。数日不复至。冷雨幽窗,苦怀香玉,辗转床头,泪凝枕簟。揽衣更起,挑灯命笔,踵前韵曰:“山院黄昏雨,垂帘坐小窗。相思人不见,中夜泪双双。”诗成自吟。忽窗外有人曰:“作者不可无和。”听之,绛雪也。启门纳之。女视诗,即续其后曰:“连袂人何处?孤灯照晚窗。空山人一个,对影自成双。”生读之泪下,因怨相见之疏。女曰:“妾不能如香玉之热,但可少慰君寂寞耳。”生欲与狎。曰:“相见之欢,何必在此。”于是至无聊时,女辄一至。至则宴饮酬唱,有时不寝,遂去。生亦听之。谓之曰:“香玉吾爱妻,绛雪吾良友也。”每欲相问:“卿是院中第几株?早以见示,仆将抱植家中,免似香玉被恶人夺去,贻恨百年。”女曰:“故土难移,告君亦无益也。妻尚不能终从,况友乎!”生不听,捉臂而出。每至牡丹下,辄问:“此为卿否?”女不言,掩口笑之。适生以残腊归。过岁二月间,忽梦绛雪至,愀然曰:“妾有大难,君急往尚得相见,迟无及矣。”醒而异之,急命仆马星驰至山。则道士将建屋,有耐冬一株,碍其营造,工师方纵斤矣。生知所梦即此,急止之。入夜,绛雪来谢。生笑曰:“向不实告,宜遭此厄!今而后已知卿矣。卿如不至,当以艾炷相炙。”女曰:“妾固知君如此,曩故不敢相告。”坐移时,生曰:“今对良友,益思艳妻。久不哭香玉,卿能从我哭乎?”二人乃往,临穴洒涕。至一更向尽,绛雪收泪劝止,乃还。又数夕，生方独居凄恻，绛雪笑入曰："喜信报君知：花神感君至情，俾香玉复降宫中。"生喜，问："何时？"答云："不知，要不远耳。"天明下榻，生曰："仆为卿来，勿长使人孤寂。"女笑诺。两夜不至，生往抱树，摇动抚摩，频唤："绛雪！"久之无声，乃返。对烛团艾，将以灼树。女遽入，夺艾弃之。曰："君恶作剧，使人创痏，当与君绝矣！"生笑拥之。坐方定，香玉盈盈而入。生望见，泣下流漓，急起把握香玉，以一手捉绛雪，相对悲哽。已而坐道离苦，生觉把之而虚，如手自握，惊其不类曩昔。香玉泫然曰："昔妾花之神，故凝；今妾花之鬼，故散也。今虽相聚，君勿以为真，但作梦寐观可耳。"绛雪曰："妹来大好，妾被汝家男子纠缠死矣。"遂辞而去。香玉款笑如生平；但偎傍之际，仿佛以身就影。生悒悒不欢。香玉亦俯仰自恨。乃曰："君以白蔹屑，少杂硫黄，日酹妾一杯水，明年此日报君恩。"亦别而去。明日往观故处，则牡丹萌生矣。生从其言，日加培溉，又作雕栏以护之。香玉来，感激甚至。生谋移植其家，女不可，曰："妾弱质不堪复戕。且物生各有定处，妾来原不拟生君家，违之反促年寿。但相怜爱，好合自有日耳。"生恨绛雪不至。香玉曰："必欲强之使来，妾能致之。"乃与生挑灯出至树下，取草一茎，布掌作度，以度树本，自下而上，至四尺六寸，按其处，使生以两爪齐搔之。俄，绛雪自背后出，笑骂曰："婢子来，益助桀为虐耶！"牵挽并入。香玉曰："姊勿怪！暂烦陪侍郎君，一年后不相扰矣。"自此遂以为常。生视花芽日益肥茂，春尽，盈二尺许。归后亦以金遗道士，使朝夕培养之。次年四月至宫，则花一朵，含苞未放；方流连间，花摇摇欲拆；少时已开，花大如盘，俨然有小美人坐其中，才三四指许；转瞬间飘然已下，则香玉也。笑曰："妾忍风雨以待君，君来何迟也！"遂入室，绛雪亦至。笑曰："日日代人作妇，今幸退而为友。"遂相谈宴赓和。至中夜，绛雪乃去。两人同寝，款洽一如当年。后生妻卒，遂入山，不复归。是时牡丹已大如臂。生每指之曰："我他日寄魂于此，当生卿之左。"两女笑曰："君勿忘之。"后十年余，忽病。其子至，对之而哀。生笑曰："此我生期，非死期也，何哀为！"谓道士曰："他日牡丹下有赤芽怒生，一放五叶者，即我也。"遂不复言。子舆致而归，至家寻卒。次年，果有肥芽突出，叶如其数。道士以为异，灌溉之，三年高数尺，大拱把，但不花。老道士死，其弟子不知爱惜，因其不花，斫去之。白牡丹亦憔悴寻死；无何，耐冬亦死。

异史氏曰："情之结者，鬼神可通。花以鬼从，而人以魂寄，非其结于情者深耶？一去而两殉之，即非坚贞，亦为情死矣。人不能贞，犹是情之不笃耳。仲尼读《唐棣》而曰'未思'，信矣哉！"

三　仙

士人某，赴试金陵，经由宿迁，会三秀才谈言超旷，悦之。沽酒相欢，款洽间各表姓字：一介秋衡，一常丰林，一麻西池。纵饮甚乐，不觉日暮。介曰："未修地主之仪，忽叨盛馔，于理未当。茅茨不远，可便下榻。"常、麻并起，捉襟唤仆，相将俱去。至邑北山，忽睹庭院，门绕清流。既入，舍宇精洁。呼童张灯，又命安置从人。麻曰："昔人以文会友，今闱场伊迩，不可虚此良夜。请拟四题，命阄各拈其一，文成方饮。"众从之，各拟一题，写置几上，拾得者就案构思。二更未尽，皆已脱稿，迭相传视。士人读三作，深为倾倒，草录而怀藏之。主人进良酝，巨杯促釂，不觉醺醉。客兴辞。主人乃导客就别院寝，醉中不暇解屦，着衣遂卧。既醒，红日已高，四顾并无院宇，惟主仆卧山谷中。大骇，呼仆起，见旁有一洞，水涓涓流溢。自讶迷惘。视怀中，则三作俱存。下山问土人，始知为"三仙洞"。盖洞中有蟹、蛇、虾蟆三物最灵，时常出游，人往往见之云。士人入闱，三题皆仙作，以是擢解。

王　十

高苑王十，负盐于博兴。夜为两人所获。意为土商之逻卒也，舍盐欲遁，而足苦不前，遂就缚。固哀之。二人曰：“我非盐肆中人，乃鬼卒也。”十惧，但乞至家，一别妻子。鬼不许，曰：“此去亦未便至死，不过暂役耳。”十问：“何事？”曰：“冥中新阎罗莅任，见奈河淤平，十八狱厕坑俱满，故捉三等人使淘河：小偷、私铸、私盐；又一等人使涤厕：乐户也。”十从去，入城郭，至一官署，见阎王在上，方稽名籍。鬼上白：“捉一私贩王十至。”阎王视之，怒曰：“私盐者，上漏国税，下蠹民生者也。若世之暴官贪商所指为私贩者，皆天下之良民。贫人揭锱铢之本，求升斗之息，何为私哉！”责二鬼，罚使市盐四斗，并十所负，代运至家。留十，授以蒺藜骨朵，令随诸鬼督河工。鬼引十去，至奈河边，见河内人夫，缧续如蚁。又视河水浑赤，近之臭不可闻。淘河者皆赤体持畚锸，出没其中。朽骨腐尸，盈筐负舁而出，深处则灭顶求之。惰者辄以骨朵击背股。同监者以香绵丸如巨菽，使纳口中，乃近岸。见高苑肆商亦在其中。十独苛遇之：入河楚背，上岸敲股。商惧，常没身水中，十乃已。经三昼夜，河夫半死，河工亦竣。前二鬼仍送至家，醒然而苏。先是，十负盐未归，天明，妻启户，则盐两囊置庭中，而十久不至。使人遍觅之，则死途中。舁之而归，奄有微息，大惑不解其故。既醒始言之。肆商亦于前日死，至是始苏。骨朵击处皆成巨疽，浑身腐溃，臭不可近。十故诣之。望见十，犹缩首衾中，如在奈河状。一年始愈，不复为商矣。

异史氏曰：“盐之一道，朝廷之所谓私，乃不从乎公者也；官与商之所谓私，乃不从其私者也。近日齐、鲁新规，土商随在设肆，各限疆域。不惟此邑之民不得去之彼邑，即此肆之民不得去之彼肆。而肆中则潜设饵以钓他邑之民：其售于他邑，则廉其直；而售诸土人，则倍其价以昂之。又设逻于道，使境内之人皆不得逃吾昂。其有境内冒他邑以来者，法不宥。彼此互相钓，而越肆假冒之愚民益多。一被逻获，则先以刀杖残其胫股，而后送诸官；官则桎梏之，是名‘私盐’。呜呼！冤哉！漏数万之税非私，而负升斗之盐则私之；本境售诸他境非私，而本境卖诸本境则私之，冤矣！律中‘盐法’最严，而独于贫难军民，背负易食者不之禁；今则一切不禁，而专杀此贫难军民！且夫贫难军民，妻子嗷嗷，上守法而不盗，下知耻而不娼；不得已，而揭十母而求一子。使邑尽此民，即夜不闭户可也，非天下之良民乎哉！彼肆商者，不但使之淘奈河，直当使涤狱厕耳！而官于春秋节，受其斯须之润，遂以三尺法，助使杀吾良民。然则为贫民计，莫若为盗及私铸耳：盗者白昼劫人，而官若聋；铸者炉火亘天，而官若瞽；即异日淘河，尚不至如负贩者所得无几，而官刑立至也。呜呼！上无慈惠之师，而听奸商之法，日变日诡，奈何不顽民日生，而良民日死哉！"

故事邑中肆商，以若干石盐资，岁奉邑宰，名曰"食盐"。又逢节序，且厚仪贶之。商以事谒官，官则礼貌之，坐与语，或茶焉。送盐犯至，重惩不遑。张公石年宰淄，肆商来见，寻旧规但揖不拜。公怒曰："前令受汝贿，故不得不隆汝礼；我市盐而食，何物商人，敢公堂抗礼乎！"捋袴将笞，商叩头谢过，乃释之。后肆中得二负贩者，其一逃去，其一被执至官。公问："贩者二人，其一焉往？"贩者云："奔去矣。"公曰："汝病股不能奔耶？"曰："能奔。"公曰："既被捉，必不能奔；果能，可起试奔，验汝能否。"其人奔数步欲止。公曰："大奔勿止！"其人疾奔，竟出公门而去。见者皆笑。公爱民之事不一，此其闲情，邑人犹乐诵之。

大　男

奚成列，成都士人也。先有一妻一妾。妾何氏，小字昭容。妻早没，娶继室申氏，不能相善，虐遇何，因并及奚；终日哓聒，恒不聊生。奚忿怒亡去。去后，何生一子大男。奚久不返，申摈不与同炊，计日授粟。大男渐长，何不敢求益，惟纺绩佐食。大男见塾中诸儿吟诵，羡之，告母欲读。母以其太稚，姑送诣塾，试使读以难之。而大男慧，所读倍诸儿。师异之，愿不索束贽。何乃使从师，薄相酬。

积二三年，经书全通。一日，归谓母曰："塾中五六人，皆从父乞钱买饵，我何无也？"母曰："待汝长时，当告汝知。"大男曰："我方七八岁，何时长也？"母曰："汝往塾，路经关圣庙，当拜之，佑汝速长。"大男信之，每日两过必入拜。母知之，问："汝所祝何词？"答云："但祝明年便使我十五六岁。"母笑之。而大男学与躯体长并速：至十岁，如十三四者；其所为文，塾师不能窜易之。一日，谓母曰："昔谓我壮大当告父处，今可矣。"母曰："尚未，尚未！"又年余，居然成人，研诘益频，母乃缅述之。大男闻之，意不胜悲，欲往寻父。母曰："儿太幼，汝父亡存未知，何遽可寻？"大男无言而去，至午不归。往询诸师，则辰餐未返。母大惊，犹谓其逃塾。出资佣役，靡处不搜，竟杳无迹。大男出门，不知何往之善，惟循途奔去。遇一人将如夔州，自言钱姓。大男丐食相从。钱病其缓，为赁代步，资斧皆耗之。至夔同食，钱阴投毒其中，大男瞑不觉。钱载至大刹，托为己子，偶病绝资，卖诸僧。僧见其丰姿秀出，争购之。钱得金而去。僧饮之，略醒。主僧始知之，诣视，奇其相，研诘始得巅末。又益怜之，责僧赠资使去。有泸州蒋秀才下第归，途中问得故，嘉其孝，携与同行。至泸，主其家。月余，无往不谘。或言闽商有奚姓者，于是辞蒋，将之闽。蒋赠遗衣履，其里党皆敛资助之。至途，有二布客欲诣福清，邀与同侣。行数程，客窥囊金，引至空所，絷手足，解夺而去。适有永福陈翁过其旁，脱缚载诸后车，遂至翁家。翁豪富，诸路商贾多出其门，翁嘱南北客代访父耗。留大男伴诸儿读。大男遂止，不复游矣。由是家益远，音益梗。何昭容孤居三四年，申氏减其费，抑勒令嫁。何自食其力，志不摇，申强卖于重庆贾，贾劫取而去。至夜，以刀自劙。贾不敢逼，俟创瘥，又转鬻于盐亭贾。至盐亭，自刺心头，洞见脏腑。贾大惧，药敷之，既平，但求作尼。贾告之曰："我有商侣，身无淫具，每欲得一人主缝纫，此与作尼无异，亦可少偿吾直。"何诺之。贾舆送去，入门，主人趋出，则奚生也。盖奚以弃儒为商，贾以其无妇，故赠之也。相见悲骇，各述苦况，始知有儿寻父未归。奚乃嘱诸客侣，侦察大男。而昭容遂以妾为妻矣。然自历艰苦，痌痛多疾，不能操作，劝奚纳媵。奚鉴前祸，不从所请。何曰："妾如争床笫者，数年间固已从人生子矣，尚得与君有今日之聚乎？且人加我者，隐痛在心，岂及诸身而自蹈之？"奚乃嘱客侣为买三十许老妾。逾半年，客果为买妾归。入门，则妻申氏。各相骇怪。先是，申独居年余，兄苞劝令再适。申从之，惟田产为子姓所阻，不得售。鬻诸所有，积数百金，携归兄家。有保宁贾，闻其富有奁资，以多金啖苞，赚娶之。而贾老废不能人。申怼兄，不安于室，梁缢井投，不堪其扰。贾怒，搜括其资，将卖作妾，而闻者皆以三十余齿加长。贾将适夔，遂载与俱去。遇奚同肆商，遂货之而去。既见奚，惭惧不出一语。奚问同肆商，略知梗概，因曰："使遇健男，则在保宁，无再见之期，此亦数也。然今日我买妾，非娶妻，可先拜昭容，修嫡庶礼。"申耻之。奚曰："昔日汝作嫡，何如哉？"何劝止之。奚不可，操杖临逼。申不得已，拜之。然终不屑承奉，但操作别室。而何悉优容之，亦不忍课其勤惰。奚每与昭容谈宴，辄呼给役其侧；何更代以婢，不听前。会陈公嗣宗宰盐城。奚与里人有小争，里人以逼妻作妾揭讼奚。公不准理，叱逐之。奚喜，与何窃共颂德。一漏既尽，僮忽叩扉入，白："邑令公至！"奚骇极，急觅衣履，则公已至寝门；益骇，不知所为。何审之，急出曰："是吾儿也！"遂哭。公乃伏地悲咽。盖大男从陈翁姓，业为官矣。初，公至自都，迂道过故里，始知两母皆醮，抚膺哀痛。族中人始知大男已贵，反其田庐。公留仆营造，冀父复返。既而授任盐亭，又欲弃官寻父，陈翁苦劝之。会有卜者，使筮焉。卜者曰："小者居大，少者为长；求雄得雌，求一得两：为官吉。"公乃之任。为不得亲，居官不茹荤酒。是日，得里人状，睹奚姓名，疑之。阴遣内纪纲窃访之，果父。乘夜微行而出。见母，亦信卜者之神。临去，嘱勿播。出金二百，令即办装归。至家，门户已新，益畜仆马，居然大家矣。申见大男贵盛，益自敛。兄苞知之，告于官，为妹争谪。官廉得其情，曰："贪资劝嫁，去奚已更二夫。何颜争昔年嫡庶耶!”重答之。由此名分益彰。而申姊何,何亦姊申,衣服饮食悉不自私。申初惧其复仇,至是益愧悔。奚亦忘其旧恶,俾内外皆呼以太母,但诰命不及耳。

异史氏曰:“颠倒众生,不可思议。此造物之巧也!奚生不能自立于妻妾之间,一碌碌庸人耳。苟非孝子贤母,乌能有此奇合,坐享厚糈以终身哉!”

卷二十三

韦公子

韦公子，咸阳世家也。放纵好淫，婢妇有色，无不私者。尝载金数千，欲尽览天下名妓，凡繁丽之区，罔不至。其不好者，信宿即去；当意则作百日留。叔某公亦名宦，休致归，闻其行，怒之。延明师，置别业，使与诸公子键户读。公子夜伺师寝，逾垣归，迟明而返，以为常。一夜，失足折肱，师始知之。告公，公怒不之惜，益施夏楚，俾不能起，而后药之。月余渐愈，公与之约：能读倍诸弟，文字佳，出勿禁；私逸者，挞如前。而公子最慧，读常过程。如此数年，中乡榜。欲自败约，而公犹箝制之。赴都，以老仆从，授日记籍，使志其言动，故数年无过行。后成进士，公乃少弛其禁。而公子或将有作，惟恐公闻，入曲巷中，辄托姓魏。一日，过西安，见优僮罗惠卿，年十六七，秀丽如好女，悦之。夜留缱绻，赠贻丰隆。闻其新娶妇尤韵妙，益触所好，私意示惠卿。惠卿无难色，至夜携妇至，果少好，遂三人共一榻。留数日，眷爱臻至。谋与俱归，问其家口，答云："母早丧，惟父存耳。某原非罗姓。母少服役于咸阳韦氏，卖至罗家，四月生余。倘得从公子去，亦可察其耗问。"公子惊问："母何姓？"答："姓吕。"骇极，汗下浃体，盖其母即生家婢也。生无言。天明，厚赠之，劝令改业。伪托他适，约归时召致之，遂别而去。后令苏州某邑，有乐妓沈韦娘，雅丽绝伦，心好之，潜留与狎，戏曰："卿小字取'春风一曲杜韦娘'耶？"答曰："非也。妾母十七为名妓，有咸阳公子与君侯同姓，留三月，订盟婚娶。公子去，八月生妾，因名韦，实妾姓也。公子临别时，赠黄金鸳鸯，今尚在。一去竟无音耗，妾母以是愤悒死。妾三岁，受抚于沈媪，故从其姓。"公子闻其言，愧恨无以自容。默移时，顿生一策。忽起挑灯，唤韦娘饮，藏有鸩毒，暗置杯中。韦娘才下咽，溃乱呻嘶。众集视，则已毙矣。呼优人至，付以尸，重赂之。而韦娘所与交好者尽势家，闻之不解其故，悉不平，共贿激优人，使讼于上官。公子惧，泻橐弥缝，卒以浮躁免官。归家年三十八，颇悔前行。而妻妾五六人，皆无子，欲继公之孙；公以其门无内行，恐习气染儿，虽诺嗣之，但待其老而归之。公子愤，欲往招惠卿，家人皆以为不可，乃罢。又数年，忽病，辄挝心曰："淫婢宿妓者，非人也！"公闻之，叹曰："是殆将死矣！"乃以次子之子，送诣其家，定省之。月余寻卒。

异史氏曰："盗婢宿娼，其流弊殆不可问。然以己之骨血，而谓他人父，亦已羞矣。而鬼神又侮弄之，诱使自食便液。尚不自剖其心，自到其首，而徒流汗投鸩，非人头而畜鸣者耶！虽然，风流公子所生子女，即在风尘中，亦皆擅场。"

石清虚

邢云飞，顺天人。好石，见佳石不靳重直。偶渔于河，有物挂网，沉而取之，则石径尺，四面玲珑，峰峦叠秀。喜极，如获异珍。既归，雕紫檀为座，供诸案头。每值天欲雨，则孔孔生云，遥望如塞新絮。有势豪某踵门求观，既见，举付健仆，策马竟去。邢无奈，顿足悲愤而已。仆负石至河滨，息肩桥上，忽失手堕诸河。豪怒鞭仆，即出金雇善泅者，百计冥搜，竟不可见，乃悬金署约而去。由是寻石者日盈于河，迄无获者。后邢至落石处，临流于邑，但见河水清澈，则石固在水中。邢大喜，解衣入水，抱之而出，檀座犹存。既归，不肯设诸厅事，洁内室供之。一日，有老叟款门而请，刑托言石失已久。叟笑曰："客舍非耶？"邢便请入舍，以实其无。既入，则石果陈几上。邢错愕不能言。叟抚石曰："此吾家故物，失去已久，今固在此。既见之，请即赐还！"邢窘甚，遂与争作石主。叟笑曰："既汝家物，有何验证？"邢不能答。叟曰："仆则固识之。前后有九十二窍，巨孔中五字云：'清虚天石供'。"邢审视窍中，果有小字，细于粟米，竭目力才可辨认;又数其窍,果如所言。邢无以对,但执不与。叟笑曰:“谁家物而凭君作主耶?”拱手而出。邢送至门外;既还,则石失所在。大惊,疑叟,急追之,则叟缓步未远。奔去,牵其袂而哀之。叟曰:“奇矣!径尺之石,岂可以手握袂藏者耶?”邢知其神,强曳之归,长跽请之。叟乃曰:“石果君家者耶,仆家者耶?”答曰:“诚属君家,但求割爱耳。”叟曰:“既然,石固在是。”还,入室,则石已在故处。叟曰:“天下之宝,当与爱惜之人,此石能自择主,仆亦喜之。然彼急于自见,其出也早,则魔劫未除。实将携去,待三年后始以奉赠。既欲留之,当减三年寿数,始可与君相终始,君愿之乎?”曰:“愿。”叟乃以两指捏石窍,窍软如泥,随手而闭。闭三窍已,曰:“石上窍数,即君寿数也。”作别欲去。邢苦留之,辞甚坚;问其姓字,亦不言,遂去。积年余,邢以故他出,夜有小偷入室,诸无所失,惟窃石而去。邢归,悼丧欲死。访察购求,全无踪绪。积有数年,偶入报国寺,见卖石者,近视则其故物,将便认取。卖者不服,因负石至官。官问:“何所质验?”卖石者能言窍数。邢问其他,卖石者不能言。邢乃言窍中五字及三指痕,理遂得伸。官欲杖责卖石者,卖石者自言以二十金买诸市,遂释之。邢得石归,裹以锦,藏椟中,时出一赏,先焚异香而后出之。有尚书某购以百金,而邢意万金不易也。某怒,因以他事中伤之。邢被收,典质田产。某托人风示其子,子告邢,邢愿以死殉石。妻窃与子谋,献石尚书家。邢出狱始知,骂妻殴子,屡欲自经,皆以家人觉救得不死。夜梦一丈夫来,自言“石清虚”。谓邢:“勿戚!特与君年余别耳。明年八月二十日昧爽时,可诣海岱门以两贯相赎。”邢得梦甚喜,敬志其日。而石在尚书家,更无出云之异,久亦不甚贵重之。明年,尚书以罪削职,寻死。邢如期诣海岱门,则其家人窃石出,将求售主,因以两贯市归。后邢至八十九岁,自治葬具,又嘱子必以石殉。既而果卒。子遵遗教,瘗石墓中。半年许,贼发墓,劫石去。子知之,莫可追诘。逾二三日,携仆在道,忽见两人奔踬汗流,往空自投曰:“邢先生勿相逼!我二人将石去,不过卖四两银耳。”遂絷送之官,一讯遂伏。问石,则鬻诸宫氏。取石至,官爱玩,欲得之,命寄诸库。吏举石,石忽堕地,碎为数十余片。罔不失色。官乃重械两盗而放之。邢子拾石出,仍瘗墓中。

异史氏曰:“物之尤者祸之府。至欲以身殉石,亦痴甚矣!而卒之石与人相终始,谁谓石无情哉?古人云:‘士为知己者死。’非过也!石犹如此,而况人乎!”

曾友于

曾翁,昆阳故家也。翁初死未殓,两眶中泪出如渖。有子六,莫解其故。次子悌,字友于,为邑名士,以为不祥,戒诸兄弟各自惕,勿贻痛于先人;而兄弟半迂笑之。先是,翁嫡配生长子成,至七八岁,母子为强寇掳去。娶继室,生三子:长曰孝,为诸生,次曰忠,曰信。妾生三子:曰悌,曰仁,曰义。孝以悌等出身贱,鄙不齿,因结连忠、信若为党。即与客饮,悌等过堂下,亦傲不加礼。仁、义皆忿,与友于谋,欲相仇。友于百词宽譬,不从所谋;而仁、义年最少,因兄言,亦遂止。孝有女,适邑周氏,病死。纠悌等往挞其姑,悌不从。孝忿然,令忠、信合族中无赖子,往捉周妻,搒掠无算,抛粟毁器,盎盂无存。周告邑宰。宰怒,拘孝等囚系之,将行申黜。友于惧,见宰自投。友于品行,素为宰所仰重,诸昆弟以是得无苦。友于乃诣周所,亲负荆。周亦器重友于,讼遂息。孝归,终不德友于。无何,友于母张夫人卒,孝等皆不为之服,宴饮如故。仁、义益忿。友于曰:“此彼之无礼,于我何损焉?”及葬,把持墓门,不使合厝。友于乃瘗母隧道中。未几,孝妻亡,友于招仁、义往奔其丧。二人皆曰:“期且不论,功于何有?”再劝之,哄然散去。友于乃自往,临哭尽哀。隔墙闻仁、义鼓且吹,孝怒,纠诸弟往殴之,友于操杖先从。入其家,仁觉而逃;义方逾垣,友于自后击仆之。孝等拳杖交加,殴不止。友于横身障阻之。孝怒，让友于。友于曰："责之者，以其无礼也，然罪固不至死。我不怙弟恶，亦不助兄暴。如怒不解，愿以身代之。"孝遂反杖挞友于，忠、信亦相助殴兄，声势震动，里党群集排解，乃散去。友于即扶杖诣兄请罪。孝逐去之，不令居丧次。而义创甚，不复食饮。仁代具造讼诸官，诉其不为庶母行服。官签牒拘孝、忠、信，而令友于陈状。友于以面目损伤，不能诣署，但作词禀白，哀求阁寝，宰遂消案不行。义亦寻愈。由是仇怨益深。仁、义皆幼弱，辄被敲楚。怼友于曰："人皆有兄弟，我独无！"友于曰："此两语，我宜言之，两弟何云！"因苦劝之，卒不听。友于遂扃户，携妻子借寓他所，离家五十余里，冀不相闻。友于在家，虽不助弟，而孝等犹稍稍顾忌之；既去，诸兄一不当，辄叫骂其门，辱侵母讳。仁、义度不能抗，惟杜门思乘间刺杀之，行则怀刃。一日，寇所掠长兄成，忽携妇亡归。诸兄弟以家久析，聚谋三日，竟无处可以置之。仁、义窃喜，招去共养之。往告友于，友于亦喜，即归，共出田宅居成。诸兄怒其施惠，登其门窘辱之。而成久在寇中，习于威猛。闻之，大怒曰："我归，更无一人肯置一屋；幸三弟念手足，又罪责之。是欲逐我耶！"以石投孝，孝仆。仁、义各以杖出，捉忠及信，并挞无数。成不待其讼，先讼之。宰又使人请教友于。友于不得已，诣宰。俯首不言，但有流涕。亟问之，惟求公讯。宰乃判孝等各出田产归成，使七分相准。自此仁、义与成倍益爱敬。谈及葬母事，因并泣下。成恚曰："如此不仁，是禽兽也！"遂欲启圹，更为改葬。仁奔告友于，友于急归谏止之。成不听，刻期发墓，作斋于茔。以刀削树，谓诸弟曰："所不衰麻相从者，有如此树！"众唯唯。于是一门皆哭临，安厝尽礼。由此兄弟相安。而成性刚烈，辄批挞诸弟，而于孝等尤甚。惟重友于，盛怒时，友于一至，片言可解。孝有所行，成往往不平之。因之，孝无十日不至友于所，潜对友于诟诅。友于婉谏，卒不纳。友于不堪其扰，又迁于三泊，僦屋而居，去家益远，音迹遂疏。逾二年，诸弟皆畏惮成，久遂相习，纷竞绝少。而孝年四十六，生五子：长继业，三继德，皆嫡出；次继功，四继绩，皆庶出；又婢出继祖。皆成立。亦效父旧行，各为党，日相竞，孝亦不能呵止。惟祖无兄弟，年又最幼，诸兄弟皆得而诟厉之。岳家故近三泊，会诣岳，窃迂道诣叔。入门，见叔家两兄一弟，弦诵怡怡，久居不言归。叔促之，哀求寄居。叔曰："汝父母皆不之知，我岂惜瓯饭瓢饮乎！"乃归。过数月，夫妻往寿岳母。告父曰："我此行不归矣。"父诘之，因吐微隐。父虑与有夙隙，计难久居。祖曰："父虑过矣。二叔，圣贤也。"遂去，携妻之三泊。友于除舍居之，以齿儿行，使执卷从长子继善读。祖最慧，寄籍三泊年余，入云南郡庠。与善闭户研读，而祖又讽诵最苦，友于益爱之。而自祖居三泊，家中兄弟益不相能。一日，微反唇，业诟辱庶母。功怒，刺杀业。官收功重械之，数日死狱中。业妻冯氏，犹日以骂代哭。功妻刘闻之，怒曰："汝家男子死，谁家男子活耶？"操刀入，击杀冯，自投井中亦死。冯父大立，悼女死惨，率诸子弟，藏兵衣底，往捉孝妾，裸挞道上以辱之。成怒曰："我家死人如麻，冯氏何得复尔！"吼奔而出，诸曾从之，诸冯尽靡。成首捉大立，割其两耳。其子护救，继、绩以铁杖横击，折其两股。诸冯各被夷伤，哄然尽散，惟冯子犹卧道周。众等莫可方略，成夹之以肘，置诸冯村而还。遂呼绩诣官自首。冯状亦至。于是诸曾皆被收。惟忠亡去，至三泊，徘徊门外，犹恐兄念旧恶。适友于率一子一侄入闱归，望见，惊曰："弟何来？"忠未语先泪，长跽道左。友于益骇，握手入，诘得其情，惊曰："且为奈何！一门乖戾，逆知奇祸久矣；不然，胡以窜迹至此。我离家久，与大令无声气之通，今即匍匐而往，只取辱耳。但得冯父子伤重不死，吾三人幸有捷者，则此祸可以少解。"乃留之，昼与同餐，夜与共寝。忠颇感愧。居十余日，又见其叔侄俨如父子，兄弟皆如同胞，凄然下泪曰："今始知曩日非人也。"友于亦喜其悔悟，相对酸恻。俄报友于父子同科，祖亦副榜。大喜。不赴鹿鸣，先归展墓。明季甲第最重，诸冯皆为敛息。友于乃托亲友，赂以金粟，资其医药，讼乃息。举家共泣，乞友于复归。友于乃与兄弟焚香约誓，俾各涤虑自新，遂移家还。祖从叔不欲归其家。孝乃谓友于曰："我乏德，不应有亢宗子；弟又善教，即从其志，俾姑寄名为汝后。有寸进时，可赐还也。"友于从之。后三年，祖果举于乡。使移家去，夫妻皆痛哭，乃去。居数日，祖有儿方三岁，亡归友于家，藏伯善室，不复返，捉去辄逃。孝乃异其居，令与友于邻。祖启户于壁通叔家，两间定省如一焉。自此成亦渐老，一门事皆取决于友于。因而门庭雍穆，称孝友焉。

异史氏曰："天下惟禽兽止知母而不知父，奈何诗书之家往往而蹈之也！夫门内之行，其渐渍于子孙者，直入骨髓。故古云：其父盗，其子必行劫，其流弊然也。孝虽不仁，其报已惨；而卒能自知乏德，托子于弟，宜其有操心虑患之子也。论果报，犹迂矣。"

嘉平公子

嘉平某公子，丰仪秀美。年十七八，入郡赴童子试。偶过许娼之门，门内有二八丽人，因目注之。女微笑点其首，公子喜，近就与语。女便问："寓居何所？"具告之。问："寓中有人否？"曰："无。"女云："妾夕间奉访，勿使人知。"公子诺而归，既暮，排去僮仆。女果至，自言"小字温姬"。且云："妾慕公子风流，遂背媪而至。区区之意，深愿奉以终身。"公子亦喜，约以重金相赎。自此三两夜辄一至。一夕，冒雨而来，入门，解去湿衣，罥诸椸上；已乃脱足上小靴，求公子代去泥涂，遂上床以被自覆。公子视其靴，乃五文新锦，沾濡殆尽，惜之。女曰："妾非敢以贱物相役，欲使公子知妾之痴于情也。"既听窗外雨声不止，遂吟曰："凄风冷雨满江城。"求公子续，公子辞以不解。女曰："公子如此一人，何乃不知风雅！使妾清兴消矣！"因劝令肄习，公子诺之。往来既频，仆辈皆知。公子有姊夫宋氏，亦世家子，闻其事，窃求公子一见温姬。公子言之，女必不可。宋隐身仆舍，伺女至，伏窗窥之，颠倒欲狂。急排闼入，女起，逾垣而去。宋向往殊殷,乃修贽诣许媪,指名求之,则果有温姬,而死已久。宋愕然而返,以告公子,公子始知为鬼,而心终爱好之。至夜,以宋言告女。女曰:“诚然。顾君欲得美女子,妾亦欲得美丈夫。各遂所愿足矣,人鬼何论焉?”公子以为然。试毕而归,女亦从之。他人不见,惟公子见之。至家,寄诸斋中。公子独宿不归,父母疑之。女归宁,始隐以告母。父母大惊,戒公子绝之。公子不能听。父母深以为忧,百术驱遣不得去。一日,公子有谕仆帖,置案上,中多错谬:“椒”讹“菽”,“姜”讹“江”,“可恨”讹“可浪”。女见之,书其后云:“何事‘可浪’?‘花菽生江’。有婿如此,不如为娼!”遂告公子曰:“妾初以公子世家文人,故蒙羞自荐。不图虚有其表!以貌取人,毋乃为天下笑乎!”言已而没。公子虽愧恨,犹不知所题,折帖示仆。闻者传以为笑。

异史氏曰:“温姬可儿!翩翩公子,何乃苛其中之所有哉!遂至悔不如娼,则妻妾羞泣矣。顾百计遣之不去,而见帖浩然,则‘花菽生江’,何殊于杜甫之‘子章髑髅’哉!”“耳录”云:道旁设浆者,榜云:“施恭结缘。”讹“茶”为“恭”,亦可笑。

二 班

殷元礼,云南人,善针灸之术。遇寇乱,窜入深山。日既暮,村舍尚远,惧遭虎狼。遥见前途有两人,疾趁之。既至,两人问客何来,殷乃自陈族贯。两人拱敬曰:“是良医殷先生也,仰山斗久矣!”殷转诘之。二人自言班姓,一为班爪,一为班牙。便谓:“先生,余亦避难者,石室幸可栖宿,敢屈玉趾,且有所求。”殷喜从之。俄至一处,室傍岩谷。爇柴代烛,始见二班容躯威猛,似非良善。计无所之,即亦听之。又闻榻上呻吟,细审,则一老妪僵卧,似有所苦。问:“何恙?”牙曰:“以此故,敬求先生。”乃束火照榻,请客逼视。见鼻下口角有两赘瘤,皆大如碗。且云:“痛不可触,妨碍饮食。”殷曰:

"易耳。"出艾团之,为灸数十壮,曰:"隔夜愈矣。"二班喜,烧鹿饷客;并无酒饭,惟肉一品。爪曰:"仓猝不知客至,望勿以辅亵为怪。"殷饱餐而眠,枕以石块。二班虽诚朴,而粗莽可惧,殷转侧不敢熟眠。天未明,便呼妪,问所患。妪初醒,自扪,则瘤破为创。殷促二班起,以火就照,敷以药屑,曰:"愈矣。"拱手遂别。班又以烧鹿一肘赠之。后三年无耗。殷适以故入山,遇二狼当道,阻不得行。日既西,狼又群至,前后受敌。狼扑之,仆;数狼争啮,衣尽碎。自分已死。忽两虎骤至,诸狼四散。虎怒,大吼,狼惧尽伏。虎悉扑杀之,竟去。殷狼狈而行,惧无投止。遇一媪来,睹其状,曰:"殷先生吃苦矣!"殷戚然诉状,问何见识。媪曰:"余即石室中灸瘤之病妪也。"殷始恍然,便求寄宿。媪引去,入一院落,灯火已张,曰:"老身伺先生久矣。"遂出袍裤,易其敝败。罗浆具酒,酬劝谆切。媪亦以陶碗自酌,谈饮俱豪,不类巾帼。殷问:"前日两男子,系老姥何人?胡以不见?"答云:"两儿遣逆先生,尚未归复,必迷途矣。"殷感其义,纵饮不觉沉醉,酣眠座间。既醒,已曙,四顾竟无庐舍,孤坐岩上。闻岩下喘息如牛,近视,则老虎方睡未醒,喙间有二瘢痕,皆大如拳。骇极,惟恐其觉,潜踪而遁。始悟两虎即二班也。

乩　仙

章丘米步云,善以乩卜。每同人雅集,辄召仙相与赓和。一日,友人见天上微云,得句,请以属对,曰:"羊脂白玉天。"乩书云:"问城南老董。"众疑其不能对,故妄言之。后以故偶适城南,至一处,土如丹砂,异之。有一叟牧豕其侧,因问之。叟曰:"此俗呼猪血红泥地也。"忽忆乩词,大骇。问其姓,答云:"我老董也。"属对不奇,而预知过城南之必遇老董,斯亦神矣!

苗　生

龚生，岷州人。赴试西安，憩于旅舍，沽酒自酌。一伟丈夫入，坐与扳谈。生举卮劝客，客亦不辞。自言苗姓，言噱粗豪。生以其不文，偃蹇遇之。尊既尽，不复唤沽。苗生曰："措大饮酒，使人闷损矣！"起向垆头，出钱行沽，提一巨瓻而入。生辞不饮，苗捉臂劝釂，臂痛欲折。生不得已，为尽数觞。苗以羹碗自吸，笑曰："仆不善劝客，行止惟君所便。"生即治装行。约数里许，马病卧于途，坐待路侧。行李重累，无所方计。苗寻至，诘知其故，遂卸装付仆，己乃以肩承马腹而荷之，趋二十余里，始至逆旅，释马就枥。移时，生主仆方至。生乃惊为神，相待优渥，沽酒市饭，与共餐饮。苗曰："仆善饭，非君所能饱饫，饮可也。"引尽一瓻，乃起而别曰："君医马尚须时日，余不能待，行矣。"遂去。后闱毕，三四友人邀登华山，藉地作筵。方共宴笑，苗忽至，左携巨尊，右提豚肘，掷地曰："闻诸君登临，敬附骥尾。"众起为礼，相并杂坐，豪饮甚欢。众欲联句，苗争曰："纵饮甚乐，何苦愁思！"众不听，设"金谷之罚"。苗曰："不佳者，当以军法从事！"众笑曰："其罪不至于此。"苗曰："如不见诛，仆武夫亦能之也。"首座靳生曰："绝巘凭临眼界空。"苗信口而续曰："唾壶击缺剑光红。"下座沉吟既久，苗遂引壶自倾。移时，以次属句，渐涉鄙俚。苗呼曰："只此已足，如赦我者，勿作矣！"客弗之听。苗不可复忍，遽效作龙吟，山谷响应；又起，俯仰作狮子舞。诗思既乱，众乃罢吟，因而飞觞再酌。时已半醉，客互诵闱中作，迭相赞赏。苗不欲听，牵生豁拳。二人胜负屡分，而诸客诵赞未已。苗厉声曰："仆听之已悉。此等文，只宜向床头对婆子读耳，广众中刺刺者可厌也！"众有惭色，又更恶其粗莽，遂益高吟。苗怒甚，伏地大吼，立化为虎，扑杀诸客，咆哮而去。所存者，惟生及靳，是科领荐。后三年，再经华阴，忽见嵇生，亦山上被噬者。大恐欲驰，嵇捉鞚使不得行。靳乃下马，问其何为。答曰："我今为苗氏之伥，从役良苦。必再杀一士人，始可相代。三日后，应有儒服儒冠者见噬于虎，然必在苍龙岭下，始是代某者。君于是日，多邀文士于此，即为故人谋也。"靳不敢辨，敬诺而别。至寓所，筹思终夜，莫知为谋，自拚背约，以听鬼责。适有表戚蒋生来，靳述其异。蒋名下士，邑尤生考居其上，窃怀忌嫉。是日闻靳言，阴欲陷之。折简邀尤，与共登临，自乃着白衣而往，尤亦不解其意。至岭半，肴酒并陈，敬礼臻至。会郡守登岭上，守故与蒋为通家，闻蒋在下，遣人召之。蒋不敢以白衣往，遂与尤易服冕。交着未竟，虎骤至，衔蒋而去。

异史氏曰："得意津津者，捉衿袖，强人听闻；闻者欠伸屡作，欲睡欲遁，而诵者足蹈手舞，茫不自觉。知交者亦当从旁肘之蹑之，恐座中有不耐事之苗生在也。然忌嫉者易服冕而毙，则知苗亦无心者耳。故厌怒者苗也——非苗也。"

杜小雷

杜小雷，益都之西山人。母双盲。杜事之孝，家虽贫，无日不甘旨奉之。一日，将他适，市肉付妻，令作馎饦。妻最忤逆，切肉时，杂蜣螂其中。母觉臭恶不可食，藏以待子。杜归，问："馎饦美乎？"母摇首，出以示之。杜裂视，见蜣螂，怒甚。入室，欲挞妻，又恐母闻。上榻筹思，妻问之，亦不语。妻自馁，彷徨榻下。久之，喘息有声。杜叱曰："不睡，待敲扑耶！"亦觉寂然。起而烛之，妻不知何在，但见一豕，细视，则两足犹人，始知为妻所化。邑宰闻之，絷去，使游四门，以戒来者。谭薇臣曾亲见之。

毛大福

太行毛大福，疡医也。一日，行术归，道遇一狼，吐裹物，退蹲道左。毛拾视，则布裹金饰数事。方怪异间，狼前欢跃，略曳袍服，即复去。毛行，又曳之。察其意不恶，因从之去。未凡，至穴，见一狼病卧，视顶上有巨疮，溃腐生蛆。毛悟其意，拨剔净尽，敷药如法，乃行。日既晚，狼遥送之。行三四里，又遇数狼，咆哮相侵，惧甚。前狼急入其群，若相告语，众狼悉散去。毛乃归。先是，邑有银商宁泰，被盗杀于途，莫可追诘。会毛货金饰，为宁氏所认，执赴公庭。毛诉所从来，官不之信，将械之。毛冤极不能自伸，惟求宽释，请问诸狼。官遣两隶押入山，直抵狼穴。值狼未归，既暮不至，三人遂反。至半途，遇二狼，其一疮痕犹在。毛识之，因揖而祝曰："前蒙馈赠，今遂以此被屈。君不为我昭雪，回去搒掠死矣！"狼见毛被絷，怒奔隶。隶拔刀向之。狼以喙拄地大嗥；嗥两三声，山中百狼群集，围旋之。隶大窘。竞前啮絷索，隶悟其意，解毛缚，狼乃俱去。归述其状，官异之，而犹未遽释毛。后数日，官出行在道，一狼衔敝履委于路侧，未以为异，过之。狼又衔履奔前途而置之。官命收履，狼乃去。既归，阴遣人访履主。或传某村有业薪者，被二狼追逐，衔履而去。拘来认之，果其履也。遂疑杀宁者即薪，鞫之果然。盖薪杀宁，取其巨金，衣底藏饰，未遑收括，被狼衔去也。

昔一收生妪自他归，遇一狼阻道，牵衣若欲召之。乃从去，见雌狼方娩不下。妪为之用力，既产，始放之归。明日，衔鹿置庭中。乃知此事自古有之也。

雹　神

唐太史济武，适日照会安氏葬。道经雹神李左车之祠，暂入游眺。祠前有池，池水清澈，有朱鱼数头，游泳其中。内一斜尾鱼唼呷水面，见人不惊。太史拾小石将戏击之，道士在旁急止勿击。问其故，则池鳞皆龙族，触之必致风雹。太史笑附会之诬，不听其言，卒掷之。既而升车东迈，则有黑云如盖，随之以行。既而簌簌雹落，大如棉子。又行里余，始霁。太史弟凉武在后，相去一矢。少间追及，相与语，则竟不知有雹也。问之前行者亦然。太史笑曰："此岂广武君作怪耶！"而犹未之深异。安村外有关圣祠，适有裨贩之客，释肩门外，忽弃双簏，趋祠中，拔架上大刀，旋转而舞曰："我，李左车也。明日将陪从淄川唐太史一助执绋，敬先告主人。"数语而醒，自不知其何言，亦不识唐太史何人也。安氏闻之大惧。村去神祠四十余里，敬修楮帛祭具，诣祠哀祷，但求怜悯，不敢烦其枉驾。太史怪其敬信之深，问诸主人。盖雹神灵迹最著，往往托生人以为言，应验无虚语。若不虔祝以尼其行，则明日风雹立至矣。

异史氏曰："广武君在当年，亦老谋壮事者流也。即司雹于东，或亦其不磨之气，受职于天。然业神矣，何必翘然自异哉！盖太史道义文章，天人之钦瞩已久，此鬼神之所以必求信于君子也。"

李八缸

太学李月生，升宇翁之次子也。翁最富，以缸贮金，里人称之"八缸"。翁寝疾，呼子分金，兄八之，弟二之。月生不能无觖望。翁曰："我非偏有爱憎，藏有窖镪，必待无多人时，方以界汝，勿急也。"过数日，翁益弥留。月生虑一旦不虞，觑无人，即床头秘讯之。翁曰："人生苦乐，皆有定数。汝方享妻贤之福，故不宜再助多金，以增汝过。"盖月生妻车氏，最贤，有桓、孟之德，翁是以云。月生固哀之，怒曰："汝尚有二十余年坎壈未历，即予千金，亦立尽耳。苟不至山穷水尽时，勿望给与也！"月生为人孝友敦笃，即亦不敢复言。犹冀父复瘥，旦夕可以婉告。无何，翁大渐，寻卒。幸兄贤，斋葬之谋，弗与较计。而月生天真烂漫，不较锱铢，又好客善饮，炊黍治具，日促妻三四作，又不甚理家人生产。里中无赖窥其懦，辄鱼肉之。逾数年，家渐落。窘急时，赖兄小周给，不至大困。无何，兄以老病卒，益失所助，至绝粮食。春贷秋偿，田所出，登场辄尽。于是割亩为活，业益消减。又数年，长子及妻相继殂谢，无聊益甚。寻买贩羊者之妻徐，冀得其小阜；而徐性刚烈，日凌藉之，至不敢与朋友通吊庆礼。忽一夜梦父曰：“今汝所遭，可谓山穷水尽矣。尝许汝窖镪，今其可矣。”问：“何在？”曰：“明日畀汝。”醒而异之，犹谓是贫中之积想也。次日，发土葺墙，掘得巨金。始悟向言“无多人”，乃死亡将半也。

异史氏曰：“月生，余杵臼交，其为人朴诚无少伪。余兄弟与交，哀乐辄相共。数年来，村隔十余里，老死竟不相闻。余偶过其居里，因亦不敢过问之。则月生之苦况，盖有不可明言者矣。忽闻暴得千金，不觉为之鼓舞。呜呼！翁临终之治命，昔习闻之，而不知其言言皆谶也。抑何其神哉！”

老龙船户

朱公徽荫，巡抚粤东，时往来商旅，多告无头冤状。往往千里行人，死不见尸，甚至数客同游，全绝音信，积案累累，莫可究诘。初告，有司尚欲发牒行缉；迨投状既多，遂竟置而不问。公莅任，稽旧案，状中称死者不下百余，其千里无主者，更不知其几何。公骇异惨怛，筹思废寝。遍访僚属，迄少方略。于是洁诚熏沐，致檄于城隍之神。已而变食斋寝，恍惚中见一官僚，搢笏而入。问：“何官？”答云：“城隍刘某。”“将何言？”曰：“鬓边垂雪，天际生云，水中漂木，壁上安门。”言已而退。既醒，隐谜不解。辗转终宵，忽悟曰：“垂雪者，老也；生云者，龙也；水上木为船；壁上门为户：合之非‘老龙船户’耶！”盖省之东北，曰小岭，曰蓝关，源自老龙津以达南海，岭外巨商，每由此入粤。公早遣武弁，密授机谋，捉老龙津驾舟者，次第擒获五十余名，皆不械而服。盖寇以舟渡为名，赚客登舟，或投蒙药，或烧闷香，使诸客沉迷不醒；而后剖腹纳石，以沉于水。冤惨极矣！自昭雪后，遐迩欢腾，谣颂咸集焉。

异史氏曰："剖腹沉尸，惨冤已甚，而木雕之有司，更少痌痒，则粤东之暗无天日久矣！公至而鬼神效灵，覆盆俱照，何其异哉！然公亦非有四目两口，不过痌瘝之念，积于中者至耳。苟徒巍巍然，出则刀戟横路，入则兰麝熏心，尊优则极，而何能与神通哉！"

青城妇

费邑高梦说，为成都宰时，有一奇狱。先是，有西商客成都，娶青城山寡妇。既而以他故西归，年余复返。夫妻一聚，而商暴卒。同商者疑之，具状告官。高亦疑妇有私，苦讯之。横加酷掠，迄无词。牒解郡臬，并少情实，淹系成都狱，积有时日。后高署有病者，一老医入，适相言及。医闻之，遽曰："妇尖嘴否？"问："何说？"医初不言，问之坚而后言："盖绕青城山有数村落，其中妇女多为蛇交，则生女尖喙，阴中有物类蛇舌。至淫纵时，则舌或出，一入阴管，男子阳脱立死。"高闻之骇，尚未深信。医曰："此处有巫媪，能内药使妇意荡，舌自出，是否可以验见。"高如其言，使媪治之，舌果出，其疑始解。牒报郡。郡官皆如法验之，乃释其罪。

鸮　鸟

长山杨令，性奇贪。康熙乙亥间，值西塞用兵，市民间骡马辇运粮饷。杨假此搜括，地方头畜一空。周村为商贾所集，趁墟者车马辐辏。杨率健丁悉篡夺之，计不下数百余头。四方估客，无所控告。时诸令皆以公务在郡。会益都令董、莱芜令范、新城令孙，会集旅舍。有山西二商，迎门号诉，盖有健骡四头，俱被抢掠，道远失业，不能归，故哀求诸公为缓颊也。三公怜其情，许之，遂命驾共诣杨。杨治具相款。酒既行，众言来意。杨不听。众言之益切。杨举酒促釂以乱之，曰："某有一令，不能者罚。须一天上、一地下、一古人，左右问所执何物,口道何词,随问答之。”便倡云:“天上有月轮,地下有昆仑,有一古人刘伯伦。左问手执何物,答云:‘手执酒杯。’右问口道何词,答云:‘道是酒杯之外不须提。’”范公云:“天上有广寒宫,地下有乾清宫,有一古人姜太公。手执钓鱼竿,道是‘愿者上钩’。”孙云:“天上有天河,地下有黄河,有一古人是萧何。手执一本《大清律》,道是‘赃官赃吏’。”杨有惭色,沉吟久之,曰:“某又有之。天上有灵山,地下有泰山,有一古人是寒山。手执一帚,道是‘各人自扫门前雪’。”众相视觍然,不作一语。忽一少年入,袍服华整,举手作礼,共挽坐,酌一大斗。少年笑曰:“酒且勿饮。久闻诸公雅令,愿献刍荛。”众请之。少年曰:“天上有玉帝,地下有皇帝,有一古人洪武朱皇帝。手执三尺剑,道是‘贪官剥皮’。”众大笑。杨恚骂曰:“何处狂生敢尔!”命隶执之。少年跃登几上,化为鸮,冲帘飞出,集庭树间,四顾室中,作笑声。主人击之,且飞且笑而去。

异史氏曰:“市马之役,诸大令健畜盈厩者十之七,而千百为群,作骡马贾者,长山外不数数见也。圣明天子爱惜民力,取一物必偿其直,乌知奉行者流毒若此哉! 鸮所至,人最厌其笑,儿女共唾之,以为不祥。此一笑。则何异于凤鸣哉!”

古　瓶

邑北村中井涸,村人某甲、乙缒入淘之。掘尺余,得髑髅。误破之,口含黄金,喜纳腰橐。复掘,又得髑髅六七枚。冀得含金,悉破之,而一无所有。惟旁有磁瓶二、铜器一。器大可合抱,重数十斤,侧有双环,不知何用,斑驳陆离。瓶亦古制,非近款。既出井,甲、乙皆死。移时乙苏,曰:“我乃汉人。遭新莽之乱,全家投井中。适有少金,因内口中,实非含殓之物,人人都有也。奈何遍碎头颅? 情殊可恨!”众香楮共祝之,许为殡葬,乙乃愈;甲不能复生矣。颜镇孙生闻其异,购铜器而去。瓶一,入袁孝廉宣四家,可验阴晴:见有一点润处，初如粟米，渐阔渐满，未几雨至；润退，则云亦开。其一入张秀才家，用志朔望：朔则黑起如豆，与日俱长；望则一瓶遍满；既望，又以次而退，至晦则复其初。以埋土中久，瓶口有小石粘口上，刷剔不可下。欲敲去之，石落而口微缺，亦一憾事。浸花其中，花落结实，与在树者无异云。

元少先生

韩元少先生为诸生时，有吏突至，白主人欲延作师，而殊无名刺。问其家阀，吏含糊对之。束帛缄贽，仪礼优渥。先生诺之，约期而去。至日，果以舆来。迤逦而往，道路皆所未经。忽睹殿阁，下车入，气象类藩邸。既就馆，酒炙纷罗，劝客自进，并无主人。筵既撤，则公子出拜，年十五六，姿表秀异。展礼罢，趋就他舍，请业始至师所。公子慧绝，闻义辄通。而先生以不知家世，颇所疑闷。馆中有二僮为之给役，私就诘之，皆不对。问："主人何在？"答以事忙。先生求导窥之，僮不可。又屡求之，僮乃诺。导至一处，闻拷楚声。自门隙目注之，见一王者坐殿上，阶下剑树刀山，皆冥中事。大骇。方将却步，内已知之，因罢政，叱退诸鬼，疾呼僮。僮变色曰："我为先生，祸及身矣！"战惕奔入。王者怒曰："何敢引人私窥！"即以巨鞭重笞讫。乃召先生入，曰："所以不见者，以幽明异路。今已知之，势难再聚。"因赠束金使行，曰："君天下第一人，但坎壈未尽耳。"使青衣捉骑送之。先生疑身已死。青衣曰："何得便尔！先生食御一切置自俗间，非冥中物也。"既归，坎坷数年，作会、状，其言皆验。

薛慰娘

丰玉桂，聊城儒生也，贫无生业。万历间，岁大祲，孑然南遁。年余将归，至沂而病。力疾行数里，至城南丛葬处，益惫，因傍冢憩息。少间如梦，至一村，有叟自门中出，邀生入。屋两楹，亦殊草草。室内一女子，年十六七，仪容慧雅。叟使瀹柏枝汤，以陶器供客。便向生诘里居、年齿，既已，乃曰："洪都李姓，平阳族。流寓此间，今三十二年矣。君志此门户，余家子孙如见探访，即烦一指示之。老夫不敢忘义。义女慰娘，颇不丑，可配君子。三豚儿到日，即遣主盟。"生喜，拜曰："犬马齿二十有二，尚少良配。惠意眷好，固佳；但何处得翁之家人而告诉也？"叟曰："君但住北村中，相待月余，自有来者，只求无惮烦耳。"生恐其言不信，要之曰："实告翁：仆固家四壁耳，恐后日不如所望，中道之弃，人所难堪。即无姻好，亦不敢不守季路之诺，即何妨质言之也？"叟笑曰："君欲老夫旦旦耶？我稔知君贫。此订非专为君，慰娘孤而无依，相托已久，不忍听其流落，故以奉君子耳。何见疑耶！"即捉臂送生出，拱手合扉而去。生忽似梦觉，则身卧冢边，日已将午。渐起，次且入村。村人见之皆惊，谓其死道旁已经日矣。顿悟叟即坟中人也，隐而不言，但求寄寓。村人恐其复死，莫敢留。村有秀才与同姓，闻之，趋诘家世，盖生缌服叔也。喜导至家，饵治之，数日寻愈。因述所遇，叔亦惊怪，遂坐待以觇其异。居无何，果有官人至村，访父墓址，自言平阳进士李叔向。先是，其父李洪都，与同乡某甲远行贾，死于沂，某因瘗诸丛葬处。既归，某亦寻死。是时公三子皆幼。长伯仁，后举进士，令淮南。数遣人寻父墓，迄无知者。次仲道，寻举孝廉。叔向最少，亦登第。于是亲求父骨至沂，无处不谘。是日，问村人，皆莫之识。生乃引至葬所，指示之。叔向以其年少未敢信，生具陈所遭，叔向奇之。审视有两坟近相接，或言三年前有仕宦者，葬少妾于此。叔向恐误发他冢，生遂以所卧处示之。叔向命舁材其侧，始发冢。冢开，则见女尸，服妆黯败，而粉黛如生。叔向知其误，骇极，莫知所为。而女已顿起，四顾曰："三哥来耶？"叔向惊就问之，则慰娘也。乃解衣蔽覆，舁归逆旅。急发旁冢，冀父复活。既发，则肤革犹存，而抚之僵燥，悲哀不已。装荷入棺，清醮七日；女亦缞绖若女。忽告叔向曰：

“曩阿翁有黄金二铤，曾分一为妾作奁。妾以孤弱无藏所，故仅以丝线絷腰，而未将去，兄得之否？”叔向不知，乃使生反求诸圹，果得之，一如女言。叔向仍以线志者分赠慰娘。暇乃审其家世。先是，女父薛寅候无子，止生慰娘，深钟爱之。女一日自金陵舅氏归，将媪问渡。操舟者乃金陵媒也。适有仕宦者任满赴都，托觅美妾，凡历数家，无当意者，故将为扁舟诣广陵。忽遇女，隐生诡谋，急招附渡。媪素识之，遂与共济。中途，投毒食中，女、媪皆迷。推媪堕江，载女而返，以重金鬻诸仕宦者。入门，嫡始知，怒甚。女又迷闷，不知为礼，遂挞楚而囚禁之。北渡至沂，女方苏。婢言始末，女大泣，自经，乃瘗女于沂之南郭乱冢中。女至墓，为群鬼所凌，李翁时呵护之，女乃父事翁。翁曰：“汝命合不死，当为择一快婿。”一日，生既见而出，返谓女曰：“此生品谊不凡。待汝三兄至，为汝主婚。”一日，曰：“汝可归候，汝三兄将来矣。”盖即发墓之日也。女于丧次，为叔向缅述之。叔向叹息良久，即以慰娘为妹，俾从李姓。略买衣妆，遣归生，曰：“资斧无多，不能为妹子办妆。意将偕归，以慰母心，何如？”女亦欣然。于是夫妻从叔向，辇柩并发。既归，母诘得其故，爱逾所生，馆诸别院。丧次，女哀悼过于儿孙。母益怜之，不令东归，嘱诸子为之买第。适有冯氏卖宅，直六百金。仓猝未能取盈，暂收契券，约日交兑。及期，冯早至；适女亦自别院入省母，突见之，绝似当年操舟人。冯亦似惊。女趋过之。两兄亦以母小恙，俱集母所。女问：“厅前跮踱者谁也？”仲道曰：“几忘却，此必前日卖宅者也。”即起欲出。女止之，告以所疑，使诘难之。仲道诺而出，则冯已去，而巷南塾师薛先生在焉。因问：“何来？”曰：“昨夕冯某浼早登堂，一署券保。适途遇之，云偶有所忘，暂归便返，使仆坐以待之也。”少间，生及叔向皆至，遂相攀谈。慰娘以冯故，潜自屏后来窥客，细审之，则其父也。突出，持抱大哭。翁惊涕曰：“吾儿何来？”众始知薛即寅候也。仲道虽与街头屡遇之，初未悉其名字。至是共喜，为述前因，设酒相庆。因留信宿，自道行踪。盖自失女后，妻以悲死，鳏无所依,故游学至此也。生约买宅后,迎与同居。翁次日往探冯,则举家遁去,始知杀媪卖女者,即其人也。冯初至平阳,贸易成家;比年博赌,渐就消乏,故货居宅,卖女之资,亦濒尽矣。慰娘得所,即亦不甚仇之,但择日徙居,更不追其所往。李母络遗不绝,一切日用之需皆给之。生遂家于平阳,但归赴岁试,深以为苦,幸是科举孝廉。慰娘富贵,每念媪为己死,思有以报其子。媪夫姓殷氏,一子名富,善博,贫无立锥。一日,博局争注,殴杀人命,亡归平阳,虽不识生,然以慰娘故,远相投。生喜,留之门下。研诘之,道其所杀姓名,盖即冯某也。骇叹久之,因为道破,富始知冯即杀母之仇。益喜,遂佣为生家服役,亦家于西。薛寅候就养于婿,婿为买妇,生子女各一焉。

田子成

江宁田秀才子成,过洞庭,覆舟而没。子良耜,时在抱中。妻杜氏,闻讣,仰药死。良耜受庶祖母抚育,得以成立,后成进士,筮仕湖北。年余,奉宪命营务湖南。至洞庭,痛哭而返。自告才力不及,降县丞,隶汉阳,甚非所乐,辞不就。诸院司强督促之,乃就。辄放浪江湖间,不以官职自守。一夕,舣舟江岸,闻洞箫声,抑扬可听。乘月步去,约半里许,见旷野中茅屋数椽,荧荧灯火;近窗窥之,则三人对酌其中。上座一秀才,年三十许;下座一叟;侧坐吹箫者,年最少。吹竟,叟击节叹赏。秀才面壁吟思,若罔闻。叟曰:“卢中君必有佳作,请长吟,俾得共赏之。”秀才乃吟曰:“满江风雨冷凄凄,瘦草零花化作泥。千里云山飞不到,梦魂夜夜竹桥西。”吟声怆恻。叟笑曰:“卢十兄故态作矣!”因酌以巨觥,曰:“老夫不能属和,请歌以侑酒。”乃歌“兰陵美酒”之什。歌已,一座解颐。少年起曰:“我视月斜何度矣。”突出,见客,拍手曰:“窗外有人,我等狂态尽露也!”遂挽客入,共一举手。叟使与少年相对坐。试其杯皆冷酒,辞不饮。

少年知其意，即起，以苇炬燎壶而进之。良耜亦命从者出钱行沽，叟固止之。因讯邦族，良耜具道生平。叟致敬曰："吾乡父母也。仆少君姓江，此间土著。"指少年曰："此江西杜野候。"又指秀才曰："此卢十兄，与公同乡。"卢自见良耜，殊偃蹇不甚为礼。良耜因问："家居何里？如此清才，殊早不闻。"答曰："流寓已久，亲族恒不相识，可叹人也！"言之哀楚。叟摇手乱之曰："好客相逢，不理觞政，聒絮如此，厌人听闻！"遂把杯自饮，曰："一令请共行之，不能者罚。每掷三骰，以相逢为率，须一古典相合。"乃掷得幺二三，倡曰："三加幺二点相同，鸡黍三年约范公：朋友喜相逢。"次少年，掷得双二单四，曰："不读书人，但见俚典，勿以为笑。四加双二点相同，三人聚义古城中：兄弟喜相逢。"卢得双幺单二，曰："二加双幺点相同，吕向两手抱老翁：父子喜相逢。"良耜掷，复与卢同，曰："二加双幺点相同，茅容二簋款林宗：主客喜相逢。"令毕，良耜兴辞。卢始起，曰："故乡之谊，未遑倾吐，何遽言别？将有所问，愿少留也。"良耜复坐，问："何言？"曰："仆有老友某，没于洞庭，亦与君同族否？"良耜曰："是先君也，何以相识？"曰："少时相善。没日，惟仆见之，因收其骨，葬江边耳。"良耜出涕下拜，求指墓所。卢曰："明日来此，当指示之。要亦易辨，去此数武，但见坟上有丛芦十茎者是也。"良耜洒涕，与众拱别。至舟，终夜不寝，顿念卢情词似皆有因。不能待旦，昧爽而往，则舍宇全无，益骇。因遵所指处往寻墓，果得之。丛芦其上，数之，适符其数。恍然悟卢十兄之称，皆其寓言；所遇，乃其父之魂也。细问土人，则二十年前有高翁，富而好善，水中溺者，皆拯其尸而埋之，故有数坟在焉。遂发冢负骨，弃官而返。归告祖母，质其状貌皆确。江西杜野候，乃其表兄，年十九，溺于江；后其父流寓江西。又悟杜夫人没后，葬竹桥之西，故诗中忆之也。但不知叟何人耳。

王桂庵子寄生附

王稚，字桂庵，大名世家子。适南游，泊舟江岸。临舟有榜人女，绣履其中，风姿韵绝。王窥瞻既久，女若不觉。王朗吟“洛阳女儿对门居”，故使女闻。女似解其为己者，略举首一斜瞬之，俯首绣如故。王神志益驰，以金铤一枚遥投之，堕女襟上。女拾弃之，若不知为金也者。金落岸边，王拾归，益怪之。又以金钏掷之，堕足下；女操业不顾。无何，榜人自他归。王恐其见钏研诘，心颇急；女从容以双钩覆蔽之。榜人解缆，顺流径去。王心情丧惘，痴坐凝思。时王方娶而丧偶，悔不即媒定之。乃询诸舟人，并不识其何姓。乃返舟急追之，目力既穷，杳不知其所往。不得已，返舟而南。务毕，北旋，又沿江细访，并无音耗。至家，寝食皆萦念之。逾年，复南，买舟江际，若家焉。日日细数行舟，往来者帆楫皆熟，而曩舟殊杳。居半年，资罄而归。行思坐想，不能少置。一夜，梦至江村，过数门，见一家柴扉南向，门内疏竹为篱，意是园亭，径入之。有夜合一株，红丝满树。隐念：诗中“门前一树马缨花”，此其是矣。过数武，苇笆光洁。又入之，见北舍三楹，双扉合焉。南有小舍，红蕉蔽窗。探身一窥，则椸架当门，罥画裙其上，知为女子闺闼，愕然却退；而内亦觉之，有奔出看客者，粉黛微呈，则舟中人也。喜出非望，曰：“亦有相逢之期乎！”方将狎就，女父适归，倏然惊觉，始知为梦。景物历历，如在目前。秘之，恐与人言，破此佳兆。后年余，再适镇江。郡南有徐太仆，与有世谊，招之饮，信马而去，误入小村，道途景色，仿佛平生所历。一门内马缨一树，景象宛然。骇极，投鞭而入。种种物色，与梦无别。再入，则房舍亦如其数。梦既验，不复疑虑，直趋南舍，舟中人果在其中。遥见王，惊起，以扉自幛，叱问：“何处男子？”王逡巡间，犹疑是梦。女见步履渐近，闬然扃户。王曰：“卿不忆掷钏者耶？”备述相思之苦，且言梦征。女隔窗审其家世，王具道之。女曰："既属宦裔，中馈必有佳人，焉用妾？"王曰："非以卿故，婚娶固已久矣。"女曰："果如所云，足知君心。妾此情难告父母，然亦方命而绝数家。金钏犹在，料钟情者必有耗闻耳。父母适探外戚，行且至。君姑退，倩冰委禽，计无不遂；若望以非礼成偶，则用心左矣。"王仓猝欲出。女遥呼王郎曰："妾芸娘，姓孟氏。父字江蓠。"王诺记而出。罢筵早返，谒江蓠。既见，始知即榜人也。江逆入，设座篱下。王自道家阀，即致来意，兼纳百金为聘。翁曰："息女已字矣。"王曰："讯之甚确，固待聘耳，何见绝之深？"翁曰："适间所诺，不敢为诳。"王神情俱失，拱别而返。不知其言信否，终夜辗转，无人可以探讯。向欲以情告太仆，恐娶榜人女为先生笑；今情急，无可为谋，质明，诣太仆，实告之。太仆曰："此翁与有瓜葛，是祖母侄孙，何不早言？"王始吐隐情。太仆疑曰："江蓠固贫，素不以操舟为业，得毋误乎？"乃遣子大郎诣孟，孟曰："仆虽空匮，非卖婚者。曩公子以金自媒，谅仆必为利动，故不敢附为婚姻。既承先生命，必无错谬。但顽女颇恃娇爱，好门户辄便拗却，不得不与商榷，免他日怨悔也。"遂起，少入而返，拱手一如尊命，约期乃别。大郎反命，王乃盛备禽妆，纳采于孟，假馆太仆之家，亲迎成礼。居三日，辞岳北归。夜宿舟中，问芸娘曰："向于此处遇卿，固疑不类舟人子。当日泛舟何之？"答曰："妾叔家江北，偶借扁舟一省视耳。妾家仅可自给，然傥来物颇不贵视之。笑君双瞳如豆，屡以金资动人。初闻吟声，知为风雅士，又疑为儇薄子作荡妇挑之也。使父见金钏，君死无地矣。妾怜才心切否？"王笑曰："卿固黠甚，然亦堕吾术矣！"女问："何事？"王止而不言。又固诘之，乃曰："家门日近，此亦不能终秘。实告卿：我家中固有妻在，吴尚书女也。"芸娘不信，王故壮其词以实之。芸娘色变，默移时，遽起奔出；王趿履追之，则已投江中矣。王大呼，诸船惊闹，夜色昏濛，惟有满江星点而已。王悼痛终夜，沿江而下，以重价觅其骸骨，亦无见者。邑邑而归，忧痛交集。又恐翁来视女，无词可以相对。有姊婿官河南，遂命驾造之，年余始归。途中遇雨，休装民舍，见房廊清洁，有老妪弄儿厦间。儿睹王入，即求援抱，王怪之。又视儿秀婉可爱，揽置膝头。妪唤之，不去。少顷，雨霁，王举儿付妪，下堂趋装。儿啼曰："阿爹去矣！"妪耻之，呵之不止，强抱而去。王坐待治任，忽有丽者自屏后抱儿出，则芸娘也。方诧异间，芸娘骂曰："负心郎！遗此一块肉，焉置之？"王乃知为己子。酸来刺心，不暇问其往迹，先以前言之戏，矢日自白。芸娘始反怒为悲，相向涕零。先是，地主莫翁，六旬无子，携媪往朝南海。归途泊舟江际，芸娘随波下，适触翁舟。翁命从人拯出之，疗控终夜，始渐苏。翁媪视之，是好女子，甚喜，以为己女，携之而归。居数月，欲为择婿，女不可。逾十月，举一子，名之寄生。王避雨其家，寄生方周岁也。王于是解装，入拜翁媪，遂为岳婿。居数月，始举家归。至，则孟翁坐待，已两月矣。翁初至，见仆辈情词恍惚，心颇疑怪；既见，始共欢慰。历述颠末，乃知其枝梧者有由也。

寄生，字王孙，郡中名士。父母以其襁褓认父，谓有夙慧，钟爱之。长益秀美，八九岁能文，十四入郡庠。每自择偶。父桂庵有妹二娘，适郑秀才子侨，生女闺秀，慧艳绝伦。王孙见之，心窃爱好，思慕良切。积久，寝食俱废。父母大忧，苦研诘之，遂以实告。父遣冰于郑；郑性方谨，以中表为嫌，却之。而王孙益病，母计无所出，阴婉致二娘，但求闺秀一临存之。郑闻，益怒，出恶声焉。父母既绝望，听之而已。郡有大姓张氏，五女皆美；幼者小名五可，尤冠诸姊，择婿未字。一日，上墓，途遇王孙，自舆中窥之，归以白母。母沈知其意，见媒媪于氏，微示之。媪遂诣王所。时王孙方病，讯知之，笑曰："此病老身能医之。"芸娘问故。媪述张氏意，并道五可之美。芸娘喜，即使往候王孙。媪入，抚王孙而告之。王孙摇首曰："医不对症，奈何！"媪笑曰："但问医良否耳：其良也，召和而缓至，可矣；执其人以求之，守死而待之，不已痴乎？"王孙欷歔曰："但天下之医，无愈和者。"媪曰："何见之不广也？"遂以五可之容颜发肤，神情态度，口写而手状之。王孙又摇首曰："媪休矣！此余愿所不及也。"

反身向壁，不复听矣。媪见其志不移，遂去。一日，王孙沉痼中，忽一婢入曰："所思之人至矣！"喜极，跃然能起。急出舍，则丽人已在庭中。细认之，却非闺秀，着松花色细褶绣裙，双钩微露，神仙不啻也。拜问姓名，答曰："妾，五可也。君深于情者，而独钟情闺秀，使人不平。"王孙谢曰："生平未见颜色，故目中止一闺秀。今知罪矣！"遂与要誓。方握手殷殷，适母来抚摩，遽然而觉，则一梦也。回思声容笑貌，宛在目中。阴念：五可果如此梦，何必求所难遘。因而以梦告母。母喜其念少夺，急欲媒之。王孙恐梦见不的，托邻妪素识张氏者，伪以他故诣之，而嘱潜相五可。妪至其家，五可方病，靠枕支颐，婀娜之态，倾绝一世。近问："何恙？"女默然弄带，不作一语。母代答曰："非病也。连朝与爷娘负气耳！"妪问故。曰："诸家问名，皆不愿，必如王家寄生者方嫁。是为母者劝之急，遂作意不食数日矣。"妪笑曰："娘子若配王郎，真是玉人成双也。渠若见五娘，恐又憔悴死矣！我归，即令倩冰，如何？"五可止之曰："姥勿尔！恐其不谐，益增笑耳！"妪锐然以必成自认，五可方微笑。妪归，复命，一如于媪言。王孙详问衣履，无不与梦吻合，大悦。意稍舒，终不敢以人言为信。过数日，渐瘳，秘招于媪来，谋以亲见五可。媪难之，姑应而去。久之，不至。方欲觅之，媪忽欣然而入曰："机幸可图。五娘向有小恙，因令婢辈将扶一过对院。公子往伏伺之，五娘行缓涩，委曲可以尽睹。"王孙喜如其教，明日，命驾早往，媪先在焉。即令系马村树，导入临路舍，设座掩扉乃去。少间，五可果扶婢出。王孙自门隙目注之。女经门外过，媪故指挥云树以迟纤步，王孙窥觇尽悉，仿佛又入梦中，意颤不能自持。未几，媪至，曰："可代闺秀否？"王孙申谢而返，始告父母，遣妁要盟。及媒往，则五可已别字矣。王孙失意，悔闷欲死，即刻复病。父母忧甚，责其自误。王孙无词，惟日饮米汁一合。积数日，鸡骨支床，较前尤甚。媪忽至，惊曰："何惫之甚？"王孙涕下，以情告媪，笑曰："痴公子！前日人来趁汝，而故却之；今日汝求人，而能必遂耶？虽然，尚可为力。早与老身谋，即许京都皇帝子，依能夺之使还。”王孙大悦，求策。媪命函启伻，约次日候于张所。桂庵恐以唐突见拒。媪曰：“前与张公业有成言，迁延数日而遽悔之；且彼字他家，尚无函信。谚云：‘先炊者先餐。’何疑也！”桂庵从之。次日，二仆往，并无异词，厚犒而归。王孙悦，病复起。由此闺秀之想始绝。初，郑子侨却聘，闺秀颇不怿；既闻张氏姻成，心益抑郁，恍惚若病，日就支离。父母诘之，不肯言。婢窥其意，隐以告母。郑闻之怒，不医以听其死。二娘怼曰：“吾侄亦殊不恶，何守头巾戒，杀吾娇女！”郑恚曰：“若所生女，不如早亡，免贻笑柄！”以此夫妻反目。二娘故与女言，将使仍归王孙，若为媵。女俯首不言，若甚愿之。二娘商郑，郑益怒，一付二娘，置女若已死，不复预闻。二娘爱女切，欲实其言。女乃喜，病始渐瘥。窃探王孙，亲迎有日矣。及期，以侄完婚，伪欲归宁，昧旦，使人求仆舆于兄。兄最友爱，又以居村邻迩，即以所备亲迎舆马，先逆二娘。既至，则妆女入车，使两仆两媪护送之。到门，以毡贴地而入。时鼓乐已集，从仆叱令吹擂，一时人声沸聒。王孙奔视，则女子以红帕蒙首立堂上。骇极，欲奔；郑仆夹扶，便令交拜。王孙不知何由，即日拜讫。二媪扶女，径坐青庐，始知其闺秀也。举家皇乱，莫知所为。时渐滨暮，王孙不复敢行亲迎之礼。桂庵遣仆以情告张；张怒，遂欲断绝。五可不肯，曰：“彼虽先至，未受雁采；不如仍使亲迎。”父纳其言，以对来使。使归，桂庵终不敢从。相对筹思，喜怒俱无所施。张待之既久，知其不行，遂亦以舆马送五可至，因另设青帐于别室。而王孙周旋两间，跮踱无以自处。母乃调停于中，使序行以齿，二女皆诺。及五可闻闺秀差长，称“姊”有难色。母甚虑之。比三朝同会于母所，见闺秀风致宜人，不觉右之，自是始定。然父母皆恐其积久不相能，而二女更无间言，衣履易着，相爱如姊妹焉。王孙始问五可却媒之故。笑曰：“无他，聊报君之却于媪耳。尚未见妾，意中止有闺秀；既见妾，亦略靳之，以觇君之视妾，较闺秀何如也。使君为伊病，而不为妾病，则亦不必强求容矣。”王孙笑曰：“报亦惨矣！然非于媪，何得一觏芳容！”五可曰：“是妾自欲见君，媪何能为？过对院时，岂不知眈眈者在门内耶？梦中业相约，何尚未之信耶？”王孙惊问：“何知？”曰：“妾病中梦至君家，初以为妄；后闻君亦梦妾，乃知魂魄真到此也。”王孙异之，遂述所梦，时日悉符。父子之良缘，皆以梦成，亦奇情也。故并存之。

异史氏曰：“父痴于情，子遂几为情死。所谓情种，其王孙之谓与？不有善梦之父，何生离情之子哉！”

酒　虫

长山刘氏，体肥嗜饮。每独酌，辄尽一瓮。负郭田三百亩，辄半种黍；而家豪富，不以饮为累也。一番僧见之，谓其身有异疾。刘答言：“无。”僧曰：“君饮尝不醉否？”曰：“有之。”曰：“此酒虫也。”刘愕然，便求医疗。曰：“易耳。”问：“需何药？”俱言不须。但令于日中俯卧，絷手足；去首半尺许，置良酝一器。移时，燥渴，思饮为极。酒香入鼻，馋火上炽，而苦不得饮。忽觉喉中暴痒，哇有物出，直堕酒中。解缚视之，赤肉长三寸许，蠕动如游鱼，口眼悉备。刘惊谢。酬以金，不受，但乞其虫。问：“将何用？”曰：“此酒之精：瓮中贮水，入虫搅之，即成佳酿。”刘使试之，果然。刘自是恶酒如仇。体渐瘦，家日益贫，后饮食至不能给。

异史氏曰：“日尽一石，无损其富；不饮一斗，适以益贫。岂饮啄固有数乎？或言：‘虫是刘之福，非刘之病；僧愚之以成其术。’然与，否与？”

卷二十四

周 生

周生者，淄邑侯之幕客。邑侯适公出，夫人徐，有参礼碧霞元君愿，以道赊远，将遣仆赍仪代往。使周为祝文。周作骈词，历叙平生，颇涉狎谑。中有云："栽般阳满县之花，偏怜断袖；置夹谷弥山之草，惟爱余桃。"此诉夫人所愤也，诸如此类甚多。脱稿，示同幕凌生。凌以为亵，戒勿用。弗听，付仆而去。居无何，周生卒；既而仆亦死；又未几，徐夫人以产后亡。人犹未之异也。周生子自都来迎父榇，夜与凌生同宿。梦父戒之曰："文字不可不慎也！我不听凌君言，遂以亵词，致干神怒，遽夭天年；又贻累徐夫人，且殃及焚文之仆：恐冥罚犹未已也！"醒以告凌，凌亦梦同，因述其文。周子方知之，为之惕然。

异史氏曰："恣情纵笔，辄洒洒自快，此文士之通病也。然淫嫚之词，何敢以告神明哉！狂生无知，冥遣其所应尔。乃使贤夫人及千里之仆，骈死而不知其罪，不亦与俗中之刑律犹分首从者，反多愦愦哉？冤已！"

褚遂良

长山邑民赵某，税屋大姓之家。病症结，又素孤，贫难自给，奄就危殆。一日，力疾就凉，移卧树下。既醒，见绝代丽人坐身旁。因便诘问，女答云："我特来为汝作妇。"赵惊曰："无论贫人不敢有妄想；且奄然垂毙，有妇欲何为！"女自媒能治之。赵曰："我病非仓猝可除，纵有良方，且苦无资可买药饵！"女曰："我医疾不用药也。"遂以手按赵腹，力摩之。觉其掌热如火。移时，腹中癖块，隐隐作解拆声。又少时，欲登厕。急起，走数武，解衣大下，胶液流离，结块尽出，觉通体快爽。返卧故处，谓女曰：“娘子何人？祈告姓氏，以便尸祝。”答云：“我狐仙也。君乃唐朝褚遂良，曾有恩于妾家，每铭心欲一报之。日相寻觅，今始能得，夙愿可酬矣。”赵自惭形秽，又虑茅屋灶煤，沾染华裳。女但请行，赵乃导入家，土茎无席，灶冷无烟。曰：“无论光景如此，不堪相辱；即卿能甘之，请视瓮底空空，又何以养妻子？”女但言：“无虑。”言次，一回头，见榻上毡席衾褥已设；方将致诘，又转瞬，见满室皆银光纸裱贴如镜，诸物已悉变易，几案精洁，肴酒并陈矣。遂相欢饮。日暮，与同狎寝，如夫妇。主人闻其异，请一见之。女即出见，无难色。由此四方传播，造门者甚夥。女并无所拒绝。或设筵招之，女必与夫俱。一日，座中有孝廉，阴萌淫念。女已知之，忽加诮让，即以手推其首；首过棂外，而身犹在室，出入转侧，皆所不能。因共哀免，乃曳出之。积年余，造请者日益繁，女颇厌之。被拒者辄骂赵。值端阳，饮酒高会，忽一白兔跃入。女起曰：“春药翁来见召矣！”谓兔曰：“请先行。”兔趋出，径去。女命赵取梯。赵于舍后负长梯来，高数丈。庭有大树一章，便倚其上；梯更高于树杪。女先登，赵亦随之。女回首曰：“亲宾有愿从者，当即移步。”众相视不敢登。惟主人一僮，踊跃从诸其后。上上益高，梯尽云接，不可见矣。共视其梯，则多年破扉，去其白板耳。群入其室，灰壁败灶依然，他无一物。犹忆僮返可问，竟终杳已。

刘 全

邹平马医侯某，荷饭饷耕者。至野，有风旋其前，侯即以杓掬浆祝奠之。尽数杓，风始去。又一日，适城隍庙，闲步庑下，见内塑刘全献瓜像，被鸟雀遗粪，糊蔽目睛。侯曰：“刘大哥何遂受此玷污！”因以爪甲为除去之。后数年，病卧，被二皂摄去。至官衙前，逼索财贿甚苦。侯方无所为计，忽自内一绿衣人出，见之讶曰：“侯翁何来？”侯便告诉。绿衣人即责二皂曰：“此汝侯大爷，何得无礼！”二皂喏喏，逊谢不知。俄闻鼓声如雷。绿衣人曰："早衙矣。"遂与俱入，令立墀下，曰："姑立此，我为汝问之。"遂上堂点手，招一吏人下，略道数语。吏人见侯，拱手曰："侯大哥来耶？汝亦无甚大事，有一马相讼，一质便可复还。"遂别而去。少间，堂上呼侯名。侯上跪，一马亦跪。官问侯："马言被汝药死，有诸？"侯曰："彼得瘟症，某以瘟方治之。既药不瘳，隔日而死，与某何所干涉？"马作人言，两相苦。官命稽籍，籍注马寿若干，应死于某年月日，数确符。因诃曰："此汝天年适尽，何得妄控！"叱之而去。因谓侯："汝存心方便，可以不死。"仍命二皂送之，前二人亦与俱出，又嘱途中善相视。侯曰："今日虽蒙覆庇，生平实未识荆。乞示姓字，以图衔报。"绿衣人曰："三年前，仆从泰山来，焦渴欲死。经君村外，蒙以杓浆见饮，至今不忘。"吏人曰："某即刘全。曩蒙雀粪之污，闷不可奈，君手为涤除，是以耿耿。奈冥间酒馔，不可以奉宾客，请即别矣。"侯始豁悟，乃归。既至家，款留二皂，皂并不敢饮其杯水。侯苏，盖死已两日矣。自此益修善行。每逢节序，必以浆酒酬刘全。后年至八旬，尚强健，能超乘驰走。一日，于途间，见刘全骑马来，如将远行。拱手温凉已，刘曰："君数已尽，勾牒出矣。勾役欲相招，我禁使勿须。君可归治后事，三日后，我来同君行。地下代买小缺，亦无苦也。"遂去。侯归告妻子，招别戚友，棺衾俱备。第四日日暮，对众曰："刘大哥来矣。"入棺遂殁。

姬　生

南阳鄂氏，患狐，金钱什物，辄被窃去。迕之，祟益甚。鄂有甥姬生，名士，素不羁。焚香代为祷免，卒不应；又祝舍外祖使临己家，亦不应。众笑之。生曰："彼能幻变，必有人心。我固将引之，俾入正果。"三数日辄一往祝之。虽固不验，然生所至，狐遂不扰。以故，鄂常止生宿。生夜望空请见，邀益坚。一日，生归，独坐斋中，忽房门缓缓自开。生起，致敬曰："狐兄来耶？"殊寂然无声。又一夜，门自开。生曰："倘是狐兄降临，固小生所祷祝而求者，何妨即赐光霁？"即又寂然。而案头钱二百，及明，失之。生至夜，增以数百，中宵，闻布幄铿然。生曰："来耶？敬具时铜数百，以备取用。仆虽不充裕，然非鄙吝者。若缓急有需用度，无妨质言，何必盗窃？"少间，视钱，脱去二百。生仍置故处，数夜不复失。有熟鸡，欲供客而失之。生至夕，又益以酒。而狐从此绝迹矣。鄂家祟如故。生又往祝曰："仆设钱而子不取，设酒而子不饮；我外祖衰迈，无为久祟之。仆备有不腆之物，夜当凭汝自取。"乃以钱十千、酒一樽，两鸡皆聂切，陈几上。生卧其旁，终夜无声，钱物亦如故。自此，狐怪以绝。生一日晚归，启斋门，见案上酒一壶，燂雏盈盘；钱四百，以赤绳贯之，即前日所失物也。知狐之报。嗅酒而香，酌之色碧绿，饮之甚醇。壶尽半酣，觉心中贪念顿生，蓦然欲作贼，便启户出。思村中一富室，遂往越其墙。墙虽高，一跃上下，如有翅翎。入其斋，窃取貂裘、金鼎而出。归置床头，始就枕眠。天明，携入内室。妻惊问之，生嗫嚅而告，有喜色。妻初以为戏，既知其真，骇曰："君素刚正，何忽作此！"生恬然不为怪，因述狐之有情。妻恍自悟："是必酒中之狐毒也。"隐念丹砂可以却邪，遂觅研入酒，使饮之。少顷，忽失声曰："我奈何做贼！"妻代解其故，爽然自失。又闻富室被盗，噪传里党。生终日不食，莫知所处。妻为之谋，使乘夜抛其墙内。生从之。富室复得故物，其事遂寝。生岁试冠军，又举行优，应受倍赏。及发落之期，道署梁上粘一帖云："姬某作贼，偷某家裘、鼎，何为行优？"梁最高，非跂足可粘。文宗疑之，执帖问生。生愕然，念此事除妻外无知者；况署中深密，何由而至？因悟曰："此必狐为之也。"遂缅述无讳，文宗赏礼有加焉。生每自念，无取罪于狐，所以屡陷之者，亦小人之耻独为小人耳。

异史氏曰："生欲引邪入正，而反为邪惑。狐意未必大恶，或生以谐引之，狐亦以戏弄之耳。然非身有夙根，室有贤助，几何不如原涉所云，家人寡妇，一为盗污，遂行淫哉！吁！可惧也！”

吴木欣云：“康熙甲戌，一乡科令浙中，点稽囚犯。有窃盗，已刺字讫，例应逐释。令嫌‘窃’字减笔从俗，非官板正字，使刮去之；候创平，依字汇中点画形象另刺之。盗口占一绝云：‘手把菱花仔细看，淋漓鲜血旧痕瘢。早知面上重为苦，窃物先防识字官。’禁卒笑之曰：‘诗人不求功名，而乃为盗？’盗又口占答之云：‘少年学道志功名，只为家贫误一生。冀得资财权子母，囊游燕市博恩荣。’”即此观之，秀才为盗，亦仕进之志也。狐授姬生以进取之资，而反悔为所误，迂哉！一笑。

韩　方

明季，济郡以北数州县，邪疫大作，比户皆然。齐东有农民韩方，性至孝。其父母皆病，因具楮帛，哭祷于孤石大夫之庙。归途零涕。遇一人衣冠清洁，问：“何悲也？”韩具以告。其人曰：“孤石之神，即亦不在于此，祷之何益？仆有小术，可以一试。”韩喜，便诘姓字。其人曰：“我不求报，何必通乡贯乎？”韩殷殷请临其家。其人又言：“无须。但归，以黄纸置床上，厉声言：‘我明日赴都，告诸岳帝！’病当已。”韩恐不验，坚求移趾。其人曰：“实告子：我非人也。巡环使者以我诚笃，俾为南县土地。感君孝，指授此术。目前岳帝举枉死之鬼，其有功人民，或正直不作邪祟者，以城隍、土地用。今日殃人者，皆郡城中北兵所杀之鬼，急欲赴都自投，故沿途索赂，以谋口食耳。言告岳帝，则彼必惧，故当已。”韩悚然起敬，伏叩道侧。既起，则人已渺。惊叹而归。遵其教，父母皆愈。以传邻村，无不验者。

异史氏曰：“沿途祟人而往，以求不作邪祟之用，此与策马应‘不求闻达之科’者何殊哉！天下事大率类此。犹忆甲戌、乙亥之间，当事者使民捐谷，疏告九重，谓民乐输。于是各州县如数取盈，甚费敲扑。是时，郡北七邑皆被水，岁大祲，催办尤难。吾乡唐太史偶至利津，见系逮十余人，即道中问其何事，答云：‘官捉吾等赴城，比追乐输耳。’农民亦不知‘乐输’二字作何解，遂以为徭役敲比之名，亦可叹而亦可笑也！”

纫 针

虞小思，东昌人。居积为业。妻夏氏，归宁而返，见门外一妪，偕少女哭甚哀。夏诘之，妪挥涕相告。乃知其男子王心斋，亦宦裔也。家衰落，无衣食业，浼中保贷富室黄氏金，学作贾。中途遭寇，巨梃中颇，丧资，幸不死。至家，黄责偿，计子母不下三十金，实无可以准之。黄窥其女纫针美，将谋作妾。使中保质告之：如其肯，可折债外，仍以廿金压券。王谋诸妻。妻泣曰：“我虽贫，固簪缨之胄。彼以执鞭发迹，何敢遂媵吾女！且纫针固有婿耳，汝乌得擅作主！”先是，同邑傅孝廉之子，与王投契，生男阿卯，与襁中论婚。后孝廉官于闽，年余而卒。妻子不能归，消息全绝。以是故，纫针十五，尚未字也。妻言及此，王无词，但谋所以为计。妻曰：“不得已，其妄谋诸两弟。”盖妻范氏，其曾祖曾任京职，两孙田产尚多也。次日，妻携女归告两弟。两弟任其涕泪，并无一词为之设处。范乃号泣而归。适逢夏诘，且述且哭。夏怜之；视其女，绰约可爱，益之哀楚。因邀入其家，款以酒食，慰之曰：“母子勿戚，妾当竭力。”范未遑谢，女已哭伏在地，益惋惜之。筹思曰：“虽有薄蓄，然三十金亦复大难。当典质相付。”母子拜别，夏以三日为约。别后，百计为之营谋，亦未敢告诸其夫。三日，未满其数，又使人假诸其母。范母子已至，因实告之。又订以次日。抵暮，假金至，合裹并置床头。至夜，有盗穴壁，以火入。夏觉，睨之，见一人臂上悬短刀，状貌凶恶。大惧，不敢复作声，伪为睡者。盗近箱，意将发扃。回顾夏枕边有裹物，探身攫去，就灯解视已，乃入腰橐，不复胠箧而去。夏乃起呼。

家中惟一小婢，隔墙呼邻，邻人集而盗已远。夏乃对烛啜泣。亡何，婢睡去，夏引带自经于棂间。婢觉，天已大曙，始呼人解其悬，四肢已冰。虞知奔至，诘婢始得其由，惊涕营葬而已。时方夏，尸不僵，亦不腐。过七日，乃殓之。既葬，纫针潜出，哭于其墓。暴雨忽集，霹雳大作，墓发，女亦震死。虞闻，奔验之，则棺木已启，妻呻嘶其中，抱出之。旁有女尸，不知其谁。夏审视，始辨之。方相骇怪。未几，范至，见女已死，号曰："固疑其在此，今果然矣！闻夫人自缢，日夜不绝声。今夜语我，欲哭夫人于殡宫，我未之应也。"夏感其义，遂与夫言，即以所葬材穴葬之。范拜谢。虞负妻归，范亦归告其夫，相与哀泣。闻村北一人，被雷击死于途，身有朱字云："偷夏氏金贼。"俄闻邻妇哭声，乃知死者即其夫马大也。村人白于官，官拘其妇械鞫之，则范以夏氏之措金赎女，对人感泣，马大博赌无赖，闻之而盗心遂生也。及押妇搜赃，则止存二十数；又检马尸得四数。官判卖妇偿补责还虞。夏益喜，全金悉仍付范，俾偿债主。葬女三日，夜大雷电，益以风，坟复破，女亦顿苏。不归其家，往叩夏氏之门。夏惊起，隔扉问之。女曰："我纫针也。"夏骇为鬼，呼邻媪并诘之，知其更生，喜内入室。女自言："愿从夫人服役，不复归矣。"夏曰："得毋谓我捐金买婢耶？汝葬后，债已代偿，可勿见猜。"女益感泣，愿以母事夏。夏未诺。女曰："儿能操作，亦不至坐食。"天明告范，范喜，急至。母女相见，哭失声。即从女志使从夏。夏强送女归，女啼思夏。王心斋自负之来，委诸门内而去。夏见之惊问，始知其故，遂亦安之。虞至，急下拜呼以父。虞固无子女，见女依依怜人，颇以为欢。女纺绩缝纫，勤劳臻至。夏病几殆，女昼夜给役。见夏不食，亦不食；面上时有啼痕。向人曰："母有万分一，我誓不复生！"夏少瘳，始解颜为欢。夏闻之流涕，曰："我四十无子，但复生一女如纫针者足矣。"夏自少不育，逾岁忽举一男，人以为行善之报。居二年，女益长。虞与王谋，不能坚守旧盟。王曰："女在君家，婚姻惟君所命。"女十七，慧美无双。此言一出，问名者趾错于门，夫妻为之拣对。富室黄某亦遣媒来。虞恶其富而不仁，力却之。为择于冯氏。冯，邑名士，子亦慧而能文。将告于王；王出负贩未归，遂径诺之。黄以不得于虞，亦托作贾，迹王所在，设馔相邀，更复助以资本，渐渍习洽，因自道其子慧以自媒。王感其情，又仰其富，遂与订盟。既归，诣虞，则虞已受冯氏婚书。闻王言，颇不悦，以情告女。女怫然曰："债主吾仇也！以我事仇，但有一死！"王无言，托人告黄以冯氏之盟。黄怒曰："女姓王，不姓虞。我约在先，彼约在后，何得背盟！"遂投状邑宰，宰意以先约判归黄。冯曰："王某以女付虞，固言婚嫁不复预闻，且某有定婚书，彼不过杯酒之谈耳。"宰不能坚，将惟女愿是从。黄退，以金赂邑宰，求其左袒，以此月余不决。一日，有孝廉赴都，道过东昌，使人问王心斋。适问于虞，虞转诘之，盖孝廉傅姓，即阿卯也。入闽籍，年十八已乡捷矣。犹以前约未婚，母嘱便道访王，问其女已嫁否也。虞大喜，邀傅至家，历述所遭。然婿来千里，患无质实。傅于箧中出王当日允婚书。虞招王至，验之而真，乃共喜。是日当集覆审，傅投刺谒邑宰，其案始消。涓吉约期乃去。礼闱后，还东昌，居其旧第，行亲迎礼。而捷报又自闽中还，盖傅又捷南宫矣。复入都观政而返。女不乐南渡，傅亦以桑梓地，往迁父柩，载母俱归。后数年，虞卒，子才七八岁，女抚之过于其弟。使读书，入邑庠，家称素封，皆傅力也。

异史氏曰："神龙中亦有游侠耶？獐恶彰善，生死皆以雷霆，此'钱塘破阵舞'也。轰轰屡击，皆为一人，焉知纫针非龙女谪降者耶？"

桓侯

荆州彭好士，自他饮归。下马溲便，马龁草路旁。有细草一丛，蒙茸可爱，初放黄花，艳光夺目，马食已过半矣。彭拔其余茎，嗅之有异香，因内诸怀。超乘复行，马骜驶绝驰，颇觉快意，竟不计算归途，纵马所之。忽见西阳近山，始将旋辔。但见乱山丛沓，并不知其何所。一青衣人来，见马方喷嘶，代为捉衔，曰："天已近暮，吾家主人便请宿止。"彭问："此系何地?"曰："阆中也。"彭大骇，盖半日已千余里矣。因问："主人伊谁?"曰："到自知之。"又问所在，曰："咫尺耳。"遂代鞚疾行，人马若飞。过一山头，见半山中屋宇重叠，杂以屏幔，遥睹衣冠一簇，若有所俟。彭至下马，相向拱敬。俄，主人出，气象刚猛，巾服都异人世。拱手向客，曰："今日客，莫远于彭君。"因揖彭，请先行。彭谦谢，不肯遽先。主人捉臂行之。彭觉捉处如被械梏，痛欲折，不敢复争，遂行。下此者，犹相推让，主人或推之，或挽之，客皆呻吟倾跌，似不能堪，一依主命而行。登堂，则陈设炫丽，两客一筵。彭暗问接座者："主人何人?"答云："此张桓侯也。"彭愕然，不敢复咳，合座寂然。酒既行，桓侯曰："岁岁叨扰亲宾！聊设薄酌，尽此区区之意。值远宾辱临，亦属幸遇。仆窃妄有干求，如少存爱恋，即亦不强。"彭起问："何物?"曰："尊乘已有仙骨，非尘世所能驱策。欲市马相易，如何?"彭曰："敬以奉献，不敢易也。"桓侯曰："当报以良马，且将赐以万金。"彭离席伏谢，桓侯命人曳起之。俄倾，酒馔纷纶。日落，命烛。众起辞，彭亦告别。桓侯曰："君远来焉归?"彭顾同席者曰："已求此公作居停主人矣。"桓侯乃遍以巨觞酌客，谓彭曰："所怀香草，鲜者可以成仙，枯者可以点金；草七茎，得金一万。"即命僮出方授彭，彭又拜谢。桓侯曰："明日造市，请于马群中任意择其良者，不必与之论价，吾自给之。"又告众曰："远客归家，可少助以资斧。"众唯唯。觞尽，谢别而出。途中始诘姓字，同座者为刘子翚。同行二三里，越岭即睹村舍。众客陪彭并至刘所，始述其异。先是，村中岁岁赛社于桓侯之庙，斩牲优戏，以为成规，刘其首善者也。三日前，赛社方毕，是午，各家皆有一人邀请过山。问之，言殊恍惚，但敦促甚急。过山见亭舍，相共骇疑。将至门，使者始实告之；众亦不敢却退。使者曰："姑集此，邀一远客，行至矣。"盖即彭也。众述之惊怪。其中被把握者皆患臂痛,解衣烛之,肤肉青黑。彭自视亦然。众散,刘即襆被共寝。既明,村中争延客;又伴彭入市相马。相数十匹,苦无佳者;彭亦拚苟就之。又入市,见一马,骨相似佳;骑试之,神骏无比。径骑入村,以待鬻者;再往寻之,其人已去。遂别村人欲归。村人各馈金资,遂归。马一日约五百里。抵家,述所自来,人不之信。囊中出蜀物,始共怪之。香草久枯,恰得七茎,遵方点化,家以暴富。遂敬诣故处,独祀桓侯之祠,优戏三日而返。

异史氏曰:"观桓侯燕宾,而后信武夷幔亭非诞也。然主人肃客,遂使蒙爱者几欲折肱,则当年之勇力可想。"

吴木欣言:"有李生者,唇不掩其门齿,露于外者盈指。一日,于某所宴集,二客逊上下,其争甚苦。一力挽使前,一力却向后。力猛肘脱,李适立其后,肘过触喙,双齿并堕,血下如泉。众愕然,其争乃息。"此与桓侯之握臂折肱,同一笑也。

粉　蝶

阳曰旦,琼州士人也。偶自他郡归,泛舟于海,遭飓风,舟将覆,忽飘一虚舟来,急跃登之。回视,则同舟尽没。风愈狂,瞑然任其所吹。亡何,风定。开眸,忽见岛屿,舍宇连亘。把棹近岸,直抵村门。村中寂然,行坐良久,鸡犬无声。见一门北向,松竹掩映。时已初冬,墙内不知何花,蓓蕾满树。心爱悦之,逡巡而入。遥闻琴声,步少停。有婢自内出,年十四五以来,飘洒艳丽。睹阳,返身遽入。俄闻琴声歇,一少年出,讶问客所自来,阳具告之。转诘邦族,阳又告之。少年喜曰:"我姻亲也。"遂揖请入院。院中精舍华好,又闻琴声。既入舍,则一少妇危坐,朱弦方调,年可十八九,风采焕映。见客入,推琴欲逝。少年止之曰:"勿遁,此正卿家瓜葛。"因代溯所由。少妇曰:"是吾侄也。"因问其祖母尚健否,父母年几何矣。阳曰:"父母四十余,都各无恙;惟祖母六旬,得疾沉痼,一步履须人耳。侄实不省姑系何房，望祈明告，以便归述。”少妇曰：“道途辽阔，音问梗塞久矣。归时但告而父：‘十姑问讯矣。’渠自知之。”阳问：“姑丈何族？”少年曰：“海屿姓晏。此名神仙岛，离琼三千里，仆流寓亦不久也。”十娘趋入，使婢以酒食饷客，鲜蔬香美，亦不知其何名。饭已，引与瞻眺，见园中桃杏含苞，颇以为怪。晏曰：“此处夏无大暑，冬无大寒，花无断时。”阳喜曰：“此乃仙乡。归告父母，可以移家作邻。”晏但微笑。还斋秉烛，见琴横案上，请一聆其雅操。晏乃抚弦捻柱。十娘自内出，晏曰：“来，来！卿为若侄鼓之。”十娘即坐，问：“侄愿何闻？”阳曰：“侄素不谙琴操，实无所愿。”十娘曰：“但随意命题，皆可成调。”阳笑曰：“海风引舟，亦可作一调否？”十娘曰：“可。”即按弦挑动，如有旧谱，意调崩腾；静会之，如身仍在舟中，为飓风摆簸状。阳惊叹欲绝，问：“可学否？”十娘授琴，试使勾拨，曰：“可教也。欲何学？”曰：“适所奏《飓风操》，不知可得几日学？请先录其曲，吟诵之。”十娘曰：“此无文字，我以意谱之耳。”乃别取一琴，作勾剔之势，使阳效之。阳习至更余，音节粗合，夫妻始别去。阳目注心凝，对烛自鼓；久之，顿得妙悟，不觉起舞。举首忽见婢立灯下，惊曰：“卿固犹未去耶？”婢笑曰：“十姑命待安寝，掩户移檠耳。”审顾之，秋水澄澄，意态媚人。阳心动，微挑之，婢俯首含笑。阳益惑之，遽起揽颈。婢曰：“勿尔！夜已四漏，主人将起。彼此有心，来宵未晚。”方狎抱间，闻晏唤“粉蝶”。婢作色曰：“殆矣！”急奔而去。阳潜往听之，但闻晏曰：“我固谓婢子尘缘未灭，汝必欲收录之。今何如矣？宜鞭三百！”十娘曰：“此心一萌，不可给使，不如为吾侄遣之。”阳甚惭惧，返斋灭烛自寝。天明，有童子来侍盥沐，不复见粉蝶矣，心惴惴恐见遣逐。俄，晏与十姑并出，似无所介于怀，便考所业。阳为一鼓。十娘曰：“虽未入神，已得什九，肄熟可以臻妙。”阳复求别传。晏教以《天女谪降》之曲，指法拗折，习之三日，始能成曲。晏曰：“梗概已尽，此后但须熟耳。娴此两曲，琴中无硬调矣。”阳颇忆家，告十娘曰：“吾居此，蒙姑抚养甚乐；顾家中悬念。离家三千里,何日可能还也!”十娘曰:“此亦不难。故舟尚在,当助汝一帆风。子无家室,我已遣粉蝶矣。”乃赠以琴,又授以药,曰:“归医祖母,不惟却病,亦可延年。”遂送至海岸,俾登舟。十娘解裙作帆,曰:“但听帆漾,无须桨楫。”阳凄然,方欲拜别,而南风竞起,离岸已远矣。视舟中糗糒已具,然止足供一日之餐。腹馁不敢多食,惟恐遽尽,但啖胡饼一枚,觉表里甘芳。余六七枚,珍而存之,即亦不饥。俄见夕阳欲下,方悔来时未索膏烛。瞬息,遥见人烟;细审,则琼州也。喜极。旋已近岸,解裙裹饼而归。入门,举家惊喜,盖离家已十六年矣,始知其遇仙。视祖母老病益惫,出药投之,沉痾立除。共怪问之,因述所见。祖母泫然曰:“是汝姑也。”初,老夫人有少女,名十娘,生有仙姿,许字晏氏。婿十六岁,入山不返。十娘待至二十余,忽无疾自卒,葬已三十余年。闻旦言,共疑其未死。出其裙,则犹殉葬时所着也。饼分啖之,一枚终日不饥,而精神倍生。老夫人命发冢验视,则空棺存焉。旦初聘吴氏女未娶,旦数年不返,遂他适。共信十娘言,以俟粉蝶之至;既而年余无音,始议他图。临邑钱秀才有女名荷生,艳名远播。年十六未嫁,而三丧其婿。遂媒定之,涓吉成礼。既入门,光艳绝代。旦视之,则粉蝶也。惊问曩事,女茫乎不知,盖被逐时即降生之辰也。每为之鼓《天女谪降》之操,辄支颐凝想,若有所会。

锦瑟

沂人王生,少孤,自为族。家清贫。然风标修洁,洒然裙履少年也。富翁兰氏见而悦之,妻以女,许为起屋治产。娶未几而翁死。妻兄弟鄙不齿数。妇尤骄倨,常佣奴其夫;自享馐馔,生至,则脱粟瓢饮,折稊为匕,置其前。王悉隐忍之。年十九,往应童子科,被黜。自郡中归,妇适不在室,釜中烹羊胛熟,就啖之。妇入不语,移釜去。生大惭,抵箸地上,曰:“所遭如此,不如死!”妇恚,问死期,即授索为自经之具。生忿投羹碗，败妇顙。生含忿出，自念良不如死，遂怀带入深壑。至丛树下，方择枝系带，忽见土崖间微露裙幅；瞬息，一婢出，睹生急返，如影就灭，土壁亦无绽痕。固知妖异，然欲觅死，故无畏怖，释带坐觇之。少间，复露半面，一窥即缩去。念此鬼物，从之必有死乐。因抓石叩壁曰："地如可入，幸示一途！我非求欢，乃求死者。"久之无声。王又言之。内云："求死请姑退，可以夜来。"音声清锐，细如游蜂。生曰："诺。"遂退以待夕。居无何，星宿已繁，崖间忽成高第，静敞双扉。生拾级而入。才数武，有横流涌注，气类温泉。以手探之，热如沸汤，亦不知其深几许。疑即鬼神示以死所，遂踊身跃入。热透重衣，肤痛欲糜，幸浮不沉。泅没良久，热渐可忍，极力抓爬，始登南岸，一身幸不泡伤。行次，遥见厦屋中有灯火，趋之。有猛犬暴出，龁衣败袜。摸石以投，犬稍却。又有群犬要吠，皆大如犊。危急间，婢出叱退，曰："求死郎来耶？吾家娘子悯君厄穷，使妾送君入安乐窝，从此无灾矣。"挑灯引之。启后门，黯然行去。入一家，明烛射窗，曰："君自入，妾去矣。"生入室四瞻，盖已入己家矣。返奔而出，遇妇所役老媪，曰："终日相觅，又焉往？"反曳入室。妇帕裹伤处，下床笑逆，曰："夫妻年余，狎谑顾不识耶？我知罪矣。君受虚诮，我被实伤，怒亦可以少解。"乃于床头取巨金二铤置生怀，曰："以后衣食，一惟君命，可乎？"生不语，抛金夺门而奔，仍将入壑，以叩高第之门。既至野，则婢行缓弱，挑灯犹遥望之。王急奔且呼，灯乃止。既至，婢曰："君又来，负娘子苦心矣。"王曰："我求死，不谋与卿复求活。娘子巨家，地下亦应需人。我愿服役，实不以有生为乐。"婢曰："乐死不如苦生，君设想何左也！吾家无他务，惟淘河、粪除、饲犬、负尸；作不如程，则刵耳劓鼻、敲刖胫趾。君能之乎？"曰："能之。"又入后门，生问："诸役可也。适言负尸，何处得如许死人？"婢曰："娘子慈悲，设'给孤园'，收养九幽横死无归之鬼。鬼以千计，日有死亡，须负瘗之耳。请一过观之。"移时，见一门，署"给孤园"。入见屋宇错杂，秽臭熏人。园中鬼见烛群集，皆断头缺足，不堪入目。回首欲行，见尸横墙下；近视之，血肉狼藉。婢曰："半日未负，已被狗咋。"即使生移去之。生有难色。婢曰："君如不能，请仍归享安乐。"生不得已，负置秘处。乃求婢缓颊，幸免尸污。婢诺。行近一舍，曰："姑坐此，妾入言之。饲狗之役较轻，当代图之，庶几得当以报。"去少顷，奔出，曰："来，来！娘子出矣。"生从入。见堂上笼烛四悬，有女郎近户坐，乃二十许天人也。生伏阶下。女郎命曳起之，曰："此一儒生，乌能饲犬？可使居西堂，主簿。"生喜，伏谢。女曰："以汝朴诚，可敬乃事。如有舛错，罪责不轻也！"生唯唯。婢导至西堂，见栋壁清洁，喜甚，谢婢。始问娘子官阀。婢曰："小字锦瑟，东海薛侯女也。妾名春燕。旦夕所需，幸相闻。"婢去，旋以衣履衾褥来置床上。生喜得所。黎旦，早起视事，录鬼籍。一门仆役，尽皆参谒，馈酒送脯甚多。生引嫌，悉却之。日两餐，皆自内出。娘子察其廉谨，特赐儒巾鲜衣。凡有赍赉，皆遣春燕。婢颇风格，既熟，颇以眉目送情。生斤斤自守，不敢少致差跌，但伪作呆钝。积二年余，赏给倍于常廪，而生谨抑如故。一夜方寝，闻内第喊噪。急起，捉刀出，见炬火光天。入窥之，则群盗充庭，厮仆骇窜。一仆促与偕遁，生不肯，涂面束腰，杂盗中，呼曰："勿惊薛娘子！但当分括财物，勿使遗漏。"时群贼方搜锦瑟不得，生知未为所获，潜入第后独觅之。遇一伏妪，始知女与春燕皆越墙矣。生亦过墙，见主婢伏于暗陬。曰："此处乌可自匿？"女曰："吾不能复行矣！"生弃刀负之。奔二三里许，汗流竟体，始入深谷，释肩令坐。歘一虎来。生大骇，欲迎当之，虎已衔女。生急捉虎耳，极力伸臂入虎口，以代锦瑟。虎怒，释女，嚼生臂，脆然有声。臂断落地，虎亦径去。女泣曰："苦汝矣！苦汝矣！"生忙遽未知痛楚，但觉血溢如水，使婢裂襟裹断处。女止之，俯觅断臂，自为续之，乃裹之。东方渐白，始缓步归。登堂如墟。天既明，仆媪始渐集。女亲诣西堂，问生所苦。解裹，则臂骨已续；又出药掺其创，始去。由此益重生，使一切享用悉与己等。臂愈，女置酒内室以劳之。赐之坐，三让而后隅坐。女举爵如让宾客。久之，曰："妾身已附君体，意欲效楚王女之于臣建。但无媒，羞自荐耳。"生惶恐曰："某受恩深重，杀身不足酬。所为非分，惧遭雷殛，不敢从命。苟怜无室，赐婢已过。"一日，女长姊瑶台至，四十许佳人也。至夕，招生入，瑶台命坐，曰："我千里来为妹主婚，今夕可配君子。"生又起辞。瑶台遽命酒，使两人易盏。生固辞，瑶台夺易之。生乃伏地谢罪，受饮之。瑶台出，女曰："实告君：妾乃仙姬，以罪被谪。自愿居地下，收养冤魂，以赎帝谴。适遭天魔之劫，遂与君有附体之缘。远邀大姊来，固主婚嫁，亦使代摄家政，以便从君归耳。"生起敬曰："地下最乐！某家有悍妇，且屋宇隘陋，势不能圆容委曲以共其生。"女笑，但言："不妨。"既醉，归寝，欢恋臻至。过数日，谓生曰："冥会不可长，请君即归。干理家事毕，妾当自至。"以马授生，启扉自出，壁复合矣。生骑马入村，村人尽骇。至家门，则高庐焕映矣。先是，生去，妻召两兄至，将箠楚报之；至暮，不归，始去。或于沟中得生履，疑其已死。既而年余无耗。有陕中贾某，媒通兰氏，遂就生第与妇合。半年中，修建连亘。贾出经商，又买妾归，自此不安其室，贾亦恒数月不归。生讯得其故，怒，系马而入。见旧媪，媪惊伏地。生叱骂之，使导诣妇所，寻之已遁；既于舍后得之，已自经死。遂使人舁归兰氏。呼妾出，年十八九，风致亦佳，遂与寝处。贾托村人求反其妾，妾哀号不肯去。生乃具状，将讼其霸产占妻之罪。贾不敢复言，收肆西去。方疑锦瑟负约；一夕，正与妾饮，则车马叩门而女至矣。女但留春燕，余都遣归。入室，妾朝拜之。女曰："此有宜男相，可以代妾苦矣。"即赐以锦裳珠饰。妾拜受，立侍之；女挽坐，言笑甚欢。久之，曰："我醉欲眠。"生亦解履登床，妾始出；入房，则生卧榻上；异而返窥之，烛已灭矣。生无夜不宿妾室。一夜，妾起，潜窥女所，则生及女方共笑语。大怪之。急反告生，则床上无人矣。天明，阴告生；生亦不自知，但觉时留女所，时寄妾宿耳。生嘱隐其异。久之，婢亦私生，女若不知之。婢临蓐难产，但呼"娘子"。女入，胎即下；举之，男也。为断脐置婢怀，笑曰："婢子勿复尔！业多，则割爱难矣。"自此，婢不复产。妾出五男二女。居三十年，女时返其家，往来皆以夜。一日，携婢去，不复来。生年八十，忽携老仆夜出，亦不返。

太原狱

太原有民家，姑妇皆寡。姑中年，不能自洁，村无赖频来就之。妇不善其行，阴于门户墙垣阻拒之。姑惭，借端出妇；妇不去，颇有勃豀。姑益恚，反相诬，告诸官。官问奸夫姓名，媪曰："夜来宵去，实不知其谁何，鞫妇自知。"因讯妇。妇果知之，而以奸情归媪，苦相抵。拘无赖至，又哗辨谓："两无所私，彼姑妇不相能，故妄言相诋毁耳。"官曰："一村百人，何独诬汝？"重笞之。无赖叩乞免责，自认与妇通。械妇，妇终不承。逐去之。妇忿告宪院，仍如前，久不决。时吾邑孙进士柳下令临晋，推折狱才，遂下其案于临晋。人犯到，公略讯一过，寄监讫，便命隶人备砖石刀锥，质理听用。共疑曰："严刑自有桎梏，何将以非刑折狱耶？"不解其意，姑备之。明日升堂，问知诸具已备，命悉置堂上。乃唤犯者，又一一略鞫之。乃谓姑妇："此事亦不必甚求清析。淫妇虽未定，而奸夫则确。汝家本清门，不过一时为匪人所诱，罪全在某。堂上刀石具在，可自取击杀之。"姑妇趑趄，恐邂逅抵偿，公曰："无虑，有我在。"于是媪妇并起，掇石交投。妇衔恨已久，两手举巨石，恨不即立毙之；媪惟以小石击臀腿而已。又命用刀。妇把刃直贯胸膺，媪犹逡巡未下。公止之曰："淫妇我知之矣。"命执媪严梏之，遂得其情。无赖笞三十，其案乃结。

附记：公一日遣役催租，租户他出，妇应之。役不得贿，拘妇至。公怒曰："男子自有归时，何得扰人家室！"遂笞役，遣妇去。乃命匠多备手械，以备敲比。明日，邑中传颂公仁。欠赋者闻之，皆使妻出应，公尽拘而械之。余尝谓：孙公才非所短，然如得情，则喜而不暇哀矜矣。

新郑讼

长山石进士宗玉，为新郑宰。适有远客张某，经商于外，因病思归，不能骑步，赁禾车一辆，携资五千，两夫挽载以行。至新郑，两夫往市饮食，张守资独卧车中。有某甲过，睨之，见旁无人，夺资去。张不能御，力疾起，遥尾缀之，入一村中；又从之，入一门内，张不敢入，但自短垣窥觇之。甲释所负，回首见窥者，怒执为贼，缚见石公，因言情状。问张，张备述其冤。公以无质实，叱去之。二人下，皆以官无皂白。公置若不闻。颇忆甲久有逋赋，但遣役严追之。逾日，即以银三两投纳。石公唤问金所自来。甲答："质衣鬻物。"皆指名以实之。石公遣役令视纳税人，有与甲同村者否。适甲邻人在，便唤入。石公问："汝既为某甲近邻，金所从来当自知之。"邻答："不知。"石公曰："邻家不知，其来暧昧。"甲惧，顾邻曰："我质某物、鬻某器，汝宁不闻之乎？"邻急曰："然，固闻之矣。"石公怒曰："是必与某甲同盗，非穷治之不可！"命取梏械。邻人大惧曰："吾以邻故，不敢招怨耳。今刑及己身，何讳乎！彼实劫张某钱所市也。"遂释之。时张以丧资未归，乃责甲押偿之。石公此类甚多，亦见其实心为政也。

异史氏曰："石公为诸生时，每一艺出，得者秘以为宝。观其人，恂恂雅饬，翰苑则优，似非簿书才者。乃一行作吏，神君之名，噪于河朔。谁谓文章仅华国之具哉！故志之以风有位者。"

房文淑

开封邓成德，游学至兖州界，寓败寺中，佣为造齿籍者缮写。岁暮，僚役各归其家，邓独爨庙中。黎旦，有少妇叩门而入，艳绝，至佛前焚香，叩拜而去。次日，又如之。至夜，邓起挑灯，适有所作，女至益早。邓曰："来何早也？"女曰："明则人杂，故不如夜。太早，又恐扰君清睡。适望见灯光，知君已起，故至耳。"生戏曰："寺中无人，寄宿可免奔波。"女哂曰："寺中无人，君是鬼耶？"邓见其可狎，俟其拜毕，曳坐求欢。女曰："佛前岂可作此。身无片椽，尚作妄想！"邓固求不已。女曰："去此三十里某村，有六七童子，延师未就。君往访李前川，可以得之。托言携有家室，令别给一舍，妾便为君执炊，此长久之计也。"邓虑事发获罪。女曰："无妨。妾房氏，小字文淑，并无亲属，恒终岁寄舅家，谁知之。"邓喜。既别女，即至某村，谒见李前川，其谋果遂，约岁前即携家至。既返，早旦告女，女约候于途中。邓告别同党，借骑而去。女果待于半途，乃下骑，以辔授女，御之而行。至斋所，相得甚欢。积六七年，居然琴瑟，并无追逋逃者。女忽举一子。邓以妻不育，得之甚喜，名之"兖生"。女曰："伪配终难作真。妾将辞君而去，又生此累人物何为！"邓曰："命好，倘得余钱，拟与卿遁归乡里，何出此言？"女曰："多谢，多谢！我不能胁肩谄笑，仰大妇眉睫，为人作乳媪，呱呱者难堪也！"邓代妻明不妒，女亦不言。月余，邓解馆，谋与前川子同出经商。告女曰："我思先生设帐，必无富有之理。今学负贩，庶有归时。"女亦不答。至夜，女忽抱子起。邓问："何作？"女曰："妾欲去。"邓急起，追问之，家门未启，而女已杳。骇极，始悟其非人也。邓以迹可疑，故亦不敢告人，托之归宁而已。初，邓离家，与妻娄约，年终必返；既而数年无音，传其已死。兄以其无子，欲改醮之。娄更以三年为期，日惟块然一室，以纺绩自力。一日，既暮，往扃外户，一女子掩入，怀中绷儿，曰："自母家归，适晚。知姊独居，故求寄宿耳。"娄内之。至房中，视之，二十余丽者也。喜与共榻，因弄其儿，儿白如瓠。叹曰："未亡人遂无此物！"女曰："我正嫌其累人，即嗣为姊后，如何？"娄曰："无论娘子不忍割爱；即忍之，妾亦无乳能活之也。"女曰："此即何难。

当生儿时，患无乳，饮药半剂而效。今余药犹存，即以奉赠。”遂出一裹，置窗间。娄漫应之，未遽怪也。既寝，醒而呼之，则儿在而女已启关去矣。骇极。日向辰，儿啼饥。娄不得已，饵其药，移时湩流，遂哺儿。积年余，儿益丰肥，渐学语言，爱之不啻己出，由此再醮之志以绝。但早起抱子，不能躬操作，衣食益窘。一日，女忽至。娄恐索儿，先问其不谋而去之罪，后叙其鞠养之苦。女笑曰：“姊告诉艰难，我遂置儿不索耶？”遂招儿。儿啼入娄怀。女曰：“犊子不认母矣！此百金不能易，可将金来，署立券保。”娄以为真，颜作赧。女笑曰：“姊勿惧，妾来正为儿也。别后虑姊无豢养之资，因多方措十余金来。”乃出金授娄。娄恐其过此以往，索儿有词，坚却不受。女置床上，出门径去。娄抱子出追，其去已远，呼之亦不顾，犹疑其意恶。然得金少权子母，家以饶足。又三年，邓以贾有赢余，治装归。方共慰藉，忽睹儿，问谁氏子。妻告以故。问：“何名？”曰：“渠母呼之宽生，遂仍其旧。”邓惊曰：“此真吾子也！”问其时日，即夜别之日。邓乃历述与房文淑离合之情，益共欣慰。冀女犹至，而终渺矣。

秦　桧

青州冯中堂家，杀一豕，焊去毛鬣，肉内有字云：“秦桧七世身。”烹而啖之，其肉臭恶，因而弃之，投诸犬。呜呼！桧之肉，犬亦当不食之矣！

闻益都人言：中堂之祖，前身在宋朝为桧所害，故生平最敬武穆王。特于青州城北通衢旁建岳王殿，秦桧、万俟卨伏跪地下。往来行人瞻礼岳王，则投石桧、卨，香火不绝。后大兵征于七之年，冯氏子孙毁岳王像。数里外有俗祠“子孙娘娘”，因舁桧、卨其中，使朝跪焉。百世下，必有杜十姨、伍髭须之误，甚可笑也。

又青州城内，旧有澹台子羽祠。当魏珰烜赫时，世家中有媚之者，就子羽毁冠去须，改作魏监。此亦骇人听闻者也。

浙东生

浙东生房某，客于陕，贫不能归，教授生徒。尝以胆力自诩。一夜，裸卧，忽有毛物从空堕下，击胸有声；觉大如犬，气咻咻然，四足挠动。大惧，欲起；物以两足扑倒之，恐极而毙。经一时许，觉有人以尖物穿鼻，大嚏，乃苏。见室中灯火荧煌，床边坐一美人，笑曰："好男子！胆气固如此耶?"生知为狐，益惧。女渐与狎戏，胆始放，遂共款昵。积半年，如琴瑟之好。女一日卧床头，生潜以猎网蒙之。女醒，不敢动，但哀之。生但笑不前。女忽化白气自床下出，恚曰："终非好相识！可送我去。"以手曳之，身不觉自行。出门，凌空翕飞。食顷，女释手，生晕然坠落。适世家园中有虎阱，揉木为圈，绳作网，以覆其口。生坠网上，网为之侧；以腹受网，身半倒悬。下视，虎蹲阱中，仰见卧人，跃上，近不盈尺，心胆俱碎。园丁来饲虎，见而怪之。扶上，已死；移时，始渐苏，备言其故。其地为浙界，离家已四百余里矣。告之主人，赠以资而遣之。尝告人曰："虽经两死，然非狐不能归也。"

博兴女

博兴民王某，有女及笄。势豪某窥其姿，伺女出，掠去，无知者。至家，逼与淫，女号嘶撑拒，某缢杀之。门外故有深渊，遂以石系尸，沉诸其中。王觅女不得，计无所施。天忽雨，雷电绕其家，霹雳大作，龙下攫其首而去。未几，天晴，渊中女尸浮出，一手捉人头，审视，则豪某也。官知，鞫其家人，始得其情。龙其女之所化与？何以能然也？奇哉！

一员官

济南同知吴公,刚正不徇。时有陋规,凡贪墨者,亏空犯赃罪,上官辄庇之,以赃分摊属僚,无敢梗者。以命公,不受;强之不得,怒加叱骂。公亦恶声还报之,曰:"某官虽微,亦受君命。可以参处,不可以骂詈也!要死便死,不能损朝廷之禄,代人上枉法赃耳!"上官乃改颜温慰之。人皆言斯世不可以行直道;人自无直道耳,何反咎斯世之不可行哉!会高苑有穆清怀者,狐附之,辄慷慨与人谈论,音响在座上,但不睹其人。适至郡,宾客谈次,或诘之曰:"仙固无不知,请问郡中官共几员?"应声答曰:"一员。"共笑之。复诘其故,曰:"通郡官僚虽七十有二,其实可称为官者,吴同知一人而已。"是时泰安知州张公者,人以其木强,号之"橛子"。凡贵官大僚登岱者,夫马兜舆之类,需索烦多,州民苦于供亿。公一切罢之。或索羊豕,公曰:"我即一羊也,一豕也,请杀之以犒驺从。"大僚亦无奈何。公自远宦,别妻子者十二年。初莅泰安,夫人及公子自都中来省之,相见甚欢。逾六七日,夫人从容曰:"君尘甑犹昔,何老悖不念子孙耶?"公怒,大骂,呼杖,逼夫人伏受。公子覆母,自号泣,乞代。公横施挞楚,乃已。夫人即偕公子命驾,妇矢曰:"渠即死于是,吾亦不复来矣!"逾年,公果卒。此不可谓非今之强项令也。然以久离之琴瑟,何至以一言而燥怒至此,不情矣哉!而威严能行于床笫,事更奇于鬼神矣。

龙戏蛛

徐公为齐东令。署中有楼,用藏肴饵,往往被物窃食,狼藉于地。家人数受谯责,因伏伺之。见一蜘蛛,大如斗。骇走白公。公以为异,日遣婢辈投饵焉。蛛益驯,饥辄出依人,饱而后去。积年余，公偶阅案牍，蛛忽来伏几下。疑其饥，方呼家人取饵；旋见两蛇夹蛛卧，细才如箸，蛛爪蜷腹缩，若不胜惧。转瞬间，蛇暴长，粗于卵。大骇，欲走。巨霆大作，合家震毙。移时，公苏；夫人及婢仆击死者七人。公病月余，寻卒。公为人廉正爱民，柩发之日，民敛钱以送，哭声满野。

异史氏曰："龙戏蛛，每意是里巷之讹言耳，乃真有之乎？闻雷霆之击，必于凶人。奈何以循良之吏，罹此惨毒？天公之愦愦，不已多乎！"

阎罗筵

静海邵生者，家贫。值母初度，备牲酒祀于庭；拜已而起，则案上肴馔皆空。甚骇，以情告母，母疑其匮乏不能为寿，故诡言之。邵默然无以自白。无何，学使案临，苦无资斧，薄贷而往。途遇一人，伏候道左，邀请甚殷。从去，见殿阁楼台，弥亘街路。既入，一王者坐殿上，邵伏拜。王者霁颜命坐，即赐宴饮，因曰："前过华居，厮仆辈道路饥渴，有叨盛馔。"邵愕然不解。王者曰："我忤官王也。不记尊堂设帨之辰乎？"宴终，出白镪一裹，曰："豚蹄之扰，聊以相报。"受之而出，则宫殿人物，一时都渺；惟有大树数章，萧然道侧。视所赠，则真金，秤之得五两。考终，止耗其半，犹怀归以奉母云。

放蝶火驴

长山王进士𡼏生，为令时，每听讼，按律之轻重，罚令纳蝶自赎；堂上千百齐放，如风飘碎锦，王乃拍案大笑。一夜，梦一女子，衣裳华好，从容而入，曰："遭君虐政，姊妹多物故。当使君先受风流之小谴耳。"言已，化为蝶，回翔而去。明日，方独酌署中，忽报直指使至，皇遽而出，闺中戏以素花簪冠上，忘除之。直指见之，以为不恭，大受诟骂而返。由是罚蝶之令遂止。

青城于重寅,性放诞。为司理时,元夕以火花爆竹缚驴上,首尾并满,牵登太守之门,击柝而请,自白:“某献火驴,幸出一览。”时太守有爱子患痘,心绪方恶,辞之。于固请之。太守不得已,使阍人启钥。门甫辟,于命火发机,推驴入。爆震驴惊,踶趹狂奔;又飞火射人,人莫敢近。驴串堂入室,破瓯毁甑,火触成尘,窗纱都烬。家人大哗。痘儿惊陷,终夜而死。太守痛恨,将揭劾之。于浼诸司道,登堂负荆,乃已。

鬼　妻

太山聂鹏云,与妻某,鱼水甚谐。妻遘疫卒。聂坐卧悲思,忽忽若失。一夕独坐,妻忽推扉入。聂惊问:“何来?”答云:“妾已鬼矣。感君悼念,哀白地下主者,聊与君作幽会。”聂喜,携就床寝,一切无异于常。从此星离月会,积有年余,聂亦不复言娶。伯叔兄弟惧堕宗主,私劝聂鸾续;聂从之,聘于良家。然恐妻不乐,秘之。未几,吉期逼迩。鬼知其情,责之曰:“我以君义,故冒幽冥之谴。今乃要盟不卒,钟情者固如是乎?”聂述宗党之意,鬼终不悦,谢绝而去。聂虽怜之,而计亦得也。迨合卺之夕,夫妇俱寝,鬼忽至,就床上挞新妇,大骂:“何得占我床寝!”新妇起,力与撑拒。聂惕然赤蹲,并无敢左右袒。无何,鸡鸣,鬼乃去。新妇疑聂妻未死,谓其赚己,投环欲自缢。聂为之缅述,新妇始知为鬼。日夕复来,新妇惧避之。鬼亦不与聂寝,但以指掐肤肉,已乃对烛怒相视,默默不作一语。如是数夕,聂患之。近村有良于术者,削桃为杙,钉墓四隅,其怪始绝。

三朝元老

某中堂者,故明相也。曾降流寇,士论非之。老归林下,享堂落成，数人直宿其中。天明，见堂上一扁云："三朝元老。"一联云："一二三四五六七，孝弟忠信礼义廉。"不知何时所悬。怪之，不解其义。或测之云："首句隐忘八，次句隐无耻也。"似之。

洪经略南征，凯旋，至金陵，醮荐阵亡将士。有旧门人谒见，拜已，即呈文艺。洪久厌文事，辞以昏眊，其人云："但烦坐听，容某诵达上闻。"遂探袖出文，抗声朗读，乃故明思宗御制祭洪辽阳死难文也。读毕，大哭而去。

梦　狼

白翁，直隶人。长子甲，筮仕南服，二年，道远苦无耗。适有瓜葛丁姓造谒，翁以其久不至，款之。丁素走无常。谈次，翁辄问以冥事，丁对语涉幻；翁不深信，但微哂之。既别，后数日，翁方卧，见丁复来，邀与同游。从之去，入一城阙。移时，丁指一门曰："此间君家甥也。"时翁有姊子为晋令，讶曰："乌在此？"丁曰："倘不为信，入便知之。"翁入，果见甥，蝉冠豸绣坐堂上，戟幢行列，无人可通。丁曳之出曰："公子衙署，去此不远，得毋亦愿见之否？"翁诺。少间，至一第，丁曰："入之。"窥其门，见一巨狼当道，大惧，不敢进。丁又曰："入之。"又入一门，见堂上、堂下，坐者、卧者，皆狼也。又视墀中，白骨如山，益惧。丁乃以身翼翁而进。公子甲方自内出，见父及丁良喜。少坐，唤侍者治肴蔌。忽一巨狼，衔死人入。翁战惕而起曰："此胡为者？"甲曰："聊充庖厨。"翁急止之。心怔忡不宁，辞欲出，而群狼阻道。进退方无所主，忽见诸狼纷然嗥避，或窜床下，或伏几底。错愕不解其故。俄有两金甲猛士努目入，出黑索索甲。甲扑地化为虎，牙齿巉巉。一人出利剑，欲枭其首。一人曰："且勿，且勿，此明年四月间事，不如姑敲齿去。"乃出巨锤锤齿，齿零落堕地。虎大吼，声震山谷。翁大惧，忽醒，乃知其梦。心异之，遣人招丁，丁辞不至。翁乃志其梦，使次子诣甲，函戒哀切。既至，见兄门齿尽豁；骇而问之，则醉中坠马所折。考其时，则父梦之日也。益骇。出父书，甲读之变色。为间曰：“此幻梦之适符耳，何足怪！”时方赂当路者，得首荐，故不以妖梦为异。弟居数日，见其蠹役满堂，纳贿关说者中夜不绝，流涕谏止之。甲曰：“弟居衡茅，故不知仕途之关窍耳。黜陟之权在上台，不在百姓。上台喜，便是好官；爱百姓，何术复令上台喜也？”弟知不可劝止，遂归，悉以告翁。翁闻之大哭。无可如何，惟捐家济贫，日祷于神，但求逆子之报，不累妻孥。次年，报甲以荐举作吏部，贺者盈门；翁惟欷歔，伏枕托疾，不见一客。未几，闻子归途遇寇，主仆殒命。翁乃起，谓人曰：“鬼神之怒，止及其身，佑我家者不可谓不厚也。”因焚香而报谢之。慰藉翁者，咸以为道路之讹，而翁殊深信不疑，刻日为之营兆，而甲固未死。先是，四月间，甲解任，甫离境即遇寇，甲倾装以献之。诸寇曰：“我等之来，为一邑之民泄冤愤耳，宁专为此哉！”遂决其首。又问家人：“有司大成者谁是？”司故甲腹心，助桀为虐者。家人共指之，贼亦决之。更有蠹役四人，甲聚敛臣也，将携入都。并搜决讫，始分资入囊，骛驰而去。甲魂伏道旁，见一宰官过，问：“杀者何人？”前驱者报曰：“某县白知县也。”宰官曰：“此白某之子，不宜使老后见此凶惨，宜续其头。”即有一人掇头置腔上，曰：“邪人不宜使正，以肩承颔可也。”遂去。移时复苏。妻子往收其尸，见有余息，载之以行；从容灌之，亦受饮。但寄旅邸，贫不能归。半年许，翁始得确耗，遣次子致之而归。甲虽复生，而目能自顾其背，不复齿人数矣。翁姊子有政声，是年行取为御史，悉符所梦。

异史氏曰：“窃叹天下之官虎而吏狼者，比比也。即官不为虎，而吏且将为狼，况有猛于虎者耶！夫人患不能自顾其后耳；苏而使之自顾，鬼神之教微矣哉！”

人　妖

马生万宝者，东昌人，疏狂不羁。妻田氏，亦放诞风流，伉俪甚敦。有女子来，寄居邻人某媪家，言为翁姑所虐，暂出亡。其缝纫绝巧，便为媪操作。媪喜而留之。逾数日，自言能于宵分按摩，愈女子瘵蛊。媪常至生家，游扬其术，田亦未尝着意。生一日于墙隙窥见女，年十八九已来，颇风格，心窃好之。私与妻谋，托疾以招之。媪先来，就榻抚问已，言："蒙娘子招，便将来。但渠畏见男子，请勿以郎君入。"妻曰："家中无广舍，渠侬时复出入，可复奈何？"已又沉思曰："晚间西村阿舅家招渠饮，即嘱令勿归，亦大易。"媪诺而去。妻与生用拔赵帜易汉帜计，笑而行之。日曛黑，媪引女子至，曰："郎君晚回家否？"田曰："不回矣。"女子喜曰："如此方好。"数语，媪别去。田便燃烛展衾，让女先上床，己亦脱衣隐烛。忽曰："几忘却，厨舍门未关，防狗子偷吃也。"便下床，启门易生。生窸窣入，上床与女共枕卧。女颤声曰："我为娘子医清恙也。"间以昵词，生不语。女即抚生腹，渐至脐下，停手不摩，遽探其私，触腕崩腾。女惊怖之状，不啻误捉蛇蝎，急起欲遁。生沮之。以手入其股际，则擂垂盈掬，亦伟器也。大骇，呼火。生妻谓事决裂，急燃灯至，欲为调停。则见女赤身投地乞命。妻羞惧，趋出。生诘之，云是谷城人王二喜。以兄大喜为桑冲门人，因得转传其术。又问："玷几人矣？"曰："身出行道不久，只得十六人耳。"生以其行可诛，思欲告郡；而怜其美，遂反接而宫之。血溢殒绝，食顷复苏。卧之榻，覆之衾，而嘱曰："我以药医汝，创痏平，从我终焉可也。不然，事发不赦！"王诺之。明日，媪来，生绐之曰："伊是我表侄女王二姐也。以天阉为夫家所逐，夜为我家言其由，始知之。忽小不康，将为市药饵，兼请诸其家，留与荆人作伴。"媪入室视王，见其面色败如尘土，即榻问之。曰："隐所暴肿，恐是恶疽。"媪信之去。生饵以汤，糁以散，日就平复。夜辄引与狎处；早起，则为田提汲补缀，洒扫执炊，如媵婢然。居无何，桑冲伏诛，同恶者七人并弃市；惟二喜漏网，檄各属严缉。村人窃共疑之；集村媪隔裳而探其隐，群疑乃释。王自是德生，遂从马以终焉。后卒，即葬府西马氏墓侧，令依稀在焉。

异史氏曰："马万宝可云善于用人者矣。儿童喜蟹可把玩，而又畏其钳，因断其钳而畜之。呜呼！苟得此意，以治天下可也。"

五羖大夫

河津畅体元，字汝玉。为诸生时，梦人呼为"五羖大夫"，喜为佳兆。及遇流寇之乱，尽剥其衣，闭置空室。时冬月寒甚，暗中摸索，得数皮护体，仅不至死。质明视之，恰符五数，哑然自笑神之戏已也。后以明经授雒南知县。

夜　明

有贾客泛于南海。三更时，舟中大亮似晓。起视，见一巨物，半身出水上，俨若山岳；目如两日初升，光明四射，大地皆明。骇问舟人，并无知者。共伏睹之。移时，渐缩入水，乃复晦。后至闽中，俱言某夜明而复昏，相传为异。计其时，则舟中见怪之夜也。

聊斋志异题后

姑妄言之妄听之,豆棚瓜架雨如丝。料应厌作人间语,爱听秋坟鬼唱诗。

新城王士正阮亭甫题

冥搜镇日一编中,多少幽魂绕梦通。五夜燃犀探秘录,十年纵博借神丛。董狐岂独人伦鉴,干宝真传造化工。常笑阮家无鬼论,愁云飒飒起悲风。

卢家冥会自依稀,金碗千年有是非。莫向酉阳称杂俎,还从禹穴问灵威。临风木叶山魈下,研露空庭独鹤飞。君自闲人堪说鬼,季龙鸥鸟自相依。

搦管萧萧冷月斜,漆灯射影走金蛇。琅环洞里传千载,嵩岳云中迸九华。但使后庭歌玉树,毋劳前席问长沙。庄周漫说徐无鬼,惠子书成已满车。

淄川张笃庆历友甫题

冥搜研北隐墙东,腹笥言泉试不穷。秋树根旁一披读,灯昏风急雨濛濛。

香茅结就新亭小,睡觉桐阴一欠伸。君试妄言余妄听,不妨狐窟号诗人。

捃摭成编载一车,诙谐玩世意何如。山精野鬼纷纷是,不见先生志异书。

济南朱缃子青甫题

结情撰景假耶真,尽足消磨魂磊身。斟酌删除空理障,商量摘取觉红尘。濡毫几案生风雨,落纸烟霞动鬼神。果是高人有深致,一回展卷一惊人。

钱塘包爊藜照氏题

牛鬼蛇神在眼前，非关太乙喜谈玄。无边棒喝何从会，细雨阴风欲暮天。

金坛王乔仙令氏题

补遗

杨千总

毕民部公即家起备兵洮、岷时，有千总杨化麟来迎。冠盖在途，偶见一人遗便路侧。杨关弓欲射之，公急呵止。杨曰："此奴无礼，合小怖之。"乃遥呼曰："遗屙者！奉赠一股会稽藤簪绾髻子。"即飞矢去，正中其髻。其人急奔，便液污地。

瓜　异

康熙二十六年六月，邑西村民圃中，黄瓜上复生蔓，结西瓜一枚，大如碗。

产　龙

壬戌间，邑邢村李氏妇，良人死，有遗腹，忽胀如瓮，忽束如握。临蓐，一昼夜不能产。视之，见龙首，一见辄缩去。家人大惧，不敢近。有王媪者，焚香禹步，且捺且咒。未几，胞堕，不复见龙；惟数鳞，皆大如盏。继下一女，肉莹沏如晶，脏腑可数。

龙无目

沂水大雨，忽堕一龙，双睛俱无，奄有余息。邑令公以八十席覆之，未能周身。又为设野祭。犹反复以尾击地，其声堛然。

龙取水

俗传龙取江河之水以为雨，此疑似之说耳。徐东痴南游，泊舟江岸，见一苍龙自云中垂下，以尾搅江水，波浪涌起，随龙身而上。遥望水光睒烁，阔于三匹练。移时，龙尾收去，水亦顿息。俄而大雨倾注，渠道皆平。

螳螂捕蛇

张姓者，偶行溪谷，闻崖上有声甚厉。寻途登觇，见巨蛇围如碗，摆扑丛树中，以尾击柳，柳枝崩折。反侧倾跌之状，似有物捉制之。然审视殊无所见，大疑。渐近临之，则一螳螂据顶上，以刺刀攫其首，攧不可去。久之，蛇竟死。视颈上革肉，已破裂云。

馎饦媪

韩生居别墅半载，腊尽始返。一夜，妻方卧，闻人行声；视之，炉中煤火炽耀甚明。见一媪，可八九十岁，鸡皮橐背，衰发可数。向女曰："食馎饦否？"女惧，不敢应。媪遂以铁箸拨火，加釜其上，又注以水。俄闻汤沸。媪撩襟启腰橐，出馎饦数十枚，投汤中，历历有声。自言曰："待寻箸来。"遂出门去。女乘媪去，急起捉釜倾箦后，蒙被而卧。少刻，媪至，逼问釜汤所在。女大惧而号，家人尽醒，媪始去。启箦照视，则土鳖虫数十，堆累其中。

缢 鬼

范生者，宿于逆旅。食后，烛而假寐。忽一婢来，襆衣置椅上；

又有镜奁揥箧，一一列案头，乃去。俄，一少妇自房中出，发箧开奁，对镜栉掠；已而髻，已而簪，顾影徘徊甚久。前婢来，进匜沃盥。盥已捧帨，既，持沐汤去。妇解幞出裙帔，炫然新制，就着之；掩衿提领，结束周至。范不语，中心疑怪，谓必奔妇，将严装以就客也。妇妆讫，出长带，垂诸梁而结焉。讶之。妇从容跂双弯，引颈受缢。才一着带，目即含，眉即竖，舌出吻两寸许，颜色惨变如鬼。大骇奔出，呼告主人，验之已渺。主人曰："曩子妇经于是，毋乃此乎？"吁！异哉！既死犹作其状，此何说也？

异史氏曰："冤之极而至于自尽，苦矣！然前为人而不知，后为鬼而不觉，所最难堪者，束装结带时耳。故死后顿忘其他，而独于此际此境，犹历历一作，是其所极不忘者也。"

阎　罗

沂州徐公星，自言夜作阎罗王。州有马生亦然。徐公闻之，访诸其家，问马："昨夕冥中处分何事？"马言，"无他事，但送左萝石升天。天上堕莲花，朵大如屋"云。

商　妇

天津商人某，将贾远方，从富人贷资数百，为偷儿所窥。及夕，预匿室中以俟其归。而商以是日良，负资竟发。偷儿伏久，但闻商人妇转侧床上，似不成眠。既而壁上一小门开，一室尽亮。门内有女子出，容齿少好，手引长带一条，近榻授妇，妇以手却之。女固授之。妇乃受带，起悬梁上，引颈自缢。女遂去，壁扉亦阖。偷儿大惊，拔关遁去。既明，家人见妇死，质诸官。官拘邻人而锻炼之，诬服成狱，不日就决。偷儿愤其冤，自首于堂，告以是夜所见。鞫之，情真，邻人遂免。问其里人，言宅之故主曾有少妇经死，年齿容貌与盗言悉符，固知是其鬼也。俗传暴死者必求代替，其然欤？

男生子

福建总兵杨辅，有娈童腹震动，十月既满，梦神人剖其两胁去之。及醒，两男夹左右啼。起视胁下，剖痕俨然。儿名之天舍、地舍云。

异史氏曰："按此吴藩未叛前事也。吴既叛，闽抚蔡公疑杨，欲图之，而恐其为乱，以他故召之。杨妻夙智勇，疑之，沮杨行，杨不听。妻涕而送之，归则传齐诸将，披坚执锐，以待消息。少间，闻夫被诛，遂反攻蔡。蔡仓皇不知所为。幸标卒固守，不克乃去。去既远，蔡始戎装突出，率众大噪。人传为笑焉。后数年，盗乃就抚。未几，蔡暴亡。临卒，见杨操兵入，左右亦皆见之。呜呼！其鬼虽雄，而头不可复续矣。生子之妖，其兆于此耶！"

黄将军

黄靖南得功微时，与二孝廉赴都，途遇响寇。孝廉惧，长跪献资。黄怒甚，手无寸铁，即以两手握骡足，举而投之。寇不及防，马倒人堕。黄拳之臂断，搜橐而归孝廉。孝廉服其勇，资劝从军。后屡建奇勋，遂腰蟒玉。

晋人某有勇力，生平不屑格拒之术，而搏技家当之尽靡。过中州，有少林弟子受其辱，忿告其师。群谋设席相邀，将以困之。既至，先陈茗果，胡桃连壳，坚不可食。某取就案边，伸食指敲之，应手而碎。寺众大骇，优礼而散。

藏　虱

乡人某者，偶坐树下，扪得一虱，片纸裹之，塞树孔中而去。后二三年，复经其处，忽忆之，视孔中，纸裹宛然。发而验之，虱薄如麸。置掌中审顾之。少顷，觉掌中奇痒，而虱腹渐盈矣。置之而归。痒处核起，肿数日，死焉。

蚰　蜒

学使朱矞三家，门限下有蚰蜒，长数尺，每遇风雨即出，盘旋地上如白练。按蚰蜒形若蜈蚣，昼不能见，夜则出，闻腥辄集。或云：蜈蚣无目而多贪也。

牛　犊

楚中一农人赴市归，暂休于途。有术人后至，止与倾谈。忽瞻农人曰："子气色不祥，三日内当退财，受官刑。"农人曰："某官税已完，生平不解争斗，刑何从至？"术人曰："仆亦不知。但气色如此，不可不慎之也。"农人颇不深信，拱别而归。次日，牧犊于野，有驿马过，犊望见，误以为虎，直前触之，马毙。役报农人至官，官薄惩之，使偿其马。盖水牛见虎必斗，故贩牛者露宿，辄以牛自卫；遥见马过，急驱避之，恐其误也。

李檀斯

长山李檀斯，国学生也。其村中有媪走无常，谓人曰："今夜，与一人舁檀老投生淄川柏家庄一新门中，身躯重赘，几被压死。"时李方与客欢饮,悉以媪言为妄。至夜,无疾而卒。天明,如所言往问之,则其家夜生女矣。

僧孽异史氏曰

异史氏曰:“鬼狱渺茫,恶人每以自解,而不知昭昭之祸,即冥冥之罚也。可勿惧哉?”

潞令异史氏曰

异史氏曰:“潞子故区,其人魂魄毅,故其为鬼雄。今有一官握篆于上,必有一二鄙流风承而痔舐之。其方盛也,则竭攫未尽之膏脂,为之具锦屏;其将败也,则驱诛未尽之肢体,为之乞保留。官无贪廉,每莅一任,必有此两事。赫赫者一日未去,则蚩蚩者不敢不从。积习相传,沿为成规,其亦取笑于潞城之鬼也已!”

梦狼附则

邹平李进士匡九,居官颇廉明。常有富民为人罗织,门役吓之曰:“官索汝二百金,宜速办;不然,败矣!”富民惧,诺备半数,役摇手不可。富民苦哀之,役曰:“我无不极力,但恐不允耳。待听鞫时,汝目睹我为若白之。其允与否,亦可明我意之无他也。”少间,公按是事。役知李戒烟,近问:“饮烟否?”李摇其首。役即趋下曰:“适言其数,官摇首不许,汝见之耶?”富民信之,惧,许如数。役知李嗜茶,近问:“饮茶否?”李颔之。役托烹茶,趋下曰:“谐矣。适首肯,汝见之耶?”既而审结,富民某获免,役即收其苞苴,且索谢金。呜呼!官自以为廉,而骂其贪者载道焉。此又纵狼而不自知者矣。世之如此类者更多,可为居官者备一鉴也。

张贡士附则

高西园云："向读渔洋先生《池北偶谈》，见有记心头小人者，为安丘张某事。余素善安丘张卯君，意必其宗属也。一日，晤间问及，始知即卯君事。询其本末，云：当病起时，所记昆山曲者，无一字遗，皆手录成册。后其嫂夫人以为不祥语，焚弃之。每从酒边茶余，犹能记其尾声，常举以诵客。今并识之，以广异闻。其词云：'诗云子曰都休讲，不过是都都平丈（相传一村塾师训童子读《论语》，字多讹谬。其尤堪笑者，读"郁郁乎文哉"为"都都平丈我"）。全凭着佛留一百二十行（村塾中有训蒙要书，名"庄农杂字"，其开章云："佛留一百二十行，惟有庄农打头强。"最为鄙俚）。'玩其语意，似自道其生平寥落，晚为农家作塾师，主人慢之，而为是曲。意者：夙世老儒，其卯君前身乎？卯君名在辛，善汉隶篆印。"

拆楼人异史氏曰

异史氏曰："常见富贵家楼第连亘，死后，再过已墟。此必有拆楼人降生其家也。身居人上，乌可不早自惕哉！"

嘉平公子附则

有故家子，既贫，榜于门曰："卖古淫器。"讹"窑"为"淫"，云："有要宣淫、定淫者，大小皆有，入内看物论价。"崔卢之子孙如此甚众，何独"花菽生江"哉！

阿宝附则

集痴类十：窖镪食贫，对客辄夸儿慧，爱儿不忍教读，讳病恐人知，出资赚人嫖，窃赴饮会赚人赌，倩人作文欺父兄，父子账目太清，家庭用机械，喜子弟善赌。

附录

蛰 蛇

予邑郭生，设帐于东山之和庄。童蒙五六人，皆初入馆者也。书室之南为厕所，乃一牛栏；靠山石壁，壁上多杂草蓁莽。童子入厕，多历时刻而后返。郭责之，则曰："予在厕中腾云。"郭疑之。童子入厕，从旁睨之，见其起空中二三尺，倏起倏坠，移时不动。郭进而细审，见壁缝中一蛇，昂首大于盆，吸气而上。遂遍告庄人共视之。以炬火焚壁，蛇死壁裂。蛇不甚长，而粗则如巨桶。盖蛰于内而不能出，已历多年者也。

龙

博邑有乡民王茂才，早赴田，田畔拾一小儿，四五岁，貌丰美而言笑巧妙。归家子之，灵通非常。至四五年后，有一僧至其家。儿见之，惊避无踪。僧告乡民曰："此儿乃华山池中五百小龙之一，窃逃于此。"遂出一钵，注水其中，宛一小白蛇游衍于内，袖钵而去。

爱 才

仕宦中有妹养宫中而字贵人者，有将官某代作启，中警句云："令弟从长，奕世近龙光，貂珥曾参于画室；舍妹夫人，十年陪凤辇，霓裳遂灿于朝霞。寒砧之杵可掬，不捣夜月之霜；御沟之水可托，无劳云英之咏。"当事者奇其才，遂以文阶换武阶，后至通政使。

梦狼附则二

又，邑宰杨公，性刚鲠，撄其怒者必死；尤恶隶皂，小过不宥。每凛坐堂上，胥吏之属无敢咳者。此属间有所白，必反而用之。适有邑人犯重罪，惧死。一吏索重赂，为之缓颊。邑人不信，且曰："若能之，我何靳报焉！"乃与要盟。少顷，公鞫是事。邑人不肯服。吏在侧呵语曰："不速实供，大人械梏死矣！"公怒曰："何知我必械梏之耶？想其赂未到耳。"遂责吏，释邑人。邑人乃以百金报吏。要知狼诈多端，此辈败我阴骘，甚至丧我身家。不知居官者作何心腑，偏要以赤子饲麻胡也！

图书在版编目(CIP)数据

聊斋志异／[清] 蒲松龄著. —济南：齐鲁书社，2009.4（2014.6 重印）
（齐鲁文化经典文库）
ISBN 978-7-5333-2183-3

Ⅰ. 聊…　Ⅱ. 蒲…　Ⅲ. 笔记小说—中国—清代
Ⅳ. I242.1

中国版本图书馆 CIP 数据核字(2009)第 015923 号

齐鲁文化经典文库

聊斋志异

[清]蒲松龄 著

主管单位 山东出版传媒股份有限公司
出版发行 齊魯書社
社　　址 济南市英雄山路 189 号
邮　　编 250002
网　　址 www.qlss.com.cn
电子邮箱 qilupress@126.com
印　　刷 山东临沂新华印刷物流集团有限责任公司
开　　本 720×1020／16
印　　张 43
插　　页 3
字　　数 598 千
版　　次 2009 年 4 月第 1 版
印　　次 2014 年 6 月第 3 次印刷
标准书号 ISBN 978—7—5333—2183—3
定　　价 **78.00 元**